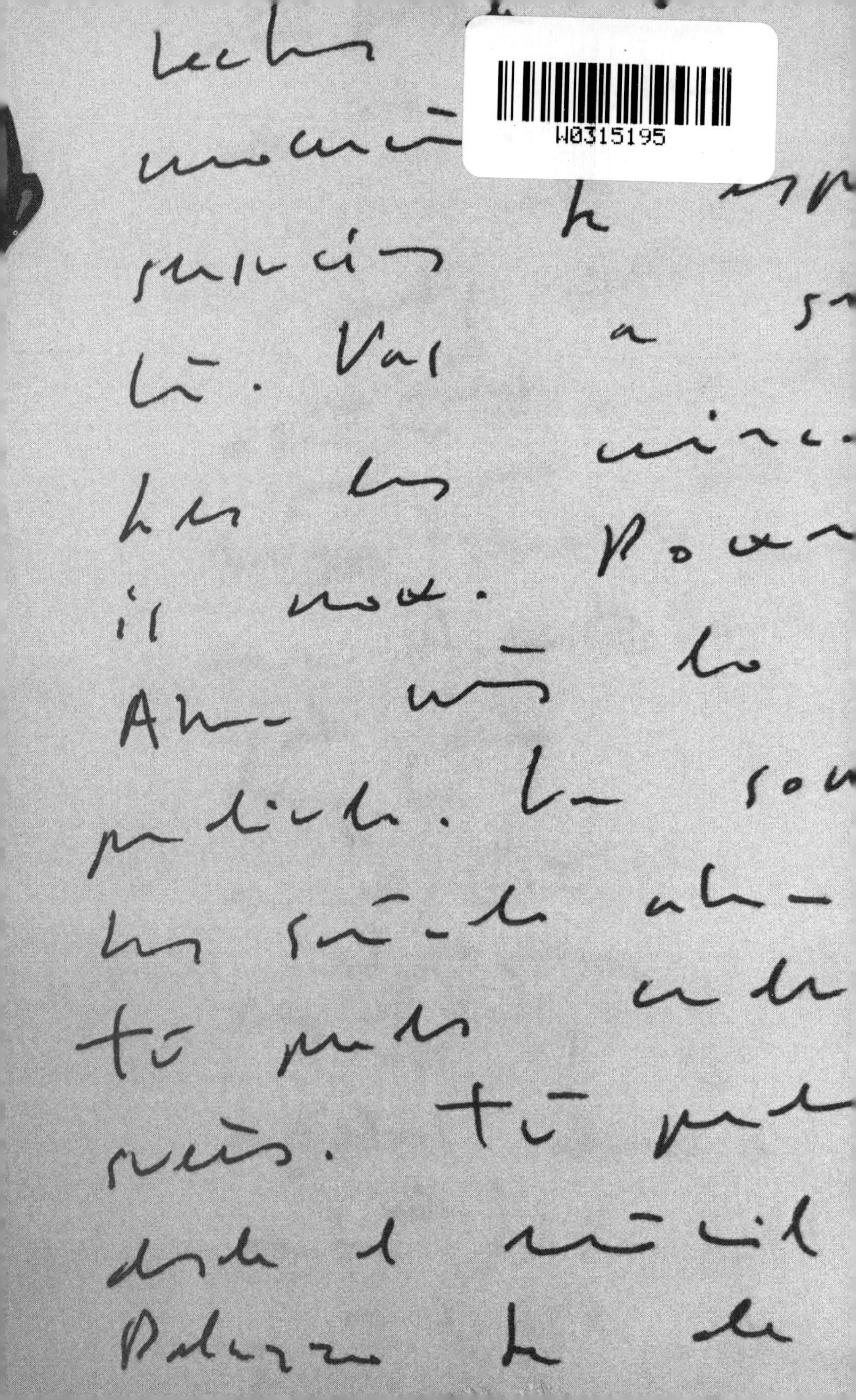

W0315195

UN PROMENEUR SOLITAIRE DANS LA FOULE

ANTONIO MUÑOZ MOLINA

UN PROMENEUR SOLITAIRE DANS LA FOULE

roman

TRADUIT DE L'ESPAGNOL
PAR ISABELLE GUGNON

OUVRAGE TRADUIT AVEC LE CONCOURS
DU CENTRE NATIONAL DU LIVRE

ÉDITIONS DU SEUIL
57, rue Gaston-Tessier, Paris XIXe

Cet ouvrage a été traduit avec le soutient de Acción Cultural Española, AC/E.

AC/E
ACCIÓN CULTURAL
ESPAÑOLA

Titre original : *Un andar solitario entre la gente*

Éditeur original : Seix Barral, Grupo Editorial Planeta
ISBN original : 978-84-322-3350-0
© Antonio Muñoz Molina, 2018
Tous droits réservés

ISBN 978-2-02-140661-0

© Éditions du Seuil, août 2020, pour la traduction française

Le Code de la propriété intellectuelle interdit les copies ou reproductions destinées à une utilisation collective. Toute représentation ou reproduction intégrale ou partielle faite par quelque procédé que ce soit, sans le consentement de l'auteur ou de ses ayants cause, est illicite et constitue une contrefaçon sanctionnée par les articles L. 335-2 et suivants du Code de la propriété intellectuelle.

www.seuil.com

Um andar solitário entre a gente.

Luís de Camões

Un andar solitario entre la gente.

Francisco de Quevedo

A book should not be planned out beforehand, but as one writes it will form itself, subject to the constant emotional promptings of one's personality.

(On ne devrait jamais planifier un livre à l'avance, mais le laisser se former de lui-même au fil de l'écriture, au gré des injonctions et des émotions perpétuelles de sa personnalité.)

James Joyce

I

BUREAU DES INSTANTS PERDUS

Écoute les Sons de la Vie. Je suis tout ouïe. J'écoute avec les yeux. J'écoute ce que je vois sur les publicités et les gros titres des journaux et les affiches et les panneaux de la ville. Je voyage à travers une ville de mots et de voix. Les voix font vibrer l'air et atteignent mon cerveau par l'oreille interne, changées en impulsions nerveuses. J'entends les mots en passant ou quand quelqu'un reste un moment à côté de moi en parlant dans un téléphone portable, ou je les lis n'importe où, sur n'importe quelle surface vers laquelle mon regard se porte, chaque écran. Les mots écrits me parviennent comme des voix, des notes que je déchiffre sur une partition, cherchant parfois à distinguer plusieurs mots prononcés simultanément, à deviner ceux que je n'entends pas parce qu'ils s'éloignent très vite de moi ou qu'un bruit plus fort les efface. Les différences entre les typographies forment une incessante polyphonie visuelle. Je suis un enregistreur en marche, caché dans le téléphone futuriste d'un espion des années 1960, dans l'iPhone que j'ai au fond de ma poche. Je suis la caméra que voulait être Christopher Isherwood à Berlin. Je suis un regard qui refuse de se laisser distraire, même par un clignement des paupières. La forêt a des oreilles, dit la légende au bas d'un dessin de Jérôme Bosch. Le champ a des yeux. À l'intérieur du tronc creux d'un arbre fulgurent les yeux jaunes d'une chouette. Un arbre corpulent a deux oreilles grandes comme celles d'un éléphant qui touchent presque le sol. Une sculpture de Carmen Calvo est un immense et vieux portail en bois clouté d'yeux de verre. Les portes ont des yeux. Les murs entendent. Les prises de courant entendent, dit Gómez de la Serna.

La Perfection Est Sans Doute Plus Proche que Tu ne le Crois. Je sors dans la rue à la tombée de la nuit. C'est le couchant tardif du premier soir de l'été. J'entends la rumeur de forêt des arbres et du lierre dans les jardins du quartier. J'entends des voix de gens invisibles qui dînent en plein air de l'autre côté de murs couronnés de plantes grimpantes ou de seringats, séparés de la rue par des rangées de cyprès de l'Arizona. Le ciel est bleu marine dans sa partie la plus haute et bleu clair à l'horizon, où se découpent les silhouettes des toits et des cheminées comme un diorama de fausse nuit en Technicolor. Je ne veux rien savoir du monde. Je ne veux m'informer de rien d'autre que ce qui parvient à mes oreilles et ce que voient mes yeux en ce moment même. La rue est plongée dans un tel silence que je peux entendre mes pas. Le vacarme du trafic paraît très lointain. J'entends dans la faible brise le bruissement des feuilles d'un figuier et le lent remous de houle à la cime d'un grand platane. J'entends le sifflement des hirondelles qui fendent l'air de leurs acrobaties vertigineuses. L'une d'elles a effleuré si proprement l'eau d'un étang en chassant un insecte qu'elle n'a pas provoqué la moindre ondulation. J'entends les claquements de l'écholocalisation des chauves-souris. Bien plus de vibrations que ne peuvent en capter mes grossières oreilles humaines ébranlent simultanément l'air à cet instant. L'air traversé par un dense réseau de signaux radio transmettant toutes les conversations sur les téléphones portables qui ont cours en ce moment dans la ville. Je veux être tout ouïe et tout yeux, comme l'Argos de la mythologie, un corps humain bulbeux couvert de globes oculaires et de paupières qui s'ouvrent et se ferment, ou d'yeux sans paupières semblables à ceux de la porte de Carmen Calvo. Je pourrais être un super-héros de Marvel : Eyeman, l'Homme-Yeux, un monstre de film de science-fiction des années 1950. Je pourrais être un quelconque inconnu et l'Homme Invisible, plutôt celui du film de James Whale que du roman de H. G. Wells. C'est dans le film qu'est la poésie.

Technologie Appliquée à la Vie. Je lis chaque mot écrit que je découvre sur mon passage. Réservé aux pompiers. Alarme connectée avec vidéosurveillance. Achète votre voiture, paiement comptant. Il y a de la beauté, une perfection sans effort dans la tombée graduelle de la nuit. Le mot LIBRE brille en vert clair sur le pare-brise d'un taxi, suspendu dans la rue obscure, comme découpé et collé sur un fond noir, le bristol d'un album. Un autobus éclairé et sans passagers débouche à toute vitesse d'un tunnel, galion fantôme en haute mer. Un de ses flancs est entièrement recouvert d'une publicité panoramique pour du *salmorejo*[1]. Profite maintenant des saveurs de l'été. Les mots de la rue acquièrent une séquence rythmique. Achète or. Achète argent. Achète or et argent. Don du sang. Achète or. Don du sang. Aux arrêts d'autobus brillent des panneaux lumineux avec les derniers films à l'affiche. *Les Dieux d'Égypte*. La bataille pour l'éternité commence. *Les Tortues Ninjas : les Héros sont de retour*. Invitations, ordres et interdictions successifs auxquels je n'avais jusqu'alors pas prêté attention en passant dans cette rue. Interdit de laisser des récipients hors des containers. Interdit d'entrer. Viens savourer nos cocktails. Célèbre avec nous tes grandes occasions. Avant que j'arrive à la terrasse d'un bar, les voix des buveurs, le son des verres et des couverts sur les assiettes de tapas montent comme un murmure choral. Je traverse sans m'arrêter l'épaisseur de voix et d'odeurs. Viande grillée, graisse animale, fumée de friture et de tabac, carapaces de gambas. Spécialités de viande à la braise et côtelettes d'agneau. Goûtez notre riz au homard. Il y a un étalage de succulence verbale, une splendeur de nature morte hollandaise

1. Crème à base de mie de pain, d'ail, d'huile d'olive, de sel et de vinaigre cuisinée dans la région de Cordoue. (Toutes les notes sont de la traductrice.)

dans la typographie des pancartes. Croquettes. CÔTE DE BŒUF. Gambas à l'ail. Tripes à la madrilène. FROMAGES. Aubergines au *salmorejo*. LOUP À LA BILBAÏNA. EMPANADA DE BONITE. PAELLA. ENTRECÔTE. Le soir de juin amène sur les trottoirs de Madrid une ample placidité de ville balnéaire où les familles vont passer l'été. Je me promène en me laissant porter et me rends compte que cette soirée est la dernière que je vis dans ce quartier où je suis resté de si nombreuses années. Un homme et une femme aux cheveux blancs et d'aspect juvénile sourient, leurs visages rapprochés, dans la vitrine d'un magasin d'aides auditives. Sur les publicités, les personnes âgées ont un sourire non dénué d'optimisme et les jeunes rient aux éclats, la bouche grande ouverte, montrant leur langue et leurs gencives. Je n'avais pas fait attention à cette affiche ni à son invitation ou à son injonction, à ses caractères blancs sur le fond bleu d'un bonheur de retraités avec des sonotones invisibles : Sois tout ouïe. Écoute les véritables sons de la vie.

Va aussi Loin que Tu te le Proposes. Je ferme les yeux à dessein pour que les sons me parviennent avec une plus grande netteté. Je ferme les yeux, sur le siège du métro, comme si je m'endormais. Je m'efforce de les garder fermés pendant tout le trajet d'une station à l'autre. Je sens le poids des paupières sur les globes oculaires, le frôlement des cils, leur léger tremblement, plutôt une vibration. Quand je les rouvre et regarde autour de moi, les visages me sont encore plus inconnus que lorsque je les ai fermés. J'ai un livre dans mon sac mais je ne lis rien hormis les panneaux que je découvre, l'un après l'autre, tandis que je descends à la hâte l'escalier et que je pousse la porte battante, toutes ces choses que je ne remarquais pas auparavant ou lisais sans qu'elles atteignent ma conscience. Entrée. Dépouillées d'articles et de verbes, les phrases deviennent de brutales indications de robots. Station Couverture Mobile. Un responsable du métro croit au bilinguisme et à la littéralité des traductions de l'anglais. Station Coverage Mobile. Interdit de fumer dans tout le réseau métropolitain. Introduisez votre ticket. Informations métro de Madrid. N'oubliez pas de récupérer votre ticket. Sur une affiche sourit un groupe de jeunes multiracial et multinational. Rejoins le plus grand networking de design du monde. Un Asiatique avec des lunettes regarde l'objectif et un Noir avec un piercing dans le nez étreint une fille visiblement espagnole. Fais de cet été un moment inoubliable. Achète-le vite ou tu n'en auras plus. Occasions exclusives pour les plus rapides. Je ferme les yeux, mais pas complètement, dans l'escalier mécanique. Pour votre sécurité, tenez-vous à la rampe pendant le trajet. Un interphone d'urgence me lance presque une invitation intime : Sers-toi de moi quand tu en auras besoin. La ville s'adresse à toi dans le langage du désir. Au lieu de consulter immédiatement mon téléphone ou de prendre de quoi lire en attendant sur le quai, je reste debout et ferme à demi les yeux pendant quelques instants. *Úsame* (« Sers-toi de moi ») était le titre d'une chanson que j'aimais il y a des années. Plus de mille caméras veillent à votre sécurité. À chaque pas une nouvelle instruction, un ordre. Ne briser la vitre qu'en cas d'urgence. N'aie pas peur de te servir de moi, disait cette chanson. Les voix impératives se joignent aux consignes écrites. Arrivée prochain train. L'absence d'article et même de verbe accentue l'imminence. Informations métro de Madrid. Le sol vibre à l'approche du train. Ne pas monter ni descendre après le signal sonore. Je regarde les visages des gens et prête attention aux voix. Je suis tout ouïe. Je me place près de quelqu'un qui parle au téléphone. Dans le wagon, presque tout le monde regarde avec concentration l'écran de son portable. Une fille grande et sérieuse lit un livre de Paulo Coelho. Cette lecture discrédite sa beauté. « Je vais tout te raconter », dit quelqu'un juste derrière moi. Il parle la tête penchée vers la fenêtre et baisse ensuite le ton, de sorte que je n'entends pas ce qui suit car la voix métallique du haut-parleur annonce la prochaine station. « Très bien, parfait, OK, très bien, à tout de suite. »

Un Perroquet Peut Être un Témoin Clé pour Résoudre un Assassinat. Une femme feuillette avec morosité les pages d'un journal gratuit. Beyoncé présente les tenues de sa prochaine tournée. Le train roule plus lentement, plus silencieusement, et j'entends mieux la voix masculine qui parle au téléphone dans mon dos. Si proche de moi que je n'ai aucune idée de l'aspect de cet homme qui rit à présent. « Sa mère a quatre-vingt-sept ans et elle vient de se faire poser des bagues dentaires. » J'ai un livre de Montaigne dans mon sac à dos, mais je ne l'ouvre pas, je ne cherche même pas à m'asseoir. Je suis vigilant, dans l'attente de nouvelles instructions qui me sont toutes adressées de manière impérieuse ou tentatrice. Chaque passion t'emmènera quelque part. Siège réservé aux personnes handicapées. Sous le bruit du train s'élève une rumeur de voix, pour la plupart de gens qui parlent dans leur portable. « Tu ne sais pas combien d'années j'ai passées en Angleterre. » Les voix de ceux qui me sont invisibles gagnent en présence. « Ni tes frères ni toi. Vous n'avez rien à signer tant que vous ne serez pas décidés. » Un écran de télévision est vissé au plafond du wagon. Un homme jeune au crâne rasé et à la barbe très noire bouge les lèvres et on voit ses mots en surimpression. Je suis Gay. Un autre, plus jeune, glabre, les yeux fardés, remue lui aussi les lèvres. Je suis Trans. La tête du chauve réapparaît. Leurs traits changent si rapidement qu'ils se superposent. Je suis moi. Et maintenant une troisième tête. Ça pourrait être toi. Vis ta différence, dit un texte sur fond brun, autre invitation, autre ordre. Quelqu'un a calculé le temps minimum nécessaire pour que les têtes ne se confondent pas entre elles. Une dame parle tout bas, mais très près de mon oreille, sur le ton de l'avertissement ou de la censure. « Il dit qu'il a changé, qu'il veut revenir. Mais tout dépendra de son comportement. » J'essaie de graver dans ma mémoire les phrases que j'entends, des dialogues entrecoupés. Les mots sourdent et s'effacent sitôt écoutés. Oubli Express, dit une publicité, mais je ne sais pas ce qu'elle vante. Le bruit du train ou une annonce dans les haut-parleurs les gomme partiellement. « Il a changé ? Ça, je demande à voir. Je ne crois pas vingt pour cent de ce qu'il raconte. » Marteau brise-vitre. Je lis tout, même les titres du journal gratuit que la femme déplie juste sous mon nez.

La Police Saura que Tu te Sers de Ton Portable Même si elle ne te Voit pas. Un homme égorgé par son fils de dix-huit ans à Salamanque. Sortie de secours. La grande aventure arctique. Je me concentre à peine sur les visages, juste sur les écrits, sur les voix. Signaux d'appel. La note aiguë d'un message. Tous connectés à quelque chose ou à quelqu'un qui se trouve ailleurs. « Je suis dans le métro. Je te le dis au cas où ça couperait. » Quand le train s'arrête, les portières s'ouvrent sur une publicité qui s'étend jusqu'à la voûte du plafond de la station. Tes meilleures vacances en famille. Baptêmes de plongée dans la mer. Un nouveau paysage à chaque pas. Un groupe de jeunes saute du haut d'une falaise, joyeux, dans les flots. Certains s'apprêtent à s'élancer sans peur et d'autres planent, suspendus dans un bleu profond. Toutes les distractions de l'été à ta portée. D'un clic découvre des prix incroyables. Il y a des réservations qui ne peuvent pas attendre. Réserve maintenant. Fais plus de découvertes. Informe-toi maintenant. Achète maintenant. Essaie tout de suite. Des messages très différents semblent émis par une seule et même voix, provenir de la même source, s'adresser à la même personne, à moi, à toi. Je suis moi, tu pourrais être toi. Toi, oui, toi, dit une publicité pour une loterie, comme si elle te montrait du doigt au milieu des passagers, un visage qui te voit et t'a choisi depuis un écran. Tu peux devenir millionnaire. Domine les éléments avec tes doigts. Trouve ton cours idéal. La femme qui lisait le journal gratuit l'a laissé sur son siège en descendant, une chiffe de papier. Rejoins la marque leader en technologie hybride.

Voyage sur les Traces de ton ADN. Arrive plus vite. Que rien ne t'arrête. N'attends pas de tomber. En quelques années, les journaux imprimés ont perdu toute dignité matérielle. Madrid a battu un record mondial dans la recherche de Pokémon. Ils se fripent comme s'ils se morcelaient et se détruisent aussitôt, rachitiques, superflus, surtout maintenant, en été. Une page entière se consulte aussi rapidement qu'un écran. Vis une grande expérience gourmande au bord de la mer. Je ferme les yeux pour mieux entendre et me laisse porter par l'élan du train. La ville te promet tout simultanément. Prends tout. Du plaisir quand tu veux où tu veux. Plus besoin de choisir et de renoncer à ce qu'on n'a pas choisi. Économise en dépensant sans regrets. Maigris en mangeant. Ton voyage sur mesure, programme-le aujourd'hui. Je ne peux résister à l'ancienne addiction au papier bon marché et à l'odeur d'encre d'un journal. Combat cannibale entre un requin-tigre et un requin-marteau filmé en haute mer par des pêcheurs de thon. Nous remuons ciel et terre pour t'offrir ce qu'il y a de mieux.

Emporte un Peu de Notre Saveur avec Toi. Il y a d'abord eu, tout à coup, ces mots, SOUVENEZ-VOUS, sur un panneau de signalisation, sur le trottoir où je passais tous les jours, isolé par un hasard de mon attention, qui était distraite par d'autres choses, non par ce qui m'environnait mais ce qui survenait en moi, marcheur somnambule réveillé par cette sonnerie visuelle, SOUVENEZ-VOUS, qui m'obligcait à ouvrir les oreilles et les yeux, même si ce que je regardais était un panneau que j'ai souvent vu et qui se trouve partout, la tôle triangulaire des panneaux d'avertissement avec des silhouettes qui ressortent en noir, prévenant les conducteurs de la présence d'un passage piéton à la sortie d'une école. Souvenez-vous de quoi ? me dis-je soudain ; et qui me demande de me souvenir, qui me l'ordonne, quelle voix écrite inaudible me force aussi à regarder ce que j'ai vu toute ma vie et que j'ai l'impression de remarquer maintenant pour la première fois, sur ce trottoir, à ce coin de rue, près du passage piéton, le triangle en haut d'un poteau métallique, avec une combinaison de couleurs très puissante et très simple : le rouge des contours, le blanc de l'intérieur, le noir des silhouettes et ces mots en majuscules, SOUVENEZ-VOUS. Ce sont deux enfants qui se tiennent par la main et portent un cartable, des enfants à l'ancienne sans sac à dos, un garçon et une fille qui semblent se hâter comme s'ils s'apprêtaient à courir. Je me concentre davantage et ils courent. Leur cartable dans leur main vole presque derrière eux.

Des enfants sortis d'un conte, le frère et la sœur perdus dans la forêt, abandonnés par leurs parents ; des enfants qui fuient un bombardement à la sortie de l'école, à Alep.

Découvrir de Nouvelles Choses n'Est-Il pas ce qui te Maintient en Vie ? On voit aussi que c'est un vieux panneau car il utilise le « vous » dans une ville où toutes les voix entendues ou imprimées tutoient. Et en disant « Souvenez-vous », il invoque les premiers mots du premier vers des stances de Jorge Manrique, « Souvenez-vous, âme endormie », une invitation au réveil et non au souvenir. Mon attention a isolé le triangle de l'avertissement, à croire qu'elle l'a découpé dans une photo ou une publicité de journal pour le coller sur une feuille blanche. À cet instant mes yeux se sont ouverts davantage, et mes oreilles aussi, brusquement, comme quand on se délivre d'un bouchon, « et ressortez de votre torpeur ». Alors je me suis concentré sur d'autres détails, oubliant un moment le chemin que je parcourais et ce qui bouillonnait sombrement dans ma tête : je me suis concentré sur un papier écrit à la main et scotché sur un réverbère, « Dame de confiance propose ses services pour s'occuper de personnes âgées et effectuer tout type de travaux domestiques » ; sur la photo d'une blonde très bronzée en maillot de bain blanc dans la vitrine d'une pharmacie, « Cet été maigris en mangeant » ; sur un tableau noir à la porte d'un bar où les plats du jour étaient inscrits à la craie, « Calamars dans leur encre, mijoté de lentilles du chef, salade de poulpe » (y figurait aussi une assiette de ragoût fumante dessinée plutôt adroitement avec des craies de plusieurs couleurs). Une jeune femme est alors passée à côté de moi en parlant dans son portable. Elle agitait la main qui ne tenait pas l'appareil et un bruit de bracelets accompagnait la cadence de ses talons impérieux ; une femme emportée par la colère qui se moquait de parler très fort. « Maman, c'est ta fille. Maman, tu m'écoutes ? Ce que dit son mari, tu t'en fiches. Ce n'est pas à toi de payer les cours de gym de ta fille. Tu m'écoutes, maman ? Quand est-ce que tu m'as payé quelque chose, à moi ? »

Où Tes Rêves Deviennent Réalité. Depuis ce jour je marche dans la rue en mission secrète. Avant, je le faisais par intermittence, quand j'y pensais, en route vers d'autres occupations. Les autres occupations s'estompent chaque jour davantage. Maintenant elles me servent de prétexte pour aller dans la rue. Je ne choisis pas les itinéraires les plus rapides mais ceux qui me paraissent les plus profitables. Je ne fais presque pas de vélo, ne monte jamais dans un taxi. Je marche ou prends le métro. Les préoccupations et les obsessions se dissolvent dans l'observation incessante. Je suis non pas ce que je pense, me rappelle ou imagine, mais ce que voient mes yeux et entendent mes oreilles, l'espion en mission secrète chargé de tout percevoir, tout collectionner. En d'autres temps je consultais toutes les quelques minutes les messages sur mon téléphone. J'ai marché la tête basse et les épaules rentrées dans la bulle toxique de l'accablement, le tunnel d'angoisse du milieu de matinée. L'angoisse était mon ombre, mon gardien et mon double. J'avais beau marcher vite, elle ne me quittait pas. Elle descendait à mes côtés l'escalier mécanique en me murmurant des mots à l'oreille. Elle changeait en vertige et en nausée le tournis des médicaments. L'avant du métro qui venait du fond du tunnel et entrait dans la station contenait un aimant morbide, la voix à l'oreille, à l'intérieur du cerveau, vers l'arrière, sur la nuque, dans la pression des tempes. Au lieu d'une seule voix il y en a désormais plusieurs et leur débit vient toujours du dehors, aussi immédiat que les images, la présence des gens, le bruit de la circulation. « Trois euros deux paires de bas, ma petite dame, trois euros deux paires ! » Couture, retouches. Reprisage invisible. Pour que ton affaire progresse à toute vitesse. Comment ai-je pu emprunter si souvent cette rue et ne pas remarquer le flux de mots dits et écrits que je traversais, le brouhaha des gens, les vêtements dans les vitrines de boutiques décaties, les pantoufles en tissu et les chaussures orthopédiques pour adultes et enfants dans un magasin de prothèses, les crabes et les araignées de mer et les gambas et les énormes langoustes dans la vitrine réfrigérée d'un restaurant, Gran Cafetería los Crustáceos, les bouches dentées grandes ouvertes et les yeux vitreux des merlus. Goûtez Notre Riz au Homard, douze euros par personne, une nausée de l'odeur de poissonnerie à dix heures du matin mêlée à la nausée de l'odeur du tabac.

Pourquoi Aller Ailleurs puisque Tout Est Ici. En dressant l'oreille on distingue les pas des femmes qui portent des sandales de ceux des femmes en escarpins. Nous t'invitons à une Gin Masterclass. Ton centre de beauté. Ton assurance auto pour trente-deux euros par mois. Une gin masterclass doit être une sorte d'introduction à l'alcoolisme. Tu marches dans la rue et les appels aux dons, tous les appels, les suggestions, les promotions s'étalent devant toi et se déploient de tous côtés. Trouve une nouvelle raison pour ne pas cesser de sourire. Une femme svelte, bronzée, aux cheveux noirs, en bikini, de dos sur une plage, devant un crépuscule, enlacée à un homme. Si tu aimes la mer Morte, attends de voir le reste. Entre et renseigne-toi. Assure ta santé. Fumer provoque le cancer du poumon. Assure tes lendemains. Entre et tu découvriras les ingrédients de la vie. À chaque pas les voix te proposent une porte qui s'ouvre sur une révélation, une découverte lumineuse. Entre et découvre. Entre et pose-nous des questions. Entre pour découvrir comment la technologie est en train de changer le sport. Comme tout le monde autour de moi, j'ai mon portable dans la main, pas contre l'oreille mais près de la bouche, pour répéter ce que je lis ou entends, je parle en marchant vite, simulant une activité débordante, donnant des instructions au téléphone, peut-être, annonçant mon arrivée dans un bureau quelconque, à une réunion, transmettant les secrets que j'observe. Tranquillité, sécurité, confiance. NeoLife Age Medicine. NeoLife pourrait être le nom d'une de ces fondations à la technologie apocalyptique qu'invente Don DeLillo. Il est obligatoire de respecter toutes les normes de sécurité. Bienvenue dans le monde secret à l'intérieur de ton mobile.

Redécouvre Tout ce qu'un Téléphone Peut Faire. J'appuie sur l'enregistreur pour rapporter quelque chose puis le coupe, et un moment plus tard je dois déjà le remettre en marche. Donne ton sang. Achète or. Les annonces répétées tout le long de la rue établissent une cadence. Achète or et argent. Offre de la vie. Le pioupiou robotique de la lumière verte des feux de circulation. Parmi les pas qui résonnent maintenant que les voitures sont à l'arrêt, j'entends les coups et les frôlements de la canne d'un aveugle dans mon dos. Dans *M le Maudit*, un aveugle suit l'assassin de fillettes dans une ville nocturne de décor de cinéma. Massages orientaux vingt-quatre heures sur vingt-quatre. Jeunes filles asiatiques. Quinze minutes, trente euros. Vingt minutes, quarante-cinq euros. Une heure, soixante-dix euros. Consommation gratuite. Les chiffres des secondes du chronomètre digital avancent silencieusement près de la table de nuit, dans la chambre où l'une des Asiatiques nues est étendue. Les yeux bridés et très maquillés lorgnent vers le réveil dans une pénombre artificielle de luxure clandestine. Beauté et discrétion. Un halètement très proche et, en fond sonore, les bruits matinaux de la rue, le trafic, la même sirène que j'entends s'approcher et qui restera gravée dans mon enregistreur. Je ne suis qu'à une Appli de toi. Là où le temps ne compte pas. Découvre avec nous les plaisirs du massage tantrique. Emporte un peu de notre saveur avec toi. Je fonds pour toi, dit une publicité pour une

LOS OÍDOS
nquilamente sin peligro
Pruébala
nomento único.
LAS BESTIAS ESTÁN
ENTRE NOSOTROS
totalmente gratis
a de la mejor experiencia
DISFRUTA EL DOBLE
Quiero disfrutar al máximo
Hay que atreverse
Aún estás a tiempo de vivir
una experiencia única
está en nuestro ADN
quedas satisfecho.
de todo
¡Vive la aventura!
LIBERA TU INSTINTO ANIMAL
Para los que disfrutan sin limitaciones
PORQUE TÚ LO VALES.
a tu gusto
PRUEBA NUESTROS
MÉTODOS
Móntat
contigo
Únete
celebrarlo
ido y fácil!
eremos
Prepárate
MUJERES
Aprovecha
Descarga
SIÉNTETE EL PROTAGONISTA
Diversión al
ISFRUTA
ESTABAS
DESEANDO
Descárgat
todo lo que qu
Disfr
esperas?

marque de glaces, des lèvres rouges et une langue léchant un cône au chocolat. Clinique Dermatologique Giovanni Bojanini. Tu peux changer ce que tu veux. Centauro Protection et Sécurité. À l'arrière-plan d'un tableau de Velázquez un centaure semble bavarder tranquillement avec saint Antoine abbé dans un pré, au bord d'un fleuve, comme deux voisins qui se rencontrent. Nous t'invitons à une dégustation spéciale. Aussi uniques que toi. Tu veux éliminer les toxines accumulées dans ton système digestif ? Centaures, agents de sécurité, chirurgiens plastiques, jeunes prostituées asiatiques, merlus, chaussures orthopédiques, cannes d'aveugles, serruriers. Le voyage c'est toi. Qui emmenait-on dans l'ambulance qui a vrillé nos tympans de sa sirène et ne s'éloigne plus à présent, bloquée dans la circulation ? Purge-toi de l'intérieur à partir de quinze euros par mois. Stop & Go. Les voix de la ville sont polyglottes. Cream and Coffee. Maintenant plus d'appartements que jamais. Shop online. Location de matériel pour réceptions. Argonaute. Le mot « argonaute » est une étincelle de poésie, comme « centaure » ou « sirène ». Café Presse Pizza à toute heure. Loue appartement luxe récemment refait à neuf. Supprimer les prépositions accélère le rythme de la langue. Maison de Magie Mystère et Devinettes. Marche pour la Fin des Zoos et des Aquariums. We Love Churros au Chocolat. Chassons étoiles filantes.

Tout ce qu'Il te Faut pour Profiter de l'Été. C'était l'été des robes courtes et légères comme des tuniques sur une frise grecque, des shorts s'arrêtant haut sur les cuisses, des sandales à semelles plates et à fines lanières de cuir, des ongles d'orteils féminins vernis de couleurs brillantes, surtout du rouge, mais aussi du vert ou du jaune ou du bleu. Ta peau dans la ville. Une destination pour atteindre ton cœur. La nuit commence dès lors que tu le dis. C'était l'été des épaules et des jambes dénudées, avec le même éclat de nouveauté que l'arrivée de la minijupe dans les années 1960 : un débordement, une surabondance de jeunesse et de beauté, les premiers beaux jours après l'hiver. Choisis ta prochaine aventure. Les très jeunes filles portaient des chapeaux de paille inclinés vers la nuque. Elles marchaient distraitement dans la rue en parlant au téléphone ou en regardant un écran, tapaient avec agilité sur un clavier de leurs longs doigts dubitatifs aux ongles vernis, un peu comme des oiseaux picoreurs. Pour nous faire profiter des bons moments.

Wherever You Go this Summer. La crête aiguë du présent acquérait avec facilité un glacis de passé, l'éloignement soudain de ce qui vient à peine de se produire. Arbore ton plus beau sourire. À l'instant où les choses survenaient, elles donnaient l'impression d'être arrivées longtemps auparavant, aussitôt dépouillées de leur actualité en vertu d'un mélange étourdissant de faits effrayants ou banals. Les sunny days reviennent. C'est le moment d'en profiter. C'était l'été des longues chevelures lisses tombant en cascade sur les dos bronzés. *This is how we are.* Anxiété et nostalgie étaient les pôles magnétiques entre lesquels chaque instant oscillait. Dans la nouveauté de la mode couvait déjà l'annonce de son anachronisme. Sur les publicités pour les banques et la téléphonie mobile, les jeunes gens irradiaient un bonheur unanime semblable à celui des gardes rouges, des paysans ou des prolétaires des affiches de la Révolution culturelle chinoise. Je veux être happy. L'air de minuit à Madrid en juin avait une densité de mélasse et on entendait les cigales comme dans la chaleur de midi. Le frère d'une top model pakistanaise assassinée au nom de l'honneur affirmait ne pas regretter ni avoir honte d'avoir tué sa sœur. L'armée française déclarait la guerre aux Pokémon. Le présent des temps verbaux glissait vers le passé à l'instant même de l'écriture ou de la conversation. L'été dans toute sa plénitude renvoyait une lumière de dernier été d'une époque, celui qu'on évoque très peu de temps après avec un recul exagéré : le dernier été avant une guerre ou une grande épidémie, un cataclysme. L'Espagne était le septième pays du monde à jeter le plus de nourriture à la poubelle. Aux informations on annonçait chaque jour de nouveaux records de chaleur, des étendues de plus en plus importantes fondaient au pôle Nord et en Antarctique. Des falaises de glace émeraude ou bleues s'écroulaient dans la mer avec une solennité de temples anciens démolis par un tremblement de terre. Ne rate pas l'occasion que tu attendais. Laisse-toi séduire par nos promotions avant la fin de l'été.

Quelle que Soit Ta Soif. Les courants marins allaient provoquer de gigantesques tempêtes sur toute la planète. Des publicités pleine page, des brochures en couleurs et des écrans digitaux dans les vitrines des agences de voyages promettaient d'aventureuses croisières de luxe et des paradis tropicaux. Parce que l'endroit dont tu rêves existe. Cet été, fais les meilleures photos avec ta perche à selfie. Dans un siècle, de nombreuses villes côtières seront sous l'eau. Des personnages de *Star Wars* faisaient leur apparition dans l'aéroport de Bruxelles. Une femme succombait à une attaque de tigres dans un zoo de Pékin. C'était l'été de Pokémon Go et des attentats-suicides. Une étudiante de Londres utilisait une mèche de cheveux de feu Alexander McQueen pour développer un type de cuir humain en hommage au couturier défunt. Va aussi loin que tu le désires. À Kaboul, un islamiste fanatique s'immolait avec une charge explosive au milieu d'une foule et tuait quatre-vingt-dix personnes. Le pape François exhortait les nonnes cloîtrées à ne pas avoir recours à Internet pour s'évader de la vie contemplative. À soixante-treize ans, Mick Jagger attendait son huitième enfant. La Fougue Éblouissante de l'Arrière-grand-père le plus Sexuellement Actif du Rock. Comptant toujours moins de pages imprimées sur un papier bon marché, les journaux s'effritaient littéralement entre les mains plus jamais jeunes de ceux qui les lisaient. On publiait des éditoriaux sur la politique et le terrorisme et des pages entières étaient consacrées à l'horoscope et au tarot égyptien. À Nice, le conducteur d'un camion priait Allah, faisait un selfie qu'il postait sur Facebook avant de semer la terreur et de perpétrer un massacre. Demande ce que tu veux à l'oracle d'Amon. Un Allemand escaladait la façade du plus haut immeuble de Barcelone pour capturer un Pokémon. On enterre ton passé dans la Grande Pyramide. La stupidité et l'horreur faisaient irruption à parts égales dans les titres des journaux. Un Hollandais était hospitalisé après avoir passé dix jours dans un aéroport chinois où il avait attendu une femme avec qui il avait pris rendez-vous sur Facebook.

La Vengeance des Espèces Invasives. Les faits banals et apocalyptiques étaient si proches que parfois ils se confondaient. L'actrice porno Carla Mai est morte en se jetant par une fenêtre après une soirée au cours de laquelle de la cocaïne avait été consommée. On découvre la tête d'un homme dans une usine de traitement des déchets. Les histoires des journaux étaient identiques à celles des films catastrophes, et les bandes-annonces des films semblaient se rapporter aux calamités et aux terreurs de la réalité. L'Apocalypse Zombie se déchaîne à nouveau dans les rues de Mexico. Le monde s'unit pour sauver la planète de l'invasion extraterrestre et de la destruction de l'humanité. Des milliards de morts-vivants occupent les rues de la capitale aztèque. Cleveland verse cinq millions de dollars pour solder la mort d'un enfant noir abattu par un policier alors qu'il jouait avec un pistolet factice. C'était l'été nomade où je n'ai pas eu de domicile fixe pendant plusieurs mois. Nous allions d'hôtels en logements prêtés et vers d'autres villes, nos ordinateurs portables et nos carnets dans nos sacs à dos, tirant une grosse valise cétacé, un cachalot qui de jour en jour pesait plus lourd et occupait davantage d'espace. Cinq voyous âgés de quinze à vingt-deux ans sèment la terreur dans un centre commercial de Fuenlabrada à la fin d'un film.

À la Nuit Tombée Tu n'Es Plus à l'Abri. Je lisais Baudelaire, Thomas De Quincey, Lorca, Fernando Pessoa, Walter Benjamin comme si j'avais vingt ans et ne les avais jamais lus auparavant. Les plaisantins sont entrés cagoulés dans la salle où on projetait *Mise à l'épreuve* et, au cri de « Allah est grand ! », ils ont commencé à lancer des pétards et des sacs à dos, déclenchant la panique parmi les spectateurs terrorisés qui étaient allés voir une comédie légère et ont cru à une attaque terroriste en bonne et due forme. Quatre cents baleines mouraient, échouées sur une plage de Nouvelle-Zélande. Je cherchais une musique de mots qui soit celle à la fois de la poésie et du parler de tous les jours et des publicités et des journaux et des magazines de mode et des messages érotiques et des prévisions de l'horoscope : une musique transparente qui se respirerait comme l'air et que personne n'aurait pourtant encore imaginée ni écoutée. *Go where you didn't know you wanted to go*. Une cigarette électronique explose dans la poche d'un fumeur en Californie. Entrevoyez un futur où les robots et les humains auront fusionné au point d'être impossibles à différencier. Je me sentais dégagé aussi bien de ce que j'avais fait jusqu'alors que de la maison que nous avions quittée, des meubles et des placards à vêtements et des livres dont je n'avais plus la moindre utilité. Je ne me séparais jamais de mon carnet ni de mon crayon décroissant acheté à Paris au début de l'été. La fièvre de l'ivoire décimait les éléphants d'Afrique. Le plus grand gorille du monde était sur le point de s'éteindre. La police hollandaise a dans ses rangs des rapaces pour chasser des drones susceptibles de transporter des bombes.

L'Écriture de Toujours Revient comme Jamais. Je prenais des notes sur les comptoirs des bars, les bancs du parc du Retiro, dans un autobus qui avançait par à-coups depuis la banlieue de Madrid. En 2025, les océans contiendront plus de tonnes de plastique que de poissons. La vidéo d'une jeune fille irlandaise de dix-huit ans faisant des fellations en série à une vingtaine de garçons ivres dans une discothèque de Majorque en échange d'un verre fait le tour du monde. Choisis ta propre aventure. *Go where your dreams take you*. Dans un train, en Allemagne, un réfugié syrien agresse une femme enceinte à la machette. Brise les moules. Un idiot déguisé en Zorro sème la panique à l'aéroport de Los Angeles. Une jeune fille meurt après avoir été renversée sur un passage piéton de la rue Goya. La peur se répandait de la même manière dans le crime et dans la farce. À Platja d'Aro, panique due à la confusion entre une plaisanterie et un attentat. À Nice, sur la Promenade des Anglais, les gens ont cru que les premiers tirs des policiers contre le camion terroriste étaient les dernières fusées des feux d'artifice. En Chine, des glissements de terrain ensevelissent des villages miniers et bouchent le lit des cours d'eau. Une bombe fait renaître la peur à New York. Tout ce que tu désires est maintenant beaucoup plus facile.

Des Clowns Sinistres Terrifient la Grande-Bretagne. *Cette semaine, un étudiant a semé la panique en courant sur le campus de l'université Brunel, à Londres, déguisé en clown assassin brandissant une scie électrique. Un clown sinistre a effrayé les habitants du Leicestershire en déambulant dans un cimetière proche d'une école. Sur une photo floue publiée sur Facebook, il tenait une hache à la main. À Essex, deux clowns dans une fourgonnette noire ont abordé deux filles qui se rendaient à l'école, et les ont invitées à une fête d'anniversaire. Depuis, les autorités scolaires de Clacton County ont interdit à leurs élèves de quitter l'enceinte de l'établissement à l'heure du déjeuner. L'épidémie de clowns sinistres semble s'être propagée jusqu'aux États-Unis, où le romancier Stephen King a posté il y a peu un avertissement sur Twitter : « Il est temps d'enrayer cette hystérie de clowns. » Des dizaines d'épisodes similaires ont été relevés ces derniers jours dans toute la Grande-Bretagne, dit la police. Dans un parc, un clown a jailli de derrière un buisson. Un autre a ouvert la portière d'une voiture à un feu rouge et s'est assis à côté du conducteur avant de prendre la fuite. Des patrouilles anticlowns ont été déployées dans certaines zones. Le professeur Mark Griffiths, psychologue à l'université de Birmingham et spécialisé dans les comportements addictifs, a déclaré que plusieurs enfants avaient manqué l'école, traumatisés par l'apparition de clowns menaçants. Cette émergence soudaine de clowns sinistres a également répandu la* *terreur en Australie, où un clown armé d'une hache a été arrêté par la police mardi dernier, à Victoria, dans le sud-ouest du pays, après avoir harcelé une femme dans sa voiture. Dimanche, la police de la vallée de la Tamise a déclaré avoir reçu quatorze appels téléphoniques pour signaler la présence de clowns ayant effrayé la population pendant vingt-quatre heures. Le professeur Griffiths affirme que la coulrophobie, ou peur des clowns et des bouffons, est un syndrome bien connu et très documenté qui peut déclencher des réactions de panique, une sudation et des difficultés respiratoires.*

Si Tu ne le Racontes pas Ce n'Est pas l'Été. « Ma mère nageait très bien mais elle ne se mouillait jamais les cheveux », me dit-il. Je suis tout ouïe. J'écoute avec mes oreilles et mes yeux. Je me concentre sur le moment où une conversation normale change de cours et commence à devenir une confidence inattendue, tant pour celui qui la livre que pour celui qui la reçoit. La personne qui parle s'écoute elle-même avec incrédulité, soulagement, reconnaissance. Elle est le premier témoin de ce qu'elle raconte. La façon dont il a dit que sa mère ne se mouillait jamais les cheveux m'a mis la puce à l'oreille. Je ne lui ai posé aucune question, j'ai patienté. J'ai vu l'expression de son visage changer en même temps que le ton de sa voix. Tout à coup, il est pleinement présent, plus qu'il y a un moment, et il est aussi beaucoup plus loin, un voyageur instantané dans le temps. Ce n'est pas la préméditation mais le hasard qui amène ce genre de choses. Celui qui raconte ignorait encore quelques minutes auparavant qu'il allait le faire. Il ne s'était même rien rappelé. Ce sont les circonstances, un léger décalage, l'inattendu presque gênant qui ont tout déclenché. Nous ne sommes que tous les deux, car très en avance au restaurant. Nous nous connaissons depuis des années, mais jusqu'à maintenant nous ne nous étions jamais retrouvés en tête à tête. Nous sommes arrivés avant les autres, d'abord l'un, puis l'autre un instant plus tard, à l'heure du déjeuner un dimanche d'été. Le quartier est aussi désert que le restaurant. Il y a des lampions et des banderoles d'une fête de rue récente, des châles de Manille à certains balcons. Nous sommes assis face à face à une table pour six. Être seuls nous déconcerte et nous plaît. Nous savons tous deux que nous nous apprécions, mais nous ne l'avons jamais manifesté en dehors des effusions familiales. Sans les autres autour de nous – sa femme, la mienne, la famille – je le vois dans toute son individualité, détaché d'un rôle spécifique, le mari de ma nièce, un visage de plus parmi toutes les têtes autrefois enfantines devenues désormais des visages et des présences adultes, bien que nous distinguions encore des mirages ou des persistances d'âges antérieurs, comme si, au fond, cette identité enfantine était la vraie et tout ce qui est venu ensuite un ajout, sans doute précieux dans la mesure où il confirme des inclinations congénitales, des traits puérils exagérés par les années.

Découvre l'Histoire qui Se Cache Derrière. Je veux l'écouter, lui et personne d'autre. Je veux le voir sans qu'il fasse partie d'un portrait collectif, une photographie générationnelle, comme celles des publicités pour les téléphones mobiles. C'est plus facile parce que nous sommes seuls. L'affection mutuelle prévaut sur l'orgueil masculin. « On allait toujours en vacances dans cette baie, on descendait dans cet hôtel où vous allez vous aussi », dit-il. Il est très jeune et a pourtant des mèches blanches près des tempes et dans la frange qui tombe sur son front. Il a une voix grave, peut-être un peu empruntée parce qu'il a l'habitude de se faire respecter dans son travail, mais une extraordinaire franchise dans les yeux, un éclat de santé enfantine sur ses joues roses. Il affiche une expression de détresse indélébile et de reconnaissance, de pure joie de vivre. On nous a servi deux demis et il a éclusé le sien d'un trait, heureux dans la chaleur de ce midi d'été, puis il a essuyé la mousse sur ses lèvres. Ce sont les cadeaux de Madrid. Il me dit que ce qu'il aime le plus dans la vie, c'est boire une bière bien fraîche en cuisinant le dimanche et en écoutant la radio. Que sa femme, ma nièce, ne sache pas faire cuire un œuf ni préparer un bouillon de poule en cube l'amuse et l'attendrit. Ils se sont mariés il y a deux ans au cours d'une cérémonie quelque peu imitée des films américains, dans un domaine avec du gazon à la périphérie de Madrid, entouré d'une banlieue de centres commerciaux, d'autoroutes et de terrains agricoles arides. Ils se sont mariés et il est heureux avec sa femme, la famille de cette dernière, sa mère, sa sœur, ses oncles et tantes, nous tous dont certains, six pour être exact, se sont donné rendez-vous à une heure tardive espagnole que nous avons lui et moi tenu à avancer. Nous avons donc précédé les autres et sommes ici, à cette table pour six, avec nos chemises légères, nos baskets, nos bermudas estivaux, dans une camaraderie qui, du moins pour ma part, tient un peu du malentendu. Au fil des années, la perception qu'on a de notre âge se déconnecte de celui qu'on a véritablement, qui continue d'avancer. Pourtant la perception s'arrête non sur la pleine jeunesse, ce qui pourrait être facilement démenti, mais plus tard, autour de la quarantaine. Il doit avoir un peu plus de trente ans : j'ai l'impression qu'il n'y a guère de distance entre lui et moi, peut-être celle qui me séparerait d'un ami plus jeune mais pas au point d'appartenir à une autre époque, un autre monde. Ce qui est sûr, c'est que la chemise légère et le T-shirt, les baskets, la fluidité de la conversation nous donnent ou me donnent l'illusion d'une proximité. Je ne suis pas un ami un peu plus vieux. Je pourrais être son père.

Vis Ta Journée sans Limites. Mais bien qu'il soit jeune, il n'a ni père ni mère. C'est un avocat prestigieux. Il occupe un poste à hautes responsabilités dans une maison d'édition juridique. Si la perception de l'âge peut être illusoire, elle n'élimine pas le danger de la condescendance. Les autres arriveront dans un moment et cette conversation restera en suspens. Ce sera peut-être même comme si elle n'avait jamais eu lieu. Mais pour le moment il parle et je l'écoute. L'autorité suprême de la douleur me retire le privilège qu'auraient pu m'octroyer les années.

Maintenant Tu As Besoin de Tout Apprendre. « J'avais treize ans, dit-il. Nous étions allés en vacances à Majorque. Nous, mes parents, mes frères et moi. Nous avions embarqué la voiture au port de Valence et passé la nuit en mer. Je m'étais penché sur le garde-fou et j'avais eu l'impression d'être dans un film. Ce jour-là, mon petit frère et moi jouions sur la plage, un peu à l'écart de nos parents et de nos frères aînés. Ma mère nageait très bien, mais elle ne se mouillait jamais la tête, elle ne la mettait jamais sous l'eau. Les femmes nageaient comme ça à l'époque. Elle n'aimait pas se mouiller les cheveux. Mon frère et moi nous amusions à faire des châteaux de sable et des tunnels qu'on piétinait ensuite. On ne s'en lassait jamais. Puis nous avons vu des gens courir sur la plage, un grand groupe se former un peu plus loin. Ils disaient qu'on avait découvert un noyé ou qu'un secouriste avait sauvé quelqu'un qui avait failli se noyer. Les gens parlent de choses qu'ils ignorent avec beaucoup d'autorité. J'ai remarqué que mon père était dans le groupe. Il était facile à repérer parce qu'il était toujours le plus grand, pourtant ce n'est pas évident de reconnaître quelqu'un sur la plage. Mon frère et moi avons délaissé nos châteaux détruits et nos bagarres et nous nous sommes précipités à cet endroit. Les gens formaient un demi-cercle autour d'une noyée. J'avais du mal à croire que c'était ma mère, je ne la reconnaissais pas. Les couleurs de son visage n'avaient pourtant pas changé, mais je ne l'avais jamais vue les cheveux mouillés. »

Ta Manière de Bouger Reflète Ta Façon d'Être. Cette silhouette qui marche dans Oxford Street alors que plus aucune fenêtre n'est éclairée, que tous les magasins sont fermés, qu'il n'y a plus personne sur les trottoirs ni de voitures attelées, de cavaliers ou de carrioles sur la chaussée, est Thomas De Quincey. De loin on dirait un enfant, un de ceux, nombreux, qui rôdent dans les rues en faisant l'aumône ou se serrent la nuit les uns contre les autres pour s'abriter du froid sous les avant-toits des immeubles. Il est petit, chétif, et a un visage fripé et enfantin qui est aussi celui d'un vieillard. Lors de ses promenades de prime jeunesse dans ces rues de Londres, la misère le flétrissait et le rabougrissait. Au fil des années, l'enfance et la décrépitude se sont mêlées dans ses traits, ses expressions, sa présence toujours un peu alarmante. Son regard d'enfant renvoyait un éclat malicieux d'homme âgé. Sur ses vieux jours, l'étincelle méfiante et malveillante qu'il a toujours au fond des yeux lui donne un air incongru d'espièglerie accentué par ses tenues toujours fantaisistes de mendiant excentrique, des chapeaux défraîchis qui lui tombent sur les yeux, des manteaux si grands qu'ils traînent par terre.

Une Luciole dans le Brouillard. Il marche comme sur un tapis roulant, en faisant du surplace. La ville en mouvement apparaît dans son dos sur un écran, une sorte de projection arrière remontant à l'époque où les films étaient tournés en studio. Son pas est régulier, apparemment infatigable. Derrière lui la projection sur l'écran change, comprimant le temps et l'espace en prises de vues juxtaposées. Il marche dans une lumière d'aube, un vacarme de boutiques ouvertes, de vendeurs ambulants qui vantent leurs marchandises ou proposent leurs services, de gens affairés qui passent, charrettes, voitures, chevaux, un fracas incessant. La lumière change, ce n'est plus le matin mais l'après-midi, dans une autre rue, tantôt Oxford Street, tantôt Greek Street, les larges avenues, les ruelles latérales, Soho Square. Le jour décline et des allumeurs de réverbères viennent s'occuper des lampes à huile. La perspective d'Oxford Street prend fin au loin dans l'obscurité des champs qui s'étendent au-delà de la dernière flamme au dernier coin de rue. La promenade et la projection compressent le temps en une séquence unique. Parfois, De Quincey est accompagné d'une silhouette féminine un peu plus grande que lui, dont on ne sait pas non plus si c'est une enfant, une adolescente ou une femme adulte déjà très abîmée. Elle change selon qu'elle est ou non éclairée, plonge dans des zones d'ombre ou en surgit. Elle a quinze ou seize ans et c'est une prostituée. Le quartier en est plein. Elles sont très fardées, vêtues de haillons, impudiques, décoiffées, la tête infestée de poux.

Tu Es Bien Davantage que ce que Tout le Monde Attendait. La transparence est différente et, maintenant, De Quincey est de nouveau seul et, derrière lui, les immeubles londoniens ont cédé la place aux forêts de mâts du port de Liverpool. De Quincey change très souvent de ville, même si parfois il n'est pas sûr de connaître le nom de celle où il marche, de savoir s'il est réveillé ou s'il rêve, ou si la ville qu'il voit est celle du présent ou du passé, ou encore une rêverie inoculée par l'opium dans son cerveau d'affamé et d'insomniaque. Il marche pour ne pas s'assoupir mais dort debout. La nuit il s'abrite dans un recoin sous un porche ou le portique d'une église, et la faim et le froid ne le laissent pas dormir. Il se serre contre son amie, tous deux enveloppés de loques, très jeunes et pâles, comme ces garçons et ces filles sans domicile fixe qui font l'aumône sur les

T.

Q.

trottoirs glacés de New York, protégés par des sacs de couchage et de vieux vêtements dénichés dans les poubelles, en gants de laine troués, les mains sales et les ongles noirs et cassés. Certains lisent des livres détériorés qu'ils ont dû trouver dans les parages. D'autres écrivent dans des cahiers à spirale ou des carnets ayant déjà servi, hâtivement, avec des bouts de crayon, des stylos abîmés et mordillés. À l'automne et l'hiver de 1803, De Quincey a dix-huit ans et vit dans la rue, à Londres, traînant toujours dans la même zone, Oxford Street, Soho Square. C'est la ville la plus grande et la plus peuplée du monde. De Quincey n'y connaît personne excepté cette prostituée adolescente, Ann, qui la nuit lui tient compagnie et lui apporte sa chaleur. Parfois il trouve refuge dans une grande maison vide occupée par une fillette d'une dizaine d'années qui n'a pas de prénom. À moins qu'elle ne le connaisse pas, l'ait oublié ou que personne ne lui en ait jamais donné. Ils dorment sur les lattes nues du parquet, sous une vieille couverture trouvée dans un grenier. L'enfant l'étreint et tremble de peur en songeant que la demeure est peuplée de fantômes. Quand ils restent immobiles et gardent le silence, ils entendent les pas et les couinements des nombreux rats.

Marcher sur des Sentiers de Rêve. Pendant l'été de 1804, De Quincey a réussi à amasser un peu d'argent et se trouve à Liverpool. Il marche sans s'arrêter et écrit un journal, des notes rapides sur ce qu'il fait et voit, sur ses lectures. Le journal semble écrit à la vitesse d'une marche sans accalmie. De Quincey est en mouvement sur cette plate-forme roulante dont il ne descend jamais. Le commerce international, la richesse tirée du pillage et du trafic d'esclaves font vibrer Liverpool. Coton, thé, café, sucre, huile de baleine pour éclairer les foyers, les rues, les grandes usines qui tournent toute la nuit, charbon pour alimenter les machines à vapeur, opium pour endormir les enfants, calmer les douleurs, les accès de mélancolie et la fatigue brutale des adultes prisonniers des mines et des fabriques. De Quincey note tout dans son journal. On dirait qu'il écrit en même temps qu'il vit ce qu'il raconte. Il écrit sur les cafés et les tavernes, sur ce qu'il boit et mange, sur la diversité des gens du monde entier qu'il croise dans les rues portuaires, les librairies qu'il visite et les livres qu'il achète. Il couche avec une prostituée et consigne immédiatement le prix qu'il a payé, le service rendu, la qualité, son degré de satisfaction. Il n'a pas revu son amie Ann. Il a pris congé d'elle pour quelques jours seulement avant de quitter Londres dans l'espoir de soulager sa misère. Ils étaient convenus de se retrouver quand il rentrerait. Ils s'étaient donné rendez-vous à un coin de rue, au pied de la tour d'une horloge, à une heure de l'après-midi. Si l'un des deux ne se présentait pas, l'autre devait revenir le lendemain et attendre. Il a mis quelques jours de plus que prévu à regagner la capitale, s'est immédiatement rendu sur le lieu de rendez-vous où il a patienté des heures. Il y est retourné le jour suivant et celui d'après, mais Ann n'est pas apparue. Il a cherché à s'informer et s'est aperçu qu'il ne connaissait pas son nom. Peu après, il est parti à Liverpool.

Conduis vers l'Inattendu. La silhouette continue de marcher du même pas pressé. On dirait qu'elle se rapproche mais elle est toujours à égale distance, découpée en noir sur l'écran en arrière-plan. De Quincey va toujours d'un lieu à un autre. Il se rend vite quelque part dans le but exclusif d'en repartir dès que possible. Il est à Londres et va à Liverpool. S'installe à Édimbourg et vit peu après à Glasgow. La ville en fond d'écran change à chaque instant. Sa femme et ses enfants en bas âge l'attendent dans un hameau du nord de l'Angleterre. Il disparaît pendant des mois sans qu'ils sachent où il est, il ne leur envoie pas d'argent pour leurs besoins quotidiens ou s'acquitter des dettes qu'il a contractées avant son départ. Il écrit et lit et accumule les livres et les journaux et les brouillons de ses textes dans de toutes petites chambres où, très vite, il n'a plus de place pour bouger, lui qui est pourtant de stature minuscule. Quand l'amas de papier multiplié par le désordre atteint un point critique, De Quincey quitte la chambre en abandonnant tout ce qu'il y a entassé. Il lui arrive d'y revenir par la suite, des années plus tard. Il ne retourne cependant jamais dans certaines et évite ainsi d'être poursuivi pour n'avoir pas payé son loyer. Il s'oublie en écrivant de nuit, approche trop sa tête de la bougie et se brûle les cheveux ou met le feu à des liasses de papier. Il verse de l'eau dessus, jette les pages incendiées par terre et les piétine, et à chaque instant qui passe le désastre empire.

Sous la Peau que Tu Vois. La silhouette du marcheur se détache à présent avec davantage de précision car le fond est bien plus lumineux. De Quincey revient de ce qu'il appelle les puissants labyrinthes de Londres. Il marche dans la nuit et les lumières en enfilade qui éclairent Oxford Street sont désormais beaucoup plus puissantes. Les faibles réverbères à huile clairsemés entre de grandes zones d'ombre ont été remplacés par des becs de gaz. À l'automne de 1821, Thomas De Quincey passe la journée à écrire dans une chambre qui donne sur une cour sombre et, la nuit, il sort marcher dans les rues qu'il parcourait à l'automne de 1803. Il est venu seul à Londres. Sa femme et ses enfants sont restés à la campagne, dans le nord de l'Angleterre. La solitude favorise l'état de transe dans lequel il écrit de jour et marche de nuit, parfois sans trop distinguer ces occupations l'une de l'autre, comme lorsqu'il était très jeune et fréquentait ces mêmes rues sans savoir s'il était éveillé ou s'il rêvait. La matière du souvenir devient plus impérieuse parce que l'acte d'écrire éperonne la mémoire et que les faits qu'il se rappelle sont survenus dans les lieux qu'il parcourt à présent.

Retours dans des Vies Passées. Tout à coup le temps ne s'écoule plus. Le temps et l'espace se dilatent dans les rêves de l'opium. Il marche et l'opium déploie devant lui des perspectives fantastiques de villes orientales avec des minarets et des coupoles qui dérivent parfois en labyrinthes de constructions pénitentiaires ou de cryptes de pyramides. Il pense avec effroi que l'oubli n'existe pas : l'opium lui renvoie, changées en visions, des illustrations qu'il a vues enfant dans les volumes des *Mille et Une Nuits* ou des gravures de Piranèse feuilletées un jour dans la boutique d'un antiquaire. La nuit et l'insomnie accordent des proportions gigantesques à la ville éclairée par la merveille technologique que sont les becs de gaz. Ce qui a d'abord été un essai de longueur raisonnable sur la consommation d'opium déborde de sa plume et de la page et devient peu à peu une confession impudique. La matière s'empare de la forme pour la transformer en sa propre substance. Le récit sur les tourments, les plaisirs et les délires de l'opium a la texture et la fièvre d'une hallucination. De Quincey a trente-six ans et quand il sort dans la rue et regarde un à un les visages de la foule, il a parfois l'impression de se voir parmi les enfants et les adolescents vagabonds qui rôdent toujours dans Oxford Street. Il rêve la ville en même temps qu'il y marche ou raconte qu'il y marche. Il voit le reflet nouveau des réverbères et des lampes à gaz dans les vitrines et les fenêtres des maisons. À Greek Street, il passe devant celle où il lui arrivait de dormir contre la fillette sans prénom, dont toutes les fenêtres sont à présent éclairées. De la rue, il voit un salon où se tient une réjouissante réunion familiale. Dans chaque visage de femme sur lequel il se concentre il cherche les traits d'Ann, qu'il n'a jamais oubliés. Il lui semble la voir de dos, devant lui, et il se hâte d'arriver à sa hauteur pour vérifier si c'est elle. Les milliers de visages qu'il a croisés à Londres, Liverpool, Édimbourg lui apparaissent dans ses rêves d'opium, flottant côte à côte les yeux ouverts, dans la houle d'un océan. De Quincey prend la drogue sous forme de teinture dissoute dans du cognac ou du vin, le laudanum. Le goût en est doux et amer et la couleur rubis. Il voit avec une extrême précision quelque chose dans la rue, puis un fait survient, une altération minime, et il s'aperçoit qu'il est en train de marcher non dans la réalité mais à l'intérieur d'un songe. Il cherche Ann aussi obstinément dans ses rêves qu'à l'état de veille. Un jour, il la voit enfin venir et une émotion émerveillée et affaiblissante le saisit. L'instant d'après, il comprend, déconcerté et mélancolique, qu'il ne l'a vue qu'en rêve.

Là où Tu Vois des Ordures. Celui qui l'observera se rendra compte qu'il ramasse des objets dans la rue. Il marche en adoptant une attitude de vigilance furtive, comme l'indigent digne qui regarde un instant autour de lui avant de se mettre à fouiller dans une poubelle ou de se pencher au-dessus d'un container à ordures. Il s'empresse de se baisser pour prendre quelque chose par terre, qu'il examine et fourre ensuite dans une des poches de son pantalon ou de sa veste, des poches toujours bien lestées à force d'y entasser tout ce bric-à-brac, ou dans ce sac à bandoulière qui a précédé l'époque des sacs à dos, un cartable de professeur ou peut-être d'avocat, mais si usé qu'il infirme toute impression de prospérité et même d'esprit pratique en dépit de ses nombreuses boucles, poches latérales et multiples compartiments sans fond qui se déplient ou se compriment comme les soufflets d'un accordéon. Il est attentif aux imprimés publicitaires que des êtres invisibles ont glissés sous les essuie-glaces des pare-brise. Cartes en couleurs proposant des contacts érotiques, offres de transport pour des déménagements, prospectus de marabouts africains qui guérissent du mauvais œil et font revenir l'amour, réclames d'achat et de vente de voitures, d'or et d'argent, de restauration rapide, de traitements dentaires. Il surveille toujours les alentours quand il se penche sur une voiture, craignant sans doute que son propriétaire n'apparaisse et ne le prenne pour un voleur. Il étudie toutes les publicités imprimées ou photocopiées, ou encore écrites à la main par un impécunieux, que les gens scotchent à hauteur des yeux sur les réverbères et les poteaux des feux de circulation. Il se concentre sur les petites étiquettes vantant des serrureries, regroupées comme des collages autour des interphones. Mais il ramasse aussi par terre des paquets de cigarettes froissés et vides, qu'il conserve afin d'étudier par la suite leurs atroces photos d'agonie et de tumeurs, et les messages dissuasifs qui ne semblent dissuader personne, en gros caractères noir sur blanc, comme sur les anciens faire-part de décès. FUMER TUE.

L'Image Parfaite t'Attend. On dirait qu'il cherche des choses qu'il a perdues ou qu'il n'arrête pas d'en trouver, ou encore qu'il a une manie, un genre de trouble, de ceux qui frappent les solitaires d'un certain âge dans les grandes villes, un homme d'aspect normal, voire respectable, avec ce cartable volumineux sous le bras, qui ramasse sans cesse des choses par terre, accepte avec une amabilité frisant l'avidité les avis publicitaires tendus par des travailleurs désespérés auxquels personne à part lui ne fait attention, met dans ses poches on ne sait trop pourquoi ces tracts photocopiés ou imprimés qui proposent surtout des massages érotiques et toutes sortes de plaisirs prodigués par de petites jeunes filles aux doux traits asiatiques mais aussi des matrones au gros cul caribéen et aux seins très proéminents sous un maillot échancré. Dans un magasin, il sortira son portefeuille pour payer et ces tracts compromettants de publicités érotiques et de vente et d'achat d'or tomberont par terre. De retour chez lui ou dans le bureau exigu qu'il loue quelque part en banlieue, où il passera des heures sans qu'aucune sonnerie de téléphone retentisse ni que personne lui rende visite, il videra une par une toutes ses poches, d'un nombre disproportionné pour une seule personne, et aussi les compartiments à soufflet de son cartable, et renversera leur contenu sur la table de travail.

Viens et Commence à Vivre. C'est une table métallique grise de marque Roneo, comme le meuble de classement installé près de la fenêtre, tous deux récupérés après le déblayage du siège d'une administration. En se débarrassant de tout, sauf de la gabardine qu'il porte lorsque la saison l'exige, encore debout, il regarde le bureau d'un air déconcerté ou accablé par cette abondance désastreuse. Il enlève l'imperméable et le suspend à un cintre, s'assied sur la chaise inclinable qui fait partie d'un mobilier administratif de quelques décennies plus ancien que le bureau et le meuble de classement. Il se frotte doucement les mains, un réflexe persistant mais totalement inutile, car elles sont en général très chaudes, et il ne porte de gants qu'au cœur de l'hiver, sous de hautes latitudes. Il met la main à la pâte, une expression qui a toute son approbation. Il sort d'un tiroir son classeur à anneaux pourvu de feuilles transparentes adhésives, de celles qu'on utilisait à l'époque elle aussi révolue des albums de photographies. Dans un autre tiroir, il prend les ciseaux à bouts pointus très aiguisés, les cahiers, les enveloppes dont chacune a déjà servi pour autre chose et qui sont désignées par une étiquette qu'il a lui-même collée sur l'en-tête officiel ou bancaire qui y figurait auparavant. L'étiquette consiste en un mot ou une phrase courte découpés quelque part – dans une publicité, un prospectus pour des sonotones ou de la chirurgie esthétique, un titre d'actualité –, puis appliqués sur l'enveloppe après avoir été choisis complètement au hasard, de même qu'il répartit au hasard, dans ses chemises bleues à élastiques, des papiers, des coupures de presse, des brochures, des cartes, des noms de médicaments découpés dans leurs boîtes en carton, des tickets de métro, des notes de restaurants, des serviettes de cafés. Celui qui plaquerait son oreille contre la porte en verre dépoli du bureau entendrait le claquement méthodique des ciseaux, semblable au son d'une mastication très rapide et très efficace, et s'il disposait d'un appareil d'une extrême sensibilité acoustique il percevrait peut-être aussi le bruit d'un crayon écrivant sans relâche sur les pages larges et robustes des cahiers.

Oublie Tout ce que Tu Sais. Et à intervalles réguliers un autre bruit s'élèverait peut-être, qu'il aurait du mal à identifier au début, celui du crayon tournant dans l'espace conique de l'instrument servant à le tailler. Il verrait une tache apparaître et se désagréger dans le verre translucide qui permet de distinguer des ombres, mais non des volumes ni des silhouettes clairement dessinées. Il se sera levé pour se dégourdir les jambes, obéissant à un instinct de marcheur qui ne le quitte jamais, et aura fait quelques tours de bureau, dans la lumière voilée de la fenêtre qui s'ouvre probablement sur une cour intérieure. Il reprend aussitôt son ouvrage après s'être de nouveau frotté les mains, penché et absorbé comme un tailleur, de ceux qui portaient leur mètre ruban autour du cou à la manière d'un ornement liturgique, la craie très usagée sur l'oreille, ou comme un horloger à la loupe coincée dans l'œil, subjugué par les minuscules mécanismes, les petites roues aussi méticuleusement articulées entre elles que les mots, les photos des publicités, les slogans, les titres truculents découpés et mélangés sur la table tels des dominos établissant des liens aussi inattendus et étonnants que des réactions chimiques.

Secrets that Do Not Permit Themselves to Be Told. Les villes qu'Edgar Allan Poe connaît très bien n'apparaissent pas dans les histoires qu'il écrit. Il écrit à Baltimore, New York, Richmond, Philadelphie. Mais ses histoires se déroulent dans de vagues paysages de romans gothiques ou des villes d'Europe : Paris, Londres. Poe ne voit rien de littéraire dans ce qui est proche de lui. Son imagination est aussi incongrue dans son propre pays que sa vie inadaptée et désastreuse. Enfant, il est allé à Londres, la ville où il a situé « L'homme des foules ». Les souvenirs, remontant à de si nombreuses années, ont difficilement pu lui servir à écrire cette histoire en apparence aussi littérale qu'une chronique et en tous points conforme à l'immédiateté de la vie dans la rue. La ville où un narrateur non nommé poursuit sans répit un inconnu pendant vingt-quatre heures, dans la foule et les rues désertes, à la lueur des vitrines et des becs de gaz, à travers de grands marchés ouverts jusqu'à des heures tardives, dans des ruelles obscures, est trait pour trait le Londres des *Confessions d'un mangeur d'opium*, de Thomas De Quincey. C'est la même ville qui resplendira de manière lugubre dans les romans de Dickens et de Wilkie Collins ou les aventures de Sherlock Holmes. L'inconnu au corps mesquin et à l'expression maléfique de la nouvelle de Poe est quarante ans plus tard l'Edward Hyde de Robert Louis Stevenson. Même le réverbère au gaz est identique, à la différence près qu'à l'époque de Stevenson il y avait bien plus de lanternes dans les artères principales. Leur clarté les démarquait des rues plus pauvres et plus étroites, qui restaient encore sombres. « La rue faisait avec son terne voisinage un contraste brillant, comme un feu dans une forêt », dit Stevenson, qui avait une grande admiration pour De Quincey. Dans sa jeunesse, il avait croisé à plusieurs reprises son étrange silhouette errante dans les rues d'Édimbourg. Sa description de Mr. Hyde coïncide avec tous les témoignages décrivant Thomas De Quincey dans ses vieux jours : « Mr. Hyde était blême et rabougri. Il donnait sans aucune difformité visible l'impression d'être contrefait. »

Nous ne Pouvons pas Changer Ton Passé. « L'homme des foules » est une histoire sans intrigue. Il pourrait s'agir d'un poème en prose, d'une anticipation comme celles que Baudelaire a écrites des années plus tard sous l'influence directe de Poe. Il y a un point de départ, un mystère, mais pas d'explications ni de dénouement clair. L'inventeur de trames très élaborées et bien souvent truculentes s'autorise une singulière liberté narrative. « Confuse l'histoire, dit Antonio Machado, et claire la peine. » Il n'y a ni trame ni noms propres. Délivrée des obligations et des pièges de l'intrigue, l'histoire s'écoule, semblable à la vie et au déroulement musical de la poésie. Nous ne savons pas qui est le narrateur, ce qu'il fait, d'où il vient ni pourquoi il est à Londres. Il nous a suffi d'apprendre qu'il est convalescent, bien qu'on ne nous dise pas de quelle maladie. Cet état de convalescence est décisif : il profite du simple bonheur de respirer ; « Chaque chose [lui] inspire, dit-il, un intérêt calme, mais plein de curiosité. » C'est un contemplatif immobile plus qu'un marcheur, une silhouette sur la photographie. Il est dans le café d'un hôtel, près d'une grande fenêtre, et fume le cigare, un journal étalé devant lui. Il est la perfection du ne-rien-faire. Par instants, dit-il, il jette un coup d'œil sur les annonces ; il lève les yeux et regarde les diverses personnes qui se tiennent dans la salle. À l'époque où Poe écrit cette histoire, les annonces dans les journaux sont une invention commerciale encore récente.

Beaucoup plus de gens savent lire et les progrès technologiques permettent de réaliser des impressions bon marché et des tirages massifs. Les poèmes et les textes en prose de Baudelaire semblent perdus dans les immenses pages aux minuscules caractères des journaux de Paris. Les quelques poèmes d'Emily Dickinson publiés de son vivant sont difficiles à remarquer au milieu des colonnes du quotidien, presque clandestins dans leur concision et leur anonymat. Dans le *New York Sun*, un journal vendu un cent, Poe a publié l'histoire méticuleuse et complètement fausse de l'arrivée sur les côtes américaines d'un ballon dirigeable ayant traversé l'océan Atlantique en trois jours à peine. Le temps que l'on découvre la supercherie, des centaines de milliers d'exemplaires avaient été vendus.

Nous Comprenons que Tu ne Regardes pas par Cette Fenêtre. Par moments le narrateur regarde du côté de la rue. À l'heure précise où les gens sortent du travail : quand elle se remplit de tous ceux qui quittent les bureaux et les boutiques, que la nuit tombe et que les becs de gaz s'allument. Leur éclairage donne un relief exagéré aux silhouettes et aux visages, comme si on assistait à un défilé de caricatures d'Honoré Daumier. Classes, caractères, tenues vestimentaires et métiers se mélangent avec une densité toujours plus grande à mesure que la nuit progresse et que l'éclairage au gaz se fait plus puissant, car la clarté du jour s'est déjà éteinte : « les rayons des becs de gaz […] jetaient sur toutes choses une lumière étincelante et agitée. Tout était noir, mais éclatant. » L'intensité de l'écriture tient en partie à la tension à laquelle il a fallu soumettre le langage pour qu'il rende compte d'un spectacle nouveau. Les visages de la foule se multiplient sous la clarté du gaz dans une prolifération aussi monstrueuse que celle des hallucinations de Thomas De Quincey. Parmi eux, il en est un qui déclenche sans raison chez le narrateur l'urgence de se précipiter dans la rue et d'entreprendre sa poursuite. C'est un petit homme qui, une fois encore, semble être un double ou un fantôme de De Quincey :

« un vieux homme décrépit de soixante-cinq à soixante-dix ans », « de petite taille, très maigre et très faible en apparence », « ses habits étaient sales et déchirés ». L'inconnu lui inspire « des idées de vaste intelligence, de circonspection, de lésinerie, de cupidité, de sang-froid, de méchanceté, de soif sanguinaire, de triomphe, d'allégresse, d'excessive terreur, d'intense et suprême désespoir ».

Nous t'Attendons. Survient alors un désir intense de ne pas perdre l'inconnu de vue, d'en apprendre davantage sur lui, de savoir « quelle histoire étrange [est] écrite dans cette poitrine ». L'homme des foules et son poursuivant participent pendant vingt-quatre heures à un épisode de la grande promenade incessante du siècle, « rôdant au hasard jusqu'à une heure très avancée, et cherchant à travers les lumières désordonnées et les ténèbres de la populeuse cité ces innombrables excitations spirituelles que l'étude paisible peut donner ». Pendant une seconde, le narrateur entrevoit dans l'ombre du vieux manteau de l'homme qu'il poursuit « la lueur d'un diamant et d'un poignard ». Mais ils restent là, à briller, inexpliqués, un pur mystère, sans qu'à la fin de la course aucune solution soit donnée. L'éclat furtif du poignard et du diamant sous le bec de gaz suffit.

Le Cerveau dans l'Ombre. L'autre ville de Poe est Paris. Dans sa jeunesse, il aimait raconter des voyages qu'il n'avait jamais faits. Il affirmait être allé à Saint-Pétersbourg et en Chine. Il ne connaissait pas Paris mais avait lu des feuilletons français traitant de crimes dans les bas-fonds de la ville, reproduits et traduits illégalement par les journaux américains. Il connaissait aussi les chroniques macabres de Thomas De Quincey, et tentait parfois d'imiter sans trop y parvenir l'humour noir contenu dans *De l'assassinat considéré comme un des beaux-arts*. Les journaux sont des sous-produits de consommation rapide et bon marché qui n'ont pas le moindre souci de véracité.

Ils publient des récits de meurtres aux illustrations truculentes, de voyages en ballon sur la Lune, d'enterrements prématurés, de résurrections grâce à des courants électriques, de transes mesmériennes au cours desquelles le récent défunt, encore sous hypnose, parle depuis le royaume des morts. Aux États-Unis, les éditeurs ne publient pas de livres d'auteurs américains parce qu'ils empochent beaucoup d'argent en s'accaparant les romans anglais à succès. Il faut bien gagner sa vie. Poe ne cesse d'écrire sans jamais sortir de la misère. Une jeune fille appelée Mary Rogers a été tuée et jetée dans l'Hudson, du côté du New Jersey, sans doute pour effacer les traces d'un avortement raté. Pour Poe, l'éloignement est un ingrédient nécessaire à la littérature. Il écrit une histoire où Mary Rogers devient Marie Roget et troque Jersey City contre Paris et l'Hudson contre la Seine. Le détective C. Auguste Dupin, qui a également résolu les assassinats de la rue Morgue, enquête sur le meurtre de la jeune fille.

Le Charme de Ton Âge. Depuis que je la connais, son âge a toujours été celui qui me convenait. Je tremble en songeant à présent que la première fois que je l'ai enlacée elle avait vingt-huit ans. Nous ne savions ni l'un ni l'autre combien nous étions jeunes, elle avait six ans de plus que moi. Les années passant, sa beauté traversait de nouvelles étapes, sortes de phases lunaires qui nc sc répéteraient jamais à l'identique. Elle demeurait tout en acquérant de nouvelles plénitudes octroyées par le temps. La vie continuait de la modeler à mon goût. Elle aussi se modelait, prenant grand soin de son corps, observatrice critique sans indulgence. Elle changeait et devenait une autre en demeurant elle-même. Elle était sans l'être celle qu'elle avait été un jour, un mois, deux années auparavant. Les photos attestaient ces changements. Une fois, elle s'était fait couper les cheveux très court et avait, quand elle souriait, l'éclat de l'adolescence. Elle avait projeté de se teindre en blond platine mais ne l'avait jamais fait. Elle relevait ses cheveux en un chignon haut et cette verticale supplémentaire soulignait la grâce errante de ses pas. À une époque, elle possédait deux robes identiques, simples et cintrées, courtes, en lin, l'une rouge et l'autre jaune. Ces couleurs accentuaient son allure pop rappelant les années 1960, déjà suggérée par le chignon. Pour éviter de porter un sac et ne pas se charger, elle me demandait de prendre son rouge à lèvres. Elle aimait sortir sans rien dans les mains, ce qui était possible du temps où les téléphones portables n'existaient pas. Elle ne disait pas « rouge à lèvres », mais « rouge », une abréviation qui contenait à mes yeux toute l'excitation du parler madrilène et de la nouvelle vie que nous menions désormais ensemble.

Exprime Librement Ton Style. Elle mettait les chaussures aux talons très fins mais pas très hauts que je lui avais offertes, blanc et noir avec des motifs léopard. Elle se regardait du coin de l'œil, avec coquetterie et une acuité critique, dans les miroirs des vitrines. Nous avancions ensemble dans le temps en remarquant à peine qu'il passait, comme qui voyage en ballon et, pris dans un courant d'air, n'en perçoit pas les mouvements. Qu'elle soit si attirante et fasse dix ans de moins alors qu'elle était quadragénaire m'excitait. Je la regarde à la cinquantaine et je ne crois pas qu'un être plus désirable puisse exister. Elle l'est encore davantage parce qu'elle a cet âge. Le trésor du temps l'enrichit. Elle a la peau si douce que son simple contact est une caresse. Le temps nous a édifiés séparément et à l'unisson, forgés au travers de nos effleurements mutuels. Nous sommes l'un et l'autre tels que nous étions en naissant, quand nous nous sommes rencontrés, et ce que nous sommes devenus au fil de notre relation. Nous sommes chacun l'atmosphère que l'autre respire. Quand elle n'est pas là, j'aime ouvrir sa penderie pour sentir sa présence dans ses vêtements. Quand je dors seul, je n'occupe jamais sa place dans le lit. Je me souviens d'elle lisant des mots du poète Donald Hall à propos de sa femme, Jane Kenyon, qui écrivait elle aussi d'admirables poèmes : « *She came into her beauty like into an inheritance.* »

Créé Pour s'Adapter à Ta Main. Il a trouvé un bristol intéressant dans un carton bourré d'anciens formulaires remplis à la machine, que quelqu'un a abandonné à côté d'un container à papiers. Il a la taille et la forme d'un couvercle de boîte à chaussures. C'est un bristol solide mais non rigide, d'un blanc sans taches bien qu'il ait été jeté avec de vieux papiers et toutes sortes de détritus. Commc tant d'autres fois dans sa vie, il regrette de manquer de talent pour le dessin. Le bristol a des dimensions et un format parfaits pour y dessiner quelque chose d'austère et de précis, une esquisse de nature morte de Juan Gris ou une des silhouettes humaines solitaires de Giacometti. Il le glisse dans son grand cartable omnivore sans regarder auparavant si on l'observe. Dans la rue, il est conscient de la belle possibilité secrète qu'il emporte avec lui. Il entre dans un café inhospitalier et bondé où les tables inoccupées sont couvertes de restes de petits déjeuners sur des plateaux que les clients n'ont pas pris la peine de débarrasser. Mais il en remarque une, une seule, déserte, près de la fenêtre, un miracle dont il va devoir profiter avant qu'il ne s'évanouisse. Sans rien demander, il s'installe à cette table et sort le bristol. Pendant quelques secondes de nervosité, il cherche son crayon en palpant ses diverses poches, craint de l'avoir perdu. Plus les crayons rapetissent et plus ils s'ingénient à se camoufler. Ils trouvent un repaire idéal dans n'importe quel pli ou fond de poche. Comme il s'y attendait, le bristol est lisse à souhait : il favorise l'écriture rapide sans être glissant. Il humecte la mine du crayon du bout de la langue et ce n'est qu'à l'instant où la pointe humide et bien taillée se pose sur le carton que les mots surgissent.

Prépare-toi en Vue de Tout ce qui Arrive. « Aussi littéraire et spéculatif qu'il soit, l'art, écrit-il, doit impliquer une bonne part de tâche matérielle, d'effort physique et de travail manuel. Emily Dickinson mettait ses poèmes au propre, les cousait sous forme de cahiers, y collait des feuilles d'arbres, pliait avec délicatesse les pages manuscrites en y insérant parfois une fleur pressée souvent en rapport avec le poème. Sa chambre était une cellule confortable pour la contemplation, mais elle n'y passait jamais de longues heures. Elle se promenait dans son jardin et se consacrait à son entretien avec une énergie et une adresse de maraîchère. Les petites mains agiles qui écrivaient de la poésie maniaient le sécateur et la serfouette, semaient des graines, cassaient les mottes de terre sombre. Dickinson participait à toutes les tâches domestiques et était une cuisinière inlassable. Il y a chez cette femme confinée de son plein gré un activisme pratique semblable à celui de sainte Thérèse d'Avila, fort heureusement dégagé de tout penchant pour l'ascétisme et même la transcendance. Le paradis est là, de même que les insectes, les oiseaux, les animaux des enclos, le monde entier, l'arche de Noé à ciel ouvert sont présents dans la maison familiale, le jardin, sur les étagères, dans la vue de la campagne depuis ses fenêtres et la vie organique des plantes. Le cerveau humain se déforme et s'atrophie quand l'intelligence s'attelle à trop d'occupations ne requérant pas de vigueur physique, d'habileté manuelle ou de fortes impulsions sensorielles. Le dessinateur a besoin de la résistance du papier et doit prendre la décision de surmonter la maladresse de ses mains. Dans son contact avec la matière surviennent les contretemps et les révélations du hasard, bien plus fécondes pour l'œuvre future que les intentions préalables. Les mots n'ont aucune consistance matérielle, mais la résistance qu'ils offrent n'est pas moins obstinée que celle du bois, de la terre ou la pierre. Les mots ont leurs sons et leurs sens invariables, qu'on ne peut forcer que jusqu'à un certain point. La résistance de la syntaxe est aussi puissante que celle de la gravité ou de la composition physique de la matière. De plus, les mots sont utilisés, maniés, empoisonnés par des déchets toxiques comme la viande des animaux marins par les déversements chimiques, les antibiotiques et les antidépresseurs que les gens expulsent dans leur urine ou jettent tout simplement aux toilettes. »

Trois Jours d'Activisme Quantique. « Ce qui fait la noblesse de l'artiste populaire, c'est qu'il travaille avec ce qu'il a à portée de main, les matériaux bon marché et accessibles, le bois là où il y a du bois, la pierre s'il y en a, la terre aux endroits où il n'y a ni bois ni pierre. En Afrique, un artiste fait des sculptures qui ressemblent à des masques ou à des têtes d'idoles en utilisant les bidons en plastique dans lesquels les pauvres transportent de l'eau ou de l'essence. Emily Dickinson cousait ses petits cahiers de poèmes avec le fil et l'aiguille qui lui servaient pour ses travaux de couture. Et elle écrivait ses vers en respectant le rythme simple et la monotonie des strophes des hymnes chantées à l'église. Adolescente, elle avait réalisé un album contenant toutes les espèces d'herbes et de fleurs de son jardin et des champs voisins. Elle avait étudié la chimie et l'histoire naturelle, pressait les plantes avec beaucoup de soin en tâchant de garder entières et visibles leurs parties les plus révélatrices. Elle fixait les tiges sur le bristol avec de minuscules bandes de papier ou de tissu, et écrivait leur nom sous chaque plante. Gary Snyder a écrit toute sa vie des poèmes sans jamais cesser son travail manuel, la menuiserie, et surtout la construction. Un poème de sa prime jeunesse traite des tailleurs de pierre qui travaillaient à flanc de montagne, et chacun de ses vers évoque le dégagement et même la dureté d'une marche taillée, un degré imbriqué dans un autre afin de solidifier le sentier. L'activité manuelle favorise le recueillement salutaire de celui qui est très concentré sur son activité et, dans le même temps, s'oublie facilement, met son identité et l'histoire de sa vie en suspens, les laisse flotter autour de lui, sans poids, comme les objets d'une station spatiale, libérés de la force gravitationnelle. La tâche a une finalité pratique et vérifiable tout en procurant une satisfaction qui se suffit à elle-même. Quelle qu'elle soit, l'œuvre a une existence pleine et objective, bien qu'elle appartienne aussi à ce que la vie et le caractère de celui qui l'a réalisée ont de plus irréductible. Elle pourrait être impersonnelle et anonyme. Elle se tient fermement sur sa base, occupe une place dans l'espace, remplit une fonction précise : une carafe, une chaise, une caisse en bois ou un carton, un tableau. Elle est née du travail de quelqu'un, mais a désormais une existence indépendante de cette personne. Elle peut durer quelques jours ou bien des siècles, des millénaires. Elle peut devenir aussi élémentaire que les formes pérennes de la nature, érodée par le temps et modelée ou modifiée par son action ou les mains de celui qui s'en sert, comme les marches usées par les pas. Une tête de reine ou de déesse égyptienne en basalte dont il ne reste que la moitié inférieure, beauté radieuse dans une ruine, un menton et le demi-ovale d'un visage, et un demi-sourire encore plus beau parce que dépourvu des yeux qui l'accompagnent : mi-scultpure, mi-débris de décombres, mi-beauté sensuelle et frémissement sacré. » Une voix désagréable lui fait lever la tête, mais il tarde à comprendre qu'on s'adresse à lui. « Vous ne pouvez pas rester ici sans consommer. » Il acquiesce aimablement, range son bristol dans le cartable et son crayon dans la poche intérieure de sa veste afin que, cette fois, il ne s'égare pas. Mais la mine pointue commence déjà à ouvrir une fente dans le tissu de la doublure.

Mets de la Saveur dans Ta Vie. Il est l'archéologue impatient de ce qui est encore en train de survenir, de l'instant où ce qui est précieux ou intact devient résiduel, de la manière dont les images et les slogans publicitaires passent de l'omniprésence à la disparition. Il est le collectionneur scrupuleux des prospectus que des hommes mûrs sans travail essaient de distribuer aux portes des centres commerciaux, des papiers que tout le monde jette et que lui sollicite et salue, ou qu'il repêche dans la corbeille à papier où ils s'amoncellent et débordent, super promo de matelas personnalisables derniers jours, Menu touristique Spanish Paella, Samanta Prêtresse Réincarnée Guérisseuse de l'Amour. Il est l'archiviste qui veut sauver quelque chose de la grande cataracte permanente de ce qui, encore récent, est déjà précipité dans la poubelle, la brochure de réclames du supermarché qui sent l'encre fraîche et qu'on jette sur le trottoir. Tout est présent et tout est aussi une relique anticipée que les archéologues de demain pourront à peine récupérer, car presque tout se sera dégradé et aura disparu ou été enfoui. Il est le collecteur des paquets de cigarettes que les gens froissent et jettent quand ils sont vides, l'envoyé du futur ou d'une puissance étrangère qui doit faire au hasard provision de matériaux que d'autres experts classeront et étudieront. Il collectionne aussi bien les photos atroces de poumons cancéreux, de bouches dévastées et d'hommes moribonds qui figurent sur les paquets de cigarettes, que de jeunes demoiselles asiatiques ou latines

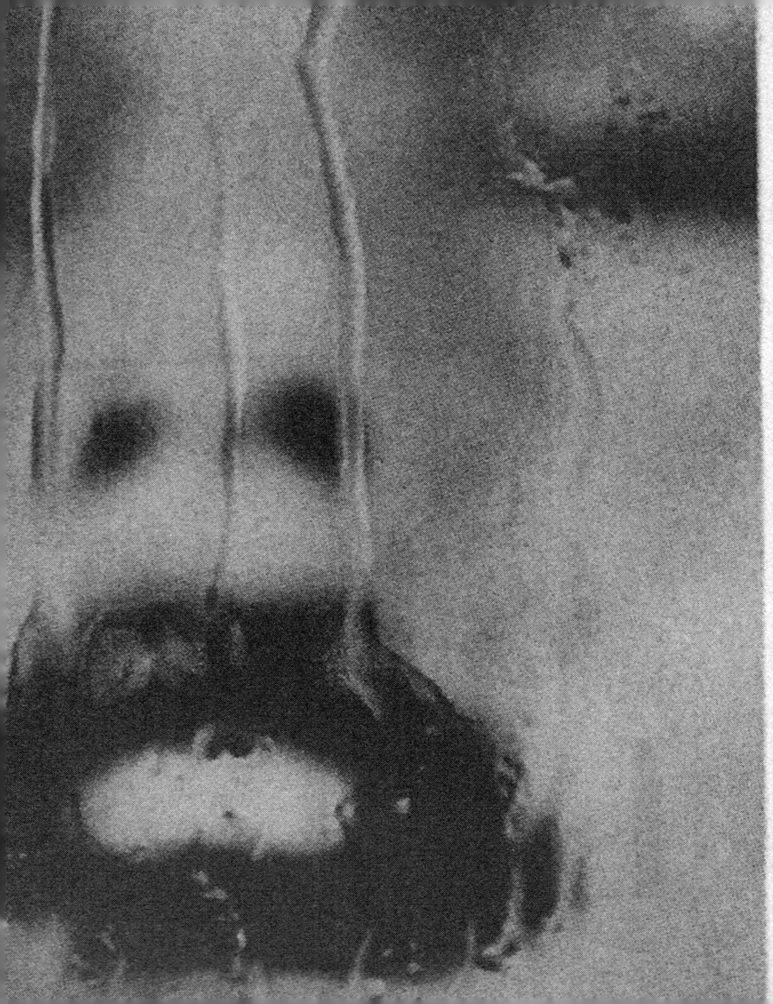

1960s style of
extremes, Ms
invite us to co
do and do not
contrast their
with the exte
fashion, adve
pornography
beauty, beha

Originated
Museum in I
of Contempo
show contai
or metal, fou
sundry occa
graphs — al
from 1969 to
fulfills its co
subtitle, son
work. Many
confusingly,

a presidential campaign that under-
arious women's rights issues, what
t exhibition to review than one devoted
to provocative images of female
independence at its most intimate,
centering explicitly on the body.

"Marilyn Minter: Pretty/Dirty" is
part of "A Year of Yes," a series of
exhibitions on trailblazing female
artists at the Brooklyn Museum. Ms.
Minter, 68, has been exhibiting in
since the early 1980s, and is increas-
ired by younger generations for her

show's entr

In Ms. M
images are
up, embedc
border on a
winking, pa
formalist p
flooded wit
our own de
pleasant m
tightly fran
has an unc
carefully d
In a mesm
pair of rub
and turn t
might be v
sopping u

Back or

promettant des massages au dénouement heureux. Il imagine avec une pointe de compassion la journée de travail du publicitaire chargé de choisir les acteurs et de diriger les séances photos, la lumière de clinique blafarde, la pâleur des enfants rendus malades par le vice de leurs parents fumeurs ; et, plus encore, il se représente celle de l'autre, l'écrivain anonyme qui rédige les messages sur un bureau où il aura éparpillé des photos non pas de jeunes gens heureux sautant en l'air avec des téléphones portables, mais de pieds gangrenés, de bouches et de cadavres. Il allume peut-être une cigarette pour trouver l'inspiration avant de se mettre à écrire, comme le font les auteurs dans les films.

Une Mâchoire en 3D Te Rend le Sourire. Fumer peut nuire aux spermatozoïdes et réduit la fertilité. Fumer provoque le cancer mortel du poumon. Fumer provoque des crises cardiaques. Fumer peut tuer votre fœtus. Fumer crée une forte dépendance. La fumée du tabac contient plus de soixante-dix substances cancérigènes. Fumer obstrue les artères. Fumer peut entraîner l'impuissance. Votre fumée est mauvaise pour votre famille et vos amis. Fumer provoque des cardiopathies et des accidents cardio-vasculaires. Fumer entraîne le vieillissement de la peau. Fumer diminue l'afflux sanguin et provoque l'impuissance sexuelle. Fumer réduit l'espérance et la qualité de vie. *Fumer tue**[1]. *Smoking kills*.

1. Les termes en italique suivis d'un astérisque sont en français dans le texte.

Au Bout de la Rue ou au Bout du Monde.
« Tu veux vivre dans une bulle, tout seul ? C'est ça que tu veux ? Et nous, on fait quoi ? »
« Moi je ne peux pas retourner là-bas. Ça me fait peur, putain. »
« Je sais que j'ai une mauvaise influence sur toi. »
« Tout allait tellement mal et tout à coup, pour finir, ma vie se remet en place. »
Où Ai-je Déjà Entendu cette Voix ?
« On va l'envoyer dans un centre de traitement de la douleur parce qu'elle est à ramasser à la petite cuillère. »
« Dis à Cristina de venir me parler. Dis-lui de venir au téléphone tout de suite. Dis-lui de venir. »
« Ils doivent déjà être à la clinique. Ils sont venus tôt cette fois. »
Pour que Ta Famille et Toi Soyez Toujours Connectés.
« Tu as des cernes. »
« C'est normal. Comment veux-tu que je sois ? »
« Nerea, qu'est-ce que tu en penses, toi ? Parce que moi, ce que j'en pense, c'est qu'ils me font chier. »
« Elles sont en tissu, les filles. Les fleurs sont en tissu. »
« Moi, je trouve que je suis une fille courageuse. »
« Tu dois l'être pour faire ce que tu fais. »
« Tu sais bien, ma chérie. Tu essaies de faire au mieux, mais tu n'y arrives pas. Il faut laisser faire ceux qui savent. »
Le Moment où Tu Découvres Tout ce que Tu Ratais.
« Tu es déjà allé au Palacio de Hielo ? »

« Vous pouvez me donner une pièce pour un sandwich ? Ce serait sympa. »
« Il faut que je vienne ici tous les putains de jours de la semaine pour te voir ? »
« Comme je dis toujours, s'ils ont tellement souffert, qu'est-ce qu'on peut y faire si on n'est pas comme eux ? »
« Non, il ne s'est pas levé. Il vient juste de se réveiller. Il était en train d'ouvrir les yeux. »
« Je veux bien lui donner quelque chose, mais sûrement pas tout ce qu'il veut. »
« Quand il avait treize ans, son père est mort d'une attaque pendant une chasse à la perdrix dans le domaine de Cortina. »
« Il faut que ce soit de nuit. »
« Non. De jour, c'est mieux. »
« Une petite pièce, s'il vous plaît s'il vous plaît. »
J'ai l'iPhone que Je Veux.
« Une petite pièce, monsieur, n'importe quoi, ce que vous avez sur vous. »
« Beaucoup de gens disent que tout ça, c'est de la sorcellerie. »

Tu As Juste à Nous Appeler. Au crayon j'écris à voix basse. Si je me trompe dans un mot ou regrette de l'avoir choisi, je l'efface avec la gomme qui le surmonte. Ajouter une gomme au crayon a été un trait de génie pratique et poétique, comme d'ajouter des roulettes aux valises, ou comme cette carte transpercée d'un clou que Joan Brossa a fixée à une tête de mort. Et le bruit que fait le crayon est le flux des mots dans la pensée, les mots qui résonnent bien qu'on ne les prononce pas, qu'on les murmure en remuant à peine les lèvres. Quand j'écris au crayon je suis plus proche du silence que je recherche. Ce que j'écris semble jaillir non de mon intelligence ou de ma volonté, mais de la mine du crayon, la source noire du graphite où se trouvaient les mots, comme le minerai de charbon dans ses galeries, sous terre. Je ne me confie pas en écrivant, je ne m'affirme dans aucune sorte d'opinion, de croyance ou de but. Je me désagrège plutôt et me laisse aller. Je suis le filon et le débit souterrain des mots qui arrivent. J'écris à l'oreille. Quand je taille le crayon les mots ont des profils trop nets. Mais quelques lignes suffisent pour amortir cet excès de précision, cette finesse si fragile qui risque de rompre le fil de l'écrit lorsque la mine se casse. Sans m'en rendre compte, je me rapproche un peu, à peine, d'une des choses que j'envie le plus, l'art du dessin.

Tu ne Nous Vois Peut-Être pas mais Nous Sommes Là. Où que tu ailles et quel que soit l'endroit où tu te trouves, la ville te parle d'une ou plusieurs voix différentes qui s'adressent précisément à toi. Comme ça, à la deuxième personne, la deuxième personne du singulier, celle des chansons sentimentales et des poèmes d'amour. Parfois la voix s'identifie, parfois non. Elle te donne des instructions, te propose ou te suggère des choses susceptibles de te plaire, énonce des lois ou des principes universels. La voix t'affirme que rien de ce que tu pourrais désirer ou imaginer n'est hors de ta portée. Tu pourrais gagner une expérience VIP à Las Vegas. La nuit ne signifie pas forcément la fin du jour. Il ne te manque pas grand-chose pour tout avoir. Plus de trois mille cinq cents spécialistes veillent sur ta santé bucco-dentaire. Il y a cinq mille voitures pour toi. La voix exprime des pensées d'une grande profondeur philosophique ou poétique. Pour découvrir de nouveaux océans, ne crains pas de t'éloigner du rivage. Très souvent, la voix est celle d'un nous, un nous généreux, enthousiaste, festif, qui te comprend, t'offre tout, sait écouter tes désirs et les devine avant que l'idée t'en soit venue, alors que tu ne les as pas encore exprimés, que tu n'as pas osé le faire. C'est un nous qui te parle avec une amabilité molle et au fond menaçante de prédicateur évangélique, un pluriel d'omniprésence assidue dont il n'y a pas moyen de s'échapper. Même si tu ne t'en rends pas compte, nous sommes toujours près de toi. Notre plus beau cadeau, c'est de te connaître. Nous facilitons ton achat.

W.

B.

Nous voyons dans ton avenir des choses incroyables. Reçois notre newsletter. *We want to read your book*. Nous te livrons des fruits et des légumes. Nous réalisons tes rêves. Nous remplissons ton réfrigérateur. Si ton ancienne voiture te manque, nous t'en prêtons une neuve. C'est un nous invisible doté du don d'ubiquité, toujours proche, solidaire, bienveillant sans condescendance, protecteur sans t'angoisser, omniprésent, omniscient. Nous travaillons à ta sécurité. Nous te servons des repas à toute heure. Nous pouvons enrichir ton expérience. Découvre le monde avec nous. *Join our team*. Nous reviendrons très vite pour te surprendre. Nous savons ce dont tu as besoin avant même que tu le saches.

La Dernière Heure à Chaque Minute. J'aime la littérature qui m'ébranle et m'enivre comme du vin ou de la musique, qui me sort de moi-même, me force à la lire à voix haute et à favoriser sa propagation, m'explique le monde, me met sur le pied de guerre face à lui, m'en abrite et me révèle avec autant de véhémence toute son horreur et toute sa beauté. J'aime la littérature qui me procure une exaltation lucide sans délire ni malaise et une sérénité sans indifférence ni froideur, qui m'incite à être pleinement tel que je suis et aussi à être n'importe qui d'autre, et simultanément à n'être personne, un quidam, Don Nadie, *Monsieur Personne**, Mr. Nobody, à apprécier la splendeur des choses non en tant que témoin, mais comme quelqu'un qui les verrait alors qu'il n'y a plus aucun témoin. Garry Winogrand dit que lorsqu'il prend des photos, il s'extirpe complètement de lui-même : ce qui s'apparente le plus à ne pas exister. J'appelle poésie l'ivresse et la plus grande concentration expressive de tout art, toute présence ou image mémorable du monde réel. Ce dont elle se rapproche le plus est l'emportement suprême de l'amour qui ne ferme pas les yeux. Il fait un bond vertigineux pour voyager dans l'inconnu. Il disparaît sans laisser de traces.

Savoure la Magie de Chaque Destination. J'ai toujours voulu vivre dans « l'heure de la sensation vraie » (Peter Handke) ; la présence maximale, l'intensité la plus pure, le prodigieux tangible. Très doué pour l'abattement, je le suis à parts égales pour la joie, surtout cette forme de joie qui gagne votre for intérieur alors qu'elle n'est pas vécue en solitaire : le bonheur pudique de partager une conversation avec un ami, de prendre part à un repas où je me sens à l'aise, sans afficher la réserve de qui regarde de l'extérieur. Enfant, j'expérimentais très souvent des plénitudes secrètes. Je passais beaucoup de temps seul, et cette solitude ne m'attristait et ne me pesait jamais. Je vivais dans un temps hors du temps où les heures ne comptaient pas. Leur durée disparaissait dans l'abandon parfait aux activités qui m'occupaient. Jouer ou lire, écouter la radio, regarder le feu dans la cuisine, me rendre d'une maison à l'autre de ma famille en m'imaginant galoper, aller au cinéma d'été. J'aimais les péplums se déroulant dans la Rome antique, avec des combats de gladiateurs, des cavalcades et des batailles, et aussi des femmes aux pieds nus dans leurs sandales, en tuniques décolletées qui s'ouvraient sur le côté pour dévoiler de longues cuisses. Je rentrais de l'école l'après-midi et me réjouissais intimement en songeant à la BD récemment achetée que j'allais lire et regarder dès mon retour à la maison, un trésor intact qui m'attendait. J'écoutais à la radio des chansons populaires qui me faisaient vibrer de l'intérieur pour je ne sais quelle raison, un timbre de voix, les trémolos d'une mélodie, même si je ne comprenais presque jamais le sens des paroles, des couplets sur l'amour et la jalousie.

A tu vera
siempre la verita tuya
hasta el día en que me muera[1].

Pour Toi Promotions Exclusives. J'attendais dès le début de la chanson qu'arrive ce moment précis, l'effusion émotionnelle qui ne manquait jamais. Je ne disais rien de tout ça à personne. Ni par timidité ni par discrétion, mais parce que j'ignorais que ces

1. *À tes côtés / toujours tout près de toi / jusqu'au jour de ma mort.*

émotions pouvaient s'exprimer par des mots ou requérir d'être partagées. Je n'en ressentais pas le besoin. Mon père et ma mère étaient des présences protectrices et bienveillantes qui vivaient presque toujours dans un monde exclusivement à eux, de même que je vivais dans le mien, ou qu'un chat vit dans son monde de chats. Je collectionnais des vignettes en couleurs de l'album du film *Les Dix Commandements*, des images rectangulaires et satinées en Technicolor vendues sous enveloppe, qu'il fallait coller avec soin sur le rectangle de l'album qui leur correspondait. Mes mains enfantines appréciaient le contact du papier, et mon odorat le parfum de l'encre et de la colle, son effet narcotique. Comme je n'avais pas de personnages pour la crèche, je les dessinais sur du bristol, les découpais et les collais sur un socle en carton. Le soir, dans le noir, avant de m'endormir, je récapitulais des intrigues de films que j'avais vus ou imaginais des histoires très élaborées que je n'ai jamais racontées à personne. Je m'enfouissais complètement sous les couvertures, comme pour être à l'abri au fond de la grotte d'un conte. Je m'inventais un frère aîné parti faire ses études et qui, lorsqu'il reviendrait, me prendrait sous son aile, m'apprendrait des jeux, me raconterait ce qu'il avait vu, m'emmènerait en voyage.

Rien ne Nous Semble Aussi Beau que le Sourire d'un Enfant. Certains jouets me rendaient heureux rien qu'en les regardant. Cela ne m'attristait pas de savoir que je ne pourrais pas les avoir. Cette éventualité ne me venait même pas à l'esprit. Je me rends compte maintenant que je les appréciais dans une vitrine tout comme j'ai apprécié des années plus tard un vase de céramique grecque ou un masque primitif très précieux derrière la vitre d'un magasin d'antiquités, ou un tableau dans un musée. Qui a besoin de posséder ce qui peut être contemplé sans hâte ? Je me rappelle un voilier à la coque bleu et blanc avec une voile latine, un train électrique qui circulait dans un paysage de maquette et disparaissait dans un tunnel pour réapparaître sur un pont métallique, devant un ciel de diorama. J'ai rarement cessé d'être heureux dans les onze premières années de ma vie. Je marchais dans la rue et sur les chemins de campagne le regard toujours rivé au sol, au cas où je découvrirais quelque chose : une bille, une pièce de monnaie, un Indien ou un cow-boy en caoutchouc.

Viens Chercher Maintenant ce Merveilleux Cadeau. Walter Benjamin collectionnait les jouets et les livres pour enfants. Il les achetait pour son fils Stefan, mais ils lui plaisaient autant qu'au garçon. Il a continué d'en acheter alors que Stefan avait grandi et qu'ils ne vivaient plus ensemble. Adulte, en Angleterre, des années après la mort de son père, Stefan Benjamin a tenu une librairie de livres anciens. Dans son journal de Moscou, Walter Benjamin relate de longs trajets difficiles dans la ville sous la neige et la glace pour y visiter le musée du Jouet et les petits marchés des quartiers défavorisés, où l'on pouvait trouver des jouets et des livres pour enfants soldés. C'est l'hiver de 1926 et Benjamin semble enveloppé d'un sombre brouillard d'infortune, du fait de la pénurie, de la difficulté de vivre à Moscou et de l'échec de sa relation avec Asja Lācis. Dans la grisaille de ces journées sans soleil et sans espoir de rien, les couleurs pures des blocs de bois des jouets et des illustrations des albums pour enfants ressortent davantage.

Si Tes Rêves Sont Sans Limites. Joaquín Torres-García utilisait ces blocs de bois pour fabriquer des jouets à ses enfants. Contrairement à la plupart des artistes et auteurs d'avant-garde de son époque, Torres-García était un père de famille très impliqué dans ses obligations, que son épouse et leur progéniture accompagnaient dans toutes les villes où il voyageait et s'installait, pensant avoir trouvé sa place dans la vie, et d'où la pauvreté l'expulsait assez vite : Barcelone, New York, Paris, Rome. À New York, il s'était associé avec un homme d'affaires pour fonder une usine qui fabriquerait ses jouets. Tous les matériaux qu'ils avaient stockés dans un entrepôt avant le début de la production furent détruits dans un incendie. Les hommes à la vie errante et nécessiteuse qui n'ont aucun sens pratique échafaudent soudain des projets censés leur permettre d'amasser tout l'argent qu'ils ne récoltent pas avec leur art. En 1917, James Joyce a rejoint Dublin, prêt à créer la première chaîne de cinémas d'Irlande, avec l'appui d'investisseurs insensés de Trieste. Les jouets de Torres-García ont la solidité massive des essences dans lesquelles ils sont faits et la beauté poétique des dessins des contes et des fables d'animaux. Il récupérait des bouts de bois dans la rue, des pièces non utilisées par les menuiseries. Chacun de ses jouets renferme la fulgurance de son imagination et l'habileté artisanale de ses mains, tout comme les livres qu'il réalisait, des volumes entiers écrits et dessinés par ses soins : le titre et l'illustration en couverture, les planches intérieures, les pages méticuleuses couvertes de signes hiéroglyphiques et de mots transcrits d'une écriture claire et régulière. On décèle sur chaque page de chaque livre unique l'immense travail accompli, une ténacité aussi silencieuse que celle d'un copiste médiéval ou d'un scribe égyptien, des heures, des jours et des semaines penché sur sa tâche, nécessaire à ses yeux et totalement superflue, voire ruineuse, puisqu'il ne consacrait pas ce temps à une activité susceptible de lui rapporter quelque bénéfice, que personne n'achetait ces livres, et que, si d'aventure il parvenait à en vendre un, la somme qu'on lui remettait compensait à peine le talent et l'application qu'il y avait mis.

Recommence à te Sentir Enfant. Quand il était professeur au Bauhaus, Paul Klee fabriquait des pantins et des marionnettes à mains pour que son fils joue. L'esthétique sophistiquée du primitif et de l'enfantin rapproche les grands artistes non mégalomanes du siècle : Klee, Torres-García, Alexander Calder et son cirque en miniature, Ravel et ses partitions pour boîtes à musique et jouets mécaniques, Béla Bartók et ses pièces de piano pour enfants, Federico García Lorca et Manuel de Falla mettant en commun le meilleur de leur talent pour monter des spectacles de marionnettes en petits comités. À New York, Helen Levitt photographiait les jeux de rue des gamins du Spanish Harlem et les dessins à la craie qu'ils faisaient sur les trottoirs et les façades. Lorca écrit des romances qui ont la cadence simple et mystérieuse des chansons entonnées par les fillettes faisant la ronde ou sautant à la corde.

Le lézard est tout en larmes.
La lézarde est tout en larmes.
Le lézard et la lézarde
dans leurs petits tabliers blancs.

Tout ce qui reste des objets collectionnés avec tant d'avidité par Walter Benjamin et qu'il perdait presque aussi vite qu'il se les était procurés, peu après les avoir acquis, est un dessin de Paul Klee qui ressemble à l'illustration d'un conte, *Angelus Novus*. Ce que les artistes ont fait de leurs mains, avec des matériaux pauvres et des déchets ramassés au hasard, ce qu'ils ont accumulé au cours de leurs vies d'infortune et d'indigence sont désormais des trophées d'investisseurs multimillionnaires, des pièces qui resplendissent comme des lingots d'or dans des urnes de verre blindé.

Nos Experts Analysent Tes Besoins. L'inventaire des objets qu'il y avait dans la chambre, à Portbou, où Benjamin s'est ôté la vie : une serviette en cuir noir, une montre, une pipe, six photos, une radiographie, des lettres, des journaux, quelques pièces de monnaie, une note manuscrite : « C'est dans un petit village des Pyrénées où personne ne me connaît que ma vie va s'achever. » On n'a jamais su ce que contenait la serviette ni ce qu'elle était devenue.

Parle-moi à l'Oreille. Personne ne reconnaît le son de sa propre voix. Presque personne ne l'écoute sur un enregistrement sans afficher un certain degré de mécontentement. Pendant quelques secondes, tu entends ou tu vois un inconnu qui est toi, celui que voient et entendent les autres. Tu le découvres avec surprise quand tu te vois sans t'y attendre dans une vitrine. Ce n'est pas la personne que tu vois dans le miroir. Face au miroir, tu te prépares instinctivement, comme un acteur avant d'entrer en scène. Dans le miroir, tu vois ce que tu es prêt à voir, comme ce mot que tu crois être en train de lire entièrement et que tu as en fait deviné à partir des deux ou trois premières lettres. Le miroir vers lequel tu te penches plusieurs fois par jour ne reflète pas le temps. Ce cahier, c'est un inconnu qui l'écrit.

Compréhension de Sons Quasi Imperceptibles. Je n'écris pas parce que j'ai des choses urgentes à dire. J'écris pour le plaisir de remplir les pages vierges du cahier ouvert devant moi. Le cahier vierge est un livre déjà écrit à l'encre invisible. Sans me l'être proposé, j'écris au crayon. Écrire au crayon, c'est comme parler en baissant la voix. Le crayon sur le papier est la marque exacte du temps pendant lequel on écrit, le microsillon où s'imprime la musique que fera ensuite résonner le diamant. La pointe du crayon est l'aiguille du sismographe qui calcule le flux et le tremblement des mots à mesure qu'on les écrit. J'écris au crayon, un taille-crayon toujours à côté de moi, les doigts en contact avec le papier, avec les ciseaux dont je me sers pour découper des phrases, des titres ou des mots épars qui, une fois isolés, se parent d'une étincelle de beauté, une poésie inventée ni par moi ni par personne, mais surgie exclusivement du hasard. Le crayon avance sur le papier aussi discrètement que des pieds nus sur un parquet. Une femme dénudée se lève pour aller aux toilettes après l'amour et ses pas glissent sur le bois poli dans un bruissement de soie.

Tu Voudras l'Avoir entre Tes Mains. Le crayon se consume et rapetisse peu à peu entre les doigts, mais très lentement, au fil des jours, des semaines, à mesure que les cahiers se remplissent et que la tâche progresse sans qu'il soit nécessaire de savoir dans quelle direction. Le crayon a la durée prolongée de la cigarette idéale dont rêverait un fumeur contemplatif, comme durerait gorgée après gorgée un seul verre au bar parfaitement accueillant où s'installerait un buveur peu pressé. Les doigts s'adaptent sans difficulté à sa taille décroissante. Maintenant ils doivent se courber davantage pour le manier, exercer une pression plus forte pour éviter que l'écriture se déforme. À mesure que le crayon diminue, il devient plus familier, plus adapté au toucher et au geste d'écrire, un appendice du corps, aussi uni à lui que les lunettes, par exemple, une extension de la main comme les lunettes sont une extension du regard. Je me rappelle soudain que lorsque nous étions petits, à force d'écrire, de la corne se formait sur notre majeur, au niveau de la première phalange. Mon ami Ricardo Martín m'a raconté que son frère Paco, longtemps dessinateur d'histoires comiques et de caricatures pour les journaux, utilisait ses crayons presque jusqu'au bout, portant à chacun d'eux un attachement qui frisait la maniaquerie, leur accordant une valeur inestimable. Paralysé depuis des années à la suite d'un accident, presque incapable de bouger et de parler, la conscience et la mémoire probablement perdues, Paco tient avec difficulté le crayon qu'on a posé devant lui et trace des formes vagues, des tentatives de dessin, sur une feuille de papier.

Pour l'Enfant que Tu Portes en Toi. Il y a beaucoup de gens solitaires qui écrivent à la main par ici. Parfois dans un grand inconfort, dans le métro, un cahier posé sur les genoux, pressant fortement sur le crayon ou le stylo pour contrer les oscillations du train. Certains indigents écrivent en attendant qu'on leur donne des pièces, sur des cahiers lignés d'écoliers très malmenés, avec des bouts de crayon qu'ils serrent dans leurs doigts aux ongles sales et cassés, noircis, rougis ou violacés par les intempéries, enveloppés de lambeaux de gants. Ils écrivent avec application au marqueur, en capitales, leurs messages de demande d'aide sur des cartons découpés. À New York, j'en ai lu un qui disait : « J'ai tué mon beau-père parce qu'il voulait abuser de ma sœur. » Il y a des fous qui écrivent avec une fureur sans répit, dans des cahiers à la spirale en fil de fer tordu, formant des lettres immenses qui remplissent aussitôt tout l'espace et que même eux ne pourront plus déchiffrer ensuite. Il y a de belles jeunes filles qui voyagent seules et ont un petit quelque chose des dames excentriques de la prime jeunesse de Virginia Woolf, une langueur ou une extase à la fois préraphaélite et hippie. Elles ont posé leur sac à dos en atteignant un belvédère, une place ou une promenade en bord de mer et s'assoient sur des marches pour écrire dans un cahier à couverture rigide où elles ont collé des feuilles d'arbres, des coupures de journaux, des photos, des extraits de poèmes.

Tu n'As qu'à Fermer les Yeux. Dans le vrai Paris, Charles Baudelaire lit les histoires du Paris inventé par Edgar Allan Poe. Il pose à présent sur la ville où il a vécu depuis sa naissance d'autres yeux éclairés et distordus par l'imagination d'une personne qui n'y est jamais allée. Dans sa jeunesse, comme n'importe lequel de ses contemporains, Baudelaire voulait écrire des romans situés dans des contrées lointaines, des décors littéraires luxueux. Il aimait les tableaux de Delacroix parce qu'il y voyait la beauté du fabuleux et de l'exotique, bien plus noble à ses yeux et à ceux de quiconque que le spectacle médiocre de la réalité, faite de matériaux si bas de gamme que seuls les dessinateurs de caricatures et les chroniqueurs de crimes des journaux en tiraient profit. En lisant Thomas De Quincey, qui écrit sur Londres, et Poe, qui décrit depuis New York un Paris imaginé, il s'impose le travail colossal et en rien lucratif de les traduire tous deux et apprend à regarder Paris, à voir passionnément ce que l'art et la littérature respectables ne peuvent et ne veulent presque jamais remarquer et qui s'étale désormais sous ses yeux, le bruit, la vulgarité, la rapidité, l'étourdissante abondance, la confusion de gens, les voix, la boue et le crottin sur les avenues, les vitrines illuminées jusqu'à des heures avancées de la nuit, la trouble nuit urbaine où l'excès d'éclairage artificiel et la fumée du charbon dans les usines ont effacé à jamais les constellations.

Il te Montre les Villes du Passé. Mais tout est une suite de malentendus. Baudelaire, qui a inventé le mot « modernité », a connu la gloire posthume d'être le prophète de la nouveauté alors qu'il détestait, avec un acharnement aussi fulgurant que son talent, tout ce que d'après les experts d'aujourd'hui il voulait célébrer. Baudelaire détestait la photographie, détestait les journaux, détestait les nouveaux boulevards rectilignes de Paris, détestait l'éclairage au gaz et affirmait que les affiches placardées dans les rues lui inspiraient une « immense nausée ». Il disait qu'il ne pouvait plus ouvrir un journal sans être écœuré. Il détestait la démocratie, l'industrie, les reproductions lithographiques, les omnibus. Selon Walter Benjamin, Baudelaire était un agent secret, un renégat de la classe bourgeoise à laquelle il appartenait de par ses origines (quand il vivait à Bruxelles, le bruit courait qu'il était un espion à la solde du gouvernement français). Mais lui aurait aimé être davantage : un dissident et un dynamiteur de cette époque moderne qui avait nourri son originalité et son talent à réveiller la fureur avec laquelle il la récusait. Il a formulé littéralement ce qu'il avait pressenti dans les récits de ses deux maîtres, ses deux prédécesseurs successifs : à savoir que la fascination et l'horreur peuvent être une seule et même réalité, l'abandon et le rejet, la complaisance à l'égard de ce qu'on voudrait précisément détruire ; et que, dans la ville, la proximité entre l'or et la boue, les merveilles et les déchets devient visible. Il disait qu'il avait écrit *Les Fleurs du mal* avec rage et patience. Un ami venu lui rendre visite avait constaté qu'il n'avait pas de bureau. Il composait mentalement ses poèmes en marchant dans la rue. Il fallait trouver de nouvelles métaphores pour raconter ce qui n'avait encore jamais existé jusqu'alors : l'agitation du trafic et des gens, l'horizon nouveau des énormes gazomètres et des cheminées des usines, ces « obélisques de l'industrie vomissant contre le firmament leurs coalitions de fumée ».

Tu Avais Envie de Revenir. Il s'était mis à lire Poe dans des traductions infidèles, de vagues adaptations arrivées dans les journaux français par on ne sait quelles voies. Il eut une commotion enthousiaste et reconnaissante. Dans un café, il abordait quelqu'un et lui demandait : « Vous connaissez Edgar Poe ? » Un jour, il apprit qu'un voyageur américain de passage à Paris avait mentionné Poe ou affirmé le connaître. Il demanda à un de ses amis de l'accompagner et alla trouver l'Américain à son hôtel. Quand l'homme accepta de les recevoir, il était très occupé à essayer différentes paires de chaussures. Il leur dit distraitement que, en effet, il connaissait Mr. Poe, qu'il l'avait rencontré à une occasion. Baudelaire et son ami attendaient avec impatience qu'il s'étende davantage sur le sujet et le voyageur comparait d'un air songeur les chaussures, les essayait de nouveau, en écartait certaines, examinait de près leurs coutures ou leurs semelles. Il leur dit que Poe était un homme bizarre à la conversation peu cohérente. Il s'étonna qu'on ait entendu parler de lui à Paris. Baudelaire et son ami quittèrent les lieux indignés, ulcérés, tandis que le voyageur américain essayait les bottes que le cordonnier lui présentait. « Un yankee », déclara Baudelaire d'un ton méprisant en calant son chapeau sur sa tête alors qu'ils sortaient de l'hôtel.

Entre et Tu Découvriras les Ingrédients de la Vie. Un matin, j'étais assis au Café Comercial, sur une des banquettes rouges au dossier accolé à celui qui se trouvait derrière, ce qui facilitait l'écoute des conversations de personnes très proches mais qu'on ne voyait pas. J'allais souvent m'installer au Café Comercial, du côté du trottoir de la Glorieta de Bilbao où existe encore ce kiosque opulent qui semble dater d'une autre époque, de l'âge d'or si récent et pourtant révolu des journaux imprimés et des magazines. Bien que le café ait fermé et qu'à l'évidence les journaux disparaissent entre les rares mains qui les ouvrent encore, le kiosque survit et même prospère en vendant des DVD d'occasion. Je m'asseyais sur une banquette, à une des tables en marbre, et regardais derrière la baie vitrée les gens passer sur le trottoir, sortir du métro par déferlantes successives ; j'avais également vue sur la grande salle bruyante où se tenaient toujours des groupes de personnes autour des tables rapprochées, couples, clients solitaires plongés dans leurs journaux, certains le coude posé sur la table et la main levée, comme pour tenir une cigarette que désormais ils ne pouvaient plus fumer, la cigarette invisible de la nostalgie.

Tu es Accueilli par une Lumière de Bienvenue. Le café était un de ces lieux de plus en plus rares où se mélangent avec naturel des personnes de tout âge et d'identités très différentes. Il y avait là des joueurs de dominos qui mâchouillaient des cure-dents d'un air songeur et de pâles branchés au crâne rasé et aux barbes touffues de guérilleros talibans. Il y avait de très jeunes lycéens avec leurs chemises cartonnées colorées et leurs téléphones portables, des dames solennelles à double menton qui, en milieu de matinée, prenaient un chocolat chaud accompagné de churros pour leur petit déjeuner. J'aimais le murmure ambiant de ce café sans la moindre musique de fond, le vaste espace uniquement peuplé de voix qui discutaient et de cliquetis d'assiettes, petites cuillères et verres. Parfois, lorsque j'avais un calepin à portée de main, je notais sans intention particulière les phrases isolées que j'entendais, des fragments de conversations qui, bien souvent, étaient des monologues de gens parlant au téléphone. Mais je n'étais pas encore sérieusement atteint de cette manie qui me faisait arpenter les rues dans le dessein exclusif de surprendre des voix. C'est venu plus tard. Cette matinée dans ce café en est peut-être à l'origine. Une phrase prononcée tout près de moi par une voix grave et masculine, dans mon dos, s'est élevée au-dessus du bruit de fond. Elle n'était pas forte mais très nette, teintée d'un vague accent dont j'ignorais s'il était étranger ou vieillot, cérémonieux sans emphase, une façon de s'exprimer très peu espagnole, avec une cadence proche de la récitation, et s'adressait à quelqu'un qui était tout près. Cette voix a dit :

> « Le grand poème de ce siècle ne pourra être écrit qu'avec des matériaux de rebut. »

Surfe Seul si Tu en As Besoin. La phrase est restée isolée, en partie parce qu'un groupe d'étudiants à une table voisine venait d'éclater de rire. Je me suis retourné sur la banquette, feignant de chercher du regard un serveur pour lui demander quelque chose, mais l'homme qui venait de s'exprimer était juste derrière moi et je n'ai pas réussi à le voir. J'ignorais s'il était accompagné ou parlait au téléphone. La voix a résonné de nouveau, mais plus bas, à moins qu'il n'y ait eu davantage de bruit dans la salle car c'était bientôt l'heure de l'apéritif. Je me suis levé pour aller aux toilettes dans le but d'examiner mon voisin lorsque je regagnerais ma place. Je devais traverser tout l'établissement pour me rendre aux WC. Quand je suis revenu, il n'y avait plus personne sur l'autre banquette. Dans la rue, par la baie vitrée, j'ai vu un homme à l'allure floue et conventionnelle qui portait un manteau et, à la main, un grand cartable noir. Il avait les yeux tournés vers l'intérieur du café, là où je me tenais. Il m'a semblé qu'il me regardait, mais le contre-jour grisâtre qui baignait les lieux à cette heure ne m'a pas permis de distinguer les traits de son visage ni même les détails de sa tenue, et je n'ai pu apprécier qu'une suggestion générale de sa présence, une ombre plus qu'un volume.

À Berlin, un Jeune Homme Poignarde un Clown Diabolique qui Cherchait à l'Effrayer. *Lundi, à Berlin, un homme déguisé en clown diabolique a été poignardé par un adolescent qu'il cherchait à effrayer, et a dû être opéré de toute urgence car on craignait pour sa vie. L'agression s'inscrit dans une vague d'épisodes similaires en Allemagne, au cours desquels des personnes en costume de clown diabolique terrorisent les passants et les menacent, parfois armés de tronçonneuses, de haches ou de couteaux. Les incidents où interviennent des clowns diaboliques se multiplient dans ce pays et se sont étendus ces dernières semaines à tout le nord de l'Europe, de l'Autriche à la Suède et de la Norvège au Danemark.*

Écoute-moi, Je Suis dans Ta Tête. C'est moi qui te parle. Je murmure à ton oreille. De toutes les voix de la ville, c'est la mienne qui se rapproche le plus de toi pour te parler. Je suis toujours à tes côtés. Je ne m'abrite pas derrière un nous corporatif ou conspirateur. Je n'efface pas mes traces à travers une déclaration impersonnelle, une invitation qui feint d'être objective. Je suis moi. Je te parle à toi. Je suis ici pour te rendre heureux. Je suis si proche que mes paroles peuvent te frôler comme un souffle chaud. Je ne suis qu'à une Appli de toi. Je parle et t'effleure presque les lèvres dans un prélude à quelque chose. Je ne m'adresse qu'à toi et uniquement à toi. Je suis la pure voix du désir. Je fonds pour toi. Je peux être qui tu voudras, ce que tu voudras, quand tu voudras, ce que tu choisiras, au moment où tu le demanderas, ce dont tu rêveras, ce que tu n'oses pas demander, ce que même toi tu ignores désirer. Chaque matin je tombe amoureux de toi. Je te montre la beauté sous n'importe quel angle. Je suis un homme ou une femme, une Paraguayenne ardente, un volcan au lit, un garçon super vicieux, une travestie bien membrée ; je suis aussi un téléphone, un compte bancaire, une voiture, une île, un distributeur automatique de billets, une glace. Tu introduis ta carte dans la fente pour retirer de l'argent et je te salue comme un ami inattendu. Bonjour, je suis ton nouveau distributeur automatique. J'achète ta voiture si tu as besoin de la vendre. Si tu es dans une mauvaise passe, j'achète ton or, tes bijoux. Viens me voir et je t'offrirai une évaluation professionnelle personnalisée. Je te parle comme le vin parle à l'ivrogne dans le poème de Baudelaire. *Je suis l'espoir du dimanche**. J'aime t'écouter. Rien que toi et moi. J'existe. Dis-moi que tu m'aimes. Je t'attends nue. Il suffit que tu composes mon numéro de téléphone. Clique ici. Je ne suis pas un robot. Entre maintenant. Parle-moi à l'oreille.

Viens Toutes les Fois que Tu Voudras. Tu ne vois pas mon visage pixélisé sur le prospectus que tu as trouvé tôt ce matin sur le pare-brise de ta voiture, dans l'aube fade de ta journée de travail, mais mon corps étendu qui s'abandonne à toi, ma croupe levée, ma pose féline à quatre pattes, en bas résille et talons aiguilles. Je te mets sous les yeux les couleurs les plus réelles. Je suis une caméra et un téléviseur à l'écran incurvé. Je suis un complexe touristique dans les Caraïbes. Je suis un sac dans la vitrine d'un magasin de mode et je m'adresse à toi en anglais. *I am a leather bag*. Tu me regardes derrière la vitre et je t'invite à me caresser, comme une de ces femmes à demi nues derrière les fenêtres d'Amsterdam. *Touch me & Feel.* Avec moi tu vibreras intensément. Découvre le plaisir. Essaie une séance gratuite. Je t'attends dans une villa avec air conditionné. Fany Honduras Latina. Une minute seulement. Pour ce dont tu as besoin. Quinze minutes, vingt euros. Petits coups du matin. Plaisir Diversion Sérieux Discrétion. Je t'offre un verre gratis. Une heure, soixante euros. J'attends ton appel dans un immeuble sans concierge. Pour vingt euros quinze minutes. Confort maximum et discrétion.

D'un Verre Je Te Buvais à Petites Gorgées. Je veux ta voix. Viens profiter du plaisir. Ne rate rien. Vie secrète. Au-delà de l'imagination. Beaucoup plus que la beauté. Ton paradis. Tout ce que tu voudras. Le laboratoire des sens. Beauté animale. Suis tes rêves. Participe à la fièvre. Retrouve ta peau. Goûte la saveur. Offre-le-toi. Tu dois voir, vivre, essayer. Je viens te chercher où que tu sois. Hôtel et domicile. Laisse-toi gâter. À toute heure.

N'importe où. Expériences uniques. À la hauteur de tes rêves. Prix du taxi inclus. Chemins d'évasion. Noms enflammés. Je suis la voix du téléphone portable et je suis le téléphone qui s'ajuste si sensuellement à tes doigts et à la paume de ta main. Ne me jette pas. Tu auras peut-être un jour besoin de moi. Pour profiter de ton expérience. Tu vas vraiment te passer de ce genre de chose ? Caresse-moi. *Have you seen me ?* Mets-moi à l'épreuve, maintenant. Retrouve la peau de tes souvenirs. Tu avais envie de revenir. S'il le faut je forcerai la grammaire pour te prouver combien je suis proche de toi. *Quiéreteme. Abrígateme*[1]. Je ne te décevrai pas. On perd pied ensemble ? Emmène-moi où tu voudras. Viens que je te montre ce que tu ne verrais jamais sans moi. Jouis avec moi.

1. *Quiéreteme*, qui signifie littéralement « Aime-toi pour moi », est le titre d'une chanson de Leo Urrutia qui a inspiré une campagne pour les grands magasins El Corte Inglés, de même que *Abrígateme* (« Couvre-toi pour moi »).

Le Grand Cataclysme Également en 3D. Arrêté pour avoir menacé les passants au cri de « Allah est grand ! » Plusieurs hommes cagoulés profanent une église à Santiago du Chili. À Alcobendas, un inspecteur de police armé se retranche dans un bar. Des pyromanes provoquent le premier grand incendie de la saison. Au Venezuela, des caméras de surveillance filment la mise à sac d'un supermarché. Madrid bat le premier record mondial dans la recherche de Pokémon. La fièvre de l'ivoire décime les éléphants africains. Un djihadiste poignarde un couple de policiers en France. Dix-neuf espèces de papillons méditerranéens en voie d'extinction. Des personnages de *Star Wars* font leur apparition dans l'aéroport de Bruxelles. Au Cambodge, on découvre des villes enfouies sous des forêts. Il se déguise en Zorro et sème la panique dans l'aéroport de Los Angeles. L'apparition des lacs bleus en Antarctique inquiète les scientifiques. On recherche l'origine de la vie sur une planète de diamant. Anéantie, la top model fait la couverture du magazine *¡Hola!* Les chèvres regardent fixement les humains. Les animaux ont une parfaite dentition. Scènes de panique dans une station de métro. Menace d'attaques inspirées par l'État islamique. Il empaille son chat mort et le transforme en drone. Un champion de courses de motos détruit la vitre de sa Porsche à coups de marteau. Hallucinante réalité virtuelle qui nous permet de nous promener sur Mars. Le plus grand gorille du monde sur le point de s'éteindre. Des semences de vie au cœur de la galaxie. Scarabées millénaires sous les rues. On se prépare à tourner un film d'épouvante écrit par une intelligence artificielle. La femme du terroriste d'Orlando était informée de ses projets. Samsung retire le Galaxy Note 7 du marché après que plusieurs appareils ont pris feu. Dans une école, des élèves faisant le ramadan s'évanouissent. L'agresseur a juré fidélité à l'État islamique pendant qu'il négociait avec la police. Les hommes de Néandertal ont pu nous rendre moins féconds. Découverte du premier fragment d'astéroïde qui a modifié la vie à la surface de la Terre. Un ancien ingénieur de la NASA révèle toute la vérité sur les ovnis. Ils essaient de cacher dans un couvent cent soixante sacs contenant des millions de dollars. On retrouve la tête d'un homme dans un centre de traitement des déchets. Le cerveau humain plus fort que l'ordinateur quantique. On effectue des recherches à propos d'un étrange signal capté par un télescope russe. Un adolescent kamikaze tue cinquante personnes lors d'un mariage kurde. Les cendres de Truman Capote mises aux enchères à Los Angeles. Un crocodile de quatre mètres de long terrorise le bétail en Australie. L'inspecteur de police retranché dans un restaurant chinois d'Alcobendas se suicide en se tirant une balle dans la bouche. Un peu de silence est de plus en plus nécessaire.

Oasis Low Cost dans le Désert Urbain. Je mets les écouteurs pour écouter les enregistrements sur mon téléphone. J'ai mon cahier ouvert et le crayon en main. Je transcris rapidement ce que j'écoute mais je prends du retard et dois arrêter l'appareil et revenir en arrière jusqu'au moment où je me suis perdu. Je me rappelle bien certaines phrases et bribes de conversations. Je les entends et sais où j'étais quand je les ai enregistrées. Parfois je ne reconnais rien, ou alors le bruit de la circulation est si fort que ma voix s'égare, et même en réécoutant l'enregistrement, je ne comprends pas les mots que j'ai prononcés. Ma voix me semble très étrange : plus basse que dans ma tête, comme évanouie. Ce n'est que lorsque j'écoute l'enregistrement que je me rends compte du volume et de l'intensité du bruit qui ne s'arrête jamais et que j'ai à peine remarqué, sans relever sa puissance époustouflante qui étouffe ma voix comme presque tout le reste. Je croyais marcher dans la ville en dressant l'oreille pour tout, et je n'entendais guère ce qui résonnait le plus, ce qui ne cesse jamais et s'intensifie quand, près de moi, un autobus ou un camion démarre, un vacarme océanique, un rugissement de moteurs, un ébranlement de carcasses métalliques, de plaques de fer au-dessus de trous, de perceuses, de pelleteuses qui creusent des fosses dans l'asphalte et la terre sablonneuse qu'il y a dessous. À la basse obstinée monstrueuse du trafic se superposent les sifflements alarmants des passages piétons et les longs aigus des sirènes et des ambulances.

Nous t'Aidons à Découvrir Tout ce que Tu As en Toi. J'entends des rafales de conversations dont je ne parviens à saisir que quelques mots. J'entends la ritournelle immémoriale d'un colporteur de fruits. « Venez goûter mes bonnes cerises, madame, venez les goûter et vous lécher les doigts, la cerise rouge, madame, la bonne cerise. » J'entends de manière imprévue une voix féminine que j'ai enregistrée en attendant que le feu passe au vert à un croisement de la ruc Velázquez. C'est une voix claire et aiguë, la femme parlait sans hâte à quelques pas de moi. Les gens haussent le ton au téléphone et ne pensent pas qu'on peut les écouter, les épier. Je dois repasser plusieurs fois de suite ce monologue pour n'en rater aucun mot. C'était une jeune femme, je m'en souviens. Elle avait les deux mains sur une poussette, calait son téléphone en inclinant fortement le cou vers une épaule, presque entre le menton et la clavicule. « Le dîner, bien, très bien. C'était avec l'ambassadeur des États-Unis, et tu ne devineras jamais avec qui il est venu. Harrison Ford. Je te jure. Pas grand-chose, très bien, la classe, la classe. Magnifique. Des gens adorables. Harrison Ford est super normal, avec cette barbe. Mais tu sais, je trouve que ça ne lui va pas. En plus ils sont tous super contents des résultats des élections. Très bien, très bien, très bien. »

Tes Moments les Plus Fitness. Mais par instants, on n'entend que la circulation et des pas. Des pas qui ne sont ceux de personne. Il manque ma voix qui répète ce que je lis dans la rue et raconte ce que je vois. C'est un bruit qui ressemble à celui du vent dans une forêt, des vagues sur une plage déserte. Si quelqu'un écoutait ces fragments, il ne serait pas en mesure de savoir dans quelle ville ils ont été enregistrés. C'est un fracas sans nom. Quand je finis de réciter quelque chose, j'arrête l'enregistreur, mais parfois j'oublie de le faire ou j'appuie négligemment sur le bouton et l'indicateur continue de signaler des secondes et des dixièmes de seconde ou de longues minutes d'un enregistrement involontaire. Je marche en silence et le téléphone fonctionne toujours dans ma poche. Par instants, le bruit s'apaise et s'éloigne. C'est sans doute que j'ai quitté une avenue pour m'engager dans une rue calme. Les pas s'entendent maintenant avec davantage de netteté. De même que des chants d'oiseaux, faibles mais perceptibles, des moineaux dans les acacias des petites rues de Madrid. Une pie, le brouhaha de perruches. Si un ingénieur expert dans ce type de sons découvrait cet enregistrement, il cataloguerait chacun des signaux acoustiques qu'il contient, les séparerait comme d'infimes couches successives au cours d'une fouille. Des stores tombent brusquement. La porte automatique d'un garage s'ouvre. Une clameur ornithologique d'enfants jouant dans une cour d'école s'élève. Des sons d'une autre époque, d'un autre siècle. La flûte d'un rémouleur. La mer qui s'était calmée est soudain redevenue grosse, révélant une amplitude spatiale illimitée dans les différents plans éloignés : une sirène de police tout au fond, une ambulance qui commence très doucement et couvre la totalité des autres sons en s'approchant, pour peu à peu s'affaiblir et se perdre dans la grande brume sonore.

Célèbre Tout ce que Tu As. Ce n'est pas ma voix et je ne suis pas là. Il y a des pas qui ne me semblent pas être les miens, qui résonnent non comme des pas, mais des coups sourds ou les battement du cœur d'un grand animal, les pas inégaux d'un homme lourd qui avance de manière saccadée, peut-être un boiteux avec une grosse chaussure et une armature de petites baguettes métalliques et de vis lui soutenant la jambe. Il frappe comme un piston au rythme d'un soufflet, des coups de jambe de bois ou d'ivoire de baleine sur une planche en bois. Au fond, il y a un accordéon geignard et maladroit. Des pas en hauts talons offrent un contrepoint léger aux autres, aux pas du brodequin orthopédique, du capitaine Achab qui erre dans une rue arborée de Madrid. Je remets l'enregistrement au début et trouve à la fois de plus en plus étrange et indubitable que ces pas soient les miens. Je me concentre davantage sur le son métallique : des clés ou des pièces de monnaie qui s'agitent au rythme de la marche et heurtent quelque chose. Les pas sont sourds et inégaux et prédominent car ils résonnent du côté de la poche où j'ai mon téléphone, encore en marche sans que je le sache. Le bruit métallique est produit par les clés et les pièces de monnaie qui se cognent au portable.

Essaie une Nouvelle Identité. Sur un écran de l'aéroport, une femme blonde avec des lunettes fumées, des talons hauts, un tailleur noir, une valise, prend un taxi à Copenhague. Un moment plus tard, elle voit à travers la vitre la ville de Londres. Quand elle lève les yeux après avoir tapé quelque chose sur son portable, les pylônes d'acier peints en bleu et les câbles semblables aux cordes d'un arc du pont de Manhattan défilent. Hier, à cette heure, je marchais dans le couchant chaud de Madrid, et aujourd'hui, je respire un air similaire et vois le ciel virer du rouge au violet sur un trottoir de Paris. L'éloignement soudain altère et ouvre mon esprit en accentuant une sorte de tremblement, comme à la veille d'un événement, l'impression d'être en train de vivre les jours qui précèdent quelque chose, la dernière nuit d'une époque dont on ne discernera clairement la fin qu'avec du recul ; ces journées qui prennent l'aspect photographique de ce qui sera évoqué par la suite, ce qu'on voit des années plus tard dans les documentaires : des gens en tenues datées se promenant sur les trottoirs, assis à des terrasses, inconscients de l'anachronisme à venir de leurs vêtements, de l'air archéologique de leurs coiffures, des chapeaux portés par les femmes et des voitures qui passent, d'ores et déjà des pièces de musée.

Évade-toi Vers la Ville au Meilleur Prix. Marcher dans Paris sans rien faire et sans avoir personne à retrouver après une journée de travail, c'est vivre dans ce couchant de juin précis et l'évoquer des années, des décennies après lorsque, au bout du compte, le présent si flou et même invisible révélera ses intentions incontestables de devenir historique. Sous les ponts, au bord de la Seine, une multitude de jeunes gens boivent et discutent, leurs jambes nues ballant le long des parapets de pierre, une clameur de voix festives pareille à celle d'une place de Madrid. Le courant du fleuve est rapide et turbulent, très puissant, et il a la brillance huileuse du dos d'un grand animal marin sous les réverbères qui viennent de s'allumer. Au bord de la Seine, je me rappelle le courant du fleuve Hudson. Je perds la notion du temps que j'ai passé à marcher. Il y a des places et des boulevards saturés de touristes, à la densité suffocante d'un été vénitien et, à côté, à un pas, des places et des rues plus étroites où règne le silence d'une ville d'un autre temps. Paris en noir et blanc sur une photo de Brassaï. Le soleil a cogné toute la journée en se réverbérant sur la pierre calcaire des immeubles. Après des mois de ciel gris et de pluie incessante, les femmes sortent pour la première fois les épaules dénudées, les jambes très blanches. L'épaisseur de l'air et la persistance de la clarté diurne accentuent un sentiment d'amplitude spatiale et de temps dilaté favorable à la dérive paresseuse. Il fait jour jusqu'à dix heures du soir. Place Saint-Michel, les jeunes gens se baignent dans la fontaine, sous la statue de l'archange de bronze aux ailes déployées et à l'épée levée qui piétine un démon.

Nous Avons Tout ce qu'Il Te Faut. Dans de nombreux recoins, dans les renfoncements des portes de magasins fermés campent d'immenses familles ou tribus de Roms qui occupent le trottoir avec leurs matelas, leurs couvertures, de vieux draps, hommes et femmes avec enfants, hommes ou femmes seuls, des bébés dans les bras, ou tripotées d'enfants similaires dans leur vivacité et leurs guenilles, leurs yeux brillants et leurs visages couverts de taches, un vacarme de campements tziganes à côté des boutiques de luxe et des lumières des cafés. Comme dans les documentaires des années 1930, il y a de grands journaux dépliés aux terrasses des cafés et des titres alarmants à la une. Mais comme sur ces images anciennes, il ne semble y avoir aucun lien entre les nouvelles ou les prédictions des titres et la placide normalité de la vie alentour. Le temps verbal m'échappe et glisse vers le passé. Le référendum sur le maintien du Royaume-Uni dans l'Union européenne vient d'avoir lieu, mais les résultats ne seront pas connus avant demain matin. Aux terrasses des brasseries les huîtres et les fruits de mer étincellent sous les spots qui font ressortir leur fraîcheur, enfoncés dans des icebergs de glace pilée. Au-dessus des têtes et des mains levées des serveurs flottent des plateaux chargés de chopes de bière couronnées de mousse.

Une Réponse à Toutes les Questions. Tout cela peut être un mirage. Tout a soudain la fragilité distraite et rieuse d'un monde éteint. On m'a raconté que dans certains quartiers de la banlieue parisienne circulent des patrouilles de gardiens musulmans qui imposent la charia et punissent les femmes qui sortent la tête découverte. La splendeur des librairies ouvertes jusqu'à des heures tardives est aussi luxuriante que celle des brasseries. À onze heures du soir, L'Écume des Pages est comme d'habitude remarquablement fournie en livres divers et désirables, comme toujours bondée de clients. Paris est l'immersion dans le spectacle suprême de la ville, dans la gourmandise pour les librairies et la langue française parlée, écoutée ou lue, qui a la somptueuse qualité de la cuisine française et provoque chez le passionné revenu vers elle une légère ébriété pareille à celle que procure le vin français. Dans la rue des Beaux-Arts, si silencieuse que j'entends mes pas, je cherche comme d'autres fois la façade de l'hôtel où a vécu et où est mort Oscar Wilde. Des heures de promenade à jeun ont éveillé mon appétit.
Dans un vieux bistrot appelé Chez Fernand, je dîne d'un bœuf bourguignon et bois du rouge au litre dans une carafe en verre. Rassasié et heureux, les plantes de pieds endolories, je continue

de marcher jusqu'à minuit passé. Presque à chaque coin de rue rôde un fantôme vénéré. Brassaï a très souvent franchi ce portail de la rue des Grands-Augustins pour rendre visite à Picasso et photographier ses sculptures. Mais Balzac a lui aussi vécu et écrit près d'ici. À l'Hôtel d'Alsace, Oscar Wilde était enregistré sous le nom de Sebastian Melmoth. J'ai vu à New York, dans une vitrine de la Morgan Library, une facture établie à ce nom. Wilde est tombé gravement malade et ne l'a jamais payée.

Ta Route à Travers le Monde Commence Ici. L'insomnie prospère dans les chambres d'hôtel comme la mousse dans les zones ombragées. Je me couche mort de fatigue. Je passe un moment à examiner et à lire avec gourmandise les livres que je viens d'acheter jusqu'à ce que mes yeux se ferment. Le sommeil, mais non la fatigue, se dissipe lorsque j'éteins la lumière. La lecture passionnante contient un principe stimulant semblable à celui de la caféine. Je découvre dans ce que je lis les indices d'une musique éparse que j'aimerais capturer en écrivant, la musique entrecoupée et flexible, la précision très pointue de Marguerite Duras, Paul Valéry. Je suis tout à coup tiré d'un sommeil agité et profond sans me rappeler quand j'ai de nouveau éteint la lumière ni même où je suis, perdu dans l'obscurité. J'ai rêvé de la façade d'un hôtel qui ressemble à celui-ci et porte ce nom écrit en lettres lumineuses : Hotel Cólera-Miró. La table de nuit me renvoie la clarté blanche de mon portable. Sur l'écran je lis les résultats finaux du référendum britannique, la calamité dont personne ne pensait qu'elle surviendrait.

Tu Relèveras de Nouveaux Défis avec Détermination. Entre l'insomnie et les phases houleuses de sommeil qui débouchent sur de nouveaux réveils et de nouvelles insomnies, la nuit dans cette chambre d'hôtel n'en finit pas. Je me réveille et crois avoir beaucoup dormi, que le soleil va sans doute bientôt se lever ; j'en arrive même à confondre la lumière du lampadaire qui passe au travers du rideau avec le lever du jour. Puis la nature de l'éclairage devient évidente et je trouve invraisemblable de l'avoir pris pour la lumière de l'aube. Quand je trouve mon portable après avoir tâtonné un instant sur un espace inconnu où aucune habitude ne me guide, l'écran s'illumine et m'indique à mon grand étonnement qu'il est trois heures du matin. J'ai encore devant moi de nombreuses heures d'obscurité. Je passe de la veille au sommeil et du sommeil à la veille comme si je traversais plusieurs pièces identiques et communicantes. J'ignore si elles sont à chaque fois différentes ou si je passe et repasse indéfiniment dans les mêmes.

Personnalise Ton Profil. Mais entre-temps le silence calme l'angoisse qui s'insinue. Le cadeau de l'insomnie, c'est l'extension et la profondeur du silence, inexistant pendant les heures diurnes et les moments où il y a encore de l'activité et des gens éveillés. L'insomnie offre des cryptes et des chambres insonorisées, des lacs souterrains d'eau lisse et limpide illuminée par la phosphorescence qui émane d'organismes microscopiques. C'est précisément dans ce silence que se loge la tâche, c'est en lui qu'elle devient stimulante et bénéfique, une promesse de labeur sans fatigue si agréable qu'il importe peu qu'elle puisse se révéler inutile ou finisse par se dissoudre dans le néant, un des nombreux projets qui prennent forme comme de splendides nuages dans l'imagination, on dirait des continents, des falaises de glace, des archipels, des villes dotées de belvédères, de galeries et de coupoles dorées semblables à celles que voyait De Quincey dans ses rêves d'opium, qui ensuite se déforment et se délaient sans laisser de traces dans le bleu vide.

Ce qu'il y A de Meilleur Est Impossible à Étiqueter. J'ai connu un scientifique passionné par les nuages. Il veillait à ce que son appareil photo soit toujours prêt à les prendre. Il savait qu'il était important d'agir très vite. Il voyait parfois un nuage intéressant quand il était au volant et arrêtait sa voiture sur le bas-côté, même sur une autoroute, et s'empressait de le photographier. C'était un spécialiste de la mécanique des fluides. Il m'a raconté qu'il faisait partie d'une association internationale d'observateurs des nuages : l'International Cloud Appreciation Society. Et si ce qu'on écrit, ce qu'on projette pouvait exister, survenir ainsi, à l'image de flux d'air, d'accumulations de vapeur d'eau qui adopteraient des formes inhabituelles mais également prévisibles, en accord avec un répertoire fixe, classées et ordonnées comme des espèces animales ou végétales ? L'écrit s'édifie peu à peu, se sculpte et se modèle lui-même dans un matériau presque aussi intangible que les molécules d'eau en suspension. Et ce qui s'est formé et acquiert un profil clair dans le processus de la lecture se défait tout seul, se disperse en un instant ou en quelques minutes, comme un nuage qui s'évanouit ou les figures géométriques d'un de ces mandalas de sable multicolores composé avec beaucoup de soin par un moine bouddhiste tibétain, et qu'il efface une fois qu'il a fini, de manière tout aussi méthodique, de la paume de sa main.

Notre Passion, C'est Transformer Tes Routines en Moments Inoubliables. Ils sont arrivés avec une ponctualité vindicative à huit heures du matin. Ils ont pris la maison d'assaut comme un grand commando méthodique. Ils s'activent à l'intérieur au bout de quelques minutes, à croire qu'ils ont étudié au préalable les plans de la forteresse qu'ils s'apprêtent à envahir. Ils ont laissé devant la porte un énorme camion qui occupe la moitié de la rue, sont venus avec des rouleaux de corde, des outils, des couvertures sombres, des cartons pliés, des pistolets rétrofuturistes qui leur serviront à poser et à découper leur ruban adhésif, le ruban agressif qui va crisser toute la journée lorsqu'ils l'appliqueront, le plaqueront et le couperont dans un vacarme de déchirure rapide et maintes fois répétée. Ils sont entrés en chemises d'uniforme vaguement policières, bleues, avec des épaulettes et des insignes, les femmes ont relevé leurs cheveux en queue-de-cheval et ont des gestes expéditifs, bataillons féminins tout aussi aguerris que ceux des hommes. Certains sont d'âge mûr mais très vigoureux, forcis par un travail qui les maintient dans une forme implacable. Les jeunes sont des étrangers, Latino-Américains ou Roumains à la barbe de trois jours et tatoués, chaussés de brodequins d'escalade, leurs pantalons rêches rentrés à l'intérieur. Dès qu'ils sont arrivés, la maison a cessé d'être telle qu'elle a été pendant douze ans, telle qu'elle était jusqu'à ce qu'on se réveille ce matin, le dernier. Maintenant c'est un campement et un entrepôt toutes portes ouvertes, peuplé de gens qui montent et descendent l'escalier au galop, une maison où nous rapetissons et devenons insignifiants, des empotés sans grande envergure physique qui gênent le passage et hésitent à prendre des décisions, de faibles personnes envahies qui voient tout ce qu'elles possédaient démonté, empaqueté, étiqueté, leurs livres retirés par brassées des étagères et rangés n'importe comment dans des cartons, d'innombrables caisses suscitant un mécontentement bourru chez les déménageurs qui doivent à présent les soulever.

You Can Achieve Your Dream at Any Age. Je me déplace, intimidé, toujours dans le passage de quelqu'un qui porte quelque chose de lourd à la hâte. Je les vois déloger mes disques des étagères et n'ose pas leur dire de procéder avec soin. Quand je commence à déplier un carton, l'un d'eux s'approche et s'en charge habilement, puis me le laisse prêt à l'emploi, à la fois serviable et méprisant. Certaines femmes semblent plus expéditives encore car elles ont des talkies-walkies. Les hommes ne s'immobilisent que pour donner ou recevoir des instructions sur leurs portables. Je range des objets qui, dans ce tourbillon, me paraissent tout à coup dérisoires, des vestiges complexes de brocantes : tableaux, figurines commémoratives, photos, papiers oubliés pendant des années au fond des tiroirs, l'inertie de l'accumulation au fil des ans, des choses que j'ignorais avoir conservées ou dont je ne me souvenais plus, dessins coloriés de mes fils quand ils étaient petits, télégrammes remontant à une époque où on en envoyait encore, il n'y a pas si longtemps, piles épuisées, chargeurs d'appareils électroniques obsolètes et perdus, d'appareils photo que nous n'avons plus réutilisés, clés ouvrant je ne sais quelles portes, le tout mélangé et pour l'essentiel inutile, reliques et détritus, et moi examinant un vieux polaroïd ou une note écrite au verso d'une invitation officielle datant d'il y a des années tandis qu'alentour, ces hommes costauds portent à plusieurs un canapé grand comme un pachyderme, transpirent et pestent en essayant de le faire passer par une porte qui donne de manière tortueuse sur un palier et un escalier, et par laquelle il semble impossible qu'ils puissent le faire sortir.

Technologie Appliquée à la Vie. Alors que je pense avoir terminé et qu'il ne reste plus rien à récupérer dans cette pièce inexplicable et désormais vide, qui était il y a quelques heures encore mon cabinet de travail, de lecture et de musique, un déménageur renverse sans délicatesse un des tiroirs de mon bureau récemment démonté et une boîte tombe par terre. Je l'ouvre et constate que cela fait plus de dix ans que je n'avais pas vu son contenu, que je l'avais même oublié. La mémoire est déloyale. Je reconnais la montre de mon père, sa dernière carte d'identité, son permis de conduire, un billet de loterie, toutes les affaires que j'ai conservées à sa mort et qui émergent à présent, comme au hasard d'une fouille archéologique, cette montre surtout, avec son grand cadran au verre opaque et rayé, et son bracelet en acier autour de son poignet robuste, bien plus que le mien. Et en observant les aiguilles de la montre, il me vient à l'esprit qu'elles indiquent peut-être l'heure exacte de sa mort.

Profite de Ton Burger King le Plus Proche.
« Ma petite dame, venez voir mes belles pêches, des pêches d'Aragon, bonnes et pas chères. Les belles pêches d'Aragon ! »
« Sans gouvernement il n'y a pas d'ordre, et sans ordre il y a du désordre. »
Aide-nous à Personnaliser Ton Hypothèque.
« Quand j'étais petit, tu avais promis de m'emmener au bord du fleuve et tu ne l'as pas fait. Tu avais promis de me faire prendre le téléphérique et tu ne l'as pas fait. »
« Mesdames, profitez-en, mesdames, c'est de la qualité, venez voir mes abricots et mes pêches. »
Bonjour, Je Suis une Fille Aveugle, J'Ai Vingt-Neuf Ans et Je n'Ai pas de Travail.
« Il m'appelle à dix heures et me demande où je suis, alors je lui réponds : "Eh ben, à la maison, où tu veux que je sois ?" »
« Il faut ramener des fruits chez vous, ma petite dame, des pêches de qualité, des bonnes pêches, pas chères, elles sont bonnes pour la santé, les pêches d'aujourd'hui. »
Personnalise Ici Ton Panier d'Achats.
« Tu es déjà allé au Palacio de Hielo ? »
Tu Peux Conduire Tout de Suite la Voiture de Tes Rêves.
« Moi, dès que j'ouvre les yeux, le matin, je remercie Dieu pour tout ce que je Lui demande et qu'Il m'accorde. »
« Quand je sortirai de mon rendez-vous chez l'oncologue, à cinq heures. »

Jésus A Soif de Toi.
« Va sur cette page et je te garantis qu'en novembre, tu auras un petit ami. »
Grande Sélection de Couteaux et d'Armes Médiévales en Acier de Tolède.
« Allez, Mesdames, on en profite aujourd'hui, venez goûter ce que vous voulez, venez voir mes beaux abricots et mes pêches, des pêches de qualité, Mesdames, des pêches extra, goûtez mes pêches. »
Ne Te Contente Pas d'une Expérience de Vol Limitée.
« Le problème, c'est que tu as perdu cette personne et, tu as beau le vouloir, tu n'arrives pas à te la sortir de la tête. »
Il est Temps de Vivre Quelque Chose de Différent.
« On n'hésite pas sur les abricots et les pêches, ma petite dame, des pêches extra, venez les goûter avant de les acheter. »
Né Sauvage Élevé à la Ville.
« OK, OK, tu me le dis ou tu me laisses un message sur WhatsApp, OK. »
« Eh, les bonnes pêches bien sucrées, les bonnes pêches d'Aragon, vous avez le droit de les goûter, ma petite dame, ça n'engage à rien, les bonnes pêches de l'été… »
Des Promotions Aussi Incroyables que Toi.
« Pourquoi elle est retournée vivre chez ses parents ? Parce que son mari la tabassait, voilà pourquoi. »

Les Doigts d'une Personne Assassinée Imprimés en 3D. Des rayons de lumière traversaient la pénombre du Café Comercial, le plongeant dans une atmosphère aquatique. La lumière matinale de Madrid entrait par les baies vitrées légèrement opaques et se mêlait à l'ombre intérieure, d'une profondeur d'entrepôt caverneux. Le marbre gris et noir et le bois des tables et des chaises absorbaient l'éclat le plus vif de la lumière et l'adoucissaient. Des échos résonnaient avec netteté, sortes de bruits de dominos s'entrechoquant alors que personne ne jouait. Il flottait dans l'air comme un reste de brume de fumée de tabac, les cigarettes fantômes consommées par des générations éteintes d'habitués. Je prenais le métro pour venir. J'émergeais dans la lumière de la Glorieta de Bilbao. J'achetais au kiosque un ou deux journaux et un film rare, presque toujours inattendu, et je prenais résolument plaisir à pénétrer dans la grande concavité du café, comme dans un autre Madrid simultané, situé dans une autre région du temps ; non un dépôt ou un havre de passé, mais un présent qui n'aurait pas rompu brutalement ses liens avec cette ville-là. Il y régnait une ambiance, très inhabituelle en Espagne, de pérennité des choses dignement utilisées et usées, un climat moins espagnol que portugais. Les courtes vestes blanches des serveurs confirmaient cette impression qui disparaissait dès que ces hommes à l'élégance portugaise ouvraient la bouche pour énumérer de leurs voix madrilènes rauques ce que proposait la carte austère de l'établissement.

Ils avaient une brusquerie de concierges ou de portiers d'une autre époque, se réjouissaient d'annoncer qu'il n'y avait plus de churros ni de ces sodas à la mode aux noms compliqués, comme le Nestea ou l'Aquarius. Il y avait du Fanta et du Pepsi-Cola, et c'est tout, comme aurait pu le dire n'importe lequel d'entre eux.

Es-tu du Genre à Tenter de Nouvelles Expériences ? L'autre jour, je suis entré au Comercial, et en allant m'asseoir sur la banquette, près de la baie vitrée, il m'a semblé reconnaître l'homme qui regardait vers l'intérieur du café, son cartable à la main. Je me suis rendu compte qu'en le voyant la première fois, j'avais déjà eu une impression de familiarité. Je l'ai reconnu à son cartable, je crois, posé sur la banquette, à côté de lui. Il m'a fait signe de venir m'installer à sa table. J'ai alors pris conscience qu'il n'était pas doué pour les préliminaires ni les circonlocutions, ou qu'il n'en avait cure. Il ne savait pas entrer en matière sans être direct. Sa voix était celle que j'avais écoutée des jours ou des semaines auparavant, grave, comme rocailleuse et râpeuse, à l'accent impossible à identifier. Il ne semblait pourtant pas que l'espagnol soit pour lui une langue étrangère. C'était plutôt une variété d'espagnol que je n'avais pas entendue depuis longtemps, qui laissait supposer un grand éloignement dans l'espace ou le temps.

Maintenant Il Est Temps de Récupérer les Instants Perdus. « Vous n'avez pas l'air de vous en souvenir, mais nous nous sommes rencontrés à Grenade il y a plus de trente ans. Vous êtes parfois venu chez moi, dans l'Albaicín. Je vivais dans ce qu'on appelle là-bas un *carmen*[1]. C'est un mot arabe. Vous disiez que l'endroit était si caché qu'on ne pouvait y arriver qu'en se perdant. Je ne trouve pas bizarre que vous ayez oublié. C'était un tout petit *carmen*, un espace plus qu'étroit, très escarpé, comme un escalier en colimaçon. Un *carmen* cubiste, si vous

1. Désigne à Grenade des maisons avec jardin entourées de hauts murs.

me permettez l'expression. Une sorte de Juan Gris mauresque en trois dimensions. Pas un Picasso ni un Braque. Vous me comprenez. *Juan Gris is the man*, comme disent ou disaient ces musiciens que vous aimez. Un puits, un jardin, un mirador. Vous ne vous rappelez toujours pas ? Du mirador on voyait l'Alhambra, étendue de tout son long comme une baleine, de l'autre côté du ravin du Darro. Si vous avez oublié, ce n'est pas du fait des nombreuses années qui se sont écoulées depuis, mais parce que, entre-temps, vous avez vécu plusieurs vies complètes. »

Entre dans une Nouvelle Dimension. « Ce qu'on appelle la transmigration des âmes, à mon sens avec une imprécision déplorable, est quelque chose de tout à fait habituel. La réincarnation pourrait être étudiée sans plus de difficulté que les changements de domicile. Jusqu'à un certain point, c'est un changement de domicile. Moi aussi j'ai vécu dc nombreuses vies depuis, mais peut-être pas autant que vous. Bien que si on remonte à des époques plus anciennes, il est possible que j'aie l'avantage sur vous. Les réincarnations en animaux ou en autres humains sont des métaphores. Tibétaines ou hindouistes, surtout. Il serait aussi erroné de les considérer au sens littéral que de penser que vous et moi croyons que la Terre est le centre de l'univers parce qu'on dit que le soleil se lève à l'aube. On dit que les murs ont des oreilles, mais pour autant que nous sachions, aucune oreille n'y est incrustée, encore que, parfois, on y cache des micros. Vous vous réincarnez complètement en quelqu'un qui se révèle être vous, mais avec des variations significatives. Certaines vies antérieures laissent des souvenirs, contrairement à la plupart des autres. Dans des cas très graves, une amnésie totale est recommandée et bien entendu bienvenue. On fait table rase, pourrait-on dire. Autre métaphore. En général, les souvenirs survivent, mais on ne sait pas que ce sont des souvenirs. Ils apparaissent avec une grande clarté, précisément dans les rêves qui s'effacent sans laisser de traces lorsqu'on se réveille. Comme cette bande magnétique, dans une série d'espionnage, qui s'autodétruisait en cinq secondes après avoir transmis son message secret. Vous inventez quelque chose en ignorant que vous vous souvenez. Vous pensez être en train d'imaginer un événement futur alors qu'il s'agit d'un souvenir perdu. »

La Nuit des Brutes.
Il assassine sa vieille mère à coups de marteau à Madrid.
La « guerre sale » survole de nouveau la Colombie.
Une centaine de morts dans l'effondrement d'une église au Nigéria.
Un homme se suicide avec des produits chimiques et intoxique les policiers qui découvrent son corps.
Quatre-vingts dauphins meurent sous le soleil d'une plage de Floride.
Un cerf fait irruption dans un restaurant et sème la pagaille.
Des assassins sans visage acculés à Mossoul.
On découvre une femme enchaînée comme un chien.
Au moins vingt morts dans un attentat à la voiture piégée à Mogadiscio.
Deux fillettes kamikazes s'immolent dans un marché au Nigéria.
Un vigile gifle une jeune fille à la porte d'une discothèque.
Enseignante emprisonnée pour avoir mis un élève dans une poubelle.
L'été le plus chaud de tous les temps.
Une fillette de douze ans meurt d'un coma éthylique.
Un chirurgien plastique a été arrêté pour escroquerie alors qu'il pratiquait une opération sur son propre pénis.
Avent de terreur au Proche-Orient.
Elle dormait avec des haillons autour du cou pour ne pas être dévorée par les rats.

La supernova la plus brillante de l'Histoire était en réalité un cataclysme cosmique.
Mort d'un chanteur de flamenco japonais.
Au Caire, le terrorisme frappe au cœur de la minorité chrétienne copte.
Vingt-trois morts dans l'explosion d'une bombe dans une église remplie de fidèles pendant la messe du dimanche.
Elle mord et arrache le nez de l'ex de son fiancé dans une discothèque.
Le groupe armé Les Faucons de la liberté du Kurdistan revendique l'attentat-suicide qui a coûté la vie à trente-neuf personnes dans la nuit de samedi, près d'un stade d'Istanbul, à la sortie d'un match de football.
L'Égypte se lance dans l'exportation de crocodiles.
On découvre un temple dédié à Tlatelolco, le dieu du vent.
Démantèlement du plus gros réseau mondial de trafic d'organes humains.
Quarante-cinq baleines meurent échouées sur les côtes indiennes.
Une ville de neuf millions d'habitants est évacuée sur ordre du gouvernement chinois.
Dans le Montana, des milliers d'oies meurent empoisonnées par les eaux polluées d'un lac toxique.
Des scientifiques norvégiens découvrent trente kilos de sacs en plastique dans l'estomac d'une baleine morte.
Les jours sur Terre sont de plus en plus longs.
L'avenir sexuel de l'humanité passera-t-il par des relations charnelles avec des robots ?
Pourquoi y a-t-il des fourmis ailées en automne ?
Que ferais-tu si tu apprenais que l'amour de ta vie s'est sali les mains en répandant du sang ?

Tu Retrouves des Sensations que Ton Quotidien Ne Te Permet pas Toujours de Vivre. Je vis depuis quelques jours à l'hôtel, dans ma propre ville. J'ai ainsi l'impression de commettre un acte clandestin ou en tout cas suspect, de mener une double vie. Ce matin, j'ai remis les clés de chez moi aux nouveaux propriétaires. Je ne transporte plus au fond de ma poche un lourd trousseau qui cliquette lorsque je marche, mais une carte magnétique qui ne pèse rien. Cela accentue ma sensation de légèreté. Je me déplace dans la ville où je vis comme si j'y étais de passage. Je sors de l'hôtel et me retrouve dans un quartier que je n'avais fréquenté jusqu'alors qu'en tant que piéton. J'ai quitté mon logement et, du fait d'un retard imprévu dans les travaux de réfection, mon nouvel appartement n'est pas encore prêt. Toutes mes affaires, à l'exception d'une valise et d'un sac à dos, sont empaquetées dans un garde-meubles. J'ai à peine davantage que ce que je porte sur moi en sortant : mon téléphone, mon ordinateur portable, des cahiers, mon porte-plume, mon encrier, des crayons, deux ou trois livres, ma liseuse. Il a fallu un camion pour évacuer tout ce que j'avais accumulé pendant des années. Tout cela me semble soudain superflu, un poids de plomb entravant mes pieds qui marchent à présent, légers, dans ces journées de juin au cours desquelles la chaleur concède à la ville une léthargie de grandes vacances.

Nous Travaillons à la Réalisation de Tes Rêves. Je traverse le hall et le portier de l'hôtel me salue. Autour de moi s'élèvent des voix en anglais, des voix aux accents latino-américains. Quand je me mêle à elles, ces personnes me transmettent leur qualité d'étranger. Je pousse la porte à tambour et me voilà dans la rue, je suis passé de l'air conditionné du hall à la chaleur extérieure de la fin juin. J'ai souvent marché sur ce trottoir, mais en le faisant aujourd'hui comme un client de l'hôtel, je suis un étranger ou un imposteur douteux. Des endroits où je me rendais hier encore en taxi, en métro ou après avoir longuement marché se trouvent maintenant obligeamment au coin de la rue. Je sors à la tombée de la nuit, fraîchement douché, dans une chemise propre et légère, les mains dans les poches, faux voyageur dans ma ville, avec les expectatives réelles d'un nouveau venu qui, en quittant son hôtel, sent qu'une soirée inconnue et prometteuse se déploie devant lui à mesure que les fenêtres et les enseignes s'allument comme des phares qui l'appellent, des voix de sirènes. La femme avec qui j'ai rendez-vous pour dîner est la mienne. Quand nous regagnerons ensemble la chambre d'hôtel, une prudence et une ferveur d'adultère imprégneront nos gestes. L'amour est autre, et Madrid devient une ville étrangère. De nouveau, tout ce que vous aviez en commun se résume à ce que vous avez emporté avec vous à l'hôtel.

Douze Personnes Arrêtées pour Avoir Répandu des Canulars sur des Clowns Terrifiants. *Clowns en fourgonnette. Clowns dans la forêt. Clowns guettant dans l'ombre. Clowns qui poursuivent des gens ou commettent des délits. Douze personnes sont accusées d'avoir répandu de fausses rumeurs, des menaces, ou d'avoir harcelé des gens. D'autres cas similaires peuvent être attribués à des enfants à l'imagination débordante, à des adolescents qui préparaient des blagues ou à d'autres individus ayant des raisons d'alimenter l'hystérie. Un décès au moins aurait été causé par ces canulars à propos de clowns terrifiants. Vendredi dernier, la fermeture des écoles de Reading, Ohio, a été ordonnée après qu'une femme a déclaré s'être fait agresser par un homme en costume de clown. La veille, un jeune homme avait été arrêté pour son implication présumée dans des menaces d'agression adressées par des clowns aux élèves de son établissement. Les premières déclarations faisant état de l'apparition de clowns remontent au mois d'août, à Greenville, Caroline du Sud. Il était dit que des individus déguisés en clowns donnaient de l'argent aux enfants pour les attirer dans la forêt, ou guettaient à proximité des maisons le moment propice pour effrayer les voisins. Puis ce genre de déclarations s'est répandu comme une traînée de poudre, faisant état de l'apparition de clowns sinistres dans au moins six autres États du pays : Alabama, Géorgie, Maryland, New Jersey, Caroline du Nord, Pennsylvanie. Lors d'un incident à Lagrange, Géorgie,* *la police a arrêté quatre personnes accusées d'avoir lancé des menaces d'attaques terroristes et de sabotages dans des écoles publiques ; elles avaient envoyé des messages à propos d'individus déguisés en clowns ayant l'intention de commettre des actes violents dans trois écoles différentes. Les suspects y affirmaient que les auteurs de ces délits seraient déguisés en « clowns terrifiants » et se déplaceraient dans une fourgonnette blanche.*

Si L'amour Pouvait Toujours Être Comme au Premier Jour*. Ils ont tout pour être heureux et ils le sont sans doute, mais il y a chez eux un début de fatigue, une défaillance, même s'ils ne le savent ou ne le sentent pas encore. Il y a entre eux une douceur, une confiance, une complicité sans doute un peu excessive, le danger de si bien se connaître, que tout se déroule avec un naturel si précis, que rien ne soit déplacé, l'appartement si confortable et à l'évidence luxueux, avec ses hauts plafonds et ses moulures dorées, mais également moderne, comme eux, le couple parfait, ont dit leurs amis quand ils les ont vus ensemble pour la première fois, avec chez elle un mélange de sophistication et de gestes passionnés, ses grands yeux noirs et sa chevelure impétueuse, une Carmen de luxe, Penélope Cruz, pour ainsi dire. Elle espagnole, lui anglo-saxon, autre mélange parfait, elle brune comme Carmen et lui entre blond et châtain, des yeux noirs pour elle et clairs pour lui, la peau féminine et le menton d'une masculinité âpre, avec cette barbe de trois jours très prisée qui donne l'air aventureux et fait ressortir la forme de la mâchoire. Mais il y a quelque chose, une inquiétude dissimulée chez eux, en chacun d'eux, séparément. De l'extérieur on voit les lumières de l'appartement s'éteindre. Mais elle se change, très vite, sans faire de bruit, elle met un imperméable, range dans son sac les clés d'une voiture, tout à coup sa placidité s'est changée en hâte, sa langueur en détermination. La voiture est une Mercedes modèle sport. Elle conduit à vive allure dans les avenues désertes de

Paris, s'engage dans un long tunnel très certainement parallèle à la Seine. Au-delà de son profil s'étend une brume aux tonalités rouges. Les villes, les déserts, les rues ou les routes se déploient magnifiquement devant les voitures de luxe qui sont les seules à y circuler. Une moto arrive derrière elle dans le tunnel. L'espace d'un instant, le souvenir de la mort tragique de Lady Di dans ce genre de poursuite nous rappelle la terrible proximité entre le grand amour et la catastrophe. La moto la double à toute vitesse. Le conducteur, la tête couverte d'un casque comme un chevalier médiéval coiffé d'un morion d'acier, se retourne pour la regarder en accélérant et se perd au loin devant elle.

Tes Rêves les Plus Secrets. Elle freine à côté d'une grande grille. Il pourrait s'agir d'une villa en dehors de Paris. C'est un hôtel de luxe. Elle se faufile dans le vestibule, son imperméable noir très cintré, anxieuse, consciente des regards des réceptionnistes. Elle est de celles qui n'ont pas besoin de donner des instructions. Sa main s'empare d'une clé sur le comptoir en marbre. Elle monte dans un ascenseur dont les cloisons en aluminium renvoient les lumières de la ville, palpitations similaires à celles de son cœur. Elle se penche vers la cloison, tient dans sa main un flacon de parfum, sort de l'ascenseur, un très long couloir s'étend devant elle, baigné d'une lumière de vaisseau spatial. Elle touche les murs en avançant, y prend appui, sur le point de s'évanouir, peut-être de pur désir, tant le moment est proche. Elle pose le front contre la porte d'une chambre avant de sortir la clé, les lèvres entrouvertes dans un sourire qui ne parvient pas à se dessiner, un sourire où interviennent l'impatience et sans doute l'incertitude, l'incrédulité d'être enfin là. Sa main tremblante fait tourner la clé dans la serrure et la porte s'ouvre. C'est lui qui l'attendait. Ils s'étreignent et la chambre tourne avec eux. Les fenêtres qui s'ouvrent sur la nuit parisienne tournent et deviennent les facettes d'un flacon de parfum, Trésor, le grand trésor de la passion qui dure comme au premier jour.

Seul un Maître Peut Transformer la Peau Pendant la Nuit. Il rêve souvent qu'une silhouette menaçante s'approche de lui, une présence ténébreuse surgie du fond de quelque chose, qui s'avance sans qu'il puisse réagir, paralysé dans la vase des rêves. Il ne sait pas si la chose qui s'approche est un animal, un humain, les deux à la fois, ou une créature intermédiaire, un hybride de l'île du docteur Moreau. Elle vient peut-être du fond du temps, de ce qui est enraciné au plus profond de la mémoire génétique, dans les neurones serrés au cœur du cerveau, dans l'amande minuscule et cachée d'une amygdale. Elle descend des hominidés qui s'abritaient dans les arbres pour échapper aux félins carnivores dont ils étaient la proie favorite. Il est endormi et son instinct l'avertit de la présence qui s'approche en silence, le radar biologique de la peur. Ce qui s'avance vers lui est un animal si discret et si bien adapté à l'obscurité qu'on ne distingue de lui que la brillance de ses yeux, mais il peut aussi s'agir d'un prédateur humain. Il n'a pas de visage ou porte un masque, un masque primitif d'animal ou un de ceux d'aujourd'hui, bon marché, en carton ou en plastique, qui affichent un sourire objectif et ravi de personnage de dessin animé. Il s'approche et lui sent monter la terreur sans rien pouvoir faire. Il est paralysé comme un singe devant les pupilles d'un fauve ; comme un lapin ou un cerf dans les phares aveuglants d'une voiture. Il faut qu'il fasse quelque chose mais il ne peut ou ne sait pas se défendre. Il veut parler ou crier pour demander de l'aide et sa bouche et sa langue sont pétrifiées.

Nous T'Avons Trouvé. Dans le rêve d'aujourd'hui, la silhouette qui s'approche est vêtue d'une sorte de tunique de mandarin ou de haut fonctionnaire chinois, ou semblable à la tunique traditionnelle que porte Mao sur certains portraits. Elle lui arrive aux pieds et sa tête est agrandie démesurément par un masque monstrueux, ou alors c'est une tête monstrueuse sans masque, comme celle d'Elephant Man. Il avance depuis un fond obscur et la tunique est bleue, d'un bleu éteint. La silhouette s'approche et il arrive à lever une main, à serrer le poing comme un prisonnier se délivrant d'un lien. Rassemblant alors toutes ses forces, le bras vigoureux mais le reste du corps paralysé, il donne un coup de poing dans le vide et déclenche un vacarme qui le tire de son cauchemar. Il a frappé du poing la lampe de la table de chevet, qui est tombée par terre. Pourtant, bien qu'éveillé dans l'obscurité, son désespoir se prolonge. Dans le noir, la silhouette en tunique bleue au masque ou à la tête de monstre ne s'évanouit pas. Quel narrateur a ourdi cette histoire en quelques secondes, choisi le costume, le masque, le fond sombre, la couleur et la légèreté de la tunique ? Il écarquille les yeux et lutte pour ne pas s'endormir. S'abandonner maintenant au sommeil équivaudrait à s'engager de nouveau dans le tunnel où l'attend toujours le visiteur atroce qu'il a lui-même dessiné et modelé.

On Détecte une Étrange Créature à Treize Pattes au Fond de la Mer. Non sans quelque immodestie, mais en étant également fidèle à la vérité, il se targue d'avoir inventé au moins trois nouvelles disciplines dans le domaine déjà étendu des sciences humaines, bien qu'il n'ait pas assez d'une vie ou plutôt de plusieurs pour établir les bases théoriques et méthodologiques de chacune d'entre elles, mener à bien certains travaux de recherche afin d'appliquer leurs principes et de démontrer leur efficacité, leur rigueur et les connaissances enrichissantes qu'elles pourraient mettre en lumière. La difficulté ne provient pas pour l'essentiel des objets d'étude en soi ni des possibilités d'y accéder, mais du fait – aujourd'hui irrémédiable – qu'il est le seul inventeur et praticien de ces savoirs. Dans un monde académique et scientifique dominé par des équipes de travail, des techniques de crowdsourcing, de gestion et de management de plus en plus complexes, le champ d'action d'une personne isolée est limité de manière presque pathétique. Sans oublier que la personne en question manque totalement d'accréditations et de connexions académiques, et n'a donc accès ni aux installations adéquates, ni aux fonds publics ou privés pour financer ses projets. Et pourtant, Santiago Ramón y Cajal, Edward Gibbon, le docteur Pasteur, le docteur Jekyll, le docteur Victor Frankenstein, Pierre et Marie Curie, le jeune Einstein dans son bureau de l'Office des brevets, à Berne, n'ont-ils pas travaillé seuls ? Quels sont habituellement les résultats concrets, vérifiables et profitables des vastes équipes bien financées, des réunions de brainstorming et des formidables dispositifs des universités, pas seulement espagnoles ? N'ayant aucune affiliation académique, il devra recourir à ses propres moyens, y compris pour produire les diplômes, les titres, les qualifications et même les cartes de visite d'ordre privé ou professionnel ayant trait aux disciplines qu'il a inventées, et qui en sont encore à un stade complètement chimérique plus que préparatoire.

Nous Sommes la Solution à Tes Besoins. Mais, tout bien considéré, quelle est la différence, hormis dans le domaine des sciences physiques et de celles qui facilitent la guérison ou accélèrent la mort, quelle est la différence, insiste-t-il, un peu échauffé, entre un titre universitaire officiel et un diplôme falsifié ou apocryphe ? Ne constate-t-on pas assez souvent que des éminences académiques de très haut vol complètent leurs œuvres en empruntant, pour ne pas employer de mots offensifs, le travail d'autres personnes, collègues ou subordonnés, soit avec leur accord, rémunéré ou non, soit à leur insu ? Les scandales récents qui, au grand soulagement de presque tout le monde, sauf des rancuniers vindicatifs, n'ont pourtant nui ni au nom ni au bien-être des supposés auteurs de plagiats, ne dissimulent-ils pas l'idée vieillotte, élitiste et obsolète de la paternité individuelle de l'œuvre ? À une époque où on promeut d'innovateurs diplômes supérieurs, comme le master exécutif en organisation d'événements et protocole, le coaching spirituel, la traductologie, etc., il ne lui semble pas insensé de mettre en avant tous les savoirs et disciplines dont il se considère l'inventeur, ou plutôt le fondateur, avec au moins autant de légitimité qu'Auguste Comte, considéré comme le créateur ou le père de la sociologie, ou qu'Erwin Panofsky, qu'il admire beaucoup et qui est à l'origine de l'iconographie. Si l'ufologie, la science politique, la psychopédagogie, la chirurgie plastique, la communicologie, la théorie littéraire sont déjà parfaitement acceptées, il est sans doute temps que la communauté académique ouvre les bras aux nouvelles disciplines dont il est l'inspirateur et pour ainsi dire le pilote. Sa modestie lui interdit d'entrevoir un avenir où on l'appellerait le « Père de l'archéologie instantanée », le « Pionnier de la topobiographie », de la « déambulologie » ou de l'histoire de l'art accidentel. La simple ébauche de chacun de ces savoirs – pour ne pas employer le mot « science », déjà très discrédité dans le milieu – exigerait de passer une vie entière placée sous le signe de la recherche, de la réflexion théorique, de la documentation, sans parler de l'exercice qui consiste à travailler sur le terrain, dont se chargent les assistants, les boursiers et les étudiants diplômés dans le confortable monde académique.

Sois Toi-Même si Tu ne Peux pas Être Batman. Les nouvelles applications de géolocalisation auront permis à la déambulologie de faire un bond de géant comparable à celui que la technique de l'imagerie par résonance magnétique a fait faire aux neurosciences, bien que ces progrès soient limités puisque, pour le moment, elle ne peuvent s'appliquer rétrospectivement, c'est-à-dire à l'étude des promenades du passé. Comme son nom l'indique, la déambulologie est l'observation des itinéraires suivis par des écrivains, des artistes, des scientifiques, des visionnaires, des indigents et des fous : il peut s'agir des chemins empruntés de manière habituelle tout au long d'une vie – les promenades de Kant en sont un exemple classique –, mais aussi des expéditions irrégulières, soudaines, de celles qui sont restées sans retour. On se demande si la déambulologie est un savoir autosuffisant ou s'il ne s'agirait pas plutôt d'une branche de la topobiographie, dont la finalité évidente consiste à étudier les différents domiciles où ont vécu ou vivent ces personnages, en tâchant d'établir, à l'aide de cartes détaillées, les possibles modèles psycho-spatiaux ou socio-vitaux (l'invention à partir de rien de tout un langage spécialisé représente un autre défi impossible à relever par une seule personne). À une occasion, Jorge Luis Borges a mentionné avec dédain ces biographes

Supermoon rising

« si fascinés par les changements de domicile » qu'ils n'ont pas le temps de se concentrer sur l'œuvre des auteurs qu'ils étudient. Pourtant la topobiographie peut mettre en lumière des aspects fondamentaux et jusqu'à présent peu compris de la création esthétique ou scientifique, ou d'une simple divagation. Aucune connaissance, pas même dans le domaine des sciences humaines, ne peut se passer d'une solide base quantitative. Dans combien d'hôtels de Paris ont par exemple vécu Charles Baudelaire et Walter Benjamin ? Quel est le ratio de changements de résidence pour une période donnée ? Et entre les divers domiciles et les pages écrites au bout d'un certain temps ? Combien de logements a connus Thomas De Quincey en Angleterre et en Écosse ? Et Edgar Allan Poe aux États-Unis, de Boston à Richmond, Virginie, pour ne citer que ces deux extrêmes géographiques dans ses déplacements ?

The Place You Were Dreaming of Is Here. *Madame Bovary* a été écrit pendant cinq ans dans la même chambre de la même maison. Cette sédentarité doit d'une manière ou d'une autre être inscrite dans l'ADN du roman, pour employer un terme prestigieux quoique peut-être inutile, de même que la vie errante de Baudelaire dans les années où il écrivait les poèmes des *Fleurs du mal* a dû avoir de puissantes implications créatives, accentuées par le fait – ici, nous investissons assurément le territoire de la déambulologie, qui manque encore de spécialistes s'érigeant en gardiens zélés – que Baudelaire composait ses vers de mémoire alors qu'il marchait. Combien de chambres, de tables de cafés ou de cuisines, de domiciles et de villes a occupés James Joyce pour écrire *Ulysse* ? Quand on visite Trieste, on voit avec émotion, presque en arrivant, une plaque qui indique la maison où Joyce a vécu. Mais à pratiquement chaque coin de la ville on découvre des plaques similaires, car l'écrivain changeait d'adresse avec la même fréquence désastreuse que les autres promeneurs. Bien entendu, un vaste travail a déjà été réalisé et une grande richesse de matériel est disponible. Mais la théorie, la méthode, les outils de quantification, les principes conceptuels – et peut-être aussi neurologiques – font encore défaut, or ils sont susceptibles de dégager le très probable parallélisme qui existe entre l'entrelacs d'itinéraires et de directions pouvant être tracés sur les cartes, et les fulgurantes connexions neuronales d'où ont jailli les promenades de l'imagination.

Tout L'espace Dont Tu As Besoin pour Ta Vie. Chaque matin, je m'étonne d'être revenu. Chaque matin lorsque je prépare tranquillement mon petit déjeuner et sors dans la grande flaque de clarté du trottoir, sur laquelle plane l'ombre mouvante d'un acacia qui sème partout de minuscules fleurs blanches, séchées par la chaleur, pareilles à des confettis. Il y a une liturgie méticuleuse, une qualité sacramentelle dans chacune des étapes nécessaires au petit déjeuner, impliquant la variété des aliments, les dons de la nature et le travail du règne animal et végétal, la suggestion d'une implicite action de grâce mieux célébrée en silence : la vache, l'herbe, l'abeille qui a pollinisé la fleur de l'oranger dont les fruits procurent du jus, le blé, l'eau, les grains de café. Il y a aussi l'eucharistie biochimique et pharmaceutique des cachets, la communion quotidienne des capsules et du verre d'eau. Je sors dans la rue fraîchement douché, absous, prêt à vivre quelque chose, le sac à dos à l'épaule, le téléphone dans une poche, un petit carnet dans l'autre, une poussée élastique dans les talons et la plante des pieds, le regard attentif à tout. Je descends la rue comme l'eau qui coule le long d'une pente et mes pas me portent, me guident sans que je décide où, dans mes chaussures de randonnée couvertes de poussière à force de crapahuter, les bords de leurs épaisses semelles usés, les bottes de sept lieues avec lesquelles j'aimerais savoir combien de pas j'ai faits, combien de kilomètres j'ai parcourus dans plusieurs villes ces derniers mois. Je pourrais m'en informer si j'avais téléchargé une certaine application sur mon téléphone, si j'avais au poignet une de ces montres intelligentes qui permettent de mesurer le rythme cardiaque et respiratoire. J'ai peut-être davantage d'affection pour ces chaussures car c'est avec elles que je me suis perdu et que je suis revenu au monde. Elles m'ont aussi porté au fil des mois où j'errais comme une ombre, avec un tel mal-être qu'il lestait ma tête vers le sol et accablait mes épaules toujours rentrées. Elles m'ont porté quand toute rue était un tunnel et chaque pièce une cellule irrespirable dans une cave. J'ouvrais les yeux très tôt, harcelé par un museau d'angoisse, et dans la première clarté trouble, je découvrais déjà cette présence au pied du lit, loyale comme un vampire dépendant de mon anxiété pour se nourrir, un caillot de sang rempli de noirceur qui adhérait à mon dos dès que j'avais rassemblé assez de forces pour me lever, le peu de courage nécessaire non pour aller affronter le monde, mais pour ne pas rester caché dans la chambre, les rideaux tirés, éviter d'attendre derrière le judas qu'il n'y ait pas un voisin sur le palier et, alors seulement, me risquer à sortir, descendre dans la rue et ne pas me laisser étourdir et démoraliser dès que la lumière du jour me meurtrirait les yeux. L'ombre noire m'obligeait à me réveiller tout en me volant les forces dont j'avais besoin pour me lever.

Tu Voudras l'Avoir entre Tes Mains. Je suis revenu, apparemment indemne, et chaque matin je remarque avec la même gratitude et un peu d'incrédulité que la terreur a disparu, qu'elle s'est volatilisée sans laisser la moindre empreinte sur les choses qu'auparavant elle maculait. Elle est partie comme elle est arrivée ou arrive en d'autres occasions, peut-être encore plus vite, presque d'un jour à l'autre, une présence qui était là et occupait tout l'espace, et qui n'est plus. Je suis sorti d'une forteresse et l'ennemi qui l'assaillait s'est retiré sans bruit pendant la nuit. Je respire à nouveau, comme un asthmatique qui, tout à coup, ne manque plus d'air et s'émerveille toujours plus, à chaque fois qu'il inhale, de son abondance, de sa pureté, de la vigueur et de la clarté que l'oxygène répand dans son cerveau. Ce qui était impossible est désormais naturel. Dans cet air si pur je recommence à distinguer les couleurs. Les sons et les odeurs se diffusent à travers lui avec une extraordinaire clarté : comme quand quelqu'un arrête de fumer et qu'explose soudain dans ses narines l'odeur d'une mandarine qu'on pèle à l'autre bout d'une pièce. C'est le visage dans le miroir qui me rappelle le temps que j'ai passé dans le noir. Il y a au fond des yeux une trace de peur, un soupçon d'obscurité et de désastre. Quand le train entre dans la station de métro, je ne le vois plus arriver avec une sorte de magnétisme morbide. Mais je ne suis pas sûr de moi. Je sors chaque matin dans la rue en m'évadant par précaution d'une proximité menaçante à laquelle mon système nerveux est déjà très habitué, le minuscule noyau de l'amygdale qui sécrète dans un recoin caché du cerveau les signaux chimiques de la peur. J'oublie cette proximité pendant des jours, des semaines entières. Mais je la connais trop bien pour ne pas continuer à m'en méfier. Elle s'est éloignée certaines fois pour revenir ensuite peu à peu, des pas que mon oreille avertie a perçus et reconnaît de loin : je l'ai sentie s'approcher sans réagir, sans me défendre d'elle, soumis d'avance.

Tu Brilleras de Ta Propre Lumière. Les marcheurs de la ville gagnent leur vie tant bien que mal en écrivant dans les journaux. Ils n'ont pas d'autre travail. Ils manquent de fortune personnelle, et s'ils en ont possédé une, ils l'ont perdue. Ils n'ont pas de mécènes pour les protéger et les soutenir. Ils n'ont aucun droit sur leurs écrits une fois qu'ils ont touché ce que les éditeurs ont bien voulu leur payer. Ils gagnent si peu qu'ils doivent écrire le plus vite possible. Le support sur lequel ils sont publiés est aussi neuf que le monde qu'ils dépeignent et que les formes qu'ils doivent inventer pour décrire ce qui, jusqu'à une époque récente, n'existait pas encore. La ville moderne et les journaux explosent en même temps. Tous deux font partie de la déflagration qui entraîne une croissance illimitée : de la population, des dimensions de la ville, des marchandises qui y affluent et des usines qui s'édifient autour d'elle, du nombre de publications périodiques, de leurs tirages. Poe invente de grandes et fausses nouvelles qui font se multiplier les ventes des quotidiens pour lesquels il travaille, bien qu'il ne reçoive aucune compensation pour les bénéfices que ses mensonges permettent à leurs directeurs d'engranger. Il raconte que grâce à un télescope d'une puissance extraordinaire, on a pu voir sur la Lune des villes, des champs et des habitants. Thomas De Quincey écrit pour des revues de Londres et d'Édimbourg et collectionne des journaux qui semblent lui parvenir des quatre coins du monde. Il les entasse dans les chambres de location où il vit et bouge comme sur un tapis de feuilles mortes et un marais de papiers imprimés. Poe découvre De Quincey dans les publications qui arrivent aux États-Unis et il écrit en s'inspirant de son style.

Quand Votre Fin Approche. Les rythmes de la ville et de la production des journaux alimentent l'urgence de la littérature qu'on y écrit. Le marcheur citadin est payé à la tâche. Ses œuvres ne paraissent pas dans un livre, anoblies au préalable, mais sur des feuilles de journaux, imprimées en tout petits caractères, perdues entre les nouvelles et les annonces. Leur public est formé des inconnus qui constituent aussi leur matériel. De Quincey dit que la rue est une foire à humains où l'écrivain vient se fournir en personnages, comme un fermier vient chercher des animaux à la foire aux bestiaux. Les lecteurs de Thomas De Quincey le croisent dans la rue sans savoir qui il est et déboursent quelques pence pour le journal dans lequel il écrit. Baudelaire meurt d'envie d'être publié dans les journaux, mais en même temps il déteste leur vulgarité, comme il déteste la photographie, les affiches publicitaires qui commencent à couvrir les murs, l'éclairage au gaz, les grandes avenues rectilignes. « Je ne comprends pas qu'une main pure puisse toucher un journal sans une convulsion de dégoût », dit-il. La littérature du journal et de la ville a une diffusion accélérée et contagieuse, comme les épidémies mortelles favorisées par l'agglomération humaine, le manque d'hygiène publique et la misère.

Avec un Grand Luxe de Détails. La littérature étend son réseau d'influences aussi vite que se développent les réseaux routiers, les lignes de chemin de fer, puis le télégraphe, les itinéraires des bateaux à vapeur qui couvrent les cartes, les étoiles de glace qui se forment rapidement dans l'eau quand la température descend jusqu'à un certain point. Jeune, Thomas De Quincey voyageait en diligence ou marchait d'une ville à l'autre. Dans ses vieux jours, il prenait le train. À Baltimore et à New York, Poe lit De

Quincey et se laisse contaminer par son imagination abyssale, ses villes nocturnes, théâtres d'hallucinations et de crimes. À Paris, Charles Baudelaire lit Poe et De Quincey dans les revues qui lui parviennent d'Angleterre et d'Amérique. Il les traduit tous deux avec passion et pour gagner un peu d'argent. Il lit et traduit Poe et a l'impression de reconnaître un pair, sent que sa vie a été préfigurée par celle de cet homme. Il reconnaît en De Quincey et en Poe la fraternité des marcheurs dans la ville, des écrivains calamiteux forcés de brader et même de dégrader leur talent pour gagner leur vie ; la fraternité des addicts à l'opium. À Berlin, Walter Benjamin traduit Baudelaire, et comme il ne trouve pas de place de professeur et que l'inflation et les convulsions du début des années 1920 lui ont fait perdre la sécurité bourgeoise qui l'entourait depuis sa naissance, il se trouve lui aussi obligé d'écrire dans les journaux. L'avenir des œuvres que ces hommes écrivent est aussi errant et incertain que leur propre vie : articles dispersés dans les publications les plus improbables, des périodiques à l'existence si fugace ou si obscure que tous leurs exemplaires ont été perdus ; articles remis ou envoyés et restés inédits car le journal où ils devaient paraître a fait faillite. Baudelaire est mort sans voir ses poèmes en prose réunis dans le livre dont il rêvait. Walter Benjamin projetait d'écrire des études formidables, pour lesquelles il n'a jamais disposé du temps ni du calme nécessaires parce qu'il devait rédiger des articles pour manger chaque jour et payer son loyer, qu'il changeait de domicile, de ville et de pays, et qu'il lui était impossible de rassembler tous ses papiers, d'ordonner et de compléter ce qui existait déjà dans sa tête comme un ensemble éblouissant.

Mourir Fait Partie de l'Art de la Rue. *Vhils, le tagueur le plus célèbre du Portugal et artiste mondialement reconnu, partage à présent son temps entre la paisible Lisbonne et une Hong Kong stressée. « Chaque ville a ses murs ; chaque mur a ses couches, sa vie. Le processus de décrépitude et de rénovation est plus rapide là-bas qu'ici, mais c'est justement ce qui me stimule. » Vhils s'exprime sur la berge du Tage qui fait face à Lisbonne, à Barreiro, où il a transformé un immense hangar abandonné en atelier. Très vite, il rejoindra l'autre berge, la baie de Kowloon, à Hong Kong. « Il y a plus de points de confluence qu'il n'y paraît entre les deux villes », affirme-t-il avec une inébranlable conviction.*

Le Talent Cherche Son Inspiration sur les Trottoirs. *La rue, où il s'est forgé en tant qu'artiste, continue de surprendre Alexandre Farto, dit Vhils, vingt-neuf ans ; le chaos de la grande ville, la prédation humaine dans la mégalopole, le cycle incessant de production et de destruction. Il n'est ni un critique du consumérisme humain, ni un apôtre du recyclage, mais plutôt un observateur de l'activité frénétique d'installation et de désinstallation à laquelle se livrent les citadins. Ses immenses visages réalisés dans l'acné des murs suscitent la perplexité plus que la souffrance ou l'amertume. Ils sont placides, je suis d'ici et je reste ici, tandis que vous, sans doute pas.*

Dis-Moi si c'Était un Rêve. *« L'espace public humanise l'œuvre. Qu'elle soit éphémère ne m'inquiète pas. Je vis avec cette idée, qui est implicite dès l'instant de sa création. » Cet été, en quelques jours, on a détruit à la pioche deux de ses œuvres emblématiques réalisées sur des murs laissés à l'abandon. On avait besoin de l'un d'eux pour une clinique. Sur l'autre, on va édifier un quai afin d'y amarrer des bateaux de croisière. Vhils ne se démonte pas : « Les droits d'auteur et la destruction de l'œuvre m'importent peu. La destruction fait partie de la création. J'ai appris qu'on arrachait des portions de murs sur lesquels j'avais travaillé, mais c'était pour les emporter chez soi. Jusqu'à présent, aucune pièce n'a été proposée à la vente. »*

Là Où Tout a Commencé. *Vhils est né, a fait ses frasques et a mûri de l'autre côté du Tage, dans les banlieues anarchiques de Lisbonne – Seixal, Barreiro, Almada –, où il se dépêchait de taguer avant l'arrivée de la police, un univers commun à toutes les mégalopoles y compris Hong Kong. Des kilomètres et une population différente ont beau séparer les grandes villes, elles contiennent toujours des cœurs et du ciment. C'est pour cette raison que Vhils a installé son autre grand atelier à Hong Kong, qui ressemble tantôt à Londres, tantôt à Pékin. Il y passe la moitié de l'année, et c'est là que la fondation HOCA a présenté au printemps sa plus grande exposition. L'œuvre de Vhils s'est étendue des murs du musée aux wagons de métro et de tramway, avec des graffitis originaux sur ces décors ambulants et éphémères.*

Ils Brillent dans l'Obscurité. *Après avoir travaillé le ciment, les acides, la sérigraphie et même le polyéthylène, il s'est en Asie intéressé au néon. « C'est parti de l'influence de la ville et des grandes enseignes de la baie. Il s'agit d'une technique urbaine publicitaire en voie d'extinction. Mais je n'ai pas renoncé aux autres matériaux. Mon travail est assez anarchique ; je choisis, je n'abandonne pas un matériau pour* *un autre. » Dans la baie de Kowloon, les néons dans la nuit sont un spectacle. On se croirait dans un* Blade Runner *où Batman règlerait la circulation sous ces gigantesques lumières qui n'éclairent qu'elles-mêmes en donnant une impression unique de masse. « À Hong Kong, utiliser les néons était inévitable, mais ça n'a pas été simple, car il ne reste plus beaucoup d'artisans qui enseignent le métier. »*

Avec Toi Partout. *Vhils s'abreuve de ce qu'il voit dans la rue, ce qui est également le cas du cinéaste Wong Kar-wai, du peintre Pedro Cabrita Reis ou du hip-hop. Il voit toujours des parallélismes dans la déconstruction de l'image et du son. Il a déconstruit un wagon de train en le coupant en tranches. Une cinquantaine de personnes a travaillé à sa grande exposition de Hong Kong, transférée en ce moment à Shanghai et qui se tiendra ensuite à Rome, Cincinnati et Rio de Janeiro, tandis que les galeristes de l'artiste à Londres, Berlin et Pékin promeuvent son œuvre dans le monde entier. Alexandre Farto, dit Vhils, est selon plusieurs médias internationaux un des artistes les plus influents qui soient, bien qu'il reste sceptique à ce propos. « Je n'ai jamais songé à devenir quelqu'un, dit-il. Traverser le Tage était déjà un événement pour moi. »*

Le Futur Vibre Plus Fort que Jamais. Chaque surface doit être entièrement occupée, chaque espace libre, chaque centimètre, comme les murs de l'Alhambra sont couverts de caractères arabes et d'azulejos aux motifs géométriques, comme un corps tatoué de la tête aux pieds. Il n'y a pas d'endroit où on ne puisse inscrire un message : une brique de lait, le caddie du facteur, l'arrière des sièges d'un taxi, l'écran d'un distributeur automatique de billets, le réverbère de la rue et le dos d'un panneau de signalisation, le côté d'un pont sur l'autoroute qui mène à l'aéroport. Dans le hall des arrivées, les gens attendent devant une double porte automatique entièrement couverte d'une publicité pour des croisières. L'autobus qui passe près de toi est peint sur toute sa surface du vert brillant d'une bouteille de Heineken. Les fenêtres sont plongées dans une mer de bière mousseuse et dorée. Le mot « Heineken » se répète tout le long des flancs. Le temps est occupé de manière aussi exhaustive que l'espace. Dans les publicités à la radio, on parle très fort et très vite. Les speakers imitent les réclames et ont un débit très rapide qui accélère la transition jusqu'à la prochaine page de publicité. Le speaker ou présentateur des informations aborde sans changer de ton un autre point d'actualité qui se révèle être une annonce publicitaire.

Pour Gagner Chaque Minute Compte. Les mêmes publicités, avec les mêmes voix affectées que celles d'un doublage, passent simultanément sur toutes les stations, ainsi que les voix des célébrités, des commentateurs et des politiciens interviewés de manière incessante. Dans une cuisine, dans les écouteurs d'un joggeur exalté et épuisé par l'exercice, dans la salle d'attente d'un psychiatre, à toute heure, dans le taxi qui te conduit de l'aéroport vers la ville, à l'aube, après une nuit de vol, dans la cabine en hauteur d'un camion, la voiture où une femme nerveuse transporte ses enfants au milieu d'un embouteillage, la salle de repos des infirmières dans un service de cancérologie, dans les oreilles d'une femme de ménage ou celles d'un employé qui fait semblant de travailler devant un ordinateur, dans la sacristie d'un couvent, dans chaque taxi qui circule à cet instant précis à Madrid, bien souvent à un volume si élevé que les passagers ne peuvent plus s'entendre parler. Toutes ces voix, enthousiastes, hystériques, tentatrices, familières, pressantes, complices, au ton confidentiel ou impatient, t'encouragent à entreprendre immédiatement quelque chose, viens faire les soldes, quarante-huit heures seulement, profite maintenant de cette promotion, tu vas devenir millionnaire, ne renonce à rien, et ces voix deviennent encore plus pressantes quand elles formulent leurs consignes dans un anglais bâtard, *people in progress*, *power to you*, *gourmet experience*.

Vivre Tes Films Préférés de l'Intérieur Est Maintenant Possible. Occuper l'espace, l'inonder, le brusquer. D'instinct j'ai moi aussi envie de remplir toutes les pages de tous les cahiers. Une feuille blanche est aussi tentante qu'un grand mur récemment chaulé pour un tagueur, une zone lisse de peau pour un tatoueur. Une fois commencé, un cahier doit être écrit jusqu'à la dernière page. Le délaisser à la moitié est un échec, une défaillance dans la volonté ou, pire, une perte de l'élan inventif. En exil, confronté à une pénurie croissante, Walter Benjamin écrivait d'une écriture de plus en plus petite pour profiter au maximum du papier dont il disposait. Il écrivait sur de vieilles enveloppes, au verso des programmes des cinémas ou des prospectus, sur des bouts de papier irréguliers qu'il découvrait au fond d'une poche quand il ressentait le besoin urgent de noter quelque chose, de plus en plus dans la gêne, en manque d'argent et de temps, à Paris, voyant s'approcher la calamité et l'effondrement comme un tsunami au ralenti, jusqu'à ce que tout s'accélère brusquement, que le ralenti devienne une série d'images syncopées de film muet pendant qu'il écrivait à son pupitre de la Bibliothèque nationale de France, au dos des fiches de prêts, avec son stylo à encre adoré, la plume la plus fine qu'il avait pu trouver.

Your Ultimate A350 Experience. Baudelaire dit qu'il a une « *immense nausée des affiches** ». Avant 1860, la plupart des affiches placardées dans les rues n'étaient pas très grandes et constituées pour l'essentiel de textes. En 1861, l'art de la lithographie se perfectionne et on peut fabriquer des affiches de plus de deux mètres de haut avec des images en couleurs. Le regard courroucé de Baudelaire les voit proliférer dans toute la ville, sur tous les murs, du haut des cheminées jusqu'au sol, dit un témoin, elles envahissent tout, couvertes d'enseignes et de marques commerciales et d'images aux couleurs simples et criardes de silhouettes en mouvement : femmes qui dansent en levant exagérément les jambes, acrobates, énormes bouteilles de liqueurs, chevaux au galop, locomotives, bateaux à vapeur, gigantesques visages de clowns qui rient. Vers 1880 on commence à établir des règles pour limiter le déferlement universel d'affiches. Elles sont interdites sur l'intégralité des murs de certains immeubles. On installe des colonnes dans les rues pour les y coller. Dans son enfance, Marcel Proust était en extase devant celles qui annonçaient les représentations de Sarah Bernhardt.

Rejoins la Nouvelle Dimension. La ville tatouée sur les ponts et les murs de soutènement des autoroutes, la ville écrite sur chaque espace disponible, la ville submergée par une grande clameur de mots simultanés, comme sous un nuage de pollution, toutes ces paroles prononcées à voix basse ou à grands cris, au fil de discussions ou de monologues dans la rue, ou transmises par téléphone, éparpillées dans l'air grâce à une vibration continue de pulsations électromagnétiques. Sur les toits et les terrasses, des antennes-relais que personne ne regarde et qui ne cessent de se multiplier envoient des signaux vers les satellites en orbite autour de la Terre et, de là, n'importe où dans le monde. La ruche des voix de la ville vient se mêler à un entrelacs qui couvre la planète tout entière. Les stations de radio diffusent leurs publicités et leurs voix affectées, charlatanesques ou mensongères dans chaque taxi et y distillent leur brouillard de mots toxiques. Les mots et les voix s'élèvent à toute vitesse sur les écrans des téléphones portables. Sur les téléviseurs à écran géant des bars, les mots qu'on n'entend pas sortir de la bouche des présentateurs se déroulent sur les bandeaux. La ville est un corps tatoué jusque dans ses replis les plus secrets, jusqu'aux racines des cheveux, à l'intérieur des oreilles. Le crâne se rase et les tatouages peuvent ainsi s'étendre davantage. Sur un immeuble récemment abandonné, des tatouages tagués apparaissent jusque dans les étages les plus élevés. À l'angle des rues, on installe des panneaux avec des écrans pour qu'il y ait plus d'images en mouvement, plus de mots, et qu'il ne reste pas le moindre espace vers lequel porter le regard sans voir une publicité. Certains panneaux électroniques t'identifieront bientôt quand tu passeras à côté d'eux et projetteront pour toi à ce moment précis des publicités personnalisées.

La Nuit des Morts-Vivants Revient. Gros, trop grand, le visage poudré pour dissimuler un eczéma, lent à présent dans ses mouvements, sans argent, Oscar Wilde marche sur les boulevards de Paris et dans les rues étroites de Saint-Germain-des-Prés où se trouvent les hôtels bon marché où il loge. Il y est enregistré sous le nom qui figure maintenant sur ses cartes de visite : Sebastian Melmoth. Quand il retire un gant pour donner une de ces cartes ou serrer une main, on remarque que les siennes sont désormais grandes et rustaudes, rougies comme celles d'un porteur ou d'un ouvrier. Il est l'Ombre et l'Homme Invisible. Il est l'héritier apocryphe de ce John Melmoth qui, dans un roman gothique, mène pendant des siècles une vie errante de proscrit et apparaît par moments dans des endroits inattendus, voire impossibles : une scierie près de Valence, par une nuit d'orage ; un cachot de l'Inquisition ; la cellule d'un condamné à mort ; la chambre d'un moribond. Les becs de gaz projettent l'ombre démesurée et oscillante d'Oscar Wilde qui regagne son hôtel, ivre d'absinthe, et tient des propos à voix basse. Comme Melmoth, de vieilles connaissances qui le retrouvent le prennent pour une apparition, un être revenu du royaume des morts. D'autres, le voyant arriver de loin, changent de trottoir ou ne se donnent même pas cette peine : ils détournent le regard et le croisent comme s'il était invisible. Wilde Melmoth est un Golem décati : gonflé par l'alcool, il a un énorme visage mou, des cheveux sales, des bottes déformées et il répand une

odeur de soûlard sans hygiène, peut-être des relents persistants de son passage en prison. Il a regagné Paris après s'en être absenté pendant quelques années, mais on a l'impression qu'il revient ou sort du siècle dernier, d'un autre monde. Il est arrivé lorsqu'il était une célébrité et que tout le monde le portait aux nues, que ses pièces passaient dans les meilleurs théâtres, et est maintenant un proscrit, presque un mort-vivant. Il a des habitudes de vampire, dort le jour et sort dans la ville à la nuit tombée. Quelqu'un l'a vu un soir assis sous la pluie à la table d'un café dont les garçons avaient déjà replié les stores et éteint les lumières. Au détour d'une rue, une amie d'une autre époque est brusquement tombée sur lui et sa lente corpulence au bord d'un trottoir étroit. Elle l'a salué, peinée, pleine de pitié, et il a tendu la main vers elle pour lui demander quelques pièces de monnaie.

Apprends à Lire Ton Corps. Dans l'espace, mais non dans le temps, Walter Benjamin croise Oscar Wilde. Il fréquente les mêmes rues et certains des mêmes cafés. Il se peut que Wilde ait déjà logé dans un des hôtels miteux pour gens douteux où vit Benjamin. Lui aussi, Benjamin, est un étranger, un survivant de mondes éteints qu'il ne peut regagner. Il n'a pas d'argent et sa nationalité est incertaine. Il se rend dans les bureaux de l'administration pour exhiber et réunir des documents qui n'existaient pas à l'époque de Wilde, passeports, visas, permis de résidence temporaires, cartes d'identité avec sa photographie, des papiers très difficiles à obtenir et susceptibles d'être révoqués à tout moment et qu'il doit toujours avoir sur lui et s'empresser de montrer à tout policier le requérant ; un homme peu habile de ses mains qui perd tout, marche beaucoup, mais comme une tortue quand il est fatigué, dit une femme dont il a été très amoureux. Benjamin ne se sépare jamais d'un grand cartable en cuir noir où il range toutes sortes de choses, livres, papiers, jouets anciens.

Tu n'As qu'à Fermer les Yeux. Dans le temps, mais non dans l'espace, Fernando Pessoa croise Benjamin. C'est un marcheur agité dans la ville où Walter Benjamin aurait aimé aller et n'est jamais arrivé, Lisbonne, son port de transit dans sa fuite vers l'Amérique. D'autres amis et connaissances étaient passés là et lui avaient peut-être envoyé des lettres et des cartes postales. À la veille de la fin du monde, les services de courrier fonctionnaient avec ponctualité. Fernando Pessoa marche dans sa ville en même temps que Benjamin dans Paris. Tous deux sont myopes, portent des lunettes rondes, des tenues extrêmement strictes et un peu usées, témoignent beaucoup d'intérêt pour la graphologie. Tous deux ont toujours un grand cartable noir. Wilde avait voulu se cacher sous un faux nom. Walter Benjamin avait publié des articles sous pseudonyme dans la presse allemande à une époque où son nom était déjà banni. Pessoa se dissimule ou se multiplie derrière des identités inventées. Des doubles ou des ombres de Fernando Pessoa marchent dans les rues du quartier de la Baixa, au bord du Tage, le long des pentes du Chiado et du Bairro Alto. Sur les photos, Fernando Pessoa et Walter Benjamin se ressemblent beaucoup, doubles possibles ou hétéronymes l'un de l'autre. Pessoa lit Herman Melville et Walt Whitman, et ces lectures déclenchent en lui de prodigieuses ivresses de fécondité poétique. Il a fait le seul grand voyage de sa vie dans son adolescence, la traversée du Cap à Lisbonne. Charles Baudelaire a lui aussi entrepris un unique grand voyage décisif, tout l'Atlantique et une partie de l'océan Indien jusqu'à l'île Maurice, quoiqu'il ait toujours menti en racontant qu'il était allé jusqu'en Inde et avait chassé le tigre à dos d'éléphant.

Là Où il Semblerait qu'Il n'y Ait Rien. Déprécié et oublié après l'échec de *Moby Dick*, Herman Melville occupe un poste obscur aux douanes de New York. Poe a essayé d'en décrocher un similaire afin de sortir de son extrême misère, mais il n'y est jamais parvenu. Chaque matin, à la même heure, avec une tristesse disciplinée, Melville traverse les mêmes rues de

Manhattan et arrive au travail par la rive de l'Hudson. Le fleuve que regardent lors de leurs trajets quotidiens pour aller au bureau Fernando Pessoa et son hétéronyme ou double inexact, Bernardo Soares, est le Tage. Melville invente le scribe et copiste Bartleby comme Pessoa invente l'aide-comptable Bernardo Soares. Tous deux écrivent avec une application méticuleuse, penchés sur d'imposants livres de comptes et de procédures administratives. Quand le jour décline, Bartleby s'éclaire à la bougie, Bernardo Soares à la lumière électrique. Le bureau de Bartleby donne sur une cour intérieure, celui de Soares sur les étages élevés des immeubles de la Rua dos Douradores, à Lisbonne.

Change Maintenant la Couleur de Ton Regard. Dans les rues de Trieste, James Joyce, maigre et myope, négligé, strict, court en tous sens, toujours en retard pour son prochain cours d'anglais. Il marche aussi vite dans Trieste que Pessoa sur ces photos où il passe avec une extrême diligence près de la vitrine de la librairie Bertrand. Si Pessoa se hâte tant, ce n'est peut-être pas parce qu'il est pressé de se rendre quelque part, mais juste pour échapper au photographe de rue qui gagne sa vie en tirant le portrait des passants et essaie ensuite de leur vendre ses clichés. Il y a un air de ressemblance sur les photos de Joyce et de Pessoa. Les lunettes, la moustache, le nœud papillon digne et tordu, le cartable bourré de papiers et de livres. Tous deux marchent, affairés et myopes, et bien souvent très soûls, dans des villes portuaires qui se ressemblent elles aussi mystérieusement. L'architecture de certains bâtiments officiels de Lisbonne évoque une sorte de magnificence austro-hongroise détériorée. La place qui présente le plus de traits communs avec la Praça do Comércio, à Lisbonne, est la Piazza Unità, à Trieste. Elles sont l'une et l'autre monumentales et ouvertes sur un horizon maritime. Joyce et Pessoa sont deux polyglottes, chacun amoureux d'une langue qui n'est pas la sienne. James Joyce et Walter Benjamin se croisent dans Paris à la veille de l'invasion allemande et du grand effondrement de l'Europe, deux apatrides vivant dc condition incertaine, deux fugitifs. Ils sont tous deux très myopes et il est probable que s'ils se voient, ils ne se reconnaîtront pas. À Trieste et à Paris, James Joyce continue en réalité de marcher de manière imaginaire dans Dublin, sans doute comme Benjamin dans Berlin. Aucun ne reviendra dans sa ville d'origine. Virginia Woolf marche en même temps dans Londres et sur les sentiers de la campagne anglaise, près de sa maison, et entre la rationalité et le délire, elle suppose qu'il y aura bientôt une invasion allemande. Elle porte d'austères chaussures anglaises, décoiffée sous la pluie, tenant une canne qui s'enfonce devant elle sur les chemins boueux. Elle marche au bord d'une rivière et entend le murmure de l'eau comme une invitation.

Dîners dans le Noir Guidés par des Serveurs Non-Voyants. À Trieste et à Paris, James Joyce invente Dublin. À Lisbonne, Fernando Pessoa invente minutieusement Lisbonne. Walter Benjamin se rend sur la tombe de Baudelaire, au cimetière du Montparnasse, et visite celles de Proust et d'Oscar Wilde au Père-Lachaise. Dans une vie antérieure, je suis allé sur la tombe de Proust au Père-Lachaise, un bloc sévère de marbre noir, et sur celle de Jim Morrison, couverte de graffitis et de fleurs en plastique. Leopold Bloom et Stephen Dedalus marchent dans Dublin comme le fait Bernardo Soares dans Lisbonne. Marcel Proust marche dans Paris un soir, pendant la guerre de 1914, toutes lumières éteintes après le couvre-feu, sous les lueurs de la pleine lune, aussi lente dans le ciel que les zeppelins allemands. Il croise des soldats en permission dans les rues enténébrées. Il en suit certains, tenté par leur jeunesse. À cinquante ans, cet homme en paraît beaucoup plus, il est corpulent, très emmitouflé, fébrile, et a la respiration hachée d'un asthmatique. Dans les rues obscures, de faibles lumières attestent qu'il sonne pour pénétrer dans les antichambres des bordels masculins qu'il fréquente. Oscar Wilde a dû se rendre dans certains, murmurer son nouveau nom de marcheur sans répit, Sebastian Melmoth, comme une conjuration, une tentative protectrice d'anonymat. Clarissa Dalloway sort un matin à la première heure dans une rue fraîche et ensoleillée de Londres pour acheter des fleurs. Le docteur Youri Jivago cherche dans Moscou une femme blonde qu'il ne reverra jamais. Très souvent, il ressent pendant quelques secondes une joie vite déçue en croyant la reconnaître dans chacune des belles jeunes femmes qui lui ressemblent. À Paris, Walter Benjamin aime aller à la dernière séance de cinéma pour voir des films américains. Il tombe amoureux de Katharine Hepburn, prête beaucoup d'attention aux voix des acteurs car il s'est proposé d'apprendre l'anglais, une étape préalable à sa fuite aux États-Unis qu'il n'arrive jamais vraiment à organiser. Peter Lorre déambule comme un vampire, un Mr. Hyde dans une nuit de ville expressionniste, en sifflant *Peer Gynt*. Dans un autre hémisphère, Juan Carlos Onetti marche, mort de faim, dans les avenues illuminées de Buenos Aires. À Londres, plusieurs nuits de suite, au début de l'automne de 1821, Thomas De Quincey marche, insomniaque, et a une sorte d'hallucination temporelle qui le ramène aux promenades qu'il faisait des années auparavant dans ces mêmes rues, à la recherche d'une prostituée qu'il n'a pas revue depuis et dont il ne connaît même pas le nom, juste le prénom, Ann.

Experts en Design Digital de Sourires. Robes qui épousent la silhouette sans rigidité, tubulaires, qui profilent les jambes sous le genou, pareilles à celles des danseuses ou des porteuses d'offrandes des bas-reliefs égyptiens, ou à celles de cette sculpture en bois polychrome d'une jeune fille qui tient sur sa tête un plateau contenant une oie ; tout est aérien, fluide, le tissu et les cheveux qui tombent, longs et lisses, sur les épaules et les dos nus, ou devant, à droite ou à gauche du visage, sur les clavicules et la poitrine ; les sandales qui ont elles aussi quelque chose d'égyptien, flexibles pour favoriser les mouvements agiles des pieds ; la fluidité des mains qui s'agitent beaucoup, ramènent les cheveux devant ou sur le côté et tiennent un portable ou tapent sur un clavier, de longs doigts recourbés, très rapides pour écrire et très expressifs dans leurs gestes, touchent l'écran avec la légèreté requise en l'effleurant à peine ; les ongles vernis, en suspens dans l'air, sur le minuscule écran plat, dans une attitude évoquant à la fois l'imminence et l'étonnement, comme si on venait d'y appliquer le vernis et qu'il fallait attendre qu'il sèche ; les cheveux lissés chez le coiffeur, les ongles polis et laqués chez la manucure, les pieds embellis avec le plus grand soin chez la pédicure. Des pieds impeccables. Donne du style à tes pas. Une âme féline. Des jambes légères. Les sandales débarquent dans la mode. Des immigrantes probablement illégales, latino-américaines ou asiatiques, se penchent sur les pieds nus en esquissant une révérence qui rappelle elle aussi les bas-reliefs égyptiens, leurs traits cachés sous des masques qui ne les protègent pas des émanations toxiques des produits utilisés, les laques qui empoisonnent leurs poumons comme les déchets chimiques empoisonnent l'eau des fleuves de leurs pays d'origine.

Once I Gazed at You in Wonder. La beauté défile et foule le sol en sandales de cuir à très fines lanières, créant des courants d'air aux effluves de parfum et de shampoing. Il y a un aspect soyeux commun à la peau et aux cheveux, une brillance sur les lèvres et les ongles, une absence d'aspérités sur les jambes épilées et lustrées par les crèmes hydratantes, une extase de la plénitude corporelle et de tous les artifices employés pour la magnifier, éveiller le désir ou la contemplation hypnotisée, non la convoitise pleine de rancœur et dans le fond agressive, mais la simple gratitude, la célébration passagère de ce qui vient de surgir dans la rue et aura très vite disparu. Comme la joie selon Salinger, la beauté n'est pas un solide, mais un liquide, moins un ensemble stable et prévisible de perfections qu'un frémissement visuel, entre ce qui est tangible et momentané et un pur mirage, un profil aperçu à une certaine distance, une silhouette de dos, des jambes qui se croisent quelques sièges plus loin, dans un wagon de métro.

Remporte un Pack Exclusif. Parfois aussi un geste, celui de cette femme qui s'arrange un peu les cheveux et se redresse en se sentant observée, ou un sourire qui n'est peut-être qu'un réflexe, un échange de regards dans lesquels on ne lit aucune demande, aucune offre, juste une reconnaissance mutuelle instantanée, sans continuité ni moments postérieurs, sans souvenir durable car la rencontre a été trop brève pour s'ancrer dans la mémoire.

Accumule des Cadeaux Fantastiques. Je suis toujours sur le qui-vive, attentif à ce qu'il y a d'inattendu et de soudain dans l'apparition de la beauté, sans anxiété, sans convoitise ni amertume masculine, juste attentif, passionné, contemplatif, reconnaissant comme l'enfant de onze ou douze ans qui ne savait rien du sexe mais s'extasiait en regardant les filles modernes dans les premières minijupes, et tombait éperdument amoureux pendant quelques minutes de certains visages et silhouettes et non d'autres, sans qu'interviennent ni la volonté ni le choix, seule une ferveur qui naissait en un instant, aussi irrémédiable que celle que je ressentais en écoutant certaines chansons.

Fear the Walking Dead.
Une algue putréfiée envahit le S-E de la Floride.
Trois attentats-suicides sèment la terreur en Arabie saoudite.
L'Allemagne conseille de stocker de la nourriture en prévision d'une attaque éventuelle.
La haine inonde les réseaux sociaux.
La biodiversité en danger sur toute la Terre.
L'État islamique responsable du plus grand massacre de l'année en Turquie.
Des métropoles entourées de déserts.
Des vautours affamés attaquent le bétail.
La terreur frappe de nouveau en France.
Des millions de joueurs du monde entier descendent dans les rues pour chasser des monstres.
À Nice, un camion fonce dans la foule et tue des dizaines de personnes sur la Promenade des Anglais.
La biodiversité en danger sur toute la Terre.
Refus de l'attentat barbare.
Les corps volaient de partout.
« J'ai vu des chaussures, des lunettes et des sacs sur le sol. »
Les gens sautaient dans la mer pour se cacher.
« Tout le monde s'est retourné et nous avons vu un grand camion d'au moins trente tonnes foncer sur les gens et monter sur le trottoir en écrasant tout le monde. »

Le gigantesque camion blanc fonçait à toute vitesse sur la foule en donnant des coups de volant pour atteindre le plus de gens possible.
Il est passé à quelques mètres de moi et je ne m'en suis même pas rendu compte.
J'ai vu les corps voler comme des quilles.
J'ai entendu des bruits, des cris que je n'oublierai jamais.
J'ai vu des choses horribles qui me poursuivront toute ma vie.
J'ai vu deux enfants écrasés sous les roues de ce camion pendant que leurs parents poussaient des cris déchirants.
J'étais paralysé. Je n'ai pas bougé.
Autour de moi, c'était la panique.
J'ai suivi ce camion macabre du regard.
Les gens couraient, criaient, pleuraient.
Alors j'ai compris et je me suis mis à courir avec eux vers Le Crocodile, là où tout le monde se réfugiait. Il ne s'est écoulé que quelques secondes, mais elles m'ont paru une éternité.
« Cherchez un abri », « Ne restez pas là », « Où est mon fils ? »
Autour de moi j'entendais des voix.
Alors je suis sorti. Je voulais savoir ce qui s'était passé.
La Promenade était déserte.
Aucun bruit, aucune sirène, aucune voiture.
J'ai croisé Raymond, âgé d'une cinquantaine d'années.
Il m'a dit en pleurant : « Il y a des morts partout. »
Il avait raison. Derrière lui, il y avait des corps tous les cinq mètres.
Sans vie, sans membres. On a apporté de l'eau pour les blessés et des serviettes pour couvrir ceux pour qui il n'y avait plus aucun espoir.
À ce moment-là je n'ai eu aucun courage.
J'aurais voulu aider, faire quelque chose, mais je n'y arrivais pas.
J'étais encore paralysé.
Une seconde vague de panique m'a fait regagner Le Crocodile.
Le camion meurtrier a terminé son parcours quelques mètres plus loin, criblé de balles. Je n'ai pas entendu les tirs.

Juste des cris : « Il revient, il revient. » Et maintenant des pleurs.
« *We were all like zombies, just running and screaming.* »
J'ai continué tout droit. J'ai pris ma moto pour m'éloigner le plus vite possible de cet enfer.
Il y avait des corps et des blessés partout.
Les premières ambulances sont arrivées.
Des partisans du groupe terroriste se félicitaient de cet acte sur les réseaux sociaux.
« Si vous ne pouvez pas faire exploser une bombe ou tirer une balle, faites tout votre possible pour trouver un mécréant et brisez-lui la tête avec une pierre, égorgez-le avec un couteau, passez-lui dessus en voiture, jetez-le dans un précipice, étranglez-le, empoisonnez-le. »

Le Futur Vibre Plus Fort que Jamais. J'aime l'allure des peintres, sauf quand ils sont déguisés en peintres ou, pire, en artistes. Mais le grand artiste n'est déguisé en rien. J'aime leurs attitudes, l'air robuste et sain qu'ils ont en général jusqu'à un âge très avancé, car ils meurent très âgés pour la plupart et restent actifs jusqu'à la fin, le visage et le regard empreints d'une vigueur radieuse, comme ceux des gens qui travaillent beaucoup et prennent plaisir à ce qu'ils font, goûtent les heures et les jours de solitude laborieuse passés dans l'atelier, à accomplir une tâche pleinement imaginative et matérielle qui les absorbe au point d'abolir l'impression du temps qui passe, ou de créer un autre temps intérieur, un pur présent dans l'espace où ils vivent et travaillent, entre les quatre murs de l'atelier, parmi leurs œuvres entassées et accrochées n'importe comment et les outils, les pots, les pinceaux, les couteaux, les mille objets qu'ils utilisent et accumulent en attendant de s'en resservir, les chiffons tachés de couleurs, les bouteilles d'essence de térébenthine, les crayons, les grandes feuilles des carnets à dessins et les minuscules calepins que certains possèdent pour y faire des croquis ou y prendre des notes, tout ce qui est nécessaire et tout ce qui ne l'est pas, ce qui de l'état de déchet deviendra ensuite une trouvaille et, parfois, une expérience mise au rebut, les mégots et les pièces de monnaie jetés que Jackson Pollock ramassait ou tirait de ses poches et collait sur une peinture à l'huile, par exemple.

La Technologie t'Inspire. J'aime une photo d'Alex Katz que j'ai devant moi, en couleurs, après l'avoir découpée dans un magazine et collée avec admiration et un peu d'envie sur une feuille blanche, cherchant moi aussi à éprouver en quelque sorte la sensation glorieuse de travailler de mes mains. Alex Katz est allongé sur une vieille chaise inclinable, un siège de bureau solide datant des années 1930 qu'il a sans doute trouvé dans une brocante ou récupéré dans la rue. Il a près de quatre-vingt-dix ans mais paraît beaucoup plus jeune, en baskets, un pull sur un T-shirt, les bras croisés, et renvoie une impression de flemmardise et d'arrogance sereine. Son crâne rasé et puissant rappelle celui de Paul Motian, qui a vécu presque aussi longtemps que lui, aussi actif et libre, original sans afféteries dans son inspiration débordante et constante, loyal envers lui-même, sans jamais se répéter, sans être nostalgique de la virtuosité de son passé lointain, l'époque de sa jeunesse où il jouait de la batterie avec Bill Evans, au début des années 1960. La dernière fois que je l'ai vu jouer au Village Vanguard était un soir de semaine où il avait beaucoup neigé, si bien qu'il n'y avait presque personne dans la salle. Il avait remplacé au dernier moment une chanteuse à la mode qui n'avait pu se rendre à New York à cause du mauvais temps. Il a joué avec un petit groupe, trois ou quatre musiciens très jeunes extrêmement respectueux du batteur, un peu intimidés par sa carrure légendaire. Il a été généreux avec eux, discret au point de s'effacer pour ne pas les incommoder et, au contraire, s'arranger pour que son talent les mette en valeur. À la fin du concert, ils ont remercié les quelques personnes de l'assistance de les avoir applaudis, puis se sont assis à une table en retrait pour boire des bières. Je me souviens du crânc rasé de Paul Motian, de son large dos, de son pull à col roulé de boxeur d'une autre époque.

El equipo perfecto

Stimule Ta Créativité. Alex Katz est une présence sobre et solide d'artiste américain, endurci par la vie au grand air et le travail, à la manière d'Edward Hopper. David Hockney a l'air d'un bon à rien qui, hormis dessiner, peindre et fumer, ne sait rien faire de ses mains et a une pâleur de noctambule, une fragilité de fumeur de longue date, des yeux clairs et aqueux de vieil homme au regard très direct dans ses derniers autoportraits, des yeux sauvagement curieux et encore interrogateurs, des yeux de vieillard qui, dès l'instant où il se met à l'œuvre, ne fait plus son âge et a la trentaine immuable où semble s'être arrêtée la conscience de l'âge des personnes qui vivent pour un travail tel que le sien, toujours le même, qu'il soit dans un atelier ou dans un bar, à se concentrer sur les gens en imaginant qu'il les dessine, ou bien dans une voiture roulant sur une autoroute de Californie ou une voie secondaire de sa région natale, en Angleterre, ses yeux toujours avides et vifs, ses mains aux doigts jaunis de fumeur toujours occupées par un crayon, un appareil photo, son pinceau, son iPhone, son iPad ou quoi que ce soit d'autre. Hockney dessine comme Ingres et Picasso, bien mieux que Matisse. J'aime sa vitalité de déserteur de l'Angleterre et de résident de Los Angeles, l'acuité de ce qu'il dit et écrit, le ressort incessant qu'il met dans tout ce qu'il fait en dépit des années, comme l'exploration de la moindre innovation technique, se penchant aussi bien sur une planche de papier artisanal que sur un écran digital avec l'expression de stupeur comique de Peter Sellers, les accessoires de théâtre de ses apparitions en public, la perruque à frange, les lunettes, les bretelles, la cigarette permanente. Hockney dit : « Quand je peins j'ai trente ans. » Moi j'ai cet âge quand je me mets à écrire en oubliant le reste, ou à faire des découpages pour les coller ensuite, quand j'écris au crayon, quand je vais dans la rue et vois une publicité dans une vitrine et dois m'arrêter pour la copier dans le carnet qui est dans ma poche, que je pose contre un mur ou sur une poubelle. Mais mes trente ans atemporels d'aujourd'hui diffèrent de ceux que j'avais à l'époque. Dans le mirage du temps, dans le présent limpide où j'accomplis ma tâche et profite de ma vie, je suis plus jeune que je ne l'étais alors.

Quand le Silence Te Parle Écoute-le. Si grâce à leurs télescopes les astrophysiciens parviennent à écouter le bruit de fond de l'univers, le rayonnement fossile, le vacarme du big-bang, il sera sans doute un jour envisageable au niveau technologique d'entendre le bruit de la ville en remontant deux cents, cent cinquante, cent ans en arrière. Si on a réussi à photographier l'univers tel qu'il était peu après son origine, on pourra aussi inventer un téléobjectif susceptible d'atteindre les abysses du temps comme le font ceux capables de capter des images très précises dans les profondeurs de l'espace. Qui aurait songé il y a à peine vingt ans qu'on se promènerait dans les rues et qu'on discuterait avec une personne se trouvant au bout du monde, en voyant à cet instant précis son image, la chambre où elle se tient et la lumière qui entre par la fenêtre ? Il y a tellement d'inventions technologiques d'une absolue futilité ou, pire, horriblement nocives, voire destructives, qu'il trouve pénible qu'il n'existe pas encore, même sous une forme rudimentaire – l'équivalent des premiers cylindres de cire d'Edison –, une antenne parabolique chronoréceptrice, pour lui donner un nom à la va-vite, un photobathyscaphe temporel qui pourrait s'immerger dans des abîmes de temps de plus en plus profonds.

La 3D Est Partout. Il s'imagine bien équipé dans la cabine du chronobathyscaphe, minuscule selon les exigences techniques, comme celles des vaisseaux du projet Apollo, avec ses lentilles et ses zooms, ses indicateurs digitaux de profondeur régulant les données spatiales et temporelles pour permettre d'observer dans le viseur – ou un simple hublot semblable à ceux des bathyscaphes marins – une obscurité où, peu à peu, on commence à distinguer des choses incertaines, agglomérats de lumière, formes tardant à se préciser, d'une part du fait des limitations techniques des appareils, de l'autre parce que ce qu'on voit « là dehors » – pour reprendre une expression chère aux doubleurs de films espagnols – est un milieu sombre, nébuleux, comme sous-marin : Oxford Street, Londres, signale la version perfectionnée de Google Maps dont est équipé l'engin, 19 août 1821, la date à laquelle De Quincey dit avoir écrit après être rentré d'une promenade, le brouillard du fleuve et de la pollution rehaussé par l'éclat des réverbères à gaz, et cette silhouette de dos, dans la rue qui se vide car il est près de minuit, plongée dans une brume lumineuse à la Turner. Le chronobathyscaphe pourrait aussi explorer les rues de Baltimore, une des nuits entre le 26 septembre et le 3 octobre 1849, percer ses ténèbres à l'aide d'un phare situé à sa proue, comme celui du *Nautilus*, s'arrêter près de chaque ivrogne qui chancelle et palpe les murs et éclairer brièvement son visage pour savoir s'il s'agit de Poe.

Spécialisé en Toutes Sortes de Travaux Occultes. Mais il pourrait se contenter de mettre des casques volumineux capitonnés d'ingénieur du son pour écouter, rien de plus, se livrer à une exploration acoustique du passé comme lorsqu'il consulte ses enregistrements d'aujourd'hui avec les écouteurs blancs de l'iPhone. Il y aura aussi un vague éloignement sonore rappelant le bruit d'un coquillage qu'on approche de son oreille, la rumeur du temps et non celle de la mer ou de la circulation sanguine. Les hennissements et les sabots des chevaux, le cornet des postillons de la diligence, les cris des vendeurs, la musique des orgues de Barbarie qui faisait frémir d'angoisse De Quincey à chaque fois qu'il rentrait à Londres, le « fracas roulant des omnibus », dit Baudelaire, les pas des solitaires dans les rues désertes ; et tout à coup d'autres sons s'élèvent à mesure que le marqueur avance, selon qu'il tourne un bouton très graduellement ou qu'il appuie sur une icône du bout de l'index : les clochettes et les sonneries des tramways, les klaxons en caoutchouc des premières automobiles, le rugissement du trafic qui s'amplifie et étouffe des échos qui étaient encore habituels peu de temps auparavant.

Il t'Emmène dans des Lieux Étonnants. Mais ce serait donner une vision réductrice de la déambulologie que de supposer qu'elle ne s'occupe que du tracé des itinéraires, un terrain déjà inépuisable en soi – quelque chose vu au hasard à un certain point du chemin –, qui devient une source d'inspiration décisive pour un poème ou un roman ; Max Planck promène son fils en le tenant par la main dans le quartier de Grunewald, à Berlin, et entrevoit en un éclair les principes de la physique quantique ; Darwin échafaude la théorie de l'évolution en marchant sur le sentier de sable qui entoure sa maison, etc. D'autres sujets d'étude servent également les objectifs de notre discipline : la vitesse des pas et leur variation au fil de la vie ou à chaque épisode d'un processus créatif ; le type de chaussures, leurs qualités ou leurs défauts ; l'attitude et la posture du corps. Rien de cela n'est superflu ; rien n'est étranger à l'aptitude particulière de l'imagination, pas même les détails du style. « Le style, c'est l'homme », dit Buffon, qui marchait assurément avec une solennité énergique dans le Jardin des Plantes de Paris. Le style, c'est l'homme tout entier, la personne tout entière et non une intelligence incorporelle inexistante – quoique très célébrée –, le souffle, *the ghost in the machine* : le corps tout entier, sa stature, son inclination, sa lourdeur ou sa légèreté, la force caractéristique de ses pas, la manière dont ses talons frappent le sol.

La Nuit ne Signifie pas Forcément la Fin du Jour. Proust parle de ces hommes qui sortent d'un lieu de péché – un bordel, une maison de jeu – et marchent très vite et de profil afin d'offrir le moins de superficie observable possible, comme le soldat d'infanterie qui apprend à progresser en évitant les tirs ennemis. Ce qui distingue la science est exclusivement sa capacité prédictive. L'idéal de la déambulologie est d'étudier un texte littéraire et d'en déduire de manière vérifiable la stature, l'âge, la santé, la façon de marcher de celui qui l'a produit, pour employer un terme raisonnablement académique. D'un poème promené dans le New York de Frank O'Hara, on pourra extraire un modèle virtuel de la démarche de Frank O'Hara et la comparer aux images filmées du poète. Quand on regarde le film où Cartier-Bresson se déplace dans une rue de Paris avec une caméra dissimulée dans sa main sans être vraiment cachée, on en apprend davantage sur le style du photographe qu'en lisant une épaisse monographie – pour le moins antérieure à l'apparition de la déambulologie dans les universités, un raz-de-marée peut-être aussi dévastateur que le fut à l'époque l'irruption du structuralisme ou de la sémiotique.

Tu Obtiendras des Images Très Nettes. Un grand pas en avant sera effectué avec la juxtaposition d'itinéraires : entre 1846 et 1849, Poe, Walt Whitman et Melville vivent, travaillent et marchent en même temps à New York, gravitent autour des mêmes centres magnétiques, très limités : une certaine librairie, le siège de quelques revues, les maisons de personnes cultivées où se tiennent des réunions. Les rencontres, les croisements, les collisions sur le plan d'une ville qui s'étend à peine au nord de la 23e Rue offrent un potentiel semblable à celui des particules élémentaires dans un accélérateur. Rien ne laisse supposer que les trois hommes se sont fréquentés, mais on sait que Melville et Whitman ont lu Poe, et il ne fait aucun doute qu'ils avaient des relations communes et ont dû au moins se reconnaître en se croisant. Y a-t-il eu collision ou croisement entre Melville,

Dickens et De Quincey à Londres, durant l'hiver de 1849 ? En quittant la capitale anglaise après avoir assisté à une pendaison publique, Herman Melville est parti pour Paris. A-t-il croisé Baudelaire à un moment donné ? Il faut des faits, non des hypothèses n'admettant aucune vérification expérimentale.

Notre Plus Beau Cadeau c'Est de Te Connaître. Parmi les millions de pas sur les trottoirs de Paris, il cherchera grâce aux techniques les plus pointues de la déambulologie ceux, maladroits, de Walter Benjamin. Le géolocalisateur désigne les rues de la ville fréquentées par l'écrivain. Le chronoaudimètre indique juin 1940. Tous les indicateurs de fréquence se placent soudain sur la graduation la plus basse. Un grand silence règne sur la ville. Pour les durées inférieures à vingt-quatre heures, l'évaluation est beaucoup plus imprécise. Mais on pourrait être à l'aube puisqu'on n'entend aucune clameur concave d'oiseaux, une brusque éternité indifférente à l'histoire. C'est alors que les instruments commencent à détecter quelque chose, une rumeur presque inaudible encore plus faible que les fréquences perceptibles par l'oreille humaine. Peu à peu, un léger tremblement fait bouger les aiguilles des indicateurs les plus sensibles, une vibration profonde dans le sol, qui se propage aux vitres des fenêtres, à l'eau contenue dans une cruche sur la table de chevet d'un malade, à la cuillère dans l'assiette. Ce sont les chars de combat, les camions, les motocyclettes, les tanks, les coups cadencés des bottes des envahisseurs allemands qui ne défilent pour personne dans le matin frais, la clarté glorieuse du début de l'été à Paris. Dans l'appartement que Walter Benjamin s'est hâté de quitter quelques jours auparavant, il reste encore des papiers et des livres, les objets qu'il a collectionnés, du linge dans les placards, un masque à gaz sur une étagère, brutal comme une idole avec son tube strié comme une trachée en caoutchouc, ses lanières en cuir, ses boucles métalliques, les deux verres ronds pour les yeux, un masque de film d'horreur en noir et blanc.

Une Ville de Neuf Millions d'Habitants Est Évacuée sur Ordre du Gouvernement Chinois. Des rues désertes, des immeubles éteints, des magasins fermés. Que se passe-t-il à Hangzhou, une des villes les plus florissantes et les plus peuplées de la Chine orientale ? Il se passe que, ne voulant courir aucun risque et éviter tout désordre pour le Sommet du G-20 qu'il est en charge d'organiser, le gouvernement chinois a pris des mesures impensables pour une démocratie occidentale. Imaginez une ville dont la population dépasse celle de New York vidée de ses habitants du jour au lendemain. Dans les avenues à plusieurs voies, plus aucune voiture ne circule, hormis les fourgonnettes blindées de l'armée et de la police. Les sirènes résonnent plus longuement, avec des notes plus aiguës, et couvrent de plus longues distances dans ce silence. Toutes les lumières des feux clignotent au rouge et à l'orange. Dans les nouveaux quartiers où des forêts d'immeubles identiques de cinquante étages sont séparées par de grands terrains vagues, on ne distingue pas une lumière aux fenêtres, juste des voyants rouges en haut des paratonnerres et des héliports éclairés par des projecteurs. Neuf millions de personnes ont quitté de manière organisée la ville en quelques jours.

Nous Nous Occupons de Tous les Détails. En voiture, dans des caravanes d'autobus, en train, dans de lents embouteillages océaniques qui occupaient toutes les autoroutes pour sortir de la ville. Le gouvernement veut s'assurer qu'il n'y aura pas la moindre petite altération de l'ordre pendant la visite des dignitaires du G-20. Des hélicoptères équipés de canons de lumière survolent les zones difficiles, les défilés de verre des quartiers d'affaires, les étendues d'usines et de centres commerciaux. Leurs faisceaux lumineux balaient comme des torches les passages les plus sombres, les entrées des tunnels, les étages successifs des gratte-ciel. Des camions militaires sont garés aux croisements des avenues et patrouillent lentement le long des trottoirs. Des fusils d'assaut affleurent aux vitres et sous les bâches qui les couvrent. Dans le quartier des théâtres et de la vie nocturne, des panneaux lumineux digitaux annoncent des spectacles musicaux, font l'article de voitures luxueuses, de téléphones portables. *La Belle et la Bête*, *Le Roi Lion*, danses et masques pseudo-africains intercalés de caractères chinois. Des hommes volent à moto au-dessus de précipices, des adolescentes asthéniques entrouvrent leurs bouches très rouges, des noms de marques sont suspendus dans le noir comme des constellations dans le ciel nocturne : Huawei, Vuitton, MaxMara.

Tu Es au Cœur de Nos Attentions. À hauteur du trentième étage, une jeune femme en jupe très cintrée et en très hauts talons marche sur une route, dans un désert rougeâtre, un sac Vuitton à la main. Les caravanes de limousines et de SUV noirs blindés progressent vers la ville depuis l'autoroute qui part de l'aéroport, comme ces voitures dans les publicités qui roulent vers l'horizon sur des routes sans trafic dans des paysages de montagne. Elles sont précédées et suivies de convois militaires, de voitures de police aux gyrophares allumés, de policiers aux casques et aux sangles blancs enfourchant de gigantesques motos, des Transformers technologiques sur lesquels on ne distingue guère la séparation entre le corps humain et la machine qui le transporte et l'enveloppe. Il n'y a personne sur les trottoirs pour regarder l'imposant défilé, le cortège triomphal des maîtres du monde et de leurs gardes prétoriennes. Personne ne pourrait voir les passagers derrière les vitres fumées et blindées, dans des habitacles garnis de cuir où brillent probablement des écrans de surveillance et de portables, les épaules massives et les nuques herculéennes des gardes du corps aux crânes rasés, chaussés de lunettes de soleil malgré l'obscurité, des fils d'émetteurs aux oreilles, des micros sur le revers de leurs costumes sombres.

Nous Avons un Projet pour Toi. Le cortège avance à vive allure pour réduire au maximum les risques d'attentat. Des patrouilles policières et militaires dotées de masques à gaz et d'un armement de guerre inspectent chaque centimètre du grand labyrinthe d'égouts de la ville, éclairées par des lampes de spéléologie fixées à leurs casques en acier. Elles découvriront sans doute des animaux furtifs qui se sont aventurés dans ces étendues d'asphalte, aux abords des parcs fermés. Dans une salle aussi grande que le centre de contrôle d'une mission spatiale, des écrans haute définition montrent des images simultanées de rues, d'autoroutes, de parcs déserts, de halls et de quais de stations de métro, de parkings, de passages souterrains. Sur l'un d'eux, on voit pendant quelques secondes une silhouette solitaire, une ombre furtive traverser l'espace. Un instant plus tard elle n'est plus là. On commence à la chercher sans succès sur tous les écrans, tous les enregistrements des caméras de surveillance réparties à l'angle des rues et près des agences bancaires. On arrête l'image, on l'agrandit, on cherche à lui donner une meilleure définition. Mais on ne distingue rien de plus qu'une ombre humaine. Plus on agrandit l'image, plus elle devient floue et plus elle se confond avec la noirceur de la ville évacuée.

Cherche le Contenu Parfait pour Ton Prochain Projet Créatif. « … le grand poème de ce siècle ne pourra être écrit qu'avec des matériaux de rebut », m'a-t-il dit la deuxième ou la troisième fois que nous nous sommes vus, après avoir laissé tomber bruyamment près de lui son cartable bien rempli. Il parlait en concentrant son regard sur le marbre de la table du Café Comercial, à voix basse, d'un ton posé qui contredisait la véhémence de ses propos. « Avec les rebuts de la langue, le désordre et le bruit, les abus et les erreurs dans les doublages des séries et des films américains, avec les mots au rabais de la publicité, de la consommation, des relations publiques, de la politique, du jargon technologique, de la pseudo-poésie des publicités de parfums, du langage de l'autodéveloppement, des prédictions astrologiques, des annonces pour escort girls et massages, des hypothèques et prêts bancaires, avec l'énumération magnifique d'aliments sur les brochures des supermarchés et les ardoises qu'on pose à midi devant les portes des restaurants. Seul le rebut peut rendre compte de toute cette surabondance de rebut. "J'ai pétri de la boue et j'en ai fait de l'or", disait le pauvre Baudelaire. Avec tout le respect qu'on lui doit, cela n'est guère digne d'intérêt. La boue est noble, ou elle l'était avant d'être polluée par des déchets chimiques et même radioactifs. Certaines des plus grandes œuvres de l'Humanité ont été façonnées avec de la boue. Dans une autre de vos vies antérieures, vous étiez un enfant qui jouait avec la boue fraîche de la rue, après la pluie. En tout temps, on a fait ce qu'il y avait à faire avec les matériaux qu'on avait à portée de main et, désormais, ce sont les déchets, la ferraille, les détritus que l'on trouve le plus. Vous devrez donc vous en servir pour écrire le poème, qui sera peut-être très long et nécessitera beaucoup de matière première, mais il n'y a aucun risque qu'elle s'épuise. Bien au contraire : plus le temps passe et plus cette richesse s'accumule, de grandes cordillères, des Everest de déchets qui deviennent plus hauts à chaque minute qui passe, des dépotoirs de mots, des décharges de la taille d'océans, d'ailleurs les océans eux-mêmes sont une gigantesque décharge, des courants marins d'ordures qu'on verra de l'espace comme les tempêtes et les tornades. Ce poème exigera une longue immersion, peut-être toute une vie. Celle de la personne qui l'écrira et de la personne qui le lira. Il sera probablement anonyme et accumulatif, un dépôt et un assemblage de matériaux beaucoup plus anciens, comme les poèmes homériques. Et il ne devra contenir aucun vers, aucune phrase, aucun mot qui serait une invention personnelle de son ou de ses auteurs, si tant est qu'on puisse employer ce mot dans ce cas de figure. »

Pense Autrement Choisis Taco Bell. « Il sera comme les nefs primitives de la mosquée de Cordoue, construites essentiellement avec des matériaux issus de pillages, des colonnes et des chapiteaux inégaux, rapportés d'ici ou là, ramassés sur des tas de décombres ou obtenus après la destruction de bâtiments plus anciens. Le poème comptera sans doute plusieurs milliers de vers. Tous sans exception seront issus d'une spoliation. Tous volés. Pas dans d'autres poèmes ni dans des œuvres littéraires ou rien qui soit respectable, mais au milieu de déchets purs et simples. Il vous faudra en cela être extrêmement rigoureux. Pas de style, mon ami. Votre sensibilité personnelle, mon cher ou ma chère, vous pouvez vous la mettre là où je pense, avec tout le respect que je vous dois. Votre sensibilité personnelle a déjà été dûment vérifiée par les banques de données, et vous leur avez fourni vous-même gratuitement le matériel. Tout programme informatique peut décomposer en quelques minutes, une par une, avec la plus grande précision quantitative, les célèbres caractéristiques du « style personnel » de quiconque, désolé d'agiter les mains sur les côtés pour mimer des guillemets. Très vite, une start-up proposera d'élaborer pour vous un style littéraire personnalisé. Alors inutile de monter sur vos grands chevaux. »

Des Lecteurs du Monde Entier Te Connaîtront. « Quant à la longueur, je crains que là non plus on ne puisse transiger. Il faut choisir entre la démesure ou la taille minimale. Soit l'*Énéide*, soit un haïku. Vous comprendrez que je cite votre pédiatre admiré, le docteur Williams. Soit les quatre vers de la brouette rouge ou ceux des prunes dans le réfrigérateur, soit les trois cents pages bien serrées de *Paterson*. Soit Emily Dickinson soit Whitman. Soit la bacchanale soit le jeûne de la retraite bouddhiste. En périodes de cataclysme, il est urgent de prendre des décisions esthétiques radicales. Le poème devra être moderne et archaïque. De ce monde et hors de ce monde. Minoritaire et représentatif des masses. Vous ou n'importe qui d'autre en serez l'auteur. Il aura une originalité incendiaire et sera résolument impersonnel, sans effets de style vaniteux, juste un pillage, une rapine et une accumulation. Un énorme sac qui contiendra tout. Un de ces sacs en plastique très résistants qu'on utilise pour ramasser et transporter les gravats d'un chantier. Ou un container où on jette tout ce qu'il y a dans une demeure détruite au fil des semaines, et dont profitent les gens du voisinage pour y déposer sans se gêner tout ce qu'ils ont en trop. Une porte arrachée encore pourvue de son judas et de ses charnières. Une cuvette de toilettes adaptée à un paralytique. Les tiroirs d'un meuble de classement en métal d'où s'échappent des dossiers avec des radiographies. Le sac d'une poubelle organique putréfiée. Le poème sera comme une de ces décharges qui, au bout de quelques années, se couvrent d'isolants en plastique et de terre fertile pour devenir des parcs. Mais ce sera un parc qui continuera d'être une décharge. »

There's Never Been a Better Time to Tell Your Story.
« Quelle est l'œuvre d'art contemporain la plus démesurée que vous connaissiez ? L'équivalent de *L'Anneau du Nibelung*, du palais de Cnossos ou de *La Passion selon saint Matthieu* ? La plus faramineuse, la plus terrible. Je vous dirai, pour ce qui me concerne, que c'est *The Clock*, de Christian Marclay. Un artiste du rebut. Le Michel-Ange des chutes de tissus et des restes. La cathédrale de Cologne et l'Himalaya des matériaux recyclés. *The Clock* est un film qui dure vingt-quatre heures. Pas une minute de plus, pas une minute de moins. Il est fait d'extraits très courts de plus de trois mille films. De chefs-d'œuvre, de grands succès, de films ratés que presque personne n'a pu voir, de films détestables, de séries de télévision oubliées, de films policiers, de films catastrophe, de westerns, tous genres et toutes époques confondus, l'histoire entière du cinéma visitée et pillée. Aucun extrait ne dure plus de quelques secondes. Il n'y a qu'un seul principe organisateur qui commande à toute l'œuvre de manière inévitable, même si celle-ci est conçue avec beaucoup de souplesse, comme les processus de la nature, la duplication des bactéries ou le développement d'une fugue baroque. Comme un morceau de Steve Reich, mais sans la moindre monotonie. Il y a deux conditions : la première, que sur chaque plan de chaque film apparaisse une horloge ; la seconde, que cette horloge indique l'heure exacte de la nuit ou du jour à laquelle l'œuvre est projetée. Vous entrez dans la salle obscure et vous découvrez un écran aussi grand que ceux des vieux cinémas. Vous y avez pénétré à onze heures du matin, à onze heures quatre très exactement. Sur l'écran, vous verrez un extrait d'un film où une horloge indique onze heures quatre. Un moment plus tard, vous prendrez machinalement votre portable pour consulter un message. L'heure sur le petit écran sera la même que celle du réveil posé sur une table de nuit, dans la chambre voisine de

celle où une femme a été étranglée. Vous êtes si captivé que vous ne pouvez détourner les yeux de l'écran et décidez de ne pas vous rendre au rendez-vous auquel vous aviez prévu d'aller quand vous êtes passé par hasard devant la porte de la galerie. Vous vous endormez, fatigué, après deux ou trois heures de visionnage. Vous vous réveillez, ébranlé par la vibration d'une alarme. Vous ignorez où vous êtes. Vous croyez que vous vous êtes réveillé dans un cinéma où votre mère vous emmenait à la séance de quatre heures, le dimanche, en hiver, une salle qui a été détruite et est désormais un trou entouré d'une palissade de blocs de ciment. Vous avez le réflexe d'appuyer sur l'écran de votre téléphone pour consulter l'heure, mais ce n'est pas nécessaire. Sur le film et dans la salle s'affiche la même heure que sur votre portable. Godzilla s'érige au-dessus de maquettes évidentes d'immeubles qu'il écrase de ses pattes de saurien. Il massacre d'une main une tour où se trouve une horloge indiquant l'heure et la minute que vous vivez en ce moment même. »

De l'Espace à Revendre pour Stocker Toutes Tes Archives Multimedia. « … Les dimensions et la complexité du poème charrient leurs propres dangers. Les mots "charriage" et "charrier" sont très opportuns ici. Le danger principal est que tout reste inachevé. À cause de la fin de la vie, d'un désistement après s'être consacré au même projet en solitaire pendant de trop nombreuses années (il est certain que la solitude littéraire tant vantée n'est ni indispensable, ni même souhaitable : le processus étant impersonnel, une équipe bien entraînée de collecteurs et d'organisateurs peut l'accélérer). Il ne faut pas non plus négliger le risque que l'abondance et la complication deviennent ingérables, et qu'on ne parvienne pas à instaurer un minimum d'ordre ou à favoriser, ce qui serait préférable, l'apparition d'un ordre spontané, implicite, comme celui qui règne dans la nature. L'ordre spontané, je crois que c'est le terme adéquat. Un édifice si grand et si complexe qu'il est susceptible de sombrer sous son propre poids. Dégringoler, comme on dit. Mais ce ne serait pas non plus un problème. Il se peut même que ce soit un bien. Tout ce qui reste inachevé cause de la mélancolie, mais ce qui est vraiment fini et complet peut faire horreur. L'Escorial, par exemple. Un bâtiment effrayant. La basilique Saint-Pierre, à Rome. Ce terrible baldaquin avec ses colonnes salomoniques en bronze doré ! Pour les corriger, il faudrait au moins un millénaire d'abandon, ou un tremblement de terre de très forte magnitude, un incendie. Il faudrait que la vie prolifère au milieu des décombres. Les colonnes renversées, comme les troncs de ces arbres colossaux qu'on laisse sans les récupérer dans les parcs américains. Les chats dans le Colisée. Des colonies très nombreuses, des généalogies de chats qui se perpétuent au fil des siècles, comme celles des patriarches de la Genèse. De magnifiques tiges d'herbe entre les pierres, des figuiers fous dans les fissures des murs, tout cela pousse avec une fertilité facilitée par la pluie copieuse et la chaleur humide de Rome. Imaginez l'atrocité d'un monument comme le Colisée à peine terminé. Toute la vulgarité des marbres et des dorures, une sorte de casino de Las Vegas copié du Colisée. Surmonté d'une grande enseigne lumineuse ou, mieux, d'un nom en lettres massives et surdorées : TRUMP. »

Nous Voulons que Notre Expérience Rende Ton Avenir Meilleur. « … Ce sera le poème du siècle de Trump, comme l'*Énéide* a été celui du siècle d'Auguste. C'est votre lot. Moi, en fin de compte, je ne fais que passer. Le siècle de Louis XIV, la Chine de Mao, l'Athènes de Périclès. L'ère de Trump. Chaque personnalité et son nom occupant toute une époque et ses terribles monuments. L'atrocité qu'est Versailles. La géométrie sans pitié de ces jardins terrifiants. Les pauvres arbres et même les arbustes organisés en régiments, comme les chemises brunes à Nuremberg. Il faudrait abandonner Versailles pendant quelques siècles. Ou cinquante ans à peine. La nature agit plus vite dans les climats pluvieux. Non, je ne perds pas le fil. Ou plutôt si, je le perds et le retrouve. Thésée dans le labyrinthe, etc. Le plus intéressant dans le labyrinthe, c'est qu'il était en ruine quand Thésée y est parvenu. Le plus beau dans l'*Énéide*, c'est qu'elle soit inachevée. Que Virgile n'ait pas eu le temps de la massacrer en lui apportant une touche finale sans rapport avec la vie, une patine, un aspect ciselé. Regardez *La Divine Comédie*. C'est horrible qu'elle soit aussi bien faite, aussi complète, aussi bien construite, un hendécasyllabe suivi d'un autre et encore d'un autre, un premier tercet, un deuxième et un troisième jusqu'à ce qu'on ne puisse plus en supporter davantage, et un autre chant, et les trois parties, les trente-trois chants, le chiffre trois de la Sainte Trinité. La Sainte Trinité ! Comment pouvez-vous avoir accepté pendant des siècles une abomination aussi abstraite ? Et le Paradis, les anges et les archanges. Qui peut supporter cela ? »

Nous Partageons Tous Tes rêves. « Une *Divine Comédie* inachevée aurait été plus humaine et bien plus intéressante. Tout un tas de brouillons et de feuilles volantes à l'intérieur d'un coffre, dans le grenier d'une maison, celle où Dante est mort. Le coffre renfermant les manuscrits de Fernando Pessoa. Tous les dossiers qu'a confiés Walter Benjamin à ce fou de Georges Bataille alors qu'il s'apprêtait à fuir Paris. Quelle chance immense que Proust n'ait pas pu corriger entièrement les derniers tomes de son roman ! Les centaines de pages couvertes d'une écriture illisible tombées au pied du lit et retournées dans les couvertures, les épreuves avec des ajouts dans les marges et des papiers collés dessus, et la pauvre Céleste Albaret faisant tout son possible pour limiter le désordre. Pascal a eu une chance presque similaire – et nous aussi – en mourant sans avoir écrit le traité de théologie en prévision duquel il prenait des notes çà et là. Imaginez cet imposant traité comme un sépulcre à la place des fulgurances et des pattes de mouche des *Pensées*. Vous supportez les romans de Camus ? Et ses essais de philosophie pompeuse ? Mais si vous ouvrez les *Carnets*, vous ne pourrez plus les lâcher. Lisez le roman qu'il n'a pas terminé et qu'il transportait dans une valise, dans la voiture où il s'est tué. Donnez-moi ce qui est inédit, posthume, inachevé, raté, à demi perdu. Donnez-moi *Billy Budd, marin*, un manuscrit rangé dans un tiroir dont Melville ne l'a jamais sorti. Donnez-moi les romans monstrueux écrits par Henry Roth dans son mobil-home, dans le désert de l'Arizona, destinés à n'être jamais publiés. Pourquoi l'aurait-il fait puisqu'il y racontait que lui et sa sœur avaient été amants ? Cet individu, là, suant devant une table de camping, écrivant à la machine dans le désert, comme un ermite possédant une glacière, en caleçon, comme s'il avait survécu à une apocalypse nucléaire avec sa caravane, sa machine, sa chaise pliante et sa petite table qui devait trembler à chaque coup donné sur le clavier. Il écrivait comme si un abcès avait crevé, alimentant une tumeur qui proliférait à chaque page achevée. L'inspiration comme une hémorragie. La calamité d'une inondation après que le mur d'un barrage a cédé. »

Choisis les Contenus les Plus Sauvages. « En cela vous avez raison », a-t-il déclaré en acquiesçant, comme s'il venait seulement de remarquer ma présence, après avoir observé une seconde de silence, les yeux songeurs derrière ses lunettes, bu de l'eau et s'être essuyé avec une serviette en papier, sa main pâle devant sa bouche comme un masque fluide. « Il est vrai que certains ont mené leur projet à terme sans tomber dans le monumental et le volumineux. Et c'était assurément mieux ainsi. Cervantès a terminé *Don Quichotte*, et Joyce *Ulysse*. Melville a terminé *Moby Dick*. Mais ces trois livres ne vous laissent-ils pas l'impression d'avancer un peu n'importe comment ? *Don Quichotte*, souvenez-vous-en, n'est pas un roman, mais deux livres publiés à dix ans d'écart et écrits pendant quinze ans, avec une structure improvisée et accumulative, d'immenses négligences qui ont donné du grain à moudre à des générations de professeurs. Ils sont constitués de matériaux très différents, comme transbahutés d'un côté à l'autre. Et le second tome a en outre été achevé à toute allure, dans un accès de colère contre l'auteur de l'autre Quichotte, apocryphe, à la va-vite. Au hasard de la plume, du crayon, du clavier. Qui a l'envie et la patience de se livrer à des travaux d'orfèvrerie ? La perfection, c'est de l'orfèvrerie. Cervantès, Joyce, Melville, tous les trois travaillaient avec des matériaux charriés, des alluvions d'histoires antérieures, des éléments volés, découpés, copiés, et ils sc laissaient porter par des divagations insensées, à croire qu'ils aspiraient au désastre, qu'ils voulaient que le livre en cours s'effondre sur eux, explose ou se répande sans qu'ils puissent le contrôler, du moins pas entièrement, comme *Moby Dick* a explosé au bout de quelques chapitres pour devenir un objet chaotique, une accumulation, une inondation, un collage fait de déchirures et de rafales. *Moby Dick* a été l'effondrement qui a enseveli pour le restant de ses jours le nom et le prestige du pauvre Melville, une explosion qui a tout emporté sur son passage… »

Une Grande Boule de Feu Traverse l'Espagne à Quatre-Vingt-Quinze Mille Kilomètres à l'Heure. *Une bouteille en verre peut mettre jusqu'à quatre millénaires à se dégrader. Le tabac contient quatre mille substances chimiques reconnues, parmi lesquelles la nicotine, le goudron, l'ammoniaque, le polonium 210, toutes cancérigènes et susceptibles de causer la mort de plus de six millions de personnes par an. La combinaison des composants d'un mégot fait osciller son temps de dégradation de un à dix ans. Les chewing-gums sont composés de quatre-vingts pour cent de plastique. Leur dégradation dure en moyenne cinq ans et a besoin de l'action de l'oxygène qui, dans une première étape, pétrifie la gomme. Le téréphtalate de polyéthylène, avec lequel on fabrique la plupart des bouteilles d'eau du monde, est insensible à la majeure partie des micro-organismes décomposeurs de la nature. Un emballage en plastique peut prendre de cent à mille ans pour commencer à perdre sa toxicité et se dissoudre dans l'air. En 2025, on aura déversé dans les mers de la planète environ cent cinquante-cinq millions de fragments de déchets en plastique. Il faut en moyenne deux cents ans pour qu'une basket se décompose. Une pile ordinaire peut polluer jusqu'à trois mille litres d'eau et mettre entre cinq cents et mille ans à se dégrader. Le mercure contenu dans presque toutes les piles, en plus de l'arsenic, du zinc, de plomb, du chrome ou du cadmium, est un des métaux les plus toxiques que l'on connaisse. En entrant en contact* *avec l'eau il se transforme en méthylmercure, un dérivé qui pollue gravement la biosphère marine. Les bouteilles en verre se constituent de carbonate de sodium, de calcium et de sable. Chacune peut prendre quatre mille ans pour se désintégrer.*

Le Vrai Luxe ne Devrait pas Connaître de Restrictions. *En 2025, six millions de tonnes de déchets par jour seront produits, soit le double du niveau actuel. Si vous pesez environ soixante-dix kilos, sachez que vous produisez chaque année six fois votre poids corporel en déchets. Dans le monde, on compte chaque jour trois millions et demi de tonnes d'ordures. En 2100, on estime qu'il y aura jusqu'à onze millions de tonnes quotidiennes de déchets. Le modèle de consommation a atteint son point culminant dans les villes. Dans ces noyaux frénétiques de fabrication et de consommation, on génère assez de détritus par jour pour remplir une file de camions de cinq mille kilomètres. Au Sommet de Paris, en 2015, on concluait que si des mesures n'étaient pas adoptées, la planète pourrait s'effondrer en 2050.*

Tu Vas t'Amuser Comme Jamais. *La mort d'un hippopotame roué de coups ébranle le Salvador, aujourd'hui le pays le plus violent du monde.* Gustavito, *baptisé ainsi au terme d'un vote populaire, était le seul hippopotame dans le zoo de la capitale salvadorienne. D'un poids de mille cinq cents kilos, il vivait tant bien que mal dans une mare trop petite par rapport à sa taille. Le gouvernement a confirmé le décès de l'animal à la suite de coups infligés par un ou plusieurs inconnus qui ont pénétré dans les installations du zoo. Ils ont agressé l'hippopotame avec des objets contondants, pointus et coupants. Âgé de seize ans,* Gustavito, *seul spécimen de cette espèce dans ce pays d'Amérique centrale, présentait des « hématomes et des lacérations sur la tête et le corps » auxquels il a succombé. Après avoir examiné les blessures, les autorités pensent que l'animal a été blessé par des pierres, des pics à glace et des* *couteaux aiguisés. Il avait de profondes coupures sur le museau et la tête, ce qui conduit les experts à conclure qu'il a tenté de se défendre. Ces dernières années, on a dénoncé les conditions de vie des animaux de ce zoo en mauvais état. Il y a quelque temps, un cobra et un lion y sont morts d'inanition, et de graves dysfonctionnements dans le comportement des bêtes ont été relevés, comme un tigre qui se mordait la queue et des oiseaux qui s'arrachaient les plumes.*

En Oregon, un Homme Décapite Sa Mère et Entre dans un Supermarché avec Sa Tête Sous le Bras. *À Séville, trois mineurs ont été arrêtés pour avoir battu un homme à mort. Un homme meurt après avoir été attaqué par une horde de chiens dans un village près d'Alicante. Ils enduisent quatre chiens de goudron et les laissent au soleil pour qu'ils se collent au sol. Un requin attaque une actrice de cinéma porno pendant le tournage d'un clip sous l'eau. Un loup découvert pendu à un panneau de signalisation. Trois cadavres de cette espèce ont été retrouvés en trois jours dans les Asturies. Ils ont été abattus par balle et exhibés dans des lieux publics. Dans la région parisienne, ils pénètrent de nuit dans un zoo et tuent un rhinocéros pour scier sa corne. Un crocodile meurt après avoir été lapidé par des visiteurs du zoo de Tunis. La mairie de la ville a indiqué que l'animal a succombé à une « hémorragie interne » causée par une pierre de grandes dimensions. Le crocodile est mort quand deux gros projectiles l'ont touché près d'un œil. Les visiteurs ont également lancé des pierres sur des loups et des hippopotames. En Afrique du Sud, une autruche piétine sauvagement un homme.*

Je ne Peux Cesser de Regarder. C'était l'été de Jérôme Bosch au musée du Prado et du Caravage au Thyssen ; de Torres-García dans l'ancien immeuble de la Telefónica ; de Fantin-Latour, Hergé, René Magritte et Baudelaire à Paris ; de l'œuvre photographique de Miroslav Tichý dans une petite salle du musée du Romantisme de Madrid, plus désert que jamais dans la ville vide de la mi-août. « *Glorifier le culte des images** », dit Baudelaire. Un culte qui faisait partie du bonheur constant et énergique des grandes balades sans hâte, des jours lents et successifs de désœuvrement. Me rendre dans les endroits où elles m'attendaient, c'était préparer le regard et l'esprit que l'exercice physique libérait dans la fraîcheur précieuse des matinées à peine entamées. Je volais à bicyclette aussi silencieusement que sur un deltaplane dans les avenues arborées sans passants. Après avoir traversé la ville sans circulation et respiré l'air pur, les yeux s'ouvraient davantage, l'attention s'aiguisait au maximum. Dans une salle du musée Thyssen très peu éclairée, un seul tableau, *Le Martyre de sainte Ursule*, du Caravage. La pénombre du lieu et celle de la peinture se confondaient. C'était comme passer de la clarté aveuglante aux ténèbres d'une chapelle au fond d'une église italienne. Contempler la peinture requiert la patience liée à l'observation de ce qui survient très lentement. Peu à peu, mes pupilles distinguaient la fulgurance métallique des armures et des épées, la peau brûlée des visages paysans des soldats, la pâleur de la martyre qui a reçu la flèche de son supplice et commence à saigner. Le Caravage se représente lui-même, levant la tête parmi les témoins, comme lorsqu'on tend le cou pour voir de plus près un incident dans la rue. Sainte Ursule ouvre sa blessure de ses deux mains très blanches, comme si elle entrouvrait son sexe.

Une Nouvelle Manière de Voir la Vie. Pour accéder au Prado et aux salles où était exposé Jérôme Bosch, je traversais le parc du Retiro, une bonne introduction à ce peintre. Je posais sur les jardins un œil différent à l'aller et au retour. La perspective ordonnée des arbres s'éloignant sur les étendues d'herbe vers un fond d'ombre représentait en quelque sorte l'idée modeste et réalisable que Jérôme Bosch avait du Paradis terrestre. Des groupes de jeunes filles, des touristes étrangères, rapprochaient leurs têtes pour se prendre en photo, leurs portables à bout de bras, éclatant d'une joie collective propre aux publicités. L'Abraham du Caravage s'apprêtait à égorger son fils Isaac en écrasant sa tête sur la pierre du sacrifice, avec la même détermination féroce que celle du djihadiste qui avait égorgé à Saint-Étienne-du-Rouvray un curé octogénaire devant l'autel où il disait la messe. Sur une publicité placardée à tous les arrêts d'autobus, des jeunes téméraires et heureux se précipitaient du haut de falaises en levant très haut les bras et en pliant les genoux, comme si, au lieu de sauter, ils allaient prendre leur envol. Aux portes des glaciers et des bazars chinois, une publicité pour un Magnum au chocolat s'étalait sur un panneau en carton. Les mêmes yeux félins vous regardaient à tous les coins de rue de la ville : un visage divisé verticalement en deux, d'un côté une jeune femme brune, de l'autre un léopard, sur une moitié un nez et des lèvres humains, sur l'autre un museau. Un œil de femme, l'autre de fauve. C'était une femme-léopard, une femme-panthère qui défiait et proposait le frémissement d'une tentation aussi puissante que celle qui avait transformé Henry Jekyll en Mr. Hyde, ou un homme normal en loup-garou. Ose Magnum Double. LIBÈRE LA BÊTE.

Scènes de Panique. C'était l'été de Jérôme Bosch. Les corps s'agglomèrent devant et autour des triptyques, aussi nombreux que les figures qui y sont peintes. Des corps bien nourris et rougis de touristes munis d'appareils photo et d'iPhones contemplent le fourmillement des corps médiévaux chétifs. Le triptyque du *Jardin des délices* se déploie au milieu d'une salle, le public se serre et se meut lentement tout autour, dans un mouvement circulaire très semblable à celui des cavaliers qui chevauchent autour d'un étang sur le panneau central de l'œuvre. Dans *Le Jardin des délices*, les corps sont tous identiques, des répétitions du même homme et de la même femme toujours vus de loin, à une distance plus grande car il est difficile de fendre la masse du public. Les visiteurs regardent le triptyque en s'approchant le plus possible afin de distinguer des silhouettes et des détails, des créatures monstrueuses, des symboles totalement inintelligibles la plupart du temps. Des gens gavés d'images d'abondance et de paradis publicitaires regardent avec une lente stupeur les enfers féroces où chaque tourment est supposé durer à jamais. Les gardiens adressent des remarques à ceux qui s'avancent trop près. Les touristes sont groupés comme des pèlerins impatients de toucher des reliques miraculeuses. Contrairement aux figures qu'ils regardent, ils ressemblent à une variété errante de foule dans un aéroport au mois d'août, comme celle qui sera convoquée pour un autre Jugement dernier éventuel, auquel ils sont sans doute nombreux à croire. Certains acquiescent en écoutant les propos des audioguides comme s'ils recevaient des messages chiffrés. Dans *Le Jardin des délices*, il n'y a ni vieillesse ni enfance, ni embonpoint ni maigreur, pas de calvitie, de maturité, de décadence, de plénitude, de laideur, de beauté, et la différence entre les sexes est très peu marquée. Dans sa chaotique disparité humaine, le public avance, fatigué, en traînant les pieds, gros et grosses touristes suant dans la fournaise de l'été madrilène, rougeauds, s'éventant avec les brochures qu'on leur a données au guichet. Dans *Le Jardin des* *délices*, il ne fait ni chaud ni froid et les corps ne pèsent pas plus qu'ils ne transpirent ou ne projettent d'ombres.

Ne Rate pas Cette Occasion. Tout bien considéré, nul ne semble trop se plaire au Paradis terrestre ou quel que soit son nom. Hommes et femmes s'adonnent à leurs plaisirs avec des cxpressions d'application neutre, comme s'ils se livraient à une orgie qui serait en réalité une chaîne de montage. Ils déploient un échantillonnage de postures et d'acrobaties érotiques dont la variété exhaustive et enrégimentée relève de la pornographie. Au lieu d'être excités par la contemplation ou leurs étreintes avec d'autres, ils paraissent repliés sur eux-mêmes. Au moyen d'un simple effet digital, on pourrait doter chacun d'eux d'un téléphone portable : ils le plaqueraient contre une oreille, regarderaient les écrans, taperaient des messages avec leurs toutes petites mains de rats de laboratoire. Au Paradis, ils sont aussi absorbés par ce qu'ils sont lcs seuls à voir que les chasseurs de Pokémon dans le parc du Retiro.

Fais de Tes Inspirations une Réalité. Au bout d'un certain temps, je me suis rendu compte d'une chose : je le découvrais dans un endroit sans jamais le voir y arriver ou en partir. Je le voyais à une table du Comercial, puis je cessais de le voir. Soit il n'était pas là et n'apparaissait pas, soit il m'avait précédé. Je trouvais étrange d'avoir tant tardé à prendre conscience de cela. Mais je m'étais remémoré, dans la mesure du possible, chacune de nos rencontres. Pas une seule fois je ne l'avais vu entrer du café où j'étais déjà installé, ou en sortir, et je n'avais aucun souvenir que nous ayons quitté les lieux ensemble. Un jour où nous avions rendez-vous, soucieux d'être ponctuel, j'étais arrivé plus tôt. J'avais dix minutes, un quart d'heure d'avance. Mais il était déjà là, assis à une table entre la baie vitrée et le mur du fond, une frontière entre la clarté et la pénombre. Un matin, je m'étais approché et ne l'avais pas vu. Il faut dire que j'avais vingt minutes d'avance. Satisfait, pour justifier ma ponctualité, j'étais allé au kiosque acheter des journaux et un film en solde. Je regardais la sortie du métro, l'angle de la rue Fuencarral et le coin de la rue Sagasta, en me disant que je ne pouvais pas le rater parce que nous devions nous retrouver quelques minutes plus tard et qu'il n'était jamais en retard. Je me rappelle le film que j'ai acheté, une rareté que je n'avais trouvée nulle part ailleurs dans Madrid : *Les Mains d'Orlac*, que Buñuel aimait beaucoup. On greffe à un pianiste qui a perdu ses mains dans un accident celles d'un assassin et, possédé par elles, il devient un étrangleur. Debout sur le trottoir, les journaux sous le bras, en possession d'un film muet qui accentuait davantage mon anachronisme, je regardais les gens monter l'escalier du métro, même si je ne l'imaginais pas adepte de ce moyen de transport. Me tenant devant la baie vitrée, j'ai jeté un coup d'œil à l'intérieur du café. Il était là, à sa place habituelle, parfaitement installé, son cartable ou sa serviette sur un côté de la table en marbre. Était-il aux toilettes quand j'étais entré, était-ce la raison pour laquelle je ne l'avais pas remarqué ? Je ne me rappelais pourtant pas l'avoir vu y aller ou en revenir.

La Grande Aventure d'Être Assis. Je le reconnaissais toujours après un moment d'étonnement. Il avait une particularité ou une condition que tout au long de ma vie je n'ai remarquée que chez très peu de gens : ceux dont on oublie les caractéristiques physiques dès qu'ils ne sont plus là. À croire qu'il était imperméable au souvenir visuel, enveloppé d'une pellicule isolante qui l'empêchait de s'ancrer dans la mémoire de ceux qui l'observaient. Dans son cas, je dois préciser que ce trait distinctif était favorisé par son talent à n'être jamais vu de face : je me le rappelle très bien de dos ou de profil, et si je le revois assis devant moi à la table du café, je me souviens de ses mains, de la brillance de ses lunettes ou de sa tête inclinée et non de son visage à ma hauteur, ni de ses yeux en face des miens ou de ses traits dans la pleine clarté de la rue ou la lumière grise qui pénétrait par les vitres poussiéreuses du Café Comercial.

Tu Voudras que le Chemin ne s'Arrête Jamais. Dans un musée d'Édimbourg aussi intime qu'une maison particulière, j'ai vu des bottes ayant appartenu à Robert Louis Stevenson. Elles étaient hautes, robustes et flexibles, avec de grosses semelles et beaucoup de lacets, des bottes d'explorateur ou de cavalier du Far West, de héros de romans d'aventures ou de livres de voyages, comme ceux qu'il écrivait. Mais ce n'étaient pas des bottes de ville, d'exploration urbaine. Et je me suis demandé comment étaient les bottes avec lesquelles Baudelaire vagabondait dans Paris, qui devaient avoir une élégance malmenée par les promenades, la poussière et la boue des boulevards encore non pavés, et comment étaient les bottes ou les chaussures de Dickens à Londres, qui marchait des jours durant pour observer avec passion les lieux et les gens, et fuir l'ombre noire et le vampire tenace de la dépression. J'imagine les bottes de Dickens plus grandes que celles de Baudelaire, les bottes d'un homme plus corpulent et plus énergique, sans rien d'un dandy, quelqu'un qui n'a jamais succombé à la passivité nébuleuse de l'opium, au luxe toxique des paradis artificiels – un forçat de la littérature et de la presse écrite, un père de famille nombreuse croulant sous les obligations, et non un fainéant solitaire comme Baudelaire. Les bottes d'Edgar Allan Poe devaient être des bottes d'ivrogne et de mort, de mort-vivant embaumé d'alcool et de laudanum, des bottes probablement pointues et étroites de petit monsieur cadavérique de Virginie, de pauvre homme abîmé par ses addictions et ses désarrois sentimentaux et économiques, salies par la sciure et l'urine des tavernes, et peut-être aussi par la glaise des cimetières. D'après certains témoignages, elles tombaient littéralement en morceaux : un de ses amis a vu Poe sauter par-dessus une flaque et ses bottes se décomposer dans la boue.

La Manière Parfaite d'Entreprendre un Voyage. Sur une photo, Fernando Pessoa porte des chaussures à lacets et à semelles fines, très peu utiles pour marcher, d'autant moins pour faire de l'alpinisme dans les rues et les escaliers très escarpés de Lisbonne. Il y a quelque chose de Tintin en lui, sur ce cliché où il s'empresse de descendre le Chiado, au coin de la librairie Bertrand : ses lunettes rondes, sa petite moustache, sa gabardine, son pantalon étroit à l'ourlet si haut qu'il laisse voir ses chevilles, son cartable sous son bras. C'est que Pessoa, Robinson de Lisbonne à la ligne claire, était toujours par monts et par vaux, mais jamais très loin, il allait dans les rues de la Baixa, sous les arcades de la Praça do Comércio, au bord du Tage, dans le Chiado, guère davantage. Son hétéronyme ou ombre Bernardo Soares ne donne guère l'impression de trop s'éloigner de la Rua dos Douradores, où il loue une chambre et a son bureau, à quelques pas l'une de l'autre. Il mentionne une fois un trajet en tramway. Le voyage le plus long auquel il fait référence est un aller-retour en train à Cascais dont il rentre épuisé, à croire qu'il s'est rendu à Vladivostok par le Transsibérien. Les chaussures de Pessoa devaient avoir des semelles fines, rapiécées par endroits, mais peu usées et sans doute pas couvertes de poussière ou de boue, il les astiquait certainement avec méticulosité chaque soir, dans sa chambre d'homme seul, avec cet air de veuf qu'il a toujours sur les photos.

L'Épreuve la Plus Exigeante pour les Amoureux du Running. Lester Young ne portait que des mocassins coupés dans un cuir très délicat et léger. Il devait marcher avec la même discrétion que lorsqu'il jouait, des pas de moine zen, se rendant de manière aérienne d'un point à un autre, comme ses lignes mélodiques qui dessinent sans efforts apparents le contour d'une chanson. Les mocassins de Lester Young étaient trempés dans la neige, sous la pluie cinglante et glacée des hivers de New York, même s'il marchait très peu dans la rue, allant de son hôtel au club où il se produisait, et du club à l'hôtel, les pieds gelés, les chaussettes humides, tardant à se soulager du froid sous les minces couvertures, dans les chambres sordides du quartier de Times Square, où les enseignes verticales dans l'obscurité des rues latérales renvoyaient la brillance d'une poésie mensongère.

Cet Été, Voyage Aussi dans le Temps. J'imagine un musée de marcheurs dans la ville qui serait inévitablement funéraire, avec ce dramatisme posthume qu'ont toujours les chaussures, même celles qu'on laisse au pied du lit avant de se coucher, double sépulture des fatigues et des promenades de la vie.
Un musée exposant les chaussures et les bottes d'eux tous, le grand lignage, les bottes d'Allan Poe, Thomas De Quincey et Charles Baudelaire, celles de Charlotte Brontë, les minuscules bottines et les pantoufles d'Emily Dickinson, les chaussures de Dickens et de Benito Pérez Galdós, qui a eu lui aussi son lot de déambulations dans Madrid et Londres, les souliers austères de dame anglaise de Virginia Woolf, les chaussures laides et plates de grande femme de Vivian Maier, celles de Diane Arbus, dont les talons devaient se tordre quand elle avait vagabondé de longues heures parmi les déments et les phénomènes de foire de New York, les chaussures que j'imagine élégantes de Frank O'Hara dans le Midtown des années 1950, à l'heure du déjeuner, faisant des claquettes avec vélocité et des promenades ondoyantes, les petits chaussons de danse de Truman Capote, les chaussures austères mais négligées qui devaient porter John Cheever comme un somnambule sans volonté vers les magasins de spiritueux.

Prépare-Toi pour l'Arrivée du Froid. Les fusillés et les morts dans les bombardements perdent leurs chaussures. Des jambes des pantalons sortent les pieds nus et jaunes des défunts, comme s'ils étaient déjà sur le marbre de la morgue. Un pied avec une chaussette, l'autre dénudé, la chaussette qui reste sous le tibia, l'ongle rapace du gros orteil qui ressort du tissu. Il faudrait savoir quelles chaussures portait Federico García Lorca quand on l'a fait monter dans une camionnette à coups de crosse pour le fusiller. S'il est vrai qu'il était en pyjama, s'il a enfilé ses chaussures à toute vitesse et n'a pas eu le temps de mettre des chaussettes ni de faire ses lacets. Parfois, un des bourreaux ou curieux venus voir les cadavres au point du jour volait les souliers de bonne qualité des fusillés.

Voyage dans d'Autres Mondes sans Bouger de Ton Canapé. Et maintenant, je me demande vraiment quelles chaussures ou quelles bottes portait Walter Benjamin, qui avait une démarche bizarre au dire de certaines de ses connaissances, tantôt brusque, tantôt lente, comme quelqu'un de très pressé qui, un moment plus tard, traîne devant une vitrine de jouets. On connaît aussi la façon de marcher de García Lorca : avec la maladresse d'une personne ayant les pieds plats, en canard, petit et robuste comme un paysan, avec sa grosse tête, ses cheveux très noirs, son visage ample, sa peau mate. Était-il plus grand ou plus petit que ceux qui l'ont fusillé, ou ceux qui se tenaient à ses côtés devant le peloton d'exécution, dans la lumière des phares ? Qu'il est étrange de ne jamais avoir songé à cela, à sa silhouette près de celle des autres. Le maître d'école Dióscoro Galindo, les deux banderilleros. Galindo boitait sur la terre sombre et le chiendent desséché de l'été. La camaraderie définitive et hasardeuse de la mort : le lien de ces quatre inconnus qui venaient de se rencontrer quelques minutes avant de mourir.

F. G.

L.

Dans un Hôtel en Bord de Mer. Bien que le rivage soit proche, il faut dresser l'oreille pour entendre l'eau depuis la terrasse de la chambre. Ce sont des coups discontinus, certains plus accélérés que d'autres, des coups faibles de vagues sans écume et d'échos de vagues un peu plus éloignées. Dans cette brise, les arbres frémissent comme des plantes sous-marines, une vie pulsative relevant à la fois du règne végétal et animal, dans la nuit liquide où on ne distingue pas la séparation entre l'eau et l'air. Des voix très nettes résonnent comme sous une voûte, des éclats de rire, les murmures de deux personnes qui conversent et marchent sur la promenade, entre la mer et l'hôtel, une chanson pop au loin, des voix d'enfants qu'on a autorisés à ne pas aller se coucher alors que minuit approche dans cette soirée d'été, excités comme des gamins qui continuent à jouer très tard dans la clarté des lampadaires et légèrement au-delà, à l'endroit où l'ombre commence à s'étendre. Si on prête davantage attention, on entend le chant des grillons. De même que la pluie dans le sonnet de Borges, le chant des grillons survient toujours dans le passé. La nuit devient une nuit qui remonte à de nombreuses années. La brise s'intensifie, agite les pages du carnet et fait bruisser les feuilles et les branches de la cime des arbres.

Peut-être sur une Île. Derrière les sons clairs et distincts, le silence est aussi profond que la baie. Les voix atteignent les oreilles comme les lumières de l'autre rive les yeux. Une vague plus forte résonne longuement dans la courbe du rivage. Chaque branche, chaque feuille, chaque aiguille de chaque plante bouge, animée d'une vibration spécifique. Les palmiers s'agitent plus facilement que les pins. Je pourrais rester toute la nuit ici, sur cette terrasse, sans retourner dans la chambre, dans l'air chaud et expiré. Je peux rester jusqu'à ce qu'on ferme le bar et que les derniers enfants qui résistent encore aillent se coucher, jusqu'à ce qu'on n'entende plus une voix, juste les pas très nets de quelqu'un marchant à proximité, avec le bruit de l'eau comme fond sonore, les courtes vagues transparentes qui s'éteignent sans altérer le sable. La vie survient toujours dans une solution saline, que ce soit à l'intérieur d'une cellule ou dans cette mer calme et tiède de la baie. Je descends sur le rivage, l'eau est éclairée par les lumières du bar désormais désert où les serveurs débarrassent les tables. Dans l'eau, au milieu du sable, des galets et des lambeaux d'algues, un banc d'alevins aussi transparents qu'elle gesticulent avec une célérité de spermatozoïdes dans le liquide salé du sperme.

Dessine Là Où Tu Veux Vivre. Dessine-la sur elle-même du bout de l'index. Dessine avec l'index, le majeur et l'annulaire les mèches désordonnées de ses cheveux. Dessine la courbe et la largeur de son front et ensuite la forme de ses sourcils. Dessine avec une extrême précision ses cils et le tracé de ses paupières en percevant les battements du pouls sur les globes oculaires. N'oublie pas de dessiner ses oreilles, la strie intérieure du cartilage, l'extérieur plus doux, les contours semblables à l'anse d'une tasse, le tissu plus mou du lobe, pense aussi au modelé de ses pommettes en identifiant sous la finesse de la peau la solidité de l'os, sa forme de beauté pure. Dessine ses lèvres fines et également le sourire qu'elles esquissent à mesure que ton dessin progresse, et les deux plis infimes de joie que les commissures profilent. Humecte tes doigts de la salive de sa langue en même temps que tu la dessines, comme si tu avais humidifié un pinceau ou la pointe épaisse d'un crayon, retourne à ses lèvres pour les souligner et descends jusqu'au menton. Complète l'esquisse de son profil commencé à hauteur du front, à la naissance des cheveux et du nez, et qui se prolonge maintenant, sous le menton, jusqu'au cou. Dessine les clavicules écartées comme des ailes déployées et le volume frontal des épaules dénudées, chacune arrondie comme un fruit, une pomme ou une pêche qui mériterait d'être effleurée par des lèvres et une morsure lente.

Apprends à Lire Ton Corps. Dessine le corps connu et aimé, allongé sur le lit comme celui d'un modèle qui serait à la fois la toile et le dessin. Effleure comme au fusain l'alvéole sombre et dessine la proéminence du téton qui s'accentue et se précise à l'instant où le doigt l'entoure de sa ligne de crayon invisible. Dessine les lettres de son nom sur son ventre comme si tu les écrivais dans le sable où se brisent en ce moment même les vagues, de l'autre côté des rideaux tirés. D'un léger mouvement giratoire dessine le nombril et, de là, trace une simple ligne verticale qui accentue la symétrie du corps, et prends le plus grand soin à dessiner la zone de transit entre la peau nue, un peu collante de sueur, et la pénombre du duvet, tache bistre et entrelacs méticuleux de boucles qui nécessiterait non plus la pulpe des doigts ni le tranchant de l'ongle, mais un pinceau aussi fin qu'un seul cheveu. Le clair-obscur chaud de la sieste est invariable, mais le rayon de lumière peut pénétrer par les rideaux entrouverts de cette chambre d'hôtel dans une baie. Dessine la double ligne des cuisses et, en arrivant au point où elles se rejoignent, enfonce plus profondément tes doigts, sans cesser de dessiner ni de regarder en te penchant, jusqu'au moment où tu fermes les yeux et y plonges ta bouche comme l'assoiffé qui, en commençant à boire, brise le dessin parfait que formait son visage au-dessus de l'eau lisse.

Des Pieds Soyeux en Quelques Minutes. Il y a un soir où, même en redoublant d'attention, on n'entend pas l'eau. L'air est si statique que même les pointes des feuilles du palmier devant la terrasse de la chambre ne bougent pas. La baie est calme comme un lac d'encre chinoise. La proximité d'une mer aussi silencieuse confère à la terrasse une acoustique d'ancienne place sans circulation, un soir d'été. Une clarté poussiéreuse irradie de la pleine lune haute dans le ciel. Les voix résonnent avec netteté dans l'air immobile, tiède, dans l'eau lisse. Le tintement des tasses, des cuillères à café, des glaçons dans les verres et les bacs. La musique préfabriquée et envahissante a cessé et il ne reste à présent que les voix. De là où je suis je n'entends rien : je parviens tout au plus à reconnaître les sons et les cadences de l'anglais britannique. Les seules branches qui oscillent maintenant sont celles du palmier, les plus sensibles à la brise. Tous les soirs, j'aime m'éterniser sur la terrasse et apprécier les voix et les derniers rires qui s'éteignent eux aussi peu à peu jusqu'à ce que le silence s'abatte, plus pur que jamais lorsqu'on n'entend même plus les ondulations minimes de l'eau sur le rivage. Une carafe ou un verre a quand on les heurte la limpidité acoustique d'un gong japonais, un de ces récipients en bronze qu'on frappe ou qu'on effleure avec un maillet en bois dans le bouddhisme tibétain. Les voix résonnent, très proches et très lointaines, avec en fond sonore le bruit délié de l'eau. Des gens paisibles qui discutent à voix basse. Elles s'élèvent en ce moment même et comme dans une soirée éloignée, passée ou à venir, n'importe laquelle des soirées identiques qui se sont déroulées sur ce rivage occupé par l'hôtel au fil de toutes nos années d'absence. Des hommes et des femmes adultes qui étaient encore des adolescents ou sortaient de l'enfance la dernière fois que nous sommes venus ici en été. Tout à coup, un son dont je n'avais pas conscience s'interrompt et le silence s'élargit, de même que la concavité de la baie où j'entends les voix des derniers clients qui s'empressent de vider leurs verres ou de mettre un terme à leurs conversations alors que le bar est déjà fermé. Et je me rends compte d'un effet stéréophonique : des voix sur le rivage de l'hôtel et les terrasses des appartements voisins.

Parce que Ton Avenir Commence Maintenant. Il y a un mirage d'intemporalité dans cette quiétude. Être arrivé il y a quelques jours et en passer encore quelques autres ici me semble une circonstance superflue. En cet instant rien n'existe en dehors de ce soir, il n'y a ni avant ni après hors de ce moment, de la baie d'un noir d'encre et des files de lumières au loin. Sur une route qui relie sans doute chaque côté de la baie, je vois glisser les phares silencieux de voitures. Les voix, les rires résonnent parfois comme des applaudissements. Les arbres sont aussi immobiles que la végétation artificielle d'un diorama de musée de sciences naturelles. Le son de la pointe bien taillée du crayon sur le papier est un frôlement continu. Quand je mettrai le point final s'abattra l'autre silence visible de la moitié de page restée blanche. Cette fois, je veillerai à ne pas tomber dans le vice de couvrir de lettres tous les espaces vides.

Comme dans les Meilleurs Aéroports du Monde. Des souvenirs très proches s'effacent : transits, temps morts.
Les aéroports sont des lieux réfractaires à la présence et à la mémoire. Toute présence y disparaît aussitôt. Il n'y règne aucun temps qui ne soit pas mort. Le souvenir de ce qu'on a fait ou

vu dans l'aéroport s'évapore sans laisser de traces au bout de quelques heures. Le lendemain il n'en reste plus rien. Dans l'aéroport, la peur est elle aussi plus abstraite. Deux hommes d'apparence normale poussent des chariots avec des bagages sur un enregistrement flou de caméras de surveillance. Ils se glissent rapidement dans la foule, de sorte qu'ensuite personne ne peut produire de témoignage valable. Plus l'espace est fermé et régulé, plus l'amnésie est parfaite. Le souvenir d'un fait survenu dans un aéroport revient soudain à l'esprit au hasard d'une association d'idées, comme un rêve qu'on aurait oublié en se réveillant et qu'on se remémore inopinément à midi ou dans la journée, et dont la bizarrerie vient s'insinuer alors qu'on est en plein état de veille.

Ces Créatures Peuvent Être Partout dans la Vie Réelle. Je me souviens d'un autre soir, deux ou trois jours plus tard, alors que j'étais sur la terrasse de l'hôtel. Je m'en souviens parce que j'ai vu passer un homme en fauteuil roulant. Ça ne peut pas être le même. Celui-ci est âgé et très mince, un vieillard. L'autre, au milieu des gens, se tenait devant la porte par où sortaient les voyageurs, dans le hall des arrivées, et il était gros, gros et grand et costaud, et avait posé ses mains avec des protège-poignets sur les roues du fauteuil. Ses cheveux longs lui tombaient dans le dos et il portait une casquette à visière. Un T-shirt noir avec des lettres gothiques et des têtes de mort de heavy metal comprimait sa poitrine aux muscles disproportionnés. J'ai remarqué un sac en plastique rempli de glaçons accroché au dossier du fauteuil. Le goulot d'une bouteille de champagne couvert de givre en dépassait. Quelqu'un qui n'arrivait pas devait nous conduire à l'hôtel, et cette nouvelle attente, ajoutée aux nombreux retards et lenteurs du voyage dans deux aéroports bondés à l'époque des vacances, accentuait notre fatigue et notre étourdissement au point de nous donner l'impression que nous allions nous évanouir.

Pure Adrénaline. J'attendais qu'apparaisse notre énorme valise en regardant le tapis roulant des bagages jusqu'à en avoir le tournis. Sur un écran, Penélope Cruz conduisait une Mercedes sport dans la nuit parisienne. La tour Eiffel ou l'Arc de Triomphe étaient éclairés au loin. Les portes automatiques se sont ouvertes devant la foule serrée derrière les barrières. Nous étions si fatigués que, au milieu des complications de l'aéroport, chacun de nous devenait flou aux yeux de l'autre. Nos noms n'étaient inscrits sur aucune des pancartes que brandissaient les chauffeurs. La vie nous est soudain apparue comme un nouveau délai interminable qui succédait aussitôt au soulagement que nous avions ressenti à la fin d'une autre attente. Près de l'homme en fauteuil roulant, une femme avait elle aussi les yeux rivés sur les portes automatiques qui s'ouvraient et se fermaient. Elles s'ouvraient parfois pour ne laisser passer personne, ou un seul voyageur désorienté, déconsidéré en vertu d'un accord d'indifférence collective. Puis les gens arrivaient par grappes. Je me suis concentré sur la femme car, comme l'homme en fauteuil roulant, elle était seule au milieu d'un brouhaha d'élèves en voyage scolaire, de familles déguisées venues avec des pancartes et des ballons. Elle était tout contre la barrière, juste en face des portes, et sa solitude et son silence faisaient ressortir l'intensité de son attente. Elle avait une pancarte bien visible couverte de majuscules manuscrites, mais au lieu d'avoir écrit un nom, elle avait dessiné un cœur rouge assorti de cette phrase : *THE LOVE OF MY LIFE*.

Cet Été Immerge-toi dans une Nouvelle Réalité. Pendant que je me distrayais en lisant la pancarte et en regardant de nouveau la femme qui la tenait, le paralytique accueillait la personne qu'il était venu attendre. C'était une de ces brunes qu'on aurait qualifiées autrefois d'« explosives ». Elle s'était assise sur ses genoux, face à lui, les jambes très écartées. Ils s'embrassaient sur la bouche. Ils s'embrassaient en se frottant l'un contre l'autre, deux amas de chair boudinés dans des

T-shirts et des pantalons qui ne parvenaient pas à les contenir, les grosses cuisses de la femme emprisonnées dans un jean déchiré. Sur sa nuque était tatoué le signe égyptien de la vie. Les flux d'arrivants se divisaient lorsqu'ils contournaient le fauteuil roulant. Les deux amants s'étreignaient et s'embrassaient en se parlant sans se soucier des autres. Elle avait à présent dans chaque main une coupe en plastique. Il a débouché la bouteille avec ses grosses pognes, en dépit de quelques difficultés à coordonner ses gestes et sa mobilité du fait de la proximité de leurs corps. Le bouchon a sauté d'un coup sec, qui a suscité des réactions alarmées instinctives vite étouffées dans le tumulte général. La mousse qui jaillissait de la bouteille comme le jet d'une fontaine les mouillait tous les deux. Elle riait aux éclats et secouait la tête vigoureusement en faisant bouger ses cheveux, comme si elle dansait ou sortait de l'eau.

Comme Toujours Tu as Rêvé. Il arrivait de plus en plus de voyageurs que de nombreuses personnes accueillaient avec des applaudissements, des cris de joie ou des interpellations fraternelles, les déclics de l'appareil photo des portables et des farandoles de ballons. Au-dessus des têtes s'agitaient les drapeaux des guides pour les groupes en voyage organisé. La personne qui devait venir nous chercher était apparemment en route. L'affluence était telle sur l'île que les routes étaient saturées, surtout celles qui permettaient d'accéder à l'aéroport. J'aurais eu cent yeux qu'ils ne m'auraient pas suffi à tout regarder. L'excitation visuelle et auditive changeait la fatigue en vertige tout en stimulant l'attention. J'ai regardé de l'autre côté, craignant d'avoir raté le moment où la femme seule avait retrouvé celui ou celle qu'elle attendait. Je voulais savoir comment était cette personne qu'elle désignait publiquement comme l'amour de sa vie, pour qui elle avait dessiné un cœur colorié en rouge. C'était une blonde scandinave ou allemande, séduisante mais un peu fanée, d'une beauté peut-être trop austère. Je ne la voyais plus. Elle avait dû s'empresser de partir pour profiter des retrouvailles. Des touristes chinois se sont écartés de la barrière et ont emboîté le pas à leur guide, et c'est alors que je l'ai vue, au même endroit. Elle tenait toujours sa pancarte, un peu plus bas, les bras sans doute fatigués.

The Power of Dreams. Les portes s'étaient refermées et tardaient à présent à s'ouvrir, entièrement tapissées par la photo d'une famille à Disneyland Paris. Un père et une mère jeunes, deux enfants, fille et garçon, tous les quatre avec des casques et des harnais, s'élançant sans peur, fous de bonheur, du haut d'un toboggan aquatique, dans une sorte de bolide piloté par Mickey et Minnie Mouse. Gagne un voyage, une expérience unique pour toute ta famille. La femme devait connaître par cœur chaque détail de ces visages, l'ampleur de leurs rires, l'eau déferlant en torrents d'écume. Les portes s'ouvrent soudain et une nouvelle vague de voyageurs occupe toute la largeur de l'espace. Sur le fauteuil roulant, les amants boivent chacun dans la coupe de l'autre dans un enchevêtrement de bras tatoués et enlacés. En voyant apparaître de nouveaux arrivants, la femme blonde a levé sa pancarte. J'ai l'impression qu'elle a souri : je regarde sans voir personne venir vers elle. À tout moment, elle doit s'imaginer qu'elle discerne le visage tant désiré. *The love of my life*. L'autre femme embrasse goulûment son homme sur la bouche, qu'elle tache de carmin. Carmin et champagne luisent sur ses lèvres. Il tient par le goulot la bouteille vide qui pend d'un côté du fauteuil.

Fais-toi Plaisir. Notre chauffeur a appelé en disant qu'il était dans la salle des arrivées mais ne nous avait pas trouvés. Je ne peux plus quitter les lieux sans avoir assisté au dénouement. L'homme actionne vigoureusement les roues de son fauteuil roulant de ses deux larges mains aux protège-poignets en cuir noir et aux jointures couvertes de tatouages bleutés. Son amoureuse marche à ses côtés en tirant une valise rose. Elle lui caresse la nuque de ses ongles très longs. Notre chauffeur arrive, rouge et suffoquant, en chemise et cravate protocolaires, mais avec de grandes auréoles de sueur sous les bras et le visage luisant. C'est un de ces individus qui suent excessivement, à la peau comme ramollie et macérée, et qui dégagent une odeur très forte. Le hall est maintenant presque vide et les portes restent closes. Le bonheur de la famille à Disneyland Paris est aussi inaltérable que la perfection du ciel bleu au-dessus des tours pointues du château de la Belle au bois dormant. La femme blonde marche lentement, sa pancarte dans une main comme un slogan déprécié. Elle regarde vers les portes qui ne s'ouvrent plus, puis s'attarde vers celles qui donnent sur la rue. Son regard a un instant croisé le mien, mais je ne suis pas sûr qu'elle m'ait vu.

Pousse Ton Été à l'Extrême avec Nous. *Prise pour une action terroriste, la farce de cinq moniteurs allemands est à l'origine de réactions anxieuses et d'un infarctus. Une des personnes du groupe se faisait passer pour une célébrité qui se promenait en bord de mer et était poursuivie en criant par un groupe de fans avec des perches à selfie et des pistolets factices qui ont causé une débandade. L'incident a déclenché une « panique terrifiante » parmi les estivants de la ville côtière catalane. Onze personnes ont dû être soignées pour de légères contusions et des crises d'angoisse. La police a reçu cent soixante-dix-huit appels pour signaler le faux attentat. De nombreux témoins déclaraient avoir entendu des coups de feu. La panique s'est propagée en quelques secondes aux centaines de vacanciers qui passent leurs soirées sur la promenade maritime de Platja d'Aro.*

Des Plaisanteries Macabres Sèment la Terreur. *Les personnes qui se trouvaient à proximité ont pris cette performance du genre flashmob pour un attentat avec des armes à feu. Pendant le mouvement de panique, les tables et les chaises de certaines terrasses ont été renversées. Des gens ont été blessés en tombant dans la foule qui s'enfuyait de tous côtés en portant des enfants, oubliant des sacs, des portables et toutes sortes d'objets personnels dans les restaurants et les bars. Des agents de police armés de mitraillettes se sont postés dans les rues à des endroits stratégiques. Peu avant 22 heures, comme n'importe* *quel soir du mois d'août, les rues étaient pleines de touristes qui s'apprêtaient à passer une soirée festive dans cette localité côtière et touristique de la Costa Brava.*

D'après les Témoins, Tout a Changé en Quelques Secondes. *Laura et Manolo, serveurs au restaurant Llevant, ont vu des centaines de personnes courir de la promenade vers la rue principale. À cet instant, quatre cents clients se trouvaient dans la salle et sur la terrasse. En quelques secondes, ont-ils rapporté, les gens qui mimaient des tirs et criaient qu'il y avait une bombe et un attentat ont déclenché un état de psychose collective. Les clients se sont levés les uns après les autres en renversant les tables et tout ce qui était posé dessus, les assiettes et les verres, s'est fracassé au sol. Certains ont pris la fuite dans les rues voisines, mais pour la plupart ils se sont réfugiés dans la salle. Certains se sont enfermés aux toilettes, d'autres dans la cuisine, d'autres encore ont gagné le jardin intérieur. Une jeune fille a perdu connaissance devant le glacier Dino. Une foule montait de la plage en larmes et criait. Des femmes et des enfants pleuraient, dans un état de nervosité extrême. À la pizzeria Sant Lluís, on a assisté à des scènes similaires. Les clients qui y dînaient sont sortis, épouvantés, par les portes et les fenêtres, oubliant leurs sacs, leurs portables et autres effets personnels après avoir entendu les cris et les pleurs des centaines de personnes qui couraient dans les rues. Ramón, un vigile du secteur, a déclaré : « J'ai vu un père désespéré courir avec ses trois enfants dans les bras ; une femme dont le fauteuil roulant allait plus vite que jamais ; une autre femme avait tiré son enfant de sa poussette et pris ses jambes à son cou. Une autre est tombée et s'est coupée. Elle saignait mais elle a continué à courir. » Un des serveurs qui a lui aussi assisté à ces scènes kafkaïennes affirme que « le meilleur de cette histoire est son dénouement, car elle aurait pu être vraie ».*

Where the Days Are Never the Same. Je transporte avec moi mon bureau ambulant, le bureau des instants perdus, des titres et des publicités découpées ou copiées, des cahiers couverts de la première à la dernière page d'une écriture au crayon, où s'intercalent des coupures de quotidiens, des prospectus, des pages de magazines de mode et qu'illustrent des silhouettes, des slogans et des mots isolés que je colle à l'intérieur, sur la couverture ou n'importe quel espace libre. Quatre-vingts morts dans une attaque terroriste à Kaboul. On entrevoit un futur où les hommes et les robots auront fusionné au point d'être impossibles à différencier. Le bureau a été dans de si nombreux endroits que, très vite, je n'arrive pas à les dénombrer dans cet été de chambres prêtées, de chambres d'hôtel et de clés magnétiques au fond de la poche. En Turquie, un enfant kamikaze tue cinquante Kurdes lors d'un mariage. Un certain degré de nomadisme favorise peut-être l'inventivité. Sans endroit fixe où habiter, tu vis à l'intérieur d'un cahier et tu te raccroches aux quelques éléments matériels que tu as avec toi. Le bureau a été dans un appartement du quartier de Moratalaz et a eu une fenêtre d'où on voyait les hauts immeubles du centre de Madrid émerger de manière trompeuse d'une épaisseur horizontale d'arbres, plus éloignés encore par la brume de chaleur. Pendant dix jours, il s'est installé sans la moindre difficulté sur la terrasse d'un hôtel, au fond d'une baie reculée, à Majorque. Partout c'était le même bureau succinct qui se déployait devant moi, autour de mes mains, dans l'étendue nocturne au-delà du halo d'une lampe.

Si Tes Rêves Sont Sans Limites. Seul le fond changeait, ce qu'on voyait de la fenêtre comme une transparence ondoyante de cinéma. On voyait une mer enclavée et immobile, et une guirlande de lumières qui dessinait au loin le contour d'une baie. D'en haut on voyait les acacias et l'ombre fraîche qu'ils dispensaient dans une rue de Madrid comme un store en été. On voyait une cour intérieure à Paris, où flottait toute la journée la même lumière grise et figée. Il y a eu un bureau mobile réduit au minimum – l'enregistreur de l'iPhone en marche, le crayon, le cahier ouvert sur les genoux – sur un siège de l'autobus de la ligne 20, qui parcourait de grandes montées et descentes jusqu'au centre de Madrid, vers l'horizon rouge et haut du jour déclinant, au-delà des tours de la Gran Vía et de la rue d'Alcalá, la terrasse du Cercle des Beaux-Arts dominant tous les toits. Je profitais des arrêts pour noter des choses entendues ou des messages d'affiches vues par la fenêtre, car dès que le véhicule repartait, prenait de la vitesse et réentamait ses montées et ses descentes, je ne pouvais plus écrire. *Are You a Nower ?* Nous Avons Toujours Su qu'ils Reviendraient. Le Grand Cataclysme Maintenant en 3D. Le bureau a également occupé la table d'une salle à manger, devant une cloison de panneaux coulissants en verre qui donnait sur un jardin austère, à Lisbonne. La lampe est restée allumée tardivement pendant des nuits laborieuses de silence et d'insomnie, et le bureau n'a commencé à s'activer qu'au moment précis du réveil, lors du passage amphibie entre le sommeil et la pleine conscience.

Insuffle une Nouvelle Vie à Tes Systèmes. Quel soulagement que ce nomadisme inopiné de l'été, ce contretemps devenu un avantage. Ne pas m'asseoir chaque matin devant le même bureau comme un fonctionnaire, blasé de mon propre travail, ma vocation dangereusement assoupie par la routine ; ne pas être attaché ni ancré au siège ergonomique et devant l'écran de l'ordinateur portable, assailli de souvenirs, de photos, de livres, de tout ce que j'ai choisi et accumulé par simple inertie au fil des années, les dépôts sédimentaires d'une longue occupation. Mon bureau, où que j'aille, est le cahier, le crayon, la plume, l'encrier, le taille-crayon, les ciseaux, le bâton de colle, un dossier contenant des découpages, trois ou quatre livres, tous légers, *Le Livre de l'intranquillité* étant le plus volumineux, bien que son écriture soit si aérienne, si nette dans sa précision et sa brume qu'il ne pèse rien. Je ne travaille pas immobile devant un écran, les yeux engourdis par sa luminosité, les doigts anesthésiés au contact des touches. Je travaille sans travailler, en papillonnant. J'écris en dictant des choses à l'enregistreur de mon téléphone. Je lis quelques lignes dans un journal gratuit que quelqu'un a oublié sur le comptoir d'un bar et j'arrache la page pour la mettre dans ma poche. La secrétaire de Goebbels affirme qu'elle n'a jamais rien su de l'Holocauste. L'assassin se déplaçait sur la scène de crime et tuait les gens comme dans un jeu vidéo violent. On fait des recherches sur des capteurs qui permettront aux humains d'enrichir leurs sens. Près de la porte du bar, une femme qui boit sa bière dehors pour pouvoir fumer se met à tousser parce que sa voix s'est brisée pendant qu'elle parlait au téléphone. « Je t'ai posé une question et tu ne m'as pas répondu, et ton absence de réponse est une réponse. »

Mon Bureau Voyage Toujours Avec Moi. Ce que je fais n'est pas un travail, mais une tâche. Je l'accomplis où que je sois, quoi que je fasse, accoudé au zinc, l'oreille tendue vers la conversation voisine ou attentif au murmure du vent en haut du palmier qu'il y avait devant la terrasse de l'hôtel, à Majorque, ou quand je marche dans un wagon du métro, que je retire avec soin les fleurs fanées du jasmin buissonnant dans le jardin de Lisbonne. À la tombée du soir, le trajet entre Moratalaz et Cibeles dans l'autobus de la ligne 20 a la splendeur d'une traversée. Le travail a un but, une direction, un début et une fin. La tâche est menée à bien à tout moment, elle se suffit à elle-même et ne semble suivre aucun axe précis, c'est pourquoi tout imprévu qui entraverait le travail lui est profitable. Dans cette tâche, il n'est aucun contretemps qui ne devienne un hasard favorable. Quand tu ne t'y consacres pas, la tâche se réalise toute seule.

Nous Avons Tout ce Dont Tu As Besoin. Le bureau est depuis quelques jours sur la table face au jardin. On pourrait croire que je vais m'installer ici pour de bon tant l'endroit est ajusté à mes habitudes, mais il est probable que, dès samedi prochain, je ne le revoie jamais plus. Cet appartement appartient à quelqu'un que je ne connais pas. Je suis un intrus ou un hôte dans un espace entièrement modelé en fonction des goûts d'un autre, conçu pour une vie dont je ne sais rien. Cela ne me cause aucune inquiétude. Je suis pleinement chez moi et dans quelques jours, je partirai et il ne restera plus aucune trace de ma présence. Quand il pénètre dans une pièce, un chien inspecte différents lieux, recoins, coussins, et cætera, avant de choisir avec une détermination mystérieuse l'endroit exact où il va s'installer, lové sur lui-même : après plusieurs tentatives, j'ai fini par organiser mon bureau là où on prend le petit déjeuner, devant le jardin, et non dans l'espace plus intime où il y avait une table et une lampe. La table que je lui ai préférée est grande, avec un plateau en marbre sombre dont l'aspect lisse et aseptisé rappelle Mies van der Rohe. Bien que j'y déploie des cahiers, des journaux, des coupures, des ciseaux, il y a toujours de la place. Chaque jour qui passe, elle ressemble davantage au plan de travail d'un atelier qu'à un bureau. Par cette chaleur, le marbre garde une fraîcheur très agréable sous la main. Le jardin est petit, un seul regard suffit à l'embrasser. Il y a des graviers sur le sol et des marches de bois sombre aussi solides que des poutres. Une brande de bruyère le sépare du jardin contigu. Du terreau s'étend le long du mur chaulé et au milieu, où pousse un jasmin aussi touffu que la cime d'un arbre. Le bambou dépasse les murs. Du jardin on ne voit que le ciel. Il est semblable à un jardin japonais fermé au monde extérieur, insoupçonné pour qui passe dans la rue toute proche, un des jardins entourés de murs de l'Albaicín, à Grenade. La brise a un son différent selon qu'elle souffle en haut du jasmin ou dans l'épaisseur des tiges de bambou. Par moments, un avion sur le point d'atterrir près de l'embouchure du Tage brise le silence. D'autres avions, minuscules, passent sans un bruit à une altitude de croisière, au moment de quitter l'Europe pour entamer la traversée de l'Atlantique.

C'est le Moment de Profiter de Ce Moment. L'appartement est agencé comme un passage de pénombre entre deux clartés : celle, éblouissante, des fenêtres qui s'ouvrent sur la rue, Rua Nova de São Mamede à Lisbonne ; l'autre, tamisée et en retrait du jardin. Mais dans la chambre, bien qu'elle donne sur la rue et soit presque à hauteur du trottoir, il y a aussi de l'ombre et du silence. Le double vitrage étouffe le moindre bruit quand on ferme la fenêtre. Et les volets en bois peints en blanc empêchent la lumière du soleil de passer, hormis une fine ligne verticale là où se rejoignent les deux battants : un rai de clarté se dessine dans l'obscurité de la pièce comme la frange lumineuse qui filtre à l'intérieur d'une chapelle. Le matin, cette pénombre a la température humaine de corps endormis. À l'heure de la sieste, la faible lueur s'étend dans la chambre à mesure que l'œil s'y habitue, et fait briller la sueur lustrée de la peau, les deux silhouettes entrelacées à la fois dans le lit et le miroir disposé devant.

Je ne Suis qu'à une Appli de Toi. Ce faible clapotis, le bref claquement humide, ce qui est dense et très mouillé, entrouvert et charnel, les pétales d'un coquelicot encore collés entre eux, ce qui est trempé dans un flux de salive, celle de deux individus, distincte et pourtant déjà très mélangée, ce qu'on partage et qui reste secret, le visage aimé qu'on ne voit qu'à cet instant, si près qu'il n'y a plus de différence entre le toucher et la vue, que le toucher voit et la vision touche, les yeux où se concentrent l'attention et l'étonnement, cet instant qui est toujours la première fois, la variation infinie de la même chose, des nuances à la fois familières et uniques d'une personne identique, le sourire contracté dans un spasme intime qui s'évanouit à peine esquissé, une palpitation plaisante et aiguë n'atteignant pas le stade de la douleur, un ajustement précis, la surprise éprouvée quand on voit les traits changer sur le visage horizontal, comme s'ils s'élevaient ou émergeaient, les os aimés gardant leur forme sous la peau, le menton encore empreint d'une obstination enfantine, les pommettes dressées, pointues, sous les cheveux en bataille déployés sur l'oreiller, le front à présent plus large, plus haut, finissant par dessiner une courbe à la naissance des cheveux, la belle courbe osseuse dégagée. Le rythme simultané s'accélère ou ralentit, comme celui d'un hamac qui se balance sans que nul le pousse, une feuille de palmier ou de bambou par une nuit sans vent, ou alors il s'interrompt dans une immobilité d'extase, un pur instant d'immobilité et d'imminence mutuelle.

Retrouve la Sensation de la Première Fois. Prête attention, alors, retiens ta respiration. Écoute le son, maintenant oui, maintenant non, sa délibération sans vertige, son intégrité de secret, comme sont secrètes certaines choses sacrées qui se perdraient une fois divulguées ou exhibées, le claquement semblable au clapotis d'une eau presque immobile sur une rive, à minuit, dans une baie, ce qui est charnel et liquide, grumeleux, ce qui se refroidit aussitôt dans l'air après avoir atteint une température d'organe interne, la douce fièvre bénigne de la température corporelle multipliée par deux, « il y a des secrets qui ne veulent pas être dits », « *secrets that don't permit themselves to be told* », dit Edgar Allan Poe dans les premières lignes d'une nouvelle, « L'homme des foules », le sacré et l'incorruptible protégés par la pudeur, ce qui ne survient que pour ceux qui sont derrière la porte fermée et pour personne d'autre.

Le Grand Bazar aux Nouveautés Électroniques Démarre. Un matin comme tant d'autres, je suis arrivé au Comercial et l'ai trouvé fermé. En sortant du métro, j'ai vu des panneaux de bois masquant les baies vitrées, une chaîne et un gros cadenas sur les portes. On avait fermé l'établissement sans prévenir, du jour au lendemain, précipitamment et sans donner d'explications ni même afficher un mot d'adieu ou de remerciement à l'intention des générations d'habitués qui fréquentaient le bar depuis de nombreuses années. Nous étions tout à coup précipités dans une sorte d'exil, expulsés brutalement de cet endroit sombre, austère et peu accueillant dans sa décoration et la manière dont nous traitaient les serveurs, et qui était cependant essentiel à tous ceux qui, comme moi, se sentaient condamnés à errer là, ne sachant pas où aller à une heure matinale, un moment où une personne désœuvrée, retraitée, inutile ou absorbée par des occupations plus ou moins inventées n'a rien de mieux à faire que de s'asseoir dans un café. Nous serions obligés d'aller dans des cafétérias désagréables, de fausses boulangeries artisanales, de mauvaises imitations de vrais cafés, des succursales en série de chaînes internationales, contraints à la spoliation et à la monotonie corporative des Starbucks ou même d'endroits encore pires aux noms inacceptables, du genre Pans & Company ; des lieux avec des employés portant des casquettes réglementaires et des chemises d'uniforme avec leurs prénoms inscrits sur une étiquette à hauteur de leur poche de poitrine, où nous devrions faire la queue pour commander notre petit déjeuner et le porter sur un plateau en plastique, en quête d'une table dans une salle aussi inhospitalière qu'un garage, mais avec des éléments décoratifs pseudo-créatifs ou pseudo-artisanaux, voire poétiques, des photos en couleurs de vieux boulangers charmants ou de petits villages de publicités de Noël pour Nescafé. Il nous faudrait en outre boire le café dans des gobelets en carton ou en plastique et laisser sur la table, avant de sortir, des déchets irrécupérables, petites cuillères, pailles, fourchettes, assiettes jetables.

Fais-toi Ton Film. Debout devant la porte du Comercial, à un coin de rue soudain condamné et hostile, j'ai pensé qu'à compter de cette matinée je n'aurais plus d'endroit où aller me reposer de mes promenades dans ce quartier de Madrid. Je me suis en outre rendu compte que je ne connaissais pas l'adresse de mon ami, connaissance ou compagnon de conversations et de divagations farfelues, que je n'avais jusqu'à présent rencontré que dans ce café. Je ne possédais aucun numéro de téléphone, aucune adresse e-mail. Je ne pouvais plus poser la question aux serveurs du café fermé. J'ai interrogé sans le moindre espoir le patron cinéphile du kiosque. Pour lui aussi, la fermeture du Comercial devait être une catastrophe. Mais il ne savait pas de qui je parlais. Il est vrai que je ne crois pas lui avoir facilité la tâche par ma description. Comment allais-je procéder, moi qui avais du mal à me souvenir de sa personne jusque dans ses particularités les plus concrètes et les plus identifiables ? Dans cette matinée de découvertes bouleversantes, j'ai alors pris conscience d'une autre réalité. Je ne savais pas davantage quel était son prénom, ou je l'avais oublié, de même que, d'un jour à l'autre, je ne me rappelais plus s'il portait ou non des lunettes, s'il avait les cheveux gris ou complètement blancs, s'il était chauve. « Un homme d'âge moyen, ai-je dit au patron du kiosque, peut-être un peu plus vieux que moi. » « Un homme d'âge moyen ou un vieil homme ? » Le kiosquier avait le parler âpre et direct des Madrilènes. J'étais contrarié. « Non, ce n'est quand même pas un vieil homme. » Je peinais à lui fournir des détails visuels indiscutables. « Il portait un manteau et avait un cartable. Un cartable noir, il me semble. » « Il avait des lunettes ? » a-t-il lâché de sa voix rauque. « Eh bien, maintenant, je ne me souviens plus trop. Il n'arrêtait pas de les mettre et de les enlever. Il les nettoyait avec une peau de chamois, mais je ne sais plus s'il les enlevait pour les nettoyer ou s'il ne les mettait que pour voir de près. »

Prends Rendez-Vous à Toute Heure. Le kiosquier me regardait de haut derrière son guichet entouré de guirlandes de magazines. Il régnait sur l'étendue de sa marchandise jusqu'alors prospère et en passe de décliner avec la fermeture du café, les cartons où il classait ses trésors de films en tous genres, muets, de monstres, de cinéma X espagnol, des westerns, des films d'épouvante, tous les DVD parfaitement ordonnés avec leurs étiquettes manuscrites dans leurs boîtes à chaussures. J'en ai choisi deux ou trois, simulant une cinéphilie qu'à cet instant je ne ressentais pas, servilement résolu à m'attirer l'amitié ou au moins la condescendance du vendeur. J'ai continué de lui tendre des films tandis qu'il effectuait un calcul arithmétique très rapide et sans doute arbitraire. « Le cartable, j'en suis sûr. Il l'a toujours avec lui. » Mais il a démoli mon assurance aussi rapidement qu'il est arrivé à une somme astronomique pour ses films soldés. « Un cartable avec une poignée ou une serviette ? » De ça non plus je n'étais pas certain. Peut-être l'un, peut-être l'autre. Il lui arrivait de le tenir par la poignée ou de le porter sous son bras selon qu'il était plus ou moins plein. En certaines occasions, le cartable donnait l'impression d'être vide, en d'autres, de peser très lourd, de contenir des objets volumineux, des paquets ou des livres.

Il y a Mille Quatre Cent Quarante Minutes dans une Journée. Un soir d'été, dans le soleil déclinant, le poète Catulle Mendès arrive en train à la gare du Nord. Parmi les gens qui occupent les quais et les halls, il distingue un visage connu. C'est Charles Baudelaire, qui porte une valise et marche d'un air un peu perdu. Pour Mendès, Baudelaire est un maître, un héros, une figure sacrée. C'est en lisant ses poèmes, adolescent, dans sa province, que sa vocation s'est éveillée ; il cherchait dans les journaux ses articles et ses essais sur l'art. Maintenant il le voit seul au milieu d'inconnus et ose aller le saluer. Il remarque qu'il est habillé avec une grande élégance, mais aussi que ses vêtements sont très usés, sa veste, son pantalon, ses bottes, le nœud lâche de sa cravate. À l'inverse de la plupart de ses contemporains, Baudelaire est rasé. Il a une peau sans rides mais d'une pâleur extrême et est très certainement malade. Ses cheveux raides et gris sont coiffés en arrière, presque blancs, pourtant il vient à peine d'avoir quarante-cinq ans. Mendès constate que le visage des gens change quand ils sont seuls dans la foule et ne savent pas qu'on les regarde. Il voit Baudelaire dépouillé de l'arrogance qu'il arbore dans les cafés ou pour prendre la pose devant un photographe. Quand il le salue, Baudelaire réagit avec la perplexité et l'inquiétude d'une personne qui était plongée dans ses pensées. Il explique à Mendès qu'il vient de rater le train de nuit pour Bruxelles et doit trouver une chambre. Aucun train n'est prévu au départ avant le lendemain matin. Mendès lui dit qu'il loue une chambre non loin de là et qu'elle comporte deux lits. Si ça ne le dérange pas, il serait très honoré de l'accueillir pour la nuit. Et demain, il aura l'avantage d'être tout près de la gare.

Nous Élaborons pour Toi une Stratégie Gagnante. Dans la chambre, Mendès éteint la lumière et s'aperçoit que Baudelaire, agité, se tourne et se retourne dans le lit voisin sans trouver le sommeil. De Bruxelles il est venu passer quelques jours à Paris afin de trouver des contrats acceptables pour ses œuvres, mais n'a pas obtenu grand-chose. Ceux qu'on lui propose, et il est bien obligé d'accepter, le dessaisissent de ses droits d'auteur en échange de trop faibles sommes. Où qu'il soit, à Bruxelles ou à Paris, il est poursuivi pas ses créanciers. Il ne veut ni rester à Paris ni regagner Bruxelles. Il déteste Bruxelles, déteste la Belgique, déteste le roi des Belges, déteste tous les Belges, déteste l'humanité. Personne n'a écrit d'avis et de diatribes aussi offensifs sur un pays que ceux de Baudelaire contre la Belgique. Trois ans auparavant, il est parti à Bruxelles dans l'espoir de décrocher de bons contrats et de gagner de l'argent en donnant des conférences, et il a essuyé un échec total. Ses conférences attiraient si peu de monde que les organisateurs les ont annulées sans scrupules. Il vit à Bruxelles dans une extrême pauvreté, n'a pas d'amis, aucun journal ne publie ses essais. Il craint qu'on l'oublie s'il passe trop de temps loin de Paris, une ville qu'il trouve épouvantable, au climat atroce et dont les rues toujours boueuses ne lui permettent même pas de trouver un réconfort dans la promenade, une ville peuplée d'hommes brutaux et de femmes négligées et grosses. La tenancière de l'hôtel où il est descendu lui réclame des arriérés. Seul le nom de l'établissement, hôtel du Grand Miroir, est respectable. Depuis que, très jeune, il a dilapidé rapidement l'héritage de son père, Baudelaire n'a eu aucune sécurité économique. Il a toujours dépendu des accès de générosité rares et humiliants de sa mère. Il a vécu dans des hôtels médiocres ou immondes, des chambres louées, toujours à droite à gauche, poursuivant les directeurs de journaux d'abord pour qu'ils publient ses articles et ensuite pour qu'ils le paient. La vie errante et tragique d'Edgar Allan Poe lui semble de plus en plus préfigurer la sienne. Il ne pense pas pouvoir tenir beaucoup plus longtemps que Poe, mort à quarante ans dans la ruine et l'échec, héros martyrisé de la littérature dans une société grossière où rien ne compte hormis l'argent. Il est malade, a des vertiges et des nausées, de la fièvre. À quarante-cinq ans, la syphilis détériore sa santé. Cette fameuse nuit, il parle, parle dans l'obscurité, se rappelle bien des années plus tard Mendès qui, par curiosité et respect, essayait de ne pas s'endormir.

Fais en Sorte que Tes Illusions se Réalisent. Le monologue de Baudelaire devient peu à peu une dérive mathématique, entre la comptabilité et l'hallucination. Se plaignant de sa pauvreté, il se rappelle chaque paiement reçu pour chacun de ses articles, poèmes ou traductions publiés pendant plus de vingt ans. Il semble tout avoir en tête, comme un comptable dément qui délire sur les chiffres pendant ses insomnies. Il est peut-être sous laudanum. Mendès entend sa voix à côté de lui, dans la chambre obscure, et croit rêver : Baudelaire est là, avec lui, il lui parle presque à l'oreille, ressasse des multiplications, des additions, des dates de publication pendant que le jeune homme, dont la santé exige et permet de bien dormir, passe de l'assoupissement à la veille et ne cesse à aucun moment d'entendre la rengaine, la remémoration, la plainte amère, toutes ces années passées à travailler pour si peu, atteindre la maturité et ne rien avoir, pas même un de ces postes administratifs que parviennent à occuper certains écrivains sagaces, aucune reconnaissance officielle, pas d'éditeurs compétents ni de journaux qui paient bien et le traitent avec un minimum de respect. À mesure qu'il évoque d'anciennes publications et des règlements misérables, Baudelaire prend conscience de ses nombreux écrits, une production gigantesque que son jeune disciple n'a cessé de lire depuis l'adolescence, tout ce qu'il a découvert et qui l'a passionné, qu'il a voulu transmettre de son vivant, la peinture moderne, la musique, les maîtres de la caricature, sa défense de Poe et de Wagner à une époque où personne ne leur prêtait attention, sa rébellion permanente contre la stupidité des critiques et l'indifférence du public, ce long poème en prose qu'est *Le Peintre de la vie moderne*, où il a défini avant tout le monde la notion exigeante et libératrice de modernité, un mot qu'il a également inventé.

La Voix de l'Expérience. Baudelaire énumère tout cela au cours de cette nuit où la chaleur de juillet aggrave peut-être l'insomnie, il associe chaque titre à un chiffre, une quantité lamentable venant s'additionner à d'autres. Comme il est très fatigué et dérouté, il perd fréquemment le fil, revient en arrière ou repart du début, stimulé à l'extrême par sa propre agitation mentale. Il arrive enfin à une somme totale qui le satisfait et, ainsi apaisé, il laissera sans doute enfin Catulle Mendès dormir. Mais c'est alors qu'il se demande à voix haute combien il a gagné en moyenne par an pendant les vingt années qu'il a passées à publier. Il fait l'opération de tête. Si on lui a versé quinze mille francs en vingt ans de travail constant, combien a-t-il gagné par jour ? Quel a été son salaire en tant qu'écrivain et traducteur ? Il garde le silence, mais Mendès l'entend murmurer tout bas, ronronner comme s'il allait sombrer dans le sommeil, comme si des chiffres bouillonnaient dans son cerveau. « Un franc et neuf centimes, déclare-t-il au bout d'un moment. C'est tout ce que j'ai touché. Moins qu'un prolétaire ou un artisan. » Catulle Mendès songe, scandalisé et mélancolique, à la pénurie de travail de cette immense intelligence, le plus grand talent poétique de la langue française de ce siècle. Il s'endort enfin et ne sait pas s'il rêve la voix toute proche de Baudelaire ou s'il l'entend vraiment à ses côtés. Quand il se réveille, tôt le lendemain matin, le lit de Baudelaire est vide et il ne le reverra jamais.

Calcule le Coût de Ton Alarme. Vingt ans plus tôt, le photographe Nadar voit souvent Baudelaire dans la rue. Tous deux vivent dans l'île Saint-Louis. Baudelaire s'habille avec une élégance excentrique : une blouse d'ouvrier bleue, une chemise blanche non amidonnée, des gants en cuir rose. C'est un jeune homme de vingt-quatre ans. Il a l'ombre d'une moustache et d'un bouc. Nadar note chez lui une autre extravagance, qui consiste à sortir sans chapeau. Il dit qu'il se déplace dans le quartier d'un pas inégal, à la fois languide et nerveux, comme un chat : en choisissant chaque pavé qu'il s'apprête à fouler, à croire qu'il craint de marcher sur des œufs.

Ton Bonheur se Multiplie. Parfois il m'a semblé le voir dans une rue de Madrid qui avait toujours quelque chose d'improbable, car elle était loin du quartier du Comercial ou parce que, d'instinct, je ne l'associais pas à lui, à sa présence qui se dérobait. Il n'y avait pourtant aucune raison que je sois surpris puisque je n'avais jamais su où il habitait. Un jour, j'étais dans le métro qui venait de quitter la station Cruz del Rayo, et en regardant distraitement par la fenêtre vers le quai qui avait pratiquement disparu au bout du tunnel, je l'ai vu ou ai cru le voir assis sur un banc, son cartable sur les genoux, étudiant quelque chose qui avait l'air d'un catalogue d'agence de voyages. Je l'ai vu penché sur un carton de livres d'occasion, dans la Cuesta de Moyano, par une matinée transparente d'un froid hivernal.

Regarder dans les Yeux des Chats. Mais la seule fois où j'ai été vraiment sûr et l'ai vu de plus près, c'était au musée du Romantisme, dans une salle qui m'a paru déserte au début, à une exposition du photographe Tichý qui ne devait pas attirer beaucoup de visiteurs. Je m'y étais rendu à la première heure, à l'ouverture du musée, pour éviter autant que possible une chaleur de plein été qui ne laissait aucun répit. À cette heure, un ciel blanc sale annonçait un midi et une après-midi irrespirables. C'étaient les journées les plus dépeuplées du mois d'août, après le 15, quand tous ceux qui devaient partir avaient déjà quitté la ville et que personne n'était encore rentré. Elle et moi avions enfin emménagé chez nous après tant de retards, d'hôtels, de logements prêtés, de voyages. Le nouvel appartement à demi installé avait une austérité d'entrepôt, de l'espace à revendre, comme sur un plateau de tournage, un lieu évoquant à la fois une évacuation et un campement, des pièces sans meubles, une bibliothèque aux rayonnages vides et des cartons de livres empilés, des tableaux posés contre les murs, une chaîne stéréo par terre, les enceintes encore emballées, une cuisine en état de marche mais dont les placards et les tiroirs ne contenaient presque rien, la vaisselle et les couverts à moitié rangés, si bien que pour trouver quelque chose, il fallait ouvrir une à une les portes des placards et les tiroirs faussement utiles où apparaissait toujours ce qu'on n'y cherchait pas. Le lit dépourvu de pieds trônait à même le sol, dans une pièce qui n'était pas encore devenue la chambre, et un carton sur lequel on avait posé une lampe faisait office de table de chevet.

Ma Route à Travers le Monde Commence Ici. C'était un entrepôt et un campement. On campait dans un entrepôt, le hangar où s'organisait encore l'agencement de l'appartement où nous vivions déjà. Notre double présence se dessinait avec davantage de précision sur un fond pratiquement vide, presque aussi dégagé que les rectangles des fenêtres. Le panorama sur lequel elles donnaient était le seul élément complet de l'appartement. Au pied du lit, la grande valise que nous avions traînée pendant des mois était ouverte et disponible, comme une affirmation de nomadisme qui s'éternisait. J'avais laissé mes cahiers et mes crayons dans mon sac à dos pour m'assurer qu'ils ne se perdraient pas. Nos voix avaient une sonorité différente dans ces espaces où rien ne venait les feutrer. On aurait dit des voix nouvelles et plus jeunes, touchées par la nouveauté des lieux, leur limpidité de tableau noir vierge, les odeurs de neuf d'un endroit venant tout juste d'être inauguré, relents de peinture, de plâtre, de bois et de vernis. Le téléviseur et le lecteur DVD étaient à leur place, sur la table basse qui leur correspondait, mais les faisceaux de fils multicolores qui en pendaient nous privaient de toute possibilité de connexion. Descendre dans la rue équivalait encore à explorer une autre ville. Tout était si nouveau que nous étions gênés de nous regarder nus. Notre première nuit a vraiment été inaugurale, car nous n'avions jamais été là à cette heure. Nous avons pris possession des lieux en y faisant l'amour pour la première fois, les murs sans nos tableaux et nos photos, les bibliothèques toujours sans livres. En m'endormant, apaisé par l'amour, je me suis promis de me rappeler toutes les pièces, qu'elles aient été ou non des chambres, où nous avions eu des rapports une première ou unique fois, et de noter sur une carte chacune des villes dans lesquelles cela s'était passé.

La Vie sous Tes Yeux. Muni d'un sac à dos, d'espadrilles, de bonnes chaussures pour de longues promenades, de cahiers, de crayons, d'un taille-crayon, d'une gomme, d'une carte de crédit, je continuais à mener ma vie irresponsable et laborieuse du mois d'août. Je devais concevoir d'autres itinéraires, calculer de nouvelles distances depuis ce domicile récemment investi. Un marcheur sérieux ne se fie jamais entièrement à Google Maps et met beaucoup de soin à vérifier les temps et les distances, les raccourcis utiles, les détours favorables. Je suis parti un matin à neuf heures et demie, et à dix heures et quart, déjà engagé sur la Travesía de San Mateo, j'arrivais au musée du Romantisme. La gardienne en uniforme a éloigné son visage de son portable avec une expression de surprise, puis s'est replongée aussitôt dans ce qui semblait être d'après le son un jeu passionnant de petits bonshommes et de tirs. J'avais découvert les photos de Tichý à New York quelques années plus tôt. J'étais heureux qu'elles soient arrivées à Madrid, qu'un art décrié, dédaigné, condamné à ne pas être connu ait accédé à la postérité. L'avenir est parfois bizarre. J'ai vu dans une vitrine, à l'intérieur d'une urne en verre, un des appareils photo de Tichý, avec son objectif pareil à une longue-vue de naufragé, ses bouts de ficelle, ses petites manettes rouillées, ses pièces de rebut probablement assemblées avec du sparadrap et du ruban adhésif isolant. Contre toute attente, j'ai vu une silhouette de dos, dont les hanches débordaient d'une étroite chaise en plastique, devant un écran où passait en silence un documentaire sur le photographe. Coiffé d'écouteurs, l'autre visiteur ne m'avait pas entendu entrer.

Ils t'Accompagneront Tout au Long de Ta Vie. Comme d'habitude, je ne l'ai pas reconnu au premier coup d'œil. Un instant plus tard, je m'étonnais encore de ne pas l'avoir identifié tout de suite. Cette fois, ma perplexité a duré moins longtemps car, de dos, il était plus facilement reconnaissable que de face, et aussi parce que l'ambiance de cet endroit anachronique et plutôt infortuné favorisait son apparition, sa présence, que je pouvais anticiper. Quelque chose en lui était réfractaire à la sensualité et à l'accablement de la chaleur excessive, aux tissus légers, aux couleurs claires, au vacarme des foules en été. Et il était là, perdurable, volumineux et furtif, plus corpulent que dans mon souvenir, non qu'il ait grossi mais du fait des caractéristiques arbitraires que sa personne imposait à ma mémoire, puisque, auparavant, j'avais été surpris de le trouver moins épais, plus grand ou plus petit, d'allure moins sévère, avec des cheveux plus clairsemés, le nez chaussé ou non de lunettes. Il avait pris place sur cette chaise qui aurait dû être un peu plus large ou plus solide pour préserver sa dignité. Son cartable ou serviette était à côté de lui, par terre. En le voyant, je me suis également rendu compte que le bas de son pantalon montait plus haut que ne l'exigeait la convenance, et que ses chaussettes, sombres mais trop courtes, révélaient un mollet pâle, charnu, au duvet en partie épilé au contact de la maille, jamais exposé ni à l'air ni au soleil ni aux rigueurs salutaires de l'eau de mer. Des chaussures comme celles-ci n'avaient jamais marché sur le sable.

Dis-moi Comment Tu Regardes. Non sans joie, je l'ai vu ainsi, immobile, de dos, un dos large et droit comme celui d'un Bouddha en terre cuite ou en bronze, coiffé des grands écouteurs sans doute obsolètes, comme c'était prévisible dans une obscure institution culturelle manquant de moyens, des écouteurs immenses d'ingénieur ou d'espion soviétique. Au fil des années, la misanthropie et la paresse, surtout la paresse, m'ont laissé sans amis. J'étais donc heureux de le retrouver par surprise, sans pour autant m'attendre à une accolade ponctuée d'une tape dans le dos ni même à une poignée de main. Mais au bout du compte, c'était quelqu'un que je connaissais et que j'avais fréquenté, bien que je l'aie oublié, dans une de mes vies antérieures, à l'époque limpide et unique de la vocation, de l'incertitude et de la ferveur à l'origine de tout. J'ai pensé que je ne pouvais pas m'approcher de lui à l'improviste, en premier lieu pour ne pas l'effrayer, ensuite parce que notre relation reposait sur une politesse rigoureuse, presque momifiée, presque mortuaire, faite de repli sur soi et de maladresse masculine. Je me demandais comment l'aborder quand mon téléphone a sonné. C'était un nouveau portable car j'avais perdu le précédent, et avec lui toutes les voix et les sons de la ville que j'avais enregistrés au cours des derniers mois. Je n'étais pas encore familiarisé avec la mélodie qui s'élevait par défaut à chaque appel reçu, par défaut car je ne m'étais pas donné la peine d'en chercher une autre moins agaçante. Angoissé, j'ai palpé toutes mes poches tandis que la musique continuait de résonner, sans compassion et à plein volume, conscient que j'avais arraché la gardienne à son agréable concentration sur le jeu, conscient aussi de son regard réprobateur et de la manière dont elle s'était redressée pour me foudroyer de son autorité en uniforme. Qui pouvait bien m'appeler à dix heures et demie du matin, un samedi, en plein mois d'août ? À la fois sous le coup d'une culpabilité anxieuse et d'un manque de réflexes qui ne disparaîtront qu'à ma mort, j'ai enfin pu mettre la main sur l'appareil, son écran lisse rendu glissant par la sueur, et tout en pressant un bouton pour répondre ou au moins faire taire la mélodie infecte, j'ai quitté la salle, poursuivi par l'expression accusatrice de la gardienne accentuée par sa tenue, qui lui conférait une sévérité de matonne. Une demoiselle au doux accent vénézuélien m'a dit qu'elle s'appelait Maika et m'a appelé chaleureusement par mon prénom pour s'empresser de m'annoncer gaiement qu'il était encore temps de profiter de l'offre d'Orange, Love Is All You Need Pour Toute la Famille. Je l'imaginais coincée dans un réduit en contreplaqué blanc, devant un ordinateur, un cagibi sans air conditionné ni lumière du jour, au sein d'un parc industriel, dans la banlieue de Ciudad Juárez, par exemple. Maika prononçait mon prénom comme si elle me connaissait, ce qui m'interdisait d'avoir la grossièreté de lui raccrocher au nez. C'est pourtant ce que j'ai fait, profitant lâchement de la distance qui nous séparait et du fait que mon geste serait sans conséquence. J'ai rangé mon téléphone, les doigts moites à cause de ma nervosité et de ma bassesse. La gardienne, calmée, était retournée à son jeu, le ventre soutenu par une courroie d'apparence militaire où étaient suspendus un pistolet, une matraque et des menottes à l'évidence excessifs. Mais devant le documentaire sur Tichý, la chaise était vide. On y avait soigneusement posé les écouteurs.

Le Mystère du Justicier de l'Autocar Ébranle le Mexique.
Le Mexique recherche un Ange Exterminateur.
Il n'a pas de nom, pas de visage, pas d'âge.
Mais tout le monde sait ce qu'il a fait. À six heures
du matin, dans un autocar, il a déployé
les ailes de la vengeance
et tué sans hésiter quatre voleurs.
Une exécution glaçante, sourde,
abyssale. Il a attendu dans la pénombre,
à l'arrière du car,
que les voleurs dévalisent les passagers
et quand ils ont eu presque fini,
il s'est levé et les a liquidés un à un.
Il a ensuite rendu leurs biens à leurs propriétaires
et s'est évanoui dans la sauvage nuit mexicaine.
Aucun témoin ne l'a dénoncé, pas même
le chauffeur. Tous restent
dans l'ombre pour ne pas avoir à le décrire.
Certains applaudissent ouvertement le massacre.
Les faits sont survenus entre cinq et six heures du matin.
Il faisait encore nuit et le car allait
de San Mateo à Mexico.
Soixante-douze kilomètres sur une route en bon état.
Les cinquante-trois passagers somnolaient.

Les assaillants sont montés lorsque le car est arrivé à San Pedro Tutelpe.
Cinq kilomètres après que le braquage a commencé.
Le chef de la bande a pointé une arme sur le chauffeur.
Pendant ce temps, les autres dépouillaient les passagers de leur argent, leurs bijoux, leurs cartes de crédit et leurs portables.
Il y a eu des insultes et des coups. Un homme qui résistait a été neutralisé par la force. Armés de couteaux, les voleurs rangeaient leur butin dans deux sacs à dos.
Au bout de trente-cinq kilomètres, le car a ralenti. Le chef de la bande n'avait pas cessé de parler au téléphone.
Le braquage presque terminé, les voleurs ont gagné la porte.
C'est à cet instant que l'homme assis au fond a décidé de se lever.
Il a dégainé un pistolet et visé en silence avant de presser la détente à quatre reprises.
Chaque balle a atteint un voleur.
Le car roulait toujours.
Le chef de la bande a été le premier à tomber. La balle a traversé son omoplate gauche et lui a déchiqueté la carotide. Il est mort par terre en se vidant de son sang.
Ses trois compagnons, blessés et terrorisés, se serraient contre la porte. L'Exterminateur s'est dirigé vers eux depuis le fond du couloir.
Le car s'est arrêté brusquement.
La porte s'est ouverte. Le cadavre du chef a été le premier à rouler, puis les autres voleurs ont sauté.
Ils ont essayé de prendre la fuite, mais l'esprit vengeur de l'homme ne leur a pas permis d'aller très loin.
Au pied du véhicule, ils ont été abattus l'un après l'autre pendant qu'ils couraient.
La mort au fond des yeux, l'Exterminateur s'est emparé des sacs à dos trempés de sang et,

après avoir rendu leurs biens aux passagers,
il leur a demandé de ne pas le dénoncer.
En plein parc naturel de la Marquesa,
il est descendu du car et s'est perdu dans la végétation touffue.
L'énigme de son identité alimente les spéculations
et les pistes sont très minces. On a abandonné tout
espoir de le retrouver. Nul ne sait
où est l'Ange Exterminateur.
Sa trace s'est perdue dans la nuit mexicaine.

Cherche le Contenu Parfait pour Ton Prochain Projet Créatif. Miroslav Tichý était un Robinson Crusoé en guenilles de naufragé, qui marchait dans sa ville comme sur une île déserte ou dans une de ces grandes capitales où on estime que toute extravagance est un élément habituel du paysage. Il avait avec lui un appareil photo invraisemblable fait de débris divers : une capsule de bière à l'envers transpercée d'une punaise lui servait d'axe sur lequel caler le rouleau de pellicule ; l'objectif ressemblait à un fragment de longue-vue sauvé des eaux, assemblé par deux bouts de ficelle et de sparadrap. Tichý vivait dans une sorte de remise ou de hutte entourée de tous types de détritus récupérés çà et là, comme ceux que ramène la mer sur un rivage ou qu'on trouve dans un container rempli de gravats près d'une maison en travaux. Tichý avait édifié avec tout cela un refuge habitable et chaotique, imitant le naufragé qui, sur une île déserte, n'a pas accès aux progrès de la civilisation et doit les remplacer par ce qu'il a à portée de main. Sur son île déserte, il compensait le manque de compagnie humaine par la présence de certains animaux, devenus les interlocuteurs de sa solitude, le public de ses monologues et de ses ingénieuses prouesses domestiques. Les souris, les rats, les cafards, les oiseaux qui s'introduisaient chez lui par les vitres sales et brisées de sa fenêtre, les fourmis qui défilaient sur le sol et amassaient des miettes de pain ou pillaient le grand festin organique d'une blatte morte. Dans les rues se formait sur son passage le cercle vide des intouchables ou des lépreux, et sa misanthropie comme sa puanteur le protégeaient des intrus ou des proximités excessives.

Parce que Nous n'Avons Pas des Rêves au Rabais. Il avait exploité une part du sens plastique dont il s'était détourné quand il avait cessé de peindre pour cultiver son image d'anachorète, identique aux illustrations des romans de naufrages du XIXe siècle. Ce n'est qu'en renonçant à tout qu'il pouvait être invulnérable au chantage visant à le déposséder de quelque chose. Au lieu d'opter pour une soumission calme ou cynique, ou une résistance active qui aurait signifié une immolation immédiate, il avait choisi ou découvert la désobéissance radicale consistant à rester en marge, à n'avoir besoin de rien pour ne rien avoir à demander, préférait le naufrage et l'île déserte dans sa propre ville timorée de province, une solitude d'ermite dans une cabane qui était son foyer au milieu d'un désert, celui de son pays tyrannisé par la police secrète et la bureaucratie communiste. Puisqu'il n'avait rien, on ne pouvait rien lui enlever. En délaissant la peinture, il s'était épargné le besoin d'acheter du matériel, d'envisager des expositions, de trouver des galeries. On ne pouvait pas lui interdire ni lui refuser ce qu'il ne sollicitait pas. On ne pouvait pas le menacer de le renvoyer de son travail parce qu'il ne travaillait pas. On ne pouvait pas l'expulser d'une organisation car il n'appartenait à aucune. On ne pouvait pas détruire sa carrière d'artiste car il s'en était détourné depuis son plus jeune âge. Il était vain de chercher à le réduire au silence car il avait décidé de se taire bien des années auparavant ; inutile aussi de lui interdire de faire quoi que ce soit car il passait sa vie à ne rien faire, allant de-ci, de-là, se grattant au soleil dans les parcs dès l'arrivée de la belle saison. On ne pouvait pas non plus le condamner à l'ostracisme car il s'y était plongé tout seul. Il ne craignait pas la mise au ban car il entretenait sa propre marginalité depuis longtemps. Il aurait pu prononcer une phrase semblable à celle que Borges avait dite à un étudiant activiste qui le menaçait d'éteindre la lumière de la salle s'il ne suspendait pas son cours pour rejoindre les grévistes : « Allez-y, éteignez, j'ai pris la précaution d'être aveugle. »

Choisis le Type de Fête qui Te Convient le Mieux et Fais-en une Réalité. Mais un renoncement total peut se changer en aridité, et une négation, si elle n'est pas la conséquence de ce qu'on affirme avec passion, finit par devenir une position stérile. En renonçant à être quelqu'un et à posséder quelque chose, Tichý en est arrivé à célébrer de manière désintéressée l'abondance et la variété du monde. Son ascétisme de mendiant était fait d'ironie et d'astuce. Exhibant une bouche à moitié édentée, son rire n'en demeurait pas moins splendide. La pénurie intensifiait son ingéniosité et son aptitude à tirer parti de ce qui se présentait à lui ou qu'il avait sous la main, et à se débrouiller essentiellement avec les moyens du bord, naufragé obligé de tout inventer, de tout improviser puisqu'il n'a rien, hormis les célèbres rebuts providentiels que laisse la mer sur les rivages des romans. Son patrimoine princier était l'immensité de ce que les autres négligeaient ou jetaient à la poubelle. Les recours techniques de son laboratoire ne lui coûtaient rien, il n'y avait donc aucun risque qu'un problème d'approvisionnement l'en prive. Survivant avec presque rien, il avait beaucoup de temps pour profiter de ses passions gratuites et exercer son art. Malgré les carences et les raisonnements d'une économie communiste, l'air et la lumière du jour étaient non seulement gratuits, mais illimités. Quand on le mettait en prison ou qu'on l'enfermait dans un hôpital psychiatrique, il était soulagé qu'on lui assure des repas conséquents, qu'on lui assigne une cellule relativement propre et une paillasse confortable, un luxe en comparaison de ses agencements domestiques désastreux. En prison et à l'asile, il passait le temps en discutant avec d'autres patients et les fonctionnaires, et arrivait même à empocher un peu d'argent en faisant le portrait de ses supérieurs.

Change Maintenant la Couleur de Ton Regard. Il vivait aussi pleinement pour son art que Picasso pour le sien, ou Flaubert pour l'exactitude de sa prose. Mais il était détaché de l'angoisse de la vanité car il n'y avait pas de critiques pour juger ses photos, pas de collectionneurs pour les acheter, pas d'éloges pour le ménager ni de collègues auxquels se comparer. Tichý ne se mesurait à personne car personne ne faisait rien qui s'apparente à son travail, qui n'était du reste même pas un travail. Il sortait le matin et passait la journée dans la rue, à regarder des choses et des gens, surtout des femmes, jeunes ou très jeunes, des adolescentes assises sur les bancs des parcs, à la sortie du lycée, en jupes plissées et chaussettes, des baigneuses en bikini à la piscine municipale. Chez Tichý, le désir implique la contemplation de la beauté épiée à une certaine distance, bien souvent derrière une clôture, un type de séparation qu'on ne franchit pas, bien qu'il soit facile de le faire. Le désir du photographe indigent n'attend pas de retour, il ne le sollicite pas plus qu'il ne l'imagine. Les choses sont comme elles sont. Même quand il les photographie de très près, les femmes sont enveloppées dans la nébuleuse d'un éloignement définitif, l'éloignement assumé de la main qui ne sait ou ne veut pas se tendre. L'éloignement concentré sur une distance physique très courte : un morceau de verre embué par son propre souffle. C'est aussi le recul de qui regarde sans être vu, porte aux autres une attention qu'on ne remarque même pas, celui qui, étant très proche, est invisible parce que sa présence provoque un rejet physique ou de la gêne, du mépris ou une légère frayeur. C'est l'invisibilité du mendiant ou de celui qui distribue des prospectus dans la rue, qu'on contourne sans le regarder. Échanger le moindre regard avec lui équivaudrait à admettre son existence, à établir un lien.

Qu'y a-t-il Derrière une Tasse de Café. Mais dans sa ville, tout le monde connaissait Tichý. Il était là comme un rôdeur assidu et également inoffensif, un curieux passionné, respectueux

– non seulement par timidité, mais par considération et gratitude envers la beauté qu'il lui était donné de contempler, la beauté instantanée et vite perdue que captait son appareil misérable, qu'il révélait ensuite comme s'il dessinait des ombres dans sa chambre noire –, artiste Zen sans pinceau ni crayon, modeleur de clartés et de pénombres qui sont des formes féminines, vagues quant à l'identité, lumineuses par leur présence, une beauté imprécise du fait de la précarité de ses techniques de développement et d'impression, et aussi et surtout parce qu'elle est vue de l'autre côté d'une barrière, à travers les mailles métalliques d'un grillage, des arbres, l'humidité de l'été dans un parc ou une piscine où il n'entre pas, dans l'encadrement d'une fenêtre. Tichý fait de la rudimentarité de ses moyens un trait de style. Certaines femmes qui ont raconté par la suite l'avoir vu ou avoir échangé avec lui quelques mots aimables ne se rappelaient pas qu'il portait un appareil photo. Il s'agissait d'un objet si improbable qu'elles ne l'ont sans doute pas remarqué ou identifié comme tel. La lanière, la boîte en carton, l'objectif et ses sparadraps, les ficelles, et cætera, pouvaient faire partie de son extravagance élaborée de monarque des poubelles et de dandy en haillons. Mais il lui arrivait de dissimuler l'appareil dans ses guenilles et de le déclencher en tirant sur une corde ou un fil de fer, d'un coup sec et bref, comme un pêcheur qui sent venir la prise et la remonte, une pêche indolore, qui ne causait de préjudice à personne et que personne à part lui ne remarquait.

Découvre Tout de Suite si Tu Fais Partie des Gagnants. Mais le processus ne s'arrêtait pas au développement. L'impression des photos variait selon le support hasardeux qu'il avait sous la main, et ce mélange de pénurie et de jouissance matérielle influençait également le résultat de l'œuvre, de même que le cadre tout aussi improvisé sur lequel il la collait : taches, flous, erreurs, déficiences du papier, du carton ou des produits chimiques. Aucun accident ne pouvait lui nuire : chacun, au moment où il survenait, était une part nécessaire du travail créatif. Il n'y avait nul besoin de stockage approprié car les modifications dues à la détérioration devenaient des détails de l'image : un halo d'humidité, la morsure d'une mite ou d'une souris, la poussière qui, dans un logis très sale, avait commencé à se déposer sur la copie encore humide. Le désordre, la négligence, les pertes, l'oubli complétaient une série de choix que Tichý ne se serait jamais embêté à faire. L'anonymat et l'écoulement du temps ajoutaient graduellement aux photos le mystère de la temporalité, la sensation de la fragilité du passé. Il y a chez les femmes en bikini qu'il photographiait dans les années 1960 et 1970 une liberté tremblante, une sensualité à la fois effrayée et affirmée, qui ne nous paraîtrait pas aussi attirante, aussi intrigante si nous ne la voyions pas briller avec le temps en arrière-plan. Cet été d'indolence dans les piscines municipales a la qualité incertaine d'un climat où, très vite, le ciel se couvre et il fait froid ; cette liberté à peine tâtonnée, comme l'eau un peu trop fraîche de la piscine, est celle du printemps de Prague, bien que Prague soit loin de la ville où vit Tichý, qui n'avait ni la télévision ni la radio, ne lisait pas les journaux, ne parlait pratiquement à personne et ne devait certainement pas s'intéresser à ce qui se passait. L'objectif de Tichý, qui fut en son temps une longue-vue pour observer des sujets proches, est le télescope à travers lequel nous découvrons aujourd'hui un monde lointain, d'autant plus par son apparence de proximité, car sur ces photos, nous voyons commencer à prendre forme une vie moderne qui, pour certains, est encore la nôtre.

Sens la Connexion. Nous aussi, nous assistions avec timidité et une secrète exaltation à l'arrivée des piscines, des corps en bikini, des minijupes dans les rues. Tichý vient de ce passé, intemporel dans son naufrage, Robinson et marcheur du siècle, très vieux, hirsute, édenté sur les images en couleurs de ses dernières années, le teint cuivré, les ongles durs rivetés de noir des indigents, monarque incrédule et sarcastique quant à sa gloire soudaine, survivant plus ou moins intact du régime communiste qui a voulu l'écraser de son pouvoir et a coulé sans rémission alors que lui continuait de se promener comme si de rien n'était, comme un Buster Keaton indemne et stupéfait dans la maison qui tombe en ruine autour de lui. Grattant sa crasse, passant ses doigts courbes dans ses cheveux emmêlés et sa barbe, Tichý riait sans ses dents de son succès, de même qu'il avait ri autrefois de la dictature, l'anonymat et la misère. Et maintenant il ressemble à un spectre déguenillé et glorieux, dans un matin du mois d'août, à Madrid, au milieu d'une salle de musée, sur un écran où on projette un documentaire sur sa vie devant une chaise vide. Il apparaît ici comme il apparaissait lors des journées de grand gala et de célébration communiste et patriotique sur la place principale de sa ville décorée de drapeaux, pleine de gens dociles en costumes folkloriques, qui essayaient de nc pas le regarder ni de rester trop près de lui, peu avant qu'arrive la fourgonnette de la police ou l'ambulance de l'hôpital psychiatrique pour le retirer de la circulation jusqu'à nouvel ordre. Il montait paisiblement dans le véhicule, s'installait sans qu'on ait besoin de lui en donner l'ordre, et saluait très poliment les policiers ou les psychiatres, certains par leurs prénoms.

Avec Ton Portable Tu Oublies le Monde. Le peintre me raconte qu'il se réveille tous les jours à quatre heures du matin, les idées claires, reposé, sans avoir sommeil, et se met aussitôt à penser au tableau qu'il est en train de réaliser, ou à un autre qui lui est venu tout à coup à l'esprit, dans le noir, pas une œuvre complète, loin de là, mais juste un indice suffisant, une lueur, une petite fente ou un signal, peut-être une figure ou une silhouette dans un des angles d'une toile blanche, une de ces ombres que dessinaient des taches d'humidité sur le plafond de sa chambre d'enfant, et devenaient successivement, sans qu'il fasse d'efforts pour les déceler, des têtes de lions, des nuages, des bateaux, des chevaux au galop, des éléphants. C'est l'impatience de se mettre au travail qui le pousse à se lever, si agile qu'il en oublie qu'il est très vieux et approche les quatre-vingt-un ans. Il se lave le visage à l'eau froide, enfile un vieux pantalon, ses espadrilles, sa blouse et descend l'escalier pour gagner l'atelier. Il voit son jardin immergé dans la nuit à travers une paroi de verre. S'il fait beau, il y sort et reste là un instant sans rien faire, levant la tête d'un côté ou de l'autre, comme la truffe d'un chien, dit-il, et il identifie des odeurs, intenses à cette heure, des sons.

Découvre une Nouvelle Raison de ne pas Cesser de Sourire. Il boit un verre d'eau du robinet et commence à peindre à jeun. « Maintenant c'est comme ça », annonce-t-il avec un sourire indulgent pour les bizarreries et les faiblesses humaines, un sourire rétrospectif alors qu'en fait il prend plaisir à exercer son métier. Je lui demande pourquoi et il reste un moment songeur. « Parce que maintenant je n'ai plus peur. Je n'ai peur de rien. Je trouve incroyable que ça m'ait demandé autant d'années. Mais je trouve encore plus incroyable de ne pas avoir peur. Je n'ai plus peur que le tableau ne plaise pas aux galeristes, encore moins aux critiques, ni que personne ne veuille l'acheter, les choses étant ce qu'elles sont dans le monde de l'art. Je n'ai pas peur qu'il soit moins bon que certains de mes tableaux précédents ou que ceux des autres. Je ne me compare à personne. C'est ce qui me soulage le plus. Ça m'a pris une vie, dit-il. Toute ma vie. Mais j'aurais aussi pu mourir sans être guéri. Je ne regarde personne du coin de l'œil, je ne suis pas blessé par une rétrospective en grande pompe de quelqu'un d'autre et non de moi au musée Reina Sofía, ça ne me dérange pas qu'on divulgue les prix de certains, des sommes que je ne risque pas de toucher un jour. Je n'ai pas peur non plus que le tableau soit un échec, qu'il soit raté, qu'il commence bien et déraille en cours de route, qu'il ne soit pas à la hauteur de ce que j'imaginais. S'il est raté, je le mets de côté et j'en attaque un autre ou je peins par-dessus.

Tu Auras une Nouvelle Vie. Son atelier est bien rangé et plutôt propre. Il dit qu'il n'aime pas faire des taches ni se tacher. « C'est étrange pour un peintre, pas vrai ? » Sur une sorte d'étagère contiguë, il y a des pots alignés qui contiennent de la peinture, des pigments, des pinceaux, des couteaux, des crayons de différentes tailles, et aussi des boîtes de crayons de couleur pour écoliers avec lesquels il aime beaucoup travailler. À l'école qu'il fréquentait dans son enfance, c'était un luxe, dit-il. À l'école il n'avait pas de crayons de couleur ni rien d'autre. Faim, froid, ça oui, ajoute-t-il, et les claques que nous donnaient les maîtres. Ceux qu'ils avaient eus pendant la guerre disparaissaient les uns après les autres et, la moitié du temps, il n'y avait pas classe. Ils manquaient d'effectifs pour remplacer ceux qu'ils mettaient en prison, ceux qu'ils assassinaient, ceux

M.

T.

qu'ils raflaient lors de purges. La guerre était une bonne époque pour les enfants, à Madrid, avant que la famine s'installe, surtout avant que ces gens-là arrivent. Il dit « ces gens-là » ou « ceux-là » sans apporter de précisions. Quand il s'échauffe, il dit « ceux-là ». Des pans entiers de sa mémoire sont restés intacts. « À l'école, on n'avait pas de crayons, pas de cahiers non plus. » Des tableaux et des ardoises, des chiffons et des bouts de craie dont il fallait prendre soin comme s'ils étaient en or, comme si c'était du pain blanc. Il se rappelle qu'il aimait beaucoup dessiner à la craie sur le tableau noir et lisse. « Tu as vu les tableaux de cette peintre russe ou lithuanienne ? Comment elle s'appelle, déjà ? Vija Celmins ? Essaie de te souvenir d'un nom comme ça quand tu auras mon âge. Cette femme sait. Un artiste ne peut travailler qu'avec ce qu'il connaît vraiment. »

Je Me Sens Plus Jeune. Il est ému quand il parle de la craie, du charbon, des taches qu'ils laissent sur les doigts. Il regarde ses doigts amaigris de vieil homme encore marqués par les traces jaunes du temps où il fumait, il y a des années. Sur les murs de la charbonnerie de son père, il dessinait avec un morceau de charbon pointu les personnages des BD et des dessins animés projetés au cinéma. « Comme un enfant peintre d'Altamira ou de Lascaux. Tu ne sais pas qu'on a découvert que certains des peintres des grottes étaient des enfants ? On le sait d'après les mains. » Il dessinait Diego Valor[1], Donald, Mickey. « J'étais sans le savoir un artiste pop avant l'heure. Un enfant artiste pop des cavernes. » Il dit qu'il a mis une vie entière à dessiner de nouveau avec autant de décontraction et de joie. Le côté merveilleux qu'il y a à tracer un profil et qu'il soit reconnaissable, ou une silhouette, une ombre, le contour d'une main ouverte sur le mur.

1. Héros d'un feuilleton radio de science-fiction diffusé par la chaîne SER, de 1953 à 1958, puis adapté en BD et à la télévision.

The Best or Nothing. Il peint à l'aube dans la lumière électrique. Il peint dans un silence aussi profond qu'à l'intérieur d'un puits ou de la grotte d'Altamira. « Pourquoi sont-ils allés si loin, qu'ont-ils vu quand leurs ombres se sont projetées sur les parois des grottes ? » Et le temps passe si vite qu'il tarde à se rendre compte que la clarté du jour pénètre déjà dans l'atelier, qu'on entend de nombreux oiseaux en plus des merles, et le bruit de la circulation sur l'autoroute, les gens pressés d'arriver en voiture à Madrid. Quand il peint il ne met ni radio ni musique, rien. Avant, il écoutait toujours Radio Clásica. Maintenant il écoute sa propre respiration et ses pas qui vont et viennent sur le linoléum, s'approchent du tableau, s'en éloignent, se postent devant, d'un côté, de l'autre, en silence. Je l'imagine bouger dans son atelier, esquisser des mouvements lents de tai-chi avec ses espadrilles noires, sa blouse et son pantalon également noirs. Il me dit que le silence aiguise son sens de la vue. Comme un verre grossissant extraordinairement poli et propre. Il n'a pas l'habitude de rester longtemps sans rien faire. Il découvre ce qu'il va réaliser quelques dixièmes de seconde avant d'entamer le travail. N'ayant pas la force d'autrefois, il ne fait plus de grands gestes qui sollicitaient son épaule pour déverser au travers de la toile un torrent de couleur ou d'encre noire. « C'était un peu du cinéma, dit-il en riant. On voulait être des peintres abstraits américains. » Maintenant il se rapproche de la toile, peint non plus avec le corps tout entier mais avec le poignet, dit-il, et plus bas avec les doigts, comme s'il écrivait, comme s'il écrivait au crayon. Parfois la différence entre un bon tableau et un tableau raté ne tient qu'à un détail minime, une petite tache qui établit ou non l'équilibre de l'ensemble. « Prends par exemple ces gouttes, les taches minuscules de Jérôme Bosch. Regarde-les de très près. Une goutte infime de blanc et apparaît la coiffe médiévale d'une femme vue de loin, de dos, dans une forêt, une prairie où avance une horrible armée. »

Quel que Soit Ton Style. À neuf heures du matin il est fatigué et affamé. Il se prépare un petit déjeuner et c'est à ce moment-là qu'il met la radio. Il mange face au jardin. Bien mais pas trop non plus. « Un toast avec de l'huile et de la tomate, dit-il, mais grillé comme il faut, assez pour que le pain ne soit pas blanc et poreux, mais pas brûlé. » Il parle de ses toasts comme d'un problème plastique. Il débarrasse et met la vaisselle dans la machine, passe l'éponge sur la table, balaie toute miette qui serait tombée par terre, éteint la radio. Il se brosse les dents, se couche et dort jusqu'à midi. « Comme un bébé, comme jamais. » Le reste de la journée, il n'éprouve absolument pas la tentation de retourner dans l'atelier. Il ne se souvient même pas de ce qu'il y a fait, dit-il. Certains jours, il dort si profondément que lorsqu'il se lève et se douche, il a l'impression d'avoir peint en rêve. « C'est ce qu'il faut, dit-il. C'est la seule façon de peindre. Une grande partie de ce qu'on appelle la peinture primitive des aborigènes australiens ou des Indiens d'Amérique est faite de visions qu'ils ont eues en rêve. »

Des Raisons de Rester Chez Toi. Il y a dans tout ce qu'elle fait une délibération esthétique, une spontanéité méditée et fluide, comme l'improvisation d'un musicien qui garde en même temps présent à l'esprit la forme globale et l'étape qu'il va réaliser ensuite, sans forcément être fixé sur celle d'après. Elle est attentive à chaque détail de sa présence et aux objets du quotidien qui l'entourent. Elle se regarde à la dérobée, mais avec attention, dans chaque miroir, chaque vitrine. Et elle marche, à la fois en elle-même et curieuse, vagabonde de sa vie, qui est pour elle un espace aussi connu et intime que sa maison. Son sens esthétique devient une alerte spirituelle dans l'observation d'autrui. Elle est aussi sensible à la manière dont les autres peuvent la considérer qu'aux particularités de leur caractère ou de leur vie intérieure, révélées par leurs gestes ou leurs attitudes, les mots qu'ils emploient et plus encore la façon dont ils les prononcent ou l'expression qu'ils adoptent quand ils parlent. Elle est dotée de capteurs d'une extrême précision pour saisir les variations les plus subtiles chez les êtres humains, les proches comme les connaissances et les inconnus qu'elle ne croise qu'une seule fois. Elle imite sans difficulté les voix et les mimiques, les postures adoptées à table, les façons de marcher, les gestes qui sont également visibles pour d'autres mais sur lesquels elle semble être la seule à se concentrer. Pour imiter une voix, elle s'imagine à la place du sujet, regarde avec ses yeux et remue ses lèvres et ses muscles faciaux, qui se plaquent à cet instant comme un masque sur son propre visage.

L'Œil Insomniaque. Elle est attentive à elle-même de l'intérieur et de l'extérieur, observe et analyse méticuleusement ses réactions et ses états d'âme tout en tâchant de se percevoir comme le font les autres, comme le ferait un observateur distrait, très proche ou aussi absorbé qu'elle. Elle marche avec insouciance dans la rue, comme lorsqu'elle traversait le parc du Retiro pour aller au lycée, mais ne perd rien de ce qu'il y a autour d'elle : les gens qui passent, les vitrines, l'architecture des immeubles, la lumière du jour, les premiers indices des mutations de la mode, les tournures de langage. Elle observe avec tendresse les femmes d'âge mûr, les grands-mères, les serveurs, les enfants, les vendeurs des magasins, les animaux, chats, oiseaux, chiens, une perruche en cage dans une boutique de Cadix, un noble cheval exténué attelé à une voiture de promenade à Central Park, un raton laveur qui pointe le museau et ses yeux masqués au milieu d'arbustes. Elle s'habille, s'apprête et se maquille longuement, mais avec une grande désinvolture, comme si elle écrivait un texte s'adressant aussi bien aux autres qu'à elle-même, pour cultiver et satisfaire ses sens : le regard sage tourné vers le miroir, le contact des vêtements et des boucles de ses cheveux, l'odorat qui renaît à travers l'odeur du savon, du shampoing, du parfum aux touches fleuries et poudrées.

Ce qu'On ne T'a pas Dit. Elle observe ceux qu'elle aime le plus avec une attention prévenante et toujours un peu anxieuse, inquiète, pressentant d'éventuels ennuis, souffrances ou mélancolies, anticipant leurs besoins, imaginant pour eux de possibles liens professionnels, amicaux ou amoureux, des avantages pratiques susceptibles d'améliorer leur quotidien. Elle ne tient jamais rien pour acquis. Elle vit dans l'espoir et la peur, la joie de vivre, la conscience mélancolique de la fragilité et de la brièveté de l'existence. La cordialité tempère son esprit critique à l'égard des autres. Celui qu'elle exerce sur elle-même manque d'indulgence au point d'en devenir punitif. Mais cela ne diminue en rien son sens de l'équité ou la colère qu'elle ressent lorsqu'elle est victime d'une injustice, la blessure ancienne liée à la crainte qu'on ne reconnaisse pas ce qu'elle sait mériter. Sa sensibilité aux outrages la rend plus vulnérable tout en intensifiant son amour de la justice.

Maintenant Il Est Plus Facile de Trouver ce que Tu Cherches. Tout ouïe : ses pas soyeux sur le parquet, le robinet du lavabo ou peut-être celui du bidet ; le jet d'urine derrière la porte fermée, et peu avant, sa pudeur aussi excitante que son impudeur, le souffle de sa bouche entrouverte, les signes contenus mais également flagrants de sa jouissance. Tout ouïe, tout yeux, tout contact : toucher son visage en serrant les os, les pommettes sous la peau, sentir le pouls palpiter sur les paupières où se pose la pulpe des doigts avides de caresses comme les mains d'un aveugle. *Non stop you. Au bout des doigts*. No limits*. Tout ce que tu désires. Maintenant. Viens que je te montre ce que sans moi tu ne verrais jamais. Leonard Cohen dit dans une chanson : « *Let me see your beauty when the witnesses are gone.* »

Nous t'Accompagnons Là où d'Autres ne Peuvent Aller Avec Toi. Elle a un sens immédiat et pratique de la beauté. Elle l'exerce sur tout ce qu'elle dit et fait. Il influe sur les vêtements qu'elle porte et la manière dont elle s'ébouriffe parfois les cheveux à deux mains pour leur donner du volume. Sur chacune des choses qu'elle acquiert pour approvisionner l'appartement ou choisit pour le décorer. Elle ne laisse rien au hasard et, cependant, l'effet général obtenu est d'une spontanéité équilibrée qu'on ressent, consciemment ou non, dans chaque espace modelé par ses soins, aussi personnel et unique que le naturel limpide de tout ce qu'elle écrit et dit, des conversations qu'elle engage rapidement avec les inconnus, les serveurs ou les vendeurs des boutiques ou de la boulangerie où elle choisit le pain ou les croissants pour le petit déjeuner du lendemain, avec autant d'application qu'elle en a mis à sélectionner les tasses, la nappe, le récipient où elle pose le beurre. Elle a d'instinct un sens japonais de la beauté des objets et des lieux du quotidien : fluidité dans ce qui est conventionnel, retenue intérieure dans la décontraction. Elle possède à un degré très poussé le don de la proximité et du concret. Rien qui soit abstrait ou général ne la séduit. Elle est intriguée par les personnes très sensibles au côté artistique de l'art ou poétique des poèmes, mais qui ne distinguent ni la beauté ni la laideur dans la prose de la vie de tous les jours, et n'apprécient pas la poésie du réel. Elle est encore plus intriguée par les avocats des grandes causes qui, dans leur vie personnelle, sont mesquins ou impolis, apôtres du peuple qui maltraitent les serveurs ou deviennent sarcastiques pour meurtrir ceux qu'ils méprisent. Comme quelqu'un qui est allergique à une dose minime d'une certaine substance, elle ne supporte pas le sarcasme et se hérisse quand on se moque de ceux qui ne peuvent se défendre. Elle pèse les mots qu'elle dit et écrit, soucieuse de précision et de délicatesse. Elle cherche à exprimer avec la plus grande clarté ce qu'elle tient à dire, mais n'associe pas la clarté à la crudité, ni la véracité à l'agression. Elle n'est jamais insensible à la douleur, que ce soit celle d'un animal ou d'un humain. Elle a acquis sa force d'âme et sa liberté d'esprit en payant un prix très élevé. Devenir telle qu'elle est lui a pris une vie, la sienne et une grande partie de la mienne. Mais sur les anciennes photos et les films de famille des années 1960 aux couleurs criardes déjà ternies, on voit que dans son enfance elle était déjà exactement ainsi.

Découvre le Secret Caché. Plus la grossièreté et la nonchalance ignare sont prisées comme des signes de spontanéité, plus elle tient à respecter les formes. Elle s'y applique en y prenant plaisir quand elle est accompagnée ou s'apprête à sortir dans la rue et à se montrer en public, mais aussi lorsqu'il n'y a pas de témoins pour l'observer et la juger ; peut-être même davantage dans ce cas de figure, car nul ne la regardera avec plus d'attention qu'elle-même. Elle sent que les formes, en modelant les actes et en agençant le temps, structurent aussi l'intelligence et la disposition d'esprit. Elle se farde les yeux et met du rouge à lèvres, essaie plusieurs paires de boucles d'oreilles avec un degré de concentration et d'autocritique semblable à celui d'un peintre qui réalise un tableau. Elle n'impose aucune forme sur elle ou sur les choses : la forme surgit de ce qu'elle est, l'expression des meilleures possibilités, une acceptation de soi et de ses limites. Ce sont les limites qui dessinent le contour d'une forme : ce qu'on possède, ce avec quoi on accepte de travailler, les matériaux ou expériences qui constituent la vie, le temps déjà écoulé, ce qu'on vous a donné ou retiré au fil des années, tout ce qui ne dépend pas de vous et dont il faudra cependant tirer habilement parti et sans le gaspiller, avec courtoisie et prudence. En rassemblant ce qu'elle a acheté la veille et ce qu'elle a trouvé dans le placard et le réfrigérateur, elle va donner la meilleure forme possible à un repas, puis à la table qu'elle dresse et à l'accueil des invités qu'elle a conviés. Les fleurs fraîches et le vase sont aussi importants que l'élaboration de la recette, la disposition sur la table des assiettes avec les apéritifs et le panier à pain. Avec les mains et le tour, on façonne la poterie à partir d'une motte de terre ; avec les mots on construit une histoire ; la nourriture, la courtoisie, la luminosité et la couleur du vin dans les verres contribuent à donner forme à une réunion d'êtres chers, qui se déroulera dans la fluidité et laissera ensuite des souvenirs. Garder les formes, les respecter lui semble un exercice suprême de conscience esthétique, à la fois une action et une contemplation, une représentation où les interprètes et le public sont les mêmes personnes et ne font pas semblant. La forme est organisée et méticuleuse, non solennelle ni rigide. Le musicien qui connaît vraiment son art donne l'impression de jouer sans effort. La rigidité est le protocole. La forme est la simplicité du rituel quotidien.

Quand le Silence Te Parle, Écoute-le. C'est sans doute pour cette raison que son occupation préférée de la journée est de préparer le petit déjeuner. La forme est plus pure quand elle n'implique aucune obligation sociale. Il y a dans chaque étape renouvelée avec exactitude une réussite mineure, une satisfaction exigeante. Quand elle ouvre le pot de café, l'arôme emprisonné se répand, stimule son odorat et l'aide à se réveiller. L'air parfumé entre plus profondément dans les poumons. Il faut mettre le filtre dans la cafetière, remplir le pichet d'eau. Après de nombreux voyages, déménagements, domiciles temporaires, elle apprend peu à peu la topographie du nouvel appartement. Petit à petit les gestes s'agencent dans une séquence fluide, à mesure qu'elle s'habitue à la disposition des ustensiles, dans cette cuisine où s'attarde encore l'odeur des travaux récemment terminés, où les sons ont l'écho du neuf, sans commettre les erreurs ni se laisser déconcerter par les incertitudes du début. Après un entraînement assidu, chaque doigt de la main ira presser tout seul le bouton correct. Chaque porte de placard et chaque tiroir permettent de trouver chaque jour les choses utiles avec davantage de précision. Où sont les couteaux, les verres, combien de portes faudra-t-il ouvrir et fermer pour découvrir le tiroir au fond duquel s'est caché le pot de miel, le presse-agrumes qui a disparu sans laisser de traces ? Le pain est coupé sur la planche réservée à cet usage, avec le grand couteau à lame dentée qui vient de ressurgir docilement, à l'endroit même où on l'imaginait. Chaque objet, chaque ustensile a une seule et unique fonction : celle qui lui correspond de par sa forme, comme les outils d'un atelier. Le mélange de café et de lait est un mystère d'ordre eucharistique, comme la rencontre du beurre et du pain, du coing et du fromage frais, du pain et de l'huile.

Tout ce que Tu Aimes. Quand tout est enfin disposé, que la beauté formelle est à son point culminant, avec une harmonie et une simplicité aussi manifestes qu'une nature morte de Juan Gris, il faudrait, avant d'avaler la première gorgée de café ou de jus, observer quelques secondes de recueillement silencieux d'action de grâce, peu importe qu'elle soit religieuse ou profane. Seules les formes comptent. Dans la poésie, la forme est intérieure, dit Juan Ramón Jiménez. Les formes ont leur propre signification immanente, leur symbolisme objectif. Il n'est pas nécessaire de leur adjoindre des contenus doctrinaires, de même qu'une œuvre d'art n'a pas besoin qu'on l'accompagne d'une étiquette avec une longue explication. L'œuvre, la forme, s'explique par elle-même, son sens irradie en silence. Elle veut rendre grâce à ce qui est évident et ordinaire, à l'eau limpide et pure qui sort du robinet, à la lumière électrique qui éclaire la cuisine au petit matin et la quiétude dans laquelle elle se sent à l'abri, aux abeilles qui ont pollinisé les fleurs d'oranger et élaboré le miel qui adoucit son café, au lait jailli en filets blancs des pis de la vache, à la perfection des processus chimiques qui ont permis sa pasteurisation, aux doigts experts qui ont cueilli les grains de café dans une plantation située au Guatemala, comme l'indique le paquet. Prise de remords graduels, elle est reconnaissante d'avoir une maison sûre, de vivre dans un pays qui n'est pas en guerre, de ne pas entendre au-dessus de sa tête les moteurs des avions lâchant des bombes dans cette ville d'où, à cet instant précis, un correspondant transmet son reportage en direct à la radio. Ce qui était indubitable et garanti un moment plus tôt devient incertain. Dans des camps de réfugiés s'élève la clameur de gens qui se massent autour de camions chargés d'aliments. Des voix menaçantes et haineuses teintées d'une effrayante grossièreté triomphante tonnent. Des slogans insistants pressent soudain les gens à acheter ou à essayer quelque chose, à ne rien perdre. Appelle tout de suite. Vis cette expérience avec nous. Profite de l'offre. Tu ne peux pas rater ça. Derniers jours. La voiture de tes rêves. Parle sans limites. Ils s'expriment si vite et si fort que chaque seconde est un torrent de mots. Clique maintenant. *People in progress*. Vis la Ligue des Champions en direct. *Power to you*. Elle éteint la radio et rend grâce au silence très pur de la première heure du jour, d'autant plus clair et plus vaste qu'elle ne s'est pas encore accoutumée à l'entendre dans cet appartement.

Tu Décides ce que Tu Veux Quand Tu Veux. Je veux vivre ainsi, avec cette légèreté, entre les promenades et les livres, le cahier et les crayons, le sac à dos à l'épaule, avec mes chaussures de marche solides et confortables qui poussent de manière élastique mes talons et les muscles de mes jambes, le piston du col du fémur enchâssé dans le bassin, sa force d'ossement primitif, la base sur laquelle est posée la colonne vertébrale. Je veux vivre à pied, à main, au crayon, à mon aise, sauter sur toutes les occasions, vivre dans l'air que soulève mon corps quand il se déplace, comme les brasses des nageurs, vivre de ce qui jaillit ou apparaît à chaque moment devant moi. Je veux ne jamais sortir de mon étonnement. Je veux laisser de côté ou en suspens ce que je suis et ce que j'emporte avec moi et m'intéresser plutôt à ce qui survient et que je vais découvrir, comme ces personnages de contes anciens qui n'ont ni passé ni d'autre histoire que celle de leurs rencontres sur les routes, les personnes avec lesquelles ils discutent, ce qu'ils entendent furtivement quand ils s'arrêtent pour se reposer et que leur parvient une conversation d'une table voisine ou de l'autre côté d'une porte. Je veux marcher avec des vêtements légers, juste ce qu'il faut, les mains dans les poches, oscillant par instants au rythme binaire de la promenade. Je veux de bonnes poches qui contiennent ce que je trouve peu à peu, l'une d'elles assez ample pour y glisser un livre ; pas trop volumineux, bien sûr, un livre de poche, qui ne pèse pas lourd, se laisse lire par moments et par rafales, qui puisse être parcouru du début à la fin et aussi par petits bouts, au hasard, au jour le jour. Je veux me sentir installé dans le temps comme dans un vaste paysage que je ne suis pas du tout pressé de traverser bien que je prenne plaisir à marcher vite.

Vis dans l'Île où les Choses Sont Invisibles. Je me rappelle les chemins de la campagne hollandaise, aux abords d'Amsterdam, la terre plane et le ciel atlantique élargissant l'espace sans le rendre ni oppressant ni étranger. Je veux avoir une chambre à moi, avec mes papiers, ma musique, mes cahiers, mes photos, mes pots et étuis à crayons, une fenêtre très large par laquelle entre toute la journée une lumière pâle, le fauteuil avec un repose-pied où je m'assois pour lire en ayant vue sur le ciel au-dessus des terrasses de Madrid. Mais j'aime aussi transporter ma pièce comme un écrivain ambulant et pouvoir m'installer à tout moment n'importe où. Je veux rester des heures dans un café à regarder par la fenêtre, lire le journal ou ne rien faire d'autre que me concentrer sur les gens qui passent et prêter attention aux conversations à proximité. Je veux sortir mon cahier et mon crayon sur une longue table dans une bibliothèque publique ou le restaurant où je déjeune seul et profite de l'attente pour prendre des notes rapides, le brouillon d'une chose que je ne veux pas oublier, la description verbale d'un visage qui m'attire à une table voisine. Je me rappelle Chez Fernand à Paris, le Café Guaraní à Porto, une table près de la baie vitrée, à l'angle de Broadway et de la 113e Rue, le deuxième étage de la bibliothèque municipale de New York, où se réfugient en hiver les clochards et les fous. Dans un café à l'angle des rues Fernán-González et O'Donnell, il y a un comptoir en bois tout le long de la baie vitrée et une affiche encadrée avec un dessin de Giacometti que je regarde toujours, à peine une silhouette humaine, des traits au fusain qui s'évanouissent comme une figure de poussière ou de fumée. J'aime le silence dans ma chambre et la rumeur des gens qui m'entourent dans les bibliothèques et les cafés.

Emmène-moi où Tu Voudras. Pendant les deux ou trois ans au cours desquels il a été fermé, je me suis rappelé le Café Comercial de Madrid avec une incurable nostalgie. Dès que je retourne à la Hungarian Pastry Shop de New York, j'ai l'impression que j'y étais la veille, même si de longs mois ont passé depuis. Je veux vivre sans brusquerie, sans angoisse, sans hâte, sans remords, sans imposture. Je veux que les personnes que j'aime soient en bonne santé et bien dans leur tête, qu'elles ne soient pas très loin dans la mesure du possible, bien que je ne ressente pas le besoin d'être toujours avec elles ni de savoir ce qu'elles font à tout moment. Je veux lire des poèmes en prononçant chaque mot à voix basse et en apprendre certains par cœur pour les réciter en marchant, ou en faisant la queue au supermarché, ou encore au cours d'une nuit d'insomnie. Je veux percevoir les étincelles poétiques qui brillent tout à coup dans une publicité ou un article de journal, ou une conversation écoutée en passant. Je veux faire l'amour doucement, longuement, avec la femme que j'aime, et m'endormir ensuite quelques minutes à ses côtés, puis me rappeler ces instants comme si je les avais rêvés, avec la poésie du rêve, la précision charnelle et l'autre poésie, visuelle, olfactive et tactile, de la pure réalité.

Nous Avons Toujours Su qu'Ils Reviendraient. Ce que je ne veux pas, c'est que revienne cette ombre, cette voix que nul n'entendait à part moi et que je percevais, même quand elle parlait tout bas et qu'il y avait beaucoup de monde et de bruit, ce museau obstiné qui venait me réveiller dans l'obscurité, me brusquer pour que j'ouvre les yeux et qu'ainsi je l'écoute dès avant l'aube, toute la journée et une grande partie de la nuit, du lever au coucher, lorsque je fermais les yeux et me disais à moi-même, honteux : pourvu que je ne me réveille pas demain, comme si elle me le dictait, mais aussi pour la fuir, car dans un murmure, elle m'imposait ou me suggérait la seule manière de lui échapper et de cesser de l'entendre. Mais elle s'infiltrait aussi dans mon sommeil et dans mes rêves, s'occupait de tout jusque dans les moindres détails, à la manière d'un réalisateur exigeant qui écrit à la fois l'intrigue et les dialogues, régit la lumière et choisit la musique, planifie scène par scène un film d'épouvante. Elle rendait mes jambes flageolantes pour qu'il me soit plus difficile de sortir, car à l'air libre et dans la lumière du jour, sa domination s'estompait parfois. Elle se plaquait à mes genoux pour rendre la marche malaisée, profitait de ce que je dormais pour coller des semelles de plomb sous mes chaussures, grimpait sur mes épaules et poussait vers le bas, me projetait vers l'avant. Elle m'oppressait la gorge pour que ma voix puisse à peine sortir. À présent, je m'écoute sur un enregistrement fortuit de l'époque et je ne comprends pas comment j'ai pu ne pas me rendre compte de cette bizarrerie, de la faiblesse de ma voix diminuée par la peur.

Ose Vivre l'Expérience Neolove. « Qui supporte à notre époque le côté artistique de l'art ? » m'a-t-il demandé la dernière fois que nous avons discuté ou que je l'ai écouté parler au Comercial, sans que la contrariété lui fasse lever la voix ni même les yeux du marbre gris de la table, derrière ses lunettes aux verres plutôt sales, à dire vrai, des verres ronds qui donnaient à son regard une fixité hagarde de hibou, d'improbable hibou bigleux, d'érudit un peu fou dans un café parisien pour émigrés vers 1938. « Qui a assez de patience pour apprécier la nature filmique des films et théâtrale du théâtre, le romancement des romans, le romançage et le romanesque, le génie de l'ingéniosité, la comicité du comique, la beauté très Photoshop de la beauté, la perfection de ce qui est parfait, les afféteries des effets qu'on voit arriver de si loin que, quand ils sont là, ils ne causent plus ni indignation ni même un mauvais bâillement ? Qui s'intéresse à la sentimentalité des effusions sentimentales, aux sincérités étalées en public avec un sans-gêne similaire, peut-être un peu plus hypocrite, aux moignons et aux difformités médiévales exhibées par les mendiants roumains au coin des rues ? La seule beauté qui m'ennuie est celle, officielle, des actrices célèbres et des mannequins. Dans n'importe quelle rue de Madrid, en cinq ou dix minutes, je vais trouver plus de beauté et de style féminin que dans le lourd bloc de papier couché d'un magazine de mode ou l'un de ces galas avec tapis rouge et photocall (vous aurez remarqué que je suis au courant des nouvelles terminologies). »

Mercure Va Apporter le Succès dans Ta Vie. « Mais dites-moi, qui n'a pas la nausée de la nature poétique des poèmes, du côté artiste des artistes qui se targuent d'être artistes en général, des artistes de l'Art, même quand ils n'ont rien fait ? Qui peut dire tranquillement de sa propre personne : "Je suis artiste", comme on dirait "Je suis dompteur" ou "Je suis comptable" ? Plus encore : qui peut se qualifier de "poète" ? Comment le sait-il ? Parce qu'il écrit des vers dans un langage poétique ? L'art survient, mon bon monsieur. La poésie apparaît. Elle arrive d'un coup, elle éblouit mais ne s'éteint pas. Elle arrive toute seule. Elle émet une radiation de poussière d'uranium pendant des siècles, des millénaires. "*Une étincelle qui dure**", dit le pauvre Apollinaire avec sa tête bandée à cause de cette guerre provoquée par le patriotisme des patriotes. Apollinaire savait de quoi il parlait. Il était capable de découvrir la beauté dans l'éclair des obus qui explosaient la nuit. Une étincelle qui dure. Une lumière soudaine de luciole. Une bioluminescence des mots et aussi des images. Des algues microscopiques ou des crustacés qui éclairent l'eau de la mer dans le noir nocturne. Des vers de lumière brillant au fond d'une grotte. Des diamants et des pépites d'or dans la gangue et la scorie du bavardage omniprésent et incessant. Il faut déplacer des montagnes pour en trouver un gramme. Et parfois, on en déniche une mine entière. Chaque fraction de poésie est une de ces huîtres parmi des millions, dans le lit de la baie d'Hudson, qui filtrent l'eau et la nettoient des déjections toxiques. Une seule pile ne pollue-t-elle pas trois mille litres d'eau ? Un poème fait l'inverse avec trois mille mots pollués. C'est une feuille d'arbre ou un brin d'herbe qui absorbe le CO_2 de l'atmosphère et le transforme en sève fraîche tout en nettoyant son air. »

W.

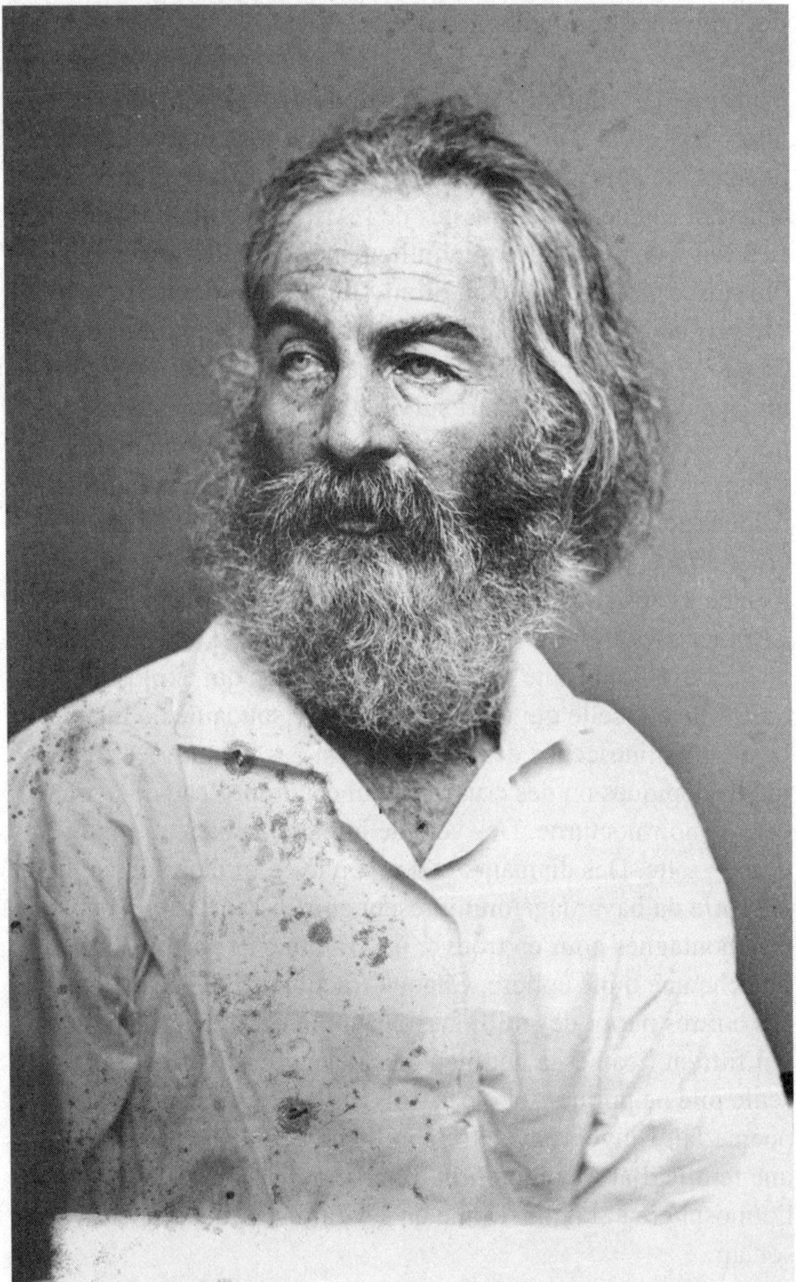

W.

Prends une Bouchée de Nos Saveurs. « Et quand je parle d'art et de poésie, j'y inclus ce qu'on qualifie avec beaucoup de mépris d'"artisanat". L'artisan n'impose pas sa volonté personnelle à la matière avec laquelle il travaille. Ça, c'est réservé aux artistes. Son travail dépend de la connaissance la plus complète possible du matériau qu'il utilise et des règles de son métier, aussi impersonnelles que celles qui gouvernent la métrique ou l'harmonie. Les règles sont si bien apprises et s'appliquent depuis si longtemps qu'elles en deviennent presque des habitudes inconscientes. Ce qui ne signifie pas qu'elles soient mécaniques. Simplement elles ne dépendent pas d'une mise en pratique commandée par la volonté, ni d'une idée inattendue ou d'un caprice. La technique est féconde dès l'instant ou on peut l'oublier. Vous ne songez pas aux lettres d'un mot avant de l'écrire. Vous ne songez pas davantage au mot, que vous ne choisissez du reste pas. Le mot atteint la conscience ou la pointe du crayon et vous l'écrivez ou non, mais ce n'est pas vous qui l'avez invoqué, extrait d'une réserve de mots disponibles, comme par exemple un dictionnaire. Vous ne faites que décider si vous gardez ce mot ou si vous le changez pour un autre. André Breton et ses collègues fonctionnaires du surréalisme étaient très doués pour s'approprier l'évidence. Mais toute écriture est pour une large part automatique. »

Crée Ton Propre Pack Personnalisé. « … Il n'y a aucun coup de théâtre que ne je voie pas venir, aucune fausse note que je ne perçoive pas. C'est agaçant, mais c'est aussi un soulagement, une immense libération. Maintenant, je peux n'aimer que ce que j'aime vraiment et rien d'autre. Tous les artifices me blessent comme si on me jouait un mauvais tour, hormis le coup audacieux du mélodrame ou l'effet du boléro, ou encore le culot cynique de la publicité. J'accepte l'imperfection de ce qui est déchaîné et arrive à gros bouillons, ou ce qui s'est fait de manière inspirée et téméraire mais sans habileté technique. En revanche, ce que je ne supporte pas et qui me semble condamnable, c'est le travail de cochon caché derrière la solennité ou la gravité. J'aime la littérature des titres de journaux qui compriment en une seule phrase une histoire extravagante. On arrête un homme déguisé en Hitler dans la ville natale du dictateur. Ça, c'est de la compréhension lapidaire, mon cher. Les femmes les plus perverses sont capables de tout. Scarlett Johansson inaugure à Paris un magasin de pop-corn gourmet. J'aime ce qui est romanesque et inattendu dans les informations de second ordre et les faits divers, la poésie mercenaire des publicités de cosmétiques et de parfums, de voyages et de voitures de luxe, la force plastique d'une photo découpée dans un magazine, la narration visuelle d'une réclame qui jaillit sur la page web du journal, les vidéos simultanées sur les écrans publicitaires de l'aéroport ou de la gare. J'ai développé des allergies alimentaires, des intolérances si graves qu'elles me causent d'horribles dérangements dès que j'avale une dose minime de ce qui m'est néfaste. Je déteste les informations sportives, les éditoriaux, les billets d'humeur, les pages d'information politique, la rubrique culturelle, mon Dieu, c'est le pire de tout, le côté culturel de la culture… »

Sens la Vie à Travers Ton Oreille. La voix, le mot parlé, existe quelques secondes, tout au plus quelques minutes, après quoi elle se perd. Des milliards de voix humaines, chacune différente des autres, depuis que les hominidés ont commencé à émettre des sons organisés et chargés d'un sens précis, et qui sont presque toutes perdues. Comment était la voix de Socrate, celle de Bouddha, de Sapho, de sœur Juana Inés de la Cruz, d'Emily Dickinson, de Herman Melville, et celle de Walt Whitman ? Comme il est étrange de penser que Cervantès a eu une voix aussi caractéristique que la tienne et la mienne, très familière pour ceux qui l'ont connu. J'ai peine à me rappeler la voix de mon père, qui est pourtant mort il y a seulement douze ans. Celle de mon grand-père Manuel, de ma grand-mère Leonor, de mon grand-père Antonio, qui parlait si peu et si bas, un homme timide mal à l'aise avec les mots et qui, pendant la majeure partie de sa vie, n'en avait pas eu besoin pour exercer son travail silencieux de maraîcher. Il y a une vingtaine d'années, on pouvait lire dans les journaux qu'on avait peut-être retrouvé à Buenos Aires un enregistrement de la voix de Federico García Lorca. J'ai interrogé sa sœur Isabel, une forte femme qui avait toute sa lucidité à quatre-vingts et quelques années. « Je ne saurais pas l'identifier. Mon frère a été tué il y a plus de soixante ans. Je ne me souviens plus de sa voix. » Il y a une frontière pour les voix comme il y en a une pour les visages : avant et après l'invention de l'enregistrement sonore, avant et après la photographie. Voilà pourquoi les visages et les voix proches de cette démarcation émeuvent, les premières voix enregistrées, les premières photographies, les daguerréotypes, celui d'Emily Dickinson à dix-sept ans et cet autre, terrible, de Thomas De Quincey, pris dans ses vieux jours, qui le fait paraître encore plus lointain. Comment était la voix qui s'échappait de cette bouche serrée et renfoncée, la bouche sans dents de Thomas De Quincey, qui avait une expression de malice qu'on retrouve dans ses yeux ? Des années durant, à Berlin, Walter Benjamin a régulièrement collaboré à des émissions de radio, lisant de courts essais qu'il concevait spécialement pour l'instantanéité du média. Il trouvait cela très stimulant. Aucune de ces bandes magnétiques n'a survécu. Comme il est étrange de penser tout à coup qu'il n'y a aucun moyen de savoir à quoi ressemblait la voix d'un être aussi proche dans le temps que Walter Benjamin.

À la Nuit Tombée Tu n'Es Plus à l'Abri. On croit se rappeler clairement une voix et on se trompe. On le sait quand on l'entend vraiment ou qu'on entend sans s'y attendre une autre voix qui lui ressemble beaucoup. Un jour, j'ai téléphoné à mon oncle Juan et j'ai soudain entendu précisément la voix de mon père, son frère aîné. Je me demande alors s'il y a quelque chose de moi que je ne reconnais pas dans les voix de mes fils, dans leurs visages des traits qui m'appartiennent et que d'autres distinguent, mais pas moi, car la proximité efface des ressemblances qui deviennent évidentes avec un certain recul. Je me souviens très bien de la voix fraîche et profonde de celui qui a été mon autre père, Manuel Lindo. Après sa mort, nous avons eu la surprise de découvrir de vieux messages qu'il avait laissés sur notre répondeur. Je prends conscience seulement maintenant que, lorsque nous avons changé de domicile et de numéro de téléphone, ces messages qui paraissaient venir de l'autre monde se sont perdus. Je ne parviens pas à me rappeler les voix enfantines de mes fils, qu'on entend sans doute sur des vidéos de famille dont les couleurs ont dû se modifier, subir les réactions chimiques qui touchent à ce qui relève du passé. Quand ces choses-là se faisaient encore, nous leur demandions d'enregistrer les messages d'accueil sur le répondeur. Le temps passait, leurs vraies voix avaient évolué, mais leur timbre d'enfant plus aigu, presque inconnu, avait été préservé et résonnait automatiquement dès que nous composions ce numéro auquel personne ne répondait. Qu'y a-t-il dans une voix qui la rend plus singulière qu'un visage ? Je téléphone à ma mère et la voix que j'entends est celle qu'elle avait dans sa jeunesse. Le téléphone sauve parfois les voix de l'effet du temps. Quand j'étais petit, le monde était acoustiquement plus riche, parce que nous étions entourés des voix sans corps ni visages de la radio, des acteurs des feuilletons et des speakers que nous n'avions jamais vus, mais avec lesquels nous tissions des liens plus étroits, car uniquement entretenus par la voix. Le dimanche soir, mon père écoutait à la radio une émission sur la corrida. On entendait les paso-doble que jouait l'orchestre dans l'arène et la clameur du public, les sons du clairon dont mon père m'expliquait pour chacun la signification. Le dernier soir de l'année, on entendait à la radio la voix faible et la rengaine monotone du général Franco. Tomber amoureux, c'est être sous le charme d'une voix différente de toute autre.

Tu n'Imagines pas ce qui T'Attend. J'aime écouter des enregistrements de sa voix telle qu'elle était avant que je la connaisse. Cela me plaît et me donne une envie rétrospective, un désir de corriger cette partie du passé. Je peux savoir comment était sa voix car à l'époque, à vingt ans et quelques, elle présentait une émission de radio. C'était le temps de la liberté insouciante des années 1980. Tout restait encore à inventer et à faire. Rien de précieux ni de brillant ne devait comporter la moindre tache de passé. Des gens jeunes faisaient irruption dans le monde et occupaient la place des vieux, sonnés par la stupeur, discrédités à jamais parce qu'ils avaient été les complices ou simplement les contemporains de la dictature. La jeunesse était tout à coup un avantage, une condition naturelle de ces années. Le chef du gouvernement socialiste était âgé de quarante ans et certains ministres avaient à peine dépassé la trentaine. Aujourd'hui, cette précocité est inconcevable. Les vieux de maintenant, les jeunes d'alors, s'accrochent avec bien plus d'efficacité que les héritiers de la dictature à leurs postes et à leurs privilèges. À vingt-trois et vingt-quatre ans, elle animait une émission de radio et faisait des interviews. Sur les photos, c'est une fille aux cheveux courts teints en roux et aux lèvres d'un rouge brillant qui fumait face au micro des cigarettes qu'elle tenait du bout des doigts. À une autre époque, ces enregistrements auraient été perdus ou seraient inaccessibles. Aujourd'hui je les écoute sans difficulté sur Internet. C'est sa voix, pourtant elle est différente : plus juvénile, bien entendu, mais pas plus aiguë, au contraire plus grave, une voix jeune et vraiment catégorique, avec l'aplomb très conscient et presque vantard du Madrid d'alors, des gens jeunes qui prenaient possession avec la même désinvolture des libertés politiques et de la vertigineuse liberté personnelle ; ils étaient arrivés dans des stations de radio aux installations pesantes et sombres, comme celles de Bucarest sous Ceauşescu, et y avaient introduit sans vergogne de la musique pop et des programmes audacieux sur la vie des quartiers populaires, les intrépidités, les merveilles et les frivolités de la mode et de la vie nocturne. Elle était très jeune et, en tant que femme, devait se faire respecter dans ce monde d'hommes plus âgés qu'elle, qui s'exprimaient avec davantage d'autorité et avaient des voix plus fortes, dépositaires d'une assurance masculine congénitale, qu'ils soient de gauche ou de droite.

La Magie d'un Cadeau. Je réécoute cette voix, cette cadence ; j'ai l'impression de commettre un acte éventuellement illégal, d'entendre alors que je n'en ai pas le droit quelque chose de trop intime. À l'époque, je m'éprenais encore plus que maintenant des voix à la radio. Je suis donc sûr que je serais tombé amoureux de sa voix, d'elle, rien qu'en l'écoutant. Je mets à présent un enregistrement datant de ces années et tarde à la reconnaître, et dans l'espace de ces quelques secondes je suis déjà amoureux. Je m'en veux de ne pas l'avoir écoutée en ce temps-là. Où me trouvais-je, dans quelles distractions, quels tourments, quelles fantasmagories m'étais-je égaré ? Je suis submergé par un amour rétrospectif pour la femme si jeune qui possédait cette voix, l'inconnue que j'aurais pu ne jamais rencontrer et dont je n'aurais dans ce cas jamais vu le visage. Et derrière cette voix comme couverte d'un glacis, je m'éprends de la femme d'aujourd'hui.

Une Femme Nicaraguayenne Brûlée Vive dans un Bûcher. *Elle s'appelait Vilma Trujillo et elle est morte après avoir été jetée dans un bûcher. Cette femme âgée de vingt-cinq ans et mère de deux enfants a lutté pour survivre pendant plus de vingt-quatre heures d'agonie, au cours desquelles elle a été victime de brûlures aux deuxième et troisième degrés qui ont calciné quatre-vingts pour cent de son corps : seins, cuisses, une partie de son visage et son dos étaient carbonisés. Telle est la souffrance qu'elle a endurée après que des membres de sa congrégation religieuse eurent déclaré qu'elle était « possédée par le diable ». Pour la libérer du démon, il fallait la faire brûler dans un bûcher. Embrasée, Vilma Trujillo a agonisé dans une communauté lointaine de la côte caraïbe du Nicaragua, à El Cortazal.*

Une Croyance Criminelle dans le Diable. *El Cortazal est un no man's land. L'État n'y est pas présent, il n'y a ni hôpital ni commissariat. La loi y est imposée par la religion. La principale autorité est le pasteur de la congrégation. El Cortazal n'est même pas un village, mais un point de repère. Il est situé dans les hautes montagnes de la région centrale, entouré de champs de haricots et de grandes pâtures qui ont remplacé la forêt tropicale. Pour arriver jusque-là depuis le village le plus proche, il faut conduire quatre heures sur une route en très mauvais état, avec de gigantesques nids-de-poule remplis de* *boue. La voiture avance en cahotant pour gagner l'endroit où le chemin s'arrête. De là, il faut marcher trois heures, traverser des rivières, des forêts, des montagnes rocheuses et des pentes si raides que le moindre faux pas peut se solder par une chute mortelle. Les marcheurs doivent se reposer durant le trajet pour ne pas défaillir sous les températures élevées et dans l'humidité suffocante.*

Une Expérience d'Immersion dans la Nature. *À El Cortazal, la terre est noire et rocheuse sous un ciel d'un bleu intense qui peut en un instant devenir gris et orageux. En haut d'une colline s'élève l'église évangélique, une construction en bois sommaire où se réunissaient tous les samedis les membres de la congrégation, dirigée par le pasteur Juan Rocha, l'homme de vingt-trois ans qui a ordonné qu'on brûle Vilma Trujillo. Devant l'église se trouve le presbytère, une construction elle aussi en bois, avec un sol de terre battue et une seule fenêtre comme source de lumière. C'est une maison sombre, étouffante, où vivait le pasteur et où a été enfermée Vilma lorsque le verdict est tombé. Dans un coin, le sol est brûlé. Les membres de la congrégation y avaient fait un feu pour y consumer les déjections de Vilma, qui n'avait pas le droit de sortir de son lieu de séquestration. Non loin de là, au pied de la colline, on peut encore voir des troncs calcinés, le bûcher où cette femme a brûlé.*

Force et Pouvoir pour les Plus Forts. *Les membres de cette communauté sont des paysans pauvres qui subsistent grâce à la culture de haricots et l'élevage de porcs. Ils vivent dans des cabanes en bois si fragiles que le vent destructeur qui balaie la zone risque de les détruire. Ce sont des individus bourrus, peu habitués aux visiteurs étrangers. Ils n'ont ni l'électricité ni l'eau courante. Leur seul lien avec le monde extérieur sont les transistors qui leur permettent de capter des chaînes de radio religieuses. Les enfants courent, sales, certains couverts* *de plaies, le ventre gonflé, alimentés de haricots, de maïs et de bananes plantains cuits au feu de bois. Leur existence dépend entièrement de la foi, qui dicte leur comportement. Les journées commencent à trois heures du matin et se terminent à huit heures du soir. Tous assistent aux cultes religieux. L'adultère est un délit puni d'ostracisme. Et tous, sans exception, croient au diable.*

On Voyait sa Chair Vive et des Sortes de Coquilles sur sa Peau. *Dans l'après-midi du 15 février, Juan Gregorio Rocha, pasteur de l'église de la Vision Céleste des Assemblées de Dieu, a rendu visite à Vilma Trujillo. Il a déclaré qu'elle était malade, avait des hallucinations et n'entendait pas quand on s'adressait à elle. Sa famille, profondément religieuse, a permis au pasteur de l'emmener pour qu'il élabore des prières afin de la guérir. Vilma est restée dans le presbytère, pieds et mains liés, jusqu'au 21 février. Le pasteur a ordonné à la communauté de jeûner et de prier pendant quelques jours. Lui et deux membres de la congrégation, Franklin Hernández et Esneyda del Socorro, en sont arrivés à la conclusion que Vilma était possédée par le diable. Après six jours de jeûne et de prières, Esneyda a déclaré avoir reçu une révélation divine : Dieu lui aurait dit qu'il fallait allumer un feu et y jeter Vilma pour la délivrer de la possession satanique. La cérémonie s'est accomplie à 5 h 30. Les hommes ont allumé le bûcher et y ont jeté Vilma, ligotée. Désespérée, la jeune femme a résisté. Le feu a consumé les cordes qui la retenaient, ce qui lui a permis de sauter hors des flammes, mais son corps était déjà calciné. « Quand je l'ai vue, il était déjà noir, déclare le témoin M. T. G. Elle était toute brûlée, se tordait et disait : "Aïe, aïe, aïe je vais mourir." Le pasteur était gai et criait : "Elle va mourir et ressusciter ! Quand elle sera morte, on la transportera dans l'église et on la remettra à Dieu, elle sera guérie et les brûlures auront disparu." »*

Time Is the Essence We Are Made Of. Je sens mon retour récent comme un élancement favorable. Je reviens d'une absence, d'une obscurité, de la profondeur d'une réalité qui s'apparente à un coma ou à une longue catalepsie. Je reviens affaibli, reconnaissant et craintif comme un convalescent. Je reviens de quelque chose qui n'a pas de nom, bien qu'il soit possible d'en donner un ou plusieurs, des noms anciens de la littérature ou contemporains de la psychiatrie ou de la neuroscience, des étiquettes de maladies, des diagnostics de précision douteuse. Je reviens de salles d'attente en général sans fenêtres et aux magazines défraîchis, trop feuilletés et datés. Dans l'une d'elles, il y avait un fond sonore New Age. Dans une autre, la radio était réglée sur Kiss FM à un volume assez élevé. Dans toutes, les patients qui attendent, accompagnés ou non, ont les revues ouvertes sur les genoux et fixent le sol ou le mur devant eux, et ils ne disent rien quand quelqu'un entre, ou murmurent un bonjour sans le regarder dans les yeux. Je reviens de chambres qui ressemblent à celles des vampires, aux rideaux tirés dans la journée. Le coma ou la catalepsie auraient été plus bienveillants s'ils avaient déconnecté la conscience. Ils auraient aboli la peur continuelle, l'effroi minutieux des réveils, l'hypnotisme des rames de métro qui entrent dans la station à une vitesse menaçante et prometteuse. Je reviens de fins de journées semblables à des tunnels et de nuits d'insomnie, d'une lucidité maladive qui me fournissait essentiellement des raisons pour confirmer la noirceur et m'y enfoncer, de nausées dues aux médicaments et de monologues découragés devant des inconnus qui me regardaient de l'autre côté d'un bureau, face à des rayonnages couverts de nombreux livres de psychiatrie, et faisaient semblant de noter des commentaires sur des feuilles de papier en consultant leur montre du coin de l'œil. Des secrétaires aux cheveux teints encaissaient ensuite le prix de la consultation en liquide, avec un sourire aimable et dissuasif qui excluait d'office la possibilité d'une facture.

Profite de la Distraction Captivante que Tu Attendais. Je pourrais revenir de plus loin, d'il y a vingt ans, dans un voyage vers ce présent qui est l'avenir vague d'alors, d'un rêve ou d'un coma vieux de vingt ans. Personne ne serait aussi étranger que moi. Si peu de temps a passé, et pourtant je ne reconnais pas le monde. Je cherche une cabine pour téléphoner et dire que je suis revenu, je vais de rue en rue sans en trouver aucune. La première que je finis par découvrir n'a pas de téléphone. Dans la suivante, un combiné pend au bout du câble, mais sans tonalité. L'angoisse grandit comme dans un rêve. Enfin j'en déniche une qui semble intacte, mais je m'aperçois que j'ignore comment l'appareil fonctionne. Aucune des pièces que j'ai au fond de ma poche n'entre dans la fente. Revenu à New York, Clark Kent cherche sans la trouver une cabine pour se transformer de toute urgence en Superman, et il perd ses pouvoirs ainsi que l'occasion de prouver son héroïsme. En quête d'un abri, quel qu'il soit, je dérive vers mon ancien quartier. En arrivant sur la place où j'habitais autrefois, je reconnais tout avec un immense soulagement, de la gratitude et de l'incrédulité. Le marchand de fruits de la porte voisine est toujours ouvert et s'appelle encore Casa Aragón. Le kiosque à journaux se trouve à un coin de rue, à côté de la grille d'une église. Je me rends compte que jusqu'à présent je n'ai vu aucun endroit où acheter un journal. Buñuel a écrit qu'il aurait aimé se relever régulièrement de sa tombe au bout de quelques années, pour acheter le journal et s'informer de l'état du monde avant de regagner avec plaisir le sommeil éternel. Mais le kiosque, qui occupait tout un angle de la rue et le trottoir, et déployait sa splendeur de magazines et de typographies diverses, est fermé, couvert de graffitis, de gribouillages ou de mots d'une langue future et inconnue. Il est fermé et abandonné. Son store pendouille comme un lambeau décoloré. Et sous sa marquise s'entasse un fatras de sacs, de valises, de haillons, un vieux parasol de plage à moitié démantelé et ouvert et, à côté, une femme africaine aux vêtements à la fois exotiques et indigents a installé son campement.

Tous les Mystères de l'Univers à Ta Portée. Au café du coin, il y a une affiche encadrée contenant la reproduction d'un dessin d'Alberto Giacometti. Je le vois tous les jours, quand j'entre pour consommer quelque chose ou acheter du pain ou des croissants pour le petit déjeuner. C'est un local étroit et sans tables, avec juste quelques tabourets le long d'un comptoir, devant une cloison de verre. Il est tenu par des Vénézuéliens qui, de jour en jour, sont davantage des exilés que des émigrants. Ils mettent toujours du jazz à un volume discret, suffisant pour qui veut y faire attention, facile à oublier pour les non amateurs. Sur le bar sont posés les journaux du jour et les numéros récents ou d'autres, plus anciens, de magazines. En milieu de matinée, j'aime déguster tranquillement une tasse de thé vert devant la baie vitrée, en regardant la rue, les gens qui passent ou s'arrêtent le temps que le feu soit vert. Je feuillette les journaux, et comme j'ai toujours sous la main mon carnet et mon crayon, je note parfois un titre, une publicité. Israël se lance dans la cyber-conquête du désert. Ose sentir. Le changement climatique dégèle un secret de la Guerre froide. Lady Gaga présente à Los Angeles les tenues de sa prochaine tournée. Je dresse l'oreille en entendant quelqu'un parler au téléphone, à côté de moi. « Tu le portes maintenant ? C'est vrai ce que tu me dis là ? Tu l'as mis pour discuter avec moi ? »

Tu ne Veux pas Toujours Tout. Mes yeux se tournent toujours vers le dessin de Giacometti. C'est une silhouette humaine esquissée au crayon avec des traits épais, un homme coiffé d'un chapeau qui est en train de se retourner, comme s'il entendait qu'on l'appelle. Il semble en passe de se dissoudre dans le néant, se dissiper dans la blancheur du papier, comme si les lignes du crayon étaient faites de fumée. C'est une ombre passagère de fumée et de charbon de crayon, fine comme de la poussière éparpillée ou soufflée. Elle est passagère dans le sens où c'est une passante, et passagère parce qu'elle est sur le point de disparaître, un substantif et un adjectif, vue et non vue comme une silhouette projetée par terre dans une cave, par une fenêtre à hauteur de la rue, une figure entrevue à travers une vitre couverte de givre, ou de l'autre côté de l'écran éclairé et blanc d'un cinéma, l'Homme Invisible et Visible, un héros de bande dessinée des années 1940 ou 1950, *Shadowman*, ou d'un modeste film de science-fiction de l'époque, peut-être désintégré et changé en ombre après avoir été exposé à une clarté radioactive, comme *L'Homme qui rétrécit*. Il a tiré de son malheur des pouvoirs qui l'écartent de ses semblables, un maléfice qui est aussi un privilège et un don. Étant une ombre, il peut sans doute traverser des murs et des portes fermées, se confondre avec les ombres des autres pour les suivre et les épier sans éveiller les soupçons. Il a l'air d'être en mouvement dans la rue, diligent et fantomatique, un peu à la manière du petit bonhomme vert sur les feux de circulation, ou de ces silhouettes humaines blanches qui marchent, imprimées sur l'asphalte, pour indiquer sur les voies de New York le sentier des promeneurs, bien séparé de celui des coureurs et des cyclistes.

Tu t'Immergeras Tellement dans le Contenu que Tu Oublieras que Tu le Vois sur un Smartphone. Je regarde le dessin de Giacometti et, en dressant l'oreille, je m'aperçois que je ne prêtais guère attention à la musique. C'est bien de l'écouter ainsi, en même temps que les voix étouffées des clients du café, le doux accent vénézuélien des serveurs, le bruit de la circulation qui s'intensifie pendant quelques secondes lorsque les portes automatiques s'ouvrent et se ferment. Suivre la musique comme on suivrait quelqu'un parmi la foule, une présence reconnue et désirée. Je me concentre à présent davantage, parce que c'est Thelonius Monk qui passe, *Crepuscule whith Nellie*, une ballade à propos d'un amour conjugal qui dure depuis des années et est soudain menacé par la crainte de la perte, la femme malade devant rester à l'hôpital. Les lignes musicales sont aussi simples, libres et entremêlées que celles du dessin, de la fumée qui monte, la main couverte de bagues de Thelonius Monk dessinant des formes dans le vide, sa présence somnambule sur la petite scène d'un club. Thelonius Monk, Thelonious Sphere Monk, avait un des noms les plus somptueux de la musique, à la hauteur suprême de son extravagance, tout comme les chapeaux et les bonnets qu'il portait, des couvre-chefs dignes de portraits de Rembrandt. Mais avec lui jouait un homme au patronyme presque aussi puissant, Rossiere Wilson, surnommé Shadow Wilson, l'Ombre Wilson, Wilson Ombre. Il accompagnait et enveloppait, tour à tour visible et invisible comme une ombre à côté des autres musiciens. Il devait ce surnom à son utilisation belle et légère des balais, « *his beautiful light touch whith brushes* ». De leurs fils d'acier il effleurait le métal des cymbales et la peau tendue des fûts. Lui aussi semblait dessiner avec du sable, de la poussière et de la fumée, chaque brin de métal y apposant sa trace précise, comme les particules de graphite du crayon de Giacometti, qui devait produire un son similaire, très précieux et secret, quand il glissait sur le papier, Shadow Giacometti, le recueillement incomparable de celui qui fait quelque chose de ses mains, jouer de la batterie ou ébaucher un dessin sans diriger le processus, mais en se laissant porter par lui, par une maîtrise qui n'a besoin ni de la volonté ni de l'intention pour s'exercer.

Tu Peux Atteindre des Lieux Inaccessibles par la Parole. Moins il aime voyager et plus il apprécie les agences de voyages, les publicités pour des croisières dans les îles grecques ou les Caraïbes, les publireportages en double page sur des stations balnéaires à Saint-Domingue ou à Cuba, les splendides brochures gratuites, en couleurs, imprimées sur du beau papier, où figurent parfois des photos de femmes qui contemplent un coucher de soleil depuis le pont d'un bateau de luxe et affichent des sourires de bonheur intime, cheveux au vent, en robes blanches très légères que la brise modèle autour de leurs corps ou étale derrière elles comme des traînes nuptiales. Il copie ou découpe et colle ensuite avec grand soin les slogans publicitaires. Choisis ce que tu veux vivre. Sens-toi libre et choisis ta destination. Découvre ton paradis. Un voyage que tu n'oublieras jamais. Il s'arrête devant les vitrines et regarde les affiches de paradis aux noms romanesques où il ne pense jamais aller, temples dorés au milicu dc la jungle, danseuses balinaises aux yeux très fardés et aux mains jointes et levées, paysages arctiques éclairés par des aurores polaires ou le soleil de minuit, contrées peuplées de natifs souriants portant de grosses vestes en fourrure et des bonnets multicolores en laine. La queue d'une baleine s'élève comme un glorieux monument instantané dans un jaillissement d'écume, au large d'une plage de Patagonie.

Ose Aller Plus Loin. Il regarde les photos et lit les noms. Il se les répète à voix haute pour les savourer, en extraire la pulpe ou le suc de surprise aventurière, de poésie géographique. Vis l'Afrique du Sud. Cuba l'Île Authentique. Passionnant Salvador. Mais il aime encore plus regarder à l'intérieur des agences, derrière les vitres qui les maintiennent isolées du bruit et de la clarté de la rue, dans une ombre placide tirant sur le vert, une fraîcheur d'air conditionné. Les employés s'assoient devant des ordinateurs avec de grands écrans afin de voir en meilleure résolution les couleurs des endroits de rêve, les costumes des danses tribales, la transparence des eaux bleues, entourés d'affiches de panoramas spectaculaires de merveilles de la nature ou d'édifications humaines, le mont Fuji ou le Kilimandjaro couronnés de neige contre des ciels très bleus, le Taj Mahal, les pyramides mayas émergeant des jungles guatémaltèques probablement infestées de moustiques porteurs de malaria et de bandes de tueurs et de trafiquants de drogue, pense-t-il avec malveillance, non sans se reprocher son esprit sarcastique. De la rue on voit les tables de l'agence comme une ligne continue prête à accueillir à l'unisson l'aspirant voyageur qui en franchit le seuil, chaque employé derrière son ordinateur, chacun d'eux avec sa provision inépuisable et gratuite de brochures imprimées sur ce papier luxueux qui enveloppe déjà de splendeur les photos et les noms des lieux de destination. Un papier agréable à toucher et plus encore à découper, qui émet un son mélodieux au contact des lames aiguisées des ciseaux. Un papier de magazine de mode compact et lourd comme un lingot de métal précieux, un papier de catalogue de montres, de voitures de sport ou de croisières, de dépliants comportant plusieurs pages successives où est représentée dans toute sa longueur une plage avec des palmiers et des paillotes dotées de toutes les commodités, qui se déploient pour suggérer l'amplitude de l'horizon depuis le pont d'un yacht qui sillonne l'Océanie, l'éclat émeraude de la boule qu'est le monde.

Il Est Temps que Tu Saches ce qu'On Ressent. Le long du mur, au-dessus des têtes penchées studieusement vers les écrans, plusieurs horloges indiquent l'heure qu'il est dans différentes villes du monde. Le nom de la ville et le disque de l'horloge s'associent pour révéler l'ampleur de la Terre et la diversité des temps, des climats, des contrées lointaines qu'il faut traverser pour gagner n'importe lequel de ces lieux : New York, Hong Kong, Tokyo, Sydney, Istanbul, Bangkok. Regarder ces heures aussi variées et lire ces noms lui procure un grand frisson qui l'épuise et s'aggrave s'il regarde le planisphère qui se trouve en dessous, comme un rideau tendu derrière les silhouettes uniformes des employés, une carte du monde si démesurée qu'elle contient presque en taille réelle les continents et océans qu'elle représente.

L'Image Parfaite T'Attend. Il se rend compte non sans tristesse qu'on voit de moins en moins d'agences de voyages, moins dc kiosques à journaux, de papeteries, de quincailleries, de vieilles épiceries, d'oiseaux, de gorilles. Pour une raison qui lui échappe, la quasi-totalité des choses auxquelles il est attaché est en voie d'extinction. Mais il a eu le plaisir de découvrir une agence de voyages dont l'aspect laisse présager la prospérité, voire l'opulence. C'est un grand local bien situé qui a les dimensions d'une succursale bancaire, avec une vaste vitrine devant laquelle il s'arrête pour regarder les affiches de destinations touristiques où il n'ira jamais, de safaris, de traversées de déserts dans des véhicules tout-terrain héroïquement couverts de terre. Un monde d'expériences uniques. Sur les photos des plages des îles de corail, il n'y a pas trace des montagnes de déchets en plastique que les courants du Pacifique ramènent vers elles. Le Salvador est un versant fertile luxuriant où un paysan charmant tend à un couple de touristes une poignée de grains de café. Sur une route d'Afrique, des touristes en Land Rover sourient avec bonheur en croisant un rhinocéros poussiéreux qui ne risque absolument pas de se faire abattre par des braconniers furtifs qui laisseront pourrir son énorme cadavre car ils ne s'intéressent qu'à sa corne, qu'ils vendront à un multimillionnaire chinois avide de recouvrer sa vigueur sexuelle en buvant une infusion faite avec la protubérance réduite en poudre. Avec un peu d'envie et un vague ressentiment de solitaire, il se concentre sur les photos des affiches de voyages de noces. Lui et elle, détendus, heureux, en peignoirs blancs, de dos dans une posture rêveuse au bout d'un long embarcadère qui s'enfonce dans la mer. Lunes de miel sur les cinq continents. Le Guatemala, capitale du monde maya. Découvre la Magie de Cuba.

Les Sunny Days Reviennent. Un jour, il s'armera de courage et entrera dans l'agence. Sans nervosité, l'air très sérieux, intéressé, son cartable sous le bras, les gestes empreints de politesse. Il préfère que les agents – appelle-t-on des agents les personnes qui travaillent pour une agence ? – soient occupés quand il passera la porte, tout d'abord parce que c'est un bon indicateur du fonctionnement du commerce, ensuite parce qu'il aura ainsi davantage de temps pour se concentrer, profiter du silence que dispense si efficacement le double vitrage de la vitrine, de la température agréable dans cet été dont la chaleur ne décline jamais, de la douce brise glacée du système de climatisation sans doute excessif, même s'il a pris la précaution de prévoir une veste, un léger pardessus. Une employée déjà avec un client le saluera depuis son poste de travail et l'invitera à s'installer. Il songe avec approbation à une phrase qu'on entend souvent sur les messages téléphoniques : « Tous nos conseillers sont à présent occupés. » Les meilleures agences ont une zone d'attente avec des sièges confortables et des tables en verre, une abondance agréable de brochures informatives et de catalogues. Paris pour les amoureux. Toute la fascination de l'Extrême-Orient. Découvre la côte amalfitaine. Inoubliable Vietnam. Légendaire Cambodge. Il se retient de ne pas ouvrir immédiatement son cartable pour le remplir de liasses de prospectus. La circulation est un bruit de fond aussi délicat qu'une brise dans des palmiers ou le ressac des vagues contre les récifs. L'air conditionné apporte la même fraîcheur qu'une promenade dans le parc du Retiro aux premières lueurs du jour, lorsque le gazon qui vient d'être arrosé répand son parfum. Il ne peut pas imaginer plus belle destination que cette agence.

Découvre Tout ce que Tu Pourras du Monde. Avec son planisphère vaste et bleu comme un horizon, ses horloges identiques indiquant une heure différente, la beauté du nom des villes, toujours supérieure à celle des villes en soi ; avec tout ce déploiement de luxe photographique, de promesses de paradis, de couples plus heureux que ne l'ont jamais été Adam et Ève dans le Jardin d'Éden, de familles ravies groupées autour de Mickey Mouse à Disneyland Paris, ou glissant sans peur, dans une joyeuse explosion de rires et de jaillissement d'eau, sur les toboggans d'un parc aquatique à Miami. Une documentation aussi riche, produite et imprimée sans regarder à la dépense, avec toute la magnificence que se permettaient en d'autres temps les grandes revues illustrées internationales, est non seulement offerte gratuitement, comme les fruits du paradis à nos premiers ancêtres, mais de surcroît les employés ou agents veillent à ce qu'on emporte autant de brochures qu'on le désire et en cherchent d'autres encore plus précieuses dans leurs tiroirs, puis tournent leur écran pour te montrer les images réelles du bungalow en bord de mer auquel tu pourras accéder après vingt heures de vol et les humiliations successives des contrôles de sécurité. Il feuillette une à une toutes les publications à portée de sa main, peu pressé qu'on s'occupe de lui, savoure la brise qui semble provenir non pas des grilles d'aération de l'air conditionné, mais directement des plages des photographies couleur.

Viens et Défie Tes Sens dans une Enclave Idyllique. Bien installé sur son siège ergonomique, il observe certains clients qui s'entretiennent avec les employés et sont traités avec une amabilité extraordinaire rappelant celle du personnel d'un grand hôtel ou d'une croisière de luxe. Il y a surtout de jeunes couples, futurs jeunes mariés qui projettent d'éventuels voyages de noces aussi variés que leurs éventuels avenirs, se regardent d'un air complice, ravis de concorder dans leur préférence, s'inquiètent des prix, s'informent des offres, des promotions, des délais, des horaires et des jours de vol les plus favorables. Les employés qui ne reçoivent personne tapent sur leurs claviers d'ordinateur et semblent concentrés et affairés, à croire qu'ils planifient non seulement des voyages mais des températures, des conditions météorologiques, des couchers de soleil, des troupeaux de gazelles traversant des plaines au moment idéal, des phases appropriées de la lune.

Parfois le Mensonge Aide à Vivre. Il fourre des brochures dans le cartable avec quelques scrupules furtifs, appréciant la qualité du papier, aussi agréable sous la main qu'il le sera plus tard sous l'action des ciseaux, ces monuments aux éclairages nocturnes magnifiques, le Colisée de Rome, le grand Sphinx, le Taj Mahal, la richesse de la typographie et des effusions poétiques, les plages de sable blanc qui éblouissent les yeux et où n'arrive aucune marée noire ni albatros moribonds aux estomacs remplis de briquets jetables et de brosses à dents de toutes les couleurs, où les baleines ne viennent pas s'échouer et mourir, rendues folles et désorientées par les moteurs des bateaux de croisière géants, des pétroliers et des cargos chargés de montagnes de containers. Il n'y aura pas d'ouragan pour dévaster les bungalows au toit de paille avec la WiFi, pas d'incendies volontaires, pas de bulldozers aux proportions inhumaines ni de scies d'entreprises forestières pour profaner les lieux de vie des gorilles où poussent des orchidées sauvages et où se sont établies des stations balnéaires avec des bars à thèmes, des filles aux yeux bridés et à la peau très mate qui servent des boissons aux noms polynésiens.

Découvre le Pays du Soleil Levant avec Nous. Il regarde et attend, affable, sans hâte, approuvant tout en esquissant de petits gestes involontaires, son cartable sur les genoux, un cartable déjà bien rempli, un cartable d'homme sérieux, certes un peu vieillot, fait dans un matériau flexible anobli par l'usage, « semi-cuir », disait-on alors. Il se lève avec une promptitude sans doute exagérée quand l'employée qui l'a accueilli, peut-être la gérante ou la sous-directrice de l'agence, car elle a les cheveux teints et porte des lunettes avec une petite chaîne, s'approche et lui fait signe de la suivre, de prendre place sur la chaise encore tiède où était assise la future jeune mariée. On oublie que le corps humain a une température constante d'un peu plus de trente-six degrés. Et c'est en remarquant cette chaleur pas vraiment désagréable – alors que le contact avec le revêtement synthétique de la chaise l'est – lorsqu'il s'installe devant l'employée, qui croise les mains sur un tapis de souris décoré d'une vue des chutes d'Iguazú, qu'il se rend soudain compte qu'il ne s'est pas cherché de prétexte, de destination touristique justifiant son passage dans cette agence. Il est pris de court quelques secondes au fil desquelles il a l'impression que le sourire de l'employée commence à s'évanouir et qu'elle crispe légèrement les jointures de ses doigts cerclés de plusieurs bagues, comme le sont ses poignets de bracelets d'aspect tribal ou ethnique. Sa question est restée en suspens, parmi les choses qui flottent à diverses hauteurs, les horloges, les noms de villes, les coupoles du Taj Mahal et de Sainte-Sophie. « Et quelles destinations avions-nous en tête ? » Au moins, le collectif le réconforte. Il regarde à la dérobée autour de lui, un peu troublé par le poids de ce mot, « destination », qui dérive de « destin », encore plus impressionnant employé au pluriel. Combien de destinations et de destins possibles se déploient devant quelqu'un à chaque instant ? Alors il regarde une affiche où des tours qui ressemblent à un mélange abominable de gratte-ciel, de temples et de cylindres obscènes de Jean Nouvel s'élèvent au milieu de ce qui semble être une jungle, il lit un nom et dit, d'une voix trop faible pour que la femme le comprenne tout de suite : « Kuala Lumpur. »

Aujourd'hui Fais Quelque Chose d'Incroyable. Une caméra montée sur une très haute grue avance dans une église pleine de monde. Deux jeunes mariés sont agenouillés devant un curé vêtu avec une grande opulence liturgique qui s'apprête à leur donner la bénédiction. À cet instant, la femme fait non de la tête. Le curé, le promis et les témoins se regardent avec stupeur. Elle tourne les talons et se met à courir, laissant glisser sa traîne sur le tapis rouge, son long voile soulevé par l'air de sa propre fuite. Elle court avec difficulté car elle porte de très hauts talons. La caméra la suit de nouveau d'en haut quand elle dévale l'escalier de l'église. C'est un paysage italien, collines, oliviers, pins, montagnes bleues au fond. L'église est celle d'un village ou la chapelle particulière d'une grande propriété princière. La jeune mariée descend les marches en trébuchant, mais sans tomber, et poursuit sa course sur un chemin de gravillons au milieu des jardins et des arbres. Elle court et la caméra se déplace derrière elle, comme si elle participait elle aussi à la fuite. Elle monte brusquement très haut, à croire qu'elle est non plus sur une grue, mais sur un hélicoptère, et en bas on voit la silhouette blanche, la traîne, le voile, les riches champs cultivés. La caméra descend maintenant, droite et rapide comme un faucon. Elle capture la jeune femme de face, en plan moyen, d'en bas, la poitrine agitée à l'extrême, les cheveux en bataille contre le ciel bleu et les verts sombres d'une double rangée de cyprès, le visage en sueur, un sourire de joie et d'audace aux lèvres. Sans ralentir, elle enlève une chaussure, puis l'autre et les jette violemment. Elle court à présent plus vite bien qu'elle soit déchaussée. Jette le bouquet qui reste sur le sentier, un peu plus loin que les talons blancs. Dans sa course, elle arrache son voile avec la même rage, la même joie.

Laisse-toi Tenter. Le voile flotte au ralenti tandis qu'elle s'éloigne. Une musique l'accompagne probablement et l'exalte dans sa fuite, mais on ne l'entend pas sur l'écran digital, au rayon parfumerie du duty free de l'aéroport. La jeune mariée sauvage quitte le sentier pour courir à travers champs, vers les hauteurs, le long d'un versant cultivé. Elle ne sent pas les blessures sur la plante de ses pieds. À présent, au lieu de se contenter de soulever à deux mains sa robe de mariée, elle l'arrache d'un coup sec et apparaît en sueur et athlétique dans un maillot improbable qui ressemble à celui d'une nageuse. La caméra s'élève et permet de voir un hélicoptèrc qui volc à très basse altitude, au sommet de la colline qu'elle gravit et qui devient soudain, emphatiquement, une montagne. L'appareil s'approche. Le vent agite d'ondulations aquatiques l'herbe du pré qu'elle vient d'atteindre, et secoue dans le soleil sa chevelure étincelante qui tourne comme une tornade dorée autour de son visage perlé de sueur, mais pas fatigué. Sans même s'arrêter, elle saute et se suspend à un des patins de l'hélicoptère. D'un élan vigoureux de trapéziste, elle s'accroupit dans l'habitacle. L'hélicoptère s'élève, les jambes nues de l'ex-jeune mariée dépassent. Un bras musclé et brun, une main robuste – une montre avec un chronomètre d'acier brille dans la lumière – se tend vers elle.

Découvre Jusqu'où Tu Peux Aller. Maintenant on voit la tête du pilote pour la première fois. C'est un homme de trente ans et quelques à la peau hâlée par une vie d'explorations et d'aventures passée au grand air, aux cheveux blond châtain. Si ce n'est pas David Beckham, il lui ressemble beaucoup. Il porte des lunettes de soleil, a un menton fort et des mâchoires ombrées par une barbe naissante. Elle s'assoit à ses côtés et lui caresse le visage, le cou aux tendons puissants et aux veines gonflées. Le désir et les effluves de Miss Dior dilatent ses pupilles et font frémir les ailes de son nez. La scène suivante se déroule de nouveau dans l'église, comme si tout n'avait été qu'un rêve, et le prêtre est sur le point d'achever le geste de la bénédiction interrompu quelques secondes auparavant par l'incongruité temporelle des songes. Mais la jeune mariée fait non de la tête, tourne les talons, se met à courir vers la sortie et, sous le regard stupéfait des invités, elle descend les marches en trébuchant.

Maintenant Tu Vas Savoir ce que Tu Ratais. Sur dix écrans se déroulent dix histoires différentes, mais tout aussi rapidement, à dix emplacements d'une même salle que les gens traversent à toute vitesse pour se diriger vers leur porte d'embarquement. Où que tu sois, tu regarderas l'un d'eux, à moins que tu ne sois déjà en train de visionner un film similaire ou la même chose sur l'écran de ton téléphone ou de ton ordinateur portable, ouvert sur tes genoux, pour profiter des quelques minutes d'attente comme un fumeur profite des dernières bouffées d'une cigarette. Les gens volent et flottent sans effort. La force gravitationnelle est en option. Les gens sautent d'une falaise surplombant la mer ou de la corniche d'un immeuble en verre et planent dans les airs. Elle rit aux éclats et le vent écarte ses cheveux de son visage. Elle vole en donnant l'impression de nager, immobile au-dessus des toits et des rues, comme dans un rêve. Elle saute dans l'abîme depuis un gratte-ciel et la seule élasticité de son élan la propulse sans angoisse sur le building voisin. Si tu le souhaites, tu peux avoir les pouvoirs acrobatiques d'un super-héros. Tu conduis des voitures de luxe sur des autoroutes où il n'y a jamais aucune voiture, des chemins au bord de précipices longeant la mer dans le couchant. « Le nord et le sud sont à moi, l'est et l'ouest sont à moi. Tout me semble beau. » La voix se tait pendant que la voiture s'éloigne vers l'horizon d'un désert, et la marque VOLVO monte de la terre comme le fera à l'aube la sphère rouge du soleil.

Plus de Trente-Cinq Mille Professionnels Veillent à Ta Santé Bucco-Dentaire. Toutes les quelques secondes, le plan d'une caméra toujours en mouvement change. Tu es avec un groupe d'amis dans une Jeep Renegade, au milieu de l'excitation et des éclats de rire, probablement un vendredi soir. Le vent et la vitesse vous décoiffent. Vous êtes tous jeunes, hommes et femmes, les hommes blancs ont une barbe de plusieurs jours, il y a un Noir ou un métis ou pseudo-métis avec des dreadlocks, des chouchous dans les cheveux, vous portez des chemises ouvertes, des T-shirts, vous avez des corps robustes, des tatouages. Vous levez tous les mains dans un geste de célébration et de vertige, comme dans un wagonnet de montagnes russes. Vous dansez à présent frénétiquement dans la foule, au rythme d'une musique électronique, mêlés aux autres et unis à leur extase, mais toujours complices entre vous, votre petit groupe, ceux de la Jeep. Le temps se comprime à travers des battements de paupières. Vous êtes sortis de la discothèque et reprenez des forces en dévorant des hot-dogs achetés dans la rue, éclairés par la lumière de l'aube et les néons du comptoir. Tout se déroule en silence sur une succession d'écrans très hauts, dans le hall de la zone commerciale de l'aéroport. Maintenant la Jeep ne roule plus sur l'asphalte d'une ville, mais sur un terrain boueux couvert de broussailles. La boue et l'eau sont projetées à l'extérieur par les roues puissantes qui adhèrent sans difficulté au sol de ce lieu sauvage. Les cahotements vous font tous rire, tomber les uns sur les autres. Hilares, vous ouvrez démesurément la bouche et on voit vos langues, vos gencives, vos dents presque effrayantes dans un rire cannibale. Vous vivez tous avec une grande intensité, à la vitesse maximale, sans baisses de rythme, sans fatigue, sans langueurs narratives.

Je Cherche une Nouvelle Peau. Toute l'histoire de cette nuit sans fin ne doit pas durer plus de soixante secondes. La Jeep est à présent garée à la fin des traces laissées par ses pneus dans le sable humide. Vous avez allumé facilement un grand feu sur

la plage et vous dansez autour, silhouettes mouvantes près des flammes qui font rougeoyer vos visages humides de sueur, vos jambes et vos épaules dénudées, plongés dans ce qui est à la fois une danse tribale et une fête hippie. Ensuite, sans marquer de pause ou à la seconde précise où apparaît à l'horizon la marque et le nom poétique du modèle, Renegade, le prestige de l'audace et de la rébellion, l'histoire reprend en boucle et la même frénésie se répète à l'identique, un bonheur surhumain, tout à coup infernal dans ce retour au point de départ, la même autoroute, la même ville, la même fête électronique, le stand de hot-dogs, le feu, la plage, des instants jamais suivis de repos, de sommeil ou de défaillances car tout reprend du début, à nouveau, toujours, sur chacun des écrans qui projettent simultanément le spot publicitaire dans tout l'aéroport.

Merci de Nous Faire Vivre. Il faut être jeune, mais pas trop ; avoir dans les trente ans, pas plus de trente-cinq. Il est permis d'en avoir vingt et quelques si, débordant d'enthousiasme, on s'apprête à s'inscrire à un master, un programme d'études à l'étranger, ou à demander une bourse proposée par une banque. Dans ce cas, tu es une fille blonde aux longs cheveux raides, avec un sourire réjoui et songeur, des lunettes, et tu circules à vélo sur les pavés d'une ville d'Europe universitaire et tranquille, et pour éviter d'utiliser des sacs en plastique, tu auras à l'épaule un sac fabriqué dans une matière recyclée d'où émergera peut-être une longue branche de céleri ; à l'avant, dans ton panier, tu auras mis des cahiers et des livres. Tu parleras dans ton portable ou consulteras ton trajet sur Google Maps, si bien qu'on comprendra que tu fais partie de la génération digitale et que tu maîtrises les nouvelles technologies. On te pardonnera d'être un peu plus âgé et d'avoir des cheveux poivre et sel si tu conduis des voitures haut de gamme dans des villes avec des gratte-ciel et des avenues désertes, ou des paysages de montagne ou de désert, ou encore le long de falaises surplombant la mer. On peut aussi avoir quarante ans et même quarante-cinq à condition d'avoir la peau tannée, d'être en parfaite forme physique et d'arborer une montre de luxe. Au-dessus de cette tranche, le champ de possibilités se restreint : on peut avoir la soixantaine, soixante ans et des poussières, les cheveux blancs, lui et elle, pour partir en croisière en hiver ou marcher sur des plages dans le soleil couchant, les pieds nus et les bas du pantalon relevés, en ayant l'assurance d'une confortable pension de retraite.

Tu Te Sens Connecté. Au-delà, il ne reste plus qu'à être un grand-père ou une grand-mère charmants, plutôt grand-père que grand-mère, toujours avec une belle dentition qui brillera peut-être à l'excès s'il faut se promener en prenant son petit-enfant par la main, célébrer les choses vraiment importantes de la vie ou rire en sa compagnie sur un canapé en partageant l'écran d'un iPad. Les sonotones privilégient eux aussi la tendresse du cheveu blanc. Maintenant tu peux de nouveau écouter la vie. Les personnes maigres et chenues qui pratiquent des sports peuvent porter des écouteurs Apple, car l'âge fait bon ménage avec la technologie ou l'exercice physique. Je deviens jeune, dit, pense une femme attirante, mince, élastique, aux cheveux courts et gris, en T-shirt de sport devant une plage, dans une publicité pour un fonds de pension. Sur les plages où se promènent les personnes aux cheveux blancs, un soleil crépusculaire semble suggérer délicatement, comme en pointillé, qu'ils sont au crépuscule de leur vie. Sur la plage, contre le garde-fou blanc du bateau de croisière, dans la salle à manger où ils jouent avec leur petit-fils ou petite-fille, dans la succursale de la banque où ils viennent de signer des documents pour leur retraite complémentaire, les personnes aux cheveux blancs sourient et semblent illuminées par une joie intérieure qui les incite souvent à regarder rêveusement au loin, détentrices de toute l'expérience très distillée de la vie et pleines d'espoir pour l'avenir. Sais-tu déjà quand tu pourras prendre ta retraite ?

Fais Monter au Maximum Ton Taux d'Adrénaline. Pour mieux apprécier les détails, mieux accomplir sa tâche, il s'aide au besoin d'une loupe qu'il aura toujours avec lui dans le fatras de ses poches et de son cartable. Il étudie une publicité sur la porte vitrée d'une banque, comme l'érudit les tableaux des maîtres anciens, qui s'en approche de très près avec une loupe puissante ou en plaçant ses lunettes sur son front pour distinguer un coup de pinceau, le trait qui détermine une signature aussi indéniable qu'une empreinte digitale. Anthony Blunt devait s'incliner ainsi au-dessus d'un Poussin des collections de la reine d'Angleterre pour étudier une allusion mythologique et, en observant la calligraphie tracée au pinceau, s'assurer que c'était un tableau authentique du peintre ; pauvre Anthony Blunt, contraint à la double dissimulation de son homosexualité et de sa condition d'espion soviétique. Il considère que l'espionnage et l'étude des formes et des significations évidentes ou cachées des images sont deux professions qui se complètent à merveille. Les affiches dans les vitrines des banques, les vidéos sur la page web du journal, les spots publicitaires à la télévision, les revues luxueuses qu'on offre si généreusement dans les agences de voyages et les magasins de téléphonie mobile sont son Hermitage et sa Tate Gallery, ses Collections Frick et Wallace, le musée privé et très distingué, mais jamais grossièrement envahi par des foules prenant des selfies, sur lequel il exerce sa tutelle, tel un disciple d'Aby Warburg ou d'Erwin Panofsky en costume de tweed avec des coudières, pâle à force de rester jusqu'à des heures avancées de la nuit sous des lampes aveuglantes, à examiner des dessins anciens, des chefs-d'œuvre d'attribution douteuse dont l'analyse requiert de nombreux efforts si l'on veut remonter à leur origine, retracer leur histoire, le symbolisme qu'ils ont revêtu pour leurs contemporains, évident en leur temps et désormais perdu ou très difficile à décrypter.

Retrouve l'Émotion d'une Nouvelle Découverte. Cette discipline pourrait s'appeler Iconologie de haute précision. Si un jeune homme ou une jeune femme, dans les trente ans et quelques, sourient séparément ou en couple, c'est qu'ils ont dû trouver le prêt idéal pour agrandir leur affaire ou rénover leur maison, ou qu'ils ont obtenu l'hypothèque personnalisée qui correspond le mieux à leurs besoins. Donne forme à ton projet. Si on fait partie de cette tranche d'âge et qu'on vit à deux, il faut avoir des pièces spacieuses et très lumineuses, avec des meubles clairs, et s'asseoir tous deux sur le canapé pour admirer quelque chose de fascinant sur l'écran de son mobile ou, mieux, sur sa tablette ou son ordinateur portable posé sur ses genoux. C'est ce qu'ils voient sur l'écran qui déclenche ce sourire qu'on pourrait qualifier de complice : peut-être la photo de la nouvelle maison qu'ils vont enfin acquérir, de la plage où ils passeront des vacances bien méritées ou, pourquoi pas, la projection sous forme de tableau avec les délais et les paiements avantageux de l'hypothèque consentie par la banque. Obtiens vite et facilement la rentabilité maximale. Il faut être un jeune entrepreneur et se réunir avec d'autres entrepreneurs autour de grandes tables en verre, avec des portables et des tablettes, s'habiller sport, porter des jeans et des pulls en laine d'aspect scandinave, ou dans certain cas des bonnets au crochet descendant un peu sur la nuque, avoir une barbe de trois jours ou, au choix, une barbe très bien taillée d'une longueur sévère de bas-relief assyrien. Le plus approprié est la chemise à carreaux sur un T-shirt. Nous croyons à tes rêves et te les finançons.

Maintenant Je ne Fais Plus que Sourire. Il est permis d'avoir des enfants d'âges différents, mais jamais des adolescents renfrognés : on jouera avec eux sur le lit défait, papa et maman ensemble, l'avenir de l'enfant garanti grâce à la générosité affectueuse de la banque, disposant de tous les amusements possibles liés aux connexions qu'offrent les modèles récents de la téléphonie mobile, des promotions pour toute la famille. Découvre des loisirs et des distractions d'une autre dimension. On partagera les jeux et la camaraderie, plus amis ou collègues que parents et enfants, groupés sur le canapé devant un ou plusieurs écrans, chaque membre de la jeune famille concentré sur l'un d'eux et pourtant tous unis dans une convivialité joviale. Je partage mes gigas avec qui je veux. Nous t'offrons la deuxième ligne de 3G. Un père peut-être divorcé préparera le petit déjeuner de ses enfants d'environ six et quatre ans sur l'îlot central de sa magnifique cuisine. Il recevra un appel sur son portable et, en répondant, provoquera un incident sans importance, mais très drôle, en renversant par exemple les œufs brouillés ou le jus. Le fils rira de l'adorable maladresse de son père. La fille, à ses côtés, portera une banane à son oreille comme si c'était un téléphone. Parfois, l'homme et la femme allongés sur le lit, leurs têtes rapprochées, penseront avec optimisme au bébé qui est visiblement sur le point de naître et incite le mari à poser la main sur le ventre arrondi de sa femme, avec une confiance physique non dépourvue d'espièglerie. Si la femme enceinte est seule, elle regardera de pied ferme vers l'horizon, mettant par instants sa main en visière, comme pour entrevoir l'avenir. Nous avons un projet pour toi. Il y a dans ces images une humanité, une compréhension profonde, voire attendrie.

Parce que Nous Savons Quel Est Ton Plus Grand Projet. Les couples s'affaleront joyeusement avec leurs enfants en bas âge dans des canapés très douillets ou de grands lits au confort scandinave. Pour penser davantage à ma vie et moins à mon hypothèque. Une lumière claire et festive de dimanche matin filtrera à travers les rideaux. Parce que nous aimons que tes rêves deviennent réalité. La présence de livres sera très réduite. S'il y en a, il s'agira de catalogues d'art sur une table au design évident. Elle et lui seront allongés et souriront, tête contre tête, leur enfant placé entre eux. Très probablement, mais rien n'indique que ce soit obligatoire, ce sera un fils aux mèches blondes, dans certains cas une fille à la chevelure très frisée, la peau hâlée ou noire, d'un exotisme agréable, qu'ils auront de façon méritoire adoptée. Ses boucles ou ses tresses, et peut-être aussi les rubans colorés qui les ornent, donneront à la scène une ambiance multiculturelle bienvenue. Nous t'apportons ce qui t'importe le plus.

À l'Ombre de Tes Cils. Il se réveille dans le noir, le silence et la pure abstraction du temps. Il flotte dans un espace plongé dans l'obscurité et un temps sans rivages ni forme, car il n'a pas moyen de savoir l'heure qu'il est. Il sait juste que c'est dimanche. Hier soir, quand ils se sont couchés, elle a fermé complètement les volets, un modèle ancien, grand et lourd, dont les lames de bois ne laissent passer aucune lumière. On n'entend rien non plus. Ils ont fait mettre des fenêtres à double vitrage partout. Il s'est réveillé dans une parfaite lucidité exempte de fatigue. Il peut être aussi bien trois heures du matin que dix heures. S'il tend la main vers la table de chevet, il verra l'heure sur son portable, mais il ne le fait pas. Il est dans le lit comme un ver à soie dans son cocon ou un fœtus immergé dans le liquide amniotique, enveloppé de couches successives de confort, sous le drap et la légère courtepointe, trouvant agréable de pouvoir se couvrir après des mois à dormir dans une chaleur sans répit ; l'étreinte tiède de sa femme, qui dort en petite culotte à côté de lui, la température du corps humain, transmise à l'air de la chambre au fil de la nuit. À la fois protégé et en suspension, il éprouve une sensation de liberté en apesanteur, comme s'il flottait dans l'eau. S'être réveillé sans angoisse l'étonne encore et l'anime d'une gratitude presque incrédule. Dans la chambre noire de la pièce se projettent en silence, en exclusivité pour lui, les images rémanentes des rêves, très riches en couleurs et en détails, une mystérieuse superproduction. Il a rêvé qu'il était au bord d'une lagune d'où émergeaient de grands poissons à la bouche béante. Ils se traînaient sur le rivage et rampaient agilement sur le sol. L'eau était d'une transparence verdâtre et des algues et des galets y brillaient. Ce rêve contient le souvenir des plages d'eau limpide et calme de la baie où se trouvait l'hôtel de Majorque. Le premier poisson qui est sorti de l'eau et a rampé vers lui l'a paniqué. Maintenant il le regarde avec une curiosité émerveillée, à croire qu'il assiste à un épisode de *L'Origine des espèces* ou de la Genèse, lorsque les créatures aquatiques commencent à peupler la terre ferme. Ce sont aussi celles de la flaque ou l'étang du *Jardin des délices*, de Jérôme Bosch. Mais ces poissons, après s'être agités comme de minuscules phoques sur l'herbe de la rive, à l'ombre des arbres, retournent ensuite dans l'eau et s'y immergent.

Oublie ce que Tu Sais. Il est alors sur une place, à Grenade, en fin d'après-midi au début de l'été. Les arbres sont les mêmes que ceux de la berge de ce qui était peut-être le Paradis terrestre : arbres de Jérôme Bosch, d'un jardin ou un parc ordonné. L'espace est si dégagé, si vaste qu'il se trouve forcément sur la Plaza Nueva. Il voit venir vers lui une jeune femme, des lunettes de soleil sur le haut de la tête, elle porte une robe claire et légère. Même s'il ne croit pas la reconnaître, il lui dit : « Tu t'es coupé les cheveux. » Elle le regarde, contente : « Tu t'en es rendu compte. » Il ne voit pas son visage très nettement dans le rêve, ou ne s'en souvient pas. Le palais de la Chancellerie royale est un décor formidable. « Toute ma vie je serai amoureux de toi », dit-il. Il ne veut pas que ces images sombrent dans l'oubli ou s'érodent : les poissons sortant de l'eau, les algues et les petits galets près de la rive, les arbres, troènes ou orangers, la silhouette à la robe claire. Il envisage la possibilité d'inventer un appareil capable de prendre les rêves en photo, l'instantanéité des couleurs modifiées et légèrement diluées des polaroïds. Il se rend compte que la beauté hypnotique des polaroïds tenait au fait qu'ils retraçaient le moment présent comme leur propre souvenir anticipé, avec déjà un début de recul et d'effacement.

Le Futur Vibre Plus Fort. Il tend la main et, en s'activant, l'écran du téléphone éclaire la table de nuit. Cette clarté s'inscrit encore en quelque sorte dans l'illumination du rêve. Il est huit heures et demie. Rien ne presse. Il se lève en ayant envie de sortir. Un T-shirt, un pantalon d'été, des espadrilles, la légèreté d'avoir des heures devant lui et de ne pas devoir se presser. Dans la matinée de ce dimanche de septembre, son quartier de Madrid est aussi désert qu'au mois d'août, une scène encore vide de tout souvenir et de toute habitude, prête pour un rêve éventuel, une apparition imminente.

Découvre Ton DS3 Performance Line. Ils sautent en l'air, seuls ou en groupe, les yeux fermés, un grand sourire ravi aux lèvres, ou éclatent d'un rire joyeux et puissant, leurs désirs se réalisent sans efforts, comme leurs corps qui s'élèvent et flottent dans le vide, semblables à des mouettes bercées, immobiles, par la brise marine. *Express yourself in every dimension*. Ils s'élèvent comme des athlètes de saut à la perche qui ne seraient pas obligés de se soumettre à la tension musculaire, ni bien entendu à l'ennui et à la discipline de l'entraînement ; des danseurs contemporains incroyablement figés dans les airs. Treize cyclistes défient la force gravitationnelle en Chine. *Performance with your hands*. Une expérience de vol unique où chaque détail compte. *Express yourself in motion*. Intensifie les sensations. Ils s'élancent sans peur, en deltaplane, du haut de précipices afin de survoler des paysages de collines vertes ou des déserts qui s'étendent vers des horizons dégagés. Atterrissage virtuel sur Pluton. Profite de l'occasion pour voler au meilleur prix. Découvre une nouvelle dimension. Ils volent quand ils le veulent. Ils volent sans s'en rendre compte, emportés par leur propre bonheur, ils regardent l'iPhone qu'ils ont dans la main ou écoutent de la musique, les yeux fermés, les cheveux agités dans une danse d'autant plus agréable qu'elle est solitaire, les fils blancs des écouteurs emmêlés dans leur chevelure. Le jour où j'apprendrai à voler, je ne redescendrai plus. Nous avons pour toi le tube de l'été et trente millions d'autres chansons.

Imagine un monde sans gravité. Ils entament leur vol avec une bouteille de bière bien givrée, du Coca-Cola ou un billet de loterie assurément gagnant. Savoure l'instant. Survole la mer et la terre. Trois jeunes mannequins aussi austères que des vestales marchent en file indienne dans un désert, en bottes et longues robes noires. Elles sautent et s'élèvent au ralenti et on dirait qu'elles dansent sur la scène du ciel bleu et le sable du désert. Voler t'effraie ? Participe à nos ateliers Vole sans Peur. Risque-toi. J'arrive en volant. Vas-y.

La Technologie qui Change le Monde. Ils planent à l'horizontale au-dessus des toits, des parcs, des avenues où circulent des voitures, avec la légèreté sans effort ni vertige des rêves. Une fille aux cheveux lâchés et en robe d'été survole, pieds nus, une prairie fleurie et cueille au passage une fleur qu'elle sent tout en planant. *Dive in the now*. Une légèreté qui se sent. *The power of dreams*. Ils sautent comme des super-héros d'une corniche d'un immeuble en verre à l'autre. Montre ton côté le plus drôle et aventurier. *Fly Vueling*. Ils volent, réjouis d'avoir réussi à faire un master à la Business School de leurs rêves, portent des sacs à dos, écartent les bras à quelques mètres d'un campus encore plus idéal car, dans le coucher de soleil et l'air au-dessus des bâtiments en brique et des rectangles de gazon, il a pris une tonalité dorée. Ils flottent aussi lentement que des astronautes dans une station spatiale. Tu es du genre à rechercher de nouvelles expériences ? Écoute l'appel. *Start your adventure*. Bouge dans les airs. Abuse de ton imagination. Célèbre tout ce que tu as. *Free unlimited*. Profite de la vie. *Cammina nel blu*. Tu ne sauras pas si tu es sur terre ou dans le ciel. Défie la gravité avec la dernière découverte de Shiseido. Un jeune couple, lui et elle, survolent une ville main dans la main, par une journée lumineuse, dans un ciel bleu, délivrés grâce à ING du poids mort des commissions bancaires. Es-tu de ceux qui savent voler ?

Ouvre Ta Vie au Spectacle Où On ne Rate Rien. Ils éclatent de rire avec une ampleur douloureuse, pris d'une joie effrayante, fanatique, collective, unanime, commandos-suicides du bonheur, intégristes d'une joie terrifiante qui les oblige à sauter du haut de falaises ou sur des trampolines. N'importe quel jour peut être une fête si tu as tout ce qu'il faut. Ils rient en cercle, chacun regardant son portable et en même temps unis par l'excitation qui émane de chaque écran. Ils rient en couple, en famille, en bande ou en horde, ils rient seuls comme des déments, peut-être en faisant des selfies, en écoutant ou en voyant quelque chose sur leur téléphone ou leur iPad. Ils rient ou beuglent en rétractant les muscles de leur mâchoire pour montrer encore plus leurs dents, leurs gencives, leur langue qui affleure. Ils serrent les poings, bombent et gonflent le torse, leurs tendons et les veines de leur cou se contractent au point que leur visage rougit tout entier. Profite des contenus les plus sauvages. Avec sa loupe, à des heures avancées de la nuit, il étudie les spots publicitaires sur YouTube ou examine les pages de magazines en tous genres qu'il a ramassés par là, se concentre sur les gros rires ravis, éprouve de l'admiration et peut-être une pointe de ressentiment, car il ne se rappelle pas avoir jamais connu une telle joie, avoir éclaté de rire au point de faire vibrer l'aiguille sur le niveau d'alerte du sismographe.

Découvre la Magie du Remarketing. Il a peut-être une envie inavouable de jeunesse, de dentitions flamboyantes, de l'évidente promiscuité entre les hommes et les femmes, du monde de la nuit, de l'exotisme des plages où ils meurent de rire en faisant des selfies et en levant des verres ronds contenant des boissons tropicales, de transes collectives à des matches de football et des concerts de rock, de foules mouvantes et très serrées sautant dans des discothèques, si tant est que ce mot existe encore. Ils rient derrière leurs lunettes de soleil, avec des élastiques dans les cheveux, en maillot de bain, couverts de sable. Le rire a été déclenché par le plaisir d'une bière bien froide ou d'une marque de gin, ou même moins, un soda qui, dès la première gorgée, semble être devenu une potion à l'origine d'un rire irrésistible. Ils rient de délectation et de bonheur en levant comme un trophée un iPhone 6, un Huawei 9, ou en découvrant toute une variété d'émissions sportives, de films et de séries, toute la puissance de la navigation en 4G à laquelle ils ont maintenant accès, pour que tu puisses parler sans limites et être toujours connecté avec ceux que tu aimes le plus, où que tu ailles.

Tu Auras Toute la Plage Rien que pour Toi. Quand l'aiguille analogique ou digitale atteindra le point maximal sur son sismographe, l'indication de danger apparaîtra. L'aiguille oscille, comme étourdie, et un voyant peut s'allumer. Il détecte le risque que le rire devienne convulsif, que les mâchoires puissent se décrocher, que les poumons soient incapables de continuer à respirer entre de nombreux spasmes de plus en plus rapprochés et secs, que les yeux écarquillés de joie sortent de leurs orbites, comme ceux des zombies dans les films d'épouvante, que les veines du cou continuent de gonfler et éclatent ou provoquent une hémorragie interne, que le visage rouge devienne violacé à cause du manque progressif d'oxygène. Alors, enfin, arrivera le moment où ces rires semblables à des aboiements se réduiront à des dents très blanches qui s'entrechoquent dans une frénésie de pantin articulé ou de machine à coudre très alarmante pour la langue. Tu te tords de rire. Tu meurs de rire. Tu vas t'amuser comme jamais. Profite sans limites. Ne t'arrête pas.

Quand la Rue Devient une Narration. Une femme en tailleur rouge et talons rouges marche de manière magique dans une ville comme si elle flottait, poussée par une brise qui accélère ses pas sans vraiment les détacher du sol. Elle s'apprête à traverser la chaussée, et à chaque foulée de ses talons rouges, les zébrures blanches du passage piéton deviennent rouges, du même rouge lumineux que ses chaussures, sa veste, ses lèvres fardées d'Estée Lauder. Elle passe sous un arbre et, une à une, les feuilles virent du vert au rouge, et l'ombre de l'arbre sur l'asphalte devient rouge elle aussi.

Je ne Peux Cesser de Regarder. Tu ne tomberas amoureux que d'un seul visage ; un seul entre tous, un seul parmi les centaines que tu croises chaque jour et que tu ne cesses de fixer du regard. Proust dit que la beauté, c'est le « *charme individuel** », le visage qui te surprend par sa singularité et te donne en même temps l'impression immédiate de le reconnaître. Tu le vois pour la première fois et c'est comme si tu le revoyais après une longue séparation pendant laquelle tu serais resté sans nouvelles. Tu l'aimes tant que tu en tombes amoureux. Il y a dans le désir sexuel le frémissement d'une tendresse qui te fait défaillir. Cela n'arrive pas souvent dans l'existence. Peut-être à chaque âge décisif, ou dans chaque vie, chaque réincarnation qui s'opère en provoquant l'amnésie totale des existences antérieures. Le bonheur n'est pas garanti, la réciprocité encore moins. C'est un jeu dans lequel on joue sa vie, celle-ci. Car rien n'est possible sans la sensation de beauté, qui ne dépend guère de canons objectifs. C'est oui ou non. Tout ou rien, *All or Nothing at All*, dit la chanson. Billie Holiday l'interprétait mieux que personne. C'est Baudelaire croisant à Paris une inconnue endeuillée. James Joyce rencontrant Nora dans une rue de Dublin, Pierre Bonnard descendant du tramway pour suivre la femme aux cheveux courts et au corps juvénile qu'il peindra tout au long de sa vie, Walter Benjamin voyant Asja Lācis marcher dans Capri. La découverte graduelle, l'exploration d'affinités et de proximités, renforce la fascination première, ou la dément peut-être, mais ne la remplace pas. On tombe amoureux ou pas. Et une fois épris, on continue de l'être ou on perd ses illusions. Le temps efface l'amour ou le fortifie. À chaque nouvelle étape de l'intimité, le danger que le charme se dissipe menace. Qu'un mirage soit passager ne discrédite pas sa beauté. Mais le charme le plus précieux est celui qui se nourrit d'attirance physique et de conversations passionnées, conjugue l'instinctif et le rationnel. Une clarté objective met en valeur le choc de l'instant où on est tombé amoureux, le mystère du désir qui dure. Tu l'as vue un jour pour la première fois et aussitôt il t'a semblé que tu l'avais toujours connue. Depuis lors, au fil des années, tu la retrouves, étonné, dans un restaurant ou un hôtel où vous arrivez par des chemins différents, et tu auras toujours le sentiment de la voir pour la première fois.

Tu Es au Cœur de Nos Attentions. Asja Lācis raconte sa première rencontre avec Walter Benjamin, à Capri, en 1924. Deux personnes originaires de pays hivernaux et nordiques dans la lumière de l'été méditerranéen. Elle était entrée avec sa fille dans une boutique pour acheter des amandes, mais ne connaissait pas le mot en italien. Un homme qui se tenait à côté d'elle devant le comptoir traduisit sa demande et proposa de l'aider : « Puis-je vous accompagner et porter vos emplettes ? » Elle, une femme moderne, une militante bolchevique qui menait une vie indépendante et se consacrait au théâtre d'avant-garde, fut intriguée par cet homme cérémonieux à l'ancienne. Elle disait qu'il marchait comme une tortue. « Des verres de lunettes qui projettent la lumière comme des petits phares, des cheveux foncés drus, un nez très fin, des mains malhabiles. Le paquet lui tombait des mains. » Voilà ce qu'écrivait Lācis des années plus tard, après avoir survécu au goulag, alors que Benjamin était mort depuis longtemps. Il lui avait avoué qu'il la regardait sur la place depuis des jours. « Cela fait deux semaines que je vous observe. Avec vos vêtements blancs et vos longues jambes, vous ne marchez pas, vous voletez. » Il la voyait passer avec sa fille, et il se peut que la ressemblance visible entre elles deux lui ait confirmé son amour.

H. **M.**

Everywhere You Look Around. Tout paraît déborder dans la ville à mesure que septembre progresse. Dans les rues, la circulation est excessive, de même que le flot des gens sur les trottoirs ou les listes de plats annoncés sur de grandes pancartes aux portes des bars et des cafétérias, les boutiques bigarrées et identiques des Chinois se multiplient ainsi que les boulangeries décorées de bois clair où servent de jeunes gens aux gestes doux, portant des tabliers d'artisans ou de commerçants d'autrefois. Le nombre, le vertige de la quantité déferle et dérègle tout. Mais ce qui déborde le plus, ce sont les poubelles, pareilles aux caniveaux après une tempête. Celles du tri sélectif regorgent de papiers et de récipients en plastique, et les cendriers fixés dessus sont pleins à ras bord de mégots. Les containers de gravats débordent eux aussi, près des bâtiments en travaux, et en plus des déblais pour lesquels ils sont prévus ils contiennent également ce dont les gens se débarrassent en profitant de leur présence : portes, cuvettes de toilettes, bidets, meubles démantibulés, entrelacs de matériaux isolants, tiroirs de placards défoncés, montagnes de classeurs remplis de documents comptables dactylographiés, tuyaux, robinets, sacs-poubelle éventrés. Les grilles qui entourent les arbres sont des cendriers couverts de mégots qui s'amoncellent sur le trottoir, écrasés par les passants comme les paquets de cigarettes vides que les fumeurs froissent et jettent par terre, leurs atroces photographies en couleurs de moribonds et de viscères rongés par le cancer ou imbibés de goudron. Intactes ou déchirées, collées les unes par-dessus les autres, des affiches couvrent les vitrines des magasins fermés comme la broussaille envahit une maison en ruine. Un gribouillage de graffitis masque en partie les terribles textes en lettres rouges sur fond blanc LIQUIDATION FINALE, LIQUIDATION TOTALE, DERNIERS JOURS.

Quand la Soif t'Appelle. Des publicités fixées avec de la colle, du ruban adhésif et même du sparadrap sont placardées sur toute la surface des réverbères et des poteaux des feux de signalisation. Achète votre voiture. Jeune fille bolivienne propose ses services pour s'occuper de personnes âgées et effectuer tout type de travaux domestiques. Transports et déménagements. Achète Or. Achète Argent. Serruriers de confiance. Pose de fenêtres. Peintre Espagnol. Sur les voitures garées depuis quelques jours s'entassent des prospectus glissés sous les essuie-glaces ou dans les interstices des vitres entrouvertes. Massages. Asiatiques. Caribéenne Géniale. Un Volcan au Lit. Maître Doma grand Voyant Africain. Comme il n'a pas plu et que les balayeurs et les camions d'arrosage ne passent pas, les caniveaux débordent d'un humus de détritus divers mêlés aux feuilles d'automne. Maître Sule, Voyant Médium Guérisseur. Professeur Dide Grand Illustre Voyant Africain. Des crottes de molosses s'érigent en monuments puants. Maître Bamba Voyant Futurologue Guérisseur. Sur un banc s'amoncellent des récipients en plastique de nourriture à emporter, des cannettes de bière vides, des sachets de ketchup crevés. Maître Ma Djeneba Le Plus Grand Chaman Africain. Le samedi, il émane de chaque recoin une odeur d'acide urique et de vomi encore frais déversés par les fêtards de la veille. De beaux pieds féminins soignés chez la pédicure et chaussés de sandales avancent rapidement en contournant avec agilité la prolifération d'ordures. Dans le renfoncement de la porte d'une agence de voyages dont le rideau métallique est encore baissé trônent les cartons et les guenilles qu'un SDF lève-tôt a utilisés pour se faire un abri désormais abandonné.

Quatre Secondes Suffisent pour Contrôler Tes Impulsions. La voix te presse, t'aboie dessus, t'aiguillonne, te donne des ordres, te conseille, te prévient que le délai est bientôt écoulé, que tu es sur le point de rater la promotion, elle exige, t'angoisse au besoin, t'adresse des réclamations à un rythme intermittent de pulsations dans un coin de l'écran, te donne des instructions lapidaires, pousse des cris secs relevant de la discipline militaire, t'incite, te pousse du coude, te montre des choses, t'encourage à regarder davantage, à chercher immédiatement, à demander plus, à explorer. *Buy now*. Maintenant ou jamais. *Explore now*. Regarder davantage. *Find out more*. Tu cliques de la minuscule main au doigt levé sur les mots « *now* », « *more* » ou « maintenant », et aussitôt se déploient à ton intention les possibilités du désir révélé et exaucé. Apprends-en plus. Viens maintenant. Commence ici. Clique ici. Rejoins-nous. *Click to buy now*. Cherche tout de suite. *Find a doctor. Shop here*. Cherche ton signe. + info. *Book this minute. Experience now*. Réserve dès maintenant. En anglais, les monosyllabes accélèrent l'exigence et la rapidité. *Shop now. Skip ad*. C'est le rythme primaire, le plus efficace. Il n'est pas dans la conscience. Il n'est pas dans les zones du cerveau qui y sont connectées. Il est dans le cervelet, là où s'ordonnent les mouvements les plus élémentaires. *Get more. Shop here*. Ton cœur s'emballe comme des mesures de musique électronique quand tu marches dans la rue, comme la basse qui résonne à plein volume dans une voiture qui passe. Achète maintenant. C'est le un-deux, un-deux du pas, la cadence des battements du cœur, systole et diastole, celle des pulsations dans le sang, aspirer et expirer. Découvres-en plus ici. Acheter maintenant. Le verbe à l'infinitif imprime aux ordres une sécheresse robotique. Voir offre. Découvrir plus. Passer la publicité. La voix t'assaille dans la rue et t'attend quand tu allumes ton téléphone, elle vibre pour toi avec impatience au moment où tu ouvres la page web du journal. Lire plus. Clique ici. Vérifie. *Read more*. Elle sait ce qui te plaît. Apprendre davantage. Elle est sûre de la tentation qu'elle doit te proposer. *Just for you*.

Il t'Emmène dans des lieux Étonnants. Walter Benjamin avait avec lui une sorte de serviette de cuir noir quand il a fui en Espagne par les Pyrénées, il ne s'en séparait jamais. Ce cartable ou serviette lui donnait un air encore plus extravagant sur ces sentiers sauvages de bergers et de contrebandiers, avec ses lunettes, sa cravate, son air impossible de citadin, dans la chaleur excessive bien qu'on soit à la fin de septembre. Il avait le cœur malade et des poumons affaiblis de fumeur. Il serrait son cartable et disait que son contenu importait plus à ses yeux que sa propre existence. Il y conservait sans doute les documents qui pouvaient lui sauver la vie : son visa d'entrée aux États-Unis, celui de transit par l'Espagne, un visa pour le Portugal. Il s'arrêtait pour reprendre son souffle et épongeait la sueur de son front avec un mouchoir, et les fugitifs qui l'accompagnaient le laissaient en arrière et devaient faire des pauses pour l'attendre, en redoutant que les gendarmes français les interceptent. Sa mallette, cartable ou serviette était apparemment encore dans sa chambre de la pension Francia, à Portbou. Elle figure dans la liste des objets qu'il a laissés, mais personne ne l'a jamais trouvée. Le masque à gaz qu'il avait emporté en quittant Paris la veille de l'entrée des Allemands dans la ville a dû rester quelque part. Nulle trace non plus de sa montre de gousset dont la chaîne pendait de ses revers, selon une mode désuète, montre héritée de son grand-père et seule relique de sa vie bourgeoise à Berlin.

Every Piece Comes with a Story. À chaque déménagement, des objets se perdent et d'autres réapparaissent. Dans notre nouvel appartement, elle a apporté dans ma chambre le briquet qu'elle m'avait offert quand nous commencions à être amants ; je l'avais avec moi la première fois que nous sommes allés ensemble à New York. Cela doit faire vingt-cinq ans que je ne l'avais pas vu, je n'en avais même aucun souvenir, car je ne fume plus depuis des années. Il a une surface incurvée qui s'ajuste parfaitement aux doigts, conserve un peu de sa brillance d'acier malgré ses rayures et le fait que ses angles soient très abîmés et qu'il présente les signes d'usure des objets quotidiens qui ont vécu, qu'on utilise beaucoup et garde dans ses poches. Il fallait en soulever le couvercle pour l'allumer. Sa forme évoque la sensualité un peu Art déco des objets lisses et métalliques dont les courbes attirent le regard et sont dociles au toucher. Quand elle me l'a offert, mes mains étaient beaucoup plus jeunes, mais une trace jaune et sépia de nicotine maculait l'ongle de l'index et du majeur.

Tes Doigts Réclament un Meilleur Destin. Elle me l'a offert un matin où j'arrivais à Madrid pour un séjour plus court que tous les autres. Quelques heures plus tard, je devais prendre l'avion pour une destination lointaine. La ferveur de l'arrivée comme celle du départ étaient présentes dans la manière dont nous nous sommes donnés l'un à l'autre, de même que la promesse de retrouvailles dans une autre ville où j'avais déjà été et elle jamais. Le briquet était un gage qu'elle me remettait pour mon voyage. Avec les cigarettes et le cendrier, il était posé sur la table de nuit, près du lit où nous nous étions étreints quelques minutes après mon arrivée. Les baisers pressants que nous avions échangés dans le taxi, devant la porte de l'ascenseur et dans le couloir avaient la saveur ajoutée et excitante de la nicotine, le glacis de la fumée. Ce cadeau contenait l'autre présent qu'elle m'offrait, sa nudité rapide et lumineuse, un abandon de plus en plus chargé d'une inconditionnalité téméraire. L'emporter avec moi serait comme l'emporter elle. Quiconque regarderait ce briquet si singulier remarquerait sans en être informé la marque de la présence de cette femme dans ma vie, celle de son sens esthétique, qui se manifestait avec subtilité dans tout ce qu'elle portait ou qui l'entourait, dans l'espace où elle vivait et où je pénétrais pour la retrouver. Avoir le briquet sur moi et m'en servir pour allumer mes cigarettes ou proposer du feu à quelqu'un, c'était témoigner de la flamme secrète qui continuerait de brûler en moi pendant ce voyage, alimentée de souvenir et d'expectative. Sur toute table où je le poserais, dès que je le sortirais de ma poche, il attirerait l'attention, me permettrait de me distinguer grâce à elle, même si elle était absente et invisible. Dans les immenses chambres d'hôtel du Middle West, le briquet entre mes doigts ou sur la table de chevet était une lampe allumée contre l'éloignement.

Aujourd'hui Tu As la Chance de Décoller. Nous écoutions alors beaucoup de boléros. Je m'allongeais sur un lit colossal en pensant à elle, devant la baie vitrée qui donnait sur une autre immensité de parkings et de champs de blé. En allumant une cigarette, je renouvelais le geste qu'elle faisait pour moi après l'amour. Son corps aurait été encore plus mince et plus jeune dans ce lit gigantesque. La chambre immense à Colombus, Ohio, redevenait la petite pièce où, à Madrid, nous passions des matinées les rideaux tirés et des après-midi qui dérivaient en soirées où nous n'allumions pas la lumière avant qu'il fasse nuit noire, et où s'endormir exténué était aussi doux que se réveiller. Nous aimions beaucoup un boléro chanté par Moncho, *Amor, no fumes en la cama*[1]. Je pose à présent le briquet sur mon bureau, lui ménage un espace au milieu des papiers et des carnets, à côté d'une photo que j'ai prise d'elle peu de temps après qu'elle me l'avait offert, sur un banc de Central Park. Ce n'est pas que la mémoire puisse être très fidèle, elle ne l'est presque jamais. C'est que, parfois, le temps n'existe pas. Le passé d'alors est tout aussi tangible que le briquet que touchent ces mains qui n'ont pas tenu une cigarette depuis vingt-cinq ans.

1. Littéralement : « Mon amour, ne fume pas au lit ».

Bienvenue dans les Temps Nouveaux. Il me dit qu'il se focalise sur de nombreuses choses qu'il ne voyait pas auparavant, lorsqu'il n'avait pas encore entrepris son projet, mais qu'ensuite c'est devenu une obsession et qu'il ne peut s'en empêcher, surtout depuis qu'il a vu le cachalot. « Tu ne peux pas t'imaginer, dit-il, et il s'arrête sur le trottoir pour souligner ses propos en écartant les bras dans un geste qui englobe l'impossible. Quatre mille cinq cents kilos, plus large que ce trottoir et long de ce coin de rue à l'autre. » Quand il a mentionné le cachalot et s'est immobilisé comme un homme à l'ancienne qui parle en marchant, je me suis davantage concentré sur sa stature et son teint, sa barbe et ses cheveux hirsutes et blancs, bien qu'il soit plutôt jeune. Il porte un caban de marin ou de montagnard et déploie ses grandes mains, ce qui donne plus de force à l'évocation du cachalot ; « la même espèce que Moby Dick, évidemment, ajoute-t-il, *sperm whale* en anglais ». L'animal a été retrouvé, échoué comme une montagne sur une plage proche de la station marine où lui, ses collègues et leurs assistants travaillaient depuis des mois à ce projet, et ça a été comme une sorte de déferlement, un tsunami qui a tout changé. Mais à l'époque, cela faisait déjà longtemps qu'il avait cette obsession qui, bien sûr, ne lui a laissé aucun répit, au point qu'à la fin de l'année il n'a remarqué aucune atténuation quand ils ont eu fini d'élaborer les tableaux, de classer les matériaux et de tout quantifier.

Regarde la Vie avec d'Autres Yeux. « Et ça continue, dit-il. Encore maintenant, pendant qu'on bavarde tous les deux dans la rue et tout à l'heure aussi, quand on a pris un café. Je pense à autre chose, je discute et, tout à coup, je me rends compte que je n'écoute pas ou que j'ai oublié ce que j'avais en tête parce que je regarde un mégot qu'on jette par terre sans réfléchir, ou le sac en plastique que quelqu'un tient en sortant d'une pharmacie, et qui ne contient peut-être qu'une seule boîte de médicaments. Ce genre de choses. Tu sais combien de cigarettes par an on fume dans le monde ? Plus de cinq billions. Pas des billions à l'américaine : cinq millions de millions. Et la plupart des mégots et des milliers de substances toxiques que renferme chacun d'eux finissent d'une manière ou d'une autre dans la mer. »

La Technologie t'Inspire. « Regarde, par exemple, dit-il en désignant une boîte en plastique avec des restes de nourriture et une bouteille de soda du même matériau abandonnés par quelqu'un qui, en plus, a laissé par terre un sachet de chips vide et éventré. Il faudrait suivre une de ces personnes, continue-t-il en précisant qu'il y a déjà pensé, et relever son empreinte plastique pendant une journée, un an ou toute sa vie. Imagine un peu la biographie, ce que laisse n'importe lequel d'entre nous en l'oubliant ou sans pouvoir l'éviter, à commencer par moi, dont c'est pourtant l'obsession. Je m'achète des ciseaux et je me blesse les mains en essayant d'ouvrir un emballage en plastique rigide ou celui d'une brosse à dents, et je me dis que ces bords tranchants comme des couteaux vont déchirer la gorge d'une tortue marine, par exemple, qui les avalera en les prenant pour un calamar, et je me rappelle l'estomac déchiré du cachalot quand on l'a ouvert, tous les déchets et objets en plastique qui en sortaient. Il n'y avait pas de restes de nourriture. Rien dans l'intestin. Il est mort d'une rupture gastrique, mais il était déjà affaibli parce que aucun aliment n'arrivait dans son estomac. Alors c'est plus fort que moi, je ne peux pas m'empêcher de me focaliser là-dessus, il y a même des fois où je ne me retiens pas et où j'attire l'attention de quelqu'un que j'ai vu jeter par terre une bouteille ou un sachet en plastique. Et tout ce que je vois, je le classe mentalement dans notre tableau d'objets. Bouteille, emballage d'aliments, cannette, produit d'hygiène, filet de pêche, déchet d'exploitation agricole… »

Tires-en le Meilleur Parti. Il s'arrête de nouveau à l'angle très fréquenté des rues Goya et Alcalá, au milieu de la prolifération de gens et de choses, l'immense stock d'objets qu'il y a probablement en ce moment à chaque étage, dans les sous-sols et les réserves du Corte Inglés. « Je passe ici, par exemple, me dit-il, et ça me rappelle tous les sacs du Corte Inglés qu'on avait ramassés en un an, ou que les pêcheurs avaient ramassés pour nous dans une zone restreinte, près de la côte. » Il regarde les gens qui marchent autour de nous, leurs sacs remplis d'achats, et voit par comparaison le hangar industriel où s'amassaient des objets pendant la fameuse année au terme de laquelle son obsession ne s'est pas calmée. « C'était un Corte Inglés à l'envers, un grand magasin à déchets. » Et comme son imagination est quantitative et classificatrice, il étaie chacune de ses explications avec des chiffres exacts. « Quarante-sept mille et un détritus, pour être précis. Pendant un an, les pêcheurs au chalut du secteur côtier où se trouvait notre centre de recherches nous ont remis toutes les ordures récupérées dans leurs filets. Les chalutiers nous intéressaient parce qu'ils balaient les fonds. Soixante-dix pour cent du plastique est dans les profondeurs sous-marines. Tous les jours, un nouveau chargement arrivait. Au début, les chercheurs utilisaient un système de classification conçu en Norvège, mais ensuite, ils se sont rendu compte que c'était inutile, parce que les Norvégiens ne ramassaient pas de déchets issus de l'agriculture. Et nous étions à côté des serres d'Almería. Il y en a aussi de plus en plus à Grenade et à Murcie. Des tonnes, des kilomètres carrés de bandes de plastique transparent qui garnissent les serres, et le plastique noir plus solide dont on recouvre la terre pour maintenir les cultures au chaud et dans l'humidité. Pendant des années, on a jeté les plastiques inutilisables à la mer. On les jetait ou ils s'y retrouvaient, emportés par le vent. Des caisses, des cordes, des filets, des pots en plastique. Le cachalot avait dans l'estomac deux pots et dix kilos de toile en plastique. »

Toujours un Pas en Avant. À mesure que le camion déversait quotidiennement un nouveau chargement boueux et informe, il a été pris d'une sorte de délire classificateur, une taxonomie passionnée des immondices et des rebuts. Tout objet d'une taille supérieure à cinq centimètres devait être lavé, séché, étiqueté, mesuré, pesé. Des enchevêtrements de filets et de lambeaux devaient être démêlés. Un jour est apparue une boule énorme de restes de quatre-vingt-neuf modèles de filets différents. Quand ils ont réussi à la débrouiller, ils ont découvert que la pelote s'était formée autour d'un ours en peluche coiffé d'un bonnet conique de sorcier. Ils ont rassemblé de nombreux jouets sur des étagères, subdivisés peu à peu en nouvelles catégories, super-héros en plastique, poupées articulées, Barbie aux yeux écarquillés et aux chevelures de noyées, ours en peluche de toutes tailles, pingouins en peluche, toute une histoire naturelle, une zoologie composée d'hippopotames, de girafes en peluche, de bébés tragiques aux traits méticuleusement humains, de princesses Disney aux cheveux mêlés d'algues et de vase.

Je Paie et J'ai Tout. « Des téléviseurs, dit-il, anciens ou avec des écrans plasma, des réfrigérateurs entiers, des lave-vaisselle, des ventilateurs, des voitures, des trains, des avions de chasse et des vaisseaux spatiaux en miniature, des gants en caoutchouc qui émergent de l'eau comme des mains demandant de l'aide, des bouées, des piscines en plastique, des chaussures de sport, des sandales en plastique, des préservatifs, des lunettes de plongée, des cages à oiseaux, des cages pour transporter les animaux domestiques, des seaux, des moteurs, des pneus de vélo, des vélos complets, des éponges synthétiques, des pneus de voiture et d'autres, gigantesques, de camion. »

Où et Quand Je Veux. « Et des sacs, se rappelle-t-il. Les sacs et les bouteilles en plastique, surtout, les barquettes de nourriture en plastique, ça, ce sont les trois groupes les plus conséquents, des quantités incroyables de bouteilles alignées, ordonnées comme une grande armée ou les pièces d'un jeu d'échecs insensé, les bouteilles de boissons et celles de détergents et de produits ménagers, les sacs, les verres, les assiettes, la vaisselle en plastique d'un banquet prodigieux, les files de tubes de pâte dentifrice, de brosses à dents, de pailles en plastique, les couches de bébé, les petites cuisines jouets, les emballages de gâteaux industriels, les sachets de chips, de Curly, de nachos dont les marques et les couleurs réapparaissaient intactes et flamboyantes quand on les lavait. »

Vis des Sensations Incroyables pour la Mémoire. Un jour, on leur a dit qu'on avait trouvé un cachalot. Il paraissait encore plus gigantesque sur cette plage de petite taille. Pour monter dessus, il fallait escalader son corps glissant. Ils s'agitaient autour de lui comme des plongeurs ou des astronautes, dans leurs combinaisons orange, avec leurs masques pour respirer et leurs lunettes protectrices. Ils l'ont ouvert dans la longueur avec des tronçonneuses. Sur la muraille noire de sa grosse tête, les mouches assaillaient un de ses yeux resté ouvert. Ils devaient travailler vite pour que la puanteur croissante ne rende pas la plage impraticable. Ils ont déployé sur le sable les objets découverts dans son ventre, qui devaient ensuite être transportés au dépôt pour un classement définitif. « La scène semblait se dérouler sur une autre planète », me dit-il. Il ne jette plus de coups d'œil rapides autour de lui quand il me parle car il est entièrement tourné vers ce souvenir. Le cachalot éventré comme un détroit de matière organique et de viscères ; son grand estomac ouvert dont ils extrayaient des objets ; les silhouettes humaines en bottes, coiffées de bonnets comme des scaphandres, qui s'agitaient au-dessus de l'animal qu'elles dépeçaient. Une grue et une pelleteuse attendaient, d'un côté de la plage. « Tu as peut-être du mal à imaginer. Une bête de presque cinq tonnes. Il avait dix-huit kilos de plastique dans le ventre. Jusqu'à présent, le record pour cette espèce est un spécimen échoué sur une plage de Californie qui en avait soixante-treize kilos dans l'estomac. La plus grosse partie du plastique avalé par notre cachalot provenait des serres, mais il y avait aussi des filets, des pots de plantes, tout un lot de sprays et des boîtes de nourriture, des sacs en plastique et des briquets. »

Appelle-nous et Nous T'Aiderons. Mais il n'est ni amer ni sombre. Il s'exprime avec une équanimité que confirme son visage serein, qui paraît plus jeune par contraste avec ses cheveux et sa barbe blancs. Il compense le vertige apocalyptique des chiffres par ses dispositions pour le concret, la proximité et ce qui est réalisable : le cadre bien délimité à l'intérieur duquel se développe une expérience, la durée d'un projet ; les choses qui peuvent être mesurées, décrites et évaluées avec fiabilité. Dans l'entrepôt industriel, entouré des quarante-sept mille et un objets récupérés et classés au long d'une année, il restait parfois seul après sa journée de travail, et se promenait parmi les collections organisées avec une complaisance non de propriétaire, mais de directeur de musée. Un modeste recoin de réalité avait été quantifié et ordonné. Quand je lui dis qu'il semblait alors éprouver une satisfaction plus esthétique que scientifique, il sourit, puis redevient sérieux et déclare : « Pourquoi ces deux satisfactions devraient-elles être dissociées ? »

Sois le Premier à le Posséder. C'est l'heure de l'apéritif et nous buvons une bière en mangeant des tapas dans un bar de l'avenue Menéndez-Pelayo. Nous sommes au mois d'octobre, à Madrid, l'après-midi. Autour de nous les gens discutent, boivent, dégustent de délicieuses tapas debout devant le comptoir, certains accoudés avec une sagesse inconsciente et ravie. La largeur du trottoir et la proximité du Retiro confèrent à ce quartier un aspect de ville côtière. Avec notre bière, on nous a servi des moules en escabèche et des tranches de pain. Il y a une perfection, une culmination du savoureux et du possible. La promenade, la conversation, la bière ont illuminé son visage. Il s'exprime avec un accent andalou doux et calme, sans emphase, en zozotant un peu et en aspirant les « s » à la fin des mots. « Le pire, ce n'est pas ce qu'on voit, dit-il, mais ce qu'on ne peut pas voir. Les plastiques entraînés vers des profondeurs insoupçonnées par des courants sous-marins bien plus puissants que ceux des grands fleuves ; les microfibres du plastique mesurant cinq millimètres ou moins. Le plastique ne disparaît jamais. Une bouteille d'eau ou un sachet tout bête peuvent se désintégrer au bout de mille ans, mais ça ne veut pas dire grand-chose, parce que les microfibres restent et sont absorbées par les organismes vivants. Elles provoquent des réactions méconnues à une échelle cellulaire, moléculaire. » Il brandit la fourchette piquée dans la moule qu'il s'apprête à porter à sa bouche, et qui contient assurément des traces de plastique, d'antibiotiques, d'antidépresseurs, de pesticides. « Quand on fume une cigarette, on inhale même des raticides. Des raticides, des pesticides et des métaux lourds qui polluent la terre autour de cet arbre où les gens jettent leurs mégots en ce moment même, ceux qui fument devant les hauts guéridons que les patrons du café ont installés sur le trottoir. »

Tu Aimerais Être Ici Demain ? Il demeure attentif. Il observe sans cesse tout ce qui se passe : un serveur a vidé dans la poubelle une corbeille remplie de tranches de pain ; une femme très séduisante est sortie fumer sur le trottoir, une bière à la main, et a froissé un paquet de cigarettes vides avant de le jeter. Il regarde avec étonnement mais sans misanthropie l'irrationalité ou la simple négligence désastreuse des humains. Ayant une érudition singulière, il s'avère qu'il connaît très bien Proudhon et d'autres socialistes utopiques français. Il me cite une phrase de Proudhon. Je crois que c'est la première personne qui me parle de ce penseur depuis quarante et quelques années. « Le bien-être sans éducation abrutit le peuple et le rend insolent. » Il s'est lancé dans un autre projet qui part du problème des pneus chinois. Dans une crique quasiment vierge très difficile d'accès, il a découvert une décharge de pneus. Les gens achètent des pneus chinois parce qu'ils sont bon marché, mais également illégaux dans l'Union européenne, de sorte que lorsqu'ils sont usés, ils ne peuvent pas les apporter dans les lieux officiels de recyclage et les jettent n'importe où. Pour cela, cette crique est incomparable. Elle est située au pied d'une paroi rocheuse presque verticale et tout ce qu'il y a à faire, c'est de benner le camion rempli de pneus dans un virage, depuis la route. Il a élaboré un projet, obtenu des fonds, loué une grue. Il a engagé les membres d'un club d'escalade pour qu'ils descendent avec leurs cordes le long de la falaise. D'après ses calculs, il y a sur la plage deux à trois cents pneus, une montagne noire comme celle du cachalot échoué, au bord de cette mer si bleue où il ne reste plus de plancton, où ne viennent même plus les alevins qui y cherchaient autrefois de la nourriture et s'y réfugiaient pour échapper à leurs prédateurs.

I Am Full with a Thousand Souls. Il y a chez Herman Melville une invisibilité, une incapacité à se trouver ou à se reconnaître dans d'autres passants qui l'ont sans doute croisé dans la ville, les cercles restreints des réunions littéraires, les librairies, les cafés. Il a dû voir Walt Whitman, son exact contemporain. Quand Melville a publié son premier livre, Whitman a écrit un article élogieux à son sujet dans un journal de Brooklyn. Melville lisait Poe et tous deux fréquentaient la même librairie à New York, ils étaient amis avec le libraire. Pourtant ils ne se sont pas rencontrés, et s'ils se sont vus ou croisés avec la bonhomie qu'affichent habituellement les inconnus vis-à-vis des autres, nul n'en a trace. Melville marchait vite et à grandes enjambées. Il disait que Brooklyn était un Mississippi qui traversait Manhattan. À Londres, en 1850, Melville passait ses journées à explorer des ruelles et des cours, des cafés, des librairies, des théâtres, des rues douteuses où il ne se serait pas aventuré s'il n'avait pas été seul, au coin desquelles des femmes s'offraient sous les becs de gaz. De Quincey était encore en vie. Il est fort probable que Melville ait lu ses *Confessions d'un mangeur d'opium anglais*, et « L'homme des foules », de Poe. Melville prenait des notes rapides dans son journal de voyage. *Moby Dick* devait déjà prendre forme dans son imagination, les premiers épisodes entrevus comme un rêve ou un souvenir, la première nuit d'Ismaël à New Bedford. Au cours d'une de ces journées londoniennes, il se laisse entraîner par une foule festive qui marche jusque sur la chaussée. À un moment donné il découvre, alors qu'il ne peut plus se placer sur le côté ni revenir sur ses pas, que ce cortège se dirige vers le lieu où doit se dérouler une pendaison publique. « La foule brutale », écrit-il, dégoûté, dans son carnet. Un autre témoin, Charles Dickens, assiste à la scène, tout aussi écœuré, pris dans la même multitude, mais à un autre endroit. Dickens et Melville, tous deux au milieu de ce peuple agité et avide de cruauté, si près l'un de l'autre, sans le savoir.

Nous Voyons dans Ton Avenir des Choses Surprenantes. Depuis décembre 1866 et pendant plus de vingt ans, Herman Melville effectue six jours par semaine le même trajet dans New York. Il sort de chez lui, au numéro 103 de la 26e Rue, prend le tramway tiré par des chevaux, qui circule déjà sur des rails, en direction du sud de la ville. Quand il en descend, il marche vers l'ouest pour gagner les quais de l'Hudson. Tel est exactement le paysage de sa vie d'enfant. Son père le prenait par la main pendant leurs promenades le long des quais, lorsqu'il était encore un commerçant très prospère, avant la ruine et la maladie. Il porte une casquette bleue et un uniforme bleu foncé avec des boutons dorés. Son titre officiel est « inspecteur adjoint du service des douanes ». Quelques années auparavant, Poe avait sollicité sans succès un poste similaire. Un ami lui avait obtenu un rendez-vous avec le président, à la Maison Blanche, pour que Poe lui propose ses services et lui explique qu'il était dans le besoin, mais il avait tellement bu la veille qu'il ne s'est jamais présenté. La tâche de Melville consiste à vérifier que les taxes sur les marchandises des bateaux qui arrivent du monde entier dans le port de New York soient payées. Il travaille dans une sorte de hangar en bois. Sa fonction lui est d'autant plus désagréable qu'il est entouré d'employés corrompus. Quinze ou seize ans plus tard, il change d'itinéraire mais pas de poste. On l'affecte à un quai de l'East River, très au nord de l'île, du côté de la 79e Rue. La ville change vite à cette époque. Melville se

la importancia de la luz

rend désormais au travail en prenant un train aérien dans la Troisième Avenue. À l'époque, il n'y avait pas encore de très grands immeubles qui masquaient la vue. Des fenêtres du wagon, le voyageur sédentaire voit l'étendue de la ville et les deux fleuves qui entourent l'île, les forêts de mâts des voiliers et, au fil des années, les cheminées des bateaux à vapeur qui envoient des nuages de fumée noire et font résonner leurs sirènes caverneuses.

Juste au Moment où Tu en Avais Besoin. Personne ne se rappelle ni ne connaît Herman Melville. Dans le train, sur son siège, très grand, sérieux, avec le regard fixe et absent qu'il a sur toutes les photos et sa grande barbe à l'ancienne devenue grise, Melville est un personnage aussi imposant et désuet que les rares bateaux à voiles qui arrivent encore au port. Lui qui avait tellement navigué pendant la première partie de sa vie ne prend plus jamais la mer durant la seconde. Personne ne se souvient d'aucun de ses livres, pas même des premiers, qui avaient fait de lui une célébrité tant romanesque que scandaleuse, car il racontait des histoires de cannibales et de natives sensuelles des mers du Sud. Henry James, qui connaît tout l'univers littéraire de New York, ne le mentionne jamais. Des trois mille exemplaires de la première et unique édition de *Moby Dick*, deux mille quatre cents sont restés oubliés pendant des années dans l'entrepôt de l'imprimerie. Ils ont brûlé dans un incendie qui a consumé le bâtiment. Les flammes ont dû se propager très rapidement avec cette accumulation de papier, le purgatoire des livres dont personne ne veut, la répétition identique des mêmes pages et des mêmes mots. Les ventes brutes du roman aux États-Unis représentaient un montant de 556,37 dollars. Sur une photo assez fantomatique prise vers 1890, on voit l'esplanade à l'extrême sud de l'île, The Battery, et sa rambarde au-dessus de l'embouchure de l'Hudson et de la baie. Plusieurs silhouettes masculines isolées se détachent à une certaine distance, des hommes vêtus d'habits sombres et conventionnels, avec de hauts chapeaux, qui prennent le soleil dans ce qui semble être une matinée hivernale. L'un d'eux pourrait être Herman Melville. Dans les années 1920, quand *Moby Dick* a été réédité une première fois et qu'on a publié *Billy Budd, marin*, un vieil homme qui avait travaillé comme vendeur dans une librairie de New York dans sa prime jeunesse a raconté qu'il se rappelait avoir souvent eu affaire à Melville. C'était d'après lui quelqu'un de réservé, toujours généreux et aimable avec ceux qui le servaient.

Toute la Plage Rien que pour Toi. Un vent humide s'est levé et il pleut pour la première fois depuis des mois. C'est la première fois que je vois le nouvel appartement baigné d'une lumière brumeuse le matin. C'est comme si j'y arrivais vraiment, comme de l'habiter dans la perspective des journées hivernales. C'est l'avenir pressenti qui résonne dans la mémoire, pas le passé inexistant. Sortir dans la rue et découvrir une brise fraîche et humide, l'odeur de la pluie, la cime des arbres agitée par le vent, c'est se retrouver dans une ville plus proche de la mer et plus au nord. Les feuilles mortes tourbillonnent sur les trottoirs sans qu'on sache d'où elles ont surgi car les arbres sont encore verts. Ce ne sont pas des feuilles d'automne, qui tardera encore à survenir, mais des feuilles brûlées par la chaleur. Entendre de nouveau les arbres à Madrid, c'est comme entendre la mer. Dans une ville sans vent, ils ne bruissent pas. Les drapeaux en haut des immeubles et les stores de couleur jaune ondoient. Tous les papiers qui jonchent le sol, les mégots, les prospectus, les verres en plastique, les publicités pour des massages ou pour acheter de l'or ou des voitures, tout cela s'agite, mêlé aux feuilles sèches, dans de brèves turbulences, feuilles d'arbres, plastique, papiers, détritus, les gouttes éparses d'une pluie invisible et rapide tombent comme des aiguilles sur le visage, traversent la chemise d'été, ruissellent sur les pare-brise sales des voitures garées là depuis très longtemps, transforment en pulpe de papier les publicités restées des jours prisonnières sous les balais des essuie-glaces.

Reçois des Privilèges Exclusifs. Comme il fait frais et que le ciel est couvert, les gens pressent le pas le matin. Beaucoup de femmes portent encore des sandales, mais elles sont en vestes ou couvertes de châles. Des groupes de gamins sont en route pour l'école, des mères tiennent leurs enfants par la main, des enfants lents, encore étourdis de sommeil, qu'elles incitent à aller plus vite. Une femme a une poussette double où se tiennent deux bébés identiques. Elle la conduit d'une main et, de l'autre, s'arrange les cheveux, allume une cigarette. Elle parle dans un portable qu'elle a difficilement calé entre sa joue et son épaule. Elle a également du mal à tirer la cigarette du paquet et à l'allumer de sa seule main restée libre, et grimace en le faisant. Chaque bébé est absorbé par l'écran d'un iPhone. Dans ce quartier, les garçons et les filles portent l'uniforme d'établissements privés. La nouveauté plane dans l'air, une puissante sensation de commencement, la promesse de septembre, des papeteries qui sentent les cahiers et les crayons et sont peut-être en voie d'extinction, comme les choses durables et utiles qui donnent l'impression qu'elles vont disparaître car quelqu'un, on ne sait trop qui, a décrété tout à coup qu'elles étaient anachroniques, de même que la radio, qui devait connaître sa fin avec l'arrivée de la télévision, ou le théâtre, qui risquait d'être privé de son public, ou encore les trottoirs, les tramways, les promenades, les bicyclettes, les boutiques de quartier, déclarés obsolètes par des experts irréfutables de l'architecture et de l'urbanisme.

Avant qu'il Soit Trop Tard. Avant, au fond de moi, j'avais honte de rester loyal à tout ce que j'avais toujours aimé, les livres de papier, les librairies, les cahiers, la plume, les crayons. Maintenant ça m'est égal, non que j'admette mon anachronisme d'individu vieillissant ou me résigne à perdre les choses que j'apprécie, mais parce que cette perte, toute cette chaîne d'extinctions si joyeusement anticipée il y a peu, n'est plus aussi claire qu'il y paraissait. Les plus grands amoureux des livres de papier et des belles typographies que je connais ont trente ans de moins que moi. De ce que les experts donnaient pour mort et qui était précieux et pratique, presque rien n'a disparu. Plus l'omniprésence et la fantasmagorie des irréalités digitales est forte, plus ce qui a une présence véritable et unique et peut être touché avec les mains prend de l'importance. Ceux qui taxent l'intemporel d'anachronique ignorent qu'il relève tant de l'avenir que du passé. Le suranné devient soudain futuriste : les bicyclettes, les tramways, les marchés de légumes verts et de fruits frais, les rues très habitées, le mélange fécond du commerce, du travail et de la vie, les places publiques arborées.

Nous Avons une Offre Irrésistible à Te Proposer. Aujourd'hui, je sors de bonne heure car je dois faire une prise de sang. Comme il est plus tôt que d'habitude, j'ai surpris la ville dans un moment de précipitation laborieuse qui me plaît car, en général, je n'y assiste pas. Marcher à jeun dans le matin frais et porter une veste pour la première fois depuis des mois accentue la légèreté, la nouveauté, la sensation d'une promesse qui n'a pas besoin d'être formulée pour se réaliser. J'ai traversé des rafales de conversations, d'odeurs et de bruits de petits déjeuners dans les cafés, de fragrances d'eau de toilette, de shampoing et de gel après des douches récentes. J'ai vu à l'angle des rues ces fumeurs qui semblent se lever tôt dans la seule intention de s'empoisonner au plus vite, de s'empresser de substituer à l'air frais de la matinée une fumée toxique et brûlante. Devant les portes de l'hôpital, il y a un nuage de fumée de tabac et un tapis de mégots. Des malades fument en chaussons, un manteau ou un peignoir passé sur un pyjama bleu pâle. Une infirmière discrète et sympathique m'a piqué au bras sans me causer la moindre douleur, puis elle a changé les tubes en plastique à mesure qu'ils se remplissaient du sang aspiré.

Trouve Ton Style d'Expérience. La couleur du sang est toujours une surprise. Elle a ensuite posé un coton qu'elle a maintenu avec un sparadrap sur mon bras. La perte de sang m'allège plus qu'elle ne m'affaiblit. En gagnant la sortie, je traverse, le long de corridors et de halls que je connais bien, le vacarme humain d'un hôpital public, une agitation populeuse de marché. Le soleil n'a pas encore réchauffé l'ombre des rues arborées et étroites qui s'achèvent sur la perspective linéaire du Retiro. Les tuyaux d'arrosage créent un mirage visuel et olfactif de pluie matinale. Au café du coin de la rue, sous le dessin de Giacometti, je prends un petit déjeuner plus substantiel que les autres jours, pour me fortifier après la prise de sang. Café, pain grillé avec de l'huile et de la tomate, jus d'orange. Le goût du café et celui du lait épais et nutritif sont très perceptibles par mon palais reconnaissant. L'arôme flotte sans se dissiper dans l'air chaud du café. En fond sonore se mélangent les conversations téléphoniques, l'accent vénézuélien des serveurs, le bruit du percolateur. Bill Evans joue *My Favourite Things*. À la une du journal, une grande photo de Donald Trump devant un rideau de drapeaux américains. Il est neuf heures et j'ai toute la journée, toute la vie devant moi. Sous la manche légère de ma veste, je sens le sparadrap tirailler la minuscule piqûre de la seringue. Près de moi, une femme parle dans son portable. « D'un autre côté, je suis moi aussi du genre à prendre les armes, et j'ai un caractère que peu de gens supportent. » Elle se tait et écoute ce qu'on lui dit avec des gestes d'impatience. La personne qui lui répond parle très fort car j'entends sa voix. La femme a de longs ongles rouges et les jointures de ses doigts sont livides à force de plaquer l'appareil contre son oreille. « Je veux que vous me fichiez la paix. Fichez-moi la paix. Je n'en peux plus. Fichez-moi la paix. »

Tu Rates Quelque Chose. Toutes les voix sont en définitive la même. On croit que les titres des chansons changent, ainsi que les mélodies et les paroles, mais c'est plus ou moins la même chanson qui se répète toujours. C'est à toi et à toi seul que fait allusion la deuxième personne de toutes les publicités, chansons et messages politiques. Toutes les chansons parlent de toi. Notre meilleure recrue, c'est toi. Le crach, c'est toi. Le voyage, c'est toi. Nous avons une Volvo rien que pour toi. Toutes les voix t'incitent à découvrir quelque chose, à faire le prochain pas, à oser, essayer, pousser une porte, vivre une expérience, cliquer sur un texte qui palpite souvent sur l'écran de ton ordinateur. La plus belle Méditerranée pour toi. Entre maintenant, découvres-en plus, *learn more*, *find out more*, appuie ici, clique ici. La voix parle sur le ton de l'invitation, de la suggestion et du désir. C'est la voix de quelqu'un qui sait ce que tu veux, ce que tu penses et crains avant que tu ne le dises. Elle te connaît si bien qu'elle sait ce que tu vas désirer avant même que tu en aies l'idée, même si tu n'oses pas l'avouer, te l'avouer. Elle devine tes besoins et se met à ton service sans que tu l'aies demandé. L'ancienne magie sacrée de la divination et de la prédiction est maintenant dispensée avec l'infaillibilité automatique d'un algorithme. Quelqu'un t'aime beaucoup. Nous savons où tu es en ce moment. Je sais à quelle heure tu te réveilles chaque jour comme si je dormais à tes côtés, et quand tu consultes ton téléphone sur la table de nuit, et où tu vas chaque jour, et je sais quelle est la probabilité que tu fasses telle ou telle chose, que tu suives tel ou tel itinéraire. Tu es au cœur de nos attentions. Toi, oui, toi. L'expression de ton visage, le manque de sommeil après la nuit dernière, ton étourdissement, ton impatience, nous l'avons filmé grâce à la caméra du distributeur de billets. Il y a des gestes qui te rendent unique. Bonjour, je suis ton nouveau distributeur de billets. Nous améliorons notre navigation pour que tu puisses améliorer ton expérience. Nous savons quels vêtements et quels bouquets, quelle marque de préservatifs tu as achetés aujourd'hui, et si tu t'es changé depuis hier, si tu t'es douché ou si tu es allé chez le coiffeur, si tu y as laissé une trace de ta présence en passant un appel, en consultant tes mails ou en payant avec ta carte de crédit.

Nous Remuons Ciel et Terre pour t'Offrir ce qu'Il y A de Mieux. Tu ne rateras plus rien car à tout moment, nous savons où tu te trouves dans la ville et dans le monde. Nous te connaissons mieux que personne, mieux que tous ceux qui se croient tes intimes, mieux que ton confesseur, mieux que ton psychanalyste. Même si tu le payes en liquide, nous savons qui est ton psy, où se trouve son cabinet et avec quelle fréquence tu y vas. Nous pouvons estimer en tombant juste presque à cent pour cent quel magazine tu vas feuilleter distraitement parmi ceux qui sont déployés avec négligence dans la salle d'attente. Tu ouvres la page web du journal à l'heure que nous avons prévue, tu découvres la une et la liste d'informations importantes que nous avons choisies, sélectionnées, personnalisées pour toi. Comme on sait quel livre tu as cherché brièvement hier sur une impulsion, nous te proposons aujourd'hui une offre très avantageuse dans un emplacement bien en vue du journal que nous avons conçu spécialement pour toi. Nous travaillons pour toi. Laisse-nous conduire à ta place. Autrefois, dans les annonces de la Direction générale de la circulation, on te disait avec paternalisme qu'on ne pouvait pas conduire à ta place. Maintenant c'est terminé. Nous, nous pouvons le faire. Laisse-nous conduire à ta place. Maintenant nous t'accompagnons aussi fidèlement que ton ombre, et non seulement nous marchons dans tes pas, mais nous les prédisons et les guidons. D'ici peu il y aura des écrans publicitaires dans les rues, qui te détecteront quand tu passeras, et ils s'empresseront de t'offrir le produit qui te convient le mieux, la tentation qui correspond le mieux à tes désirs cachés. *Go where you didn't know you wanted to go*.

Bienvenue dans l'Univers Toi. Il est temps pour toi de vivre une expérience unique. *Your time is now.* La personne de l'année, c'est toi. Tu fais la couverture de *Time Magazine. Person of the year.* La couverture de *Time* est un miroir dans lequel tu vois ton visage reflété de manière floue, un miroir flexible de papier glacé. *Looks good to be you.* Maintenant tu vas voir ce que tu allais rater. Le cosmos capitulera face à ta séduction. Tu vas réveiller des passions incontrôlables. Choisis ce que tu veux vivre. Un nouveau monde de sensations t'attend. Tu peux le rendre réel à partir de ton portable. Fabriqué en pensant à toi. Tu seras le centre de toute l'attention. Tu vas être millionnaire. Les lecteurs du monde entier te connaîtront. Tu n'es pas ordinaire. Tu es à l'origine de grandes histoires. Toi, oui, toi. *Nonstop you*. Noël, c'est toi. Ton histoire t'attend. L'alternative, c'est toi. Tu peux conduire la voiture de tes rêves. Avec tout ce dont tu as besoin. Ton style avec toujours un temps d'avance. *You can achieve your dreams at any age*. Le sourire dont tu as toujours rêvé. Tout ce qu'il te faut cet été. *Performance in your hands*. Tu vas bientôt vivre les meilleurs moments de ta vie. Le voyage que tu peux faire aujourd'hui. Tu peux arriver dans des lieux inaccessibles par la parole. Tu as tout pouvoir. Tu voudras que le chemin ne s'arrête jamais. Toute la vie te sourit. Ce qu'il te faut quand il le faut. Séduction sans limites. À l'heure que tu voudras.

Quand le Désir Est Interdit Plus Forte Est la Tentation. Un feu pur. Un volcan au lit. Viens me voir. Plaisir inoubliable pour le corps et l'âme. Tu marches dans la ville et les voix des sirènes t'appellent. Les filles-fleurs chantent pour toi des harmonies à plusieurs voix qui t'enveloppent, des jeunes filles tendres, viens faire connaissance avec nous, ou alors elles t'appellent d'une seule voix mélodieuse. Brise la monotonie et viens faire connaissance avec moi. J'existe. Je t'attends nue. C'est un murmure continu sous le vacarme de la ville et la cacophonie des autres voix, émis à une fréquence que l'oreille normale ne capte pas, seuls les yeux y parviennent. Tu marches dans la ville et tu donnes l'impression de ne pas entendre, de ne pas voir, mais une partie secrète de toi répond à cet accord, à ce message qu'on t'a laissé sans que tu saches qui et quand sous un des balais de tes essuie-glaces, que tu découvres lorsque tu regagnes ta voiture le matin, ou dans l'interstice d'une vitre entrouverte, ou peut-être sur le trottoir, par terre, comme par hasard ou par négligence, au milieu des choses jetées et des mégots, le bristol en couleurs, un peu plus grand qu'une carte de visite, une confidence, un souffle, une tentation, six nouvelles filles dans le quartier, appelle-nous, discrétion absolue, un verre gratuit. Nous sommes cinq petites amies et nous t'attendons.

On t'Emmène à la Dernière Grande Fête de l'Été. Il y a un numéro de téléphone, jamais d'adresse. Il y a un code que tu peux capturer avec ton portable. Elles t'attendent toujours. Elles vont là où tu leur demandes d'aller. Hôtel et domicile. Taxi non compris. Elles t'énoncent doucement les minutes que tu pourras passer avec elles et le prix de chaque minute. Il y a parfois une équivalence tentante : quinze minutes, quinze euros, la durée chronométrée de chaque caresse, de chaque petite tape rythmique, de chaque pression exercée, la promesse. Massages asiatiques. Massages et davantage. Entre les massages et les Asiatiques, il y a une concordance qui n'est pas grammaticale mais imaginative. Massages avec un heureux dénouement.

Dans la polyphonie des sirènes, les variétés ethniques ou nationales sont aussi riches et prometteuses que les timbres de voix ou les spécialités proposées. Jenni Canarienne. Nouvelle dans le quartier. Elena Paraguayenne. Dala Polonaise. Crisna Blonde Supergrec. Tout à coup, le langage devient corporatif. C'est un érotisme de plus en plus pervers car il relève un peu du discours de motivation. Spécialisée dans tous types de services. Implication maximale. *Premium Massage*. Deborah Bellissime. Impliquée. Grosse poitrine. Petit cul rebondi. Il y a une prophétie dans la tentation. Avec mes mains je te relaxerai. Avec ma bouche et mon corps je te donnerai du plaisir. La ville est un jardin secret de désirs exaucés, un harem tarifé à la minute, un paradis fermé qui s'ouvrira pour toi dès que tu montreras cette petite carte dans un lieu déterminé, un pavillon discret, discrétion absolue, propriété sans concierge, après avoir composé un certain numéro de téléphone, suivi certaines étapes inévitables, un itinéraire d'initiation ancien pratiqué les yeux bandés. Il y a un mystère que tu devras élucider pas à pas. Les femmes te montrent leur cul relevé ou leurs seins nus, mais leur visage est dissimulé derrière un rideau de longs cheveux noirs, pixélisé ou flou, un ovale nébuleux encore plus tentateur dans la mesure où le reste du corps est offert et visible, et du fait du bel exotisme mercenaire du prénom, Dianita, cent de tour de poitrine, viens faire connaissance avec moi, Marilyn, Karla, français natal, Nikol, Karina, Anita Solita, Martha Chilienne, Alicia, Lorena la totale trente euros, vingt printemps, vraie photo.

C. B.

Être Chien et à la Mode Est Compatible. La fin de l'été entraîne celle de l'adamisme des congés à Madrid. Un été irresponsable passé en bermuda et en espadrilles, sac à dos à l'épaule, des samedis et des dimanches qui s'étalaient ; un Madrid pastoral qui est le grand secret du mois d'août, inconnu de ceux qui partent et ne le voient jamais. Tout le côté inhospitalier des lundis s'est concentré sur le premier lundi de septembre et la reprise du travail. Il faut tristement retourner au bureau, faire face aux obligations et aux délais très serrés. Il faut revêtir une sorte d'identité extérieure comme on endosse un costume conventionnel resté des mois dans un placard fermé. Dans les poches traînent des choses dont tu ne te souviens plus. Un billet de cinéma pour un film que tu as oublié en dépit des détails qui y sont méticuleusement imprimés, l'heure, le jour, le numéro de la salle, le titre qui ne t'évoque rien. Une note de restaurant ou de supermarché, un prospectus plié plusieurs fois. Un reçu de carte de crédit pour un achat dans une librairie. Si c'est toi qui as acquis ces livres, tu ne sais pas ce qu'ils sont devenus. Tu passes ta veste en ayant l'impression d'usurper l'identité d'un autre. Il faut laisser la tâche en suspens pour gagner sa vie ; accomplir de nouveau ce qui a un résultat pratique immédiat ; se soumettre à l'attention et au jugement d'autrui.

La Nouvelle Icône de la Masculinité. Mais quand je m'habille avec un sérieux relatif et que je pars en voyage sans le moindre entrain, représentant de commerce de mon propre métier, je me rends compte qu'au lieu d'interrompre la tâche, le déplacement se mêle au contraire à elle et l'amplifie. Sans effort ni calcul, il devient la tâche, qui consiste à marcher dans Madrid tel un pèlerin ou un excursionniste, à enregistrer des conversations et à ramasser des choses par terre. Il s'agit maintenant d'aller à l'aéroport et de prendre l'avion pour la France. La tâche, c'est précisément cela. Écouter les publicités qui passent à la radio dans le taxi, m'intéresser aux écrans et aux panneaux du terminal 2, prendre aimablement tous les prospectus pour cartes de crédit et les réclames de magasins d'électronique qu'on me tend en chemin. Une femme noire au premier plan entrouvre ses lèvres fardées d'un rouge doré. *Unexpected. Unboring. Unlimited.* Assis près de la porte d'embarquement, j'enregistre la conversation de femmes qui discutent dans mon dos et que je n'arrive à voir à aucun moment. Ce sont des adeptes des congrès de médecine et des stations balnéaires des Caraïbes. « Le congrès international sur la thyroïde a eu lieu à Orlando. Là-bas, tout est artificiel. Les lacs, les rivières, tout. On allait aux conférences en canoë. » « Le prochain congrès de neurologie sera à Alicante. Il y aura de vraies têtes. Des têtes de cadavres. » Devant moi, un gros homme à la moustache manifestement teinte mange des tranches de saucisson tirées d'un emballage en plastique qu'il a déchiré avec une impatience d'affamé.

Laisse-toi Séduire par le Parfum des Pays Où Tu Séjournes. J'ai avec moi tout ce dont j'ai besoin. Le crayon, le carnet, la gomme, de petits ciseaux en plastique pour qu'on ne me les confisque pas au contrôle de sécurité, le téléphone avec enregistreur et appareil photo. Le crayon que j'ai acheté lors du voyage précédent est maintenant plus petit que mon pouce et m'échappe des doigts. Je l'ai changé pour un autre, mais je ne le jette pas. Il est immoral de jeter des objets qui méritent qu'on les respecte et peuvent encore servir. Les juifs pieux ne jetaient pas les volumes d'écritures sacrées quand ils étaient détériorés par l'usage. Ils les ensevelissaient avec révérence dans des cimetières spéciaux au cours d'une cérémonie. Jeter les mots écrits devrait être aussi inacceptable que jeter du pain quand j'étais petit. Je range mon crayon usagé dans une boîte en carton qui contenait au départ un jouet en fer-blanc. J'ai décidé que c'est là que je mettrai les crayons à mesure qu'ils rapetissent. Je me rappelle soudain que mon grand-père paternel collait avec sa salive sur un mur chaulé du potager les mégots des cigarettes qu'il avait fumées. Il les réutilisait ensuite quand il était à court de tabac.

Chaque Achat Dessine un Peu Plus Votre Prochain Voyage*. Je vais maintenant à Paris et retourne dans l'hôtel où je suis descendu au début de l'été, quand je commençais la tâche sans trop savoir où elle allait me conduire. Je ne dirais pas que j'en sais davantage aujourd'hui. Je n'ai pas besoin d'un projet dans la mesure où la simple habitude de ce que je fais me comble pleinement comme seuls peuvent l'être les enfants. Quand je suis descendu dans cet hôtel, j'étais sur le point d'être privé de logement et je n'imaginais pas tout le temps qui allait s'écouler avant que je retrouve une maison : combien d'hôtels, de déplacements, d'appartements prêtés ou loués je connaîtrais. Je dois travailler plusieurs heures par jour, mais j'en aurai également beaucoup de libres. Le réceptionniste de l'hôtel de l'Abbaye se souvient de moi. Je change de langue comme j'ai changé mes vêtements d'été contre ceux d'automne en venant ici. Le cerveau a ses automatismes mystérieux. Je change de couleur comme un calamar, en me plongeant dans une autre langue que j'aime beaucoup. Le voyage fait naître un penchant pour le mimétisme qui, chez moi, s'accentue au fil des années. J'aimerais tant pouvoir changer comme Thelonious Monk changeait de chapeau, avec un sérieux impassible mêlé d'humour. « *A man of many hats* », dit l'expression. La capacité de certaines personnes à être invariablement elles-mêmes, où qu'elles soient, où qu'elles aillent, imperméables à l'atmosphère qui les entoure, sans jamais s'abandonner à son flux lumineux m'intrigue ; une constance sans pause et apparemment sans fatigue. Ce que j'apprécie le plus quand je marche en solitaire et que je parle une autre langue, c'est la suspension partielle de mon identité. De courtes vacances que l'on prend de soi-même. Comme le commerçant qui accroche sur la vitre de sa porte d'entrée un panneau indiquant qu'il va s'absenter un moment. Il n'est pas allé loin, ne tardera pas à revenir, mais il aura disparu, se sera recueilli, seul ou en compagnie, en privé, en secret, avec on ne sait qui. Un des grands disques d'Eric Dolphy s'intitule *Out to Lunch !* Ces jours-ci, je devrai m'exercer à trouver ces parenthèses d'absence entre deux obligations professionnelles. On rentre les idées claires après un repas sur le pouce et un café, ou une promenade dans le quartier, et on est alors prêt à se replonger dans la normalité et la fréquentation des autres. J'ai besoin de ces moments d'absence et j'y prends toujours plaisir. Ils présentent des similitudes avec la douceur rapide de l'amour quand on n'a guère le temps, ou la chaleur de l'amitié.

La Manière Parfaite d'Entreprendre un Voyage. Il n'y a pas de musique d'ambiance dans le hall de l'hôtel, juste les voix des clients qui conversent tout bas. Les hôtels français ne connaissent pas cette peur de faire vieux jeu qui rend les établissements espagnols si peu accueillants. On viendra me chercher dans un moment. Je vais prendre un café dans le jardin et regarde autour de moi en espérant voir de nouveau Isabelle Huppert, qui était là une après-midi de juin, nimbée de la luminosité propre aux peaux claires et aux reflets dorés des rousses. Je pourrais m'éprendre du visage d'Isabelle Huppert. Je me demande si, dans les années 1930, cet hôtel n'était pas un des endroits assez sordides où Walter Benjamin aurait pu se loger. Le jardin est meublé de tables et de chaises en fer forgé et une fontaine en forme de tortue s'y élève. À l'hôtel de l'Abbaye, je me suis réveillé en me rappelant l'enseigne rouge d'un hôtel qui s'appelait le Cólera-Miró. Avant de sortir de ma chambre, j'ai disposé sur la table tout mon matériel de bureau.

Malgré le Temps Qui Passe*. En regardant les tableaux de Fantin-Latour au musée du Luxembourg, je suis saisi d'une émotion mâtinée d'angoisse, un bonheur excessif imprégné de mélancolie et de reconnaissance. La beauté de ses portraits et de ses vases remplis de fleurs issus d'une pure contemplation m'hypnotise. Fantin-Latour peint la contemplation et nous incite à la pratiquer. Il dessine comme nul autre la concentration absolue d'une tâche qui comble la vie intérieure et suspend le temps ou le laisse de côté : une femme qui lit, un homme qui écrit, une femme qui commence un dessin et demeure immobile, le pinceau à la main, devant une toile encore blanche, devant un vase avec des fleurs qui, en cet instant, résument pour elle tout le mystère de la réalité et de la peinture, de la présence des objets statiques. J'imagine Emily Dickinson peinte par Fantin-Latour. Un bouquet dans un vase de Fantin-Latour dégage la sérénité d'une contemplation visuelle aussi puissante qu'une statue de Bouddha en pleine méditation. En observant ses portraits de famille et en m'habituant aux visages qui se répètent sur chacun d'eux, j'ai l'impression qu'il était amoureux de sa belle-sœur Charlotte, la rousse hautaine qui scrute droit dans les yeux, à la différence de sa sœur, l'épouse de Fantin, qui fuit toujours les regards, se réfugie dans la rêverie ou la lecture. Je me serais moi aussi épris de la belle-sœur de Fantin-Latour. Même son prénom me plaît. Il y a une sensualité dans les prénoms. Un signe précoce de l'amour est la prédilection pour un prénom qu'on trouve soudain mystérieux, qu'on pense et prononce à voix basse comme un secret, ou qui fait frémir quand on le dit normalement.

Une Mâchoire en 3D Te Rend le Sourire. Charlotte a un profil de belle femme souveraine et une attitude qui prête à croire qu'elle est toujours sur le point de bouger. Sur un portrait de famille où leurs parents et sa sœur restent assis dans une sédentarité casanière et bourgeoise un peu gauche, Charlotte est debout, vêtue comme pour sortir, prête à partir, un gant déjà enfilé et l'autre dans la main, impatiente d'aller dans le monde, de dispenser une leçon d'allemand ou d'anglais à un élève qu'elle fascine peut-être en secret. À moins que la leçon particulière ne soit un mensonge et qu'elle ne s'apprête à rejoindre un amant. J'éprouve alors une grande tristesse à l'idée que son beau-frère ne l'ait jamais peinte nue. Charlotte peinte nue par Fantin-Latour serait plus impudique et plus troublante que l'Olympia de Manet. C'est comme d'imaginer le Caravage réalisant un nu de son modèle et muse vénale, la rousse Fillide Melandroni. Dans chaque portrait de Charlotte, Fantin-Latour l'observe plus intensément, découvre de nouveaux angles et nuances de sa beauté. L'amour est un regard qui ne se repose à aucun moment et n'est jamais satisfait. Dans ces portraits transparaît la délectation de l'amoureux devant toutes les variations du visage aimé, comme la beauté changeante des phases de la lune : le profil, le raccourci, la position frontale, le sourire insidieux qui implique on ne sait trop quoi entre eux, l'expression sérieuse, la quiétude, l'impatience. Mais j'invente peut-être ce que je me plais à croire. Il me semble pourtant avoir été dans ces pièces, avoir respiré l'atmosphère légèrement nébuleuse dans laquelle la légèreté de la couche de peinture laisse entrevoir la texture de la toile. Fantin-Latour a épousé une des deux sœurs en étant amoureux de l'autre, et ce que tous trois savent sans le dire est énoncé avec impudeur et prudence dans les tableaux, et ce encore aujourd'hui, maintenant, en ce moment même, dans cette après-midi de septembre 2016, dans une salle du musée du Luxembourg où il ne reste presque plus de visiteurs.

Tu Feras des Photos Invisibles. Fantin-Latour a réalisé un portrait bouleversant de Baudelaire : il est assis au milieu d'un groupe, mais totalement seul, le visage pâle, maigre, lisse, rasé, les cheveux très longs jetés en arrière, d'un gris qui s'accorde mal avec son air de jeunesse dévastée, le front très haut, le regard impérieux, comme s'il vous regardait fixement, d'en haut et du tréfonds de son être. Dans la salle sans public, les yeux de Baudelaire semblent se concentrer sur moi et croiser les miens.

As Unique as You Are. Courbet, qui l'a peint dans sa jeunesse, se plaignait de la difficulté à faire le portrait du poète. Son expression était trop changeante, trop fuyante pour qu'un pinceau ou un crayon puissent la saisir, une cible mobile qu'il est illusoire de chercher à viser. À une époque où les longues barbes et tignasses étaient à la mode, que Baudelaire se rase et se coiffe en dégageant son front lui donnait une allure choquante, de prêtre un peu ténébreux, d'évêque en habit de voyage, a dit quelqu'un qui le connaissait. En ce temps-là, tous les curés se rasaient. Le bruit avait circulé à Bruxelles qu'il était un agent de la police secrète française. Sur un autoportrait ou une caricature à l'encre et à l'aquarelle, Baudelaire est camouflé par les revers de son manteau et le bord de son haut-de-forme lui tombe sur les yeux. Il regarde à la dérobée, sur le qui-vive ou surpris en train de tramer quelque chose, une pipe allumée à la bouche, sur un fond de ville nocturne et de becs de gaz. Il pourrait aussi bien être le docteur Henry Jekyll qu'Edward Hyde, le détective noctambule C. Auguste Dupin et Sherlock Holmes au cours d'une visite des fumeries d'opium dans les pires goulets du port de Londres.

Jusqu'où Te Portera Ton Style. Baudelaire est le visage impassible et absent que le jeune Catulle Mendès reconnaît avec émotion dans la foule anonyme d'une gare parisienne ; la silhouette inquisitrice de profil qui marche entre les arbres, dans le vacarme des promeneurs, tandis que s'élève la musique d'une formation dans les jardins des Tuileries par un dimanche ensoleillé. Manet, son ami ou plutôt son disciple, qui le connaissait si bien et l'aimait beaucoup, a choisi de le représenter comme un inconnu dans la multitude urbaine, un bourgeois parmi d'autres vêtus de noir et coiffés de hauts-de-forme. Il faut faire de gros efforts pour distinguer Baudelaire au milieu de tous ces gens, dans une agglomération au départ festive qui, peu à peu, risque de devenir oppressante. Il se tient sur le côté, au second plan, et semble discuter avec d'autres hommes. On le reconnaît à son profil, à ses cheveux gris et à son visage glabre. Mais si on se concentre sur le tableau en zoomant sur l'écran, on remarque que le visage de Baudelaire est dépourvu de traits, c'est une tache à peine esquissée, l'impossibilité de fixer le mouvement qui inquiétait tant Courbet. Ses traits sont également flous et légèrement brumeux sur une photo que Nadar a prise de lui en 1855. Pour poser, il fallait alors rester parfaitement immobile pendant de longues minutes. Le mouvement rapide était indécelable par la photographie. De tous les portraits de Baudelaire, le plus mystérieux a été découvert il y a quelques années à peine. Il n'est pas certain que ce soit lui, de même qu'on n'est pas sûr que Melville soit l'un des barbus en haut-de-forme sur l'image prise près de South Ferry, ou qu'Emily Dickinson soit l'une des deux femmes qu'on voit ensemble, plus très jeunes, avec une coiffure sévère et des robes noires similaires, sur un cliché que j'ai vu cet hiver à la

Morgan Library de New York. L'incertitude augmente le désir de savoir. Sur la photo dont je parle, on distingue au premier plan un homme, vers 1860, qui prend la pose assis devant un grand rideau. Il a de grosses moustaches, les yeux clairs, un haut-de-forme posé sur les genoux. Au fond, quelqu'un pointe la tête derrière la tenture du studio, une main posée dessus, comme on se tiendrait au chambranle d'une porte pour observer discrètement une scène ; ce visage aux traits nébuleux présente une ressemblance avec Baudelaire, on pourrait presque affirmer qu'il s'agit de lui : cheveux raides, front très haut, menton rasé. Si c'est lui, on se demande ce qu'il faisait dans ce studio, quel lien le rattachait à l'homme qu'on photographie et qui n'a pas été identifié. C'est comme si on glissait à un instant précis un œil dans une machine, un bathyscaphe conçu pour remonter le temps doté entre autres instruments d'un appareil photographique.

Découvre la Pilule de la Jeunesse. Nadar a vécu jusqu'en 1910. Il a survécu quarante-trois ans à son ami. Pendant la première décennie du XXe siècle au moins, dans les années qui ont précédé la Grande Guerre, à l'ère du cinématographe, des automobiles, des premiers aéroplanes, de l'éclairage électrique, il restait encore des gens qui se rappelaient avoir vu Baudelaire dans le Paris lointain du demi-siècle précédent. Dans son exil parisien, Oscar Wilde a pu connaître Nadar, discuter avec des personnes âgées qui lui auraient raconté quelle impression ça faisait de voir le visage de Baudelaire dans la rue, d'identifier sa silhouette, de remarquer son regard immobile à travers la baie vitrée d'un café. Toulouse-Lautrec a dessiné Wilde comme Manet a peint Baudelaire, comme un inconnu.

Il arrive un Jour dans la Vie. À un moment donné, le dernier fil de la mémoire vive se rompt. Lorsque Walter Benjamin s'exile à Paris en 1933, il ne reste plus personne qui soit susceptible d'avoir connu Baudelaire, mais certains pourraient avoir rencontré Oscar Wilde, Proust et Degas. À New York, j'ai dîné avec le poète Paul Pines qui, dans sa prime jeunesse, a été l'élève de Heinrich Blücher, le mari de Hannah Arendt. Un soir de mars 2017 s'est soudain relié à un passé pour moi imaginaire, à travers un enchaînement de souvenirs, une sorte de séquence fulgurante de connexions neuronales. Dans le bruit ambiant du restaurant, Paul Pines, un juif d'origine prolétaire du Queens qui avait combattu pendant la guerre du Vietnam et dans les forêts du Guatemala, et vivait désormais dans une maison au milieu de la forêt, près du Canada, m'a raconté que dans les années 1960 il avait rendu visite à Arendt et Blücher chez eux, à l'angle de Riverside Drive et de la 109e Rue. Avec le recul de nombreuses années, Pines a évoqué la gratitude qu'il éprouvait d'avoir été un disciple de ces exilés allemands, les dernières lumières, disait-il, les transmetteurs de la grande culture humaniste européenne. Pines disait que grâce aux cours de Blücher et aux conversations qui s'étaient déroulées dans ce logement encombré de livres, avec une grande fenêtre donnant sur l'Hudson, il avait appris des choses essentielles pour son intelligence, sa vie, sa condition de citoyen rebelle, sa vocation d'écrivain. Si Benjamin avait survécu, Paul Pines l'aurait rencontré dans l'appartement d'Arendt et de Blücher. James Joyce affirme que les faits à venir projettent une ombre anticipée sur le présent. Le passé qui aurait pu survenir imprime une ombre similaire sur les événements postérieurs. Cet espace-temps conjecturel est peuplé de fantômes dont les visages flous apparaissent derrière une tenture et traversent incognito les lieux où ils auraient pu vivre.

Ne Rate pas Cette Occasion Unique. Trop de bonheur. « *Too much happiness*. » Tel est le titre de cette histoire d'Alice Munro sur une mathématicienne russe de l'époque de Fantin-Latour. C'est un grand roman russe dans toute sa complexité et son ampleur, comprimé sur une trentaine de pages. Je l'ai lu je ne sais combien de fois. L'héroïne connaît une plénitude secrète lors du trajet qui la ramène de Paris à Stockholm, au cours duquel elle contracte la maladie dont elle va mourir, dans un train qui traverse la grande nuit européenne. Très souvent, au fil des journées que je passe à Paris et dans d'autres villes françaises où je me rends en train, j'éprouve des sensations trop intenses ; j'ai l'impression qu'on m'a accordé une explosion intime et quotidienne de plénitude qui ne peut pas durer ou ne peut exister sans une sorte de contrepartie ou de revers. J'accumule une succession d'images que seule l'impulsion du voyage relie entre elles. La belle-sœur rousse de Fantin-Latour. Isabelle Huppert qui sourit en prenant le thé avec des amis dans le jardin de l'hôtel de l'Abbaye. Les manuscrits et les portraits de Baudelaire au musée de la Vie romantique, situé dans une villa avec jardin qu'on croirait en pleine campagne, au bout d'un passage étroit comme un tunnel ; les tableaux et les caricatures qu'il aimait ; son écriture tourmentée dans ses dédicaces ; son regard d'hypnotiseur et d'halluciné sur les photographies de Nadar. La promenade que j'ai faite ce matin dans Nantes, ce jardin derrière une église où s'élevaient un inexplicable palmier et un figuier très odorant, avec une fontaine à ras du sol d'où jaillissait une eau claire. Ayant une heure de solitude entre deux obligations professionnelles, je me suis assis sur un banc pour écouter l'eau couler et sentir le figuier qui m'a accueilli dans sa majesté automnale. *Too much happiness*. Le silence et les voix humaines dans ce jardin, derrière l'abside gothique.

Les Meilleurs Moments ne Sont pas Planifiés. J'ai enregistré sur mon téléphone le silence et le murmure de l'eau ce matin-là, à Nantes, et dans l'après-midi la rumeur des voix humaines sans moteurs ni klaxons sur les places de Toulouse, dans sa lumière de brique rose à la tombée du soir, les rues du centre à l'heure de fermeture des magasins, lorsqu'on entendait uniquement les pas et les voix des gens, les roues et les sonnettes des bicyclettes, les voix qui montaient des cafés. C'était le son retrouvé de la ville et des vies humaines. Le soleil déclinant était encore là, doux et doré, éclairant les derniers étages des immeubles tous édifiés avec cette brique rose qui semble n'avoir été conçue que pour refléter et atténuer la lumière. J'ai marché là, exténué et heureux, après avoir beaucoup travaillé et discuté pendant plusieurs jours, les mains dans les poches, lesté du poids de la fatigue du voyage et des obligations, mais sans la moindre tristesse, content de découvrir la vie de cette ville qui donne l'impression d'avoir été pensée dans le but exclusif de l'abriter, l'accueillir.

Ils Attaquent la Population Civile pour Obliger les Rebelles à Accepter une Trêve. Pendant que je me promène sur la grande place au cœur de Toulouse, pendant que je prends mon petit déjeuner au café La Cigale, à Nantes, sous les nymphes et les dames vaporeuses du XIXe siècle des fresques du plafond, dans une salle avec des carreaux Art nouveau vert et jaune, pendant que je sors flâner au bord de la Seine, à Paris, en cherchant des traces de Baudelaire, Oscar Wilde, Walter Benjamin, ou que je reste un moment assis devant le grand bassin circulaire du Luxembourg, à regarder les petits voiliers, à imaginer la belle et rousse Temple Drake de Faulkner, pendant que je lis avec passion les écrits de Paul Valéry sur Degas, côté fenêtre, dans un train à grande vitesse qui traverse les champs fertiles et la lumière d'Antiquité classique de la Provence, à tout moment, pendant que je vis ces instants, les bombes tombent sur Alep et détruisent encore plus ce qui était déjà en ruine, s'écrasent sur des hôpitaux et des écoles, résonnent dans les caves où vont se réfugier les gens sans défense qui souffrent et meurent lors des guerres, bien qu'ils n'aient aucune responsabilité ni intérêt dans ces conflits. Aux frontières hongroises, les policiers poursuivent les personnes qui ont fui la Syrie et qui tentent de sauter les clôtures hérissées de barbelés. À Lyon, dans la vitrine d'un magasin de téléviseurs à l'écran incurvé, se multiplie la figure identique de Donald Trump, qui gesticule et remue les lèvres devant toute une batterie de drapeaux américains. Dans les environs désertiques d'Amman s'entassent au milieu de montagnes de détritus une multitude de personnes encore atterrées par le grand fracas de la guerre. À l'instant même, alors que je suis à bord du vol qui me ramène à Madrid au départ de Lyon, encore au-dessus des plaines verdoyantes de France, les moteurs rugissants des avions militaires survolent les rues délabrées d'Alep et les bombes ébranlent les murs et les caves, font exploser les vitres, déclenchent des geysers de gravats, et les gens courent on ne sait où dans un brouillard de fumée et de poussière qui éteint la lumière du jour.

Nous t'Emmenons là où Tu Veux. Le retour de l'obscurité s'insinue comme une voix connue qui se distingue au loin parmi celles d'une gare. Ce n'est peut-être pas, ou pas encore, l'obscurité même, mais la peur que tu en as, le signe avant-coureur d'un système très sensible de surveillance et d'alarme. C'est l'ancien saisissement qui te prend brusquement d'assaut dans un lieu public où règne une grande agitation, un supermarché la veille des fêtes, par exemple, une gare ferroviaire, le trajet sur la rampe mécanique qui descend vers les quais et les trains qui attendent. Ce n'est pas une douleur localisée, mais un début de malaise impossible à préciser, une angoisse que tu décèles davantage parce qu'elle arrive de manière soudaine, sans raison. Tu traverses le hall et regardes les écrans pour connaître le numéro du quai de ton train. À cet instant précis revient l'indifférence pour tout ce qui t'entoure, une déconnexion, un détachement involontaire, comme si le sol se dérobait sous tes pieds dans un rêve, ou si la force gravitationnelle n'ancrait pas tes foulées. Tu es maintenant un inconnu au milieu de tes semblables, non en vertu d'une impression subjective ou d'une routine mentale, mais du fait d'une séparation définitive, d'une différence peu perceptible de l'extérieur et cependant radicale ; comme l'agent secret dans un pays à la population asservie et soumise et aux frontières fermées, ou le voyageur venu du passé, non pas celui, incontestable, des livres d'histoire, mais un passé assez proche qui remonte à une dizaine, une vingtaine d'années. Peu importera que, pour la plupart, ses contemporains soient encore en vie ou qu'ils l'aient complètement oublié. Mais s'ils le voyaient revenir, ils ne sauraient quoi lui dire ; sa bizarrerie ne serait pas exempte d'une part de monstruosité.

Ta Meilleure Expérience au Meilleur Prix. Celui qui ignore encore ce qui relève du domaine commun de la connaissance, celui qui est mort sans savoir que les Tours Jumelles allaient être attaquées, celui qui ne remettait pas en cause l'existence des cabines téléphoniques dans les rues, des vidéoclubs et des kiosques à journaux bien achalandés, celui qui ne comprendra pas que les prismes noirs et lisses que tout le monde a dans la main et consulte avec attention sont des téléphones, celui qui cherchera avec perplexité et angoisse des touches sur lesquelles appuyer, celui qui ne saura pas que l'espèce de carte de crédit que lui a remise le réceptionniste de l'hôtel est la clé magnétique de sa chambre. Il ne reconnaîtra presque personne sur les photos dans les journaux et une grande partie des mots qu'on y répète lui échapperont, tout comme les allusions évidentes pour tous, ou les expressions qui sont devenues courantes pendant ses années d'absence.

Quand Tu Bouges Tu Écris Ton Histoire sur la Terre. Cet individu, c'est toi au moment où l'angoisse revient, à l'instant de la peur de la peur et de la voix vénéneuse qui ont disparu il n'y a pas si longtemps, en vérité, des mois, pas encore une année. Tu vois alors de loin, dans la foule de la gare, la silhouette que tu avais aperçue ces derniers temps, que tu croyais évanouie et floue, mais qui, en fait, était peut-être juste devenue invisible. Tu l'aperçois et tu veux presser le pas pour ne pas être découvert. Tu veux descendre au plus vite sur le quai, mais en même temps, tu n'as pas envie de faire le voyage de crainte de la croiser dans le train, le wagon voisin, sur le fauteuil qui se trouve derrière toi ou le siège à côté du tien. Tu préfères quitter la gare pendant que tu peux encore le faire, comme les agents secrets dans les pays hostiles qui sèment leurs poursuivants au dernier moment. Si toutefois il est encore temps, si l'autre ne t'a pas déjà trouvé et ne te suit pas en gardant l'œil sur toi sans attirer l'attention.

La Menace des Sangliers Radioactifs. Ils descendent de la montagne vers les villages, dévorent et détruisent les récoltes, envahissent les maisons. Parfois ils agressent les humains. Mais le plus dangereux, c'est qu'ils transportent avec eux des éléments hautement radioactifs. Des centaines de sangliers toxiques errent dans le nord du Japon, là où la destruction de la centrale nucléaire de Fukushima a obligé des millions de résidents à quitter leurs maisons, leurs animaux de compagnie et leur bétail. Beaucoup de bêtes sont mortes enfermées dans les étables et leurs cadavres sont restés là, à se décomposer. Six ans plus tard, les autorités s'apprêtent à lever l'ordre d'évacuation de quatre villes comprises dans le périmètre d'exclusion autour de Fukushima, et sont confrontées au problème de l'extermination des sangliers contaminés par la radioactivité. Certains de ceux qui ont été analysés ont montré un niveau de césium 137 trois cents fois supérieur aux normes de sécurité.

Le Spectaculaire Survient Tous les Jours. Les autorités avouent être inquiètes par le fait que les résidents désireux de regagner la région soient attaqués par les sangliers sauvages, dont certains se sont entre-temps installés confortablement dans les maisons et les fermes abandonnées, et ont perdu toute timidité à l'égard des humains. Les photos et les vidéos des villes du secteur font songer à Tchernobyl, où la faune sauvage continue de proliférer en dépit des forts taux de radioactivité.

Les hommes ayant déserté les lieux, Tchernobyl, en Ukraine, est devenu un sanctuaire pour de nombreuses espèces d'animaux (élans, cerfs, ours bruns, lynx, loups). Après l'accident nucléaire de 2011, des vidéos prises par des journalistes à Fukushima montrent de grandes meutes de chiens errant sur les chemins. D'importantes colonies de rats occupent les supermarchés. Les terres cultivées sont rapidement retournées à l'état de prairies sauvages qui offrent un habitat parfait aux sangliers et aux renards.

Au-Delà des Limites. Les sangliers ont déjà causé des dégâts dont le montant est estimé à huit cent quarante-cinq mille dollars dans les exploitations agricoles des communes voisines. Les autorités locales ont recruté des chasseurs pour organiser des battues afin de réduire la population de sangliers, mais les capacités reproductives de l'espèce semblent dépasser le nombre d'animaux tués. Dans la ville de Tomioka, huit cents sangliers auraient été chassés, mais ce chiffre ne semble pas significatif. En 2014, trois mille sangliers ont été abattus, contre treize mille l'an passé. En plus de la chasse, on étudie de toute urgence d'autres moyens, des pièges spéciaux et des drones pour déloger les animaux des zones habitées. Dans la localité voisine de Nihonmatsu, trois fosses ont été creusées pour y enterrer les dépouilles de mille huit cents sangliers, mais le gouvernement local a déclaré qu'il n'y avait plus assez d'espace pour d'autres charniers, sans oublier qu'une telle quantité d'animaux ensevelis présente un risque de contamination radioactive élevée. Dans la ville de Soma, on a installé l'an dernier des incinérateurs spécialement conçus pour y brûler les cadavres et filtrer le césium afin qu'il ne se répande pas dans l'atmosphère. Mais ce projet a été interrompu, faute de personnel pour transporter les corps des sangliers et les jeter dans l'incinérateur.

La 3D Est Partout. Walter Benjamin a quitté Berlin à la hâte en mars 1933, laissant son appartement intact, sa bibliothèque, ses collections de jouets et ses livres pour enfants. Dans les cinq ans qui ont suivi sa fuite, il n'a plus eu de domicile fixe, un foyer bien à lui, une maison d'où sortir, où tourner la clé dans la serrure, où revenir. Un congrès de déambulologie et un volume riche en comptes rendus et documents additionnels seront consacrés à ses changements de domicile entre le printemps 1933 et le mois de janvier 1938, lorsqu'il s'est enfin établi dans un petit meublé à Paris : un logement minuscule mais avec une terrasse donnant sur la ville, au septième étage, peu silencieux car il se trouvait juste à côté du mécanisme de l'ascenseur. S'il n'avait pas été bruyant et délabré, Benjamin n'aurait pas eu les moyens de le louer. Son itinéraire au fil de ces cinq années requiert une carte de l'Europe et d'autres, plus spécifiques, comme par exemple un plan d'Ibiza et de Paris. En mars 1933, il est arrivé à Ibiza après avoir passé deux semaines à Paris, à l'hôtel Istria. Il avait vendu sa collection de pièces de monnaie anciennes. À Ibiza, où il avait passé ses vacances en 1932, juste une année auparavant, du temps où il n'était pas encore un exilé, il a découvert que la vie était devenue de plus en plus chère et aussi de plus en plus bruyante. En faisant une approximation non seulement multidisciplinaire, mais également multisensorielle, on peut imaginer que les itinéraires de Benjamin obéissent en partie à une tentative obstinée et vaine de fuir le tumulte. Il cherche à échapper au bruit du vent sur l'île, des hôtes au travers des cloisons trop fines, des ivrognes les nuits de fête, des ouvriers qui creusent des fosses et édifient de nouveaux immeubles. Pour écrire tranquillement, Benjamin prend une chaise et une table pliantes, son cartable avec ses papiers, ses livres et sa plume, et va se cacher dans une pinède. Le vent fait voler ses papiers. Pour gagner sa vie, il n'a que des perspectives conjecturales. On n'autorise plus la publication des auteurs juifs en Allemagne. Les journaux des exilés ne payent pas, n'ont pas de lecteurs ou les deux choses à la fois. Benjamin loue une chambre dans une pension qui lui coûte une peseta par jour. Très vite, il ne peut plus se le permettre. Il obtient d'une connaissance qu'elle lui prête une pièce dans une maison en construction. Elle a des murs et un toit, mais le reste de la villa est en travaux. À Ibiza, il fume de l'opium en compagnie d'un ami allemand. La pièce dans laquelle ils se droguent a une fenêtre dont le rideau est agité par le vent. Benjamin invente le mot « rideaulogic ». Plongé dans les rêveries de l'opium, il dit que le rideau est l'interprète du langage du vent.

Prépare-toi Pour l'Arrivée du Froid. Sa seule rentrée d'argent fixe est le loyer de son appartement berlinois. Dans une lettre, il écrit : « Je n'ai rien et je ne suis attaché à rien. » Une calamité s'ajoute aux autres : il a perdu son porte-plume. S'il ne l'a pas à portée de main, ainsi qu'un bon cahier, il est à court d'idées pour écrire. Son inspiration dépend de ses fournitures. Un professeur se rend à Ibiza dans les années 1990 et s'entretient avec des personnes âgées qui se souviennent de Benjamin, de ses vêtements stricts mais très usés, de sa démarche lente.

Retrouve la Sensation de la Première Fois. Il regagne Paris à la fin de l'automne, vers le début de l'hiver, terrifié par la grisaille, le ciel bas, la pluie, la xénophobie des Français. Il entend dire au bureau de poste : « Les exilés sont pires que les Boches. » Chaque jour, il va dans un restaurant moins cher que la veille. Au bout de quelques semaines, il change d'hôtel.

Avec le soutien du plan de la ville et d'une recherche dans de vieux annuaires de téléphone, on peut reconstruire son parcours. Les lignes se croisent sur le tracé des rues : hôtel Regina, hôtel Le Palace, hôtel Floridol, hôtel Panthéon, hôtel Littré. Il dit vivre dans le murmure et le brouillard de la dépression. Il se sait totalement hors du monde. Sa vie se déroule au milieu d'inconnus, dans l'indifférence et l'hostilité. Ses êtres chers sont très loin et il ne peut communiquer avec eux que par courrier. Il évite les cafés où se retrouvent les exilés allemands, qui sont toujours occupés par les mêmes disputes viscérales et inutiles que lorsqu'ils étaient en Allemagne et se bercent d'espoirs de retour qu'il juge puérils. Il croisera Joseph Roth sans savoir qui il est, ou des écrivains français qu'il connaît très bien, mais pour lesquels il est invisible. À quarante et un ans, il a passé sa vie à étudier et à écrire, il n'a rien et n'est personne. « L'industrie intellectuelle de cette époque ne ménage aucune place à ma pensée, de même que l'ordre économique actuel considère qu'il est impossible d'apporter du confort dans ma vie. »

Tu T'installes en Croyant Avoir Tout Découvert. On lui prête pendant plusieurs mois une chambre minuscule avec des toilettes communes dans un appartement occupé par d'autres personnes. Il se retrouve ensuite dans la chambre de bonne d'une famille partie en vacances, un lieu où il y a beaucoup de circulation, dont le bruit le laisse à peine dormir et travailler. L'été, il accepte l'invitation de Bertolt Brecht et part avec lui, ses enfants et sa femme dans une maison de campagne que le dramaturge loue au Danemark. Brecht est un exilé allemand, mais un exilé célèbre qui a fui les nazis et est connu partout où il va ; il quittera l'Europe à temps et s'installera en Californie, dans l'aristocratie de l'exil, comme Thomas Mann ou Arnold Schönberg. Mais tout le monde semble avoir plus de talent que Benjamin pour s'en sortir, trouver une forme de sécurité dans la vie. Adorno part aux États-Unis avec sa belle épouse, Gretel Karplus, et un contrat pour faire de la recherche à l'université de Princeton. Il y a toujours ceux qui s'en tirent et ceux qui se noient, ceux qui se rendent vite compte de ce qui s'annonce et prennent d'avance des mesures, ceux qui arrivent les premiers et ceux qui restent à la traîne, ceux qui courent plus que les autres, les lents et maladroits, le dernier arrivé est une poule mouillée. Tandis que certains se mettent à l'abri, Benjamin reste coincé en Europe et les regarde partir, comme Miguel Hernández a vu ses camarades monter dans un avion à la fin de la guerre d'Espagne alors qu'il était obligé de rester à terre parce que personne n'avait prévu de place pour lui.

Faire de Nouvelles Découvertes Est ce qui Te Maintient en Vie. Pour ne pas être trop proche du vacarme familial dans la maison de Brecht – sa femme, ses enfants, sa maîtresse, ses adulateurs, ses parasites –, Benjamin loue une chambre dans une ferme non loin de là. Il a enfin une grande table pour travailler. Il a obtenu que son amie Gretel Karplus lui expédie une partie de sa bibliothèque de Berlin dans la maison de Brecht. Mais les enfants font tellement de bruit qu'il envisage de louer une chambre dans une maison isolée dont personne ne s'approche car le propriétaire souffre de troubles mentaux. Les journaux n'arrivent pas, ou avec des jours de retard, mais la radio diffuse chaque soir ses informations menaçantes. Grâce aux ondes, les aboiements de Hitler à Berlin s'élèvent dans une maison de la campagne danoise. Benjamin joue aux échecs avec Brecht. Ils élaborent la trame d'un roman policier qu'ils écriront à deux.

Ce que Tu Veux au Prix qui Te Plaît. Benjamin rentre à Paris à la fin de l'été avec l'impression croissante d'être pris au piège. Il vit en écrivant et en attendant des lettres, s'angoisse quand elles n'arrivent pas et a parfois besoin de s'armer de courage pour les ouvrir. Les lettres volent à travers les villes d'Europe, affranchies de timbres d'endroits lointains, New York, Shanghai ou Jérusalem. Son frère a été arrêté et torturé par la Gestapo et envoyé en camp de concentration. La trace d'Asja Lācis s'est perdue dans le grand silence policier de Moscou. Au moins, son ex-femme et son fils sont à l'abri en Angleterre. Les noms des rues de New York revêtent encore plus de poésie à ses yeux parce qu'il les voit écrits sur les enveloppes des courriers que lui expédie Gretel Karplus, à présent Gretel Adorno. Le GPS du passé montrera que les itinéraires de Benjamin sont de plus en plus réduits. Le sol tremble sous ses pieds quand il sort le matin pour se rendre à la Bibliothèque nationale, dans son costume élimé et digne, avec ses lunettes aux verres trop faibles, sa serviette sous le bras, comme le professeur qu'il n'est jamais parvenu et ne parviendra jamais à être. Le monde s'effondre autour de lui, mais très lentement et sans bruit, si bien que personne ne semble le remarquer. Aux terrasses des cafés, les gens fument et boivent des verres de cognac et déplient impassiblement des journaux aux titres effroyables. Lui même se délite intérieurement sous le poids d'une dépression sans rémission. Cette noirceur silencieuse n'a cessé de lui tourner autour depuis sa plus tendre jeunesse, mais elle revient à présent, affermie dans sa toxicité par l'évidence d'une horreur objective. Il s'imagine qu'il trouvera un semblant de sécurité s'il obtient la nationalité française. Pour accomplir les formalités, il doit solliciter des certificats issus de bureaux inaccessibles au sein de l'administration allemande. Tout traîne. Tout traîne et tout est urgent. Il ne se passe rien à la surface des choses, pourtant il sait, il sent que des faits atroces arrivent déjà, lui arrivent à lui, et c'est irréparable. Il est incapable de dissocier la peur du remords. Il est sans défense et également coupable. Si seulement il était parti à temps, s'il avait entamé les démarches bien avant, s'il s'était sérieusement soucié d'émigrer quelque part quand c'était encore possible, en Palestine ou aux États-Unis. Il avait aussi pensé s'installer en Union soviétique, mais les nouvelles qu'il a de cette région du monde et le silence inexplicable d'Asja Lācis l'ont dissuadé de ce projet.

Quelque Chose d'Extraordinaire Chaque Jour. Il ne voit guère, aurait dû changer de lunettes depuis longtemps, mais n'a pas d'argent pour aller chez l'oculiste ou s'en acheter une nouvelle paire. Le plus surprenant n'est pas le côté extrême de sa pauvreté, mais le fait que, ayant des besoins si infimes, il ne trouve pas comment les satisfaire. Plus il réduit ses attentes, plus elles deviennent inabordables. Bientôt il ne pourra même plus se permettre la simple indigence. D'autres ont leurs hallucinations politiques, leurs rêves de retour et de triomphe, leurs beuveries. De quelque manière que ce soit, il s'agit de s'édifier un paradis artificiel à sa mesure. Les exilés allemands et maintenant autrichiens s'échauffent en discutant dans les cafés et affirment que les jours de Hitler sont comptés. Joseph Roth croise Benjamin sur un trottoir étroit et ils ne se reconnaissent ni l'un ni l'autre : le second à cause du brouillard de sa myopie, le premier parce qu'il est soûl.

Vis Toute l'Émotion. Mais qui est-il pour mettre en doute les paradis artificiels d'autrui ? Il dit dans une lettre avoir besoin d'écrire un livre sous lequel s'abriter. Alors qu'autour de lui le monde s'effondre au ralenti, il ne cesse d'écrire. Pendant ces années de misère, d'exil, de dépression, de solitude et de panique, il écrit mieux et avec davantage de lucidité que jamais. Il écrirait mieux encore s'il ne se sentait pas obligé de s'aventurer dans les ténèbres et les abstractions philosophiques à la mode qu'apprécient tant ses amis. Plusieurs générations de professeurs d'université et d'experts à la formation plus ou moins douteuse vivront magnifiquement en exerçant un confortable parasitisme des écrits que Benjamin a laissés dans ces années de dénuement. Chaque matin, avec une ponctualité de fonctionnaire, Benjamin peigne ses cheveux crépus devant un miroir nébuleux, endosse son costume et noue sa cravate, range ses livres, ses cahiers, son porte-plume dans son cartable et prend le chemin de la Bibliothèque nationale en tâchant sans succès de ne pas regarder la une des journaux exposés à la première heure dans les kiosques. En arrivant, il s'offre la satisfaction infiniment modeste de montrer au gardien sa carte d'adhérent où figurent son nom, sa photo, son adresse, et qui constitue au moins un titre, un certificat de quelque chose, un document officiel lui permettant, en tout cas pour le moment, de circuler librement dans ces salles pleines de murmures et bien chauffées où il passera la journée sans s'en rendre compte.

Tout ce dont Tu As Besoin et Davantage. Son amie Gisèle Freund a pris plusieurs photographies de lui pendant qu'il travaillait à la bibliothèque nationale, entouré de papiers, de livres, de boîtes de fiches. Il caresse distraitement un projet, prend des notes, délaisse l'entreprise, s'intéresse à autre chose et ignore qu'il vient de s'embarquer dans une tâche qui durera toute sa vie et bien davantage, car elle restera inachevée à sa mort. Dans une vie antérieure, quand il avait un pays, un avenir qui n'était pas incertain, il avait eu l'idée d'écrire un article assez court auquel il comptait consacrer une ou deux après-midi, une réflexion sur les passages commerciaux de Paris. Cela lui avait traversé l'esprit par hasard, alors qu'il lisait sans trop d'attention *Le Paysan de Paris*, de Louis Aragon. C'était un projet très séduisant, mais de moindre envergure, qui tiendrait sur une de ces colonnes qu'il aimait tant écrire, un pur fragment lumineux destiné à être lu dans un café, sur les larges pages noires de signes d'un journal. Il n'y avait plus repensé avant quelques années, en 1934, alors qu'il était de nouveau à Paris, désormais en exil. Il considérait à présent l'article imaginé cinq ans plus tôt comme un essai d'environ dix ou quinze pages peut-être. L'obstacle n'était pas le manque d'inspiration ni de documentation, mais la pénurie de papier, ou plutôt du modèle précis de cahier sur lequel il avait écrit ses premiers brouillons, dont il ne disposait plus à Paris. Un livre n'existe pas dans l'imagination, mais sur les pages blanches du cahier où il n'a pas encore commencé à s'écrire. Il a alors envoyé un courrier à Gretel Karplus, à Berlin, lui demandant d'aller dans une certaine papeterie pour lui acheter le cahier en question et le lui faire parvenir au plus vite à Paris.

Je me Souviendrai Toujours. Ce qui avait été comprimé dans une première image, une simple graine qui aurait pu porter ses fruits sur deux ou trois pages, a soudain explosé dans sa pensée et son imagination comme une réaction en chaîne, une fulgurance de connexions et de possibilités qui semblait recouvrir toute la ville où il vivait en exil et le siècle qui l'avait vue grandir, et la cité s'est déployée devant lui de manière aussi vertigineuse dans le temps qu'elle le submergeait dans l'espace. Il avait au départ l'intention d'écrire sur un passage commercial parisien précis, puis il était tombé sur une carte au trésor, le plan de la ville tout entière et des couches successives de temps accumulées, juxtaposées. C'était le Paris du présent et le Berlin où il ne retournerait jamais. C'était lui-même, écrivant maintenant, lisant, prenant des notes à la Bibliothèque nationale, et la personne qu'il avait été dans sa jeunesse, quand il avait découvert Baudelaire et commencé à le traduire, et quand, à travers le poète, il avait rencontré les imaginateurs de villes qui l'avaient précédé : De Quincey, Poe, Melville, Stevenson, les histoires d'épouvante et les intrigues policières, les mondes truculents des chroniques de meurtres. Il parcourait les rues où Baudelaire avait vécu. Comme lui, il était obligé de changer régulièrement de domicile et d'accepter de s'épuiser à la tâche de manière humiliante sans jamais sortir de sa situation d'extrême dénuement. Baudelaire avait décrit l'horreur et l'extase simultanées de la cité changeante de son époque, les becs de gaz, les omnibus, le danger de traverser une avenue à pied en contournant les attelages et les chevaux, la vulgarité et l'omniprésence invasive des affiches publicitaires. Walter Benjamin accordait à présent à la ville une attention similaire, affûtée en outre par sa condition d'étranger. Paris, c'était le trafic des automobiles, l'éclat non plus des lampes à gaz, mais des galaxies de lumières électriques sur les façades des cinémas. De même que Baudelaire, il voyait le monde à travers le brouillard et le malaise de la maladie, et se savait aussi seul, aussi démuni à Paris que sur une île déserte, en quête de rebuts, de débris, des attractions les moins chères de la ville, comme les chiffonniers imbibés d'alcool que Baudelaire avait élevés au rang de prophètes.

Il t'Emmène dans des lieux Étonnants. Il écrivait très vite avec son stylo plume, sur le papier que lui envoyait Gretel Karplus ou celui qu'il avait sous la main. Habitué à l'incertitude et à vivre au jour le jour, il avait appris à prendre des notes n'importe où. Dans un café bondé, un wagon de métro, sur l'accoudoir d'un fauteuil de cinéma, avant que les lumières ne s'éteignent. « Ne laisse passer aucune pensée incognito, et tiens ton carnet de notes avec autant de rigueur que les autorités tiennent les registres d'étrangers. » Plus il avançait, plus il s'éloignait de la fin, car chaque progression dans l'écriture ouvrait des possibilités inédites qu'il devait exploiter. Un livre élargissait ses connaissances et venait consolider ce qu'il avait déjà écrit, mais l'obligeait dans le même temps à réviser d'autres épisodes qu'il tenait pour acquis et le conduisait vers d'autres ouvrages. En écrivant et en étudiant, il entrevoyait la richesse de l'œuvre complète qui se révélait un peu à lui tout en lui signifiant l'ampleur de la tâche entreprise, le temps, l' énergie et le calme qu'il lui faudrait pour la mener à bien. Les distractions incessantes le fatiguaient, les articles à écrire pour toucher un peu d'argent, les démarches pour renouveler sa carte de réfugié, demander la nationalité, les perturbations liées à ses fréquents changements de domicile. La surabondance de matériel sur lequel travailler le décourageait et le perturbait tout autant, les tourbillons de noms, d'idées, de facettes nouvelles que le travail faisait surgir ne se calmaient jamais. Il quittait l'air poussiéreux de la Bibliothèque nationale et des volumes à l'écriture serrée où il puisait des renseignements sur le XIXe siècle, mais dès qu'il se retrouvait dans la rue, il n'avait ni repos ni répit car la ville du présent réclamait son attention et l'enveloppait d'une accumulation encore plus riche de matériel à étudier. Dans les revues reliées du siècle passé, il regardait les illustrations lithographiées et les annonces de produits oubliés, et une fois dehors, il prêtait attention aux pancartes sur la devanture des magasins et des cafés, et aux publicités en couleurs sur les flancs des tramways.

L'Importance de la Lumière. Il se rendait compte qu'en plus d'écrire un livre, il composait un collage fait de centaines de pages de citations, d'extraits de livres, de notes ébauchées qu'il n'avait guère le temps de développer. Plus il progressait, plus il devenait difficile d'organiser de manière intelligible le matériel accumulé. Avec des crayons de plusieurs couleurs, il a élaboré un système de classification alphabétique des sujets, qu'il copiait ensuite de son écriture méticuleuse et minuscule, sans doute peu conscient que sa tentative de clarté administrative augmentait le chaos au lieu de le contenir : il écrivait la mode, les catacombes de Paris, l'ennui, l'éternel retour, les constructions en fer, les publicités, la manie de la collection, les expositions, les intérieurs, Baudelaire, les villes rêvées, les maisons rêvées, les rêves d'avenir, Jung, la théorie des émotions, la théorie du progrès, la prostitution, les jeux de hasard, les miroirs, les trains, les conspirations, la peinture, les techniques d'éclairage, la photographie, les poupées, les automates. Ensuite, les yeux fatigués et les lunettes sur le front, il relisait la colonne qu'il venait d'écrire, la succession verticale de majuscules, la plume glissant sur le papier, comme un intendant qui vérifie des comptes. Plus le temps passait et plus il s'approchait du désastre, et plus il était difficile de conserver son ardeur et même de préserver sa dignité personnelle, plus le projet revêtait à ses yeux un sens de survie inébranlable : « Dans ce travail je vois la raison principale, sinon la seule, de ne pas perdre courage dans la lutte pour l'existence. » Très proche de la fin, il perd peu à peu espoir : « La possibilité que le livre soit terminé est plus incertaine que jamais. »

II

DON NADIE

I am Nobody ! Who are you ?
Are you – Nobody – Too ?

(Je suis Personne ! Qui êtes-vous ?
Êtes-vous – Personne – aussi ?)

Emily DICKINSON

Moi qui Ai Été Tant d'Hommes. Il ouvre les yeux dans l'obscurité, et comme il n'entend que le silence, il n'a pas la moindre piste lui indiquant la ville où il se trouve, l'heure, le jour, l'année ou l'époque dans laquelle il s'est réveillé. Il n'a à cet instant ni nom, ni passé, ni visage. Dans sa conscience, aucune séparation ne vient différencier la veille du sommeil, de même qu'il n'y a aucune distinction entre l'ombre de son corps et les poches de noirceur immobile de la chambre ou l'obscurité même de l'air. Il pourrait être à Madrid, Londres, Paris ou Lisbonne. Il pourrait avoir été tiré d'un sommeil dû à l'opium ou à l'alcool, dans un taudis encombré de livres, de papiers et de journaux poussiéreux, à Édimbourg, ou sur le sol d'une taverne de Baltimore, la bouche contre le parquet sale, un filet de bave ou de sang au coin des lèvres. Il peut avoir ouvert les yeux dans une chambre de pension aux murs chaulés, ignorant s'il est à Ibiza ou à Portbou. Quand il fera plus clair, il sera possible de regarder par la fenêtre et de voir le ciel lisse et gris de Berlin ou de Paris en hiver. Quand les premiers bruits du matin s'élèveront, il aura davantage d'indices. Un raclement de pelles sur le ciment du trottoir lui dira qu'il est à New York, qu'il a neigé toute la nuit et que les concierges des immeubles s'efforcent de dégager des passages. Il pourrait entendre la cloche de la Tour du Guet, puis celle de la cathédrale, qui sonne toutes les heures, et presque en même temps celles, beaucoup plus graves, de l'horloge du palais de la Chancellerie royale, il saurait alors qu'il est à Grenade, sur un bastion de l'Albaicín.

Ta Manière de Bouger en Dit Long sur Toi. Il s'est levé avant l'aube car aujourd'hui il part en voyage. Par précaution, il avait mis son réveil, mais ce n'était pas indispensable. De temps en temps, dans le courant de la nuit, il est sorti du sommeil et a consulté l'heure sur les chiffres rouges, puis, encore engourdi, il s'est rendormi, reprenant parfois le fil du rêve qu'il ne se rappellera sans doute plus ensuite. Il a ouvert les yeux, les idées claires, et a vu les stries de lumière grise à travers la persienne. Dans la rue il commence à faire jour, mais dans la chambre c'est encore la nuit. Le meilleur indicateur de l'heure très matinale est le silence. Le même que celui qui l'environnait quand il s'est couché et dans lequel il passe la plupart de son temps. Il vit dans une capsule de silence portatif. Il s'y installe quand il sort et ne la quitte qu'en rentrant, au moment où il tire le verrou de sécurité. Toutes les voix restent derrière lui. Les voix écrites et entendues et même celles qui racontent des choses dans les rêves. La voix insidieuse qui murmure à l'oreille le poison de la noirceur semble avoir perdu sa trace, tout comme l'ombre qui s'était remise à lui rôder autour. Maintenant il sait où il est, dans quelle époque et quelle journée, il sait aussi, mais à peine, qui il est. Moi qui ai été tant d'hommes.

Voyage Plus Léger, Va Plus Loin. Il s'est échappé dans le silence. Il s'y retranche ainsi que dans l'éloignement, comme dans un monastère. Il prépare le petit déjeuner, mais n'allume la radio que lorsqu'il est prêt. Dans la cour intérieure qu'il voit de sa cuisine, il fait encore nuit. Deux ou trois fenêtres sont allumées dans l'immeuble voisin, à des étages différents. Elles ont l'éclairage intime des pièces cantonnées au bout d'un appartement, les chambres à coucher. Le soir, une lumière cuivrée brille à l'une de ces fenêtres. Il prépare tout avec autant de méticulosité que s'il allait partager son repas avec quelqu'un.

L'homme seul qui veut respecter les formes se traite avec une courtoisie somnambule. Avant de s'asseoir, il met la radio de la ville et les voix familières des présentateurs acquièrent de la présence, semblables à des hôtes ou des invités autour de la table. Les voix lui parviennent plus distinctement parce que, dans sa conscience, le silence a le même effet que dans son appartement : des claquements de mains dans une pièce vide. Il entend les voix britanniques des présentateurs de la BBC et celles d'individus qui parlent anglais avec des accents très différents et une maîtrise de la langue plus ou moins bonne, elles témoignent de désastres, sont traduites pendant qu'elles relatent avec angoisse, dans leur langue, les affres, les persécutions ou les abus qu'elles ont subis. Dans le silence de la première heure du matin s'élèvent des bruits de pales d'hélicoptères, des clameurs de gens affamés dans des camps de réfugiés, des consignes toxiques de démagogues, des péroraisons de charlatans. Sur la BBC, on entend les rugissements d'une tempête et les appels des oiseaux dans un marais des tropiques. L'homme seul se crée une intimité singulière en écoutant les voix à la radio, les mêmes aux mêmes heures de la journée. C'est une intimité aussi asymétrique que celle d'un amour non réciproque, mais non douloureuse, juste mélancolique.

Profite de Ton Temps de Voyage. En plus d'avoir à laver et à remettre à sa place ce qui a servi au petit déjeuner, il doit faire aujourd'hui les préparatifs du voyage. Ces derniers jours, il en a tracé l'itinéraire avec soin. Il s'est assuré dans la mesure du possible que le temps serait clément ou du moins non hostile. C'est une expédition dans les règles, mais il n'y aura ni taxi, ni précipitation, ni embouteillages, ni documents à vérifier, ni contrôles de sécurité, ni étourdissements, ni angoisse. Ce sera un voyage complet, substantiel, un parcours de découverte qui ne s'écoulera que sur quelques heures. De Quincey dit que, sous les effets de l'opium, il a parfois vécu mille ans en une seule nuit. Avec davantage de modestie et dans un état de parfaite sobriété, il aspire à traverser plusieurs mondes. Il sait bien que l'absence de stimulants artificiels ne l'empêchera sans doute pas d'atteindre des ébriétés lucides, favorisées par la solitude et l'exercice physique.

Essaie l'Envoûtement. Les prévisions météorologiques données à la radio sont démenties par la douce lumière solaire qui éclaire à présent la fenêtre. Il fera plus froid que ne le promet cette douce lumière mensongère, mais il n'y aura pas ou guère de vent. Il faut observer la manière dont se couvrent les lève-tôt qui marchent sur le trottoir d'en face, vers le parc en compagnie de leur chien, ou bien plus pressés, dans l'autre direction, du côté de la station de taxi et du métro. Les provisions ont elles aussi leur importance. D'après la radio, à midi, la température permettra de s'asseoir sur un banc, dans la rue, pour déjeuner. Le voyage obéit à plusieurs règles, l'une d'elles spécifie qu'il n'y aura qu'une seule halte, et pas dans un restaurant ou un café, car en vertu d'une autre contrainte, il ne peut rien acheter, sauf en cas d'urgence ou par caprice, à condition de toujours respecter le principe de frugalité. Il doit se sustenter avec ce qu'il a emporté, et s'il acquiert quelque chose, c'est qu'il l'a troqué ou qu'on lui en a fait cadeau, ou alors qu'il a acheté en passant une vieillerie dans la rue, car les arrêts au cours du voyage devront se limiter au minimum. Le repas sera substantiel, mais également facile à digérer et à transporter. Une frugalité sans aridité, le plaisir de ce qui est simple, nutritif et savoureux.

Connecte-toi avec ce que Tu Aimes Vraiment. Il prépare par exemple deux tranches grillées de pain de seigle avec de fines rondelles de tomate, de l'huile d'olive, du jambon italien coupé finement chez un traiteur, deux œufs brouillés. Les œufs révèlent en se cassant des jaunes éclatants comme des soleils, de la couleur d'une citrouille automnale ou d'un taxi. Tout détail mérite qu'on y porte l'attention requise. Il est le voyageur matinal qui s'est mis en marche en allumant une des premières lumières qu'on voit dans un immeuble encore plongé dans la pénombre. Un maître zen à qui on demandait en quoi consistait le satori, ou déclic de l'illumination, a répondu : « Couper le bois, transporter l'eau. » Il comprime le sandwich et l'enveloppe de papier d'aluminium, le range dans son cartable sombre et flexible qui comporte de nombreuses boucles, à côté de sa gourde, d'un sachet de fruits secs et d'une petite bouteille de vin. Il passe l'éponge sur la table, le plan de travail, fait la vaisselle du petit déjeuner, remet chaque objet à sa place. S'il néglige le moindre espace, le désordre s'y engouffrera pour régner sur la solitude de l'appartement. Partir sans avoir fait son lit équivaudrait à emporter avec lui un secret ignoble. Il s'assure que les lacets de ses chaussures sont bien serrés, que ses pieds sont à l'aise et soutenus. La batterie du téléphone est entièrement chargée. Les clés sont à leur place. Il glisse dans la poche droite de son caban son petit carnet à spirale et son crayon. Il a mis ses lunettes rondes qui lui donnent un air stupéfait, a fixé des courroies supplémentaires pour passer son cartable sur ses épaules, c'est plus pratique pour un trajet aussi long.

Trouve Tout ce Dont Tu As Besoin. Il doit aussi prévoir un livre car il effectuera une partie du trajet en métro. Il va mettre du temps à le choisir. Il faut qu'il soit fin et très léger, tienne dans la poche et soit agréable sous la main quand il le touchera, s'ouvre et se referme sur lui-même comme un éventail, ait quelque chose de confidentiel et d'évasif, flue comme une musique ou une promenade, ressemble à un objet suspendu dans les airs, ait l'objectivité d'un manuel ou d'un guide très pratique et le côté confidentiel et impudique d'un journal intime, qu'il contienne de nombreux espaces blancs, visibles et invisibles, ait l'air posthume bien que son auteur soit encore vivant, fasse entendre une voix singulière qui soit également anonyme, semble avoir été écrit à une époque récente même s'il a été publié il y a deux ou trois siècles, commence et prenne fin en donnant l'impression d'être inachevé, ait l'apparence d'un brouillon improvisé écrit à la va-vite et celle d'une inscription concise.

Gagne une Expérience Only You. Il jette un dernier coup d'œil sur l'appartement avant de sortir. Il estime qu'il doit y avoir une perfection, une courtoisie dans l'absence, et aussi des précautions : dans un monde de vigiles dotés des dons d'ubiquité et d'invisibilité, il faut laisser le moins de pistes possibles derrière soi. « Il pénètre dans la forêt et ne fait bouger aucune feuille ; il pénètre dans l'eau et ne provoque aucune ride à la surface. » Il est probable qu'à une autre époque, il se serait consacré de manière approfondie à l'étude du taoïsme. Il aspire, sans doute plus par indolence que pour toute autre raison, à l'exigeante connaissance du faire sans rien faire. Moins tu salis, moins tu auras à nettoyer ou moins tu obligeras les autres à le faire à ta place. En se douchant, il a veillé à ne pas utiliser trop de gel, de shampoing ou d'eau. Il a nettoyé les miettes sur la table, ouvert la fenêtre derrière laquelle le jour s'est presque levé et laissé entrer dans la chambre l'air froid un peu humide de la fin de l'hiver. À chaque fois qu'il sort, il essaie de visualiser les choses telles que les verrait un autre pendant son absence ; ce que pourrait voir ou trouver quelqu'un s'il ne revenait jamais. Il découvrirait des empreintes, mais aucun déchet. Il pourrait s'installer chez lui aussi confortablement que les voyageurs des contes, qui arrivent dans une maison au milieu de la forêt et constatent que les lieux sont déserts, mais que tout est disposé pour les accueillir. Il ne veut briller que par son absence.

Unexpected Dreams. Il faut sortir bien couvert ce matin. Le caban avec capuche, le bonnet en laine avec rabats, une écharpe, des gants, un gros pull, un bon T-shirt. Se protéger du froid quand on s'apprête à passer de longues heures à l'air libre requiert des connaissances très spécifiques et des précautions. De la fenêtre, le jour naissant a une luminosité dorée et trompeuse, presque un éclat dc printemps démenti par les manteaux, les bonnets et l'attitude des gens qui marchent sur le trottoir. Il a enveloppé de papier d'aluminium son sandwich conséquent et juteux contenant de l'huile, de la tomate, du jambon et des œufs brouillés tout juste faits qui réchauffent agréablement le pain. Il a versé de l'eau dans sa gourde, rempli à demi une petite bouteille en plastique de vin rouge. Il a aussi prévu une poignée de pistaches, elles sont excellentes pour redonner immédiatement des forces quand, au fil des heures, on se sent défaillir. Il y a dans ce voyage un esprit d'aventure, comme s'il partait en expédition, et une richesse dans les préparatifs.

Exploite la Ville. Il considère que, lorsque c'est possible, il faut arriver à pied aux endroits où on veut découvrir quelque chose de précieux qui n'existe nulle part ailleurs et mérite d'être honoré par l'effort d'une marche. Il n'est pas nécessaire d'en arriver aux extrêmes des pèlerins catholiques se dirigeant vers un sanctuaire miraculeux à genoux, au milieu des cailloux et des chardons, ou des bouddhistes qui, tout au long du chemin, se prosternent et se relèvent pour se prosterner de nouveau, mais la promenade tonifie la musculature et oxygène le cerveau, prédispose à la contemplation de ce qu'on est venu chercher. Les pas ordonnent la conscience et l'esprit. La direction extérieure qu'on prend propulse à la fois le cours des pensées et celui des mots. Un ami de Baudelaire disait qu'il ne l'avait jamais vu écrire un poème assis. Il les composait en marchant et en murmurant. Le rythme des vers et la cadence de sa marche étaient simultanés. Montaigne arpentait son cabinet de travail circulaire et dictait ce qui lui traversait l'esprit à son secrétaire, parfois influencé par le titre au dos d'un volume regardé au hasard, ou par ce qu'il voyait dans la cour de sa maison ou les champs voisins, depuis la haute fenêtre de la tour.

Aventure-toi dans le Monde. Il remonte Broadway vers onze heures du matin. Il lui reste encore de nombreuses heures de marche, de voyage. Il veut parcourir à pied la distance entre l'extrême sud de l'île et la maison où a vécu Edgar Allan Poe dans le Bronx. Il s'est mis en route il y a plus de deux heures à South Ferry, de l'esplanade devant l'embouchure du fleuve, sur la pointe sud de l'île. Il a imaginé, comme si c'était un souvenir, Herman Melville se promener enfant, sa main dans celle de son père, à l'époque où l'horizon était une forêt de mâts et de voiles. Il a vu la mer heurter les faisceaux de troncs où les voiliers s'amarraient en d'autres temps, écouté les sirènes des ferries qui viennent de Staten Island et celles des bateaux chargés de touristes qui vont visiter la statue de la Liberté. Des mouettes inquiétantes graillaient tout près et se laissaient bercer par l'air au-dessus de lui. Du haut de ce garde-fou, il a un jour jeté le trognon de la pomme qu'il venait de manger et une mouette est passée et lui a presque effleuré la tête en attrapant le reste du fruit, battant des ailes et piaillant pour éloigner ses congénères qui le lui disputaient. Il s'est rapproché du perron de l'ancienne douane qui abrite à présent le Musée national des Indiens d'Amérique. Herman Melville n'a pas connu ce bâtiment plein d'emphase surchargé de statues et de marbre. Il travaillait dans un hangar en bois, un bâtiment précaire au bord du fleuve. Il était plus sérieux et plus grand que tous ceux qui l'entouraient, un Boris Karloff à la barbe de courtisan assyrien.

Connected to Everything. Il a remonté le canyon sombre du bas de Broadway, à travers le quartier financier. Il a croisé des nuées de touristes, d'employés ou de cadres travaillant dans des banques. Les touristes déferlent par vagues, serrés comme sur le pont du Rialto, à Venise. Entre l'embarcadère où on prend le ferry pour aller voir la statue de la Liberté et le taureau en bronze qui symbolise la Bourse ou la finance, les touristes forment un flux étourdissant. Ils arrivent des lieux les plus retirés du monde pour prendre des selfies en levant leurs bras extensibles au-dessus des têtes de leurs semblables, s'agglomèrent autour d'écureuils effarouchés pour les photographier, défilent en masse devant le taureau comme s'ils accomplissaient un rituel d'une religion atavique, dans un mouvement giratoire, brandissant leurs perches à selfie comme des cierges ou des objets liturgiques. Une très grosse femme en fauteuil roulant est immobilisée au milieu d'un groupe compact de vacanciers chinois. Les poubelles métalliques placées au coin des rues regorgent de détritus. Les mendiants viennent y fouiller et trouvent des parts de pizza, des bouteilles de Coca-Cola à moitié pleines, des saucisses mordillées.

Embarque-toi dans une Expérience Incomparable. Il a observé les *homeless* qui se trouvent à une certaine distance les uns des autres, le long de Broadway, enveloppés dans leurs couvertures et leurs sacs de couchage, et ceux qui arpentent le trottoir et interpellent les passants en agitant leurs gobelets en plastique dans un cliquetis cadencé de petite monnaie. Ceux qui sont assis ne réclament pas directement et sont blancs. Ceux qui font les cent pas sur le trottoir ou se postent au coin d'une rue ou contre un échafaudage sont en général des Noirs. Il étudie en passant les textes écrits sur des cartons déchirés. Il y a là des vétérans de l'armée. Des malades du sida. De jeunes adolescents blonds, très pâles, filles ou garçons, regardent dans le vague, lisent ou écrivent sans jamais rien demander à voix haute. Une femme décoiffée d'une quarantaine d'années est assise sur un seau en plastique qu'elle a retourné et fume, le panneau en carton expliquant ses misères posé sur ses genoux. Parfois ils sont deux, un garçon et une fille, toujours des blonds aux yeux clairs et au visage sale. Ils se protègent l'un l'autre, il arrive qu'un grand chien sommeille à côté d'eux. Aujourd'hui, leurs mains et leur figure sont rougies, bleuies par le froid. Sur son panneau, un garçon seul dit qu'il a tué son père pour qu'il cesse d'abuser de sa mère et de sa sœur, et qu'il a fait un séjour en hôpital psychiatrique. Melville et son employé de bureau inventé, Bartleby, ont marché dans ce quartier, cette ville aux maisons basses avec ses quais, ses voiliers à l'horizon, ses nuits lugubres durant lesquelles des lampes à l'huile de baleine éclairent le coin des rues, ses églises et leurs cimetières. Seuls demeurent aujourd'hui les églises et les cimetières aux pierres tombales très abîmées. Une grande étendue s'ouvrait vers le nord au bout des rues étroites : Broadway redevenait alors le sentier sinueux tracé par les Indiens Lenapes. C'était une île de forêts, de collines, de zones encaissées et marécageuses, de torrents et de lagunes. Les trappeurs avaient exterminé les castors. Des Lenapes, il ne restait qu'une population très réduite qui vivait à la lisière d'un bois encore vierge, au nord de l'île. Herman Melville a vu tout cela. Allan Poe a lui aussi été témoin de cette situation dans les dernières années d'infortune et de détresse qu'il a passées dans la ville, ou ce qui était alors une zone de fermes et de petites maisons champêtres de style hollandais, très en dehors de la cité. Poe et Melville se connaissent, se croisent au cours de leurs promenades dans cette ville difficile, un bourbier de crottin de cheval et de neige sale en hiver, ils se retrouvent dans une librairie ou parmi les invités d'une réception, chez des dames influentes passionnées de littérature. Melville a lu les histoires maritimes d'épouvante de Poe : celles des naufragés pris dans le Maelström et du voyageur qui arrive dans les glaces du pôle Sud.

Au-Delà des Limites. Le Mississippi de Broadway, dit Melville ; l'Amazone, le Nil. Au carrefour de la 42e Rue et de la Cinquième Avenue se trouvait le grand réservoir d'eau de la ville, dont l'architecture imitait celle d'un temple, d'une citadelle égyptienne. La prison The Thumb avait un portique égyptien avec des colonnes massives et des chapiteaux en forme de fleur de lotus. La ville s'est transformée au fil du temps comme Broadway se transforme au fil de sa promenade. Il traverse avec avidité les époques et les mondes de l'île. Marcher, c'est faire quelque chose et ne rien faire. C'est cheminer sans but particulier mais dans une direction imprimée par le tracé de la rue qu'il suit depuis le début. Il est toujours dans Broadway, toujours sur le trottoir côté ouest, là où il y a du soleil. Il a traversé des zones tonitruantes et populeuses et des lieux sur lesquels régnait subitement le silence ; il a entendu de violents coups de marteau contre des plaques métalliques avec lesquelles on recouvre des trous ; il a vu des pelles de bulldozers s'enfoncer dans l'asphalte et y ouvrir des fosses, puis emporter des chargements de décombres ; des perceuses qui font vibrer le sol et trembler les vitres ; d'immenses camions qui viennent du Canada ou de la côte pacifique. La ville perforée et éviscérée, la ville en construction et en destruction. Il a longé des fossés aussi profonds que des cratères qui contenaient tout un bloc où s'élevait il n'y a pas si longtemps un immeuble gigantesque. Il a vu se dresser en un temps record un réseau de structures métalliques qui, d'un jour à l'autre, s'est métamorphosé en tours de verre. Tel est le fracas du fonctionnement et des engrenages du monde ; la force sismique et volcanique de l'argent qui fait frémir les entrailles de l'île en schiste très dur.

Viens Essayer Quelque Chose de Différent. Il y a aussi une systole et une diastole dans ce lent et incessant tremblement de terre. Le bruit atteint un niveau maximal et baisse quand on traverse une rue qui est une frontière. Après Canal Street, il y a d'amples zones de silence, puis vient l'amas d'hommes et de constructions qui se poursuit au-delà de Times Square. Dans Colombus Circle, le trottoir et la rue s'élargissent. Le regard porte beaucoup plus loin. Tout à coup, on ne sait plus comment on a pu supporter cette densité de présences humaines, de bruit, de trafic, d'objets, d'écrans digitaux aussi grands que ceux des anciens cinémas, de mendiants, de gens pressés, de bousculades, de dures foulées de talons aiguilles, d'immenses magasins, cafétérias ou restaurants bon marché. Il a remonté l'artère avec une sensation croissante d'étouffement. La succession des succursales de banques et des sièges de Starbucks et de la chaîne de droguerie Duane Reade lui laisse une impression d'intemporalité enflammée, d'omniprésence corporative. Il marche et chaque coin de rue est le même. L'énergie affirmative de la ligne droite se délite dans un vertige circulaire.

Tout ce Défilé d'Ombre. Il a vu venir vers lui un homme herculéen torse nu, au crâne rasé, qui avait un serpent enroulé autour du cou comme une écharpe. Il a vu une femme avec la peau sur les os qui semblait porter une sorte de corbeille ou un entrelacs de brins d'osier ou de fils de fer qui étaient ses ongles, si longs qu'ils se recourbaient et s'emmêlaient, des ongles de rapace improbable, de dinosaure volant, sur un corps qui paraissait en soi constitué d'excroissances cornées, de peau sèche parcheminée collée à ses os, sa mâchoire et ses clavicules. Il a vu chez l'homme au serpent et chez la femme aux longs ongles une suggestion d'horreur, un début de métamorphose monstrueuse, l'Homme-Reptile, la Femme-Griffes, des créatures de films d'épouvante à petit budget, des phénomènes de foire rendus avec crudité grâce aux couleurs des lithographies.

La Rumeur de cette Terrible Multitude. Il n'est personne. Il ne sent aucun poids. Mais à présent il éprouve un sentiment de peur et non plus de liberté. Il a l'intuition qu'il serait facile de disparaître sans laisser d'autres traces qu'une silhouette en noir et blanc au milieu des gens filmés sur les trottoirs par les caméras de surveillance. Personne ne le connaît. Il est perdu parmi les habitants invisibles. Mais plus invisible encore est le travailleur illégal mexicain qui serre en ce moment des boulons sur les barres d'un échafaudage, ou le mendiant qui traîne son pantalon défait sur ses pieds et à côté duquel tout le monde passe sans y prêter attention, avec une maîtrise qui est un des traits spécifiques de la ville. Voir et ne pas voir en même temps. Décider en une fraction de seconde qui est visible et qui ne l'est pas, ou qui sera visible pendant quelques minutes et s'effacera en un clin d'œil, d'un claquement de mains. Il n'est pas nécessaire de détourner le regard, car on a évité au préalable de l'orienter dans cette direction. Rester sur ses gardes, de loin, sans donner l'impression qu'on a remarqué ce qu'on veut précisément s'épargner. C'est une ville de zombies scotchés à leurs écrans de téléphone et une ville d'hommes et de femmes invisibles. L'invisibilité modifie peu à peu celui qui la subit. Elle le change en fantôme, en naufragé qui retourne à l'état sauvage parce que privé de compagnie humaine. Ce matin, il croise régulièrement des gens qui semblent avoir survécu vingt ans sur une île déserte et perdu la raison. Ils marchent dans la rue comme dans une forêt ou une plaine où il n'y aurait personne d'autre qu'eux. Et il n'y a personne d'autre car personne ne les regarde. Selon les caractéristiques des habitants des îles désertes, ils ne se sont pas coupé les cheveux depuis des années et portent les mêmes vêtements que ceux qu'ils avaient sur eux lorsqu'ils ont fait naufrage, devenus à présent un tas de guenilles. Bien qu'entourés de monde, ils mangent au milieu de la rue ou sur une table, dans un McDonald's ou un Subway, plongés dans une solitude féroce d'animaux affamés. Ils pissent ou chient là où ils sont quand ils en ressentent le besoin. Puisqu'il n'y a jamais personne à proximité, ils ont oublié toute retenue. Ils se grattent au soleil comme des animaux somnolents. Ils parlent ou crient sans s'adresser à personne. Le silence les a rendus aussi fous que la monotonie de ne pas entendre d'autres voix que la leur. Sur l'île, leurs poils et leurs cheveux ont proliféré et leurs habits se sont usés. Ils ont la peau cuivrée à force d'être toujours au grand air, des ongles épais et sales qu'ils n'ont pas coupés depuis des années car il est plus qu'improbable qu'ils aient trouvé un instrument pour le faire parmi les restes du naufrage. Certains promènent avec eux leur tanière ou leur cabane, la grotte où ils se cachent : la capuche rabattue sur le visage est le seuil de la caverne, si profonde qu'on n'y distingue aucun trait ; les haillons sont un genre de hutte de peaux de bêtes dans une steppe hivernale ; la puanteur les enveloppe et marque la frontière de leur territoire, incitant ceux qui passent à proximité à prendre la fuite encore plus vite. Ils dorment dans un coin, à l'intérieur d'un wagon de métro dont tous les autres voyageurs se sont écartés : ils sont des anachorètes dans un désert qui serait aussi une décharge, coiffés d'une capuche comme des moines misanthropes.

Les Bêtes Sont Parmi Nous. Il se rend compte qu'il a tendance à baisser la tête et à regarder par terre ; son champ de vision se limite à l'éventail allant de la portion de trottoir, devant ses pieds, aux visages des gens qu'il croise ; aux têtes et aux épaules des passants qui le précèdent. Il a marché pendant des années dans de nombreuses villes sans trouver ailleurs qu'ici des trottoirs aussi propices à la promenade et à l'observation. Ils sont constitués de plaques de ciment carrées ou rectangulaires. Le quadrillage des lignes de séparation permet de calculer la longueur de ses foulées. Les fissures dans le ciment ressemblent à des branches, des dessins d'arbres ou de deltas de fleuves, ou encore à des silhouettes de montagnes et de cordillères. Arshile Gorky disait que les lézardes des trottoirs sont toujours fascinantes. Quand on vient de réparer un trottoir et que le ciment est encore frais, des formes s'y impriment et y demeurent pour toujours, dures et nettes comme des traces fossiles. Mains ouvertes, noms, mots, dessins, empreintes de chiens, d'oiseaux, de semelles. Surtout des mains aux doigts écartés. Quelqu'un passe près d'une de ces plaques humides et récemment lissées, et ne résiste pas à la tentation d'y estamper sa main ouverte, comme sur la paroi d'argile fraîche d'une grotte, il y a vingt mille ans. Les trottoirs des villes sont ornés de paumes de mains et d'empreintes d'oiseaux, pigeons, moineaux, étourneaux, les espèces capables de s'adapter et de survivre dans un environnement hostile à presque toute forme de vie. Les marques laissées par les oiseaux peuvent former des lignes sinueuses qui traversent délicatement la largeur d'une plaque de ciment, semblables à des hiéroglyphes de plantes, des empreintes de mouettes ou de bécasseaux sur le sable tout juste aplani à marée basse, des marques symboliques de dinosaures. Quand une plaque de ciment frais est égalisée en automne, les contours précis des feuilles mortes s'y impriment avec une précision qu'on retrouve dans les bas-reliefs égyptiens et sur les feuilles de plantes fossiles, des guirlandes de minuscules feuilles d'acacia, les éventails ondulés de celles des ginkgos bilobas et la courbe nette de leurs tiges.

Vis-le en Super Slow Motion. D'autres feuilles restent gravées comme des ombres, des plaques photographiques primitives. La pluie et les pas les collent à la surface poreuse du ciment, et quand on les balaie, que le vent les emporte ou qu'elles se désintègrent, leur ombre demeure, à l'image d'un estompage au fusain sur la grande feuille de papier du trottoir, puis elle s'efface peu à peu, dans le courant des mois d'hiver, à mesure que la pluie, la neige, l'air les altèrent. Parfois une seule feuille est gravée sur le carré de ciment ; parfois, près de la grille d'un parc, il y en a toute une constellation, un échantillonnage de feuilles d'arbres de différentes espèces que le hasard a organisées comme s'il obéissait à un sens particulier de l'espace. Dans la Grande Encyclopédie de l'Art Accidentel qu'il aimerait diriger, il se réserverait le volume consacré aux trottoirs de cette ville, des toiles tendues devant ses pieds, semblables à celles que Jackson Pollock tendait par terre pour les fouler lui aussi et y incruster ce qui traînait sur le sol de son studio, comme ce que les gens jettent dans les rues, mégots, pièces de monnaie en cuivre. Ce volume contiendra une illustration pleine page en couleurs d'une main qu'il a vue imprimée un matin, au début du mois d'avril, alors que le soleil brillait après des heures de ce genre de pluie inhospitalière qui démoralise le marcheur en trempant le bas de son pantalon et ses chaussures, le punissant par une inacceptable prolongation de l'hiver. C'était une grande main, une trace très profonde, la personne qui l'avait faite l'avait pressée fortement sur le ciment. Le ciel gris était ensuite devenu d'un bleu limpide. Et l'eau qui remplissait l'empreinte de la main reflétait ce bleu de manière encore plus cristalline.

Profite du Meilleur Pique-Nique Urbain. Il sait que, par prudence, voire par politesse, il doit contrôler sa manie de regarder les individus dans les yeux. Il sait que cela peut être déconcertant et mal interprété. Ici, les gens ne sont pas habitués à croiser les yeux des inconnus. Si l'un d'eux les cherche du regard, c'est pour une raison indésirable ou en tout cas suspecte ou irritante : le regard du mendiant, du déséquilibré, du vendeur de tel ou tel produit, de celui qui distribue des tracts publicitaires, de la personne qui, debout, chasse des signatures, son dossier à la main, d'un air à la fois amical et agressif, du vendeur de billets d'autobus touristiques ou du loueur de vélos. La forêt de regards devient de plus en plus touffue à mesure que, de Broadway, on se rapproche de Times Square, et il faut la traverser sans en croiser aucun, et si l'on doit en soutenir un, cela ne doit pas durer plus de quelques dixièmes de seconde, jamais davantage, pour ne pas donner l'impression d'avoir une intention cachée. Les pupilles se dilatent car on pressent une menace. Un regard qui s'attarde une seconde de trop déclenche chez autrui un sourire machinal et décontenancé qui dérive à la seconde suivante en une expression hostile, une torsion du menton. Certains regards imprudents peuvent attirer le danger en étant interprétés comme une provocation. D'autres viennent de la zone d'ombre d'une capuche, comme des profondeurs d'une cave ou d'une tanière. Dans d'autres yeux brille le délire. Il n'y a jamais de regards d'enfants, à moins qu'ils ne soient étrangers ou âgés d'un an ou deux au maximum. Les enfants sont entraînés à ne regarder à aucun moment des inconnus dans les yeux. Il n'est pas davantage permis de les regarder eux, c'est aussi dangereux que de les toucher, même par hasard, même une main posée un instant sur une épaule ou sur la tête. Les enfants évoluent dans un vide de regards où, bien souvent, ceux de leurs parents n'existent pas plus que les autres.

Géométrie et Angoisse. Ne regarde personne dans les yeux. Regarde devant toi, l'écran de ton téléphone ou tout simplement dans le vague. Si tu regardes on t'alpaguera, on te demandera ou on te donnera quelque chose, on te volera quelques minutes, on modifiera ton itinéraire en ligne droite. Tu dois regarder comme quelqu'un qui rôde autour de quelque chose sans l'effleurer. Regarde et concentre-toi sur tous les détails significatifs de l'inconnu qui s'approche ou duquel tu t'approches, mais sans lui montrer que tu l'observes. Ou alors, contente-toi de regarder ton téléphone et accorde au monde extérieur le minimum d'attention basique nécessaire pour te rendre d'un point à un autre, comme un aveugle qui n'a besoin pour s'orienter que de quelques coups assenés de la pointe de sa canne. Apprends à regarder à la dérobée. Au lieu de fixer les autres dans les yeux, apprécie leur silhouette, leurs contours, emmagasine l'information importante sans avoir l'air de le faire. Tu développeras une sorte de radar capable de distinguer toute irrégularité dans les mouvements qui s'accomplissent devant toi. Si la silhouette est debout au milieu du trottoir et ne bouge pas, c'est un signal d'alarme, de même que si elle marche d'un côté à l'autre et non en ligne droite. Tu l'auras détectée avant de voir le gobelet en plastique qu'elle tient et d'entendre le son de grelots des pièces de cuivre. Il se peut que, sans que tu aies recours à la vue, l'odorat te désigne une puanteur abyssale. Si le mendiant est assis par terre ou en appui contre un mur, il te suffira de presser le pas et de regarder devant toi en faisant mine de ne rien avoir entendu, la litanie continuelle, « *spare change, spare change* ». Le meilleur moyen de ne rien entendre, c'est de porter des écouteurs, si possible le genre de casque qui couvre les oreilles et permet de vivre dans une atmosphère sonore aussi imperméable à l'air ambiant que l'habitacle d'une voiture. Si la forme humaine barre le passage, il faut te déporter légèrement sur le côté avant de t'approcher.

Décroche le Meilleur Prix et Vole. Il traverse l'île en diagonale en empruntant le sentier tracé au fil des siècles par les pas des Lenapes. La machine à explorer le temps de H. G. Wells ressemblait à une bicyclette farfelue. Plus qu'un voyageur, il est un marcheur dans le temps. Jusqu'au XVIIIe siècle, Times Square était occupé par un lac au milieu d'une forêt, et les castors construisaient leurs terriers et leurs digues tout autour et le long des ruisseaux qui s'y jetaient. Pendant des siècles, les Lenapes avaient chassé les castors pour se faire des manteaux. Les Hollandais étaient ensuite arrivés, puis les Anglais à l'extrême sud de l'île, et ils s'étaient lancés dans le commerce de peaux. Ils achetaient aux Lenapes toutes celles qu'ils pouvaient leur proposer, les échangeaient contre des armes à feu avec lesquelles il était beaucoup plus facile de chasser les castors. En moins d'un siècle, ces derniers avaient disparu de la totalité de l'île. Peu après, il ne restait aucune trace des Lenapes non plus.

L'Or Arrive à Flots des Quatre Coins de la Terre. Times Square est un aquarium et un lac de plusieurs centaines de mètres de profondeur, un parc sous-marin, un parc à thème submergé par les flots, une réplique exacte de la ville dont il fait partie. Les terrasses et les mâts des tours émergent de l'eau comme les crêtes des récifs coralliens. Les façades en verre bleuté et fumé reflètent les mouvements des nuages et les colonnes de vapeur des cheminées. Les écrans déployés devant les immeubles créent une mobilité de courants aquatiques, de réservoirs géants d'aquarium, de turbulences silencieuses où bougent au ralenti des créatures abyssales aux couleurs magnifiques. Maintenant oui, il faut lever les yeux du sol, redresser la tête, tordre le cou. Dans les fonds sous-marins des trottoirs et des zones sans circulation pullulent des êtres collés au limon et aux détritus, des groupes très serrés de touristes comme des bancs de poissons identiques qui ont la bouche ouverte, les yeux très dilatés, des branchies pulsatives et une bioluminescence d'écrans de téléphone. Ils ont des masques et des chaussons de plongée et, comme les hommes-grenouilles, les super-héros, les statues de la Liberté et les personnages géants de Disney, ils agitent les eaux en faisant de grands gestes pour attirer l'attention. Dans ces profondeurs l'atmosphère a une densité de marécage. Les costumes et les capes des super-héros sont taillés dans des tissus très bon marché, très usés, en solde, ils arborent de légères cuirasses en plastique, des têtes en peluche graisseuse, des maillots troués, très élimés, raccommodés, des étoffes synthétiques qui déclenchent une forte sudation chez ceux qui les portent et sont cousues n'importe comment. Les super-héros et les personnages géants ont quitté leurs mondes rigoureusement séparés et se mêlent ici comme des espèces natives d'océans très différents rassemblées dans le même aquarium. Batman et Superman étaient déjà contemporains, ils sont désormais flanqués de Spiderman et Darth Vader, Superwoman et Captain America, des Tortues Ninja, des Power Rangers, réunis dans une même fraternité, une pluriculture vénale du superhéroïsme dégradé, ravalé au rang de spectacle pour les photos idiotes des touristes, comme des chefs indiens avec leurs peintures et leurs coiffes de guerre qui se produisaient dans le cirque de Buffalo Bill. Derrière le sourire gigantesque d'un Mickey Mouse affleure la tête effrayée et cuivrée d'un migrant sans papiers d'Amérique centrale. Les déguisements des super-héros de Times Square sont fabriqués dans des ateliers de couture clandestins, des entrepôts et des caves du Queens et du Bronx. Les statues de la Liberté portent des diadèmes en mousse synthétique et des lunettes de soleil sur leurs visages couverts de paillettes, les bords de leurs tuniques sont maculés de la neige sale qui refuse de fondre. Les détritus débordent des poubelles en métal situées au coin des rues. Le sol est un bourbier tapissé de déchets en plastique, comme le fond des mers.

La Beauté qui Habite la Ville. Dans une zone de luminosité plus forte, car proche de la surface, très au-dessus des têtes des touristes, des perches à selfie et des grosses caboches des super-héros, bien plus haut que les enseignes des restaurants, des boutiques de souvenirs et des marquises des théâtres, passent les courants puissants des écrans publicitaires, qui s'animent au ralenti et en silence. Des caméras mobiles filment depuis les hauteurs des voitures qui roulent à une étrange vitesse décélérée dans des déserts, des routes au bord de lacs ou de falaises contre lesquelles les vagues viennent s'écraser, des villes aux avenues rectilignes, sans circulation ni population sur les trottoirs, sans trottoirs non plus. Les gens sautent et planent dans les airs, comme s'ils faisaient de la plongée ou se retrouvaient sur la Lune ou dans une station spatiale. Les cheveux longs des femmes des publicités flottent autour de leurs visages de sirènes en immersion. D'autres, très jeunes, ont un visage et une chevelure à l'éclat doré ou de la couleur du blé, elles portent des robes légères de chez H&M, courent dans des prairies dont l'herbe haute ondoie dans le vent. Elle courent sur des coteaux vers le sommet d'une colline, sans fournir d'efforts, au point qu'on n'a pas l'impression qu'elles foulent le sol, et en arrivant en haut, elles sautent et planent dans l'espace illimité qui s'étend de l'autre côté. Un homme coiffé d'un casque de pilote, pour ne pas dire d'astronaute, saute en parachute. Il se laisse bercer dans un ciel très limpide qui devient rosé à l'horizon, là où le soleil commence à décliner. Il perd harmonieusement de l'altitude, comme une mouette aux ailes immobiles ou un deltaplane. Il ancre ses pieds sur un ruban d'asphalte, une route qui se déroule en ligne droite vers une chaîne de montagnes. Sur le bas-côté attend une Hyundai rouge. Le pilote ramasse sans difficulté son parachute et le range dans le coffre. Il retire son casque, découvre ses cheveux châtains en bataille, sa peau tannée d'aventurier, une barbe de quelques jours. Il monte dans la voiture, démarre et se perd en ligne droite vers l'horizon, où un luxueux coucher de soleil s'attarde encore. Mais une seconde plus tard, l'homme saute de nouveau en parachute et entreprend la même descente, aussi lente, vers la même voiture rouge.

Divertissement Illimité. Sur les écrans, les personnes montent et descendent à diverses profondeurs avec la même légèreté délicate. Les nymphes du Rhin battent des ailes dans leurs chorégraphies sous-marines. Une seule ondulation couvre tous les flottements aériens fragmentaires répartis sur les différents écrans. Les scènes se répètent à l'identique toutes les trente secondes. L'étui en verre d'un rouge à lèvres tombe à la verticale dans le vide, dans une noirceur soyeuse, une obscurité de velours. L'étui et le bâton de carmin explosent soudain et se brisent en mille éclats de verre, de métal, de matière rouge crémeuse, particules en expansion, une floraison accélérée comme celle d'une anémone qui s'ouvre. Mais de la même manière qu'elles se sont dispersées, les particules se concentrent de nouveau et deviennent des lèvres de femmes fardées de rouge et, un instant plus tard, une main aux ongles très rouges descend une fermeture Éclair et découvre la naissance d'un décolleté. La descente verticale de la fermeture cède la place à la chute du bâton de rouge. L'explosion se répète dans la parenthèse nocturne d'un seul écran, une calamité fastueuse, une pulvérisation de feux d'artifice dans la nuit estivale.

Seuls les Meilleurs Peuvent Aller Aussi Loin. Et à l'avenant s'écoulent dans le même flux les mots sur les bandes passantes de la façade de l'immeuble Morgan Stanley et, non loin, sur celle du Fox News : le fleuve et le serpent de mer des mots qui défilent avec des contorsions de fouet autour du building informent des cours de la Bourse, annoncent des nouvelles économiques, profèrent des mises en garde, un attentat-suicide dans le métro de Saint-Pétersbourg, des centaines de morts dans des rivières en crue en Colombie. Les lettres et les symboles d'une marque s'affichent sur un écran. Le titre d'un spectacle musical de Broadway, un modèle de voiture, la dernière série de Netflix, la silhouette d'un hélicoptère sur un fond jaune dans une publicité pour *Miss Saigon*. Un Boeing 718 de Norwegian Airlines décolle puissamment et vole en ligne droite au milieu d'himalayas de nuages. Dans un vertige planant, l'écran d'un ordinateur portable devient une grande cité technologique qui ouvre de manière engageante ses portes à Pékin : avenues arborées, immeubles de verre sous des ciels on ne peut plus limpides. De gigantesques battants ouverts laissent pénétrer une lumière céleste. Un Noir athlétique s'élance du haut d'un plongeoir, les bras en croix, vers une piscine d'un bleu éclatant, pareil au Boeing 718 de l'écran voisin. Dans la fosse sous-marine, le parc à thème aquatique de Times Square, on a aboli la réalité avec une efficacité qui déclenche dans le monde entier, chez lui aussi, le promeneur furtif, un vertige d'euphorie. Les paradis artificiels des marcheurs de la ville sont enfin devenus superflus : le laudanum de Thomas De Quincey, le laudanum et le cognac de Poe, le haschich de Baudelaire, le haschich, le peyotl et l'opium de Walter Benjamin. L'hallucination de la ville n'a plus besoin de surgir de la conscience car elle s'offre avec objectivité dans la simultanéité des écrans digitaux. Les femmes, les voitures, les rouges à lèvres qu'on y voit ont des dimensions d'espèces des profondeurs, calamars géants ou baleines. Les panneaux des magasins ont une véhémence de prédictions apocalyptiques : *LAST DAYS*, *FINAL LIQUIDATION*, *EVERYTHING MUST GO*. Les pancartes de soldes portées par des hommes-sandwiches à l'allure de mendiants et d'ivrognes ne sont guère différentes de celles que brandissent avec une énergie vindicative les prédicateurs du Jugement dernier. « *You shopaholics,* crie l'un d'eux en agitant les bras parmi les touristes, *you'd better kneel down and pray for the mercy of the Lord.* »

De l'Horreur, une Joie Mordante et Parfois de la Cruauté. Il a l'impression qu'il n'en finira jamais de traverser Times Square.

Il sent une apesanteur, une anesthésie dans ses foulées. Il lui faut émerger au plus vite sur une rive de réalité et de lucidité. Sortir du défilé sous-marin de Broadway. Émerger au plus vite de l'espace aquatique des écrans. En plein jour, leur luminosité digitale prévaut sur la lumière surannée du soleil. Le monde tout entier semble noyé sous une parfaite irréalité publicitaire. Des familles à l'obésité molle et collective d'otaries engloutissent des aliments fictifs dans le décor corporatif d'un McDonald's, un Wendy's, un TGI Fridays, un Popeyes ou un Subway. Elles mangent de la viande imbibée d'antibiotiques et d'hormones, des frites bourrées de graisses saturées, éclusent des boissons adoucies avec du sirop de maïs transgénique. Chaque client laisse derrière lui un sillon de sachets, de pailles, de récipients en plastique. Les mendiants fourragent dans les poubelles et y dénichent des hamburgers à demi mangés, des morceaux de poulet frit mordillés et trempés dans du ketchup, des cannettes où reste un fond de soda chaud. Les pigeons d'un gris aussi sale que la neige très piétinée picorent des parts de pizza. De temps à autre, les mouettes descendent des falaises de Times Square, attirées par l'irrésistible réclame qui sent le fromage fondu et la graisse brûlée, la corne d'abondance des poubelles en fin de journée.

Faune Sauvage dans la Jungle d'Asphalte. Il marche, marche. Cela fait trois heures et c'est comme s'il marchait depuis des jours, des vies entières. Les promenades s'enchaînent au fil du temps et à travers les villes. Il s'est donné pour règle de ne faire qu'une seule pause, juste le temps nécessaire pour manger. S'il n'y a pas de vent, il pourra s'asseoir sur un banc, dans un parc. Il ne s'arrête qu'aux feux rouges. Il n'a pas besoin de se reposer. Il est le petit bonhomme diligent du signal lumineux, la silhouette blanche qui, sur un sentier, indique la voie réservée aux marcheurs. L'exercice de la promenade lui procure assez d'énergie pour poursuivre. Il marche avec souplesse sur les robustes semelles en caoutchouc de ses chaussures spécialement conçues pour la randonnée. Le poids et l'équilibre de son corps se concentrent de manière très perceptible à la base de sa colonne vertébrale. Les cols de ses fémurs glissent comme des pistons bien huilés enchâssés dans son bassin. Le froid matinal intensifie l'exaltation physique. La clarté de l'air semble se transmettre, intacte, au regard et à l'esprit. La marche est désormais une condition permanente, un rythme organique aussi rythmé et efficace que les battements du cœur, l'entrée et la sortie de l'air dans les poumons. Il y a quelque chose d'insensé dans le fait de marcher pendant des heures ; une obstination ; un début de délire, comme de continuer à boire alors qu'on a déjà beaucoup bu car on en avait de plus en plus envie. La marche est une ivresse graduelle sans malaise ni gueule de bois ; un voyage psychédélique plein d'oxygène et de sérotonine ; les sens s'aiguisent au lieu de s'engourdir ; la volonté se repose tout en s'exerçant dans la constance d'un trajet établi. La règle exige de ne rien utiliser qu'on n'ait emporté avec soi et de ne rien accepter qui ne soit offert. On peut prendre un journal à condition qu'il soit gratuit. Devant un magasin de thés, à proximité de la 70e Rue, une jeune fille en tablier noir propose de minuscules tasses de ce breuvage chaud. Il en prend une, la remercie et boit le thé sans cesser de marcher. La tasse lui réchauffe les doigts, réveille son esprit, lui procure une force percussive dans les talons. On distingue à présent l'amplitude du fleuve dans les rues latérales orientées vers l'ouest. Il n'est pas permis de s'arrêter pour regarder les livres d'occasion dans les échoppes de la rue, ni l'attirail d'objets absurdes que des gens ont disposés sur une planche de bois aggloméré en équilibre sur deux tréteaux.

Relaxation pour Tes Sens. Il est arrivé sur une des places triangulaires que dessine la diagonale de Broadway quand elle traverse le plan quadrillé. Le soleil faible et trompeur de février éclaire certains bancs. Il y a un jardin, une statue, sorte de nymphe allongée sur le flanc, une tunique antique sur ses chairs opulentes, chaussée de sandales grecques, dont la coiffure rappelle celles de 1914. Il a un penchant qui remonte à loin pour les places aux formes irrégulières avec des jardins et des statues. Trois heures et demie de promenade ont éveillé son appétit, qui se rappelle tout à coup à lui, de même que la douleur de la plante de ses pieds et ses genoux flageolants. Des âmes égarées, des naufragés de la ville prennent le soleil sur les bancs. Il choisit un endroit radieux plus ou moins à l'écart de la circulation, retire son cartable de ses épaules et prend le sandwich enveloppé d'aluminium, la serviette en papier, la gourde, la petite bouteille et sa ration modique de vin rouge. Comme il est peureux, il obéit en général avec lâcheté et docilité aux règles qui le contraignent, lit tous les panneaux d'interdiction et tous les règlements. Il sait donc que dans cette ville on n'a pas le droit de consommer d'alcool ni de fumer dans les parcs. Pourtant une bouchée de pain de seigle gorgé d'huile d'olive, de tomate fraîche, de suc d'œufs brouillés et de graisse de jambon est un véritable délice si on la fait suivre d'une gorgée de vin, d'autant plus savoureuse dans cette confortable clandestinité, alors que sur le banc d'en face, quelqu'un absorbe avec une paille en plastique le contenu d'une de ces briques de boisson bourrées de sucres malins, estampillée du logo Kentucky Fried Chicken et constituée d'un matériau qui, après avoir été utilisé une seule fois, mettra mille ans à se décomposer entièrement en microfibres toxiques qui continueront d'empoisonner l'eau et la vie.

Votre Voyage Commence Ici*. Je l'ai vu assis sur un banc à Straus Park, un de ceux qui sont ensoleillés à midi, face à la perspective droite de West End Avenue, que les immeubles à proximité rendent austère alors que c'est une artère dorée et bleue au loin, à cette heure, par temps clair. Il m'avait semblé le voir le dimanche précédent, sur le marché fermier qui se tient tout le long du trottoir ombragé et glacial de l'université Columbia. Il m'a été difficile de le reconnaître parce que je ne l'avais jamais vu aussi couvert, il portait un manteau et un bonnet doublé de fourrure. Il y avait un décalage entre ce couvre-chef compliqué, sans doute efficace contre le froid mais en quelque sorte archaïque, comme une expédition en dirigeable dans les régions arctiques, et le manque relatif d'envergure de son manteau, celui d'une personne peu habituée aux rigueurs impitoyables de l'hiver. Il examinait avec beaucoup d'attention l'étalage d'une échoppe de champignons. Tandis que le vendeur, debout devant son éventaire très rudimentaire, se recroquevillait dans son manteau et sa capuche et tapait du pied pour se réchauffer, il se penchait vers les différentes variétés de champignons avec une concentration impassible de naturaliste que n'entamaient ni la température ni les minutes qui s'écoulaient. Sa spontanéité très calme a atténué la surprise que j'avais de le voir, même si, peu après, il avait disparu. Une rafale de vent polaire a ébranlé les stands aux barres fragiles et les bâches en toile plastifiée qui les protégeaient. L'un d'eux a été emporté et a fait tomber dans sa chute une pile de cageots de pommes qui ont roulé de manière chaotique entre les pieds des gens.

Le Cerveau dans l'Ombre. Il s'est de nouveau manifesté, pour reprendre un terme d'ufologie qu'il aurait approuvé, à la Hungarian Pastry Shop. Comme à Madrid, ses mouvements ou ses apparitions se concentraient dans des zones ou des quartiers très restreints. Straus Park, le marché du jeudi et du dimanche à Broadway, à hauteur de l'université Columbia, la Hungarian Pastry Shop délimitaient un petit périmètre, dix rues, deux avenues, car la Pâtisserie Hongroise, dont la traduction du nom laisse présager une prestance qui fait défaut au lieu, se situe à l'angle d'Amsterdam Avenue, dos à Broadway, devant la cathédrale Saint John the Divine.

Le Moment Est Venu. Un matin, je prenais un café à une table de ce salon de thé, et j'ai cru un instant le voir passer devant la porte et se tourner pour regarder à l'intérieur, où il n'aurait pas distingué grand-chose à cause du contraste entre la clarté du soleil sur le trottoir et la pénombre du local, aussi agréable que le murmure des clients et la lumière tamisée des lampes, les voix des serveuses énonçant avec un fort accent les noms de ceux qui ont commandé avant d'aller s'installer. Parfois, le matin, je travaillais là, lisais, prenais des notes en buvant un cappuccino. Quand j'avais quelqu'un à voir, je lui donnais rendez-vous dans ce café. J'aimais que ce soit un café, un salon de thé bien achalandé ayant en partie la fiabilité d'une pâtisserie austro-hongroise, mais aussi la précarité d'un commerce américain incertain. J'aimais leur café et leurs croissants, mais j'appréciais surtout le fait que ce ne soit pas un Starbucks, que toutes les tables ne soient pas occupées par des zombies avec des écouteurs blancs, les yeux perdus sur un écran, qu'on y entende de vraies conversations et aussi des éclats de rire, qu'il n'y ait aucune musique réglée par un algorithme corporatif, aucune musique tout court, que les serveuses reçoivent les clients derrière le comptoir et se déplacent ensuite jusqu'aux tables, certaines avec amabilité, une amabilité souriante, de séduisantes serveuses avec une petite touche d'exotisme venue d'Europe de l'Est, qui passaient entre les clients, chargées de leurs plateaux. Il y avait toujours ou presque toujours une lectrice solitaire. J'aimais l'absence de design corporatif, hipster, bohème, relevant d'une pseudo-époque, naturiste ou ethnique, supposément français ou autre chose. Les murs étaient jaunis, à croire qu'on ne les avait pas repeints depuis l'époque où on pouvait encore fumer à l'intérieur des établissements. J'aimais arriver tôt et m'asseoir à une table, au fond de la salle, dans un coin, sous une des tulipes à l'ampoule peu puissante, dominant l'espace caverneux et étroit du café, les allées et venues des serveuses, l'air qui s'épaississait en hiver, imprégné de la buée de ceux qui arrivaient de la rue et de la vapeur dégagée par l'humidité des manteaux et des bonnets quand ils se réchauffaient.

Le Monde à la Portée de Tes Doigts. Le jour où je l'ai vu passer, j'étais assis plus près de la porte, lui faisant face, comme toujours. Une autre fois, j'étais pressé et j'ai tourné au coin de la rue et regardé à l'intérieur. C'était par une de ces matinées froides où le café se remplissait très vite et paraissait encore plus bondé à cause des manteaux des clients. Cette fois, je l'ai reconnu à son bonnet d'explorateur de l'Antarctique. Des feuilles étaient déployées sur sa table et il tenait un porte-plume. Il avait l'air si concentré que j'ai eu des scrupules à l'interrompre, à le tirer d'une sorte d'extase intime qui l'encerclait dans un isolement parfait et peu farouche, car il incluait les murmures, la chaleur des gens, l'odeur du café et des pâtisseries.

Everything Old Is New Again. À l'époque, j'avais accepté que mes seuls rapports significatifs avec la ville passent par les morts, les absents, les êtres imaginaires, et rarement les vivants, les personnes qui se déplaçaient autour de moi, empruntaient le même corridor dans le même immeuble, occupaient l'appartement voisin, de l'autre côté du mur. Je connaissais davantage les morts que je n'avais jamais rencontrés et les fantômes de l'imagination ou du passé que la plupart des vivants. En guise de présence fantomatique, j'avais celle de mes voisins les plus proches. Je savais qu'ils existaient grâce à des preuves presque toujours indirectes. Une toux funèbre qui commençait en milieu d'après-midi ou dans le courant de la nuit, quelque part dans l'immeuble, au-dessus de ma tête, et qui durait des heures. C'était une toux d'homme profonde, organique, tantôt granuleuse, comme si elle remuait beaucoup de mucosités, tantôt sèche comme un lent aboiement. Je me réveillais parfois à trois ou quatre heures du matin et la toux insomniaque résonnait, sans doute était-elle la cause de mon réveil. Dans le hall de l'immeuble et l'ascenseur, personne n'a jamais toussé ainsi. La toux surgissait dans l'obscurité comme les martèlements ou les engrenages métalliques détraqués qui s'élevaient lorsque le chauffage se mettait en marche et que l'eau chaude dilatait les vieux tuyaux et les radiateurs en fer. Des coups similaires aux appels des spectres contre les portes, aux frappements que les morts semblent utiliser pour transmettre leurs messages aux vivants lors des séances de spiritisme.

Un Monde de Possibilités à Ta Portée. Dans l'appartement contigu ou au-dessus du mien, une femme éternuait à intervalles réguliers et, avant ou après, quelqu'un jouait du piano. Toujours les mêmes passages des mêmes morceaux : Bach, Schubert, Beethoven. Quelle que fût cette personne, elle avait un certain niveau, mais elle manquait de fluidité et butait ou s'arrêtait sur les mesures difficiles. J'étais aussi familier du répertoire que des endroits où la musique s'interrompait. Je savais que Bill Evans avait vécu dans cet immeuble vers 1960, avec Elaine, sa femme, et un chat. Je m'autorisais à penser qu'il avait occupé l'appartement dans lequel je séjournais. Il habitait là à l'époque où il avait enregistré ses disques en direct au Village Vanguard, en juin 1961, avec Scott LaFaro et Paul Motian. Quand il composait ou répétait, sa musique devait traverser ces mêmes murs. Je passais ces albums et le piano résonnait à travers les cloisons et atteignait le hall, comme s'il était encore en vie, comme si nous étions en 1961. Bill Evans était bien plus réel pour moi que ma voisine de l'appartement contigu, peut-être celle qui éternuait et interprétait Schubert et Beethoven. Pendant ces années, je l'ai croisée trois ou quatre fois, et nous n'avons jamais parlé plus de quelques minutes. Tout ce que je savais d'elle, je le déduisais des objets qui apparaissaient devant sa porte. *The New York Times*, *The Nation*, des paquets d'Amazon, des courriers publicitaires, des demandes de dons.

N'attends pas Davantage pour l'Avoir. Mais je ne voyais pas non plus ceux qui déposaient ces objets, de même que je ne voyais pas ceux qui en laissaient d'autres sur mon paillasson, à côté de la porte de ma voisine. Les jours d'hiver, il y avait devant chez elle des bottes boueuses et un parapluie mouillé. Ce genre de traces prouvaient visuellement la présence de personnes que je ne croisais presque jamais, voire jamais. Un autocollant électoral d'Hillary Clinton ou de Bernie Sanders placardé sous un judas. Un parapluie rose, des souliers de femme et ceux d'une fillette devant une autre porte. Les premiers temps, je pensais que toute cette étrangeté venait de ma condition de nouveau venu, puis je me suis peu à peu rendu compte qu'au fil des années, je perfectionnais ma condition d'étranger au lieu de la tempérer. Plus je vivais là et plus je devenais invisible. J'entendais par moments dans le couloir, derrière la porte close, des rires et des saluts pleins d'une jovialité tout américaine. Je regardais dans l'œilleton avec curiosité et un peu d'envie, mais les gens qui s'étaient esclaffés avaient déjà disparu derrière d'autres portes redevenues hermétiques, celle de l'appartement d'en face ou de l'ascenseur. Je revenais de l'extérieur et disais bonjour à quelqu'un qui sortait à cet instant, et c'était comme s'il ne m'avait pas vu, pas entendu. Je m'approchais de l'ascenseur devant lequel une personne attendait, je la saluais, mais alors qu'elle patientait tout près de moi, elle n'avait même pas le réflexe de se retourner en percevant l'approche d'un de ses semblables. J'ai commencé à me dire que la frontière entre l'invisibilité et l'inexistence ne devait pas être loin.

Ce que Ton Image Dit de Toi. Selon Walter Benjamin, habiter, c'est laisser des traces. Il savait de quoi il parlait. Mais quand je songeais aux traces que je laisserais en partant, c'était comme si je n'avais jamais vécu là. La seule personne qui me reconnaissait toujours de loin et venait m'accueillir en manifestant de la joie était une mendiante noire appelée Janis. Elle traînait toujours dans le quartier, entre la 107e et la 106e Rue, près de Straus Park. Il m'arrivait de passer par Riverside Drive pour ne pas la croiser. Je lui donnais un dollar et elle semblait déçue, triste. Quand je lui en donnais cinq, elle m'en réclamait dix. Elle s'habillait décemment, avait un visage ample et agréable, un regard qui passait en une seconde de la docilité au sarcasme. Le jour où j'ai voulu connaître son prénom, elle m'a demandé le mien et d'où je venais. Je lui ai répondu que j'étais espagnol, elle m'a demandé si c'était vrai que, dans mon pays, les taureaux féroces étaient lâchés dans les rues.

Ce Dont Tu As Besoin Porte un Nom. Après avoir passé tant d'années dans cette ville, j'avais de plus en plus l'impression d'être un fantôme. Alors que le moment des adieux approchait – car il était évident que je n'étais revenu que pour prendre congé, être vraiment là pour la dernière fois –, je constatais que j'avais les mêmes incertitudes que le jour lointain de mon arrivée. J'imaginais alors que ma condition d'étranger s'atténuerait avec le temps. Maintenant, je savais qu'elle était irrémédiable. On se croit enfin pleinement installé dans la ville, mais on n'a fait que s'établir dans la parcelle spécifique à sa qualité d'étranger. La moitié des habitants de la ville sont venus – eux, et non leurs parents ni leurs ancêtres – d'autres pays du monde. Ma sensation d'être un étranger s'apparentait à celle de nombreuses autres personnes autour de moi, mais cela ne suffisait pas à créer une fraternité, pas même une fraternité d'inconnus. Chacun l'éprouve de façon différente, sans pouvoir la partager. Les liens tissés par la religion ou l'identité patriotique y remédient un peu ou la tempèrent dans certains cas ; ils y remédient non en favorisant l'adaptation d'individus dans ce monde nouveau, mais en leur épargnant le besoin de s'adapter. Ils vivent physiquement là, mais sont en réalité dans le monde qu'ils ont laissé derrière eux et ont pu reconstruire jusqu'à un certain point, avec l'aide de leurs coreligionnaires ou de leurs compatriotes. Moi je n'avais ni les uns ni les autres. Même la langue ne constituait pas un lien significatif, non du fait de ses différents accents, mais parce que l'espagnol n'est pas pour ceux qui le parlent un véritable signe d'identité. Un Dominicain ou un Portoricain de New York n'a pas grand-chose à voir avec un Espagnol, un Colombien, un Argentin.

Sois Toi-même si Tu ne Peux pas Être Batman. Pour le dire en utilisant une expression très espagnole, j'étais encore plus seul que le chiffre un. J'étais seul dans le pays terrifiant de Donald Trump et de sa cour de multimillionnaires hors la loi, sans cœur, cruels et voleurs comme des oiseaux de proie. Je mettais la radio et aussitôt son nom résonnait comme une interjection. Chaque matinée amenait son lot de prédictions météorologiques hivernales et ses nouvelles effrayantes. Ils voulaient en finir au plus vite avec tout : l'agence de protection de l'environnement et l'environnement tout court. On les sentait impatients de commencer au plus vite à polluer l'air avec les fumées noires des centrales à charbon, et l'eau en y déversant des produits toxiques. La ministre en charge de l'Enseignement public était une ploutocrate dont la priorité consistait à démanteler les écoles au plus vite. Le grand responsable de la lutte contre le changement climatique disait que ce dernier était un bobard inventé par les Chinois. Le ministre du Logement était un Noir qui avait un jour affirmé que les esclaves africains arrivés en tant qu'émigrants rêvaient que leurs petits-enfants et arrière-petits-enfants puissent profiter du rêve américain. Cette expression, *American dream*, me donnait de nouveau des haut-le-cœur qu'elle n'aurait jamais dû cesser de me causer. Un activisme maléfique veillait à ce qu'aucune infamie ne reste inaccomplie : ils avaient levé l'interdiction d'utiliser des munitions de plomb dans les parties de chasse sur les terres du domaine public, avides de rétablir au plus vite la contamination délétère dans la terre, l'eau et le corps des animaux. Ils agissaient avec une impitoyable détermination de bolcheviques, résolus à détruire au plus vite tout ce qui les avait précédés, quel qu'en soit le prix, et à faire le maximum de mal à leurs ennemis de classe.

Il n'y A qu'une Chose Encore Plus Désirable. Je m'avouais désormais à moi-même que, dans ce pays, je n'avais jamais cessé d'être inquiet et désemparé. Très au fond de moi, constamment et parfois avec une conscience très aiguë, je ressentais la peur du despotisme des policiers et de la cruauté impersonnelle des systèmes vindicatifs et punitifs, qui peut broyer une vie innocente, une vie anonyme de malade mental ou de faux coupable. J'éprouvais de la peur et une sensation de vertige quand, en arrivant, l'avion s'inclinait sur le côté pour entamer sa descente et qu'on voyait du hublot l'ampleur planétaire de la rive de l'océan, les marais, les forêts, les banlieues identiques, la ville qui n'en finissait pas et s'étendait comme une galaxie vers la ligne d'un horizon de noirceur.

J.

J.

Instruments pour Prévenir en Cas de Catastrophe. J'avais une relation plus émotionnelle avec les statues qu'avec les personnes en chair et en os : celle, très belle, de la muse Mnémosyne à Straus Park, celle, à cheval, du général de l'armée de l'Union qui se dressait au bout de ma rue, celle du maître bouddhiste dans un temple, non loin de là, sur Riverside Drive, celle de Duke Ellington de l'autre côté du parc, là où commence Harlem, à l'angle de la Cinquième Avenue et de la 110ᵉ Rue. Je me sentais concerné par les statues et aussi par les simples noms écrits sur les plaques de certaines rues. Au croisement de la 86ᵉ Rue et de Broadway, on pouvait lire le nom d'Isaac Bashevis Singer, qui avait habité là lorsqu'il était riche et célèbre. Deux blocs plus bas, dans la 84ᵉ, une voie était dédiée à Edgar Allan Poe : l'Edgar Allan Poe Way. En toute chose il y a des différences de classe, des distinctions. L'Edgar Allan Poe Way avait moins d'importance que l'Isaac Bashevis Boulevard. La 106ᵉ Rue, où je vivais, s'appelait Duke Ellington Boulevard. Au niveau où elle croise West End, la 77ᵉ Rue Ouest a été rebaptisée Miles Davis Way. Le musicien y avait occupé un ancien rectorat qui arbore aujourd'hui une plaque à son nom. Il y a mené pendant des années une existence d'enterré vivant, de vampire réfractaire à la lumière du jour qui sortait la nuit et ne dormait jamais, alimenté de cocaïne.

Vis une Véritable Réalité Virtuelle. Il y a de nombreuses années, dans une de ces vies antérieures qui ne reviennent que dans des rêves qu'on oublie au réveil et des histoires qu'on invente, quelqu'un m'a raconté qu'il y avait dans le quartier une statue équestre de Duke Ellington. Le Duke à cheval, en glorieux condottiere de la musique afro-américaine, dans son smoking de dandy, chaussé de hautes bottes avec des éperons et tenant une cravache au lieu d'une baguette de chef d'orchestre, aux portes de Harlem. Par la suite, dans une autre vie inattendue, j'ai habité dans cette rue appelée Duke Ellington Boulevard. Un boulevard qui porte le nom de Duke Ellington est presque aussi élégant qu'une statue équestre du musicien, aussi splendide qu'un de ses prestigieux enregistrements. Au fil du temps, j'ai pu identifier les renseignements épars qui, une fois synthétisés et rassemblés comme des déchets organiques, avaient donné lieu à cette légende, à cette fable qu'on m'avait racontée ou que j'avais cru entendre après l'avoir inventée moi-même. À la fin de la 106e Rue Ouest, dédiée à Duke Ellington, il y a en effet une statue équestre, celle de ce général de la guerre de Sécession né en Suisse, qui a émigré très jeune aux États-Unis et se tient bien droit sur son cheval, le regard tourné vers l'ouest, en haut d'un escalier, et s'apprête éternellement à gagner le fleuve, l'étendue continentale qui prend naissance de l'autre côté, à croire qu'il est prêt à chevaucher jusque-là, une main gantée serrant les rênes, l'autre posée sur le bord de son chapeau militaire. La statue d'Ellington est plus à l'ouest et au nord, près de la partie de Central Park où se trouve un lac au nom hollandais, Harlem Meer. Le musicien n'est pas à cheval, mais debout à côté d'un piano, en haut d'un socle déplorable pareil à un échafaudage et aussi à un monument qui, plus que rendre hommage au jazz ou au Duke, exalte les gâteaux de mariage, lui posé au sommet, comme une figurine de jeune marié éconduit car seul devant l'autel, sur la pièce montée désormais inutile.

Laisse Ton Voyage Commencer. Je vivais dans une rue très large, mais également silencieuse, avec peu de circulation et d'amples trottoirs. La largeur des trottoirs est une des beautés de la ville. Sur celui de l'immeuble qui faisait face au mien, je voyais parfois de magnifiques dessins d'enfants réalisés avec des craies de couleur, comparables aux dessins primitifs d'animaux et de symboles : un chien, un soleil, les cases d'une marelle. Je voyais les dessins, mais pas les enfants qui les avaient faits. Un impitoyable *doorman* les effaçait régulièrement avec un tuyau d'arrosage à forte pression. Une nuit de décembre, alors qu'il revenait de jouer au Village Vanguard, Bill Evans avait retrouvé toutes ses affaires entassées sur ce trottoir, les quelques meubles qu'il possédait, ses vêtements, ses disques, ses livres, son piano, son lit. On l'avait expulsé parce qu'il ne payait pas son loyer. Je voyais passer un homme maigre, grand, dégingandé, en imperméable, avec des lunettes et l'air usé qu'ont beaucoup de gens ici. Je plissais ou fermais les yeux et voyais Bill Evans, son fantôme, un de mes rares semblables parmi les inconnus. Plongé dans ses pensées, cet homme très pâle aux gestes furtifs de junkie devait quitter très vite le hall, presque toujours de nuit, puis traverser au feu, à l'angle de West End Avenue, où j'ai moi aussi attendu si souvent que le bonhomme passe au vert. Il devait tourner vers Broadway, au croisement où se trouve à présent un Kentucky Fried Chicken qui ne ferme jamais. (Des gens s'endorment, la tête sur une table, entourés de restes, d'emballages et de sachets de nourriture.) Il gagnait sans doute la station de la ligne 1, sur la 103ᵉ Rue, et descendait à l'arrêt proche du Village Vanguard, dans la Septième Avenue. C'est là que je descendais moi aussi pour me rendre à un tout autre type de travail. Dès que la porte du club de jazz s'ouvre, l'escalier très étroit mène au monde souterrain où se réfugient les fantômes.

Ils Apparaissent dans les Endroits les Plus Inattendus. J'aurais pu indiquer les adresses de chacun d'eux sur un plan du quartier, avec des marques de couleurs différentes, profitant des nombreux crayons que j'avais à présent toujours sous la main : une teinte pour les musiciens, une pour les écrivains, une autre pour les morts, une autre encore pour ceux qui n'avaient jamais existé ou ceux qui s'étaient imaginé marcher ou vivre ici avec une telle intensité qu'ils avaient forcément dû laisser une trace de leur présence, une ombre plus ténue, mais perceptible pour qui y prêterait attention, disposerait de l'instrument ou des capteurs adéquats. Billie Holiday dans la 104e Rue, où se trouve le bureau de poste ; John Coltrane dans la 103e. Hank Jones a vécu à l'angle de la 108e et de Broadway, dans un simple studio. Il y est mort à l'âge de quatre-vingt-douze ans. Sur un clavier électronique était ouverte la partition des *Études* de Debussy. Il avait rangé le Grammy Award qu'il avait remporté l'année précédente dans une boîte à chaussures. C'est lui qui accompagnait Marilyn Monroe quand elle a chanté *Happy Birthday* pour le président Kennedy. Jusqu'à la fin, c'était un vieil homme plein d'allant, un musicien travailleur et actif. J'ai dû souvent le croiser sur ce trottoir, sans le voir ou le reconnaître. Au coin de rue où il a vécu, j'ai vu passer à mes côtés le pianiste Fred Hersch. Il se peut que personne à part moi n'ait été en mesure de le reconnaître. Je ne crois pas qu'il existe une autre ville où les gens marchent en solitaires en étant aussi repliés sur eux-mêmes. Fred Hersch est presque revenu de l'autre monde, d'un coma dont il a failli ne jamais sortir. Nous marchions à la même allure, à la même hauteur, en descendant Broadway, mais je n'ai pas osé le saluer, lui dire combien j'aimais sa musique.

Il peut t'Attraper n'Importe Où. Federico García Lorca a dû très souvent marcher sur ces trottoirs quand il étudiait à Columbia, avec toute la maladresse due à ses pieds plats, toujours affairé, allant d'un endroit à l'autre dans l'agitation de la ville. Vu et pas vu. Il a quitté New York six mois plus tard pour ne jamais y revenir. Devant la transparence de Broadway, restée la même car son architecture n'a guère changé au fil des années, bien que les gens s'habillent différemment aujourd'hui, un vieil homme corpulent vêtu de noir, avec une austérité qui n'est pas d'ici, marche lentement et pense que son fils assassiné a dû fouler ce trottoir, son fils fantôme pétrifié par la mort dans la fleur de l'âge.

Où Ai-je Déjà Entendu Cette Voix ? En quelques minutes, j'allais de chez moi à l'intersection de Riverside Drive et de la 109e Rue. C'est là qu'avait vécu Hannah Arendt jusqu'à sa mort. En faisant cette découverte, j'ai songé à la marque que je laisserais sur le plan du quartier, et aussitôt, je me suis rendu compte que si Walter Benjamin ne s'était pas ôté la vie en 1940, s'il avait pu atteindre Lisbonne et prendre un bateau pour New York, avec le visa et le billet déjà en sa possession, il aurait sans aucun doute vécu dans une de ces rues, peut-être dans cet immeuble. À la fin, sa volonté et son imagination s'étaient concentrées sur New York. Il avait commencé à apprendre l'anglais, aimait les films américains, lisait Faulkner, *Lumière d'août*, mais le trouvait si difficile qu'il s'aidait de la traduction française. C'est vraiment Walter Benjamin tout craché, de commencer son apprentissage de la langue anglaise en choisissant un roman de Faulkner.

When there Is No Path You Blaze Your Own Trail. Benjamin avait punaisé un plan de New York sur un mur de son appartement parisien. Il écrivait des lettres à Gretel Karplus, la femme d'Adorno, dont il était ou avait probablement été amoureux. Certains indices montrent qu'ils avaient déjà eu des rendez-vous secrets. Il lui était arrivé d'envoyer ses courriers en poste restante. Les femmes de la vie de Benjamin ont des prénoms de romans, de livres dont le titre est un prénom de femme prometteur : Gretel Karplus, Asja Lācis, Ursel Bud, Olga Parem, Jula Cohn. Il attendait avec avidité les lettres de Karplus et leurs timbres américains exotiques, avec au dos des noms de rues new-yorkaises écrits de la main de son amie. Reconnaître son écriture équivalait presque à la voir s'approcher, les cheveux courts et les traits marqués, les yeux sombres, dans une rue de Berlin. Sur l'enveloppe, elle inscrivait « Christopher St. », et il cherchait cette rue sur son plan en se penchant démesurément car il était très myope et n'avait pas d'argent pour s'offrir des lunettes plus puissantes. Il affichait alors l'expression qu'il avait lorsqu'il se penchait sur un texte écrit en petits caractères, un journal, un livre qui sentait la poussière et le vieux, lorsqu'il allait à la Bibliothèque nationale de Paris. Il lisait avec difficulté le nom de la rue et laissait une marque sur le plan avec un de ses crayons de couleur. Gretel Karplus lui apprit dans une lettre qu'elle et son mari étaient allés voir Lotte Lenya dans un nightclub. Elle lui disait que c'était comme d'être de nouveau à Berlin, de revivre cette époque, 1925-1932. Mais leur domicile de Christopher St. était provisoire. Quelques mois plus tard, ils s'apprêtaient à s'installer dans un appartement plus spacieux, au treizième étage, face à l'Hudson, lui écrivait-elle, et immédiatement, il avait cherché sur le plan le courant bleu marine du fleuve, d'un côté de l'île. Au dos d'une autre lettre apparaît la nouvelle adresse : 290, Riverside Drive. Elle lui disait que de la fenêtre du bureau on voyait le fleuve : elle le voyait à l'instant même où elle lui écrivait : « J'aimerais tellement que nous puissions nous promener ensemble au bord de l'Hudson en discutant tranquillement de tout. »

Qui que Tu Sois, Nous Nous Adaptons à Toi. Elle envisage les parcours qu'ils feront tous les deux quand il sera enfin à New York, les endroits qu'elle lui fera connaître. Elle va même jusqu'à s'imaginer conduire pour lui montrer la ville en voiture. Benjamin se propose d'apprendre l'anglais. Il lui demande de lui écrire dans cette langue et est satisfait de comprendre ses lettres. Il lit Poe, « L'homme des foules », prend des notes pour son projet sur Baudelaire et les villes. Il lit Henry James, *Le Tour d'écrou*, découvre Melville et lit un de ses romans les moins connus, *Pierre, ou Les ambigüités*, où il trouve des descriptions stimulantes des rues de New York au milieu du XIXe siècle. Il lit James M. Cain, *Le Facteur sonne toujours deux fois*, qui lui cause une vive impression. Il regarde des films américains pour habituer son oreille à la langue. Un soir, il découvre Katharine Hepburn et tombe immédiatement amoureux d'elle. « J'ai vu récemment – pour la première fois ! – Katharine Hepburn. Elle est superbe. Elle me fait beaucoup penser à toi. Personne ne t'a jamais dit que tu lui ressemblais ? » De plus en plus angoissées, les missives de la fin arrivent au 290, Riverside Drive de Paris, puis d'un camp d'internement et de Lourdes. « J'ai le sentiment effrayant d'être pris au piège », dit Benjamin. Le monde s'écroule en Europe, mais les lettres circulent toujours d'un côté à l'autre. Dans un courrier daté de l'été 1940, Benjamin raconte à Karplus qu'il a dû quitter Paris à la hâte, sans rien emporter d'autre qu'un sac de linge de rechange et son masque à gaz. Dans l'avant-dernière missive qu'il envoie à New York, il dit : « Nous devons veiller à mettre le meilleur de nous-mêmes dans nos lettres car rien n'indique que le moment de nos retrouvailles soit proche. »

What Hope Is there for the Dead. Mais il aurait pu s'en sortir. Il aurait pu différer d'une journée sa décision d'avaler la dose mortelle de morphine dans la pension Francia, à Portbou, et trouver la frontière ouverte, la voie libre pour traverser l'Espagne en ruine de 1940 et arriver à Lisbonne, puis, de là, gagner New York, enfin à l'abri, incrédule, remis sur pied après des journées au calme et au grand air lors de la traversée. Après avoir tant marché dans Berlin et Paris, New York aurait été à ses yeux une tentation de promenades incessantes. J'ai vu son fantôme de dos, tel que le décrivaient ses amis, impossible à confondre parmi les passants : penché vers l'avant avec une allure de tortue, dit Asja Lācis avec toute l'ironie d'une personne qui ne l'aime pas alors que lui est encore épris d'elle, en dépit ou à cause de sa froideur : Walter Benjamin descend Broadway dans son costume trop conventionnel d'exilé européen, l'aspect sévère qu'il a toujours conservé jusqu'à sa fin désastreuse, son complet, sa cravate, son gilet, sa courtoisie, sa curiosité de myope, le goût et le dégoût qu'il avait à tout observer, tous ces panneaux, la typographie et les symboles des marques, en ayant parfois l'impression d'être à Berlin, ce qu'il n'avait jamais ressenti à Paris, la vulgarité commerciale, le bruit, la hâte, les gens parlant allemand et yiddish, ou anglais avec un accent allemand, les saveurs et les odeurs juives des *delis*, la joie et la culpabilité d'avoir échappé à l'apocalypse en Europe. Il se serait senti bien moins étranger et moins seul que durant ses années à Paris. Il aurait retrouvé à New York beaucoup de ses amis berlinois, arrivés avant ou en même temps que le conflit, et les autres, ceux qui auraient débarqué plus tard, les survivants, les ressuscités qui revenaient de la guerre et du royaume des morts en racontant des faits atroces ou en observant des silences encore plus terribles, toujours en manches longues, même en été, pour ne pas montrer les chiffres bleus tatoués sur leurs avant-bras.

Fuir Est la Seule Solution. Il marchait sur le trottoir devant l'université Columbia, face au vent du fleuve, sur Riverside Drive, en tenant son chapeau, ses lunettes. Il s'asseyait au soleil sur un banc de Straus Park. Après la guerre, il récupérait enfin tous les manuscrits et les documents qu'il avait laissés à Paris, sous la bonne garde de Georges Bataille, la prolifération impossible à maîtriser de son livre sur Baudelaire, les passages et le monde du XIXe siècle. Il aurait peut-être accédé à ce qui s'était révélé impossible malgré tous ses efforts dans ses vies antérieures à Paris et à Berlin, et obtenu une certain confort de vie, un poste universitaire, peut-être à la New School, qui lui aurait permis d'avoir un domicile fixe, un salaire acceptable, la tranquillité nécessaire pour écrire tout ce qu'il avait toujours dû retarder du fait de sa pauvreté, de l'incertitude politique, de sa précarité et de son besoin pressant d'écrire dans les journaux. Dans des appartements d'émigrés, à Riverside Drive et West End Avenue, tapissés de livres et surchargés de meubles, de tentures et de bibelots européens, il se serait immergé pendant de longues heures dans les brumes épaisses de la philosophie allemande et du tabac. En discutant avec un ami dans la rue, il se serait arrêté pour se lancer dans des explications, sans s'apercevoir de l'agacement de ceux qui, par sa faute, auraient été ralentis dans la ligne droite de leurs promenades. Il n'aurait pas profité de la chaleur pour adopter comme presque tout le monde le port des chemises ouvertes et des vestes claires. Les morts font preuve d'une loyauté extraordinaire à l'égard du passé. Pour eux, aucun pays n'est plus hostile, plus étranger que le futur où se sont installés les survivants avec tant de désinvolture et d'amnésie.

Prédis Ton Avenir. De sorte que j'avoue ne pas avoir été surpris de revoir mon ancienne connaissance de Madrid et peut-être de Grenade cette fameuse après-midi, à Straus Park, après l'avoir vue apparaître dans des zones du quartier qui faisaient partie intégrante de mon existence dans la ville, la Pâtisserie Hongroise, le marché fermier du jeudi et du dimanche matin. Il semblait déplacé et pourtant aussi bien intégré dans cet environnement que les âmes égarées qui s'installent dans le parc dès qu'il y a un rayon de soleil. Il était rare que j'y voie quelqu'un que je ne connaissais pas. Les âmes égarées sont fidèles à certains lieux, comme les fantômes aux maisons où ils se manifestent. Il y avait là une grosse femme aux cheveux coupés ras avec une frange enfantine qui s'asseyait, les mains croisées sur ses larges cuisses, le visage légèrement relevé, pour mieux prendre le soleil. Elle avait quelque chose de masculin, mais une masculinité molle d'eunuque. Autour de son cou pendait un trousseau de clés et une guirlande de tickets de métro et de cartes de fidélité de diverses chaînes de drogueries du quartier. Tantôt elle parlait seule, tantôt avec l'indigent ou le grand-père fatigué qui s'installait sur le banc voisin du sien. Quand elle soliloquait, elle donnait l'impression de s'adresser à quelqu'un de manière péremptoire. Quand elle parlait à l'un de ses voisins sur le banc, elle semblait soliloquer. Pendant des heures et des jours, elle gardait l'immobilité et le silence, mais il lui arrivait aussi d'être constamment agitée et bavarde. Alors elle fumait, tirait par à-coups brefs et maladroits sur sa cigarette, avec avidité mais sans aisance.

Le Bureau Est en Toi. Sur le banc voisin s'asseyait le vétéran du Vietnam, un homme au visage rouge, avec une barbe et une chevelure d'un blanc lumineux sous une casquette militaire. Quand il faisait beau, il mettait un bermuda. En arrivant, il dévissait sa prothèse de jambe et la posait par terre, à côté de lui, près de la jambe valide qui portait la même chaussette blanche et la même basket. Il massait son moignon et l'exposait au soleil, un peu en dehors du banc. Deux femmes noires aux vêtements stricts et aux chapeaux endeuillés proposaient des brochures religieuses et des exemplaires de la revue des Témoins de Jéhovah. Ce jour-là, la nouveauté était un jeune homme aux cheveux longs, bien habillé, qui écrivait à toute vitesse dans un cahier d'écolier ouvert sur ses genoux. Il pouvait être là par hasard ou devenir un habitué, attiré par le magnétisme particulier de la place, le petit jardin triangulaire, la statue de Mnémosyne allongée sur son piédestal comme dans un lit confortable. (Il était pertinent qu'un quartier aussi riche en noms et en absences soit discrètement présidé par la muse de la mémoire, même s'ils étaient rares à lui prêter attention.) Au fil du temps, les plus fidèles de la place disparaissaient. Je me rappelais encore un homme très grand, très mince, d'une pâleur extrême, le crâne, visible sous la peau cireuse, recouvert d'un duvet blanc. Il n'avait pas de dents, pas de chair sur les joues, des bras sans la moindre musculature. Marcher lui était de plus en plus malaisé. Il avançait les jambes très raides, oscillant pour ne pas perdre l'équilibre, en traînant les pieds. Il ne faisait rien d'autre que s'asseoir et ne parlait à personne. Il passait des heures un café à la main. (J'ignore combien de temps s'est écoulé avant que je me rende compte qu'il ne venait plus.)

Découvre Dès Maintenant si Tu Fais Partie des Gagnants. De l'autre côté de la rue, je le distinguais mieux, je pouvais apprécier non son visage mais son attitude, sa façon de s'asseoir, son bonnet aux rabats relevés maintenus sous une sorte de pompon, son éternel cartable, et remarquais qu'il était maintenant doté de courroies permettant de le porter sur les épaules, comme un sac à dos. Il avait posé sur ses genoux une serviette en tissu et s'en était noué une autre autour du cou, comme un bavoir. À côté de lui, sur le banc, il avait disposé sa gourde et une petite bouteille en plastique. Quand il a déballé son sandwich, j'ai vu qu'il en proposait à la grosse au collier de clés et de cartes. Elle l'a regardé, peut-être sans comprendre la signification de son geste. Dès que le feu passerait au vert pour les piétons, je comptais traverser et aller le saluer. C'était l'heure du déjeuner et je n'avais encore parlé à personne ni exercé ma voix. À présent, la grosse fumait, donnant l'impression de téter sa cigarette, creusant les joues comme si elle préparait un crachat, et elle lui racontait quelque chose, mais sans le regarder, tandis qu'il acquiesçait d'un air pensif. J'aurais pu traverser mais j'ai préféré continuer à l'observer. Il buvait à sa gourde ou à sa petite bouteille, puis s'essuyait délicatement la bouche. Le petit bonhomme était de nouveau rouge et je devais attendre. Je l'ai vu tendre un morceau de son sandwich et une serviette en papier à la grosse. Il a ensuite plié le papier d'aluminium dans lequel il avait enveloppé son casse-croûte et l'a rangé dans le cartable ainsi que les deux serviettes, celle qui lui avait servi de nappe et l'autre de bavoir. Il a tiré du cartable un plan qu'il a déplié sur ses genoux. Il consultait l'écran de son téléphone et notait des choses sur le plan, qu'il a replié impeccablement avant de le fourrer dans une poche de son manteau. Il s'est levé, a pris congé de la grosse, qui avait la bouche pleine. L'espace d'un instant, j'ai cru qu'il avait porté une main à sa chapka pour me saluer, qu'il m'avait vu. Le petit bonhomme était vert, mais je suis resté là où j'étais. J'avais soudain peur de m'approcher de lui et qu'il ne me reconnaisse pas, ou de l'appeler et qu'il ne m'entende pas, ou encore que ma voix ne sorte pas de ma gorge, comme lorsqu'on veut parler et qu'on s'en trouve incapable dans un rêve. J'ai remarqué qu'en passant près des témoins de Jéhovah, il avait à leur grand étonnement pris la brochure et la revue que ces femmes proposaient. Il les avaient mises dans son cartable qu'il a ensuite passé sur ses épaules. Il a traversé Broadway vers l'est, à hauteur du Duane Reade (mais à chaque coin de rue il y a un Duane Reade, un Chase, une agence de la Bank of America, un Starbucks : ils ne disparaissent que lorsque la voie s'engage dans Harlem). Et je ne l'ai plus jamais revu.

Feel Every Fiesta Moment. À chaque pause avant un croisement, une présence humaine se manifeste sous forme d'une vignette fugace, un photogramme immobile pendant la séance de marche continue. À l'angle d'Amsterdam Avenue et de la 110e Rue, un garçon noir marche sur place, comme un coureur qui ne veut pas prendre froid, semble faire de l'escalade ou sauter sur les semelles élastiques de ses baskets ; la musique qu'on entend très nettement doit lui vriller les tympans ; il saute sur un pied, sur l'autre, baisse la tête pour que la capuche la couvre davantage ; il traverse avant que les voitures se soient arrêtées. Plus haut, devant la cathédrale, un homme et une femme se disputent, très près l'un de l'autre et si proches de la chaussée qu'un autobus les effleure en passant. L'hostilité mutuelle rend leur promiscuité suffocante. Lui est sérieux, quoique un peu distrait. Elle lève les yeux vers lui pour lui parler et pleure, la bouche déformée par les sanglots. Il a deux sacs en plastique remplis d'affaires, un dans chaque main. Le visage congestionné par les larmes, la femme ne peut plus prononcer un mot et presse sans violence, d'un air de capitulation, ses poings serrés sur les revers du vieux manteau de l'homme, qui regarde sur le côté, vers le feu de circulation, comme s'il attendait une occasion pour s'enfuir.

Sinon Balbutier le Feu qui me Brûle. Maintenant, un aveugle s'arrête à ses côtés, à l'intersection d'Amsterdam Avenue et de la 125e Rue. Il aimerait lui demander comment est la ville perçue sans la vision. Elle est ce qu'on entend, juste ce qu'on entend. Les bruits, le vacarme, les rumeurs, les vibrations d'une pelleteuse et du métro qui passe en dessous. Il veut savoir comment on différencie les pas de chacun, aussi singuliers que la voix, lents ou rapides, traînants, cadencés, désorganisés, hésitants, pesants. Il imagine la polyphonie rythmique de tous les pas en même temps résonnant dans une rue, dans toute la ville ; ceux qu'on n'entend pas à cause du bruit de la circulation et des travaux, et ceux qui gagnent de nouveau en netteté quand le silence revient, pendant les interludes de calme. Comme tant d'autres fois, il a laissé sans s'en rendre compte l'enregistreur de son téléphone en marche en arrivant à Harlem. Il l'écoute plus tard et ferme les yeux, bien que ce ne soit pas nécessaire : l'archéologie acoustique de cette journée et non d'une autre, de ces rues dans cette ville, différentes de toutes les autres. Sur l'enregistrement, il écoute de nouveau ce qu'il ne se rappelle pas avoir entendu : des moineaux et, lorsque le trafic s'interrompt, des voix d'enfants qui jouent et s'esclaffent, un long cri qu'il n'arrive pas à situer dans un premier temps. C'était cet homme noir, entre la 125e Rue et St. Nicholas Avenue, qui tournait en rond sur le trottoir et hurlait en donnant l'impression d'interpeller les mannequins d'une boutique de vêtements africains bon marché sur lesquels il pointait un doigt accusateur, comme s'il désignait des témoins sans âme, et qui ensuite s'attaquait à un mur de pierre, reculait pour prendre de l'élan et y donner un coup de pied, à croire qu'il voulait l'escalader, puis il esquissait le geste de le frapper de son poing serré, mais il n'y arrivait pas, son visage se crispait juste en une mimique furieuse et il faisait mine de cogner contre une porte gigantesque qu'à part lui personne ne voyait. Les souvenirs visuels s'ancrent peut-être mieux dans la mémoire que ceux qui sont acoustiques : il se souvenait bien de la danse circulaire sur le trottoir et des coups contre le mur, mais avait oublié le cri, ou plutôt le long mugissement présent sur l'enregistrement, mêlé aux bruits des sirènes et des autobus dont le signal intermittent avertit les aveugles de leur approche.

La Caja del Terror. Il y a autant d'histoires différentes que de visages différents, dit Svetlana Alexievitch ; autant de voix aussi : chaque visage, chaque voix, chaque histoire correspond à un rythme différent de pas, à une façon de marcher. La démarche d'une personne est aussi impossible à reproduire que son visage ou sa voix. Depuis l'invention du daguerréotype, on conserve les visages. On a commencé à préserver les voix il y a un peu plus d'un siècle. On connaît le visage de Baudelaire, pas sa voix ; on a déjà des photographies de Chopin. Les derniers mois de la vie de Poe sont documentés par une série de photos de plus en plus alarmantes. Pour aucun d'eux on ne dispose d'images en mouvement. Il aurait pu en exister de Pessoa et de Benjamin. On aurait pu savoir comment étaient leurs voix, qui n'ont jamais fait l'objet d'enregistrements, ou s'il y en a eu ils se sont perdus. Walter Benjamin parlait souvent à la radio. Il pourrait exister un film primitif d'Oscar Wilde. Les silhouettes en mouvement ont longtemps été invisibles en photographie. Les passants, les voitures attelées, les charrettes laissent tout au plus des traces de brume lumineuse sur certaines images d'Eugène Atget. Les rues de Paris étaient toujours désertes sur ses photos, non qu'il l'ait choisi, mais du fait des limites de la capture de l'image. Et c'est précisément cela qui leur confère un réalisme involontaire, une poésie de la disparition. Les gens, les chevaux, les chiens, les hommes affairés, les indolents, les ouvriers, les couturières, les colleurs d'affiches, ils sont tous là mais ne laissent pas de traces, ils sont là sans être là, tel est le destin commun. Arrivent ensuite les premières séquences du cinématographe, sur lesquelles on voit les gens, mais ils passent très rapidement, soucieux de disparaître au plus vite, dominés par la hâte de l'extinction. À quoi ressemblerait une image en mouvement de Thomas De Quincey ; un film où on l'identifierait pendant quelques secondes, très vieux, avec son air d'enfant décrépit, ses vêtements de mendiant, dans la foule d'Oxford Street ?

Authentiques Cheveux Humains. Sur l'enregistrement accidentel, il entend ses propres pas qui lui semblent encore plus bizarres que le son de sa voix. Ils ont quelque chose d'arythmique, une lourdeur, une rudesse de mécanisme à soufflets et d'engrenages rudimentaires, une obstination. Il veut fermer les yeux et écouter tous les pas de tous ceux qui ont marché en même temps que lui sur ces trottoirs, en remontant Broadway et Amsterdam Avenue, corrigeant le cap de manière graduelle, d'abord du sud au nord pendant des heures, puis vers le nord-ouest, vers l'est dans la 125e Rue, et de nouveau vers le nord en empruntant Frederick Douglass Boulevard, vers le nord-ouest jusqu'à sortir de l'île, du côté de la grande frontière géologique et fluviale du Bronx, la ligne de division marquée par des autoroutes et des ponts. La ville où les gens semblent marcher plus vite et de manière plus rectiligne que n'importe où ailleurs est pleine de démarches lentes, de pas bien distants entre eux, de pieds qui traînent. Il y a une ville de gens pressés et une autre de gens lents, qui se mélangent entre eux dans le Mississippi de Broadway, comme les multiples et différents courants qui constituent le débit en apparence uniforme du fleuve. Les rapides refusent les interférences dans leurs trajectoires clairement délimitées et pressent celui qui marche plus lentement devant eux de se pousser sur le côté pour ne pas les retarder, ne serait-ce que d'une seconde. Eux-mêmes pourraient se déporter, mais ce serait renoncer au privilège que leur concède leur santé, leur allant. Ils descendent ou gravissent quatre à quatre les marches du métro et leur impatience est d'autant plus irascible que le passant lent monte les escaliers encore plus lentement qu'il ne marche.

No Rats No Roaches No Mice in Your House. Les rapides ont la hâte de la santé, de la pression professionnelle, de l'argent, de la bonne forme physique, de l'or du temps divisé en minutes et en secondes. Les lents ne vont nulle part, et s'ils ont une destination précise, peu importe qu'ils arrivent en retard ou n'arrivent jamais. Les lents sont vieux, gros, malades, indigents, dérangés, boiteux, paralytiques ou amputés. L'extrême obésité est une lenteur invincible. Des corps normaux se retrouvent tout à coup avec une excroissance, un cul gigantesque et difforme qui pend sur les côtés comme un sac trop rempli. Un homme menu avance en boitant, soulevant et ramenant à lui l'énorme semelle d'une chaussure orthopédique. Une très grosse femme amputée d'une jambe se déplace en fauteuil roulant. Certains fauteuils roulants ont un moteur, d'autres fonctionnent manuellement. D'autres encore, d'une grande complexité technologique, se conduisent d'un simple geste du menton ou du bout des doigts. Certains marcheurs ont des jambes arrondies en plastique, des jambes faites de barres de métal, des prothèses articulées chaussées d'une basket. Les lents traînent des baskets éventrées sans lacets, de vieilles pantoufles qui peinent à contenir leurs pieds gonflés, des pieds enveloppés de chiffons ou de lambeaux de sacs en plastique. Ils sont pliés en deux, voûtés, tordus, penchés sur les poignées de déambulateurs ou de caddies de supermarché dans lesquels ils transportent leurs courses ou les détritus qu'ils ont ramassés, des objets jetés dans la rue. Ils ont pour la plupart quelque chose d'exorbité, une disproportion, un excès dû à leur extrême vieillesse, leur obésité, leur dos déformé, leur décrépitude, leur puanteur.

Bienvenue à l'Église de la Trinité. Ils se déplacent avec des béquilles légères en aluminium, ou anciennes en bois, ou s'aidant de cannes, de bâtons de pèlerins ou de prophètes, de manches à balai ou de tuyaux en plastique. Ils ressemblent à une procession médiévale d'éclopés clairsemés en chemin vers un sanctuaire miraculeux, les boiteux, ceux qui se traînent, qu'on pousse en fauteuil roulant, d'autres plus agiles, qui circulent en tricycles motorisés, ceux boursouflés par le sucre, la nourriture grasse et toxique, ceux qu'on a amputés d'un pied car ils ne pouvaient pas payer leur traitement contre le diabète. Ils constituent des familles d'expulsés chargés de sacs et de valises, bien souvent des femmes noires avec plusieurs enfants. Ou alors ils restent plantés sur le trottoir, à côté de leurs valises, juste après être sortis du métro, une expression de fatigue, de stupeur sur le visage, puis ils repartent on ne sait où. Près d'eux passent comme des flèches les gens pressés, en pleine possession de leurs moyens, indestructibles dans leur dure jeunesse fibreuse, immunisés contre l'âge, ils viennent juste de sortir d'un gymnase, leur sac de sport à l'épaule, en justaucorps serrés pour les femmes aux cheveux retenus par des bandeaux, une gourde d'eau vitaminée à la main, une détermination cruelle dans leurs mentons levés.

Walk in Blissful Comfort. Après la lenteur vient l'abri fait de haillons, dans un coin, le renfoncement de l'entrée d'un commerce fermé ou bien au milieu du trottoir ; quelqu'un s'immobilise parce qu'il n'a pas la force de pousser son déambulateur dans une côte, ou reste planté au milieu des tas de neige sale, quelques jours après une tempête ; quelqu'un tombe par terre, comme mort. Au coin d'un Popeyes, une chaîne de fast-foods du Sud, un homme noir est allongé sur le dos en travers du trottoir, très mal habillé, le ventre à l'air, un pied déchaussé, le gros orteil qui sort de sa chaussette trouée. Quelqu'un passe son chemin sans regarder, quelqu'un d'autre s'arrête un instant, puis se remet à marcher. Une femme âgée se penche au-dessus de lui et touche son visage, lui pose des questions. L'homme a les yeux fermés. Sa respiration soulève sa poitrine en spasmes irréguliers. Il fait beaucoup plus froid à l'ombre et il exhale de la buée. Certains clients tendent le cou pour le regarder par la fenêtre du Popeyes. D'autres continuent de manger. Une voiture de police vient d'arriver. Les gens observent de loin.

African Hair Braidings. Dans la 125e Rue, il y a de grands magasins de vêtements et de chaussures. De vieux commerces fermés, des agences bancaires, de nouveaux immeubles aux murs de verre et de vieux blocs d'habitation en briques rouges. Des barbiers pour hommes avec des photos de mannequins noirs. Des salons de coiffure pour dames qui proposent de lisser les cheveux et de les tresser. Des tuniques et des coiffes africaines aux couleurs criardes sont exposées dans les vitrines. Vertes, jaunes, rouges. Un magasin de musique fermé depuis longtemps a encore sa devanture pleine de cassettes vidéo de films avec des acteurs noirs, des affiches de films d'horreur, policiers ou de tentations érotiques décolorées par le soleil, couvertes de poussière et de crasse. Des stands longent le trottoir : fausses sculptures africaines, colliers, pendentifs, étuis de portables, chargeurs, contrefaçons rudimentaires de sacs de marque, foulards agités par le vent, imitation soie, saints chrétiens, bouddhas, vierges, dieux ou guerriers africains, déesses de la fécondité en bois aux seins semblables à des pis. On y vend aussi des parfums avec des étiquettes photocopiées, des rangées de flacons en verre remplis de liquides suspects luisant comme de l'huile, qui sentent le santal et le patchouli. Une grosse femme en tunique vert bronze de statue de la Liberté, coiffée d'un diadème vert en mousse, son visage rond enduit de vert, distribue des publicités pour une société spécialisée en conseil fiscal. Ses bottes et l'ourlet de sa tunique sont tachés par la neige sale des flaques dans le caniveau.

Pawnbroker Prêteur sur Gages. Il a aussi remarqué une autre catégorie de marcheurs lents qui parlent, crient, annoncent l'arrivée imminente du Christ ou s'exaltent tout seuls en lançant des diatribes et des plaintes contre des ennemis invisibles. Un homme vêtu d'une doudoune immense qui lui arrive jusque sous les genoux et dont les manches pendent comme des bras en caoutchouc tourne sur lui-même sur le trottoir, puis s'immobilise et lève un doigt accusateur contre quelqu'un. Il désigne les mannequins d'un magasin de vêtements, se remet à tourner en rond et donne des coups de pied contre un mur. Il recule, prend de l'élan, frappe. Il frappe le mur couvert de lambeaux d'affiches comme s'il frappait à une porte immense.

Jewels Diamonds Gold Watches. Le neuf s'impose à l'ancien ; la vitesse à la lenteur ; le verre et l'acier à la brique ; les agences bancaires et immobilières ont des vitrines beaucoup plus grandes que celles des salons de coiffure africains et des barbiers. Logos de marques de téléphones mobiles ; jeunesse blanche riant à gorge déployée sur les affiches publicitaires. Les pauvres s'accrochent autant que possible à la surface endommagée de la ville qui a été la leur et dont on est en passe de les expulser. Les noms excitent à la fois l'imagination et la fougue de la marche : Harlem, Dr. Martin Luther King Jr. Boulevard, Malcolm X Boulevard. Les deux adversaires se réconcilient de manière posthume dans leur destin commun de personnes assassinées qui ont leurs noms à l'intersection de deux artères.

The Alhambra Ballroom. Il thésaurise des noms de lieux comme un explorateur. À un moment donné, la promenade est un exercice d'hypnotisme qui dure. Il est à la fois l'hypnotiseur et l'hypnotisé. Il traverse des mondes, des continents. Maintenant il n'y a plus de Starbucks, mais de nombreuses églises, modestes, dans d'anciens entrepôts ou commerces, et ces épiceries au coin des rues qu'on désigne sous le nom espagnol de *bodegas*. Aux portes des *bodegas* sont affichées des photos en couleurs très agrandies de plats succulents : la viande rouge grillée des hamburgers luit, de même que le bacon frit, le fromage fondu, les tranches généreuses de roastbeef ou de dinde, nappées d'une moutarde liquide très jaune. Il traverse à présent des conversations d'hommes qui s'expriment dans un français d'Afrique. Ces hommes sont plus décharnés que les Noirs d'ici, ils ont une autre façon de s'asseoir et quand ils parlent debout, en groupe, ils le font différemment. Il y a d'autres odeurs qui ne sont pas celles des fast-foods : poisson au gril, riz, banane plantain frite, et le pain azyme des repas éthiopiens.

First Ebenezer Baptist Church. Il vire de nouveau au nord et constate un apaisement général et un agrandissement du ciel. La rue s'élargit car les immeubles ne sont plus aussi hauts. Devant ses pas l'horizon se dilate. Son ampleur permet une respiration plus longue et apporte une nouvelle vigueur à ses pieds fatigués. Sur l'enregistrement accidentel, il remarquera encore la manière graduelle dont les sons disparaissent ou s'atténuent, jusqu'à ce qu'il ne reste presque rien d'autre que la cadence monotone de ses pas. Les trottoirs sont également plus dégagés, les gens y sont moins nombreux. Il voit parfois des salons de coiffure, des *bodegas*, des églises, des centres civiques pour Africains et Haïtiens. Un peu plus haut, il commence à distinguer des voix s'exprimant en espagnol, lit des panneaux écrits dans cette langue en devanture des *bodegas*. Devant lui, un enfant avec un sac à dos et un manteau à capuche marche, sa main dans celle de son père. On ne voit guère ce genre de scène ailleurs qu'ici. Dans les autres quartiers, les enfants en âge d'être encore tenus par la main sont installés dans des poussettes trop petites pour eux, les jambes repliées, les yeux rivés sur des écrans de téléphone ou d'iPad. Certaines sont même dotées d'un bras extensible ou d'un anneau où l'on fixe l'appareil pour que l'enfant n'ait pas besoin de le tenir et regarde l'écran à la bonne distance. Son père, sa mère ou sa nounou le pousse tout en parlant au téléphone ou en tapant sur son clavier. Il marche plus lentement pour ne pas dépasser le père et son fils. L'enfant raconte des choses à son père, qui se penche légèrement vers lui. Avec son sac à dos, sa capuche et ses bottes, c'est un petit garçon de conte de fées. Derrière eux, il est brusquement pris d'un accès de tendresse que le temps et la solitude transformeront en angoisse. Tout à coup, rien ni personne n'est vraiment loin.

Association des Maliens de New York*. Le silence est encore plus grand dans cette ampleur, une rue aussi large qu'une place, vaste comme une de ces villes américaines aux immeubles bas donnant sur une plaine. Une zone frontalière dépeuplée et presque secrète. Ce qui était vertical est devenu horizontal, le tumulte silence. Un motel de deux étages avec un immense parking vient confirmer cette étrangeté. Devant le bâtiment s'étend un petit parc entouré d'une grille. Au-delà, un atelier et un garage, un bureau de poste, lui aussi très horizontal, dont le drapeau se découpe contre le ciel dégagé. À croire que la promenade a duré si longtemps qu'elle l'a mené à l'intérieur du pays. Il voit un fleuve ou un canal très large, la courbe des poutres transversales d'un pont en acier peint en blanc, un faisceau d'autoroutes, la ligne de division fluviale et géologique qui sépare ici l'île du grand continent voisin, Manhattan du Bronx, ce nom à la résonance lente et profonde de cloche ou de gong, *the Bronx*, aussi puissant que les noms de certaines capitales asiatiques sur les mappemondes scolaires, Samarkand, Oulan-Bator.

Built to Fit Your Life. Les cours d'eau et les ponts sont ce qu'il y a de plus beau en Amérique, l'émerveillement simultané de la nature et de l'ingénierie, l'une contraignant l'autre à une démesure héroïque : le fleuve immense dompté et l'œuvre humaine exaltée à l'échelle d'un accident géographique, d'un canyon, d'un défilé, du profil d'une chaîne de montagnes à l'horizon. Dans les poutres et les piliers, dans les rivets et les surfaces où la peinture s'écaille et où l'acier s'oxyde réside toute la tension dramatique de la résistance des matériaux contre les assauts du vent, des tempêtes de pluie et de neige, l'usure de la dilatation sous l'effet de la chaleur et de la contraction due au froid, l'un et l'autre extrêmes, la violente vibration permanente du trafic, la poussée que les courants exercent sur les piliers, la force gravitationnelle qui tire puissamment sur la totalité du pont. Le traverser, c'est comme passer au travers des portes qu'on imaginait s'ouvrir en grande pompe dans les murailles de ces villes : Oulan-Bator, Kiev et sa Grande Porte. Dans une voiture, on remarquerait à peine ce passage. Quand on marche, on sait qu'on franchit une frontière dès qu'on a mis un pied sur le pont et qu'on sent vibrer le sol, dès qu'on regarde en bas et qu'on voit la largeur immobile du fleuve. On comprend alors que tout ce qu'on aura devant soi sera différent de ce qu'on a laissé derrière nous, un autre monde pour nos yeux et nos oreilles d'étrangers.

Happiness Is Happening. Au bout du pont, trois silhouettes semblent jouer le rôle de gardiens. Il ne ralentit pas et balaie vite la tentation de rebrousser chemin. Il ne distingue pas encore si elles sont de dos ou de face. Immobiles, elles occupent la sortie, le long du trafic. Deux d'entre elles s'éloignent vers la route qui monte du fleuve. En s'approchant, il constate qu'elles chancellent sur leurs jambes raides, comme atteintes de la maladie de Huntington. L'un de ces hommes est amputé d'une jambe et s'appuie sur une béquille. Les deux compagnons vont d'un côté à l'autre entre les voitures à l'arrêt, l'un exhibe un carton où est écrit un texte, l'autre, celui à la béquille, agite un gobelet en plastique devant les vitres des conducteurs. Le feu passe au vert et tous deux s'échappent tant bien que mal tandis que les voitures accélèrent. Le troisième homme n'a pas bougé. Il est assis sur un muret de pierre, les jambes ballantes. La capuche de son anorak cache complètement son visage. Il passe près de lui ct a conscience d'être observé, puis il entend cliqueter la petite monnaie dans le gobelet. Il est incapable de ne pas regarder. Il n'a pas appris à être aussi proche de quelqu'un en faisant comme s'il n'y avait personne. Quand il tourne la tête il croise les yeux brillants au blanc très intense qui ressort à l'intérieur de la capuche. L'homme est noir et semble âgé, sa barbe poivre et sel est hirsute. Son regard contient toute l'intégrité d'une présence humaine. Sans s'arrêter, il détourne la tête. Dans son dos résonne la voix de l'homme qui lui lance d'un ton poli mais sarcastique : « *Good morning, sir.* »

Blink and Feel Good. Il a pénétré dans une autre ville qui n'est pas régie par la ligne droite, l'horizontalité, le quadrillage. Le Bronx a des côtes, des rues avec des escaliers, des ravins, des avenues courbes, des murs de pierre abrupts, différents niveaux visibles de loin, comme ces villes au Yémen érigées sur des parois de roche sombre. Pour arriver à destination, il doit maintenant monter sans répit. Le Yankee Stadium est le Colisée d'une de ces cités à l'architecture fantastique, qui s'écrouleront dans un millénaire au milieu du désert ou seront ensevelies par une forêt tropicale qui aura proliféré du fait de la hausse des températures, quand la mer atteindra les premiers contreforts du Bronx devenus des falaises. Rapetissé par l'ampleur de l'esplanade et la hauteur de la construction, un homme se prend en photo devant le Yankee Stadium en éloignant au maximum son portable qu'il tient au bout de son bras et de la perche extensible. Il sourit en forçant sur ses muscles faciaux et lève le pouce de sa main restée libre, dans un geste de succès ou de triomphe.

Put Your Money where the Miracles Are. Aujourd'hui, le soleil est enfin apparu, il est même chaud quand on n'est pas à l'ombre et que le vent tombe ; aujourd'hui, la neige sale a commencé à fondre, la vieille neige, la neige immonde comme des montagnes de laine tachées de boue et comme de la pierre ponce, la neige parsemée de grumeaux de suie noire et de particules d'essence brûlée, la neige entassée le long des trottoirs par les pelles brutales des chasse-neige qui la changent en barrières impossibles à franchir, la neige piétinée et clapotante au point de former des saloirs marécageux, la neige qui semble se décomposer au lieu de fondre et révèle ce qu'il y a dessous, tout ce qui était caché sous son célèbre suaire blanc, le gisement archéologique qui ne remonte qu'à quelques jours, tout ce qui affleure sans qu'il soit nécessaire de creuser, de le récupérer ou de le classifier, ce qui surgit à demi, encore en partie enterré, incrusté dans cette matière qui n'a plus rien à voir avec le mot « neige » et qu'il conviendrait plutôt d'appeler « cendre volcanique », des détritus de l'éruption d'un Vésuve détenant le catalogue complet des signes matériels d'une civilisation. Les choses qui n'apparaissent pas entièrement évoquent le caractère dramatique de l'extinction : un gant de laine semblable à une main qui sort de terre, le gobelet en plastique d'un Dunkin' Donuts avec sa paille encore glissée dans le trou, un paquet de Marlboro dont on ne voit que le rabat levé, une horrible brosse pour nettoyer les WC, le squelette démantelé d'un parapluie, une cage à oiseaux ne contenant fort heureusement aucun oiseau mort, un seau du Kentucky Fried Chicken avec plusieurs morceaux de poulet frit mordillés par les rats, le corps d'un rat encore rigide, dont la moitié du dos émerge de la neige, une crotte de chien, un bonnet en laine, une fourchette en plastique, un pigeon écrasé, une couche de bébé, une éponge couverte de poils, un four à micro-ondes, une ventouse de déboucheur en caoutchouc noir, des milliers de mégots. La neige fond et l'eau sale qui coule le long des trottoirs entraîne les menus déchets vers les caniveaux. Le vent les disperse, fait s'envoler les sacs en plastique, secoue les plus anciens, entiers ou en lambeaux, qui se sont accrochés aux arbres encore nus mais prêts à fleurir du jour au lendemain dès que s'intensifieront le soleil et la chaleur et que tout sera de nouveau transformé et bouleversé.

Out of the Ordinary. De même que l'espace se dilate, les sons et les images gagnent en puissance. Le souvenir de la clarté brumeuse et des mouettes au début de la promenade s'éloigne dans le temps, au point qu'il semble dater d'une époque antérieure à la nôtre, relever d'une autre vie, l'humidité, le brouillard deviennent des sensations dans la mémoire d'un autre. Il faut maintenant que les pas soient plus énergiques car le chemin monte de manière soutenue. Il faut se concentrer davantage, les couleurs étant plus criardes, les mots écoutés et lus pleins d'une nouvelle véhémence : lettres jaunes sur fond rouge, lettres bleues peintes sur les murs de brique qu'elles recouvrent entièrement, avec une effronterie de publicités pressantes. On entend à présent parler très fort, dans un espagnol du Mexique ou des Caraïbes. La ville a intensifié ses couleurs, multiplié ses voix, haussé le volume. Des hangars des garages automobiles et des dépôts de pneus d'occasion s'élèvent des rythmes de hip-hop, de reggaeton et de bachata tonnants. Dans les voitures qui passent toutes vitres baissées, la musique est si forte qu'elle vrille les tympans. Les voies du métro se trouvent en haut de la côte de Jerome Avenue et, dès qu'un train passe, un vacarme cadencé fait tout trembler et couvre tous les autres sons. Les voies du métro créent un tunnel d'ombre parcouru de lignes parallèles de lumière solaire. L'ouragan et le grondement métallique du train aérien se renouvellent toutes les quelques minutes. Cette stridence répétée exacerbe les couleurs et les sons.

Les travailleurs mexicains des garages et des dépôts de pneus agitent les bras pour attirer les voitures qui passent, brandissent au-dessus de leurs têtes des panneaux multicolores indiquant les prix. La nouveauté soudaine de cet autre monde chasse du présent les mondes qu'il a traversés ces dernières heures. Aux carrefours des stations de métro, au pied des grands escaliers de fer, il remarque une concentration de petits marchés africains, caribéens et du nord de l'Inde. On ne voit plus aucun Starbucks et très peu d'agences bancaires. Il se rend compte qu'il n'a pas vu passer un taxi jaune depuis longtemps. Il y a plus de jardineries, de salons de coiffure et de restaurants de cuisine populaire que de magasins de téléphonie mobile. L'exagération des odeurs enivre autant que celle des couleurs et des sons. Elsa la Reyna del Chicharrón. El Gran Valle, Restaurant Cochon de Lait. Gâteau Dominicain aux 3 Laits. Gâteau Dominicain pour Toutes les Occasions. Las 3 Sirenas Bons Tacos al Carbón. Gordito's Fresh Max. La Esquina Caribeña.

Le Plus Grand Voyant Médium Guérisseur. Jerome Avenue sent le porcelet et le poulet rôtis, le graillon, l'essence, le caoutchouc des pneus, le fromage fondu des sandwiches géants de la chaîne Subway. Elle sent le McDonald's et le Dunkin' Donuts, Domino's Pizza, la pomme de terre farcie, le manioc grillé. Des photos en couleurs de plats lustrés de sauces et de graisse fondue occupent tout l'espace à l'entrée des restaurants. L'abondance démesurée des plats est accompagnée sur chaque cliché promotionnel d'une bouteille de deux litres de Pepsi. L'avenue sent la nourriture caribéenne, le fast-food et aussi la fiente de poulet. Élevage National Live Poultry. L'odeur de fiente des poulets de batterie écœure autant que leur caquetage retentissant. Sous l'auvent d'un entrepôt, des coqs à crête rouge circulent avec arrogance au milieu des pneus. Il y a des hangars caverneux comme des temples égyptiens, avec des colonnes de pneus, des murailles de pneus, des canyons de pneus d'occasion de toutes tailles, des pneus géants de camion à côté desquels les migrants sans doute sans papiers qui travaillent là ont l'air de minuscules figurines, des tours cyclopéennes de pneus. En groupe, ils s'appliquent à démonter des roues de voiture, puis en installent d'autres, vissent des garde-boues, démantèlent des véhicules. Les coups de marteau, le caquetage de la volaille, les percussions du reggaeton et de la bachata et une chanson de Julio Iglesias sur fond de chœurs féminins et de violons sont noyés sous le bruit de métal qui déferle des hauteurs comme une cascade lorsque le long convoi du métro passe en prenant tout son temps.

Aide-Nous à Te Trouver. Location d'appartements. Cuachimalco Fleurs. Église Pentecôtiste du Christ aux Antilles. Le Christ Arrive. Loco Sam Achète-le à Crédit Buy Now Pay Later. Il ne reste plus une parcelle d'espace inoccupée. Dominican Hair & Barber Shop. Jehanni Hair Salon & Nails Goutte d'Art Ongles Décorés Pattes de Canard Cils Sourcils. Jésus le Chemin de la Vérité et de la Vie. Barbecue Chicken Breakfast Sandwich. Des affiches réalisées à la main sont collées avec du ruban adhésif sur les réverbères, d'autres, en couleurs, comportent des photos bigarrées de groupes de musique, annonçant des bals dominicaux. International Charro Show. Les Rayons d'Oaxaca Arrivent Pour la Première fois d'Oaxaquita la Belle. Nigéria Express. Envoi Rapide d'Argent Équateur Honduras Guatemala. Élevage Bronx Live Poultry. Paie Ici Toutes Tes Factures. Rincón Supremo Cochon de Lait. Pay All Your Bills Here. Groupe Original Mar Azul. Votre Silhouette Idéale Perte de Livres & de Pouces. Les Préférés Jorge Rodríguez et son Groupe.

The Lord's Voice Cries to the Cities. Déménagement On Jette Vos Poubelles. Prêts sur Gages Pawn 24 hours. N'attends pas X temps atteins ton poids idéal en quelques heures. L'Adorable Jenifer et Son DJ Jhovanny Jhovanny. Zacarías Ferreira et Frank Reyes Ensemble pour Un Seul Concert

Historique Unique. Zacarías Ferreira et Frank Reyes portent des vestes et des casquettes de capitaines de navire et écartent les bras devant un horizon caribéen et une mer où vogue un bateau de croisière. L'Adorable Jenifer a une chevelure avec d'impétueuses extensions qui tombent sur un grand décolleté avec du monde au balcon. Le Meilleur du Meilleur de la Bachata l'Énorme Groupe LTP le Cyclone de la Bachata. Santiago Cruz Tour Interplanétaire. Chiqui Bombón La Vida Me Sabe a Fruta. Dimanche *Matinée** Adieux Officiels de Yiyo Sarante. Six Bières au Choix $10. Bouteilles $80. L'Homme de la Bachata. Mais plus que les chanteurs à voix et les ensembles de musique traditionnelle avec leurs chapeaux et leurs coiffes, plus que Chiqui Bombón et l'Adorable Jenifer, les DJ sortent du lot et exhibent sur les affiches une gloire insolente : regards hautains derrière des lunettes fumées qui ressemblent à des masques ou à des miroirs, vestes argentées sur leurs torses nus, casquettes inclinées, têtes rasées, tresses, noms fantaisistes de catcheurs mexicains. DJ Chulo Jay. DJ Sobrino. DJ Perverso. DJ Krazzy Loco. DJ El Yefry. DJ Lobo.

Société de Distribution et Jardinerie San Rafael. L'accumulation de jardineries déploie un imaginaire de chapelle baroque, de brocante et de quincaillerie mêlant tous les cultes et des miracles en tout genre. Les archanges saint Michel et saint Raphaël brandissent leurs épées et piétinent la tête du serpent de Satan. Les statues en plâtre ou en plastique ont à la fois une esthétique de saints pieux et de super-héros de Marvel. Victor Florencio le Voyant Enfant Prodige du Bronx. Distributeur de gros et de détail de tout type d'articles religieux. Anais Fernández Conseillère Spirituelle. La Vierge de Guadalupe, la Vierge de Lourdes, la Vierge de Fatima, Ganesh le dieu éléphant, le Bouddha heureux au ventre bedonnant, Shiva et sa roue de bras, un Christ noir en croix, un chaman indien levant une pipe, saint Martin de Porrès, saint Jean-Paul II, un Darth Vader avec une auréole, une Santa Muerte avec un squelette d'Enfant

Jésus dans les bras, le Roi Lion. Dans la vitrine de la Société de Distribution et Jardinerie San Rafael, on distingue un Ecce homo de taille humaine à la tête ceinte avec une rage baroque d'une couronne d'épines qui s'enfoncent dans son front, le corps couvert de plaies et de marques de lacérations. Mais au lieu d'être attaché à une colonne, il s'appuie de manière déplorable sur deux béquilles dorées.

Si tu Vois Quelque Chose Dis Quelque Chose. Tout se transforme tout le temps. Des femmes latino-américaines marchent en tenant leurs enfants par la main, et sont remplacées un moment plus tard par de belles Africaines, Pakistanaises ou Bangladaises à la tête enturbannée ou couverte de voiles. Il ne se sent plus marcher. Il est réduit au rythme de ses pas et aux plans-séquences de son regard. Il n'a plus aucune attache, aucun souvenir, plus de liens ni d'endroit à regagner, plus de vie maintenant disponible dans laquelle revenir occuper sa place. Tout ouïe, tout yeux. Rien que des oreilles et des yeux. Il marche dans Jerome Avenue comme il l'a fait dans Frederick Douglass Boulevard et, peu avant, dans Martin Luther King Boulevard, et à une autre époque dans la partie basse de Broadway, la rue Menéndez-Pelayo à Madrid, Oxford Street, les rues de Berlin et de Paris où s'est promené Walter Benjamin, la rue des Beaux-Arts, sur les pas d'Oscar Wilde. Et soudain un espace blanc, un trou noir après les jardineries, les élevages de poulets, les salons de coiffure, les garages automobiles : un bloc entier occupé par un seul immeuble d'un étage semblable à un tumulus, sans fenêtres, sans le moindre signe ni affiche collé sur la façade, un trou noir aux murs gris qui a la monotonie d'un sépulcre ou d'une prison, l'inhumanité propre à l'architecture officielle américaine, une construction qui se cache, refuse de montrer la moindre ouverture, pas même une rainure s'ouvrant sur l'extérieur, aucun nom, un pur tumulus administratif, probablement pénitentiaire, avec des caméras de surveillance installées sur les côtés. C'est un lieu aussi réfractaire aux affiches et à tout élément visuel qu'aux sons ; ses murs taillés dans une sorte de pierre ponce ne réverbèrent aucune lumière, ne renvoient aucune résonance. La porte est en verre, mais à l'intérieur tout est sombre. On distingue un seuil au sol couvert de linoléum, et une plante moribonde, un dragonnier, une présence tragique qu'on découvre brusquement, une plante dans un recoin d'aéroport. Devant la porte, des gens font la queue, isolés les uns des autres sur le trottoir par une certaine distance et par une forme particulière de misère visible. Une très grosse femme en fauteuil roulant suçote une paille insérée dans une espèce de pot en plastique portant le logo de Wendy's. Elle a les cheveux très sales et de vieilles lunettes à verres épais. Une autre femme, les cheveux teints en blond, porte des talons de guingois et une jupe très courte, elle serre ses genoux gainés de bas résille pour se protéger du froid. Celle qui patiente devant elle glisse une cigarette entre ses lèvres. Il lui manque la moitié des dents. Un homme, yeux clairs et crâne rasé, a le cou couvert de tatouages, des lettres gothiques sur les mains et les articulations des doigts. Comparés à tous les gens à la peau noire ou cuivrée, les travailleurs qui pullulent dans Jerome Avenue, ceux qui attendent dans cette file sont les seuls visiblement blancs et natifs, les seuls à ne pas bouger, pâles comme des zombies, et pour certains aussi décharnés que des cadavres, d'autres ensevelis dans une obésité marécageuse. Ils attendent quelque chose et regardent dans le vague. Ce qu'ils attendent et le malheur qui les a amenés ici ont un rapport avec l'hermétisme aride de cet immeuble, l'irradiation de son architecture maléfique.

L'Accès à cet Immeuble Est Réservé aux Locataires et à leurs Invités. Et voilà qu'arrive en haut de la côte, sur le trottoir étroit, la procession des individus en haillons couverts d'une capuche qui poussent des caddies de supermarché, hommes et femmes, bien qu'il soit souvent difficile de les différencier ou de distinguer les jeunes des vieux, les ivrognes des simples indigents ; ils traînent les pieds, s'accrochent aux caddies dans les dénivelés des carrefours, pour éviter qu'ils se renversent et que tombent leurs piles de sacs remplis de bouteilles en plastique et de cannettes vides. Ils vont les déposer dans les consignes placées devant les supermarchés et gagneront un cent par pièce, ou iront les vendre dans des entrepôts, de très hauts hangars avec des poutres métalliques où on voit au-delà de la pénombre de l'entrée s'entasser des montagnes de boîtes de conserve et de bouteilles, des cordillères de récipients en plastique traversées par les rayons poussiéreux du soleil qui pénètrent par les faîtières. Ils ont dû se rendre à pied jusqu'ici, ne pouvant prendre le métro avec leur chargement. Ils viennent des quatre coins du Bronx, peut-être de Harlem ou de quartiers encore plus au sud. Ils ressemblent à des Esquimaux, des Inuits : emmitouflés dans leurs parkas et manteaux, la tête dissimulée sous leur capuche, avec de grosses bottes et des gants, le visage brûlé, assombri par le froid, rougi par l'alcool, de petits yeux humides derrière leur cache-nez et leur cagoule en laine, le dos voûté à force de fouiller dans les poubelles au coin des rues.

If You See Something. Il y a une stimulation dans l'arrivée imminente, une proximité où l'attention qu'on prête aux objets, aux visages, aux voix, aux odeurs atteint une justesse hallucinée. La fatigue s'évanouit, et seule une impersonnalité presque totale est susceptible d'apaiser le vertige de la surabondance. Dans la marche, la conscience commence par devenir silencieuse, puis elle reste en suspens et finit par disparaître. On s'intéresse à tout ce qui nous est extérieur, de sorte que, par intervalles, pendant des heures, on en arrive pratiquement à n'être plus personne. La richesse du monde s'accumule mieux dans une maison vide. La rue n'est pas un itinéraire qu'on suit, mais le courant dans lequel on se laisse porter. Ce sont ses pas qui le portent et non lui ; son cervelet qui contrôle sa marche avec la même efficacité automatique d'organisme primitif dont il fait preuve pour contrôler le rythme cardiaque et la respiration. Il marche du même pas soutenu depuis des heures et c'est comme s'il était installé dans un train, près de la fenêtre à travers laquelle il voit tout sans fournir le moindre effort.

Essaie l'Envoûtement. L'espace se dégage et s'élargit lorsqu'il laisse Jerome Avenue et les voies du métro aérien derrière lui. New Fordham Road est le dernier tronçon marqué sur son itinéraire. Fordham est le nom du village, ou plutôt du groupe de fermes, de pâtures et de cultures où Edgar Allan Poe a vécu avec sa femme et sa belle-mère. Après des jours de grisaille, la lumière du soleil exalte tout. Des toits coulent les filets d'eau de la neige en train de fondre. Le soleil dilate l'espace et élargit les trottoirs. Comme aux carrefours du monde antique, un campement de marchands ambulants prolifère à l'intersection de Fordham Road et du Grand Concourse. Après une longue montée, le Bronx donne sur une plaine dégagée, un plateau comme ceux d'Asie centrale traversé de voies commerciales qui s'étendent à perte de vue dans toutes les directions. Au bout du Grand Concourse, on distingue des horizons de lieux continentaux et lointains, les contours bleutés de tours qui évoquent les mirages de coupoles et de minarets que voyait Thomas De Quincey dans ses hallucinations dues à l'opium. Si on se concentre, on aperçoit les profils de crayons de l'immeuble Chrysler et de l'Empire State Building, mais ils sont beaucoup moins hauts et moins fuselés que les nouvelles tours d'habitations édifiées pour des gens inconcevablement riches, les seigneurs invisibles du monde.

Nous Avons Beaucoup à Te Dire. Dans la solitude, on confond graduellement les mondes réels et les mondes inventés. Sous les effets de l'opium, De Quincey voyait au fond des rues de Londres des tours orientales et des coupoles dorées de mosquées renvoyant de manière aveuglante la lumière du soleil. Le Grand Concourse a une ampleur d'urbanisme de capitale communiste, un horizon de très hauts gratte-ciel aux terrasses échelonnées comme des monastères tibétains. Une horloge arrêtée surmonte une gigantesque tour de brique dont toutes les fenêtres sont condamnées. Une tour identique à celle qu'il a vue en rêve, il y a de cela de nombreuses années, qu'il n'a jamais oubliée. Dans son rêve, il faisait nuit et une étoile rouge illuminée couronnait la tour. « C'est l'étoile du Bronx », lui disait une voix à l'oreille.

Voyage à Travers le Son. Il est arrivé dans l'espace d'un rêve. Il a découvert un marché de caravanes sur la Route de la soie. Les tissus bon marché, les bonnets de toutes les couleurs, les

foulards en fausse soie des étals brillent au soleil et flottent au vent. Sous les bâches du bazar se mélangent les langues et les odeurs capiteuses des parfums et des plats des contrées lointaines dont les marchands sont originaires. Des vendeuses aux hautes coiffes mésopotamiennes s'assoient majestueusement sur des tabourets de salle de bains. C'est un commerce immémorial où ont cours de rapides marchandages à base de signes et de boniments criés. Les pauvres viennent se ravitailler ici, comme ceux qui cherchent des commerçants parlant leur langue et susceptibles de leur vendre des produits ayant les saveurs et les odeurs des mondes qu'ils ont quittés. Sur un même stand, on propose des colliers de perles ou de graines, des boucles d'oreilles et des bagues dorées, de fausses sculptures africaines, des savates en plastique, des étuis et des chargeurs de portable. L'anglais est une des langues de ce brouhaha babélique, parlé de manière efficace, sommaire, avec de forts accents. L'espagnol onctueux de Saint-Domingue, du Mexique, d'Équateur, de Cuba est plus fréquent. « Je lui ai demandé qu'est-ce que tu veux et elle m'a répondu que sa priorité dans cette vie, c'est ses ongles. » Sur un trottoir ensoleillé, des grands-pères cubains jouent aux dominos en écoutant Celia Cruz sur une de ces énormes radiocassettes que, dans les années 1980, de jeunes hommes au regard torve et à la démarche élastique portaient à l'épaule dans ce même quartier. Les papis parlent de quelqu'un qui est « super » et qui a choisi de « se résigner » devant les basanés qui vivent dans son « *building* », jettent leurs poubelles dans les « *toilets* » et lui rendent la vie impossible. Ils sont sur un trottoir du Bronx, mais pourraient parfaitement être attablés à la terrasse d'un café à La Havane. Une autre conversation se déroule simultanément, avec en fond sonore les coups secs des dominos et la voix aiguë et mielleuse de Celia Cruz.
« Comme il était millionnaire – mais que dis-je… il était multimillionnaire, billionnaire –, cet homme possédait déjà tout et la seule chose qui lui manquait, c'était d'avoir le bureau le plus puissant du monde. » « C'est son papa qui lui avait laissé cette immense fortune. »

Il Essaie d'Oublier son Cauchemar. Dans le Bronx, le cauchemar du mégalomane à la perruque jaune s'est réalisé. Sur le Grand Concourse perdurent les constructions monumentales d'une civilisation tombée mystérieusement en décadence, que leurs habitants d'origine ont quittées : immeubles à colonnades ayant abrité des banques, grands magasins avec des façades et des tours Art déco, cinémas semblables à des basiliques ou des thermes romains. Des tribus de gens au parler bizarre, à la peau sombre, aux yeux bridés, de petite taille et au physique rustaud et résistant ont traversé les frontières et occupé les édifices si solidement bâtis que, même après des siècles de détérioration, ils ne tombent pas en ruine. Ils ont installé leurs lieux de célébration ou de culte dans les cinémas abandonnés, une infinité d'étals de nourriture et de marchandises bon marché dans d'anciens grands magasins avec de hauts miroirs, des marches recouvertes de tapis, des comptoirs polis. Dans les jardins publics, ils ont allumé des feux et organisé leurs fêtes primitives. Les foules et leurs éventaires d'objets copiés et bon marché, leurs étranges musiques passées à un volume assourdissant, vulgaires et toujours un peu menaçantes, ont envahi les trottoirs vides et solennels. D'anciens commerces distingués, des sièges de banques, des cabinets d'avocats sont devenus des salons de coiffure pour des femmes à la chevelure baroque qui arborent de longs faux ongles de toutes les couleurs, des bouis-bouis à la nourriture grasse, des agences de prêts sur gages. Ces tribus de barbares ont installé leurs campements sur le plateau du Bronx, dans le champ de vision de la ville encore lointaine, l'île bleutée et chimérique car reculée. Tous les matins, très tôt, quand il fait encore nuit, les barbares descendent dans la ville, prennent des trains sous le fleuve ou d'autres, aériens, qui vibrent avec une fureur métallique en passant sur les ponts. Ils servent dans des restaurants, cuisinent et font la plonge dans des caves non ventilées, de véritables fours en été, balaient les rues, ouvrent les portières des voitures, torchent le cul des vieillards atteints d'Alzheimer, gardent les enfants, montent sur les échafaudages devant les façades des immeubles, édifient des tours de plus en plus hautes et fuselées, livrent des plats à domicile à bicyclette en pleine tempête de neige, creusent au marteau-piqueur des fossés dans l'asphalte, respirent des substances toxiques sans mettre de masque et travaillent au vingtième étage sans protection, versent dans des friteuses des morceaux de poulet et des paquets de frites surgelées, conduisent des taxis pendant douze ou quatorze heures de suite, et ne peuvent jamais tomber malades. Les mêmes trains les ramèneront chez eux le soir, recrus de fatigue, assoupis sur les sièges ou debout, agrippés à une barre pour ne pas s'endormir et tomber.

Souviens-Toi de Tes Mains. Parmi tous ces gens, il n'est rien de plus qu'un observateur, une caméra ; l'enregistreur d'un iPhone en marche au fond d'une poche, heurtant à un rythme régulier des clés ou la coque d'une pistache ; son téléphone étant dans sa poche droite, ses pas s'entendent davantage de ce côté, à croire que c'est un boiteux qui marche, un éclopé obstiné ; les secondes et les minutes défilent sans relâche sur l'écran de l'enregistreur, une métamorphose de chiffres se succédant à différentes vitesses. Plus tard, quelqu'un pourra étudier ce document sonore. On reconstituera une grande partie de son itinéraire grâce aux films des caméras de sécurité de la police et des agences bancaires ; son visage difficile à capter sous son bonnet qui y projette son ombre, ou caché par le col de son caban dans la matinée froide, le long jour intemporel de sa promenade ; sa silhouette se confond avec d'autres qui vont et viennent, rapides ou lentes, poussent des voitures d'enfant ou des caddies de supermarché dans lesquels tremblent, sur le point de s'effondrer, des sacs en plastique remplis d'emballages, un cliquetis de bouteilles en verre et de récipients métalliques. Tout cela figurera sur l'enregistrement. Son apparition à chaque coin de rue sera répertorié à chaque heure, minute, seconde, dixième de seconde ; l'itinéraire tracé par le GPS du téléphone, une longue diagonale depuis South Ferry, une ligne droite vers le nord, en remontant Broadway, virant à l'est au niveau de la 106ᵉ Rue, puis au nord dans la 125ᵉ.

Apparition d'une Nouvelle Espèce. Il est un agent secret venu non pas d'un pays lointain, mais d'une époque antérieure, et il s'intéresse à tout ce qui est dilué dans l'invisibilité de ce qui est normal pour les gens d'aujourd'hui. Sa mission est si impérieuse et générale qu'il ne cesse de l'accomplir. Un entraînement adapté lui permet de passer inaperçu parmi les natifs et de manier avec aisance les appareils qui relèvent de leur quotidien. Pour que sa couverture soit parfaite, il ne s'autorisera aucun contact avec ses supérieurs et le centre de contrôle de son époque d'origine. Il collecte avec méticulosité et discrétion l'information qui lui paraît nécessaire. L'avenir est un pays inaccessible et probablement hostile à propos duquel il faut se renseigner au maximum. L'agent qui s'est rendu dans cette époque est tout à fait conscient d'être exposé à un danger, l'extrême difficulté du retour. La technologie est sans doute assez avancée pour permettre des voyages dans le futur, mais le problème du retour n'est pas encore résolu de manière satisfaisante. Il est plus simple d'envoyer un vaisseau spatial sur Mars que de faire rentrer l'équipage sain et sauf. Il est peut-être destiné à rester là, coincé dans ce présent sans pouvoir regagner le sien, qui par ailleurs n'est guère reculé, à peine vingt ans, vingt ans et des poussières. Il n'aurait jamais imaginé l'exotisme terrifiant de cet autre monde, son éloignement plus radical que celui de la Corée du Nord, Tenochtitlan ou Babylone. Une des tâches qu'on lui a confiées consiste à étudier les températures, les conditions climatiques de ce futur, l'état de l'atmosphère et des océans, à vérifier les prédictions qui se sont accomplies ou non et à en tirer d'éventuelles leçons préventives. Son expédition s'est déroulée dans le plus grand secret. Mais quelque chose a déraillé, il y a eu un incident, une négligence, et il sait désormais qu'il ne pourra pas rentrer, que les chemins du retour, certains passages peut-être, sont bouchés, des portes fermées à clé au fond de caves. Il est maintenant exilé à vie dans une autre époque comme sur une autre planète, et pourtant il poursuit son travail, par scrupule professionnel, par passion, dans un exil sans drame, une solitude intime qui ne connaîtra pas de fin, même s'il adopte en partie l'accent et les habitudes d'un autre pays. Il n'est pas moins étranger que n'importe lequel des individus qu'il croise entre les étals de Fordham Road et du Grand Concourse. Un de plus.

SU TURNO
B80
TIRE

Cartes Interactives et Parcours en 3D de la Planète. Quand il vivait dans cette petite maison peinte en blanc qu'on remarque à peine de l'autre côté de la grande avenue, Edgar Allan Poe a écrit une histoire qui se passe très exactement deux cents ans plus tard, en 2048. À cette époque, il y a des ballons aérostatiques d'une hauteur de cent miles, pouvant transporter quatre cents passagers à une vitesse de plus de cent cinquante miles par heure. Poe adorait les ballons. Un de ses grands succès professionnels a été la chronique bien documentée et mensongère d'une traversée de l'Atlantique en dirigeable en trois jours seulement. Jules Verne avait appris la fascination littéraire de Poe pour les voyages en ballon ainsi que sa passion pour les expéditions polaires. Jules Verne lisait Poe dans les traductions de Baudelaire. On ne sait jamais où tombera la graine de la littérature ni quels chemins elle empruntera. Le photographe Nadar était un ami commun de Verne et de Baudelaire. Il a voyagé en ballon et dirigé une société de photographies aériennes et de vols. Le ballon était une invention aussi prodigieuse que la photographie. Quand Baudelaire était à Bruxelles, aigri et malade, Nadar s'y est rendu pour assister à de nombreuses ascensions. Il a insisté pour qu'il l'accompagne, mais le poète a refusé.

Créer Quelque Chose qui Perdure dans le Temps. La maison peinte en blanc, les grands chênes nus qui l'entourent, le parc qui s'étend de part et d'autre imposent au regard une idée d'espace qui efface ou laisse en suspens tout l'environnement, un vide neutre qui déborde du cadre de la photographie. La route à plusieurs voies et les tours d'habitation s'évanouissent dans un paysage de prairies et de fermes, sous un ciel dégagé qui rejoint au loin des forêts et des horizons maritimes. De ce terrain élevé, on voit l'île, fuselée comme un navire, la proue vers la mer, délimitée par les deux fleuves : il faudrait une longue-vue puissante pour distinguer, tout au fond, les tours des églises, les mâts sur les quais. Plus de la moitié de l'île est occupée par des fermes, des pâtures, des champs cultivés, des collines boisées traversées de torrents, des sentiers qui sont encore les mêmes que ceux tracés pendant des siècles par les natifs désormais exterminés et disparus. La maison se trouve dans une commune de fermes et de prés qui a dû très peu changer depuis l'époque des colons hollandais. Loin du cœur de New York, on dirait un endroit pour effectuer une retraite radicale, un refuge. L'écrivain qui a passé sa vie ballotté d'une ville à l'autre, à fuir ses créanciers, à chercher des collaborations dans les journaux, des éditeurs pour ses livres, des protecteurs fortunés qui puissent l'aider à payer ses dettes, sans cesser de rêver à la création d'une revue, à se perdre parfois dans des nuits de délire alcoolique et d'amnésie, veut à présent vivre à la campagne, isolé du fracas de la ville, des attaques de ses ennemis, et certainement aussi de la tentation de trop boire. Poe vit avec sa femme Virginia et sa belle-mère. Mme Clemm est comme une mère pour lui, qui a perdu la sienne à trois ans ; elle l'appelle « Eddie » et lui « Muddy ». Elle est la sœur de son père, Virginia est donc sa cousine germaine. Elle avait treize ans quand ils se sont mariés. Dans le minuscule cottage, leur cohabitation a un petit air étrange de complot entre les personnages d'un conte, sans défense, isolés du monde dans une maisonnette au milieu de la forêt, où un inconnu arrive parfois.

La Panique A Maintenant Son Propre Théâtre. L'air de la campagne, le lait et les aliments frais des fermes peuvent être salutaires à Virginia, atteinte de la tuberculose depuis des années. Elle tousse au point de s'étouffer, crache du sang. L'ordre et l'aspect soigné de la maison font ressortir le dépouillement extrême de la pauvreté. La cheminée est très propre parce qu'ils n'ont pas de quoi acheter du bois. La malade passe la journée allongée sur une paillasse, couverte d'un drap raccommodé impeccablement blanc et translucide à force d'être lavé, et d'une capote militaire que son mari conserve de l'époque où il a été cadet à West Point. Dans la maison, il y a une petite étagère de livres, une cage avec un ou plusieurs oiseaux, une chatte que Virginia place dans son giron, sous la capote, pour se procurer un peu plus de chaleur. Elle a une tête ronde de petite fille et ses joues fébriles sont constamment roses. Quand Poe et sa famille vivaient là, le cottage était entouré de cerisiers. Le matin, s'il ne se rend pas à la ville en train pour gagner un peu d'argent, placer une nouvelle, un poème, des textes bien souvent composés à la va-vite, imités d'autres écrivains ou écrits il y a des années, Poe jardine et se promène sur les sentiers au milieu des champs.

Le Voyant Edgar Poe. Il faut monter quelques marches en bois et sonner près de la porte fermée. On n'entend pas un bruit à l'intérieur. Pas même la sonnette. C'est peut-être fermé aujourd'hui. Qui peut bien se rendre dans cette maison miniature dans un endroit aussi reculé, quel touriste passionné de littérature, passionné par Poe ? Des Européens, sans doute, des gens qui s'intéressent aux lettres depuis l'adolescence, qui ont lu les poèmes de Poe, ses nouvelles de trésors cachés et d'assassinats, de gens qui se réveillent confinés dans un cercueil, de grandes demeures nobiliaires en ruine au milieu de paysages brumeux. Le nom d'Edgar Allan Poe au générique de certains films d'épouvante était déjà une invocation, une promesse. Les éditions des nouvelles de Poe exposées dans les vitrines des papeteries des provinces du centre de l'Espagne avaient des couvertures avec des têtes de mort et des bougies allumées sur les crânes. On aurait dit des affiches truculentes de films, le noir de l'obscurité et le rouge du sang. Les nouvelles de Poe n'étaient pas traduites de l'anglais, mais à partir des traductions en français de Baudelaire, qui y avait mis autant de ferveur qu'à écrire ses propres textes plus d'un siècle auparavant.

A Dû Embrasser le Mystère. Virginia Clemm Poe est morte dans cette chambre du rez-de-chaussée. Elle n'avait plus la force de gravir l'escalier pentu jusqu'à sa chambre à l'étage. Il y a maintenant dans la pièce un lit plus ou moins d'époque, mais il est fort probable qu'elle soit décédée sur un matelas posé à même les larges lattes du plancher. Le fouler est bouleversant. On voudrait ne faire aucun bruit pour ne pas déranger la malade, la défunte. Poe a passé sa vie à décrire jusqu'à l'obsession de très belles jeunes femmes très mal en point, à parler de la beauté des mortes qui peuvent ressusciter quand elles sont déjà dans la tombe, ou s'approprier telles des vampiresses l'âme des autres femmes venues occuper leur place.

Et l'Ardeur Cordiale de l'Ivresse dans ce Monde. Le guide lui montre la maison à grand renfort de gestes et d'une voix forte, une attitude qui serait plus adaptée à la visite d'un immense musée. Tout près de lui dans cette petite chambre très basse de plafond, il lui parle comme s'il se trouvait au bout du hall d'un musée et ressentait le besoin d'élever le ton. Ses paroles sont bien entendu pleines d'un entrain prometteur, il a un timbre de baryton, de guide de groupes organisés dans un musée important ou une cathédrale. Là, il faut en fait s'incliner sous les linteaux pour passer les portes, et plus encore lorsqu'on monte l'escalier étroit en imprimant à son corps une torsion calculée afin de profiter au maximum de l'espace réduit. « Les visiteurs me disent : "Les gens étaient drôlement petits à l'époque !" explique le guide. Mais ce n'est pas vrai, ils étaient comme nous. Poe était grand, il mesurait cinq pieds et huit pouces. Les plafonds étaient bas pour économiser les matériaux et permettre de chauffer plus facilement les maisons. » C'est un jeune homme, un enthousiaste dont la stature et l'ambition professionnelle ne correspondent pas à cet endroit minuscule où n'est venu aujourd'hui qu'un seul visiteur, très certainement un étranger un peu effrayé, intimidé par la légende du Bronx, et qui s'enorgueillit en secret de pouvoir la démentir.

Si tu Tombes Tu te Feras Renverser. Il y a sur le palier une silhouette découpée de Poe à partir d'un des daguerréotypes où son visage exprime une misère atroce. C'est sa taille réelle et, d'après le guide, les visiteurs l'apprécient beaucoup. Ils se mettent à côté pour prendre la pose, lui passent un bras sur l'épaule, de grands copains au sourire jovial près du pauvre mort qui fait une tête d'enterrement, une tête d'enterrement prématuré dans une nouvelle de Poe ou un film impertinent des années 1960 en Technicolor, avec Peter Cushing, Christopher Lee et des actrices aux décolletés tentateurs qui hurlent de terreur et s'abandonnent sans même lutter à la morsure du vampire.

Et si Tu Glisses dans l'Eau. C'est une maison musée nécessiteuse administrée par la Bronx Historical Society. L'entrée coûte cinq dollars. Le guide est le seul employé. En haut, dans une chambre mansardée, on a accroché un portrait à l'huile de Poe très similaire à ceux des personnages maléfiques importants dans les films de la société de production Hammer, des portraits qui, parfois, prennent vie et révèlent des ressemblances avec d'épouvantables ancêtres. Un film d'horreur doit vraiment avoir été tourné avec un très petit budget pour que ce genre de tableaux avec ce genre de cadres y apparaisse. En Espagne dans les années 1970, on réalisait des films de cet acabit, dont le héros était interprété par Jacinto Molina, Paul Naschy de son nom d'artiste, qui bien souvent était également le metteur en scène. Le guide se place devant le portrait pour le décrire sans le regarder, comme s'il commentait *Les Ménines* ou *La Ronde de nuit*, ou qu'il analysait avec une mnémotechnie prodigieuse tous les détails d'un retable dans une cathédrale en lui tournant le dos. « Le peintre a légué personnellement ce tableau à la maison d'Edgar Allan Poe. C'est un habitant du Bronx, un membre éminent de la communauté. Un vétéran. Il est aujourd'hui âgé de quatre-vingt-treize ans. »

On Jettera sur Toi les Papiers des Goûters. Dans la pièce principale de l'étage supérieur sont installés un téléviseur à grand écran plat et plusieurs rangées de chaises en plastique. La fenêtre est basse, étroite. Il faut se pencher pour regarder au travers. D'un geste grandiloquent, le guide dégaine une télécommande. « Et maintenant, c'est le moment de notre expérience audiovisuelle. » Il parle à un unique visiteur, mais sans le regarder, comme s'il s'adressait à un groupe important dont, pour une raison ou pour une autre, une seule personne serait visible. Poli et prudent, l'homme lui dit que ce n'est pas nécessaire, qu'il est juste venu voir la maison, pas l'expérience audiovisuelle. « Mais c'est inclus dans le prix », proteste le guide, au début incrédule, puis triste, déçu, ayant un peu pitié de cet homme qui ne sait pas profiter de son argent et ne se rend pas compte de ce qu'il rate. Ils parlent tous deux anglais tout en étant conscients que leur langue usuelle est l'espagnol. Le guide s'appelle Glenn, mais il est sans nul doute d'origine dominicaine. Au rez-de-chaussée, dans le salon avec sa cheminée, un cordon rouge empêche les visiteurs d'approcher. De l'autre côté, il n'y a qu'un rocking-chair et un petit bureau. Glenn affirme que Poe s'asseyait dans ce fauteuil. La seule chose authentique dans cette maison est peut-être sa petitesse et son aspect dépouillé, que les quelques objets d'époque auxquels Glenn porte une affection défensive ne parviennent pas à atténuer.

Personne ne Peut s'Imaginer la Solitude. Le ciel s'est couvert et la lumière qui pénètre à présent dans la maison est pâle et grisâtre. Une lumière morte du passé. Il aurait voulu que Glenn le laisse seul un moment, qu'il cesse ses explications. Il ne voit rien réellement s'il ne le voit pas en silence et dans la solitude. Il s'approche d'une fenêtre, mais Glenn est sur ses talons. Dans son dos, il lui apprend que cet endroit n'est pas celui où a été édifiée la maison à l'origine. On l'a déplacée un peu plus loin, dans un lieu plus en hauteur, sur un versant de la colline. On l'a changée de place en 1913 par souci de préservation, car on prévoyait de construire un immeuble d'habitation à la place qu'elle occupait. Il est étrange que, parmi tout ce qui se perd, une maison aussi fragile ait survécu. De sa porte, Poe voyait l'estuaire de Long Island, dit Glenn, le Long Island Sound.

Rethink How You Live. À la mort de Virginia, Poe a sombré dans la léthargie ou le calme. Le deuil était peut-être un soulagement après des années passées à s'angoisser en permanence pour sa santé, des nuits à la veiller en l'entendant tousser ou respirer comme si elle s'étouffait, et à la voir cracher du sang dans les draps. Quand on lui demandait comment il allait, il répondait : « Bien, bien, mieux que jamais. » Il écrivait moins qu'avant et ne publiait presque plus rien dans les revues. Mais le déclin de sa fortune littéraire n'a sans doute guère été plus amer que les assauts sans répit de la pauvreté.

Alors qu'il sautait pour traverser une rue boueuse, un ami qui se promenait avec lui dans la ville a remarqué que ses bottes rafistolées partaient en lambeaux. Il avait lui-même contribué à son malheur de manière aussi efficace que n'importe lequel de ses pires ennemis. Il avait un talent suicidaire pour se fâcher avec ceux qui pouvaient l'aider, et se retournait cruellement contre les amis qui l'avaient protégé. Un caricaturiste l'a dessiné, prêt à écrire un article destructeur à propos d'un livre, armé non pas d'une plume mais d'un tomahawk. Il avait blessé avec la même rage ceux qui le méritaient et les autres. Peut-être avait-il honte de sa misère, et la générosité des personnes qui l'aidaient suscitait sa gratitude, mais, très vite, elle dégénérait en aigreur. Des écrivains qui avaient beaucoup moins de talent que lui connaissaient le succès et gagnaient des sommes d'argent auxquelles il ne pouvait prétendre. D'autres bénéficiaient depuis leur naissance de privilèges qu'on lui avait refusés. D'autres encore héritaient de fortunes, de maisons, de positions sociales. La popularité d'un certain nombre de ses nouvelles et de ses poèmes avait enrichi les propriétaires des revues. Des déclamateurs professionnels remplissaient les théâtres en récitant « Le Corbeau », alors qu'il n'avait touché que neuf dollars pour ce poème. Il avait appris qu'il comptait de plus en plus de lecteurs en Angleterre, en France et même en Russie. Il recevait parfois une coupure d'un journal étranger, la rangeait puis la ressortait pour se vanter. Ayant perdu tout espoir qu'on lui rende justice, il gaspillait son énergie dans de tristes vengeances littéraires, de féroces articles sur des livres médiocres où sa culture et son sens de la critique étaient pollués par le ressentiment.

Je Sais l'Horreur des Yeux Éveillés. La sensation la plus constante de sa vie fut celle de l'abandon : son père ivre et disparu, sa mère morte de la tuberculose, dans l'indigence, quand il avait trois ans. Il a écrit dans une lettre : « J'ai souvent été victime de l'adversité, mais le manque d'affection parentale fut la pire de toutes les épreuves que j'eus à affronter. » Le jour où il sortit pour la dernière fois de ce cottage, pour un voyage qui devait durer des mois, il avait emporté un portrait miniature de sa mère, au dos duquel il avait écrit une date et ces mots, en tout petits caractères : « Ma mère chérie. E.A.P. » La femme du portrait ressemble à l'héroïne adolescente d'un roman de Jane Austen. Le riche commerçant qui l'avait recueilli chez lui dans son enfance ne l'avait jamais vraiment adopté, et dans son testament il ne lui léguait rien. Poe était un déclassé, comme Baudelaire et De Quincey, Melville et Benjamin : leurs revers de fortune et leurs caractères turbulents les ont privés d'une place stable dans l'ordre social, dans la classe des propriétaires et des commerçants dont ils étaient issus, à laquelle Poe aurait pu appartenir si son tuteur avait été plus généreux ou plus patient avec lui, et si lui-même avait été moins rebelle. Tous se consacraient à un métier précaire, socialement suspect, assimilé au dérèglement et à la mauvaise vie, un métier de bons à rien, de personnes dépourvues de sens pratique, une occupation extravagante et douteuse à rapprocher du cirque ou du théâtre, qui ne relevait d'aucune catégorie dans la chaîne de production ou du commerce et ne garantissait pas la dose minime de sécurité et de respectabilité d'une fonction administrative. Vilains petits canards, brebis galeuses, héritiers ratés, rentiers en faillite, fainéants inefficaces, dandys timbrés, prolétaires portant des cabans et des bottes de bourgeois, mais des cabans ravaudés, des bottes aux semelles trouées ; experts en artisanat obsolète, en métiers solitaires et méticuleux, ruinés, laminés par la production industrielle et le commerce de gros.

Se Faire une Piqûre pour se Donner la Lèpre. Maintenant, dans le petit cottage, Poe et la mère de Virginia vivaient dans une situation d'abandon confus, attachés par un lien de tante et de neveu, de belle-mère et de gendre, de mère et de fils, Poe étant moins un veuf qu'un orphelin, en deuil d'une épouse qui avait treize ans quand ils avaient convolé, une cousine germaine qui était davantage une sœur asexuée et enfantine qu'une femme ; elle était morte désormais, enterrée dans un cimetière non loin de là, où il se rendait fréquemment pour aller sur sa tombe, parfois de nuit, sans se couvrir ou jetant sur ses épaules la capote militaire qui conservait encore l'odeur de Virginia. De son lit, Mme Clemm, Muddy, l'entendait sortir et fermer la porte, elle restait éveillée jusqu'à ce qu'il rentre, craignant toujours le pire, redoutant qu'il perde la tête ou disparaisse encore et revienne quelques jours plus tard, frappé d'une stupeur alcoolique. En d'autres occasions, elle l'entendait faire les cent pas sur le plancher grinçant de l'entrée. Certaines nuits d'hiver, par temps clair, le ciel devait être une coupole fulgurante dans le noir. Si loin de la ville, il n'y avait pas de becs de gaz, pas de fumées d'usines ou de cheminées de centrales à charbon pour troubler la vue.

Exactly What You Wish For. Au rez-de-chaussée, près de l'entrée, dans ce qui était autrefois la cuisine, on a disposé un modeste présentoir avec des publications et des souvenirs : cartes postales, porte-clés, gravures où le cottage ressemble à une demeure gothique par une nuit d'orage. Glenn veille à ce que tout soit parfaitement ordonné. Il range l'argent des visites dans une boîte en bois comportant plusieurs compartiments. Après la vente de chaque billet, chaque carte, chaque souvenir, il fait une croix dans les cases d'un formulaire réservées aux recettes. Il accepte les paiements par carte bancaire, mais cela le contrarie. Il doit sortir un terminal vétuste et vérifier que la ligne fonctionne. Sur les cartes postales exposées, Poe regarde l'objectif, affichant diverses expressions de malheur, prisonnier depuis près de deux siècles dans l'immobilité des daguerréotypes et leur véracité dévastatrice.

Le Mouchoir Exact de l'Adieu. Dans l'imaginaire universel, Poe a une moustache noire, Mozart ou Bach sont coiffés d'une perruque, Dracula porte une cape noire et un frac, Superman une combinaison bleue, Marilyn Monroe a une chevelure platine et Karl Marx une grosse barbe de prophète. En vérité, Poe n'a été moustachu que pendant ses deux dernières années de vie. Sur les portraits antérieurs, à l'huile ou au crayon, il a de très longues pattes qui lui arrivent presque jusqu'au menton, mais pas de moustache. C'est un parfait inconnu : un jeune homme digne à l'expression empreinte de bonté et de complaisance, avec de grands yeux très ouverts. Bien qu'il ait l'air d'un être sensible, rêveur, il pourrait tout aussi bien se consacrer à une autre occupation qu'à la littérature, être avocat, ou plutôt secrétaire juridique, un individu à l'existence paisible mais sans grand avenir, peut-être par manque d'initiative. Ses yeux sont pleins de mélancolie, voire de désarroi, mais on n'y décèle aucune peur et surtout pas les ténèbres du malheur.

Tu Feras des Photos Invisibles. La première photo, un daguerréotype, date de 1847. C'est aussi son premier portrait avec la moustache. Moins d'un an s'était écoulé depuis la mort de Virginia. Sa moustache est petite, minuscule, taillée juste au-dessus des commissures, un peu chaplinesque, les pointes légèrement recourbées. Les daguerréotypes postérieurs constituent une séquence qui devient graduellement ténébreuse, comme les autoportraits de Rembrandt témoignant de sa vieillesse, sa décrépitude et sa ruine. Deux des images sont prises à quelques jours d'intervalle, en novembre 1848. Sur la troisième et dernière, il pose quelques semaines avant sa mort. Elle date de la mi-septembre 1849. En novembre 1848, Poe était à Providence pour rendre visite à une de ces veuves férues de littérature qui s'étaient entichées de lui et qu'il courtisait de temps à autre, dans l'espoir d'obtenir par le mariage un peu de solvabilité économique et sociale. Elles le trouvaient irrésistible. Il leur récitait ses poèmes à voix basse, leur en offrait des copies manuscrites dédicacées. Son regard magnétique et égaré de poète veuf, ses manières de gentleman du Sud les envoûtaient, tout comme son élégance mesurée que sa pauvreté évidente ennoblissait au lieu de la desservir. La légende assez justifiée de sa perdition dans l'alcool ajoutait un attrait inquiétant à son impeccable façon de se tenir. Il leur faisait des promesses d'abstinence, se montrait exquis et affable lors des réunions en société, et disparaissait ensuite pour s'enivrer férocement pendant une semaine, réduisant ses entreprises à néant.

Ne pas Savoir si Tu Es dans ce Monde. Sur le daguerréotype du 9 novembre, il semble avoir une horrible gueule de bois et donne l'impression de le regretter. Maintenant plus fournie, sa moustache souligne davantage l'amère grimace de ses lèvres. Ses muscles faciaux semblent contractés, affaiblis. À cette époque, il avait absorbé une dose importante de laudanum en montant dans un train pour Boston, et quand il avait ressurgi, quelques jours plus tard, il ne se rappelait rien hormis de terrifiantes hallucinations. Sur le daguerréotype du 13 novembre, il a l'air d'aller un peu mieux, d'avoir récupéré un peu de sa dignité, mais son aspect général fait songer à un abattement sans remède. Il porte sa capote militaire aux grands revers qui a servi à protéger Virginia du froid. Sur chacune de ces images, le front paraît plus bombé, les cheveux plus collés et plus sales.

Tes Yeux Hydratés Plus Longtemps. Glenn est sorti sur le pas de la porte pour prendre congé du visiteur. « Je suis toujours heureux quand quelqu'un vient, dit-il. Il y a plus d'animation le week-end, surtout en été, mais les jours de la semaine, je me sens parfois très seul. » Non sans tristesse, il lui raconte que les deux autres maisons de Poe, celle de Richmond et de Baltimore, sont plus grandes et attirent davantage de monde. Il se frotte les mains et frissonne sur le seuil, dans une attitude de propriétaire impatient de regagner la chaleur du foyer. Le 20 juin 1849, Poe est sorti pour la dernière fois de cette maison. L'angoisse de rester trop longtemps au même endroit était sans doute aussi forte que le besoin de partir gagner un peu d'argent. Il envisageait de donner des conférences publiques, de trouver des organes de presse qui l'embaucheraient de nouveau, de dénicher des abonnés pour la revue littéraire qu'il projetait de monter depuis des années, méticuleux et bercé d'illusions, ayant déjà tout prévu : le type de caractères, le format, les rubriques, les collaborateurs qui enverraient des chroniques depuis l'étranger ; ce serait un succès immédiat qui lui rapporterait des sommes sur lesquelles personne n'ergoterait et qu'on ne lui volerait pas. Il devait juste s'employer à réunir des abonnés et trouver un associé qui investirait dans l'affaire et l'aiderait à tout mettre en marche, rien de plus.

Fuir par les Côtés et s'Enfermer aux Derniers Étages. Il avait pris une mallette ou une serviette contenant les textes de ses conférences et un coffre avec des livres, des manuscrits et le linge de rechange que lui avait lavé et préparé Mme Clemm. En partant, il lui dit qu'il avait du chagrin ; qu'il avait peur de ne pas revenir ; qu'il lui écrirait tous les jours et lui enverrait l'argent qu'il gagnerait. Une épidémie de choléra venait de se déclarer. À New York, plus de cinq mille personnes étaient mortes pendant l'été. Poe arriva à Philadelphie en train, mais le choléra sévissait également dans cette ville. Il contracta la maladie. Pour faire baisser la fièvre, il prenait du Calumel, un médicament composé de mercure qui provoquait des saignements de gencives, des étourdissements qui, disait-il, avaient déclenché chez lui une « congestion cérébrale ». Aucun témoin fiable ne sait ce qui s'est passé à Philadelphie. Il semblerait que Poe ait retrouvé des connaissances et se soit pris une cuite phénoménale en leur compagnie. Quelques jours plus tard, il était en prison pour troubles à l'ordre public en état d'ébriété. Un matin, il se présenta dans l'atelier de John Sartain, un graveur et imprimeur qu'il avait rencontré au cours d'autres voyages. Poe ne portait qu'une chaussure. Il raconta à Sartain qu'il avait égaré le coffre avec ses livres et ses vêtements, ainsi que la serviette dans laquelle il conservait ses conférences. Il déclara qu'il fuyait des ennemis qui voulaient sa peau. Dans le train, il les avait entendus planifier sa mort avec force détails. Ils l'avaient suivi dans les rues de Philadelphie. Il devait changer d'apparence au plus vite afin de semer ses poursuivants. À cet effet, il pria Sartain de lui prêter un rasoir afin qu'il se rase la moustache. Ses mains tremblaient si fort que le graveur, craignant qu'il se blesse ou se tranche la gorge, s'acquitta lui-même de cette tâche avec des ciseaux.

Réalise Tes Aspirations. À présent, Poe a de nouveau un étrange visage glabre. Il a demandé à Sartain de lui prêter des chaussures, mais le graveur n'a que des chaussons à lui offrir. Chaussé de pantoufles en tissu, sans moustache ni bagages, sans argent et privé de son entendement, Poe erre comme une âme en peine dans Philadelphie. Il raconte à l'imprimeur certaines des hallucinations qu'il a eues les jours précédents. De la fenêtre de sa cellule, il voyait sur la tour de surveillance une femme vêtue de blanc qui l'appelait. La porte du cachot s'ouvrait, laissant pénétrer ses ennemis, qui amenaient Mme Clemm, les mains liées. Deux d'entre eux l'attrapaient tandis que les autres, armés de scies et de haches, mutilaient la mère de Virginia : ils lui tranchaient un pied, l'autre pied, la jambe jusqu'au genou, une main, l'autre main. Dans ses instants de lucidité, Poe écrit des lettres à sa belle-mère et tante, la suppliant de venir le chercher. Tout aussi cruelle est l'hallucination où il voit très nettement devant lui le cottage blanc entouré de cerisiers, conscient que la porte ne s'ouvrira plus jamais pour lui.

Sang qui Regarde Lentement du Coin de l'Œil. D'une manière ou d'une autre, avec l'aide de Sartain, il parvient à atteindre Richmond le 14 juin. Il a récupéré on ne sait trop comment son coffre, mais pas les textes de ses conférences, qui sont perdus, mais qu'il connaît presque par cœur. À Richmond, l'épidémie de choléra s'est arrêtée et, très vite, les ventes aux enchères d'esclaves ont repris et les gens y affluent. Poe a passé son enfance et sa prime jeunesse à Richmond. Contre toute attente, il revit en retrouvant sa ville. Son voyage atroce se termine par un retour serein et heureux dans le passé. À Richmond, les lecteurs cultivés sont flattés de savoir que cet homme, qu'ils sont nombreux à connaître, est maintenant un écrivain célèbre. Ses conférences sont un succès. Il récite à une cadence hypnotique les vers du « Corbeau », renoue avec son ancien amour, Elmira Shelton, devenue une riche veuve attirante. Ils projettent de se marier. Poe s'abstient rigoureusement de boire. Il a enfin trouvé un admirateur très fortuné disposé à financer sa revue. Avant de convoler, vers la fin de septembre, il doit revenir à New York pour régler ses affaires, s'occuper de la revue, informer Mme Clemm de sa nouvelle vie, dans laquelle elle aura évidemment sa place.

Il Est Temps de Vivre. Alors qu'il s'apprête à prendre congé de sa fiancée, elle trouve qu'il a mauvaise mine. Elle serre sa main dans la sienne et constate qu'elle est brûlante de fièvre. Le dernier daguerréotype date de ce moment-là. Poe a de nouveau la moustache mais affiche une expression plus que jamais angoissée et malheureuse. Son regard s'égare, sa bouche est contractée. Nouée n'importe comment, sa cravate lui serre trop le cou. Ce visage s'accorde mal avec lcs faits survenus à Richmond. On le croirait saisi d'effroi.

En un Seul Jour. Le 27 septembre, on sait qu'il se trouvait à Baltimore. Il n'y avait aucune raison pour qu'il s'arrête dans cette ville. Différentes versions circulent à propos de son apparition, le 3 octobre, après quelques jours durant lesquels on ignore ce qu'il a fait. Selon la première, on l'aurait découvert inconscient dans un fossé le long d'une rue. Dans une autre, un témoin dit l'avoir vu dans une taverne, lors d'une de ces journées électorales corrompues où on recrutait des groupes d'ivrognes afin de les obliger à voter. On l'amène à l'hôpital. Le médecin qui s'occupe de lui est un homme cultivé et plein de compassion, qui a lu ses œuvres et le reconnaît. Il s'agit du docteur John Moran. Poe ne sait pas trop où il est, ignore comment il est arrivé à Baltimore et qui l'a amené là. Il ne sait pas davantage à qui appartiennent les vêtements crasseux qu'il porte. À l'aube, il se met à trembler des bras et des jambes et commence à délirer. Il est trempé de sueur. Il parle en désignant

E. A.

P.

le mur, comme s'il identifiait des gens dans la rue ; certains le terrifient, d'autres suscitent en lui l'angoisse de devoir les appeler et qu'ils répondent. Il fait semblant de marcher pour ne pas rester en arrière. Il répète le nom d'un certain Reynolds. Pour le tranquilliser, le docteur Moran lui promet qu'un de ses amis chers qui habite Baltimore va venir lui tenir compagnie. Tout à coup lucide, Poe le regarde droit dans les yeux et lui dit : « Un ami cher pourrait me rendre service s'il me tirait une balle dans la tête et me faisait sauter la cervelle. »

Dans Votre Nuit Renversée. Il a passé six jours à l'hôpital, passant du délire au repos, exténué. Il voyait des visages et des ombres sur les murs de la chambre. Le dimanche 7 octobre, au petit matin, il est resté très calme. Le docteur Moran s'est penché au-dessus de lui parce qu'il a vu ses lèvres remuer. Il l'a entendu dire : « *Lord help my poor soul.* »

Ils Poussent Comme des Champignons. Il est sorti du cottage alors que le jour commençait à décliner. Le soleil est encore haut, mais l'air est légèrement humide et les ombres des arbres s'allongent sur les graviers et l'herbe clairsemée du parc en hiver. Il s'est assis sur un banc pour se reposer, repasser dans sa tête tout ce qu'il a vu ou l'assimiler. Il a posé son cartable sur ses genoux et l'a ouvert pour y chercher une pomme au milieu des papiers, des coupures, des documents et des plans pliés. Il l'a achetée des heures plus tôt, il ne sait plus combien, dans toutes ces rues et ces vies compressées, sur le marché d'Union Square. Le passé immédiat s'élargit, comme les avenues et les ciels du Bronx. La pomme est parfaite, elle tient facilement dans la main et il en apprécie le rouge, le vert, le jaune et l'odeur, celle d'un fruit qui aurait été conservé dans un coffre en bois profond où on range la récolte d'une année sur l'autre. Il la frotte avec son mouchoir, bien plié dans sa poche. Leonard Cohen était très doué pour plier ses affaires quand il faisait et défaisait sa valise à l'hôtel, pendant ses tournées. Il nettoie ou plutôt lustre la pomme pour faire ressortir ses couleurs dans le soleil blond et froid de la fin de l'hiver. Il y plante une première fois ses dents avec appétit et sa bouche s'emplit d'un jus savoureux. Non loin de lui, sur un autre banc, un groupe de jeunes femmes noires avec des enfants en bas âge discutent et rient aux éclats en se montrant leurs portables, qu'elles serrent dans leurs mains aux longs faux ongles, certains ornés des bandes et des étoiles du drapeau américain. C'est la sortie des écoles. Sur les sentiers du parc, des mères d'Amérique centrale aux traits indigènes tiennent leurs enfants par la main. Très couverts, ils ont de grandes capuches comme des petits Inuits et portent leur cartable sur leur dos. Un SDF qui pousse un caddie de supermarché rempli de chiffons et de tôle passe en traînant les pieds et laisse dans son sillage une odeur d'alcool, de merde et de pisse.

Moi Seul et Errant Épuisé par le Rythme. Il ne se lasse pas d'admirer l'horizon lointain, l'ampleur du grand ciel du Bronx. Quand il se lève, il sent tout le poids inattendu de la fatigue. Il s'est essuyé la bouche et les mains dans son mouchoir et a déposé le trognon de la pomme dans une poubelle débordante, en s'assurant qu'il ne tomberait pas. Près du cottage de Poe, il y a de très grands arbres nus, des chênes ou des érables. De son vivant, la maison était entourée de cerisiers. Il doit enfoncer ses mains dans ses poches et presser le pas pour se réchauffer. Le présent revient à mesure qu'il se rapproche du Grand Concourse et de Fordham Road. Après la capsule hors du temps de la maison de Poe, la réalité redevient bruyante, les vies affairées pullulent, le marchandage et le commerce reprennent, accompagnés des cris des vendeurs et des musiques qui s'élèvent des magasins aux portes grandes ouvertes, des voitures qui passent toutes vitres baissées. Les gens achètent et vendent, s'alimentent, cherchent comme ils peuvent le gîte et le couvert dans ce climat hostile, improvisent des versions portatives des vies qu'ils ont laissées derrière eux. Ils mettent à plein volume les musiques de leur pays, ouvrent des bazars où ils vendent des tissus multicolores bon marché, des voiles pour les femmes, des robes de soirée qui gainent dans les vitrines des mannequins aux hanches larges et à la poitrine opulente. Ils ont importé leurs salons de coiffure pour elle et pour lui, spécialisés en tresses africaines, en lissage et en extensions, leurs stands de fruits, leurs chariots ambulants de nourriture, leurs vendeurs qui font de la réclame à grands cris à l'arrière d'une camionnette transformée en éventaire : « Poulpe, crevettes, poisson, poulpe, crevettes. » Un marchand de glaces qui a fait peindre le drapeau de l'Équateur sur son chariot passe sur le trottoir en agitant une clochette. Une Indienne avec des tresses a installé une grosse marmite de haricots rouges avec du riz dans un caddie de supermarché. *Puerto Rico Qué Rico*. À côté de la femme qui vend des churros saupoudrés de sucre, une autre pousse un stand ambulant de pralines avec une cheminée en laiton d'où s'échappe une fumée sentant le caramel brûlé. À chaque coin de rue, l'espagnol d'Amérique latine a un accent différent. « Je suis comme ça, mon amour. Que ça te plaise ou non, c'est ma vie. Qu'est-ce qu'on peut y changer ? » Les mélodies et les voix se succèdent et se confondent comme les odeurs de nourriture, le maïs, les haricots rouges, le cochon de lait grillé, le poulet frit. C'est Fordham Road et c'est l'Afrique. C'est Saint-Domingue, le Sud-Est asiatique avec ses beaux visages d'Indonésiennes entourés de voiles. C'est le Mexique rural, le Pérou et l'Équateur andain. Il prend en remerciant d'un geste poli les tracts publicitaires qu'on lui tend en permanence et qu'il fourre dans ses poches déjà pleines. Il branche l'enregistreur afin de ne perdre aucun son, prend les affiches en photo, copie les textes des panneaux en devanture des commerces. Dans les vitrines des pâtisseries, des poupées Barbie en jupes cloches sont des gâteaux d'anniversaire. Dans une jardinerie, un Christ est cloué sur un crucifix fait de coquilles de clovisses de toutes tailles peintes en blanc et, à côté, une déesse ou prêtresse noire arbore une coiffe égyptienne et tient dans ses mains ouvertes un serpent doré aux yeux de verre.

Divorce Rapide et Économique et Documents en une Heure. Poulet, jarret, aubergine. Gombos. Chayote. Marmite de poisson Lula Seafood. Juan Peña Style Barber Shop. Juan Ángel Lezama Le Coyote Fierté d'Oaxaca. Tina African Hair Braiding. Loans Prêts sur Gages We Buy Gold Achète Or. Beauty Salon La Flaca. African Caribbean Market. Tarto Tortas Burritos Quesadillas

Soupes Nachos Carnitas Œufs Rancheros Soupe de Fruits de Mer Chicken Sandwich Enchiladas Steak aux Oignons Soda Mexicain 2 Litres. Perfection Hair Salon Défrisage Mèches de Couleur Extensions. Banque Aztèque Envoi d'Argent. La Perla Spécialiste en Plats Latins Internationaux et Fruits de Mer. Nerf de Bœuf Cochon Poulet Chevreau Frais. Spécialisé en Sodas Mexicains. Envois d'Argent dans le Monde Entier. Jésus Est le Chemin de la Vérité et de la Vie. Incroyable Sélection de Viandes dans un Seul Local. Mangue Tamarin Délicieuse Glace Coco. La Migra Los Magos del Norte La Banda Sinaloense de Sergio Lizarán El Prodigio il Fait ses Adieux en Chantant Tous ses Succès DJ Cholo Jay.

Tu Auras une Nouvelle Vie. Il s'éloigne peu à peu, son cartable sur les épaules, avec sa casquette d'explorateur ou de sportif, impossible à confondre de dos, anonyme, don Nadie, s'arrêtant ici ou là, tous les quelques mètres, devant la vitrine d'une jardinerie ou d'un magasin de téléphonie mobile d'où s'échappe un chambard de musique électronique en arabe, sorte de hip-hop à la mélopée de muezzin. Il change souvent de trottoir, mais maintenant il cherche surtout à profiter du soleil encore présent. Il a un peu ralenti le rythme pour apprécier l'odeur de tortillas de maïs et la variété des coupes proposées sur le panneau d'un *barber shop* nigérian. Fordham Road descend dans toute son ampleur vers l'est, et c'est ce tracé qui lui permet de garder le rythme en dépit de sa fatigue. Il aura beau marcher, la ville continuera de s'étendre de manière illimitée au-delà de ses pas, vers le Bronx, les ponts d'acier, les marais, les parages lointains et horizontaux du Queens. Il continue de s'enfoncer dans la foule et il arrive un moment où il disparaît, aussi brusquement que s'il descendait l'escalier du métro. Dans une des poches de son manteau, l'enregistreur est toujours en marche : on entendra au loin des sirènes de pompiers et de voitures de police, le grondement soutenu du métro aérien ; puis tout s'amortira, s'éloignera, s'éteindra, tout sauf la cadence obstinée de ses pas.

Viens Vivre une Expérience Fitness. Il y a deux mois je suis arrivé dans la ville, avec mon MacBook Air dans mon sac à dos et une valise bourrée de cahiers remplis et d'autres vierges, de dossiers bourrés de coupures, d'enveloppes contenant tout type de publicité, de trousses approvisionnées en crayons, gommes, taille-crayons ; avec aussi mon téléphone portable pour prendre des photos des réclames dans les rues et enregistrer des conversations. Je m'apprête maintenant à rentrer avec tous mes cahiers couverts de textes, davantage de coupures dans les dossiers, une boîte cylindrique en carton qui a un jour contenu le flacon d'une eau de toilette de marque et fait à présent office de coffre miniaturc ou de tirelire dans laquelle je range les crayons devenus minuscules. J'ignore si la tâche m'a conduil jusqu'ici en cherchant à être parachevée, ou si elle a profité du séjour pour l'intégrer en elle ; si elle m'a imposé ces deux mois de solitude et de retraite, ainsi que l'habitude d'écrire au crayon sur des cahiers, de la première à la dernière page. La tâche a commencé comme une distraction ponctuelle dans ma vie, puis elle a fini par l'occuper tout entière. Mais je ne sais pas si je me suis installé ici en me laissant porter par elle ou suivant une autre impulsion, celle des adieux, qui était au départ cachée et s'est révélée petit à petit. La conscience éclaire une partie très limitée de ce qui survient dans le cerveau. Il est possible que la volonté soit un mirage et que les décisions déterminantes aient lieu dans des profondeurs qu'on ne connaît qu'à travers le témoignage équivoque des rêves.

Aventure-toi dans le Monde. Il ignore dans combien d'endroits il devra aller, ceux qu'il devra quitter pour calmer son impatience de continuer à chercher un nouveau lieu, une quête qui ressemble en tous points à d'autres impatiences : quelque chose d'extraordinaire t'attend et tu ne peux pas le rater ; un film, un livre, une musique, un amour, une ville. Tu lis une critique et tu veux immédiatement t'acheter ce livre ; la tranquillité et l'hospitalité de ton logement t'oppressent en milieu de matinée et tu veux sortir, mais tu ne sais pas où aller ; voir une exposition, retrouver quelqu'un ; l'article d'un correspondant et les photos couleur d'une ville éveillent ton désir de t'y rendre et d'y vivre. Cette impatience ne diffère peut-être pas de celle de l'individu qui veut s'offrir une nouvelle voiture, une croisière ou des vacances dans une station balnéaire des Caraïbes, ou de celui qui passe une nuit blanche en hiver, à faire la queue pour s'acheter le dernier modèle d'un téléphone portable.

Unexpected Dreams. Pendant deux mois, mon bureau a été cette pièce, cette table près d'une fenêtre. J'ai regardé au travers je ne sais combien d'heures et de jours pendant ces huit dernières années. J'ai vu les branches nues du ginkgo biloba qui se trouve juste devant se couvrir de feuilles en avril. Je les ai vues jaunir en novembre, irradier une clarté d'or pâle dans le couchant qui survenait de plus en plus tôt. Mais ce mois de mars et ce début d'avril restent étrangement hivernaux et les feuilles du ginkgo ne sont pas encore sorties, de même que les amandiers et les cerisiers au bord du fleuve n'ont pas encore fleuri. Je ne serai plus là quand les arbres bourgeonneront et que leurs éventails vert tendre vibreront dans la brise, que l'ébriété de leur sève montera depuis leurs racines et qu'aura lieu le prodige physique et chimique de la photosynthèse.

See Art Everywhere. Pendant plusieurs semaines, dans les moments les plus gris de février, un sac en plastique était resté accroché sur une branche haute du ginkgo. C'était un de ces sacs standards qu'on donne dans les magasins, qui portent tous le même texte : *THANKS FOR SHOPPING WITH US*. Il avait l'aspect méprisable d'un haillon et d'un drapeau, un drapeau noir, l'étendard de l'invasion triomphale du sac en plastique. Dans presque tous les arbres du quartier, il y en a un ou plusieurs empêtrés dans les branches, pour la plupart intacts, d'autres déchirés. Certains sont là depuis si longtemps qu'ils se sont décolorés et effilochés. Le vent les agite comme des drapeaux de prière tibétains. Ce sac noir était placé pile à hauteur de mes yeux quand je regardais par la fenêtre pendant mes journées de travail. Quand il n'y avait pas de vent, il pendouillait avec une flaccidité ignoble. Il vibrait, flottait, se gonflait en s'élevant comme une montgolfière lorsque le vent soufflait, fouetté par la neige les jours de tempête, les rafales de pluie glacée qui transpercent la peau comme des aiguilles et frappent les vitres comme des oiseaux furieux. Une nuit, la bise a rugi si fort que je me suis réveillé à l'aube sans parvenir à me rendormir. En me mettant à la fenêtre, le lendemain, j'ai constaté que le sac avait disparu.

L'Attente Est Terminée. J'ai voulu remplir chaque page de chaque cahier. Je les ai couverts d'une écriture au crayon et de coupures que j'ai collées dessus avec une complaisance aussi artisanale que puérile, prenant plaisir à les regarder et à les manier, me délectant du son des ciseaux coupant le papier, de l'odeur de la colle, de la concentration nécessaire pour découper sans me tromper un slogan ou une silhouette. J'ai en tout cas appris à laisser des marges. Le matin, j'ai consacré sans répit plusieurs heures à me promener, et j'ai passé mes après-midi à ma table, devant la fenêtre, à mon bureau portatif, temporairement sédentaire.

Viens et Expérimente Quelque Chose de Différent. Je suis arrivé il y a deux mois en estimant que cette période de solitude et de retraite suffirait à terminer la tâche. Alors que je suis sur le point de partir, je me rends compte qu'il m'est impossible de l'achever car le voyage de retour, ses préparatifs et son accomplissement feront nécessairement partie d'elle. Je fais mes bagages mais la tâche se poursuit. Je range dans la valise les cahiers, les trousses, les dossiers, les boîtes en carton, si bien qu'il ne reste presque plus de place pour d'autres objets, quelques livres, peut-être un ou deux vêtements qui serviront surtout d'amortisseurs. Le livre le plus volumineux est une grosse biographie de Baudelaire que je n'ai cessé de lire ces derniers jours et qui me réveille, m'enlève le sommeil. J'arriverai au bout cette nuit, dans l'insomnie prévisible du vol à destination de Madrid. J'ai rangé le magnifique étui de vingt-quatre crayons de couleur, l'encrier que je n'ai pas utilisé car je ne peux écrire qu'au crayon. L'imagination se paralyse et les mots ne viennent pas avec la plume.

Ton Corps Est Fait pour Bouger. Ces derniers jours, il y a eu pour toute chose une horloge, un chronomètre pressant. Chaque chose est un sablier qui marque le temps parce que son contenu ou sa taille diminue, une horloge de shampoing dans la douche, une horloge de gel indiquant la fin de ces mois, de cette retraite, de ma vie dans cette ville. Le pot de miel dont chaque matin je me suis servi une petite cuillerée pour mon café au lait du petit déjeuner est presque vide. Le flacon des comprimés sonne de plus en plus creux quand je le prends sur l'étagère réservée aux médicaments. Il n'y a plus de calendrier aux cases numérotées à marquer d'une croix. Mais peu importe, car tous ces objets sont des horloges. Le crayon dont je me suis servi au fil de ces semaines est devenu si petit que j'ai du mal à le tenir entre mes doigts. La première chose que je faisais en ouvrant un œil, le matin et parfois au milieu de la nuit, était de consulter les chiffres rouges du réveil sur la table de chevet. L'heure est également indiquée sur le four de la cuisine, le micro-ondes, le lecteur de DVD dans le salon, le boîtier de la télévision par câble. Il y a un chronomètre et un réveil sur mon téléphone et j'ai au poignet une montre avec un cadran et des aiguilles. Mon pouls est doté d'un chronomètre, ainsi que mes globes oculaires, quand je les frotte pour atténuer la fatigue, et ma cage thoracique, dans laquelle il bat comme un pendule solennel. La lumière qui s'est attardée chaque jour davantage l'après-midi derrière la fenêtre et sur l'immeuble d'en face a joué le rôle de cadran solaire. L'ombre qui monte peu à peu du trottoir vers les étages élevés, et finit par éteindre la dernière clarté sur les corniches orientées vers l'ouest, a joué le rôle de cadran d'ombre. Il y a une horloge, une clepsydre de mots qui se déverse sur le papier depuis ma main et la pointe du crayon lorsque j'écris. Quand je marchais seul dans la ville pendant des heures, mes jambes étaient les aiguilles de l'horloge qui mesure le temps grâce au rythme binaire de mes pas. En milieu d'après-midi, au milieu de la nuit, les bruits métalliques du chauffage dans les tuyaux et les radiateurs étaient une autre horloge incrustée dans les choses. Ma respiration était elle aussi une horloge, de même que l'air qui remplit les poumons et en ressort un moment plus tard dans un sifflement doux avant d'y pénétrer de nouveau. Les grains de graphite du crayon étaient les grains de sable de l'horloge de l'écriture.

Quel Est Ton rituel. En d'autres occasions, j'ai quitté New York avec une impression de rupture, d'interruption de quelque chose qui n'arrivait jamais à son terme. Aujourd'hui, mon état d'âme neutre m'étonne. Il n'est altéré que par un vague vertige. Brusquement, toute la fatigue de ces allées et venues me pèse. Il y a peut-être au fond de moi un instinct temporel, une horloge mesurant les longues durées, qui me confirme que ces adieux sont définitifs. Cette intuition ne me cause pas d'angoisse, ou très peu ; j'éprouve au contraire un soulagement. J'ai beau remonter très loin dans le temps, je ne me rappelle aucune époque où il n'y ait pas eu de fracture dans ma vie, dans mes vies : fractures entre des lieux, des loyautés, des désirs. Sans me l'être proposé, je comprends maintenant sans mélancolie que tout cela est terminé.

Mon Bureau Voyage Toujours Avec Moi. J'ai tellement travaillé ces deux derniers mois que je ressens à présent le besoin de me reposer, de rentrer. Je me suis purgé, nettoyé de l'intérieur en restant longtemps seul, occupé à une seule tâche. Cet endroit a été mon bureau, mon atelier, la cellule et le monastère de ma retraite. Je ne peux pas calculer combien de kilomètres j'ai parcourus ni de pages j'ai écrites à la main et au crayon ces derniers mois. L'ordinateur portable a comptabilisé le nombre exact de mots qui se sont accumulés quand j'ai tout mis au propre et rendu l'écriture moins hasardeuse. Les pages blanches se sont présentées à moi comme les plaques lisses de ciment des trottoirs de la ville, les façades et les vitrines où s'étalaient les textes des publicités. J'ai découpé, stocké et enregistré tant de fragments de conversations, de titres de journaux et de slogans publicitaires que j'aspire à présent à une dose importante de silence. Le mélange de l'extrême solitude et de la surabondance de voix écoutées, imaginées ou lues peut entraîner un début de délire. Il faut fermer avant de partir, puis ne rien faire : fermer le dernier cahier, fermer l'ordinateur, fermer la valise, sortir et fermer à clé la porte de l'appartement, du monastère qui n'en est plus un, comme le chauffeur du taxi fermera ensuite son coffre.

Il Mène à l'Inattendu. On est dimanche après-midi et il n'y a guère de trafic sur l'autoroute vers l'aéroport. Le vacarme des commerces de rue sur les trottoirs de Harlem se poursuit. De la fenêtre du taxi, on voit la ville s'étendre de l'autre côté de l'East River, des poutres métalliques et les câbles des ponts. En cette après-midi d'avril, la clarté est douce et neutre. Au loin, le profil et les contours des choses ne sont pas estompés. Même l'inquiétude d'avoir oublié ou négligé un détail essentiel au dernier moment n'est pas prégnante. La fatigue est un sédatif. Se délester soulage ; consigner une partie bien remplie de sa vie dans les archives de ce qui est achevé, comme lorsqu'on vient à bout d'une occupation ou qu'on est sur le point d'y parvenir. De manière sous-jacente filtre l'idée que l'avenir n'est pas illimité. Le temps manque pour d'autres expériences vitales semblables à celles de ces dernières années. Il y a dix ou quinze ans, ma vie était encore à la frontière de la jeunesse. Dix ou quinze ans plus tard, l'avenir est pointé sur cette étrange et inconcevable réalité qu'est la vieillesse. Il n'y aura pas d'autre ville dans laquelle s'accorder le mirage du commencement d'une nouvelle vie.

La Curiosité t'Accompagne. Baudelaire se rend pour quelques jours à Bruxelles en 1864 et se retrouve prisonnier d'une inexplicable immobilité, dans un étrange exil volontaire, le dernier épisode de sa vie lucide. Les vingt années précédentes, sans quitter Paris, il n'a cessé de changer de domicile, de courir à droite à gauche sans projets ni tranquillité, écrivant des poèmes et des essais sur l'art pour les journaux, fuyant les créanciers qui le poursuivaient sans relâche et envoyaient à sa mère de terribles courriers de chantage et de requêtes. Il a eu en tout trente adresses différentes à Paris. Il lui est arrivé de déménager six fois en un mois. Un soir, à onze heures, il atteint Bruxelles en train et, sitôt sorti de la gare, descend non loin de là, à l'hôtel du Grand Miroir. Il n'en bouge plus, bien qu'il trouve l'endroit détestable. Bruxelles lui paraît également une ville épouvantable, la Belgique un pays immonde, pourtant il ne fera rien pour s'éloigner d'une atmosphère qui l'étouffe et où il n'y a pas moyen de gagner sa vie. La tenancière de l'hôtel le tourmente avec ses exigences et ses mauvaises manières dès qu'il a du retard dans ses paiements. Il échafaude en permanence des projets pour retourner à Paris, puis y renonce au dernier moment. Dans de longues lettres exaltées, il promet à sa mère d'aller la voir, mais diffère le voyage d'un ou de quelques jours, d'une semaine, et trouve toujours une excuse pour ne pas y aller : la maladie, le travail, la pénurie. Il ne peut même pas en profiter pour se promener dans Bruxelles, une ville où il fait toujours mauvais, aux rues boueuses peuplées de gens hostiles où on ne prend pas plaisir à marcher.

Découvrir de Nouvelles Choses Te Maintient en Vie. Malade, contraint à la sédentarité, enfermé dans sa chambre sombre de l'hôtel du Grand Miroir, Baudelaire écrit des lignes terribles sur la Belgique, les Belges, les femmes belges, qui lui paraissent grosses et vulgaires, la laideur de la mode à Bruxelles, le roi devant lequel s'inclinent comme des veaux tous ses sujets. De jour en jour, son mal empire. Il craint d'aller dans la rue car il souffre de vertiges et d'évanouissements. Il craint de perdre la raison. Un jour, il note avec lucidité et effroi qu'il a senti le souffle de l'aile de l'imbécillité. Il imagine les livres qu'il n'écrira plus. Ils lui semblent sans doute plus réels lorsqu'il les décrit en détail dans les lettres envoyées à sa mère. Il veut se lancer dans des confessions semblables à celles de Rousseau, un livre pamphlétaire et féroce sur la Belgique. Il veut compléter son volume de poèmes en prose, qui change avec fluidité de forme et même de titre au gré de ses divagations successives, et qui existe déjà de manière conjecturelle, approximative, dispersé dans les journaux où ses poèmes ont été publiés, des revues minoritaires pour la plupart désormais inexistantes. Certaines fois, le livre à venir s'appelle *Le Spleen de Paris*, d'autres non. Baudelaire ne le tiendra jamais entre ses mains. Sur les larges pages couvertes de caractères serrés des journaux à grand tirage spécialisés dans le commerce, la politique et les petites annonces, il est peu probable que quelqu'un remarque ses courts poèmes acerbes sur sa contemplation hallucinée de la ville et des êtres extravagants ou monstrueux qui l'habitent, le Paris sous-marin de ses promenades sous les effets de l'opium.

Tout un Monde de Plaisirs. Jeune, il mangeait frugalement et buvait essentiellement des vins légers de Bourgogne. Maintenant il écluse du cognac et du laudanum. Dissous dans l'alcool, le laudanum soulage certaines douleurs et en déclenche d'autres qu'il aggrave. À Bruxelles, dans sa sombre chambre d'hôtel, Baudelaire se pose en disciple de Thomas De Quincey, avec toutes les conséquences que cela implique, un compagnon dans la fraternité de l'addiction. En deux ans, il ne retourne qu'une seule fois à Paris, écourte son séjour et, peu après, regagne l'horreur non nécessaire de sa vie bruxelloise. Le 31 mars, il est frappé d'une hémiplégie. La moitié du corps paralysée, il se fait porter jusqu'à son hôtel par des amis. Peu après vient l'aphasie. Quand il quitte enfin l'hôtel du Grand Miroir et Bruxelles pour rentrer en train à Paris, il est devenu son propre fantôme. Son visage lisse et rasé est plus pâle que jamais. Avec ses cheveux blancs, ses traits sans rides, son corps de vieillard, il est un zombie au regard fixe qui ne parle pas. Plus le silence dure et plus le regard est pénétrant. Parfois, en remuant à peine les lèvres, il répète une interjection, une sorte de graillement que ses amis tardent à comprendre : « Crecouer, crecœur. » Il n'arrive même plus à articuler « Sacré-Cœur ».

Je Veux Pleurer en Disant Mon Nom. Il avait écrit : « Il y a des moments où il me prend le désir de dormir indéfiniment. » Baudelaire passe la dernière année de sa vie dans une chambre de sanatorium, près d'une fenêtre qui donne sur un jardin. Sur un mur sont accrochés un tableau de son ami Manet et la reproduction d'une duchesse d'Alba de Goya. Les seuls traits qui demeurent invariables chez lui sont son regard et l'expression de sa bouche : les lèvres serrées dans une attitude de sourde obstination, d'arrogance et de dédain, les yeux empreints de l'hermétisme de la solitude. Ces yeux et cette bouche, son front démesuré, son menton fuyant, la nudité singulière de son visage figurent sur toutes les photos que Nadar a prises de lui, et surtout sur le portrait de Fantin-Latour. Des années auparavant, il avait traduit une histoire de Poe dans laquelle un homme qu'on hypnotise pendant son agonie continue à obéir et à répondre à son hypnotiseur, et murmure des mots atroces depuis l'autre côté. On ne peut pas savoir ce qui occupait la conscience et l'imagination de Baudelaire pendant cette dernière année de vie, les rêves qu'il faisait, les visions tenaces de l'opium ; les poèmes ou les imprécations qui prenaient forme pour s'effacer aussitôt. Il regardait fixement les amis qui lui rendaient visite, aussi étranger parmi eux qu'il l'était sur le portrait de groupe de Fantin-Latour. Il serrait la main d'un proche en l'observant sans ciller. Il ouvrait la bouche, semblait sur le point de parler, mais les mots ne se formaient ni dans sa gorge ni sur ses lèvres. Il disait parfois des choses simples, « *Oui, monsieur** », « *Bonjour, monsieur** », exprimant son accord, ce qu'il n'avait jamais fait de sa vie. Il arrivait que Nadar passe le chercher et l'emmène dîner avec des amis. Baudelaire restait immobile, impassible, docile en bout de table, au milieu des rires, des conversations, de la fumée du tabac, des bouteilles de vin. Il était devenu une statue de cire à sa propre effigie, avec son visage pâle et rasé, sa peau sans rides, son cou amaigri de vieil homme émergeant d'un col de chemise désormais trop grand pour lui, ses yeux fixes comme s'ils étaient de verre.

Je ne Sais pas ce que c'Est ni Comment ça se Prononce. Un jour, Nadar est venu le chercher au sanatorium et il a refusé en silence de sortir. Il n'a pas bougé la tête, s'est juste contenté de serrer les lèvres en détournant le regard. Peu après, il n'a plus quitté le lit. Son visage de cire immobile émergeait de sous les draps. Plus aucun mot et presque aucun son ne s'échappait de sa bouche crispée. Il avait constamment les yeux vers le plafond, observait ses visiteurs en donnant l'impression d'écouter leurs formules convenues de consolation, puis se tournait à nouveau vers le mur. À force d'être si longtemps allongé, il avait le dos couvert de plaies et d'escarres. Mal en point, il se tordait de douleur mais n'émettait pas le moindre gémissement, pas une plainte. Quand il est mort, personne n'est arrivé à temps pour lui fermer les yeux. Dans son linceul et son cercueil, il les avait encore grand ouverts.

Tu n'Imagines Même pas ce qui T'attend. L'alarme se déclenche quand je traverse le portique de sécurité. J'ai pourtant posé ma montre, mon cartable, le téléphone portable et mes clés sur le plateau. Je repasse, ça sonne de nouveau. La policière chargée de la sécurité m'ordonne d'écarter les jambes et les bras. Quand elle promène le détecteur sur mes hanches, une nouvelle sonnerie retentit. Je m'aperçois alors que j'avais un taille-crayon dans la poche de mon pantalon. La policière le tient dans ses doigts gantés et l'examine tout en me regardant du coin de l'œil. Avec une magnanimité dédaigneuse, elle me signale que je peux récupérer les objets en métal que j'ai laissés sur le plateau. Elle étudie le petit taille-crayon comme s'il pouvait contenir un mécanisme explosif. Elle le jette dans un sac en plastique. À cet instant, une autre alarme se déclenche un peu plus loin. Un des agents qui contrôlent le scanner permettant de visualiser l'intérieur des bagages à main soulève un sac à dos et demande à qui il appartient. Ils ont arrêté le tapis roulant. Un autre policier redresse une valise. Le sac à dos et la valise sont à moi. Quand je lève la main pour le signifier à la policière qui vient de me confisquer le taille-crayon, elle ne me considère plus avec réprobation, mais d'un air franchement méprisant. En chaussettes, ma ceinture à la main, je serre mon pantalon et essaie de ne pas perdre de vue mes chaussures, mon ordinateur portable et ma veste dans leurs plateaux respectifs, pendant que je vais affronter l'agent qui a mis de côté mon sac à dos et celui qui a récupéré ma valise et s'étonne qu'étant si petite elle pèse aussi lourd.

Deviens une Légende BMW. La file de voyageurs fatigués et impatients chargés de bagages s'allonge. Certains me considèrent d'un œil accusateur en m'identifiant comme la cause de cette interruption. C'est maintenant un agent encore plus sérieux et corpulent que son collègue qui me fait signe de le rejoindre à une table en retrait. Soucieux de respecter le protocole, il me demande si je suis bien le propriétaire de cette valise et ce sac à dos, si quelqu'un que je connais ou non m'a aidé dans mes préparatifs ou les a surveillés. Je lui réponds par la négative tout en tâchant d'enfiler mes chaussures sans me pencher et de mettre ma ceinture sans détourner le regard. Il veut savoir si je transporte des objets métalliques ou liquides, je lui dis que non et le regrette aussitôt. Il ouvre la fermeture à glissière d'une poche du sac et en tire un taille-crayon qui est un petit baril métallique et des ciseaux à papier. Le réservoir du taille-crayon permet de conserver les copeaux de bois. Quand il ouvre le couvercle d'un air inquisitorial, les copeaux tombent et s'éparpillent autour de lui. Il m'observe, s'attend à ce que je reconnaisse ma responsabilité. Sans rien dire, je continue à mettre ma ceinture à tâtons, ce qui est plutôt malaisé.

Trouve Tout ce Dont Tu As Besoin. Il referme le couvercle du taille-crayon et le repose soigneusement. Il s'occupe ensuite des ciseaux, de petits ciseaux à bouts arrondis, presque comme ceux qu'utilisent les enfants à la maternelle. Il passe un index ganté sur les lames et m'observe d'une manière qui me semble accusatrice. « Les objets métalliques et coupants sont interdits », déclare-t-il. Je suis soulagé depuis que j'ai réussi à boucler ma ceinture et à mettre mes chaussures, même si je n'ai pas encore fait mes lacets. J'avale ma salive, m'apprêtant à lui dire que, aux autres contrôles, je n'ai eu aucun problème avec ça, mais je me tais. Il repose mon sac à dos sans me le rendre et, d'un geste, me demande d'ouvrir ma valise. Il répète sa question pour savoir si j'ai des liquides ou des objets métalliques, je lui réponds que non, mais il ne me croit plus. Il palpe sous les vêtements, cherche dans une poche, prend l'encrier et l'agite devant moi, l'ouvre, le renifle et le referme. L'encrier dans sa main gantée de plastique, il me demande ce que c'est en me regardant droit dans les yeux. « Un encrier. » Je me suis efforcé de parler d'une voix claire et de bien prononcer le mot « *inkwell* ».

Sois le Premier à l'Avoir. Il pose l'encrier à côté du taille-crayon et des ciseaux avec autant de soin que s'il manipulait des preuves à charge. Il fait exprès d'agir lentement pour me rendre nerveux, me signifier que c'est lui qui commande et qu'il peut s'il le souhaite me faire rater l'avion. Heureusement, je suis arrivé très en avance à l'aéroport. Il sort un à un tous mes cahiers, les ouvre comme s'il cherchait quelque chose caché entre les pages. Des coupures, des titres et des papiers épars en tombent et semblent éveiller sa curiosité, même s'il préfère ne pas s'y intéresser tout de suite, hormis une pleine page de journal très soulignée qui retrace l'attentat terroriste à Nice. Il examine les papiers, puis se tourne vers moi. Il ouvre une boîte plate en carton qui a autrefois contenu un chargeur d'ordinateur portable, et les dizaines de publicités pour des prestations érotiques et des marabouts africains que j'ai collectées à Madrid s'éparpillent. Il les regarde, me regarde ensuite et les remet dans la boîte. Il veut à présent voir mon passeport, ma carte d'embarquement, une preuve de ma résidence ou de la raison de mon séjour aux États-Unis. Je lui montre ma *green card*, qui ne lui fait aucun effet. Je lui montre la carte de l'université où j'ai enseigné un temps. C'est un document en partie faux car je n'y travaille plus, mais elle est encore valable deux ans, si bien qu'il n'est pas malhonnête de la produire, c'est une petite imposture qui ne porte préjudice à personne. « Vous avez d'autres objets métalliques dans la valise ? »

Relaxation pour Tes Sens. Je m'apprête à répondre par la négative, mais je n'ose pas. J'ai vu tellement de films que je trouve préférable de me taire pour éviter de m'enfoncer davantage. Au fond de la valise, sous l'énorme biographie de Baudelaire, le policier tire d'un air accusateur mon magnifique étui de vingt-quatre crayons de couleur, mince et métallique, au design encore plus élégant que celui de mon MacBook Air. L'étui dans les mains, devant le sac à dos et la valise ouverts, entouré de coupures de journaux, de copeaux de crayons, de gommes, de cahiers, de crayons, il me toise de haut en bas et me demande ce que je fais dans la vie. J'évalue mentalement la situation : il n'est pas plus âgé que moi ; ce n'est pas un adulte investi d'autorité face à une personne sans défense et plus jeune que lui. C'est lui le jeune : moi je suis l'homme aux cheveux gris de soixante et un ans. « *What do you do for a living ?* » dit-il, et il se met à tout ranger soigneusement, en commençant par les derniers objets sortis, mais il garde les ciseaux et l'encrier.

Connecte-toi avec ce que Tu Aimes Vraiment. Le bureau est maintenant l'espace exigu de la tablette pliante près du hublot, sous la lampe solitaire du plafond, dans la cabine dont les lumières se sont éteintes après le dîner. Je n'ai presque rien mangé et je n'ai pas sommeil. J'ai pris un somnifère, mais l'espace est si réduit et le siège si inconfortable que je ne pourrai pas fermer l'œil. Le bureau est la tablette, le cahier ouvert et le crayon. Et aussi l'ordinateur portable sur lequel je lis les journaux espagnols pour anticiper le retour. J'ai commis l'erreur d'acheter une carte WiFi. En d'autres temps, quand on était à bord d'un vol transatlantique pendant de longues heures, dans une parfaite indolence, on n'éprouvait aucune culpabilité à se laisser aller car on y était obligé. Aujourd'hui il n'y a plus ni solitude ni silence, plus de trêves. Des textes, des photos et des vidéos publicitaires jaillissent autour des informations ou s'ouvrent sans prévenir pendant qu'on les lit. J'aurais dû rester tranquille, les yeux fermés, ou finir la biographie de Baudelaire. L'excitation nerveuse accentue la fatigue et rend dans le même temps le repos impossible. Dans l'insomnie et les bruits de respiration ou des corps endormis dans le noir, les voix espagnoles que j'entends à nouveau après deux mois à l'étranger ont une présence aussi envahissante que les typographies des titres et des publicités. Tout à coup, alors qu'il me semble atteindre la fin, à la veille de rentrer, j'ai peur que les voix qui n'ont cessé de m'intoxiquer ces derniers mois, à compter du moment où je m'y suis intéressé voilà bientôt un an, comme le chercheur qui s'inocule lui-même une dose excessive d'un agent pathogène pour en chercher l'antidote, ne s'éteignent jamais. Elles m'entourent comme si c'étaient celles des formes des passagers assoupis sur les sièges voisins.

Connecte-toi d'Où Tu Veux. L'homme abattu dans l'aéroport d'Orly a crié : « Je suis ici pour mourir au nom d'Allah. » Le vol d'un ordinateur du Secret Service inquiète les autorités nord-américaines. Marine Le Pen est la candidate favorite des jeunes Français de dix-huit à vingt-quatre ans. Elle accuse son ancien fiancé de lui avoir mis de la colle dans le vagin. À Alicante, deux personnes âgées meurent dans l'incendie de leur maison. Angelina Jolie s'achète une maison de vingt-cinq millions de dollars pour commencer une nouvelle vie. Le mystère plane toujours sur les soixante et un squelettes d'enfants découverts sur une plage. La police tue l'homme qui avait essayé de voler l'arme d'un soldat dans l'aéroport d'Orly. Les stars font recette avec leurs réseaux sociaux. L'astrologue Susan Miller triomphe sur Internet. L'acteur qui a incarné le Power Ranger rouge se déclare coupable d'un assassinat. Vol des bijoux de Kendall Jenner, victime de la vague de cambriolages qui touche Los Angeles. Jude Law déclare que la guerre en Syrie doit cesser. Emily Ratajkowski se promène en petite tenue dans les rues de New York. Ouverture à Barcelone d'une maison close avec des poupées sexuelles réalistes. En Algérie, un romancier a été inculpé pour blasphème. Scandale de viande avariée dans les supermarchés brésiliens. Soixante mille sinistrés après des pluies torrentielles au Pérou. On découvre quinze cadavres dans la fosse d'une prison aux environs de Caracas. Incarcéré pour avoir donné des coups de marteau à sa femme devant leur bébé. Victoria Beckham enregistre le nom de sa fille Harper comme marque commerciale. L'homme arrêté à Anvers pour avoir voulu foncer dans la foule avait un fusil dans sa voiture. Arrestation d'un homme déguisé en Hitler dans le village du dictateur.

cerca

Scarlett Johansson inaugure à Paris une boutique de pop-corn gourmet. Non-lieu pour les policiers qui ont tué un Noir désarmé en Louisiane. Un groupe de singes tue son leader, revenu après avoir été banni, et mange son cadavre. On découvre un tronçon de la via Appia dans un McDonald's.

Pour Nous Faire Profiter des Bons Moments. Et toi, que peux-tu faire au milieu de tout cela ? À quoi servent tes passions puériles, ton amour pour le travail que tu accomplis, mettre un mot derrière l'autre, dessiner ou composer une phrase avec le plus grand soin et ensuite, après le point, en commencer une autre et encore une autre jusqu'à couvrir une page, un cahier entier et encore un autre ? Mais il ne s'agit pas uniquement de cela ; il y a aussi tout ce à quoi tu ne prêtais pas attention auparavant ou qui ne te semblait pas digne de ton métier ni significatif : ouvrir la fenêtre de la chambre le matin pour que l'air frais et pur y pénètre, faire ton lit ; apprécier ce que tu n'aurais jamais découvert seul, la beauté de l'immédiateté et du quotidien, cuisiner un plat savoureux pour ceux que tu aimes : nettoyer et ranger la cuisine pendant que tu travailles, de même que tu nettoies ton bureau ou que tu débarrasses une phrase des étourderies, des erreurs ou des adjectifs inutiles. Que peux-tu faire ? Qu'est-ce qui dépend de toi ? Dans quelle mesure ce que tu feras et as fait pendant des années compte ou importe ? La plupart des meilleures œuvres jamais écrites, composées, peintes n'ont reçu aucune attention ni rapporté aucun bénéfice ou récompense spirituelle ou morale à leurs auteurs. Elles sont sans doute bien plus nombreuses que tu ne le crois à avoir disparu sans laisser de traces.

La Réalité Dépasse l'Imagination. Que faire dans ce cas ? Quelle impulsion te guide ? Qu'est-ce qui te qualifie pour ce métier auquel tu consacres ta vie ? Jour après jour, du matin au soir, du moment où tu te lèves jusqu'à ce que tu te couches, des faits terribles surviennent à tout instant dans le monde. Qu'on ne fasse malheureusement pas cas d'un écrivain ou d'un artiste est dérisoire. On torture et on pend dans les prisons syriennes. Les migrants d'Amérique centrale sont dépouillés et assassinés par les bandits qui pillent le train atroce qu'on appelle la Bête. Des gens se noient dans la Méditerranée en essayant de gagner depuis l'Afrique les côtes du sud de l'Europe. Aux frontières, on érige des murs ou de hautes clôtures de barbelés éclairés la nuit par des projecteurs, équipés de capteurs, patrouillés par des policiers et des soldats avec des chiens d'attaque et des armes automatiques. Un mur de béton peut diviser en deux mondes un olivier de Palestine aussi petit et aussi bien entretenu que celui que possédait mon père sur la route de Grenade. Des hélicoptères et des véhicules tout-terrain blindés poursuivent dans les déserts du Texas et d'Arizona les migrants qui ont réussi à passer la frontière. En Afghanistan, on brûle le visage d'une fillette à l'acide parce qu'elle voulait aller à l'école. En Espagne, cinq ivrognes violent une jeune fille lors d'une soirée barbare et se filment avec leurs portables, s'encourageant les uns les autres à tour de rôle avant de se vanter de leurs exploits sur Internet. Une autre bande d'hommes effroyables torture pendant une nuit un hippopotame dans un plan d'eau immonde du zoo de San Salvador, armés de haches, de marteaux et même d'une scie. Un cachalot est retrouvé mort sur une plage de rêve comme on en voit dans les publicités ; il a trente kilos de sacs en plastique dans l'estomac. Au cœur du Pacifique, sur l'île de Midway, la plus inaccessible au monde et la plus éloignée de toute terre ferme, les albatros nourrissent leurs petits avec des briquets jetables qui flottent dans l'océan et qu'ils confondent avec les calamars dont ils s'alimentent habituellement. Aux Pays-Bas, un démagogue aux cheveux teints en jaune se présente aux élections et suscite l'enthousiasme des foules de gens aigris et ignorants. Les politiciens démagogues apparaissent et se multiplient dans le monde comme une épidémie de clowns terrifiants. On les identifie aujourd'hui à leurs mèches jaunes et à leur insolence sans limites pour inciter à la haine.

Jamais les Poissons et le Plancton de Méditerranée n'Ont Été Autant Nourris par les Humains. Et toi, que fais-tu pendant ce temps ? Pourquoi ne pas capituler et te cacher ? D'où tires-tu non plus la force, mais la justification pour te consacrer à cette occupation, toujours faire ce que tu fais, y compris maintenant, à deux heures du matin, sur ton siège d'avion, dans un inconfort qui te contraint à adopter des positions de contorsionniste, sous une veilleuse, environné d'une obscurité de gens endormis, en appui sur une tablette pliante qui vibre à cause des turbulences, penché sur un cahier ouvert ? Le crayon que j'utilisais est devenu si petit qu'il m'échappe des mains. Dans une poche du sac à dos, j'en ai trouvé un autre, à grosse mine, acheté à Lisbonne. On dirait un crayon de menuisier. Il m'oblige à écrire plus gros, d'une main plus déliée, avec des gestes plus amples que d'habitude. Le trait est épais et la pointe s'use plus rapidement. Je dois garder le taille-crayon à portée de main. Heureusement j'en ai plusieurs. C'est un crayon d'artisan ou de dessinateur, davantage conçu pour apposer des marques que pour écrire ; un crayon qui me tire, me précipite sur les pages que je couvre très vite de lettres et tourne avec la même rapidité. Le son qu'il produit sur le papier est nuancé, plus étoffé que celui des autres crayons, comme si la mine s'effritait. Si je savais dessiner, il me servirait à rendre des ombres et des volumes. Que fais-je avec ce crayon, à deux heures du matin, à mi-distance entre mon lieu de destination et de départ, à dix mille mètres d'altitude au-dessus de l'océan Atlantique, surexcité par le manque de sommeil, à écouter le crayon effleurer le papier avec en fond sonore le vacarme des turbines de l'avion ?

Join the Mechanical Revolution. Comment vaincre le sentiment d'insécurité qui revient si souvent sans crier gare, me paralyse et m'anéantit ; la peur que le résultat de mes efforts soit bien en dessous de mon ambition ; le découragement de constater le peu d'espace réservé à la littérature ? Tel est le monde dans lequel je vis, celui-ci et non un autre. Telle est l'époque qui m'est dévolue. Que j'y sois ou m'y sente étranger ne me procure aucune immunité. Un officier du bureau d'immigration qui me trouverait suspect pourrait m'enfermer dans une cellule de l'aéroport. Un illuminé peut faire sauter une ceinture à côté de moi pendant que je prends un café sur une terrasse, à Madrid ou à Paris. Tandis que j'écris ces lignes au crayon sans même entendre le bruit de l'avion, Donald Trump envisage sans doute de nouvelles spoliations d'eau, de terre et d'air lors d'une réunion secrète avec ses complices multimillionnaires. N'importe quelle vermine peut te diffamer en une phrase sur Twitter. La plupart des choses que tu aimes sont en voie de disparition. Tu ne peux même pas te réfugier dans la nostalgie parce que tu sais que, avant, il n'y a pas eu de temps meilleurs. Tu n'es pas nostalgique de ce qui est passé, mais de ce qui aurait pu survenir ; non de ce qui a été mais de ce qui aurait pu être sans trop de difficulté. Pendant que tous ces gens laminent le monde et accroissent leurs richesses au détriment de l'immense majorité des êtres humains, tu voudrais construire, compléter une œuvre qui ne se réaliserait pas en gaspillant les ressources ni en exploitant les autres. Le plus probable est qu'elle ne soit d'aucune utilité. Tout ce à quoi tu peux aspirer, c'est tenir compagnie à un inconnu.

Un Voyage à Destination du Cœur. Il y a quelques jours, dans le métro, devant moi, une jeune femme lisait avec une ferveur visible un roman de Samuel Beckett. Une vieille dame, ma mère, lit avec lenteur et difficulté le roman qu'Elena Fortún n'a pas pu publier de son vivant, et elle y retrouve les ressentiments, les capitulations et l'orgueil secret de sa propre vie. Dans une cellule répugnante de Birmingham, Alabama, Martin Luther King conforte sa volonté de résistance en lisant *La Désobéissance civile*, de Thoreau. Un jeune avocat qui n'était pas encore le Mahatma Gandhi avait lui aussi parcouru ces pages dans une autre cellule, en Afrique du Sud, soixante ans auparavant. Ce qui est pratiquement inconnu et minoritaire peut survivre comme une graine enterrée, puis se multiplier et se diffuser par des canaux cachés, et exploser tout à coup en plein jour des années plus tard. Dans les derniers moments de sa fuite à travers le territoire français, Walter Benjamin se consolait et se distrayait en lisant *Le Rouge et le Noir*. À sept ans, Stendhal trouve *Don Quichotte* dans la maison sombre où son père l'emmène vivre après la mort de sa mère, et en lisant l'aventure des moulins, il éclate de rire pour la première fois depuis longtemps. Tu fais ce que tu veux et ce que tu peux ou es obligé de faire, et tu le fais en y mettant tes cinq sens, mais tu ignores ce qui en ressortira et tu n'as aucune garantie. Le médiocre en vogue est ce qu'on a tendance à célébrer le plus. Les plus belles choses sont passées inaperçues pendant si longtemps que, lorsqu'on reconnaît enfin leur mérite, leur auteur est parfois mort depuis des lustres, de sorte que de riches collectionneurs gagneront encore plus d'argent en achetant et vendant ce qu'il a créé dans l'obscurité et la pauvreté. Une des nombreuses lettres désespérées que Poe a écrites pour solliciter de petits emprunts ou importuner des éditeurs qui ne l'avaient pas payé peut atteindre jusqu'à six cent mille dollars dans une vente aux enchères. Un des exemplaires de la première édition d'*Ulysse* vaut quatre cent cinquante mille dollars, car il a passé quatre-vingts ans dans un coffre, sans avoir subi la moindre détérioration ni perdu sa couleur bleu ciel. Un tableau de Basquiat avec des têtes couronnées de boxeurs et de héros noirs orne la salle de bains d'un ploutocrate de la mafia russe.

Tous les Chemins qui Mènent à l'Aliénation. Mais ne crois pas que l'échec et l'obscurité soient des preuves de talent parce qu'ils l'ont souvent accompagné. Il se peut que personne ne s'intéresse à toi et que tu sois plus mauvais qu'un autre, qui connaît plus ou moins le succès. Ton amour pour la littérature n'a pas à être payé de retour. Ta ferveur et ton investissement dans ton activité ne signifient pas que le résultat sera mémorable. Le prix qu'on t'a remis, tu le dois peut-être au fait qu'on n'ait pas voulu le décerner à un autre. Qu'on ne t'ait pas donné le prix que tu croyais mériter ne signifie pas que tu sois meilleur que celui qui l'a reçu. Tu ne sais rien. Tu ne sauras jamais rien. Celui qui te loue te ment peut-être ou manque de jugement. Celui qui te fait une critique négative et douloureuse peut avoir raison. Tu fais ce que tu peux et non ce que tu veux, et tu le fais parce que tu serais incapable de ne pas le faire. Personne ne t'a demandé de le faire. Personne ne te doit rien. Quelqu'un trouvera ridicule, voire condamnable, que tu consacres autant d'efforts, à une époque de causes publiques si urgentes et d'injustices si terribles, à une activité ayant surtout une légitimité esthétique, qui commence et prend fin en elle-même : un tableau bien peint à une époque où les critères pour estimer la peinture étaient convenus ; un sonnet qui remplit les exigences objectives de la métrique et de la rime. Dans mon adolescence, j'étais impressionné par ces vers de Gabriel Celaya : « Je pourrais écrire un poème parfait / mais il serait indécent de le faire à notre époque. » Pourquoi indécent ? Quelle indécence y a-t-il à bien faire quelque chose ? Sur quoi se fonde cette suffisance ? La perfection est donc si simple ? Es-tu aussi certain de l'atteindre si tu te le proposes ?

Pourquoi Aller Ailleurs Puisque Tout Est Ici ? Mais tout cela est dû à la nervosité et à l'insomnie pendant le vol du retour, et au crayon portugais, si agréable à manier, et aussi au son qu'il produit et à la largeur des pages du cahier, et au single malt que je me suis commandé après le dîner, pour oublier et me consoler de ce plateau-repas, et à l'obscurité océanique derrière le hublot, et à l'unique lumière qui tombe sur moi, une veilleuse de vol de nuit et d'allégorie théologique. Je me rappelle de manière absurde *La Vocation de saint Matthieu*, du Caravage. Ma main et mon bras droits sont douloureux à force d'écrire. J'ai sur la première phalange du majeur une callosité, comme lorsque j'étais à l'école primaire. Le bruit des turbines et la vibration de la tablette ont gagné les os de mon crâne. Peu avant la défaite française, Walter Benjamin a écrit à son ami Scholem que chaque article ou essai abouti qui serait écrit ou publié dans ces circonstances serait un barrage contre les forces de l'obscurité. Déjà malade et au bord de la folie, Baudelaire tirait une fierté mélancolique d'avoir passé toute sa vie attelé à la tâche d'écrire des phrases bien tournées. Toi, la faim ne te poursuivra pas, ni la syphilis, la Gestapo ou le NKVD. Tu n'as pas à redouter – du moins pas pour le moment – que les sbires d'un tyran viennent à minuit te confisquer tes écrits et t'enfermer dans une cellule avant de te condamner à passer vingt ans dans un camp du cercle polaire arctique ou de t'exécuter d'une balle dans la nuque, non sans t'avoir annoncé au préalable qu'ils pourriront aussi et par ta faute la vie de tous tes êtres chers. C'est un extraordinaire avantage. Au Nicaragua, des fanatiques religieux ont brûlé vive une femme qu'ils croyaient possédée par le diable, mais il n'y a aucun risque que cela puisse t'arriver. Personne n'a le sens des proportions quand il évalue ses contretemps personnels. Dans une chanson, Leonard Cohen compare avec sarcasme la calamité du destin des juifs en Europe avec les mauvaises critiques qu'un de ses disques a reçu. L'ami égocentrique à qui tu viens d'ouvrir ton cœur en lui disant que ton grand amour t'a quitté ou qu'on t'a détecté un cancer est capable de se plaindre ensuite du mauvais moment qu'il a traversé quand son iPhone est resté inexplicablement sans réseau. Mais toi, on ne va pas t'arrêter ni te lapider pour ce que tu écris. Encore qu'il soit possible, bien sûr, qu'on n'accorde pas la moindre importance à ce que tu écris ou qu'écrit tout individu dans ton genre. Un des grands malheurs des écrivains dissidents en Union soviétique était le respect que Staline témoignait à la littérature.

Arbore Ton Plus Beau Sourire. Mais Marine Le Pen est là et pourrait remporter les présidentielles en France, Donald Trump est tout aussi présent, avec sa mèche dorée de Lex Luthor dégouvernant le monde, mégalomaniaque comme un méchant de roman à deux sous, un Dr No et un Goldfinger […].

Il Est Temps de Briller. J'ai fermé le cahier. J'ai mal au poignet d'avoir trop écrit. J'ai éteint la veilleuse et fermé les yeux, mais je n'arrive pas à dormir. Les mots et les voix que je rassemble depuis si longtemps, que je copie et découpe avec les ciseaux, colle comme des mosaïques sans laisser le moindre espace vide et range dans des boîtes en carton continuent de murmurer sans que je puisse les faire taire. Vis l'authentique. Vis des expériences gratuites exclusives. Mets-toi aux commandes. Appelle-nous et nous t'aiderons. Je veux me concentrer sur l'arrivée, le fait incroyable d'être à Madrid dans quelques heures, dans mon autre vie, ma vie, chez moi. Le repos que tu mérites. La maison de tes rêves. *Where you want to be*. Comme mon ami scientifique qui collectionne les déchets dans la mer, j'ai peur de m'être intoxiqué avec des recherches, une manie ou une obsession, et d'être incapable de m'en détacher. Il y a quelque chose de toxique dans ces voix qui ne semblent s'adresser qu'à moi et me parler à l'oreille. Entendre des voix que nul ne perçoit est le symptôme certain d'un dérangement mental. Il doit exister une forme de folie qui oblige à y prêter attention, empêche de les oublier et d'en délester sa conscience et sa mémoire. Fais un pack à ta mesure. Rends-nous ton téléphone portable. Les messages se dispersent et donnent l'impression de s'effacer, mais leur substance, les composés toxiques qu'ils contiennent perdurent de manière encore plus néfaste, car on ne peut les détecter à première vue, comme les microparticules de plastique incrustées dans les tissus des animaux marins, les amphétamines, les antibiotiques, les antidépresseurs expulsés dans l'urine humaine qui se retrouvent dans la mer après la collecte des déchets et l'épuration de l'eau. L'ordure verbale s'accumule dans le cerveau comme les métaux lourds sur les sédiments des fonds marins. Ce n'est pas une alarme intellectuelle mais purement physique. Un mal-être, une nausée semblable à l'intense fatigue qui me tombait dessus ces jours derniers, à New York, aussi immédiate que les premiers symptômes d'une intoxication alimentaire. Le sommeil profond me remettra d'aplomb, mais cela fait longtemps que je dors sans vraiment me reposer, sans m'immerger réellement dans la pleine inconscience. J'ignore depuis combien de temps je suis éveillé. Je ne sais plus me situer dans l'heure de New York et pas davantage dans les six heures supplémentaires de Madrid. Les yeux clos, j'habite dans une totale obscurité temporelle. Mets-toi aux commandes. Sens le contrôle. Le sommeil et la vraie compagnie me soigneront. En fait, je ne peux dormir qu'enlacé à elle. Vivre longtemps dans l'épaisseur fermée de soi-même, c'est comme travailler dans une cave ou un puits. L'antidote aux fantômes, ce sont les véritables présences. Seules les voix proches, les voix authentiques, les voix cordiales de l'amitié et de la tendresse dissipent ou éloignent celles qu'on est seul à entendre.

Maintenant Tu Peux Être Plus Grand de Sept Centimètres sans que Personne le Sache. C'est la nuit tronquée, la nuit abrégée du vol du retour. J'ai ouvert les yeux et consulté mon téléphone dans le noir complet. Il indique deux heures. La nuit et le vol sont apparemment loin d'être finis. Tout à coup, les lumières s'allument, on sert à toute vitesse le petit déjeuner aux passagers encore entassés et étourdis comme les animaux d'un élevage en batterie, on lève les écrans des hublots et un grand soleil inattendu inonde tout, les volets sortent des ailes pour l'atterrissage.

Sens la Vie Dans Ton Oreille. Je marche très vite dans les grands espaces déserts du terminal, encore plus vite quand je prends la rampe mécanique. Derrière les baies vitrées, une lumière de désert éclaire un paysage de collines terreuses. Je devance les autres passagers encore engourdis de sommeil ou perdus dans cet aéroport vraiment épouvantable la première fois qu'on y met les pieds. Je marche, guidé par la détermination instinctive de qui est dans son pays, dans son monde, en Europe. Je n'ai pas peur des policiers ni des fonctionnaires des services d'immigration. Je ne verrai nulle part l'ostentation des drapeaux américains ni le portrait officiel du mégalo à la mèche jaune. C'est tout juste si je dois ralentir au contrôle des passeports. Le panneau qui indique « Citoyens de l'Union européenne » m'emplit toujours de joie. Je peux aller encore plus vite car n'ayant pas enregistré d'affaires en soute, je n'ai pas à endurer l'attente mortifère subie tant de petits matins devant le carrousel à bagages qui ne veut pas se mettre à tourner. Le manque de sommeil me donne une impression de lucidité sans bases physiques, de flottement et de somnambulisme, de légèreté comme dans un rêve. Les sols bien cirés et les rampes favorisent mon avancée. Les escaliers mécaniques et les ascenseurs m'épargnent toute fatigue, ils remplacent les porteurs prévenants de l'époque de l'Orient Express. Des portes automatiques s'empressent de s'ouvrir dès que je m'en approche. Lorsqu'on sort d'un aéroport, on sent l'odeur d'un pays : le hall des arrivées de JFK a des relents de fast-food, de graisse frite, de pâte à pizza chaude. La première bouffée d'air matinal, à Madrid, a l'odeur espagnole du café au lait mêlée à la fumée du tabac.

Apprends à Lire Ton Corps. J'attends à peine dans la queue pour les taxis. À l'instant où le chauffeur soulève la porte du coffre, j'y range mon bagage, la valise lestée du poids des cahiers. Pour tout, l'échelle est ici plus réduite. Les gens ne sont ni grands ni corpulents ni obèses. Les voitures sont plus petites et roulent plus vite, sur une autoroute impeccable. Tout est dégagé, rapide, simple. La ville a une ampleur paisible de dimanche matin. Avec un accent espagnol très prononcé qui me surprend toujours quand je rentre de voyage, le taxi me dit : « Pendant la semaine sainte, tout le monde quitte Madrid. »

Essaie une Nouvelle Identité. J'arrivais à cette heure, les premières années, quand je ne vivais pas encore de manière permanente à Madrid. J'avais passé la nuit dans le train et prenais au petit matin un taxi qui me faisait traverser la ville. Quand je choisissais l'avion, le premier vol de la journée, je ne trouvais pas non plus le sommeil parce que j'étais impatient et craignais de ne pas entendre le réveil ou qu'il ne sonne pas. L'heure de l'arrivée et de la joie marquait aussi le début du compte à rebours. Mais les premières heures, le premier jour étaient un trésor intact, j'entrais dans une maison lumineuse, un cocon qu'elle avait agencé dans les moindres détails, en y mettant tous ses sens, son instinct pour la clarté et la beauté. Même si je n'y étais pas tout le temps, c'était notre foyer. Le trouver, le financer ensemble était une affirmation de notre vie commune, en dépit des intermittences et de l'éloignement. Je posais mon sac par terre, introduisais ma clé dans la serrure, et dès que je franchissais la porte, j'étais reçu par la lumière du matin et une odeur de propreté au parfum discret qui me donnait l'impression d'être près de son corps. Les lieux changent au fil des années, une galerie de photos. Mais la sensation accueillante de l'arrivée, la netteté de l'espace, l'air pur où vibre un peu de sa présence restent les mêmes. Je suis rentré, las des voyages et des mauvaises nuits d'hôtel, découragé par les difficultés du travail et de la vie pratique, les contretemps, le stress, les responsabilités excessives, les remords, l'angoisse. Je suis rentré fatigué, en manque de sommeil, affamé et assoiffé, pris d'un désir urgent, ayant besoin d'une trêve, de protection et d'absolution. Les détails s'effacent bien qu'ils soient précieux et mériteraient de ne pas se perdre. Au début, je notais toutes nos rencontres et nos ébats. Je voulais me rappeler comment elle était coiffée tel ou tel matin, quel parfum elle avait mis, les premières paroles qu'on avait échangées, si on avait eu le temps de nous parler ; comment était la maison, ce qu'on voyait du balcon ou d'une fenêtre. Tout est simplifié en quelques traits décisifs, comme un conte dont l'essentiel ne change jamais au fil de ses différentes narrations orales. Le trajet, le matin à Madrid, l'arrivée, les pièces claires, la sérénité contemplée et respirée, la passion des retrouvailles, la pénombre du milieu de matinée, les cadeaux : des boucles d'oreilles, ce briquet, un bateau en laiton multicolore, un cheval chinois en terre cuite, le peignoir en soie à fleurs rouges.

Réactive la Jeunesse de Ton Visage. Le taxi s'est arrêté. Il y a deux mois j'en ai pris un autre à la même heure, mais dans l'autre sens. Tout est pareil et tout est différent. Le matin était plus froid mais le temps tout aussi lumineux. Quand après une tournée Louis Armstrong est arrivé pour la première fois devant sa maison, dans le Queens, il était si ému qu'il n'osait pas sortir du taxi. Il l'avait achetée peu de temps auparavant avec sa femme. À cinquante ans et quelques, Louis Armstrong allait pour la première fois de sa vie entrer dans une maison lui appartenant. Il se penchait par la vitre de la voiture et observait la grille, le petit jardin situé à l'avant, la façade de brique, trop ébranlé pour descendre de voiture. Quand le chauffeur prend ma valise, il s'étonne qu'elle pèse si lourd malgré ses petites dimensions de bagage à main. Il y a une séquence de mouvements ininterrompus, comme à l'aéroport, une fluidité de chorégraphie quotidienne. Le concierge m'aide à poser ma valise et mon sac à dos sur les marches du hall, puis il m'ouvre la porte de l'ascenseur et la referme derrière moi. Mon cœur bat à tout rompre dans ma poitrine.

Tu As Encore le Temps. J'ai un peu tardé à trouver la clé. Je ne me souvenais plus dans quelle poche du sac à dos je l'avais rangée il y a deux mois. J'ai poussé la porte de l'appartement baigné de la clarté de la première heure du matin. Le soleil vient de s'élever au-dessus des terrasses, de l'autre côté de la rue. Tout sent encore le neuf. La lumière pénètre à l'intérieur par les grandes fenêtres et brille comme un vernis sur le parquet. Dessine l'endroit où tu veux vivre. Dessine un plan de ton désir. Chaque objet, chaque livre sur l'étagère de l'entrée a soigneusement été choisi par elle. Même l'assiette aux courbes japonaises où déposer les clés. De manière aussi brusque que prolongée, je perçois tout dans une contemplation qui laisse le temps en suspens. Voir ce lieu, respirer son air, c'est la voir et entrer dans sa vie, être par avance témoin de ses gestes spontanés, de sa façon de bouger et de parler, d'appréhender avec une transparence immédiate la qualité singulière de son esprit, le style de son intelligence ; la voir elle et, en même temps, voir les choses à travers ses yeux. Lorca dit dans une lettre : « Dessine un plan de ton désir et installe-toi à l'intérieur, régi par les normes de la beauté. »

Dis-nous ce que Tu Cherches et Nous le Trouverons pour Toi. En levant les yeux j'ai vu dans les siens l'étonnement d'une rencontre imprévue. Mais si j'ai levé la tête à cet instant précis et dans cette direction, c'est que mon ouïe et sans doute mon odorat m'ont prévenu avec une acuité inconsciente. « Je ne savais pas que tu arriverais si tôt. » Elle est décoiffée, son visage surpris encore gorgé de sommeil, elle porte le peignoir en soie à fleurs rouges, un vêtement resté intact au fil des années, dès le début, la première rencontre, et qui a connu toutes les arrivées, les villes, les différents logements, pays, hôtels. Ses couleurs ne se fanent pas, son tissu ne s'use pas et il n'a rien perdu de sa brillance. Il est juste plus souple, plus favorable aux caresses, à sa peau qui l'a poli en l'effleurant, soie tiède et peau brûlante glissant l'une sur l'autre pendant ces années, sans se ternir ni s'éteindre, soie qui tombe et se déploie par terre comme une corolle aux pétales effeuillés quand elle dénoue la ceinture, que le peignoir quitte ses épaules et glisse sans effort le long de son corps pour se répandre autour de la plante de ses pieds, tandis qu'elle se hisse en me serrant la nuque à deux mains et m'embrasse sur la bouche.

Un Endroit Idéal pour se Cacher. Je suis tout ouïe dans le silence de la chambre, où la température du corps humain qui y a passé la nuit est préservée dans la quiétude matinale du dimanche. Je veux entendre sa voix retrouvée tout près de mon oreille, et entendre la mienne murmurer dans la sienne. Je suis tout ouïe, tout yeux pour la regarder, tout mains et bouts des doigts, mon corps collé, entremêlé au sien. Il y a une stérilité étrange dans un corps qui n'effleure pas d'autres corps. Dessine son visage avec tes doigts, dessine son nez, son menton, sa bouche, le sourire au moment où ses lèvres l'esquissent. La détresse, l'angoisse, l'épuisement du travail, des promenades et des voyages se révèlent à l'instant même où ils s'évanouissent, comme lorsqu'on entend un long bruit oppressant une seconde avant qu'il ne cesse, et ce n'est qu'alors, quand le silence s'installe comme par miracle, qu'on découvre qu'il nous a manqué. Ceci est ma maison, mon île. Ici il ne m'arrivera rien. Nous sommes chacun le terrier de l'autre. La mémoire ne sait pas se souvenir, ou elle le fait de manière imprécise, très vague, sans qualités sensorielles. Je ne me rappelais plus vraiment son visage ni sa voix, et moins encore ce qui n'est ni visuel ni auditif, le contact particulier de sa peau, l'odeur de ses cheveux, la saveur fondante de sa bouche. Je cesse de n'être personne quand elle prononce mon nom à voix basse. Je dis le sien et nomme sa présence sans invoquer ni fantôme ni rêve.

Car Partout et à Toute Heure. C'était le premier été de ma vie d'adulte. Pour la première fois, j'avais un foyer, un travail, un salaire. Le foyer était un appartement de location dans une cité neuve, neutre, encore pratiquement inhabitée, dans la grande banlieue de Grenade. Le seul autobus qui la desservait traversait des terrains vagues au-delà du dernier quartier d'habitations ouvrières, le Lotissement de Cartuja. Elle comprenait des zones de rues asphaltées et de réverbères qui s'allumaient de nuit, mais peu d'immeubles. Il n'y avait qu'un magasin triste qui vendait de tout et languissait dans cette désolation. Mon appartement contenait quelques meubles aussi banals que les immeubles identiques qu'on voyait par les fenêtres. On avait donné à cet endroit un nom prometteur bien représentatif de cette époque, le Parc Nouvelle-Grenade. Le mot « Grenade » semblait presque aussi irréel que « Parc ». Les immeubles étaient séparés par des couloirs imitant des allées qui n'en étaient pas, car dépourvues de portails.
Avec mon premier salaire je m'étais payé une radiocassette aux dimensions impressionnantes, dont la principale innovation était des haut-parleurs détachables. J'écoutais surtout des cassettes que des amis m'enregistraient. L'un d'eux, très mélomane, m'avait fait aimer *Le Retour d'Ulysse dans sa patrie*, de Monteverdi, que j'écoutais en alternance avec Charles Mingus, Lou Reed, *Rock & Roll Animal*, Patti Smith, *Horses*, et Leño, un petit groupe de rock madrilène. J'avais aussi versé ma première mensualité pour acquérir l'encyclopédie *Summa Artis*, que j'avais beaucoup

appréciée à la bibliothèque de la faculté. Le soir, après dîner, j'en lisais un chapitre. Pendant les premiers mois de ma vie de salarié, j'ai lu tout le volume sur l'art préhistorique et celui traitant de l'Égypte ancienne. Pour une raison ou pour une autre, je suis resté embourbé à jamais en Mésopotamie.

Là où Tes Rêves les Plus Secrets. Après quatorze mois de service militaire obligatoire au Pays basque, à l'époque la plus sanguinaire du terrorisme, je m'adaptais non sans mal à la réalité. Et aussi à ne plus être étudiant, à me lever tôt tous les matins pour aller dans un bureau. J'avais la chance de travailler et j'en étais heureux, et j'essayais en même temps d'adapter mes attentes aux limitations de la vie réelle. Gagner juste de quoi survivre ne me démoralisait pas car je n'avais jamais rien eu. Que le travail soit si précaire, que mon contrat d'à peine un an ne soit pas renouvelable m'inquiétait davantage, tout comme ma vocation, qui me laissait l'impression de n'aller nulle part.

Avec une Nouvelle Légèreté. Il m'arrivait d'écrire des nouvelles qui se déroulaient dans un milieu rural, en partie inspirées par Juan Rulfo, et d'autres, situées à la lisière du quotidien et du fantastique, à la manière de Julio Cortázar.
En rejoignant l'armée j'avais laissé un roman à moitié terminé auquel je ne pensais plus, même si j'avais rempli deux dossiers de pages dactylographiées et de brouillons manuscrits. De temps en temps, j'envoyais une nouvelle à des concours dans différentes provinces qui ne paraissaient pas difficiles à remporter, mais pour lesquels je n'avais même pas été sélectionné : celui de la ville de Saint-Sébastien, de la ville de Motril, et cætera. J'avais écrit des paroles pour un ami chanteur de flamenco et un groupe de rock qui débutait.

Tu Avais Envie de Revenir. J'ai passé cet été-là allongé à l'ombre, sur le lit, dans mon appartement loué, à écouter de la musique sur ma radiocassette, plongé dans la lecture et, au fond, découragé par ma passion pour la littérature, de sorte que je n'écrivais presque rien. Je ne faisais que lire. Des romans policiers, Baudelaire et Thomas De Quincey : *Le Spleen de Paris*, *Les Paradis artificiels*, *Confessions d'un mangeur d'opium anglais*. J'étais assurément arrivé à De Quincey à travers Borges. J'avais commencé à lire Baudelaire parce que Francisco Umbral disait qu'il l'admirait et était son disciple. Sa colonne quotidienne, que je lisais fidèlement dans *El País*, s'intitulait « Le Spleen de Madrid ».

Tout Tient dans un Livre de Poche. Ces trois livres m'ont tellement subjugué que j'ai même cessé de lire des romans policiers. Ils ne ressemblaient à rien de ce que j'avais lu jusqu'alors, possédaient une grande force narrative, mais n'étaient pas des romans et ne donnaient pas non plus l'impression d'être des fictions ni des recueils de vers, et pourtant ils avaient une puissance poétique aussi bouleversante que celle de *Poète à New York*. Il y avait chez Baudelaire et De Quincey quelque chose qui tenait du témoignage, un élan visionnaire et féroce, une déchirure, une oscillation permanente entre la lucidité et le délire. Le genre de livres qu'on emporte avec soi, qu'on peut lire par moments, par saccades. Ils m'accompagnaient dans l'autobus qui me conduisait tous les matins dans le centre de la ville, au café où je prenais mon petit déjeuner, au bureau, dans l'indolence des matins oisifs du mois d'août. Comme pour les recueils de poèmes, chaque lecture les rendait plus riches et plus surprenants en me révélant de nouveaux trésors. Et je pouvais les parcourir dans le même désordre que si leurs chapitres avaient été des poèmes, créant un nouvel ordre à la fois définitif et hasardeux, une séquence inattendue de connexions et de résonances intérieures.

Choisis Ta Propre Aventure. Ces livres pourtant si puissants n'éveillaient pas mon instinct d'imitation qui avait très peu varié depuis mon adolescence. Je lisais une nouvelle de Borges et me mettais aussitôt à écrire un récit similaire ou parodique en partant de la même structure, allant jusqu'à copier les adjectifs de l'auteur. J'écrivais des nouvelles de Cortázar si je lisais Cortázar, de Rulfo si je lisais Rulfo. Je lisais Raymond Chandler et j'avais envie d'inventer un détective solitaire et sarcastique ayant un bureau sur la Gran Vía de Grenade, et cætera. Le monde de l'été 1981 est maintenant lointain.

Derrière Chaque Porte. Je n'avais pas cette tentation avec Baudelaire et De Quincey. Tous deux m'affectaient de manière intime bien qu'il n'y ait pas de lien entre ce qu'ils écrivaient et ma propre vie. C'étaient deux voix si irréductibles qu'elles ne toléraient aucune imitation. Des musiques trop originales et profondes pour qu'on puisse en extraire une mélodie facile à copier. Une véritable influence est plus forte qu'un enseignement esthétique, que l'émulation d'une forme ou d'un style ; c'est un éveil soudain à la réalité immédiate du monde, une redécouverte de la valeur des mots et des images qui semble partir de l'origine, une prise de conscience de la pureté et de la radicalité des premiers noms des choses. Je vivais à Grenade depuis sept ans, et une après-midi de cet été-là, imprégné de Baudelaire et de Thomas De Quincey, j'ai vu cette réalité pour la première fois. J'ai vu ce que j'avais sous les yeux en me voyant de l'extérieur. J'avais dans une de mes poches une enveloppe contenant mon salaire du mois. L'argent en liquide, bien que la somme soit modique, avait une matérialité réconfortante. J'avais passé la matinée dans notre bureau sans supérieurs et presque sans visiteurs, dans la placidité du mois d'août. J'avais déjeuné dans un restaurant de cuisine familiale bon marché dont le patron me connaissait bien. J'ai traversé la Gran Vía et suis descendu par la rue Zacatín, ombragée et fraîche par cette journée qui n'était guère torride. J'avais dans la tête les pérégrinations exaspérées de Thomas De Quincey dans Oxford Street, celles de Baudelaire dans Paris, avec leurs extases liées aux beautés passagères, aux bruits de la ville, aux hallucinations de la faim et de l'opium. Je suis arrivé sur la place de Bib-Rambla comme si je venais de débarquer dans une ville

portuaire, exotique, inconnue, le souk éblouissant d'une capitale sur la Route de la soie. Le déploiement de beauté de cette place que je traversais souvent me galvanisait. Les gigantesques tilleuls envahis d'oiseaux, les échoppes de fleurs, le murmure de l'eau de la fontaine centrale, l'immense tour de la cathédrale qui dominait les toits, l'ange de bronze armé d'une épée de l'église du Sagrario, la clameur des voix mêlée au bruit des oiseaux et de l'eau, les jeunes femmes qui, cet été-là, portaient de nouveau des minijupes, la brillance de la chair des figues de Barbarie que les gitanes plongeaient dans des seaux d'eau fraîche avant de les éplucher et de les ouvrir, le panneau publicitaire avec une très grande affiche en couleurs pour les cigarettes Winston qui représentait Rita Hayworth dans le fourreau noir de Gilda.

Voyage Au Bout de Soi-même*. L'invitation au voyage de Baudelaire se manifestait à moi gratuitement dans la ville où je vivais, à deux pas du bureau où je travaillais. Je regardais et écoutais la ville jusqu'à ce que ma conscience s'y dissolve comme si je m'immergeais dans une rêverie d'opium, et comme si je me voyais en dehors de mon corps. Je distinguais la silhouette de celui qui marche seul dans la foule, « un prince qui jouit partout de son incognito », dit Baudelaire, un indigent, un espion, un photographe, un intoxiqué au laudanum, un agent étranger, un limier sur les traces des autres, un homme bon qui se promène dans Dublin une pomme de terre dans une poche de son manteau, un amoureux qui tremble avant de tourner à chaque coin de rue, un individu revenu de très loin, d'autres vies ou zones temporelles, un naufragé dans la ville comme sur une île déserte, qui porte les lunettes de myope de Fernando Pessoa et de Walter Benjamin, et un grand cartable sombre et très usé dont il ne se sépare jamais.

ANNEXES

Liste des illustrations

Collages

Tous les collages : © Antonio Muñoz Molina ; page 55, courtesy of Universal Studios Licensing LLC ; page 65, photographie de Marilyn Minter ; design de Miguel Sánchez Lindo.

Photographies

Page 42 : Thomas De Quincey.

Page 71 : en haut : Walter Benjamin, tous droits réservés ; en bas : Walter Benjamin, 1928. Akademie der Künste, Berlin – Walter Benjamin Archiv.

Page 193 : Federico García Lorca, 1933. Foto Estudio Witcomb, Buenos Aires.

Page 242 : Miroslav Tichý. Tous droits réservés.

Page 260 : Walt Whitman, c. 1855. Brady-Handy Collection.

Page 306 : Herman Melville. À partir du portrait de Joseph O. Eaton, 1891.

Page 337 : Charles Baudelaire, 1855. Photographie de Félix Nadar.

Page 407 : James Joyce, 1915. Photographie d'Alex Ehrenzweig ; en bas : James Joyce, c. 1918. Photographie de C. Ruf.

Page 470 : Edgar Allan Poe, 1847. Photographie de C.T. Tatman, 1904, à partir du daguerréotype d'Edwin H. Manchester.

Liste des citations de presse

Tous les droits des articles cités dans le présent ouvrage sont réservés. Le cas échéant, l'éditeur s'engage à rectifier toute erreur ou omission relative au contenu des articles ou à leurs crédits dans sa ou ses prochaine(s) édition(s) de l'ouvrage.

Pages 33-34 : Dan Bilefsky, « "La histeria de los payasos" se extiende al Reino Unido », *The New York Times en español*, 13 octobre 2016.

Page 89 : Agencia EFE, 25 octobre 2016.

Pages 138-140 : Javier Martín del Barrio, « Vhils : "La destrucción es parte de la creación" », *El País*, 25 août 2016.

Pages 205-206 : Europapress, 2 août 2016.

Pages 230-232 : Jan Martínez Ahrens, « El misterio del justiciero del autobús sacude a México », *El País*, 7 novembre 2016.

Pages 268-270 : Carlos Salinas, « El suplicio de Vilma Trujillo, la nicaragüense que fue quemada en una hoguera », *El País*, 9 mars 2017.

Pages 119-120 et 180-182 : tous droits réservés.

Liste des citations d'ouvrages

Page 22 : Jorge Manrique, *Stances sur la mort de son père*, poèmes traduits du castillan et présentés par Guy Debord, © Le Temps qu'il fait, 1995.

Page 52 : Antonio Machado, *Solitudes,* traduit du castillan par Bernard Sesé, © Gallimard, 1973.

Page 73 : Peter Handke, *L'Heure de la sensation vraie*, traduit de l'allemand par Georges-Arthur Goldschmidt, © Gallimard, 1977.

Page 305 : Bruno Tackels, *Walter Benjamin, une vie dans les textes*, © Actes Sud, 2009.

Pages 364 et 366 : Walter Benjamin, *Écrits biographiques*, traduit de l'allemand par Christophe Jouanlanne et Jean-Christophe Poirier, © Christian Bourgois, Paris, 1994.

Page 367 : Emily Dickinson, in *Poésie complète*, édition bilingue, traduit de l'anglais par Françoise Delphy, © Flammarion, 2009.

Page 415 : Gretel Adorno-Walter Benjamin, *Correspondance*, traduit de l'allemand par Christophe David, © Le Promeneur, 2007.

Pages 461 et 485 (« Double poème du lac Edem »), p. 462 (« Cri vers Rome »), p. 464 (« Norme et paradis des Noirs »), p. 468 et 471 (« Le Roi de Harlem »), Federico García Lorca, *Poète à New York*, traduit de l'espagnol par Pierre Darmangeat, © Gallimard, 1968.

Page 461 : Peter Ackroyd, *Edgar Allan Poe, une vie coupée en deux*, traduit de l'anglais par Bernard Turle, © Philippe Rey, 2010.

Du même auteur

Beatus Ille
Actes Sud, 1989
Seuil, 2000
et « Points », n° P929

Un hiver à Lisbonne
Actes Sud, 1990
repris sous le titre
L'Hiver à Lisbonne
Seuil (nouvelle traduction), 2001

Beltenebros
Actes Sud, 1991
Seuil, 2004
et « Points », n° P2294

Les Mystères de Madrid
Actes Sud, 1993

Le Royaume des voix
Actes Sud, 1994
et « Points », n° P790

Le Sceau du secret
Seuil, 1995

Pleine lune
prix Femina étranger
Seuil, 1998
et « Points », n° P667

Une ardeur guerrière
Mémoires militaires
Seuil, 1999

Rien d'extraordinaire
nouvelles
Seuil, 2000

Cordoue des Omeyyades
Hachette Littératures, 2000
et Seuil, 2012

Carlota Fainberg
Seuil, 2001
et « Points », n° P966

Séfarade
Seuil, 2003
et « Points », n° P1387

En l'absence de Blanca
Seuil, 2004
et « Points », n° P1426

Fenêtres de Manhattan
récit
Seuil, 2005
et « Points », n° P1889

Le Vent de la lune
Seuil, 2008
et « Points », n° P2756

Dans la grande nuit des temps
Seuil, 2012
et « Points », n° P2979

Tout ce qu'on croyait solide
essais
Seuil, 2013

Comme l'ombre qui s'en va
Seuil, 2016
et « Points », n° P4641

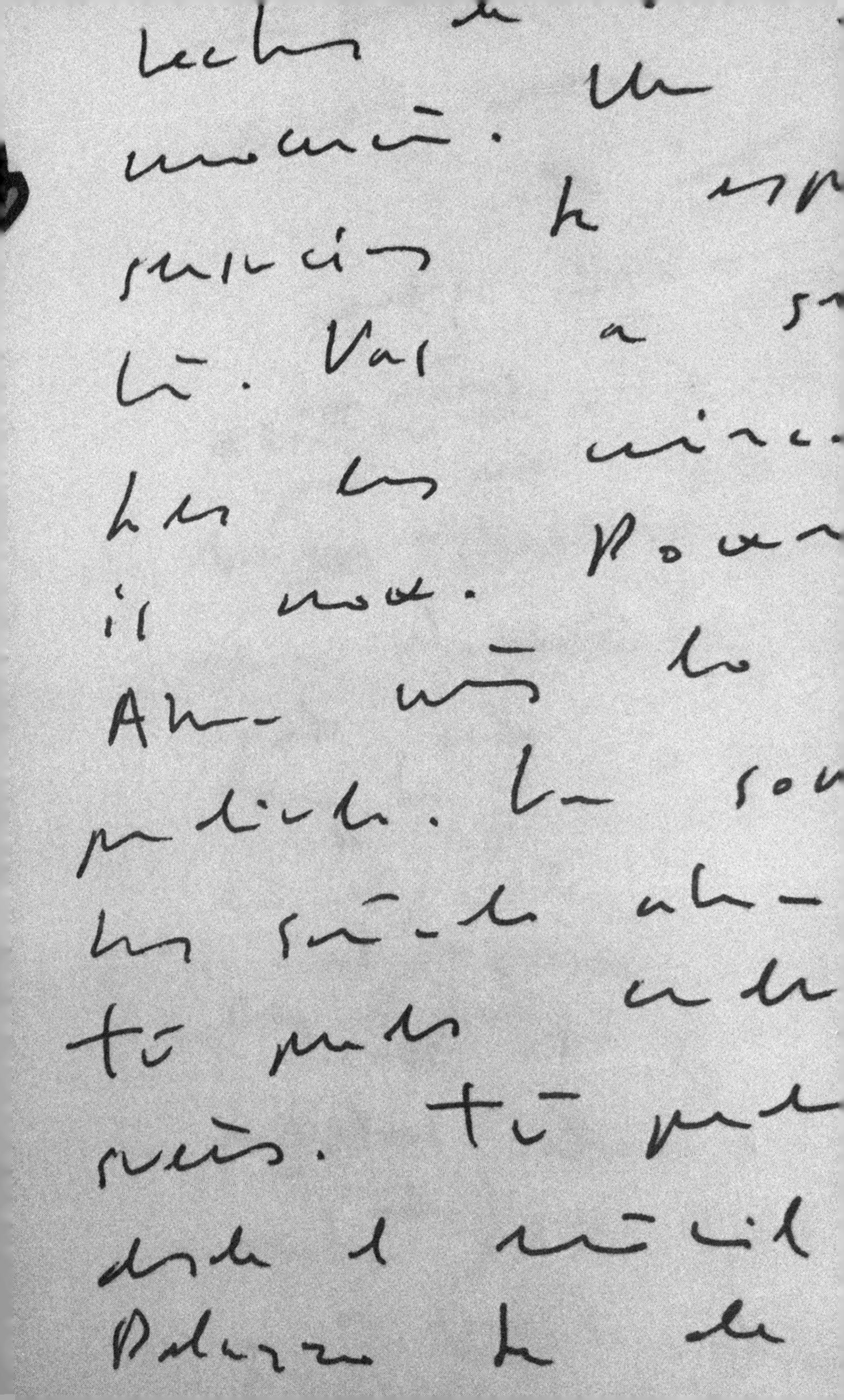

lecteur [illegible]
[illegible]
musique. [illegible]
[illegible] [illegible]
[illegible]
[illegible]. Vas [illegible] [illegible]
[illegible] [illegible] [illegible]
il [illegible]. [illegible]
[illegible] [illegible] [illegible]
[illegible]. [illegible] [illegible]
[illegible] [illegible] [illegible]
[illegible] [illegible] [illegible]
[illegible]. [illegible] [illegible]
[illegible] [illegible] [illegible]
Palazzo [illegible] [illegible]

RÉALISATION : NORD COMPO À VILLENEUVE-D'ASCQ
IMPRESSION : NORMANDIE ROTO IMPRESSION S.A.S. À LONRAI
DÉPÔT LÉGAL : AOÛT 2020. N° 140661 (2002183)
Imprimé en France